JONATHAN FRANZEN

# FREIHEIT

Roman

Aus dem Englischen
von Bettina Abarbanell und
Eike Schönfeld

BÜCHERGILDE GUTENBERG

Die Originalausgabe erschien 2010 unter
dem Titel «Freedom» im Verlag Farrar,
Straus and Giroux, New York.

Der Verlag dankt
Andrea Wilke und Dr. Andreas Meißner
für wertvolle Hilfe bei allen vogel-
und naturkundlichen Fragen.

Lizenzausgabe für die Büchergilde Gutenberg,
Frankfurt am Main, Zürich, Wien
Mit freundlicher Genehmigung des Rowohlt Verlags GmbH

Die Verse von William Shakespeare auf S. 7
folgen der Übersetzung in: William Shakespeare,
Das Wintermärchen, Zweisprachige Ausgabe,
Deutsch von Frank Günther, München 2006 (S. 229 und 231).

Satz aus der Kepler MM PostScript, InDesign,
bei Pinkuin Satz und Datentechnik, Berlin
Druck und Bindung CPI – Clausen & Bosse, Leck
Printed in Germany 2010
ISBN 978-3-7632-6385-1

www.buechergilde.de

Für Susan Golomb und Jonathan Galassi

Geht vereint,
Ihr Schatzgewinner, alle; euern Jubel
Teilt allen mit. Ich alte Turteltaube
Schwing mich auf einen dürren Ast und wein,
Bis ich gestorben bin, um meinen Mann,
Der niemals wiederkommt

WILLIAM SHAKESPEARE, *Das Wintermärchen*

# GUTE NACHBARN

Die Meldungen über Walter Berglund wurden von der Lokalpresse nicht aufgegriffen – er und Patty waren zwei Jahre zuvor nach Washington gezogen und hatten für St. Paul inzwischen keinerlei Bedeutung mehr –, aber die Bürger des aufstrebenden Viertels Ramsey Hill waren ihrer Stadt gegenüber nicht loyal genug, um nicht die *New York Times* zu lesen. Einem langen und wenig schmeichelhaften Artikel in der *Times* zufolge hatte Walter sein Berufsleben dort in der Hauptstadt ziemlich verpfuscht. Seine früheren Nachbarn hatten einige Mühe, die Eigenschaften, die ihm die *Times* zuschrieb («arrogant», «selbstherrlich», «moralisch korrumpiert»), mit dem großherzigen, freundlichen, rotgesichtigen 3M-Angestellten in Einklang zu bringen, den sie noch auf der Summit Avenue bei Februarschnee in die Pedale seines Pendlerfahrrads treten sahen; es schien merkwürdig, dass Walter, der doch grüner war als Greenpeace und selbst vom Land kam, nun in Schwierigkeiten stecken sollte, weil er gemeinsame Sache mit der Kohleindustrie gemacht und Landbewohner schlecht behandelt hatte. Andererseits, irgendetwas hatte mit den Berglunds ja schon immer nicht ganz gestimmt.

Walter und Patty waren die jungen Pioniere von Ramsey Hill gewesen – die ersten College-Absolventen, die sich ein Haus an der Barrier Street kauften, nachdem der alte Stadtkern von St. Paul drei Jahrzehnte zuvor auf den Hund gekommen war. Sie zahlten so gut wie nichts für die viktorianische Villa und schufteten sich dann zehn Jahre lang tot, um sie zu renovieren. Gleich am Anfang steckte irgendein sehr zielstrebiger Mensch ihre Garage in Brand und brach zweimal ihren Wagen auf, bevor sie es geschafft hatten, die Garage wieder aufzubauen. Das freie Grundstück gegenüber wurde regelmäßig von sonnenverbrannten Bikern heimgesucht, die dort Schlitz tranken, Knackwurst grillten und in den frühen Morgenstunden die Motoren aufheulen ließen, bis Patty im Jogginganzug vor die Tür trat und sagte: «Also ehrlich, Leute, wisst ihr was?» Patty machte niemandem Angst, aber sie war in der Highschool und auf dem College eine Ausnahmeathletin gewesen und so unerschrocken, wie es nur Sportler sind. Sie konnte gar nichts dagegen tun, dass sie in der Nachbarschaft vom ersten Tag an auffiel. Wenn diese große, aberwitzig junge Frau mit dem Pferdeschwanz ihren Buggy an Autowracks, zerbrochenen Bierflaschen und bekotztem Altschnee vorbeischob, hätte man meinen mögen, sie trüge jede einzelne Stunde ihres Tages in den am Buggy hängenden Einkaufsnetzen mit sich herum. Hinter ihr sah man die von Kleinkindern behinderten Vorbereitungen für einen Vormittag von Kleinkindern behinderter Besorgungen liegen; vor ihr einen Nachmittag mit öffentlichem Rundfunk, *Silver Palate*-Vollwertkochbuch, Stoffwindeln, Gipsmischung und Latexfarbe; dann *Goodnight Moon* und schließlich Zinfandel. Sie war schon ganz das, was sich für den Rest der Straße gerade erst anzubahnen begann.

In den allerersten Jahren, als man noch ohne schlechtes Gewissen einen Volvo 240 fahren konnte, bestand die kollektive Aufgabe in Ramsey Hill im Erlernen gewisser Lebenstechniken, die zu verlernen für die eigenen Eltern Grund genug gewesen war, in die Vororte zu fliehen: etwa wie man die örtliche Polizei dafür interessierte, tatsächlich ihre Arbeit zu tun, wie man sein Fahrrad vor einem hochmotivierten Dieb schützte, wann der Zeitpunkt gekommen war, einen Betrunkenen von den Terrassenmöbeln zu vertreiben, wie man Wildkatzen dazu brachte, ihre Haufen in den Sandkasten anderer Leute Kinder zu setzen, und woran man feststellte, ob eine staatliche Schule so schlecht war, dass es gar nicht erst den Versuch lohnte, sich für sie zu engagieren. Es gab auch aktuellere Fragen, etwa die, was von Stoffwindeln zu halten war. Der Mühe wert? Und stimmte es, dass man Milch immer noch in Glasflaschen geliefert bekommen konnte? Waren die Pfadfinder politisch akzeptabel? Gehörte Bulgur wirklich auf die Speisekarte? Wohin mit alten Batterien? Was tun, wenn eine mittellose Frau anderer ethnischer Herkunft einen beschuldigte, man mache ihr Wohnviertel kaputt? War es wahr, dass die Glasur von altem Fiesta-Porzellan gefährliche Mengen Blei enthielt? Wie raffiniert musste ein Küchenwasserfilter eigentlich sein? Wechselten auch andere 240er manchmal nicht in den fünften Gang, obwohl man den Overdrive-Schalter betätigt hatte? Sollte man Bettlern Essen geben oder besser gar nichts? War es möglich, beispiellos selbstbewusste, glückliche, hochintelligente Kinder großzuziehen, wenn man ganztags arbeitete? Durfte man die Bohnen für den Morgenkaffee schon am Abend vorher mahlen, oder musste das unmittelbar vor dem Frühstück geschehen? Hatte in der Geschichte St. Pauls schon mal irgendjemand gute Erfahrungen mit einem Dachdecker gemacht? Wie sah es mit einem sachkundigen Volvo-Mechaniker aus? Hatten auch andere 240er das Problem mit dem klemmenden Handbremsseil? Und dieser rätselhaft gekennzeichnete Schalter am Armaturenbrett, der so ein wohliges schwedisches Klicken erzeugte, aber mit nichts verbunden zu sein schien: Wozu *diente* der?

Patty Berglund war für alle Fragen ein reicher Quell, ein sonniger Überträger von soziokulturellem Pollen, eine freundliche Biene. Sie war eine der wenigen nicht-berufstätigen Mütter in Ramsey Hill und notorisch abgeneigt, gut von sich selbst oder schlecht von anderen zu sprechen. Sie sagte, sie gehe davon aus, eines Tages von einem der Schiebefenster «geköpft» zu werden, deren Gewichtsschnüre sie selber ausgewechselt habe. Ihre Kinder würden «wahrscheinlich» an Trichinose sterben, weil sie Schweinefleisch nicht immer lange genug brate. Sie fragte sich, ob ihre «Abhängigkeit» von Abbeizmitteldämpfen wohl damit in Zusammenhang stehe, dass sie «überhaupt keine» Bücher mehr lese. Sie gestand, seit dem, was beim «letzten Mal» passiert sei, habe Walter ihr «strikt verboten», seine Blumen zu düngen. Es gab Leute, bei denen diese Art der Selbstherabsetzung nicht gut ankam – die etwas Gönnerhaftes darin sahen, als versuchte Patty die Gefühle weniger vollkommener Hausfrauen allzu offensichtlich zu schonen, indem sie ihre eigenen kleinen Unzulänglichkeiten überzeichnete. Die meisten aber hielten ihre Bescheidenheit für echt oder fanden sie zumindest amüsant, und ohnehin war es schwierig, einer Frau zu widerstehen, die von allen Kindern so sehr gemocht wurde und sich nicht nur deren Geburtstage, sondern auch die der Erwachsenen merkte und mit einem Teller Kekse, einer Glückwunschkarte oder ein paar Maiglöckchen an der Terrassentür erschien, nicht ohne zu beteuern, die kleine Vase aus dem Gebrauchtwarenladen, in der die Maiglöckchen steckten, brauche man ihr nicht zurückzugeben.

Jeder wusste, dass Patty an der Ostküste, in einem Vorort von New York, aufgewachsen war und eines der ersten Vollstipendien für Frauen bekommen hatte, um an der University of Minnesota Basketball zu spielen, wo sie es, das ging aus einer Urkundentafel an der Wand von Walters Arbeitszimmer hervor, in ihrem zweiten Studienjahr in das virtuelle Team der zweitbesten Spielerinnen ganz Amerikas geschafft hatte. Merkwürdigerweise hatte Patty, der Familienmensch, keinerlei erkennbare Verbindung zu ihren Wurzeln. Ganze Jahreszeiten verstrichen, ohne dass sie einen Fuß aus St. Paul herausgesetzt hätte, und Besuch von der Ostküste schien sie auch noch nie empfangen zu haben, nicht einmal von ihren Eltern. Wenn man sie geradeheraus nach den Eltern fragte, antwortete sie, die beiden täten sehr vielen Menschen sehr viel Gutes, ihr Vater habe eine Anwaltskanzlei in White Plains, und ihre Mutter sei Politikerin, genau, Abgeordnete in der Parlamentskammer des Staates New York. Dann nickte sie mit großem Nachdruck und sagte: «Ja, genau, so ist das», als wäre das Thema damit erschöpft.

Man konnte sich einen Jux aus dem Versuch machen, Patty dazu zu bewegen, dass sie einem beipflichtete, wenn man jemandes Benehmen als «schlecht» bezeichnete. Als sie hörte, dass Seth und Merrie Paulsen eine große Halloween-Party für ihre Zwillinge gaben und ganz bewusst alle Kinder aus der Nachbarschaft außer Connie Monaghan dazu eingeladen hatten, sagte sie nur, das sei ja «seltsam». Die Paulsens, die sie kurze Zeit später auf der Straße traf, erklärten ihr, sie hätten *den ganzen Sommer lang* vergeblich versucht, Connie Monaghans Mutter Carol davon abzubringen, Zigarettenkippen aus ihrem Schlafzimmerfenster in das kleine Planschbecken der Zwillinge zu schnippen. «Wirklich seltsam», sagte Patty kopfschüttelnd, «aber dafür kann Connie doch nichts.» Die Paulsens allerdings waren nicht bereit, sich mit «seltsam» zufriedenzugeben. Sie wollten *soziopathisch*, sie wollten *passiv-aggressiv*, sie wollten *schlecht*. Es war unabdingbar für sie, dass Patty wenigstens eines dieser Attribute wählte und es in Übereinstimmung mit ihnen auf Carol Monaghan anwendete, aber Patty war außerstande, über «seltsam» hinauszugehen, und so blieben die Paulsens ihrerseits bei ihrer Weigerung, Connie auf die Einladungsliste zu setzen. Immerhin ärgerte sich Patty über diese Ungerechtigkeit so sehr, dass sie mit ihren Kindern plus Connie und einer Schulfreundin am Nachmittag der Party auf einer Kürbisfarm eine Heuwagenspukfahrt machte, aber im Beisein anderer sagte sie über die Paulsens schlimmstenfalls, eine solche Gemeinheit gegenüber einer Siebenjährigen sei doch seltsam.

Carol Monaghan war die einzige andere Mutter in der Barrier Street, die schon genauso lange dort wohnte wie Patty. Als ehemalige Sekretärin eines hohen Beamten im Hennepin County war sie, wenn man so will, mittels eines Protektions-Austauschprogramms in Ramsey Hill gelandet, nachdem besagter Beamte sie geschwängert hatte. Die Mutter seines unehelichen Kindes auf der Gehaltsliste des eigenen Büros stehen zu lassen: Spätestens gegen Ende der siebziger Jahre gab es in der Twin-Cities-Region nicht mehr allzu viele Gerichtsstände, in denen sich das mit kluger Politik vereinbaren ließ. Carol wurde zu einer der unkonzentrierten, Pausen machenden Angestellten der Stadtverwaltung, und im Gegenzug bekam jemand aus St. Paul, der ähnlich gute Beziehungen unterhielt, eine Stelle auf der anderen Seite des Flusses. Das Haus zur Miete in der Barrier Street, gleich neben den Berglunds, war vermutlich Teil der Abmachung gewesen; sonst war schwer zu verstehen, warum Carol eingewilligt haben sollte, in einer Gegend zu wohnen, die damals praktisch noch ein Elendsviertel war. Im Sommer fuhr einmal die Woche bei Abenddämmerung, in einem Allradfahrzeug ohne Kennzeichen, ein vor sich hin stierender Jugendlicher in der Montur des städtischen Grünanlagenamts bei ihr vor und schob einen Rasenmäher durch ihren Garten, und im Winter sah man denselben Jugendlichen mit einer Schneefräse vor ihrem Haus den Gehweg räumen.

Gegen Ende der achtziger Jahre war Carol die Einzige im ganzen Viertel, die zu dessen Verbürgerlichung nichts beitrug. Sie rauchte Parliaments, bleichte sich die Haare, machte aus ihren Nägeln grelle Krallen, gab ihrer Tochter heftigst verarbeitete Lebensmittel zu essen und war jeden Donnerstagabend sehr lange aus («Moms freier Abend», erklärte sie, als hätten alle Mütter einen), verschaffte sich dann mit einem ihr von den Berglunds ausgehändigten Schlüssel Zutritt zu deren Haus und holte die schlafende Connie ab, die Patty unter mehreren Decken auf ein Sofa gebettet hatte. Mit unnachgiebiger Großmut hatte Patty immer wieder angeboten, sich um Connie zu kümmern, wenn Carol arbeitete oder einkaufen war oder sich ihren Donnerstagabenddingen widmete, und Carol verließ sich mittlerweile sehr auf diese unzähligen kostenlosen Babysitterdienste. Es konnte Pattys Aufmerksamkeit nicht entgangen sein, dass Carol ihr diese Großmut vergalt, indem sie ihre eigene Tochter Jessica ignorierte und übertrieben für ihren Sohn Joey schwärmte («Kriege ich noch ein Küsschen von meinem Herzensbrecher?») und bei Nachbarschaftstreffen, in ihren hauchdünnen Blusen und auf Cocktailkellnerinnenabsätzen, sehr dicht neben Walter stand, dessen Geschicklichkeit beim Eigenheimausbau lobte und über alles, was er sagte, vor Lachen schrie; jahrelang jedoch sagte Patty über Carol schlimmstenfalls, alleinerziehende Mütter hätten es eben schwer, und wenn Carol sich ihr gegenüber manchmal seltsam benehme, dann geschehe das vermutlich nur aus verletztem Stolz.

Für Seth Paulsen, der öfter von Patty redete, als es seiner Frau lieb war, gehörten die Berglunds zu jener Sorte hyperschuldbewusster Liberaler, die allen anderen verzeihen mussten, damit ihnen ihr eigenes Glück verziehen werden konnte; denen der Mut fehlte, zu ihrem privilegierten Leben auch zu stehen. Seths Theorie hatte allerdings einen Haken, denn die Berglunds waren gar nicht so privilegiert; soweit man wusste, war ihr einziger Vermögenswert das Haus, das sie eigenhändig restauriert hatten. Ein weiterer Haken, wie Merrie Paulsen betonte, war der, dass Patty nicht sonderlich progressiv, jedenfalls beileibe keine Feministin war (sie, die mit ihrem Geburtstagskalender zu Hause hockte und diese vermaledeiten Geburtstagskekse buk) und gegen Politik überhaupt allergisch schien. Wer sie auf eine Wahl oder einen Kandidaten ansprach, konnte erleben, wie sie sich vergebens bemühte, so froh und unbekümmert wie sonst zu sein – konnte erleben, wie sie hektisch wurde und in zu häufiges Nicken und Jajasagen verfiel. Merrie, zehn Jahre älter als Patty, und jedes einzelne davon sah man ihr an, hatte sich früher für die linke Studentenorganisation SDS in Madison engagiert und engagierte sich jetzt sehr in Sachen Beaujolais nouveau. Als Seth bei einem Abendessen Patty zum dritten oder vierten Mal erwähnte, wurde Merrie *nouveau rouge* im Gesicht und erklärte, Patty Berglunds vermeintlicher Nachbarschaftlichkeit liege *null* weitergehendes Bewusstsein, *null* Solidarität, *null* politische Substanz, *null* belastbare Struktur, *null* wahrer Gemeinschaftssinn zugrunde, das sei vielmehr alles bloß rückwärtsgewandter Hausfrauenquatsch, und sie, Merrie, glaube, wer je an der ach so netten Oberfläche kratzen würde, wäre womöglich überrascht, wie viel Härte, Egoismus, Konkurrenzdenken und Reaganismus darunter zum Vorschein kämen; es sei doch glasklar, dass für Patty einzig und allein ihre Kinder und ihr Eigenheim zählten – *nicht* ihre Nachbarn, *nicht* die Armen, *nicht* ihr Land, *nicht* ihre Eltern, ja noch nicht einmal ihr Mann.

Außerdem war Patty unbestreitbar in ihren Sohn vernarrt. Obwohl Jessica ihren Eltern viel offensichtlicher Freude machte – sie verschlang Bücher, liebte Tiere und Pflanzen, spielte sehr gut Flöte, ließ sich auf dem Fußballplatz nicht unterkriegen, war eine begehrte Babysitterin und nicht hübsch genug, um moralisch dadurch deformiert zu sein, sogar von Merrie Paulsen wurde sie bewundert –, war

Joey das Kind, über das sich Patty immerzu verbreiten musste. In ihrer kicherigen, vertrauensseligen, sich selbst herabsetzenden Art spuckte sie tonnenweise ungefilterte Details über ihre und Walters Schwierigkeiten mit ihm aus. Die meisten ihrer Geschichten kamen als Klagen daher, und dennoch bezweifelte niemand, dass sie den Jungen vergötterte. Sie war wie eine Frau, die sich über ihren ganz wunderbaren Dreckskerl von Freund beklagt. Als wäre sie stolz darauf, dass er auf ihrem Herzen herumtrampelte: als wäre ihre Bereitschaft, sich von ihm auf dem Herzen herumtrampeln zu lassen, das Wichtigste, ja vielleicht das Einzige, was die Welt von ihr wissen sollte.

«Er ist ein richtiges kleines Aas», sagte sie zu den anderen Müttern während des langen Winters der Zubettgehkriege, als Joey das Recht für sich in Anspruch nahm, so lange wach zu bleiben wie Patty und Walter.

«Hat er Wutausbrüche? Weint er?», fragten die anderen Mütter.

«Ist das euer Ernst?», sagte Patty. «Schön *wär's*, wenn er weinen würde! Weinen wäre ja normal, und es würde auch irgendwann wieder aufhören.»

«Was macht er denn dann?», fragten die Mütter.

«Er zweifelt die Grundlage unserer Autorität an. Wir lassen ihn in seinem Zimmer das Licht ausmachen, aber sein Standpunkt ist, dass er erst dann ins Bett gehen muss, wenn wir bei uns das Licht ausmachen, weil er kein bisschen anders ist als wir. Und ich schwöre bei Gott, man kann die Uhr danach stellen, alle fünfzehn Minuten – ich schwör's euch, er liegt da und starrt auf seinen Wecker –, alle fünfzehn Minuten ruft er: ‹Bin noch wach! Ich bin noch wach!› Und zwar in so einem *verächtlichen* oder sarkastischen Ton, ganz *seltsam*. Und ich flehe Walter an, den Köder diesmal nicht zu schlucken, aber nein, schon ist es wieder Viertel vor zwölf, und Walter steht in Joeys dunklem Zimmer, und sie streiten sich zum hundertsten Mal über den Unterschied zwischen Erwachsenen und Kindern und darüber, ob eine Familie eher eine Demokratie oder eine wohlwollende Diktatur ist, und am Ende bin *ich* diejenige, die die Nerven verliert, versteht ihr – bin ich es, die im Bett liegt und ‹Aufhören, aufhören› jammert.»

Merrie Paulsen konnte Pattys Geschichten nichts abgewinnen. Eines späten Abends, als sie nach einem Essen, das Seth und sie gegeben hatten, das Geschirr in die Spülmaschine räumte, sagte sie zu ihm, es sei doch kaum verwunderlich, dass Joey Schwierigkeiten habe, zwischen Kindern und Erwachsenen zu unterscheiden – schließlich scheine seine Mutter ja selbst nicht genau zu wissen, auf welche Seite sie gehöre. Sei ihm nicht auch aufgefallen, dass in Pattys Erzählungen immer Walter die Erziehungsmaßnahmen ergreife, als wäre sie selber eine belanglose Randfigur, die bloß *süß* zu sein habe?

«Ich frage mich, ob sie Walter eigentlich liebt oder nicht», sinnierte Seth hoffnungsfroh, während er eine letzte Flasche entkorkte. «Körperlich, meine ich.»

«Der Subtext lautet doch immer: ‹Mein Sohn ist außergewöhnlich›», sagte Merrie. «Andauernd beklagt sie sich darüber, was für eine enorm lange Aufmerksamkeitsspanne er hat.»

«Also, um fair zu sein, das passt doch gut zu seiner Sturheit», sagte Seth. «Zu der unendlichen Geduld, mit der er sich gegen Walter auflehnt.»

«Jedes Wort, das sie über ihn sagt, ist eine Art indirekte Angeberei.»

«Gibst du etwa *nie* an?», stichelte Seth.

«Wahrscheinlich schon», sagte Merrie, «aber wenigstens habe ich ein minimales Gespür dafür, wie sich das für andere Menschen anhört. Und mein Selbstwertgefühl hängt nicht davon ab, wie außergewöhnlich unsere Kinder sind.»

«Du bist eben die perfekte Mutter», stichelte Seth.

«Nein, das ist wohl Patty», sagte Merrie und ließ sich noch Wein nachschenken. «Ich bin lediglich sehr gut.»

Joey, klagte Patty, fliege alles nur so zu. Er war goldblond und hübsch und schien die Lösungen sämtlicher Aufgaben, die eine Schule ihm stellen konnte, von Natur aus zu kennen, so als wären ihm Multiple-Choice-Kombinationen aus As, Bs, Cs und Ds in die DNA eingeschrieben. Mit Nachbarn, die fünfmal so alt waren wie er, ging er verblüffend unbefangen um. Wenn er von der Schule oder seinem Wölflingsrudel zum Haustürverkauf von Schokoriegeln oder Lotterielosen verdonnert worden war, erzählte er freiheraus, auf was für «Gaunermethoden» er dabei zurückgriff. Er perfektionierte ein äußerst unangenehmes Lächeln der Herausforderung, wenn er bei anderen Jungen Spielsachen oder Spiele entdeckte, die Patty und Walter ihm nicht zu kaufen bereit waren. Um dieses Lächeln auszulöschen, bestanden seine Freunde darauf, ihren Besitz mit ihm zu teilen, und so wurde er zu einem Eins-a-Videospieler, obwohl seine Eltern Videospiele ablehnten, und entwickelte eine umfassende Vertrautheit mit eben jener Rockmusik, vor der sie seine präadoleszenten Ohren so unbedingt bewahren wollten. Er war nicht älter als elf oder zwölf, als er, so Patty, seinen Vater am Abendbrottisch, aus Versehen oder mit Absicht, «Bruder» nannte.

«O-ho, kam das bei Walter nicht gut an», sagte sie zu den anderen Müttern.

«So reden die Teenager heute alle miteinander», sagten die Mütter. «Das hat was mit Rap zu tun.»

«Ja, genau das hat Joey auch gesagt», erzählte Patty weiter. «Er hat gesagt, es sei nur ein Wort und nicht mal ein schlimmes. Und natürlich war Walter anderer Meinung. Und ich sitze da und denke: ‹Wal-ter, Wal-ter, lass-dich-nicht-drauf-ein, Dis-kus-sion zweck-los›, aber nein, er muss ihm erklären, warum man zum Beispiel zu einem erwachsenen Mann, vor allem zu einem Schwarzen, nicht ‹Junge› sagen darf, obwohl das auch kein schlimmes Wort ist, aber Joey weigert sich ja gerade, irgendeinen Unterschied zwischen Kindern und Erwachsenen anzuerkennen, das ist doch das Problem, und so endet es damit, dass Walter sagt, Joey bekomme keinen Nachtisch, woraufhin Joey behauptet, er wolle sowieso keinen, er *möge* Nachtisch gar nicht besonders, und ich sitze da und denke ‹Wal-ter, Wal-ter, lass-dich-nicht-drauf-ein›, aber Walter kann nicht anders – er muss Joey *beweisen*, dass er Nachtisch in Wirklichkeit *liebt*, aber Joey akzeptiert keinen von Walters Beweisen. Er behauptet, was natürlich eine absolut schamlose Lüge ist, dass er sich sonst nur deshalb vom Nachtisch nachgenommen hat, weil das so Sitte sei, und nicht, weil es ihm etwa gut geschmeckt habe, und der arme Walter, der es nicht erträgt, angelogen zu werden, sagt: ‹Na schön, wenn du keinen Nachtisch magst, wie wär's denn dann mit einem ganzen *Monat* ohne?›, und ich denke: ‹Oh, Wal-ter, Wal-ter, das-kann-nicht-gut-aus-ge-hen›, denn Joeys Antwort lautet: ‹Ich komme auch ein *Jahr* lang ohne Nachtisch aus, ich esse *nie wieder* Nachtisch, höchstens aus Höflichkeit, wenn ich irgendwo eingeladen bin›, was komischerweise eine glaubhafte Drohung ist – mit seinem Dickkopf könnte er das wahrscheinlich sogar durchhalten. Also sage ich: ‹Jungs, mal halblang, Nachtisch ist ein wichtiger Ernährungsbestandteil, jetzt lasst uns mal schön auf dem Teppich bleiben›, wodurch im Handumdrehen Walters Autorität untergraben ist, und da es in der ganzen Auseinandersetzung letztlich um nichts anderes als seine Autorität ging, kriege ich es hin, alles, was er vielleicht an Positivem erreicht hat, wieder zunichtezumachen.»

Der andere Mensch, der Joey über die Maßen liebte, war das Monaghan-Mädchen, Connie. Sie war eine ernste und schweigsame kleine Person, die einen irritierend ungerührt ansehen konnte, so als hätte man nichts mit ihr gemeinsam. Sie gehörte zum festen nachmittäglichen Inventar von Pattys Küche, wo sie hart daran arbeitete, Keksteig zu geometrisch vollkommenen Kugeln zu formen, bis die Butter flüssig wurde und den Teig dunkel glänzen ließ. In der Zeit, die sie für eine Kugel brauchte, formte Patty elf, und wenn sie alle aus dem Ofen kamen, versäumte Patty es nie, Connie zu fragen, ob sie den einen «wirklich perfekt gelungenen» (kleineren, flacheren, härteren) Keks essen dürfe. Jessica, die ein Jahr älter war als Connie, schien nichts dagegen zu haben, die Küche dem Nachbarsmädchen zu überlassen, während sie Bücher las oder sich mit ihren Terrarien beschäftigte. Für einen so vielseitigen Menschen wie sie stellte Connie keine Bedrohung dar. Connie wusste nichts von Ganzheit – hatte nur Tiefe, keine Breite. Wenn sie Bilder ausmalte, verlor sie sich darin, eine oder zwei Flächen mit einem einzigen Filzstift zu tränken, ließ den Rest weiß und überhörte Pattys Ermunterungen, doch auch einmal andere Farben auszuprobieren.

Connies ausgeprägte Fixierung auf Joey war für jede Mutter aus dem Viertel schon früh offensichtlich, außer für Patty, so schien es, was vielleicht daran lag, dass sie selbst so auf ihn fixiert war. In Linwood Park, wo Patty manchmal Sportveranstaltungen für die Kinder organisierte, saß Connie allein auf dem Rasen, flocht Kleeblumenkränze für niemanden und ließ die Minuten an sich vorüberrinnen, bis Joey zum Baseballabschlag ging oder mit dem Fußball über das Feld dribbelte und ihr Interesse einen Moment lang auf sich zog. Sie hatte etwas von einer Phantasiefreundin an sich, die eben sichtbar war. Dank seiner frühreifen Selbstbeherrschung hatte Joey es selten nötig, vor seinen Freunden gemein zu ihr zu sein, und sobald sich abzeichnete, dass die Jungs einfach mal unter sich sein wollten, war Connie wiederum klug genug, das Feld zu räumen und sich ohne Vorwurf oder Theater in Luft aufzulösen. Es gab ja immer noch den nächsten Tag. Lange Zeit hatte es außerdem immer noch Patty gegeben, auf Knien in ihren Gemüsebeeten oder im bekleckerten Wollhemd auf der Leiter, wo sie sich der Sisyphosarbeit widmete, den viktorianischen Anstrich in Schuss zu halten. Wenn Connie nicht bei Joey sein konnte, wollte sie ihm wenigstens nützlich sein, indem sie seiner Mutter Gesellschaft leistete, solange er nicht da war. «Wie sieht's mit deinen Hausaufgaben aus?», fragte Patty dann von der Leiter herab. «Brauchst du Hilfe?»

«Meine Mutter hilft mir, wenn sie nach Hause kommt.»

«Sie wird müde sein, so spät, wie es dann ist. Du könntest sie überraschen und dich jetzt gleich dransetzen. Willst du das nicht machen?»

«Nein, ich warte lieber.»

Wann genau Connie und Joey zu vögeln anfingen, war nicht bekannt. Seth Paulsen behauptete gern – ohne jeden Beweis, nur um die Leute aus der Fassung zu bringen –, Joey sei elf gewesen und Connie zwölf. Seine Vermutung gründete auf den Rückzugsmöglichkeiten, die das Baumhaus bot, das Joey sich mit Walters Hilfe in einem alten Holzapfelbaum auf dem freien Grundstück gebaut hatte. Als Joeys achtes Schuljahr vorbei war, fiel in den Antworten der Nachbarsjungen auf die bemüht beiläufigen elterlichen Fragen nach dem Sexualverhalten ihrer Schulfreunde immer häufiger sein Name, und später sah es so aus, als habe Jessica gegen Ende desselben Sommers etwas gemerkt – ohne zu sagen, warum, begegnete sie sowohl Connie wie ihrem Bruder plötzlich mit schneidender Verachtung. Aber niemand sah die beiden tatsächlich je zu zweit, bis sie im darauffolgenden Winter anfingen, gemeinsame Geschäfte zu machen.

Nach Pattys Auffassung hatte Joey aus seinen ständigen Streitereien mit Walter die Lehre gezogen, dass Kinder Eltern deshalb gehorchen müssten, weil Eltern im Besitz des Geldes seien. Daraus wurde ein weiteres Beispiel für seine Außergewöhnlichkeit: Während die anderen Mütter das Anspruchsdenken beklagten, mit dem ihre Kinder Geld einforderten, karikierte Patty lachend den Verdruss, den es Joey bereitete, Walter um finanzielle Unterstützung zu bitten. Die Nachbarn, die ihm manchmal Jobs gaben, kannten ihn als erstaunlich eifrigen Schneeschaufler oder Laubharker, aber Patty sagte, er ärgere sich insgeheim über die schlechte Bezahlung und finde, die Einfahrt eines Erwachsenen frei zu schaufeln bringe ihn diesem Erwachsenen gegenüber in eine missliche Position. Die lächerlichen Ideen zum Geldverdienen, die in Pfadfindermagazinen vorgeschlagen wurden – Zeitschriftenabonnements an der Haustür verkaufen, Zaubertricks erlernen und dann für die Darbietungen Eintritt nehmen, sich mit Taxidermie-Utensilien ausrüsten und die preisgekrönten Glasaugenbarsche der Nachbarn ausstopfen –, rochen allesamt entweder nach Vasallentum («Ich bin der Taxidermist der herrschenden Klasse») oder, schlimmer noch, nach Wohltätigkeit. Und so zog es ihn in seinem Bestreben, sich von Walter zu befreien, unweigerlich zum Unternehmertum.

Irgendjemand, vielleicht sogar Carol Monaghan selbst, zahlte die Gebühren für Connies kleine katholische Privatschule, St. Catherine's, auf der die Mädchen Uniformen trugen und außer einem Ring («schlicht, nur Metall»), einer Armbanduhr («schlicht, keine Steine») und zwei Ohrringen («schlicht, nur Metall, höchstens ein Zentimeter im Durchmesser») kein Schmuck erlaubt war. Da traf es sich gut, dass eine der umschwärmten Neuntklässlerinnen aus Joeys Schule, der Central High, von einem Familienausflug nach New York mit einer in der großen Pause weithin bewunderten billigen Uhr zurückgekommen war, in deren gelbes Armband, das aussah, als ob man es kauen könnte, ein Canal-Street-Händler im Thermoverfahren kleine bonbonrosa Plastikbuchstaben eingeprägt hatte, die eine Pearl-Jam-Songtextzeile ergaben, DON'T CALL ME DAUGHTER, so hatte das Mädchen es gewünscht. Wie Joey in seinen Bewerbungsessays fürs College später selbst berichten sollte, hatte er sofort die Initiative ergriffen und die Großhandelsquelle dieser Uhr sowie den Preis eines Thermodruckers ausfindig gemacht. Er steckte vierhundert Dollar von seinen eigenen Ersparnissen in die Ausrüstung und stellte ein Musterplastikarmband für Connie her (READY FOR THE PUSH stand darauf), damit sie es in ihrer Schule herumzeigen konnte, und dann verkaufte er, mit Connie als Kurier, individuell gestaltete Armbanduhren zu dreißig Dollar das Stück an nicht weniger als ein Viertel ihrer Mitschülerinnen, bevor die Nonnen es spitzkriegten und die Kleidervorschriften um das Verbot von Uhrenarmbändern mit eingeprägtem Text ergänzten. Was Joey natürlich – erzählte Patty den anderen Müttern – für einen Skandal hielt.

«Es ist kein Skandal», sagte Walter zu ihm. «Du hast von einer künstlichen Handelsbeschränkung profitiert. Ich kann mich nicht erinnern, dass du dich über die Regeln beklagt hättest, solange sie für dich von Vorteil waren.»

«Ich habe Geld investiert. Ich bin ein Risiko eingegangen.»

«Du hast ein Schlupfloch ausgenutzt, und das haben sie jetzt gestopft. Hättest du das nicht vorhersehen können?»

«Na ja, warum hast du mich nicht gewarnt?»

«Das habe ich doch.»

«Du hast bloß gesagt, ich könnte Geld verlieren.»

«Na bitte, und das ist noch nicht einmal passiert. Du hast nur nicht so viel verdient, wie du gehofft hattest.»

«Das Geld stand mir aber zu.»

«Joey, Geld zu verdienen ist kein *Recht.* Du verkaufst irgendwelchen Schrott, den diese Mädchen gar nicht brauchen und manche sich wahrscheinlich nicht mal leisten können. Das ist genau der Grund, warum es an Connies Schule Kleidervorschriften gibt – damit es für alle fair zugeht.»

«Genau – außer für mich.»

Aus der Art, wie Patty dieses Gespräch schilderte und sich über Joeys naive Empörung lustig machte, folgerte Merrie Paulsen, dass sie immer noch keinen Schimmer hatte, was ihr Sohn mit Connie Monaghan trieb. Um ganz sicherzugehen, bohrte sie ein bisschen nach. Was habe Connie wohl für ihren Einsatz bekommen? Ob sie auf Provisionsbasis gearbeitet habe?

«Oh, na klar, wir haben ihm gesagt, dass er ihr die Hälfte seiner Gewinne abgeben muss», antwortete Patty. «Aber das hätte er sowieso getan. Er war ihr gegenüber ja schon immer ganz fürsorglich, obwohl er jünger ist als sie.»

«Er ist also wie ein Bruder zu ihr ...»

«Nein, das eher nicht», scherzte Patty. «Viel netter. Du kannst ja Jessica mal fragen, wie es ist, seine Schwester zu sein.»

«Ha, genau, haha», sagte Merrie.

Seth berichtete sie ein paar Stunden später: «Es ist unglaublich, sie hat wirklich keine Ahnung.»

«Ich finde es falsch», sagte Seth, «sich an der Ahnungslosigkeit anderer Eltern zu weiden. Du forderst damit das Schicksal heraus, meinst du nicht?»

«Entschuldige, aber es ist einfach zu köstlich. Ich fürchte, du musst dir die Schadenfreude für mich mit verkneifen und so unser Schicksal in Schach halten.»

«Mir tut sie leid.»

«Also, mit Verlaub, ich finde es zum Schreien.»

Gegen Ende jenes Winters brach Walters Mutter in dem Damenbekleidungsgeschäft in Grand Rapids, wo sie arbeitete, infolge einer Lungenembolie ohnmächtig zusammen. In der Barrier Street kannte man Mrs. Berglund von ihren Besuchen an Weihnachten, den Geburtstagen der Kinder sowie ihrem eigenen Geburtstag, an dem Patty ihr jedes Jahr eine Massage bei einer ortsansässigen Krankengymnastin schenkte und sie mit Lakritze, Macadamianüssen und weißer Schokolade, ihren Lieblingssüßigkeiten, versorgte. Merrie Paulsen nannte sie nicht unfreundlich «Miss Bianca», nach der bebrillten Mäusedame in den Kinderbüchern von Margery Sharp. Mrs. Berglund hatte ein krepppapierenes, einstmals hübsches Gesicht und einen Tremor im Kiefer und in den Händen, von denen die eine durch Arthritis im Kindesalter arg verkümmert war. Nach lebenslanger harter Arbeit für seinen Suffkopf von Vater, mit dem sie das kleine Motel in der Nähe von Hibbing betrieben hatte, sei sie ausgezehrt, sagte Walter verbittert, ein körperliches Wrack, aber da sie entschlossen war, auch als Witwe unabhängig zu bleiben und sich ihre Eleganz zu bewahren, fuhr sie weiterhin mit ihrem alten Chevy Cavalier zu dem Bekleidungsgeschäft. Als Patty und Walter von ihrem Zusammenbruch hörten, eilten sie gen Norden und ließen Joey in der Obhut seiner ihn mit Verachtung strafenden großen Schwester zurück. Kurz nach dem Teenie-Fickfestival, das er daraufhin, in offener Auflehnung gegen Jessica, auf seinem Zimmer abhielt und das erst mit dem plötzlichen Tod und Begräbnis von Mrs. Berglund ein Ende fand, wurde Patty dann zu einer ganz anderen, einer sehr viel sarkastischeren Nachbarin.

«Ach, Connie, na ja», ging jetzt die Melodie, «so ein nettes Mädchen aber auch, so ein stilles, harmloses Mädchen mit einer so anständigen Mutter. Carol soll übrigens einen neuen Freund haben, einen richtigen Hengst von einem Mann, ungefähr halb so alt wie sie. Wäre es nicht schrecklich, wenn sie jetzt wegziehen würden, nach allem, was Carol getan hat, um uns das Leben zu verschönern? Und Connie, ja, die würde ich auch vermissen. Haha. So still und nett und dankbar.»

Patty sah furchtbar aus, fahl, übernächtigt, unterernährt. Sie hatte lange gebraucht, um so alt auszusehen, wie sie war, aber nun war Merrie Paulsens Warten darauf endlich belohnt worden.

«Jetzt dürfte sie's kapiert haben», sagte sie zu Seth.

«Raub ihres Löwenjungen – das schlimmste Verbrechen», sagte Seth.

«Raub, ganz genau», sagte Merrie. «Das arme, vorbildliche Unschuldslamm Joey, geklaut von dem kleinen Intelligenzbolzen von nebenan.»

«Na ja, immerhin ist sie anderthalb Jahre älter als er.»

«Auf dem Papier.»

«Du kannst sagen, was du willst», sagte Seth, «aber Patty hat Walters Mutter wirklich geliebt. Bestimmt ist sie sehr traurig.»

«O ja, ich weiß, ich weiß. Seth, das weiß ich doch. Und jetzt kann ich sie auch aufrichtig bemitleiden.»

Nachbarn, die den Berglunds näherstanden als die Paulsens, berichteten, Miss Bianca habe ihr Mäusehäuschen an einem kleinen See unweit von Grand Rapids ausschließlich Walter vermacht und nicht seinen beiden Brüdern. Dem Vernehmen nach gab es zwischen Walter und Patty Unstimmigkeiten darüber, wie sie damit umgehen sollten: Walter wollte das Haus verkaufen und den Erlös mit seinen Brüdern teilen, und Patty vertrat die Meinung, er müsse den Wunsch seiner Mutter respektieren, ihn dafür zu belohnen, dass er der gute Sohn gewesen sei. Der jüngere Bruder war Berufssoldat und lebte in der Mojave-Wüste auf dem dortigen Luftwaffenstützpunkt, während der ältere sein Erwachsenenleben damit zugebracht hatte, das väterliche Programm maßlosen Trinkens weiterzuentwickeln, ihre Mutter finanziell auszubeuten und sie ansonsten zu vernachlässigen. Walter und Patty waren jeden Sommer für ein, zwei Wochen mit den Kindern zu seiner Mutter gefahren und hatten häufig noch eine oder zwei von Jessicas Freundinnen aus der Nachbarschaft mitgenommen, die hinterher berichtet hatten, es sei dort waldig und rustikal und an der Ungezieferfront nicht allzu schlimm. Vielleicht Patty zuliebe, der das maßlose Trinken inzwischen selbst nicht mehr ganz fremd zu sein schien – wenn sie morgens aus dem Haus kam, um die blau umwickelte *New York Times* und die grün umwickelte *Star-Tribune* vom Gehweg aufzusammeln, war ihr Teint ein einziger Chardonnay-Klecks –, hatte Walter sich schließlich bereit gefunden, das Haus als Feriendomizil zu behalten, und sobald die Schule im Juni aus war, fuhr Patty mit Joey dorthin, um Schubladen auszuräumen und das Haus zu putzen und zu streichen, während Jessica mit Walter in Ramsey Hill blieb und einen Zusatzkurs in Lyrik belegte.

Einige Nachbarn, darunter nicht die Paulsens, brachten in jenem Sommer ihre Söhne zu dem Haus am See. Sie trafen Patty in erheblich besserer Verfassung an. Unter vier Augen animierte einer der Väter Seth Paulsen dazu, sie sich braungebrannt und barfuß in einem schwarzen Badeanzug und Jeans ohne Gürtel vorzustellen, ein Bild, das Seth ausgesprochen gut gefiel. In größerer Runde äußerten alle, wie aufmerksam und bester Laune Joey war und wie reibungslos er und Patty miteinander auszukommen schienen. Sie spielten mit jedem Besucher ein kompliziertes Gesellschaftsspiel, das sie «Assoziationen» nannten. Bis spät in die Nacht saß Patty vor der Fernsehkonsole ihrer Schwiegermutter und erheiterte Joey mit ihrer Detailkenntnis immer wieder ausgestrahlter Sitcoms der sechziger und siebziger Jahre. Joey, der herausgefunden hatte, dass ihr See auf den Ortskarten nicht verzeichnet war – eigentlich war es ein großer Teich, an dem, mit ihrem, nur zwei Häuser standen –, hatte ihn *namenlos* getauft, und Patty sprach den Namen zärtlich, ja gefühlsselig aus, «unser Namenloser See». Als Seth Paulsen von einem der heimkehrenden Väter hörte, Joey schufte dort oben stundenlang – säubere die Regenrinnen, beschneide Büsche, spachtele Wandfarbe ab –, fragte er sich, ob Patty ihrem Sohn wohl ein solides Salär für seine Dienste zahlte, ob das vielleicht Teil der Abmachung war. Doch niemand wusste es zu sagen.

Was Connie betraf, so konnten die Paulsens auf der Monaghanseite ihres Hauses kaum aus dem Fenster schauen, ohne sie warten zu sehen. Sie war wirklich ein sehr geduldiges Mädchen, hatte den Stoffwechsel eines Fisches zur Winterzeit. Abends räumte sie im Restaurant W. A. Frost die Tische ab, aber unter der Woche saß sie den ganzen Nachmittag lang wartend auf dem Treppenabsatz vor dem Haus, während Eiswagen vorbeifuhren und die jüngeren Kinder spielten, und am Wochenende saß sie auf einem Terrassenstuhl im Garten, warf hin und wieder einen kurzen Blick auf die lauten, brachialen, planlosen Baumfäll- und Anbauaktivitäten, die Blake, der neue Freund ihrer Mutter, mit seinen nicht gewerkschaftlich organisierten Kumpels aus dem Baugewerbe entfaltete, aber hauptsächlich wartete sie bloß.

«Na, Connie, was gibt's zurzeit Interessantes in deinem Leben?», fragte Seth sie vom Gartenweg aus.

«Abgesehen von Blake, meinen Sie?»

«Ja, abgesehen von Blake.»

Connie überlegte kurz, schüttelte dann den Kopf. «Nichts», sagte sie.

«Langweilst du dich?»

«Nicht wirklich.»

«Warst du mal im Kino? Liest du irgendwas?»

Connie fixierte Seth mit ihrem ungerührten Wir-haben-nichts-gemeinsam-Blick. «Ich habe *Batman* gesehen.»

«Und Joey? Ihr beide wart ja ziemlich dicke, du vermisst ihn doch sicher.»

«Der kommt schon wieder», sagte sie.

Nachdem der alte Zigarettenkippenkonflikt beigelegt worden war – Seth und Merrie räumten ein, es mit dem sommerlangen Zählen der Kippen im Planschbecken womöglich übertrieben, ja womöglich überreagiert zu haben –, hatten sie in Carol Monaghan eine reiche Informationsquelle zu allem Wissenswerten über die Lokalpolitik der Demokraten aufgetan, in der Merrie sich mehr und mehr engagierte. Ganz sachlich erzählte Carol haarsträubende Geschichten vom schmutzigen Parteiapparat, von versteckten Schmiergeldleitungen, manipulierten Ausschreibungen, durchlässigen Brandmauern und interessanter Rechenkunst und hatte an Merries Entsetzen ihren Spaß. Merrie lernte Carol als leibhaftiges Exempel eben jener städtischen Korruption schätzen, die sie doch bekämpfen wollte. Das Großartige an Carol war, dass sie sich nie zu ändern schien – sich immer noch jeden Donnerstagabend für wen auch immer aufbrezelte, Jahr für Jahr für Jahr, und die patriarchalischen Sitten in der Kommunalpolitik am Leben erhielt.

Und dann, eines Tages, änderte sie sich doch. So etwas kam in letzter Zeit häufiger vor. Der Bürgermeister der Stadt, Norm Coleman, war zum Republikaner mutiert, und ein früherer Profiringer nahm Kurs auf die Gouverneursvilla. In Carols Fall war der Katalysator ihr neuer Freund Blake, ein ziegenbärtiger junger Baggerführer, den sie an ihrem Schalter in der Stadtverwaltung kennengelernt hatte und für den sie ihr Erscheinungsbild dramatisch veränderte: keine aufwendige Frisur und Begleitservice-Kleidung mehr, dafür enge Hosen, ein einfacher Stufenschnitt und weniger Make-up. Eine Carol, wie sie noch nie jemand gesehen hatte, eine regelrecht glückliche Carol, sprang ausgelassen aus Blakes F-250er Pick-up – kurz dröhnte Hymnenrock die Straße rauf und runter – und knallte die Beifahrertür wieder zu. Schon bald blieb Blake über Nacht bei ihr, schlurfte im Vikings-Trikot herum, die Arbeitsstiefel ungeschnürt und eine Bierdose in der Hand, und binnen kurzem ging er mit der Kettensäge auf jeden Baum im Garten los und jagte einen gemieteten Bagger über das Grundstück. Auf der Stoßstange seines Pick-ups stand ICH BIN WEISS UND GEHE WÄHLEN.

Die Paulsens, die selbst gerade eine lange Renovierungsphase hinter sich hatten, mochten sich über den Lärm und das Durcheinander nicht beschweren, und Walter, der Nachbar zur anderen Seite, war zu nett oder zu beschäftigt dafür, aber als Patty, nach den Monaten mit Joey am See, Ende August wieder nach Hause kam, drehte sie vor Empörung fast durch und lief mit wildem Blick straßauf, straßab von Tür zu Tür, um über Carol Monaghan herzuziehen. «Entschuldigt bitte», sagte sie, «was ist denn hier los? Kann mir mal jemand sagen, was hier los ist? Hat irgendwer den Bäumen den Krieg erklärt, ohne es mir mitzuteilen? Wer ist dieser Paul Bunyan mit dem Pick-up? Was geht da vor? Ist Carol nicht mehr bloß Mieterin? Darf man Bäume abholzen, wenn man bloß zur Miete wohnt? Seit wann kann man einfach die Rückwand eines Hauses einreißen, das einem gar nicht gehört? Hat sie das Haus vielleicht gekauft, ohne dass wir etwas davon mitgekriegt haben? Wie das denn, bitteschön? Sie kann ja noch nicht mal eine Glühbirne auswechseln, ohne meinen Mann anzurufen! ‹Tut mir leid, dass ich dich beim Abendessen störe, Walter, aber wenn ich den Lichtschalter da umlege, passiert nichts. Würde es dir was ausmachen, mal eben rüberzukommen? Und wenn du dann schon hier bist, könntest du mir doch auch gleich bei meiner Steuererklärung helfen, nicht, Walterschätzchen? Ich muss sie morgen abgeben, und meine Nägel sind noch nicht trocken.› Wie sollte diese Person denn wohl einen Kredit bekommen? Muss sie nicht erst ihre Victoria's-Secret-Rechnungen bezahlen? Wieso darf sie überhaupt einen Freund haben? Gibt es da nicht irgend so einen fetten Typen drüben in Minneapolis? Sollte man dem fetten Typen nicht vielleicht mal ein Licht aufstecken?»

Erst als Patty die Tür der Paulsens erreicht hatte, weit unten auf ihrer Liste aufzusuchender Nachbarn, erhielt sie ein paar Antworten. Merrie erklärte ihr, Carol Monaghan miete das Haus inzwischen tatsächlich nicht mehr. Es sei eines von mehreren hundert, die das städtische Wohnungsamt in den Jahren der Verwahrlosung des Viertels in Besitz genommen habe und nun zu Schnäppchenpreisen zu verkaufen beginne.

«Wieso weiß ich davon nichts?»

«Du hast nie nachgefragt», sagte Merrie. Und konnte nicht widerstehen hinzuzufügen: «Politik hat dich ja offenbar nie besonders interessiert.»

«Und ihr meint, sie hat es billig bekommen.»

«Sehr billig. Kann eben nicht schaden, die richtigen Leute zu kennen.»

«Und wie findet *ihr* das?»

«Ich finde, es ist theoretisch genauso wie finanzpolitisch eine Sauerei», sagte Merrie. «Ein Grund, warum ich für Jim Schiebel arbeite.»

«Ihr wisst ja, ich habe dieses Viertel immer geliebt», sagte Patty.

«Ich habe hier immer gern gewohnt, selbst am Anfang. Und plötzlich kommt mir alles so schmutzig und hässlich vor.»

«Nicht verzagen, Aufstand wagen», sagte Merrie und gab ihr ein paar Bücher zum Thema.

«Mit Walter würde ich im Augenblick nicht gern tauschen», sagte Seth, als Patty gegangen war.

«Das freut mich zu hören», sagte Merrie.

«Habe ich mich getäuscht, oder hast du da auch so einen Unterton ehelichen Unmuts rausgehört? Ich meine – Carol bei der Steuererklärung helfen, wusstest du das? Ziemlich interessant, finde ich, davon habe ich nie was mitbekommen. Und nun konnte er nicht mal ihren schönen Blick auf Carols Bäume retten.»

«Das Ganze hat so was reaganhaft Regressives», sagte Merrie. «Sie hat gedacht, sie könnte in ihrer kleinen Luftblase leben, sich ihre eigene kleine Welt erschaffen. Ihr eigenes kleines Puppenhaus.»

Der Anbau, der während der nächsten neun Monate Wochenende für Wochenende aus Carols Garten-Schlammloch emporwuchs, glich einem gigantischen Bootsschuppen, dessen mit Acryl verkleidete Außenwände von drei schlichten Fenstern durchbrochen waren. Carol und Blake bezeichneten den Anbau als «Mehrzweckraum», ein Konzept, das in Ramsey Hill bis dato keine Vorläufer hatte. Nach der Zigarettenkippenkontroverse hatten die Paulsens einen hohen Zaun gezogen und eine Reihe von Zierfichten gepflanzt, die inzwischen groß genug geworden waren, um Merrie und Seth von dem Anblick abzuschirmen. Nur die Berglund'schen Sichtachsen blieben unverstellt, und Patty war schon bald derart auf den von ihr so genannten «Hangar» fixiert, dass die anderen Nachbarn dem Gespräch mit ihr aus dem Weg gingen, was sie vorher nie getan hatten. Sie winkten ihr von der Straße aus zu und riefen einen Gruß, hüteten sich aber, stehenzubleiben und sich in eine Diskussion verwickeln zu lassen. Die berufstätigen Mütter waren sich einig, dass Patty zu viel Zeit hatte. Früher, im Umgang mit den kleinen Kindern, denen sie Sportunterricht gegeben und Haushaltsfertigkeiten beigebracht hatte, war sie phänomenal gewesen, aber jetzt waren fast alle Kinder in der Straße groß. Ganz gleich, womit Patty ihre Tage auszufüllen suchte, immer blieb sie in Sicht- oder Hörweite der Bautätigkeiten nebenan. Alle paar Stunden kam sie aus ihrem Haus, lief im Garten auf und ab und spähte zum Mehrzweckraum hinüber wie ein Tier, das in seinem Nest gestört worden ist, und manchmal ging sie am Abend hinüber und klopfte an die provisorische Sperrholztür.

«Hallo, Blake, wie geht's, wie steht's?»

«Danke, bestens.»

«Das hört man! Also ehrlich, weißt du was – die Skilsäge da ist für halb neun Uhr abends ziemlich laut. Was hältst du davon, für heute Schluss zu machen?»

«Nicht sehr viel, offen gesagt.»

«Und was ist, wenn ich dich darum bitten würde?»

«Keine Ahnung. Wie wär's, wenn du mich meine Arbeit machen lässt?»

«Das würde mir überhaupt nicht passen, weil der Lärm uns nämlich enorm stört.»

«Tja, also, weißt du was? Pech.»

Patty gab ein lautes, unwillkürliches, wieherndes Lachen von sich. «Hahaha! Pech?»

«Ja. Also, hör mal zu, das mit dem Lärm tut mir leid. Aber Carol sagt, ihr habt bei der Renovierung eures Hauses ungefähr fünf Jahre lang Lärm gemacht.»

«Hahaha. Ich kann mich nicht erinnern, dass sie sich je beklagt hätte.»

«Ihr habt getan, was ihr tun musstet. Jetzt tue ich, was ich tun muss.»

«Aber was du da tust, ist richtig hässlich. Tut mir leid, aber es sieht grauenhaft aus. Einfach – scheußlich und grauenhaft. Im Ernst. Anders kann man es nicht nennen. Aber darum geht's hier gar nicht. Es geht um die Skilsäge.»

«Du stehst auf einem Privatgrundstück und solltest jetzt besser gehen.»

«Na schön, dann werde ich wohl die Polizei rufen.»

«Meinetwegen, nur zu.»

Danach konnte man sie, zitternd vor Wut, den Gartenweg auf und ab laufen sehen. Sie rief tatsächlich wiederholt die Polizei, und ein paarmal kamen die Beamten auch und knöpften sich Blake vor, aber bald waren sie es leid, von ihr zu hören, und tauchten erst im folgenden Februar wieder auf, als jemand die schönen neuen Winterreifen von Blakes F-250er zerstochen hatte, alle vier, und Blake und Carol die Beamten an ihre Nachbarin verwiesen, von der telefonisch so oft Beschwerden eingegangen waren. Das wiederum führte dazu, dass Patty erneut straßauf, straßab von Tür zu Tür ging und Schimpftiraden vom Stapel ließ. «Die offenkundige Verdachtsperson, ja? Die Mutter zweier halbwüchsiger Kinder von nebenan, ich, eine Schwerverbrecherin, ja? Ich, eine Verrückte! Er hat den größten, hässlichsten Wagen in der ganzen Straße, mit Aufklebern dran, die so ungefähr jeden beleidigen, der kein weißer Rassist ist, aber mein Gott, wie mysteriös, wer außer mir könnte ihm wohl die Reifen zerstochen haben wollen?»

Merrie Paulsen war davon überzeugt, dass der Reifenzerstecher Patty war.

«Ich kann mir das nicht vorstellen», sagte Seth. «Klar, offensichtlich leidet sie, aber sie ist doch keine Lügnerin.»

«Mag sein, aber ich habe sie auch nie ausdrücklich sagen hören, dass sie es nicht gewesen ist. Hoffentlich hat sie einen guten Therapeuten. Brauchen könnte sie's. Das und einen Ganztagsjob.»

«Ich frage mich nur: Wo ist Walter?»

«Walter schuftet sich halb tot, um genug Geld zu verdienen, damit sie den ganzen Tag zu Hause hocken und die durchgedrehte Hausfrau spielen kann. Er ist für Jessica ein guter Vater und für Joey so etwas wie ein Realitätsprinzip. Ich würde sagen, er hat alle Hände voll zu tun.»

Walters augenfälligste Eigenschaft, von seiner Liebe zu Patty abgesehen, war seine Nettigkeit. Walter war einer dieser guten Zuhörer, die offenbar alle anderen Menschen interessanter und eindrucksvoller finden als sich selbst. Er hatte grotesk helle Haut, ein schwach ausgeprägtes Kinn und engelhaft gelocktes Haar, und er trug seit eh und je dieselbe Drahtbrille mit den runden Gläsern. Seine Laufbahn hatte er bei 3M als Anwalt in der Rechtsabteilung begonnen, war dort jedoch nicht sehr erfolgreich gewesen und daraufhin in den Unternehmensbereich Philanthropie und Wohltätigkeit abgeschoben worden, eine Sackgasse der Firma, in der Nettigkeit als Vorzug galt. In der Barrier Street verteilte er ständig tolle Freikarten für das Guthrie-Theater und das St. Paul Chamber Orchestra und erzählte den Nachbarn von seinen Begegnungen mit Lokalmatadoren wie Garrison Keillor und Kirby Puckett und einmal sogar Prince. Erst kürzlich hatte er überraschend bei 3M gekündigt und war Referent für Landnutzung bei der Naturschutzorganisation The Nature Conservancy geworden. Niemand außer den Paulsens hatte geahnt, dass er ein solches Maß an Unzufriedenheit hegte, aber Walter begeisterte sich für die Natur keinen Deut weniger als für die Kultur, und die einzige nach außen hin sichtbare Veränderung in seinem Leben war die, dass er an den Wochenenden nun viel seltener zu Hause war.

Das mag einer der Gründe gewesen sein, warum er sich nicht, wie man vielleicht hätte erwarten können, in Pattys Streit mit Carol Monaghan einmischte. Wenn man ihn geradeheraus fragte, was er davon hielt, kicherte er nervös. «Ich bin da eine Art unparteiischer Beobachter», sagte er. Und ein unparteiischer Beobachter blieb er den ganzen Frühling und Sommer von Joeys zweitem Collegejahr hindurch bis in den Herbst, als Jessica zum Studieren an die Ostküste ging und Joey aus seinem Elternhaus aus- und bei Carol, Blake und Connie einzog.

Der Umzug war ein erstaunlicher Akt der Rebellion und ein Dolchstoß in Pattys Herz – der Anfang vom Ende ihres Lebens in Ramsey Hill. Joey hatte den Juli und den August in Montana verbracht, um auf der Hochlandfarm eines von Walters wichtigsten Nature-Conservancy-Sponsoren zu arbeiten, und war mit breiten, männlichen Schultern und fünf Zentimeter größer als zuvor zurückgekommen. Walter, der für gewöhnlich kein Angeber war, hatte den Paulsens bei einem Picknick im August anvertraut, der Sponsor habe ihn angerufen und gesagt, Joeys Furchtlosigkeit und Ausdauer beim Kälberfang und Schafbad hätten ihn «umgehauen». Patty dagegen hatte, auf demselben Picknick, schon diesen vor Kummer leeren Blick. Im Juni, bevor Joey nach Montana fuhr, hatte sie ihn noch einmal mit zum Namenlosen See genommen, damit er ihr bei Ausbesserungsarbeiten am Haus zur Hand ging, und der einzige Nachbar, der sie dort besucht hatte, beschrieb einen fürchterlichen Nachmittag, an dem Mutter und Sohn sich gegenseitig wieder und wieder, auf offener Bühne, tief verletzt hätten, bei einem Streit, in dessen Verlauf Joey Patty wegen ihrer Eigenarten verspottet und ihr schließlich ins Gesicht gesagt habe, sie sei «dumm», worauf Patty «Hahaha!» geschrien habe, «dumm! Mein Gott, Joey! Deine Reife verblüfft mich immer wieder! Die eigene Mutter vor anderen Leuten dumm nennen, das ist ja so ein sympathischer Zug! Was bist du bloß für ein großer, starker, unabhängiger Mann!»

Gegen Ende des Sommers hatte Blake die Arbeiten am Mehrzweckraum weitgehend abgeschlossen und staffierte ihn mit so Blake'schen Gerätschaften wie PlayStation, Kicker- und Air-Hockey-Tischen, gekühltem Bierfass, Großbildfernseher, verstellbaren Lehnsesseln sowie einem Vikings-Kronleuchter aus Buntglas aus. Den Nachbarn blieb nur, sich auszumalen, mit welchem Sarkasmus Patty diese Annehmlichkeiten vom Abendbrottisch aus bedachte und wie Joey seine Mutter für dumm und unfair erklärte und Walter ihm wütend Entschuldigungen gegenüber Patty abverlangte, aber den Abend, an dem Joey zur Nachbarsfamilie überlief, brauchte sich niemand auszumalen, weil Carol Monaghan ihn jedem aus der Straße, der den Berglunds gegenüber illoyal genug war, ihr zuzuhören, mit lauter und etwas hämischer Stimme gern beschrieb.

«Joey war *so* ruhig, *so* ruhig», sagte Carol. «Ich schwöre bei Gott, er sah aus, als könnte er kein Wässerchen trüben. Ich bin mit Connie rübergegangen, um ihn zu unterstützen und auch um klarzumachen, dass mir die Regelung total recht ist, denn ihr kennt Walter ja, so rücksichtsvoll, wie er ist, hätte er sonst bestimmt befürchtet, ich könnte das als Zumutung empfinden. Und Joey war total verantwortungsbewusst, wie immer. Er wollte nur, dass alle auf demselben Stand sind und dass die Karten offen auf dem Tisch liegen. Er hat ihnen erklärt, er und Connie hätten alles mit mir besprochen, und ich habe Walter gesagt – weil mir nämlich klar war, dass ihm das Sorgen machen würde –, ich habe ihm gesagt, die Lebensmitteleinkäufe wären kein Problem. Blake und ich sind jetzt eine Familie, und wir füttern gern noch einen mehr durch, und außerdem ist Joey große Klasse, wenn es ums Abwaschen und Müllrausbringen und Aufräumen geht, und dann habe ich Walter noch gesagt, er und Patty wären Connie gegenüber ja auch so großzügig gewesen und hätten sie bei sich mitessen lassen und so. Ich wollte das anerkennen, denn sie waren wirklich großzügig, als ich mein Leben nicht im Griff hatte, und ich bin ihnen dafür all die Jahre unheimlich dankbar gewesen. Und Joey bleibt die ganze Zeit dermaßen ruhig und verantwortungsbewusst. Er sagt, dass er eigentlich gar keine andere Wahl hat, wenn er Zeit mit Connie verbringen will, weil Patty sie ja nicht mal mehr ins Haus lässt, und ich springe ihm bei und sage, wie total ich hinter ihrer Beziehung stehe – wenn bloß alle anderen jungen Leute auf dieser Welt so verantwortungsbewusst wären wie die beiden, dann wäre die Welt viel schöner – und wie viel besser es ist, dass sie bei mir, in Sicherheit und Verantwortung, im Haus wohnen, anstatt irgendwo draußen rumzuschleichen und sich in Schwierigkeiten zu bringen. Ich bin Joey so dankbar, er wird bei mir im Haus immer willkommen sein. Das habe ich ihnen gesagt. Und ich weiß schon, dass Patty mich nicht mag, sie hat immer auf mich herabgesehen und auch Connie hochnäsig behandelt. Das weiß ich ganz genau. Ich weiß so einiges darüber, wozu Patty fähig ist. Deshalb war mir auch klar, dass sie auf die eine oder andere Art ausflippen würde. Und tatsächlich verzieht sie das Gesicht und sagt: ‹Glaubst du etwa, er *liebt* deine Tochter? Glaubst du im Ernst, er ist in sie *verliebt*?› Mit dieser hohen, dünnen Stimme. Als wäre es unmöglich, dass einer wie Joey sich in Connie verliebt, weil ich nicht aufs College gegangen bin oder was weiß ich, oder weil ich nicht in so einem großen Haus wohne oder nicht aus New York komme oder was weiß ich, oder weil ich, anders als sie, einen kreuzehrlichen Vierzigstundenjob habe. Patty ist so voller Geringschätzung mir gegenüber, das glaubt man gar nicht. Aber mit Walter, dachte ich, könnte ich reden. Der ist wirklich ein Schatz. Sein Gesicht ist knallrot angelaufen, wahrscheinlich weil ihm das alles peinlich ist, und er sagt: ‹Carol, ihr müsst jetzt bitte gehen, du und Connie, damit wir in Ruhe mit Joey sprechen können.› Was ich in Ordnung finde. Ich bin doch nicht hingegangen, um Unfrieden zu stiften, so jemand bin ich nicht. Aber Joey sagt nein. Er sagt, dass er sie ja nicht um Erlaubnis bittet, sondern ihnen nur mitteilt, was er tun wird, und dass es nichts zu diskutieren gibt. Und da verliert Walter die Fassung. Komplett. Die Tränen strömen ihm übers Gesicht, so fertig ist er – und ich kann das verstehen, immerhin ist Joey sein jüngstes Kind, und es ist ja nicht seine Schuld, dass Patty so uneinsichtig und so gemein zu Connie ist und dass Joey deshalb nun nicht mehr bei ihnen wohnen möchte. Jedenfalls fängt er an, aus vollem Hals zu brüllen, so was wie DU BIST SECHZEHN JAHRE ALT, UND DU GEHST NIRGENDWOHIN, BIS DU NICHT MIT DER SCHULE FERTIG BIST. Und Joey lächelt ihn nur an, er könnte kein Wässerchen trüben. Er sagt, es ist nicht verboten, dass er auszieht, und außerdem zieht er ja nur nach nebenan. Total vernünftig. Ich wünschte, ich wäre mit sechzehn auch nur ansatzweise so klug und souverän gewesen. Im Ernst, er ist wirklich ein toller Junge. Und Walter tat mir irgendwie leid, weil er jetzt lauter so Zeug brüllte, von wegen, er bezahlt Joeys College nicht, und Joey darf nächsten Sommer nicht wieder nach Montana, und er verlangt ja nicht mehr, als dass Joey zum Abendessen kommt und in seinem eigenen Bett schläft und ein Teil der Familie ist. Und Joey daraufhin: ‹Ich bin doch noch ein Teil der Familie›, was er ja im Übrigen nie bestritten hat. Aber Walter stampft durch die Küche, ein paar Sekunden lang habe ich wirklich gedacht, er schlägt gleich zu, aber er ist bloß total aus der Fassung, er brüllt: RAUS HIER, RAUS HIER, ICH BIN ES LEID, RAUS HIER, und dann ist er weg, und man hört ihn oben in Joeys Zimmer Schubladen aufreißen oder so was, und Patty rennt hinterher, und sie schreien sich an, und Connie und ich nehmen Joey in den Arm, weil er der einzige Vernünftige in dieser Familie ist und uns so leidtut, und in dem Moment bin ich überzeugt, dass es das Richtige für ihn ist, bei uns einzuziehen. Walter kommt die Treppe wieder runtergestampft, und wir hören Patty schreien wie eine Irre – jetzt ist sie es, die total die Fassung verloren hat –, und Walter fängt wieder an zu brüllen: SIEHST DU, WAS DU DEINER MUTTER ANTUST? Denn es dreht sich alles nur um Patty, versteht ihr, immer muss sie das Opfer sein. Und Joey steht bloß da und schüttelt den Kopf, weil die Situation so eindeutig ist. Warum sollte er in so einem Haushalt wohnen wollen?»

Obwohl manche Nachbarn zweifellos Genugtuung daraus zogen, dass Patty mit all dem Wind um ihren außergewöhnlichen Sohn Sturm geerntet hatte, änderte das an den Tatsachen letztlich wenig: Carol Monaghan war in der Barrier Street noch nie beliebt gewesen, Blake wurde weitgehend abgelehnt, Connie fanden die meisten unheimlich, und Joey hatte keiner je recht über den Weg getraut. Als sein Aufstand sich herumsprach, überwogen unter den Bürgern Ramsey Hills das Mitleid für Walter, die Sorge um Pattys seelische Verfassung sowie ein überwältigendes Gefühl der Erleichterung, ja der Dankbarkeit dafür, wie normal die eigenen Kinder waren – wie vorbehaltlos sie sich über elterliche Großzügigkeiten freuten, wie bereitwillig sie sich bei ihren Hausaufgaben oder College-Bewerbungen helfen ließen, wie brav sie telefonisch Bescheid gaben, wenn sie nach der Schule nicht gleich nach Hause kamen, wie offenherzig sie von ihren kleinen Alltagsnöten erzählten und wie beruhigend vorhersehbar ihre Erfahrungen mit Sex und Gras und Alkohol waren. Das Elend, das dem Berglund'schen Haus entströmte, war ein Fall für sich. Walter – der, wie man nur hoffen konnte, von Carols Geschwätz über den Abend, an dem er «die Fassung verloren hatte», gar nichts wusste – gab verschiedenen Nachbarn gegenüber verlegen zu, er und Patty seien als Eltern «gefeuert» worden und täten ihr Bestes, es nicht persönlich zu nehmen. «Manchmal kommt er zum Lernen rüber», sagte Walter, «aber im Moment scheint er sich wohler zu fühlen, wenn er bei Carol übernachtet. Wir werden ja sehen, wie lange noch.»

«Und wie verkraftet Patty das alles?», fragte Seth Paulsen nach.

«Nicht gut.»

«Wir hätten euch so gern bald mal wieder zum Abendessen bei uns.»

«Das wäre schön», sagte Walter, «aber ich glaube, Patty fährt jetzt erst mal für eine Weile ins Haus meiner Mutter. Sie ist ja dabei, es zu renovieren.»

«Ich mache mir Sorgen um sie», sagte Seth mit einem kleinen Aussetzer in der Stimme.

«Ja, ich mir auch ein bisschen. Aber ich habe sie schon trotz Schmerzen weiterspielen sehen. Am College hat sie sich mal eine böse Knieverletzung zugezogen und noch zwei Spiele durchgehalten.»

«Aber hatte sie dann nicht eine Operation, die, ähm, ihre Karriere beendet hat?»

«Seth, ich wollte damit vor allem sagen, wie zäh sie ist. Dass sie auch unter Schmerzen weiterspielen kann.»

«Klar.»

Walter und Patty schafften es nie zu einem Essen bei den Paulsens. Patty verkroch sich über weite Strecken des Winters und Frühlings am Namenlosen See, fern von der Barrier Street, und selbst wenn ihr Auto in der Einfahrt stand – in der Weihnachtszeit zum Beispiel, als Jessica vom College nach Hause kam und, ihren Freunden zufolge, einen «mordsmäßigen Streit» mit Joey hatte, der dazu führte, dass Joey mehr als eine Woche in seinem alten Zimmer schlief und seiner formidablen Schwester das traditionelle Weihnachtsfest bescherte, das sie sich wünschte –, mied Patty die Nachbarschaftstreffen, bei denen ihr Gebäck und ihre Freundlichkeit einst so willkommene feste Größen gewesen waren. Gelegentlich sah man sie Besuch von etwa vierzigjährigen Frauen empfangen, ihren Frisuren sowie den Aufklebern an ihren Subarus nach zu urteilen, ehemaligen Basketball-Mannschaftskameradinnen von ihr, und dann und wann hieß es wieder, sie trinke, aber das war in erster Linie Spekulation, denn bei all ihrer Freundlichkeit hatte sie sich mit niemandem in Ramsey Hill je richtig angefreundet.

Von Silvester an wohnte Joey wieder bei Carol und Blake. Ein Großteil der Anziehungskraft, die dieses Haus auf ihn ausübte, wurde allgemein dem Bett zugeschrieben, das er dort mit Connie teilte. Seine Freunde wussten um seine sonderbare, militante Ablehnung der Masturbation, deren bloße Erwähnung ihm stets ein herablassendes Lächeln entlockte; er habe den Ehrgeiz, behauptete er, durchs Leben zu gehen, ohne je darauf zurückgreifen zu müssen. Scharfsinnigere Nachbarn, darunter die Paulsens, mutmaßten, dass Joey es überdies genoss, in diesem Haus der Intelligenteste zu sein. Er wurde zum Fürsten des Mehrzweckraums, dessen Vergnügungen er allen, die er mit seiner Freundschaft beehrte, zugänglich machte (und dessen unbeaufsichtigtes Bierfass er in den Tischgesprächen der gesamten Nachbarschaft zu einem Stein des Anstoßes werden ließ). Sein Verhalten Carol gegenüber grenzte irritierend ans Flirten, und Blake nahm er für sich ein, indem er sich für all dessen Steckenpferde begeisterte, insbesondere die Elektrowerkzeuge und den Pick-up, an dessen Steuer er fahren lernte. Er belächelte den Enthusiasmus seiner Mitschüler für Al Gore und Senator Wellstone auf eine so unangenehme Weise, als wäre Liberalismus eine Schwäche und mit Selbstbefleckung gleichzusetzen, was die Vermutung nahelegte, dass er teilweise sogar Blakes politische Ansichten übernommen hatte. Im Sommer darauf jedenfalls fuhr er nicht wieder nach Montana, sondern arbeitete auf dem Bau.

Und jeder, ob zu Recht oder nicht, hatte das Gefühl, irgendwie sei Walter – Walters Nettigkeit – an allem schuld. Anstatt Joey an den Haaren nach Hause zu schleifen und dafür zu sorgen, dass er sich benahm, anstatt Patty ordentlich eins überzubraten und dafür zu sorgen, dass sie sich benahm, verbarrikadierte er sich hinter seiner Arbeit für die Naturschutzorganisation, in der er ziemlich schnell zum Geschäftsführer für Minnesota aufgestiegen war, und ließ das Haus Abend für Abend verwaist zurück, ließ die Blumenbeete verwahrlosen und die Hecken verwildern und die Fenster verschmutzen, ließ den schmuddeligen Stadtschnee das schiefgewordene GORE/LIEBERMANN-Schild verschlingen, das immer noch vor dem Haus im Boden steckte. Selbst die Paulsens zeigten kein Interesse mehr an den Berglunds, seit Merrie für den Stadtrat kandidierte. Patty verbrachte den ganzen nächsten Sommer am Namenlosen See, und kurz nach ihrer Rückkehr – einen Monat nachdem Joey unter finanziellen Umständen, die in Ramsey Hill nicht bekannt waren, an der University of Virginia zu studieren begonnen hatte, und zwei Wochen nach der großen nationalen Tragödie – tauchte ein ZU VERKAUFEN-Schild vor der viktorianischen Villa auf, in die sie und Walter mit ganzer Kraft ihr halbes Leben investiert hatten. Walter pendelte zu dem Zeitpunkt schon zu einer neuen Arbeitsstelle in Washington. Die Immobilienpreise sollten kurz darauf beispiellose Höhen erreichen, aber noch befand sich der lokale Markt nahe der Talsohle der auf den elften September folgenden Rezession. Patty überwachte den Verkauf des Hauses, zu einem jämmerlichen Preis, an ein gesetztes schwarzes Ehepaar, beide berufstätig, mit dreijährigen Zwillingen. Im Februar gingen die zwei Berglunds ein letztes Mal in der Barrier Street von Tür zu Tür, um sich in höflicher Form zu verabschieden, Walter, indem er alle nach ihren Kindern fragte und jedem von ihnen seine besten Wünsche ausrichten ließ, und Patty, indem sie vorwiegend schwieg, aber wieder merkwürdig jugendlich aussah, wie die junge Frau, die ihren Kinderwagen schon die Straße entlanggeschoben hatte, als das Wohnviertel noch gar kein Wohnviertel gewesen war.

«Es ist ein Wunder», sagte Seth Paulsen hinterher zu Merrie, «dass die beiden überhaupt noch zusammen sind.»

Merrie schüttelte den Kopf. «Ich glaube, sie haben bis heute nicht begriffen, wie man lebt.»

## ES WURDEN FEHLER GEMACHT

Patty Berglunds Autobiographie
von Patty Berglund

(verfasst auf Vorschlag ihres Therapeuten)

## Kapitel 1: Umgänglich

Wenn Patty keine Atheistin wäre, würde sie dem lieben Gott für den Schul- und Collegesport danken, der ihr quasi das Leben rettete und eine Chance für sie war, sich als Mensch selbst zu verwirklichen. Ganz besonders dankbar ist sie Sandra Mosher von der North Chappaqua Middle School, Elaine Carver und Jane Nagel von der Horace Greeley High School, Ernie und Rose Salvatore vom Gettysburg Girls Basketball Camp und Irene Treadwell von der University of Minnesota. Von diesen wunderbaren Trainerinnen und Trainern hat sie Disziplin, Geduld, Konzentration und Mannschaftsgeist sowie die Ideale der sportlichen Fairness gelernt, die ihr geholfen haben, ihr krankhaftes Konkurrenzdenken und geringes Selbstwertgefühl auszugleichen.

Ihre Kindheit verbrachte Patty im Westchester County, New York. Sie hat drei jüngere Geschwister, die dem, was ihre Eltern sich erhofft hatten, näherkamen als sie. Sie war um einiges *größer* als die anderen, noch dazu *weniger besonders,* noch dazu deutlich *dümmer*. Nicht wirklich dumm, aber vergleichsweise dümmer. Als sie ausgewachsen war, maß sie 1,76 m und damit ungefähr so viel wie ihr Bruder und etliche Zentimeter mehr als die beiden anderen, und manchmal wünschte sie, sie wäre noch auf 1,80 gekommen, denn in die Familie würde sie ja doch nie passen. Wenn sie den Korb besser hätte sehen und sich beim Angriff effektiver hätte anbieten oder in der Verteidigung schneller hätte rotieren können, vielleicht wäre ihr Konkurrenzdrang dann nicht ganz so verbissen gewesen und ihr Leben nach dem College glücklicher verlaufen; wahrscheinlich nicht, aber ein interessanter Gedanke war es schon. Später, als sie auf College-Ebene Basketball spielte, gehörte sie meistens zu den Kleineren auf dem Feld, was sie auf merkwürdige Weise an ihre Stellung in der Familie erinnerte und ihren Adrenalinspiegel auf dem Höchststand zu halten half.

Pattys erste Erinnerung an ein Mannschaftsspiel, bei dem ihre Mutter ihr zusah, ist zugleich eine ihrer letzten. Sie besuchte damals ein Sportcamp für gewöhnliche Sterbliche, das auf demselben Gelände stattfand, wo ihre beiden Schwestern an einem Kunstcamp für außergewöhnliche Sterbliche teilnahmen, und eines Tages erschienen ihre Mutter und ihre Schwestern zu den letzten Innings eines Softballspiels. Patty ärgerte sich, weil sie als Left Fielder untätig herumstand, während weniger begabte Mädchen Errors im Infield machten und sie darauf wartete, dass endlich mal jemand einen Ball weit schlagen würde. Nach und nach rückte sie immer weiter vor, und so endete das Spiel. Läuferinnen auf der ersten und zweiten Base. Die Schlagfrau traf den Ball so, dass er einmal aufsetzte und dann zu dem grauenhaft linkischen Mädchen auf der Shortstop-Position flog, aber Patty stürzte sich dazwischen und schnappte ihr den Ball vor der Nase weg, um selbst loszurennen, die vordere Läuferin abzuschlagen und dann die andere zu jagen, irgendein süßes Ding, das wahrscheinlich nur wegen eines Fielding Errors bis zur ersten Base gelangt war. Patty hielt direkt auf sie zu, bis sie kreischend ins Outfield rannte, also den Basepfad verließ, sodass sie automatisch out war, aber Patty verfolgte sie weiter und schlug sie ab, woraufhin sie sich krümmte und schrie, weil die leichte Berührung mit einem Handschuh offenbar so furchtbar wehgetan hatte.

Patty wusste, dass dies in puncto sportliche Fairness keine Sternstunde von ihr gewesen war. Irgendetwas war über sie gekommen, weil ihre Familie zugesehen hatte. Im Familienkombi fragte ihre Mutter sie mit noch zittrigerer Stimme als sonst, ob sie denn ganz so ... *aggressiv* sein müsse. Ob sie denn wirklich, na ja, so *aggressiv* sein müsse. Wäre es so schlimm für Patty gewesen, den Ball auch mal an ihre Mannschaftskameradinnen abzugeben? Patty erwiderte, sie habe auf der linken Feldseite ÜBERHAUPT KEINEN

Ball abgekriegt. Und ihre Mutter sagte: «Ich finde es ja in Ordnung, dass du Sport treibst, aber nur, wenn du dabei auch Gemeinschaftssinn und das Zusammenspiel mit anderen lernst.» Und Patty sagte: «Dann schick mich in ein RICHTIGES Camp, wo ich nicht die einzige gute Spielerin bin! Ich kann nicht mit Leuten zusammenspielen, die nicht in der Lage sind, den Ball zu fangen!» Und ihre Mutter sagte: «Ich weiß nicht, ob es ratsam ist, so viel Aggressivität und Konkurrenzdenken zu unterstützen. Gut, ich bin kein Sportfan, aber ich begreife nicht, wie es Spaß machen kann, jemand anderen nur um des Siegens willen zu besiegen. Wäre es nicht viel schöner, wenn alle zusammenwirken würden, um gemeinsam etwas aufzubauen?»

Pattys Mutter war eine Berufsdemokratin. Noch heute, zur Zeit der Niederschrift dieser Seiten, ist sie Abgeordnete in der Parlamentskammer des Staates New York, die Ehrenwerte Joyce Emerson, bekannt als Fürsprecherin von Grünanlagen, benachteiligten Kindern und der Kunst. Das Paradies ist für sie eine Grünanlage, in der sich benachteiligte Kinder aufhalten und auf Staatskosten künstlerisch betätigen können. Joyce wurde 1934 als Joyce Markowitz in Brooklyn geboren, aber Jüdin zu sein scheint ihr von Anbeginn ihres bewussten Lebens an missfallen zu haben. (Die Autobiographin fragt sich, ob einer der Gründe, warum die Stimme ihrer Mutter immer zittert, der ist, dass sie sich ihr Leben lang angestrengt hat, bloß nicht wie jemand aus Brooklyn zu klingen.) Joyce bekam ein Stipendium, um Geisteswissenschaften in den Wäldern von Maine zu studieren, wo sie Pattys über die Maßen nicht-jüdischen Vater kennenlernte, den sie in der All Souls Unitarian Universalist Church an der Upper East Side von Manhattan heiratete. Die Autobiographin ist der Meinung, dass Joyce für die Mutterrolle emotional noch nicht reif genug war, als sie ihr erstes Kind bekam, allerdings sollte die Autobiographin selbst in dieser Hinsicht wohl besser keine Steine werfen. Als Jack Kennedy 1960 zum Präsidentschaftskandidaten der Demokraten nominiert wurde, hatte Joyce jedenfalls einen so ehrenhaften wie aufregenden Grund, das Haus, das mit Kindern zu füllen sie anscheinend nicht vermeiden konnte, Morgen für Morgen zu verlassen. Dann kamen die Bürgerrechtsbewegung, Vietnam und das Attentat auf Bobby Kennedy – noch mehr gute Gründe, außerhalb jenes Hauses zu weilen, das für vier kleine Kinder, plus eine barbadische Kinderfrau im Keller, nicht annähernd groß genug war. Joyce, die sich dem toten Bobby verpflichtet fühlte, nahm 1968 zum ersten Mal als Delegierte an einem Nominierungsparteitag teil. Sie wurde Bezirksschatzmeisterin und später Bezirksvorsitzende der Partei und organisierte 1972 und 1980 Teddys Wahlkampf. Jeden Sommer gingen von morgens bis abends Scharen von Freiwilligen mit Kisten voller Wahlkampfmaterialien bei ihnen ein und aus. Patty konnte sechs Stunden am Stück Dribbeln und Liegestütz trainieren, ohne dass irgendjemand es bemerkt oder sich darum geschert hätte.

Pattys Vater, Ray Emerson, war Anwalt und ein Amateurhumorist, dessen Repertoire Furzwitze und gemeine Parodien von Nachbarn, Freunden und den Lehrern seiner Kinder einschloss. Besonders gern triezte er Patty damit, dass er die Barbadierin Eulalie nachäffte, wenn diese eben außer Hörweite war: «Schluss jetzt mit die Spiele, Schluss mit die Quatsch», sagte er dann zum Beispiel, immer lauter und lauter, bis Patty gekränkt vom Tisch aufsprang und ihre Geschwister vor Begeisterung kreischten. Grenzenlosen Spaß verhieß es auch, Pattys Trainerin und Mentorin Sandy Mosher zu verulken, die er meistens Saaaandra nannte. Ständig fragte er Patty, ob Saaaandra in letzter Zeit nicht irgendwelchen Herrenbesuch empfangen habe oder vielleicht, hihi, hihi, doch eher *Damenbesuch*? Ihre Geschwister skandierten: Saaaandra, Saaaandra! Eine andere lustige Methode, Patty zuzusetzen, bestand darin, den Familienhund Elmo zu verstecken und vorzugeben, Elmo sei eingeschläfert worden, während Patty beim abendlichen Basketballtraining gewesen sei. Oder Patty wegen bestimmter Irrtümer, die ihr vor Jahren einmal unterlaufen waren, auf die Schippe zu nehmen – sie etwa zu fragen, wie es denn den Kängurus in *Austrien* gehe und ob sie den neuen Roman der berühmten zeitgenössischen Autorin Louisa May Alcott schon gesehen habe und ob sie immer noch glaube, Pfifferlinge gehörten ins Reich der Tiere. «Ich habe neulich einen von Pattys Pfifferlingen einen Lkw jagen sehen», sagte ihr Vater etwa. «Schaut mal, schaut mal her zu mir, so jagt Pattys Pfifferling einen Lkw.»

An den meisten Abenden ging ihr Vater nach dem Essen noch einmal aus dem Haus, um sich mit armen Leuten zu treffen, die er für wenig oder gar kein Geld vor Gericht vertrat. Sein Büro lag dem Gerichtsgebäude in White Plains gegenüber. Zu den Mandanten, die seine Dienste umsonst in Anspruch nahmen, gehörten Puerto-Ricaner, Haitianer, Transvestiten und geistig oder körperlich Behinderte. Manche von ihnen steckten in so schlimmen Schwierigkeiten, dass er nicht mal mehr hinter ihrem Rücken über sie herzog; aber soweit es irgend möglich war, fand er ihre Probleme amüsant. In der zehnten Klasse hörte Patty im Rahmen eines Schulprojekts bei zwei Verhandlungen zu, an denen ihr Vater beteiligt war. Bei der einen ging es um einen arbeitslosen Mann aus Yonkers, der am Puerto Rican Day zu viel getrunken hatte und sich dann auf die Suche nach dem Bruder seiner Frau begab, um ihn mit dem Messer abzustechen, ihn aber nicht fand und stattdessen in einer Kneipe einen Fremden attackierte. Nicht nur ihr Vater, sondern auch der Richter und sogar der Staatsanwalt schienen von der Glücklosigkeit und Blödheit des Angeklagten amüsiert zu sein. Immer wieder ging ein Beinahe-Augenzwinkern zwischen ihnen hin und her. Als wären Not, Versehrung und Haftstrafen bloß Unterschichts-Kabinettstückchen, allesamt dazu da, ihren ansonsten langweiligen Tag etwas aufzupeppen.

Auf dem Nachhauseweg in der Bahn fragte Patty ihren Vater, auf wessen Seite er sei.

«Ha, gute Frage», antwortete er. «Du musst wissen, dass mein Mandant lügt. Das Opfer auch. Und auch der Kneipier. Die lügen allesamt. Natürlich hat mein Mandant das Recht auf eine engagierte Verteidigung. Aber man muss dabei auch versuchen, der Gerechtigkeit zu dienen. Manchmal arbeiten der Staatsanwalt, der Richter und ich genauso zusammen, wie der Staatsanwalt und das Opfer zusammenarbeiten oder ich und der Angeklagte. Du weißt doch, dass wir ein sogenanntes kontradiktorisches Rechtssystem haben, oder?»

«Ja.»

«Schön. Manchmal haben der Staatsanwalt, der Richter und ich alle denselben Gegner. Wir versuchen, die Fakten zu klären und ein Scheitern des Prozesses zu verhindern. Aber das – hm. Das schreibst du besser nicht.»

«Ich dachte, die Fakten zu klären ist die Aufgabe des großen Geschworenengerichts und der Geschworenen.»

«Genau. Schreib das. Prozess durch Geschworene deinesgleichen. Das ist wichtig.»

«Aber die meisten deiner Mandanten sind doch unschuldig, oder?»

«Nur wenige haben so schlimme Strafen verdient, wie man sie ihnen immer mal wieder aufzubrummen versucht.»

«Aber viele von ihnen sind doch vollkommen unschuldig, oder? Mommy sagt, sie haben Schwierigkeiten mit der Sprache, oder die Polizei passt nicht genug auf, wen sie verhaftet, und es gibt Vorurteile gegen sie, und sie haben zu wenig Chancen.»

«Das ist alles absolut richtig, Pattyschatz. Trotzdem, hm. Deine Mutter kann manchmal ein bisschen blauäugig sein.»

Patty hatte gegen seinen Spott weniger einzuwenden, wenn dessen Zielscheibe ihre Mutter war.

«Ich meine, du hast diese Leute doch gesehen», sagte er zu ihr. «Mannomann. *El ron me puso loco.*»

Ein wichtiger Aspekt von Rays Familie war ihr Reichtum. Seine Eltern wohnten auf einem großen ererbten Anwesen im hügeligen Nordwesten von New Jersey, in einem hübschen Steinhaus der klassischen Moderne, das angeblich von Frank Lloyd Wright entworfen worden war und voller unbedeutender Werke berühmter französischer Impressionisten hing. Jeden Sommer fand sich der gesamte Emerson-Clan dort am See zu Ferienpicknicks zusammen, an denen Patty meist nur wenig Freude hatte. Ihr Großvater August fasste seine älteste Enkelin gern um den Bauch und setzte sie sich auf den wippenden Oberschenkel – weiß Gott, was für einen kleinen wohligen Schauder ihm das verschaffte; Pattys körperlichen Grenzen zollte er jedenfalls nicht besonders viel Respekt. Seit sie in die siebte Klasse ging, musste sie außerdem mit Ray, seinem Juniorpartner und dessen Frau auf dem großelterlichen Sandtennisplatz Doppel spielen und sich in ihrem Tennisdress, knapp, wie er nun einmal war, von dem Juniorpartner begaffen und seiner Augengrapscherei durcheinanderbringen und verunsichern lassen.

Wie auch Ray hatte ihr Großvater sich das Recht, im Privaten exzentrisch zu sein, durch sein gemeinnütziges Wirken als Jurist erkauft; er hatte sich mit der Verteidigung prominenter Wehrdienstverweigerer und Deserteure während dreier Kriege einen Namen gemacht. In seiner freien Zeit, und davon hatte er viel, baute er auf seinem Grundstück Trauben an und ließ sie in einem seiner Schuppen vergären. Sein «Weingut» hieß, nach den weiblichen Wildhinterteilen, «Doe Haunch» und gab in der Familie dauerhaft Anlass für Gelächter. Bei den Ferienpicknicks schlappte August, eine seiner primitiv etikettierten Flaschen in der Hand, in Latschen und hängenden Badehosen herum und schenkte seinen Gästen, die ihre Gläser diskret ins Gras oder Gebüsch geleert hatten, nach. «Was meint ihr?», fragte er. «Ist der Wein gut? Schmeckt er euch?» Er hatte etwas von einem eifrigen kleinen Hobbywinzerjungen und etwas von einem Folterknecht an sich, dem daran liegt, jedes Opfer gleichermaßen zu bestrafen. Unter Berufung auf europäische Sitten fand er es richtig, Kindern Wein zu geben, und während die jungen Mütter damit beschäftigt waren, Maiskolben zu entblättern oder miteinander konkurrierende Salate zu garnieren, verdünnte er seinen Doe Haunch Reserve mit Wasser und flößte ihn selbst dreijährigen Kindern ein, indem er sie, wenn nötig, sanft am Kinn fasste und ihnen die Mixtur in den Mund goss, wobei er sehr darauf achtete, dass sie auch brav heruntergeschluckt wurde. «Wisst ihr, was das ist?», sagte er. «Das ist Wein.» Wenn ein Kind dann anfing, sich seltsam zu benehmen, sagte er: «Das, was du jetzt empfindest, nennt man betrunken sein. Du hast zu viel getrunken. Du bist betrunken.» Sagte das, bei aller Freundlichkeit, aufrichtig entrüstet. Patty, stets das älteste der Kinder, beobachtete solche Szenen mit stillem Entsetzen und überließ es ihren jüngeren Geschwistern oder den Cousins und Cousinen, Alarm zu schlagen: «Granddaddy macht die kleinen Kinder betrunken!» Während die Mütter angelaufen kamen, um mit August zu schimpfen und ihre Kinder wegzuzerren, und die Väter schmutzige Witze über Augusts Besessenheit von weiblichen Wildhinterteilen rissen, stieg Patty unbemerkt in den See und ließ sich auf den wärmsten Stellen treiben, wo das Wasser ihr die Ohren vor ihrer Familie verschloss.

Denn die Sache war so: Bei jedem Picknick gab es, oben in der Küche des Steinhauses, ein oder zwei Flaschen eines fabelhaften alten Bordeaux aus Augusts Kellerregalen. Dieser Wein wurde auf Drängen von Pattys Vater hervorgeholt, wobei im Dunkeln blieb, wie viel Schmeichelei und Gebettel ihn das kostete, und Pattys Vater war es auch, der seinen Brüdern und etwaigen von ihm mitgebrachten Freunden mit einem dezenten Nicken bedeutete, sich vom Picknick fortzustehlen und ihm zu folgen. Ein paar Minuten später kamen die Männer dann mit großen, kugelbauchigen Gläsern in der Hand zurück, die bis zum Rand mit einem phantastischen Roten gefüllt waren, und Ray, der außerdem eine französische Flasche mit nach draußen brachte, teilte den Rest, vielleicht zweieinhalb Zentimeter, unter all den Ehefrauen und weniger beliebten Gästen auf. Kein noch so inständiges Bitten konnte August dazu bringen, eine weitere Flasche aus seinem Keller zu holen; stattdessen bot er noch mehr Doe Haunch Reserve an.

Und auch an Weihnachten war es jedes Jahr das Gleiche: Die Großeltern kamen in ihrem neuesten Mercedes-Modell (August gab seinen alten alle ein, zwei Jahre in Zahlung) aus New Jersey angefahren, trafen eine Stunde früher ein, als frühestens einzutreffen Joyce sie angefleht hatte, und verteilten in dem aus allen Nähten platzenden Bungalow beleidigende Geschenke. Unvergessen die zwei vielfach gebrauchten Geschirrtücher, mit denen Joyce eines Weihnachtens bedacht wurde. Ray erhielt typischerweise einen dieser großen

Kunstbände vom Barnes & Noble-Wühltisch, manchmal noch mit einem $ 3,99-Schild darauf. Die Kinder bekamen irgendwelchen kleinteiligen, in Asien hergestellten Plastikschund: Mini-Reisewecker, die nicht funktionierten, Münzportemonnaies mit dem eingestanzten Namenszug einer Versicherungsagentur aus New Jersey, furchterregende, geschmacklose chinesische Fingerpuppen, diverse Rührstäbchen. Unterdessen wurde in Augusts Alma Mater eine Bibliothek errichtet, die seinen Namen trug. Da Pattys Geschwister die großelterliche Knauserigkeit empörend fanden und zur Rettung ihrer Weihnachtsausbeute empörende Forderungen an die Eltern stellten – Joyce war jeden Heiligabend bis drei Uhr morgens auf den Beinen und verpackte, was sie von den endlosen, äußerst detaillierten Wunschzetteln ausgewählt hatte –, schlug Patty die entgegengesetzte Richtung ein und beschloss, sich für nichts anderes mehr zu interessieren als Sport.

Ihr Großvater war früher einmal Leistungssportler gewesen, Leichtathletikstar und Football-Tight-End an einem College in Maine, was vermutlich erklärte, woher sie ihre Körpergröße und Reflexe hatte. Auch Ray hatte Football gespielt, allerdings an einer Schule in Maine, die nur mit Mühe eine komplette Mannschaft aufs Feld bekam. Seine eigentliche Passion war Tennis, der einzige Sport, den Patty hasste, obwohl sie gut darin war. Björn Borg hielt sie für insgeheim schwach. Von wenigen Ausnahmen abgesehen (Joe Namath zum Beispiel), konnten männliche Sportler sie generell nicht beeindrucken. Ihre Spezialität waren Schwärmereien für beliebte Jungs, die so viel älter und attraktiver waren als sie, dass sie nicht die geringste Chance bei ihnen hatte. Da sie ein sehr umgänglicher Mensch war, verabredete sie sich dennoch mit praktisch jedem, der sie fragte. In ihren Augen hatten schüchterne oder unbeliebte Jungs kein leichtes Leben, und deshalb erbarmte sie sich ihrer, sofern es menschenmöglich schien. Aus irgendeinem Grund waren viele von ihnen Ringer. Nach Pattys Erfahrung waren Ringer unerschrocken, schweigsam, einfältig, knorrig und höflich und hatten keine Angst vor Sportlerinnen. Einer von ihnen vertraute ihr an, er und seine Freunde hätten sie in der Mittelstufe unter sich «die Äffin» genannt.

Was richtigen Sex betrifft, bestand Pattys erste Erfahrung darin, als Siebzehnjährige auf einer Party vergewaltigt zu werden, und zwar von einem älteren Internatsschüler namens Ethan Post. Außer Golfspielen trieb Ethan keinen Sport, aber er hatte Patty fünfzehn Zentimeter Körpergröße und zwanzig Kilo Gewicht voraus und erteilte ihr entmutigenden Anschauungsunterricht über die weibliche Muskelkraft im Vergleich zur männlichen. Wie eine Grauzonen-Vergewaltigung kam ihr das, was er mit ihr machte, jedenfalls nicht vor. Als sie anfing, sich zu wehren, wehrte sie sich heftig, wenn auch nicht allzu gut, und nur kurz, denn sie war so ungefähr zum ersten Mal betrunken. Herrlich frei hatte sie sich gefühlt! In Kim McCluskys riesigem Swimmingpool hatte sie Ethan Post, in jener schönen warmen Mainacht, sehr wahrscheinlich einen falschen Eindruck vermittelt. Sie war viel zu umgänglich gewesen, selbst als sie noch gar nicht betrunken war. Im Pool musste sie vor lauter Umgänglichkeit ganz übermütig geworden sein. Alles in allem hatte sie sich vieles selbst zuzuschreiben. Ihre Vorstellungen von Romantik waren wie *Gilligans Insel* – «denkbar primitiv». Sie lagen irgendwo zwischen Schneewittchen und Nancy Drew. Und Ethan hatte zweifellos jenes arrogante Aussehen, von dem sie sich zum damaligen Zeitpunkt angezogen fühlte. Er ähnelte dem Objekt der Begierde aus einem Mädchenroman mit Segelbooten auf dem Buchumschlag. Nachdem er Patty vergewaltigt hatte, sagte er, es tue ihm leid, dass «es» gröber gewesen sei, als er «es» beabsichtigt habe, das habe er nicht gewollt.

Erst als die Wirkung der Piña Coladas nachließ, früh am nächsten Morgen in dem Zimmer, das Patty, da sie ja ein so umgänglicher Mensch war, mit ihrer kleinen Schwester teilte, damit die mittlere Schwester ein eigenes Zimmer hatte, in dem sie *kreativ* und chaotisch sein konnte: erst da setzte ihre Entrüstung ein. Das Entrüstende für sie war, dass Ethan sie offenbar für ein solches Nichts erachtet hatte, dass er meinte, sie einfach so vergewaltigen und dann nach Hause bringen zu können. Aber sie war *kein* solches Nichts. Unter anderem hielt sie schon jetzt, als Elftklässlerin, an der Horace Greeley High School den höchsten Korbvorlagen-Saisonrekord aller Zeiten. Einen Rekord, den sie bereits im kommenden Jahr wieder zunichtemachen würde! Außerdem war sie in das Team der besten Spielerinnen ihres Bundesstaates gewählt worden, eines Staates, der *Brooklyn und die Bronx einschloss*. Und trotzdem hatte ein Golf spielender Typ, den sie kaum kannte, es in Ordnung gefunden, sie zu vergewaltigen.

Um ihre kleine Schwester nicht zu wecken, ging sie unter die Dusche und weinte dort. Dies war, ohne Übertreibung, die elendste Stunde ihres Lebens. Noch heute, wenn sie an die Menschen überall auf der Welt denkt, die unterdrückt werden und Opfer von Ungerechtigkeit sind, und sich fragt, wie die sich fühlen mögen, erinnert sie sich an diese Stunde. Dinge, die ihr vorher nie in den Sinn gekommen waren, zum Beispiel die Ungerechtigkeit, sich als älteste Tochter ein Zimmer teilen zu müssen, anstatt in Eulalies früheres Zimmer im Keller ziehen zu dürfen, weil es inzwischen bis an die Decke mit längst nicht mehr aktuellen Wahlkampfutensilien vollgestopft war, oder die Ungerechtigkeit, dass ihre Mutter, die so begeistert überallhin rannte, wo ihre mittlere Tochter als Mimin glänzte, nie zu einem von Pattys Spielen ging, fielen ihr jetzt ein. Vor lauter Empörung war sie drauf und dran, jemandem ihr Herz auszuschütten. Aber sie scheute sich, ihre Trainerin oder ihre Mannschaftskameradinnen wissen zu lassen, dass sie getrunken hatte.

Wenn die Geschichte trotz all ihrer Bemühungen, sie im Verborgenen zu halten, schließlich doch herauskam, dann deshalb, weil Trainerin Nagel tags darauf Verdacht schöpfte und Patty nach dem Spiel heimlich in der Umkleide beobachtete. Sie mit in ihr Büro nahm und ohne Umschweife auf ihre blauen Flecken und ihr gedrücktes Verhalten ansprach. Patty demütigte sich selbst, indem sie auf der Stelle und unter Schluchzen alles beichtete. Zu ihrem absoluten Entsetzen schlug Trainerin Nagel daraufhin vor, sie ins Krankenhaus zu bringen und die Polizei zu verständigen.

Patty hatte als Schlagfrau gerade drei von vier Bällen getroffen, hatte zwei Runs und mehrere hervorragende Verteidigungsaktionen hingelegt. Ganz offensichtlich war sie nicht schlimm verletzt. Außerdem waren ihre Eltern politische Freunde von Ethans Eltern, da brauchte man gar nicht erst anzusetzen. Sie wagte zu hoffen, dass die Sache mit einer kleinlauten Entschuldigung für ihren Verstoß gegen die Trainingsregeln, zusammen mit Trainerin Nagels Mitleid und Nachsicht, schnell erledigt wäre. Aber, oh, wie sie sich da täuschte.

Trainerin Nagel rief bei Patty zu Hause an und bekam Pattys Mutter an den Apparat, die, wie immer, außer Atem und auf dem Weg zu einer Sitzung war und weder die Zeit zu reden noch den nötigen Anstand hatte zuzugeben, dass sie keine Zeit zu reden hatte, und dann sprach Trainerin Nagel die folgenden unauslöschlichen Worte in das beigefarbene Telefon des Fachbereichs Sport: «Ihre Tochter hat mir gerade erzählt, dass sie gestern Abend von einem Jungen namens Ethan Post vergewaltigt wurde.» Dann hörte Trainerin Nagel eine Zeitlang zu, bevor sie sagte: «Nein, sie hat es mir eben erst erzählt ... Genau ... Gestern Abend ... Ja, sie ist hier.» Und sie reichte Patty das Telefon.

«Patty?», sagte ihre Mutter. «Geht es dir – gut?»

«Alles in Ordnung.»

«Mrs. Nagel sagt, es habe da gestern Abend einen Vorfall gegeben?»

«Der Vorfall bestand darin, dass ich vergewaltigt wurde.»

«Oje, oje, oje. Gestern Abend?»

«Ja.»

«Ich war doch heute Morgen zu Hause. Warum hast du denn nichts gesagt?»

«Weiß ich nicht.»

«Aber warum? Warum hast du mir nichts gesagt?»

«Vielleicht kam es mir in dem Moment einfach nicht so schlimm vor.»

«Aber dann hast du es doch Mrs. Nagel erzählt.»

«Nein», sagte Patty. «Sie kriegt nur mehr mit als du.»

«Ich habe dich heute Morgen ja kaum gesehen.»

«Das sollte kein Vorwurf sein. Ich sag's bloß.»

«Und du denkst, es könnte ... Du bist vielleicht ...»

«Vergewaltigt worden.»

«Ich fasse es nicht», sagte ihre Mutter. «Dann komme ich jetzt in die Schule und hole dich ab.»

«Mrs. Nagel findet, dass ich ins Krankenhaus muss.»

«Dann geht's dir also doch nicht gut?»

«Wie gesagt. Alles in Ordnung.»

«Dann bleib, wo du bist, und ihr tut beide nichts, bevor ich da bin.»

Patty legte auf und teilte Trainerin Nagel mit, dass ihre Mutter gleich kommen werde.

«Wir bringen diesen Jungen für lange, lange Zeit hinter Gitter», sagte Trainerin Nagel.

«O nein nein nein nein nein», sagte Patty. «Tun wir nicht.»

«Patty.»

«Das wird nicht passieren.»

«Wenn du es willst, schon.»

«Nein, auch dann nicht. Meine Eltern und die Posts sind politische Freunde.»

«Jetzt hör mir mal gut zu», sagte Trainerin Nagel. «Das spielt hier überhaupt keine Rolle. Verstehst du?»

Patty war ziemlich sicher, dass Trainerin Nagel sich da täuschte. Dr. Post war Kardiologe, und seine Frau kam aus einer steinreichen Familie. Sie besaßen eines jener Häuser, denen Leute wie Teddy Kennedy und Ed Muskie und Walter Mondale Besuche abstatteten, wenn ihnen das Geld ausging. Über die Jahre hatte Patty ihre Eltern viel von dem «Garten» der Posts reden hören. Dieser «Garten» war anscheinend ungefähr so groß wie der Central Park, nur schöner. Es war vielleicht vorstellbar, dass eine von Pattys glatte Einsen schreibenden, Klassen überspringenden, sich künstlerisch betätigenden Schwestern Unglück über die Posts brachte, aber der Gedanke, die ungeschlachte, Zweien schreibende Sportskanone der Familie könnte eine Delle in der Post'schen Rüstung hinterlassen, war vollkommen abwegig.

«Ich werde einfach nie wieder etwas trinken», sagte sie, «und damit ist das Problem gelöst.»

«Für dich vielleicht», sagte Trainerin Nagel, «aber nicht für andere. Sieh dir deine Arme an. Sieh dir an, was er mit dir gemacht hat. Das wird er auch mit anderen machen, wenn du ihn nicht daran hinderst.»

«Es sind doch bloß blaue Flecken und Kratzer.»

Trainerin Nagel hielt ihr einen Motivationsvortrag, der darauf hinauslief, dass man für seine Mannschaftskameradinnen einstehen müsse, womit in diesem Fall alle jungen Frauen gemeint waren, denen Ethan je begegnen würde. Das Fazit lautete, Patty solle den Kopf für die Mannschaft hinhalten, Anzeige erstatten und Trainerin Nagel erlauben, Ethans Privatschule in New Hampshire zu informieren, damit man ihn dort hinauswerfen und ihm das Abschlusszeugnis verweigern könne, andernfalls lasse sie ihre Mannschaft hängen.

Patty fing wieder an zu weinen, weil sie im Prinzip lieber gestorben wäre, als die Mannschaft hängenzulassen. Im Winter hatte sie einmal, trotz Grippe, fast eine ganze Basketballhalbzeit durchgespielt, bevor sie an der Seitenlinie zusammengeklappt war und intravenös versorgt werden musste. Das Problem war nun, dass sie den Abend gar nicht zusammen mit ihrer Mannschaft verbracht hatte. Vielmehr war sie mit ihrer Feldhockey-Freundin Amanda, deren Seele anscheinend keinen Frieden finden konnte, ehe sie Patty nicht dazu gebracht hatte, Piña Colada zu probieren, auf die Party bei den McCluskys gegangen, wo es, so war versprochen worden, eimervoll davon gab. *El ron me puso loca.* Keins der anderen Mädchen am Pool der McCluskys war Sportlerin gewesen. Ihre eigentliche, wahre Mannschaft hatte Patty fast schon dadurch betrogen, dass sie überhaupt hingegangen war. Und dafür war sie nun bestraft worden. Ethan hatte keins der Partymädchen vergewaltigt, er hatte Patty vergewaltigt, weil sie nicht dorthin gehörte, ja nicht einmal wusste, wie man richtig trank.

Sie versprach Trainerin Nagel, über die Sache nachzudenken.

Es war ein Schock, ihre Mutter in der Sporthalle zu sehen, und offenbar auch ein Schock für ihre Mutter, dass sie sich selber auf einmal dort wiederfand. Sie trug ihre Alltagspumps und erinnerte, während sie so dastand und ihren Blick unsicher über die Geräte aus blankem Metall und die pilzigen Böden und die in Netzen steckenden Balltrauben schweifen ließ, an Goldlöckchen im dunklen Wald. Patty ging zu ihr und ließ sich umarmen. Da ihre Mutter viel kleiner und zierlicher war als sie, kam Patty sich ein wenig wie eine Standuhr vor, die Joyce anzuheben und wegzutragen versuchte. Sie machte sich los und führte Joyce in Trainerin Nagels kleines, mit einer Glaswand abgetrenntes Büro, damit die unvermeidliche Besprechung stattfinden konnte.

«Hallo, ich bin Jane Nagel», sagte Trainerin Nagel.

«Ja, wir – wir sind uns schon begegnet», sagte Joyce.

«Ach ja, stimmt, einmal sind wir uns schon begegnet», sagte Trainerin Nagel.

Zusätzlich zu ihrer angestrengten Sprechweise hatte Joyce eine angestrengt korrekte Haltung, und sie verfügte über ein maskenhaftes *freundliches Lächeln*, das für fast alle Gelegenheiten, ob öffentlich oder privat, geeignet war. Da sie nie, auch nicht im Zorn, die Stimme erhob (wenn sie wütend war, wurde ihre Stimme nur noch zittriger und angespannter), konnte sie ihr *freundliches Lächeln* jederzeit aufsetzen, selbst in Momenten eines qualvollen Konflikts.

«Nein, öfter als einmal», sagte sie jetzt. «Wir sind uns schon mehrmals begegnet.»

«Wirklich?»

«Ganz sicher.»

«Das habe ich anders in Erinnerung», sagte Trainerin Nagel.

«Ich warte dann mal draußen», sagte Patty und schloss hinter sich die Tür.

Die Mutter-Trainerin-Besprechung dauerte nicht lange. Schon

bald kam Joyce auf klappernden Absätzen heraus und sagte: «Lass uns gehen.»

Trainerin Nagel, die hinter Joyce im Türrahmen stand, warf Patty einen bedeutsamen Blick zu. Der Blick hieß so viel wie: *Vergiss nicht, was ich über den Mannschaftsgeist gesagt habe.*

Joyces Wagen stand als letzter noch auf einem der Quadranten des Besucherparkplatzes. Sie steckte den Schlüssel ins Zündschloss, drehte ihn aber nicht herum. Patty fragte sie, was jetzt passieren werde.

«Dein Vater ist in der Kanzlei», sagte Joyce. «Wir fahren direkt zu ihm.»

Aber sie drehte den Schlüssel nicht herum.

«Es tut mir leid», sagte Patty.

«Was ich nicht verstehe», stieß ihre Mutter hervor, «ist, wie eine so hervorragende Sportlerin wie du – ich meine, wie konnte Ethan oder wer immer es war –»

«Ethan. Es war Ethan.»

«Wie konnte überhaupt jemand – oder Ethan», sagte sie. «Du sagst, es war ziemlich eindeutig Ethan. Wie konnte – wenn es Ethan war – wie konnte er überhaupt ...?» Ihre Mutter hielt sich die Finger vor den Mund. «Ach, ich wünschte, es wäre irgendjemand anders gewesen. Dr. Post und seine Frau sind so gute Freunde von – so gute Freunde von so vielen guten Dingen. Und ich kenne Ethan nicht näher, aber –»

«Ich kenne ihn fast gar nicht!»

«Wie konnte das denn dann passieren!»

«Lass uns einfach nach Hause fahren.»

«Nein. Du musst mir antworten. Ich bin deine Mutter.»

Joyce wirkte verlegen, als sie sich das sagen hörte. Anscheinend merkte sie, wie sonderbar es klang, Patty daran zu erinnern, wer ihre Mutter war. Und Patty wiederum war froh, dass dieser Zweifel endlich klar zutage trat. Wenn Joyce ihre Mutter war, wieso war sie dann nicht zur ersten Runde des staatlichen Turniers gekommen, bei dem Patty den bis dahin für die Mädchenturniere der Horace

Greeley High School geltenden Korbrekord gebrochen und zweiunddreißig Punkte erzielt hatte? Irgendwie hatten die Mütter aller anderen doch auch die Zeit gefunden, sich das Spiel anzusehen.

Sie zeigte Joyce ihre Handgelenke.

«*Das* ist passiert», sagte sie. «Ich meine, das ist ein Teil von dem, was passiert ist.»

Joyce warf einen Blick auf ihre blauen Flecken, schauderte und wandte sich dann ab, als wollte sie Pattys Intimsphäre respektieren. «Das ist furchtbar», sagte sie. «Du hast recht. Das ist furchtbar.»

«Trainerin Nagel sagt, ich soll zur Notaufnahme fahren und die Polizei und Ethans Schuldirektor verständigen.»

«Ja, ich weiß, was deine Trainerin möchte. Sie scheint zu glauben, dass Kastration eine angemessene Strafe wäre. Ich möchte vor allem wissen, was *du* denkst.»

«Ich weiß nicht, was ich denke.»

«Wenn du jetzt zur Polizei gehen möchtest», sagte Joyce, «dann tun wir das. Du musst mir nur sagen, ob du das möchtest.»

«Vielleicht sollten wir erst Dad fragen.»

Und los ging es, den Saw Mill Parkway hinunter. Joyce chauffierte Pattys Geschwister permanent irgendwohin, wenn sie Malen, Gitarre, Ballett, Japanisch, Debattieren, Theater, Klavier, Fechten oder simulierte Gerichtsverhandlungen hatten, aber Patty wurde nur noch selten von Joyce gefahren. An den Wochentagen kam sie meistens sehr spät mit dem Sportbus nach Hause. Nach einem Spiel nahm die Mutter oder der Vater einer Mannschaftskameradin sie mit. Wenn sie und ihre Freundinnen doch mal strandeten, machte sie sich gar nicht erst die Mühe, ihre Eltern anzurufen, sondern griff gleich auf die Nummer der Taxizentrale von Westchester und einen der Zwanzigdollarscheine zurück, die sie, weil ihre Mutter es so wollte, immer bei sich hatte. Nie kam es ihr in den Sinn, die Zwanziger für etwas anderes als Taxis auszugeben oder nach einem Spiel noch woandershin zu fahren als direkt nach Hause, wo sie abends um zehn oder elf Aluminiumfolie von ihrem Essen pulte und in den Keller ging, um ihr Trikot in die Waschmaschine zu stecken, und dann saß sie da unten und aß und schaute sich im Fernsehen Wiederholungen an. Oft schlief sie darüber ein.

«Jetzt mal eine rein hypothetische Frage», sagte Joyce im Fahren. «Wäre es eventuell ausreichend, wenn Ethan sich in aller Form bei dir entschuldigen würde?»

«Er hat sich schon entschuldigt.»

«Dafür, dass –»

«Dafür, dass er grob war.»

«Und was hast du daraufhin gesagt?»

«Gar nichts. Nur, dass ich nach Hause wollte.»

«Aber er hat sich dafür entschuldigt, dass er grob war.»

«Es war keine richtige Entschuldigung.»

«Gut. Ich verlasse mich darauf.»

«Er soll einfach nur wissen, dass ich *existiere.*»

«Was immer *du* willst – Liebling.» Joyce sprach dieses «Liebling» wie das erste Wort einer Fremdsprache aus, die sie gerade zu lernen begonnen hatte.

Zum Test oder zur Strafe sagte Patty: «Also, wenn er sich richtig ernsthaft entschuldigen würde, wäre das eventuell ausreichend.» Und sie spähte zu ihrer Mutter hinüber, die sich Mühe gab (wie es Patty schien), ihre Freude im Zaum zu halten.

«Das klingt für mich nach einer nahezu idealen Lösung», sagte Joyce. «Aber nur, wenn du wirklich glaubst, dass es für dich ausreichend wäre.»

«Wäre es nicht», sagte Patty.

«Wie bitte?»

«Ich habe gesagt, das wäre es nicht.»

«Ich dachte, du hättest gerade das Gegenteil gesagt.»

Patty fing wieder ganz verzweifelt an zu weinen.

«Entschuldige», sagte Joyce. «Habe ich dich falsch verstanden?»

«ER HAT MICH VERGEWALTIGT, ALS OB ES NICHTS WÄRE. ICH BIN WAHRSCHEINLICH NICHT MAL DIE ERSTE.»

«Das weißt du nicht, Patty.»

«Ich möchte ins Krankenhaus.»

«Pass auf, wir sind ja gleich bei Daddys Kanzlei. Wenn du nicht ernstlich verletzt bist, können wir doch auch –»

«Aber ich weiß schon, was er sagen wird. Ich weiß, was er mir vorschlagen wird.»

«Er wird vorschlagen, dass wir tun, was für dich das Beste ist. Es fällt ihm manchmal schwer, das auszudrücken, aber er liebt dich über alles.»

Joyce hätte kaum etwas sagen können, von dem Patty sich sehnlicher wünschte, dass es stimmte. Von ganzem Herzen wünschte, dass es stimmte. Neckte und verspottete ihr Vater sie nicht auf eine Weise, die schlicht und einfach grausam gewesen wäre, wenn er sie nicht insgeheim über alles lieben würde? Aber sie war jetzt siebzehn und nicht wirklich dumm. Sie wusste, dass man jemanden über alles lieben und zugleich auch gar nicht so sehr lieben konnte, wenn man mit anderen Dingen beschäftigt war.

Im Allerheiligsten ihres Vaters, das er von seinem inzwischen verstorbenen Seniorpartner übernommen hatte, ohne den Teppichboden oder die Vorhänge zu erneuern, roch es nach Mottenkugeln. Woher dieser Geruch genau kam, war auch so ein Mysterium.

«Was für ein mieser kleiner Dreckskerl!», war Rays Antwort auf die Nachricht, die ihm Frau und Tochter von Ethan Posts Vergehen überbrachten.

«So klein leider nicht», sagte Joyce und lachte trocken.

«Ein mieses kleines Dreckschwein ist das», sagte Ray. «Ein missratenes Balg!»

«Also, fahren wir jetzt ins Krankenhaus?», sagte Patty. «Oder zur Polizei?»

Ihr Vater bat ihre Mutter, den alten Kinderarzt Dr. Sipperstein anzurufen, der seit Roosevelt aktiv die Politik der Demokraten unterstützte, und in Erfahrung zu bringen, ob er für einen Notfall zur Verfügung stehe. Während Joyce diesen Anruf machte, fragte er Patty, ob sie wisse, was eine Vergewaltigung sei.

Sie starrte ihn an.

«Ich will nur sichergehen», sagte er. «Du kennst also die Legaldefinition.»

«Er hat gegen meinen Willen Sex mit mir gehabt.»

«Hast du nein gesagt?»

«‹Nein›, ‹nicht›, ‹hör auf›. Jedenfalls war es offensichtlich. Ich habe versucht, ihn zu kratzen und von mir wegzustoßen.»

«Dann ist er ein widerliches Stück Scheiße.»

Sie hatte ihren Vater noch nie so reden hören, und es gefiel ihr, wenn auch nur theoretisch, denn eigentlich passte es nicht zu ihm.

«Dave Sipperstein sagt, wir können um fünf zu ihm in die Praxis kommen», berichtete Joyce. «Er hat Patty so gern, ich glaube, er hätte auch eine Verabredung zum Essen abgesagt, wenn es nötig gewesen wäre.»

«Klar», sagte Patty, «ich bin bestimmt die Nummer eins unter seinen zwölftausend Patienten.»

Dann erzählte sie ihrem Vater alles, und ihr Vater erklärte ihr, warum Trainerin Nagel falsch liege und sie nicht zur Polizei gehen dürfe.

«Chester Post macht es einem als Mensch nicht ganz leicht», sagte Ray, «aber er tut viel Gutes im Bezirk. Angesichts seiner, hm, seiner Stellung würde eine solche Anklage enormes öffentliches Aufsehen erregen. Alle würden wissen wollen, wer der Kläger ist. Alle. Nun – was für die Posts schlecht ist, kann dir natürlich egal sein. Aber es ist so gut wie sicher, dass du dich am Ende durch die Befragungen, den Prozess und die Öffentlichkeit schlimmer misshandelt fühlen würdest, als es momentan der Fall ist. Selbst wenn es auf ein Schuldanerkenntnis hinausläuft. Ja selbst bei einer Bewährungsstrafe und einem Maulkorberlass für die Medien. Schließlich ist die Sache dann aktenkundig.»

Joyce sagte: «Aber das ist alles *ihre* Entscheidung, nicht –»

«Joyce.» Ray hob eine Hand, um sie am Weiterreden zu hindern. «Die Posts können sich jeden Anwalt im Land leisten. Und sobald die Anklage öffentlich gemacht wird, ist das Schlimmste für den

Angeklagten vorbei. Er hat kein Interesse daran, den Vorgang zu beschleunigen. In Wahrheit ist es sogar gut für ihn, wenn dein Ruf vor einem Schuldanerkenntnis oder einem Prozess so stark wie möglich leidet.»

Patty senkte den Kopf und fragte ihren Vater, was sie seiner Meinung nach tun solle.

«Ich rufe jetzt Chester an», sagte er. «Und du fährst zu Dr. Sipperstein, damit er nachsieht, ob alles in Ordnung ist.»

«Und um ihn als Zeugen zu gewinnen», sagte Patty.

«Ja, nötigenfalls könnte er auch aussagen. Aber es wird keinen Prozess geben, Patty.»

«Dann kommt er einfach so davon? Und macht nächstes Wochenende das Gleiche mit einer anderen?»

Ray hob beide Hände. «Lass mich, hm. Lass mich mit Dr. Post reden. Vielleicht kann ich ihn zu einer Vereinbarung über die Aussetzung der Strafverfolgung bewegen. So eine Art stillschweigende Bewährung. Ein Schwert über Ethans Kopf.»

«Aber das ist *nichts*.»

«O doch, Pattyschatz, es ist sogar ziemlich viel. Es wäre für dich die Garantie, dass er es keiner anderen antut. Und erfordert übrigens auch ein Schuldeingeständnis.»

Zugegeben, die Vorstellung, dass Ethan einen orangefarbenen Sträflingsanzug trug und in einer Gefängniszelle saß, weil er ihr ein Leid zugefügt hatte, das letztlich vor allem in ihrem Kopf existierte, war absurd. Sie hatte schon Sprints hingelegt, die genauso schmerzhaft waren, wie vergewaltigt zu werden. Fühlte sich nach einem harten Basketballspiel zerschlagener als jetzt. Außerdem gewöhnte man sich als Sportlerin daran, fremde Hände am eigenen Körper zu spüren – beim Kneten eines verkrampften Muskels, in der direkten Verteidigung, beim Gerangel um einen Ball, Verbinden eines Knöchels, Korrigieren einer Haltung, Dehnen einer Kniesehne.

Und doch: Das Gefühl der Ungerechtigkeit an sich erwies sich als ein eigentümlich physisches. War in gewisser Weise sogar realer als ihr schmerzender, stinkender, schwitzender Körper. Ungerechtigkeit hatte eine Form und ein Gewicht und eine Temperatur und eine Struktur und einen sehr schlechten Geschmack.

In Dr. Sippersteins Praxis ließ sie die Untersuchung sportlich über sich ergehen. Als sie sich wieder angezogen hatte, fragte er sie, ob sie vorher schon einmal Geschlechtsverkehr gehabt habe.

«Nein.»

«Das dachte ich mir. Und wie sieht es mit Verhütung aus? Hat die andere Person etwas benutzt?»

Sie nickte. «Das war der Moment, wo ich wegwollte. Als ich gesehen habe, was er da hatte.»

«Ein Kondom.»

«Ja.»

All dies und mehr notierte Dr. Sipperstein in ihrer Krankenakte. Dann nahm er seine Brille ab und sagte: «Du wirst ein schönes Leben haben, Patty. Sex ist etwas Wunderbares, und du wirst ihn dein Leben lang genießen. Aber das war kein so guter Tag für dich, was?»

Zu Hause war eines ihrer Geschwister im Garten und jonglierte mit so etwas wie Schraubenziehern verschiedener Größe. Ein anderes Geschwisterteil las den ungekürzten Gibbon. Das dritte, das sich seit einiger Zeit von Yoplait und Radieschen ernährte, änderte im Badezimmer wieder einmal seine Haarfarbe. Pattys wahres Zuhause inmitten all dieser exzentrischen Vortrefflichkeit war die schaumstoffgepolsterte, schimmelige Einbaubank in der Fernsehecke des Kellers. Noch Jahre nachdem Eulalie gegangen war, haftete der Duft ihres Haaröls an der Bank. Patty nahm eine Packung Pekannuss-Eiscreme mit nach unten und antwortete mit Nein, als ihre Mutter ihr die Frage hinterherrief, ob sie nicht zum Essen heraufkommen wolle.

Die *Mary Tyler Moore Show* hatte kaum angefangen, da kam ihr Vater, nach seinem Martini und dem Abendessen, zu ihr in den Keller und schlug ihr vor, noch eine kleine Spazierfahrt mit ihm zu machen. Zum damaligen Zeitpunkt umfasste *Mary Tyler Moore* Pattys gesammeltes Wissen über Minnesota.

«Kann ich erst noch diese Folge sehen?», sagte sie.

«Patty.»

In dem Gefühl, auf grausame Weise um ihr Vergnügen gebracht zu werden, schaltete sie den Fernseher aus. Ihr Vater fuhr mit ihr zur Highschool und hielt unter einer hellen Lampe auf dem Parkplatz. Sie kurbelten die Fenster herunter und ließen den Duft von Frühlingswiesen wie jener, auf der sie nicht viele Stunden zuvor vergewaltigt worden war, zu sich herein.

«Also», sagte sie.

«Also, Ethan streitet es ab», sagte ihr Vater. «Er sagt, es sei bloß eine Balgerei gewesen und in gegenseitigem Einvernehmen geschehen.»

Die Autobiographin würde die Tränen des Mädchens im Wagen als einen Regen beschreiben, der unmerklich beginnt, aber überraschend schnell alles unter Wasser setzt. Sie fragte, ob ihr Vater selber mit Ethan gesprochen habe.

«Nein, nur mit seinem Vater, zweimal», antwortete er. «Es wäre gelogen, wenn ich sagen würde, die Gespräche seien gut verlaufen.»

«Mr. Post glaubt mir also nicht.»

«Na ja, Patty, Ethan ist sein Sohn. Er kennt dich nicht so gut, wie wir dich kennen.»

«Glaubst du mir denn?»

«Ja, ich glaube dir.»

«Und Mommy?»

«Sie glaubt dir natürlich auch.»

«Und was soll ich jetzt machen?»

Ihr Vater wandte sich ihr zu wie ein Anwalt. Wie ein Erwachsener, der mit einem anderen Erwachsenen spricht. «Du lässt es auf sich beruhen», sagte er. «Vergisst es. Blickst nach vorn.»

«Was?»

«Du schüttelst es ab. Blickst nach vorn. Lernst, vorsichtiger zu sein.»

«So, als wäre es nie passiert?»

«Patty, die Leute auf der Party waren allesamt Freunde von ihm. Sie werden sagen, sie hätten mitbekommen, wie du immer betrunkener wurdest und dich mit ihm angelegt hast. Und dass ihr hinter einem Schuppen wart, der kaum zehn Meter vom Pool entfernt ist, und sie nichts Verdächtiges gehört haben.»

«Es war sehr laut. Es lief Musik, und alle haben rumgebrüllt.»

«Sie werden außerdem aussagen, dass ihr später am Abend zusammen aufgebrochen und in sein Auto gestiegen seid. Und die Welt wird einen Internatsschüler vor sich sehen, der bald von Exeter nach Princeton wechselt und nicht nur verantwortungsvoll genug war zu verhüten, sondern auch wie ein Gentleman die Party verlassen und dich nach Hause gefahren hat.»

Der trügerische kleine Regen tränkte den Halsausschnitt von Pattys T-Shirt.

«Du bist nicht wirklich auf meiner Seite, stimmt's», sagte sie.

«Doch, natürlich bin ich das.»

«Andauernd sagst du ‹natürlich›, ‹natürlich›.»

«Hör mir doch zu. Der Staatsanwalt wird wissen wollen, warum du nicht geschrien hast.»

«Ich habe mich geschämt! Das waren nicht meine Freunde!»

«Aber verstehst du nicht, dass es für einen Richter oder Geschworenen schwer sein wird, das nachzuvollziehen? Du hättest nur zu schreien brauchen, dann wäre dir nichts geschehen.»

Patty wusste nicht mehr, warum sie nicht geschrien hatte. Sie musste zugeben, dass es, rückblickend betrachtet, von sonderbarer Umgänglichkeit zeugte.

«Aber ich habe mich gewehrt.»

«Ja, aber du bist eine erstklassige Schulsportlerin. Shortstops kriegen doch ständig Kratzer und blaue Flecken ab, oder? An den Armen? An den Oberschenkeln?»

«Hast du Mr. Post gesagt, dass ich noch Jungfrau bin? Ich meine: war?»

«Ich fand nicht, dass ihn das etwas angeht.»

«Vielleicht solltest du ihn nochmal anrufen und es ihm sagen.»

«Hör zu», sagte ihr Vater. «Liebes. Ich weiß, dass es entsetzlich ungerecht ist. Und es tut mir furchtbar leid für dich. Aber manchmal ist es das Beste, eine Lehre aus etwas zu ziehen und alles zu tun, damit man nie wieder in die gleiche Lage kommt. Man sagt sich: ‹Ich habe einen Fehler gemacht und Pech gehabt›, und dann lässt man es. Lässt es, hm. Lässt es auf sich beruhen.»

Er drehte den Zündschlüssel halb herum, sodass die Lichter am Armaturenbrett aufleuchteten, und hielt den Schlüssel weiter fest.

«Aber er hat doch ein Verbrechen begangen», sagte Patty.

«Ja, aber besser, man, hm. Es geht im Leben nicht immer gerecht zu, Pattyschatz. Mr. Post meinte, Ethan wäre vielleicht bereit, sich dafür zu entschuldigen, dass er sich nicht anständiger benommen hat, aber. Na ja. Möchtest du das?»

«Nein.»

«Das dachte ich mir.»

«Trainerin Nagel sagt, ich soll zur Polizei gehen.»

«Trainerin Nagel soll sich auf ihr Dribbling konzentrieren», sagte ihr Vater.

«Softball», sagte Patty. «Jetzt ist Softball-Saison.»

«Es sei denn, du möchtest dein ganzes letztes Schuljahr lang öffentlich gedemütigt werden.»

«Basketball ist im Winter. Softball im Frühjahr – wenn es draußen wärmer wird?»

«Ich frage dich: Möchtest du wirklich dein ganzes letztes Schuljahr lang gedemütigt werden?»

«Trainerin Carver ist Basketball», sagte Patty. «Trainerin Nagel Softball. Ist das bei dir angekommen?»

Ihr Vater ließ den Motor an.

In ihrem letzten Schuljahr entwickelte sich Patty, anstatt öffentlich gedemütigt zu werden, vom bloßen Talent zu einer richtigen Spielerin. Sie wohnte praktisch in der Sporthalle. Einmal wurde sie für drei Basketballspiele gesperrt, weil sie einer Angreiferin aus New Rochelle, die so dreist gewesen war, Pattys Mannschaftskameradin

Stephanie abzudrängen, die Schulter in den Rücken gerammt hatte, und brach trotzdem alle ihre Vorjahresschulrekorde und dazu fast noch den Korbrekord. Was ihre Treffsicherheit bei Distanzwürfen noch steigerte, war ein immer stärker werdender Zug zum Korb. Mit körperlichem Schmerz hatte sie nichts mehr am Hut.

Im Frühling, als der örtliche Abgeordnete der Parlamentskammer nach langen Dienstjahren abtrat und die Parteiführung Pattys Mutter als Kandidatin für seine Nachfolge wählte, erboten sich die Posts, die grüne Üppigkeit ihres Gartens für eine Spendensammel-Aktion zur Verfügung zu stellen. Bevor Joyce das Angebot annahm, fragte sie Patty, ob sie damit einverstanden sei, schließlich wolle sie nichts tun, sagte sie, was Patty Bauchschmerzen bereite, aber Patty kümmerte es nicht mehr, was Joyce tat, und das sagte sie ihr auch. Als die Familie der Kandidatin sich zum obligatorischen Familienfoto aufstellte, war niemand Patty gram, dass sie sich absentierte. Ihre bittere Miene hätte Joyces Zwecken nicht gedient.

## Kapitel 2: Beste Freundinnen

Da sie sich an ihren Bewusstseinszustand während der ersten drei Jahre am College nicht erinnern kann, fürchtet die Autobiographin, dass sie sich einfach in keinem Zustand der Bewusstheit befand. Es kam ihr zwar so vor, als ob sie wach wäre, aber in Wirklichkeit muss sie geschlafwandelt sein. Andernfalls ist schwer zu begreifen, weshalb sie sich, um nur ein Beispiel zu nennen, so eng mit einem gestörten Mädchen anfreundete, das letztlich ihre Stalkerin war.

Zum Teil, auch wenn die Autobiographin das äußerst ungern zugibt, mag der Hochschulsport der Big-Ten-Liga daran schuld gewesen sein, mitsamt der künstlichen Welt, die er für seine studentischen Teilnehmer schuf – für die Jungen vor allem, in den späten siebziger Jahren aber auch schon für die Mädchen. Patty fuhr im Juli nach Minnesota, wo ein spezielles Sportlersommercamp stattfand, dem eine vorzeitige, speziell für Sportler gedachte Orientierungswoche folgte, und bald darauf wohnte sie in einem Sportlerwohnheim, freundete sich ausschließlich mit Sportlern an, aß ausschließlich an Sportlertischen, tanzte auf Partys in einer Sportlertraube aus Mannschaftskameradinnen und achtete darauf, sich für ja keinen Kurs anzumelden, den nicht zahlreiche andere Sportler besuchten, mit denen sie zusammensitzen und (falls die Zeit es zuließ) lernen konnte. Sportler mussten nicht notwendigerweise so leben, aber an der University of Minnesota tat es die Mehrheit, und Patty trieb es mit dem *totalen Sportlerdasein* sogar noch weiter als die meisten, einfach weil sie die Möglichkeit dazu hatte! Weil sie endlich aus Westchester entkommen war! «Du kannst gehen, *wohin du gehen willst*», hatte Joyce zu Patty gesagt, womit sie gemeint hatte: Es ist grotesk und einfach das Letzte, an einer mittelmäßigen staatlichen Universität wie der von Minnesota zu studieren, wo du doch so großartige Angebote sowohl von der Vanderbilt als auch von der Northwestern hast (die im Übrigen auch für mich schmeichelhafter wären). «Es ist ganz und gar *deine* Sache, und wir werden dich unterstützen, *egal, wie du dich entscheidest*», hatte Joyce gesagt, womit sie gemeint hatte: Gib nicht mir und Daddy die Schuld, wenn du dir durch törichte Entscheidungen dein Leben ruinierst. Joyces offenkundige Aversion gegen die Universität von Minnesota, nebst deren Entfernung von New York, war ein wesentliches Kriterium für Pattys Entschluss, genau dorthin zu gehen. Rückblickend erkennt die Autobiographin in ihrem jüngeren Ich eine jener unglücklichen Heranwachsenden, die so wütend auf ihre Eltern sind, dass sie sich einem Kult verschreiben müssen, um netter, freundlicher, großherziger und fügsamer sein zu können, als es ihnen zu Hause noch möglich ist. Und Pattys Kult war nun zufällig Basketball.

Die erste Nicht-Sportlerin, die Patty aus diesem Kult herauslockte und wichtig für sie wurde, war Eliza, jenes gestörte Mädchen, von dessen Gestörtheit Patty freilich zunächst keine Ahnung hatte. Eliza war genau halb hübsch. Ganz oben war ihr Gesicht hinreißend, und je weiter der Blick abwärtswanderte, desto unansehnlicher wurde es. Sie hatte phantastisch dickes, lockiges braunes Haar, verblüffend große Augen und eine durchaus noch ganz niedliche kleine Stupsnase, aber die Mundpartie war auf eine unangenehme, an Frühgeborene erinnernde Weise zusammengeknautscht und winzig, und sie hatte sehr wenig Kinn. Immer trug sie ausgebeulte Cordhosen, die ihr auf die Hüften herunterrutschten, dazu in der Herrenabteilung von Billigläden gekaufte enge, kurzärmelige Hemden, die sie nur in der Mitte mit zwei, drei Knöpfen schloss, außerdem rote Keds und einen weiten, avocadogrünen Lammfellmantel. Sie roch wie ein Aschenbecher, bemühte sich aber, in Pattys Beisein nur zu rauchen, wenn sie im Freien waren. Eine für Patty damals unsichtbare, für die Autobiographin jedoch ganz unübersehbare Ironie lag darin, dass Eliza eine Menge mit Pattys kunstbeflissenen jüngeren Schwestern gemein hatte. Sie besaß eine schwarze E-Gitarre und einen teuren kleinen Verstärker, aber die paar Male, die sie auf Pattys Drängen hin in ihrer Gegenwart spielte, wurde Eliza wütend auf sie, was sonst so gut wie nie vorkam (jedenfalls nicht am Anfang). Sie sagte, Patty setze sie unter Druck und mache sie verlegen, deshalb greife sie immer schon nach wenigen Akkorden ihres Songs daneben. Sie forderte Patty auf, nicht so offensichtlich zuzuhören, aber auch wenn Patty sich wegdrehte und so tat, als läse sie in einer Zeitschrift, genügte das nicht. Eliza schwor, sie könne ihren Song perfekt spielen, sobald Patty nicht mehr im Zimmer sei. «Aber jetzt? Vergiss es.»

«Tut mir leid», sagte Patty. «Tut mir leid, dass ich so eine Wirkung auf dich habe.»

«Ich kann den Song ganz toll spielen, wenn du nicht zuhörst.»

«Ich weiß, das weiß ich doch. Bestimmt.»

«Das ist eine Tatsache. Es ist *egal*, ob du's mir glaubst.»

«Aber ich glaube es dir ja!»

«Ich *sage* doch gerade», erwiderte Eliza, «dass es *egal* ist, ob du es mir glaubst, weil meine Fähigkeit, diesen Song ganz toll zu spielen, sobald du nicht zuhörst, eine objektive Tatsache ist.»

«Willst du es nicht vielleicht mal mit einem anderen Song versuchen?», schlug Patty vor.

Aber Eliza riss bereits die Stöpsel aus der Gitarre. «Hör auf. Okay? Ich brauche deinen Zuspruch nicht.»

«Tut mir leid», sagte Patty, «tut mir leid.»

Zum ersten Mal hatte sie Eliza in der einzigen Lehrveranstaltung gesehen, in der eine Sportlerin und eine Lyrikerin sich wohl überhaupt begegnen konnten: Einführung in die Erdwissenschaft. Patty erschien in diesem besonders vollen Kurs stets zusammen mit zehn anderen Erstsemester-Sportlerinnen, einer Herde Mädchen, zumeist noch größer als sie, die alle kastanienbraune Trainingsanzüge der Minnesota Golden Gophers oder schlichte graue Jogginghosen trugen und mehr oder weniger feuchte Haare hatten. Es gab in der Herde auch ein paar intelligente Mädchen, zum Beispiel Cathy Schmidt, mit der die Autobiographin eine lebenslange Freundschaft verbindet und die später Strafverteidigerin wurde – an zwei Abenden trat sie mal in der landesweit ausgestrahlten Quizshow *Jeopardy!* auf –, aber der überheizte Vorlesungssaal und die besagten Trainingsanzüge und die feuchten Haare und die Nähe anderer müder Sportlerinnenkörper erzeugten bei Patty unweigerlich eine Kontakttaubheit. Ein Kontakttief.

Eliza saß gern in der Reihe hinter den Sportlerinnen, direkt hinter Patty, aber so weit vorgebeugt, dass man nur ihre verschwenderischen dunklen Locken sehen konnte. Die ersten Worte, die sie an Patty richtete, drangen zu Beginn einer Unterrichtsstunde von hinten an ihr Ohr. «Du bist die Beste», sagte sie.

Patty drehte sich um, weil sie wissen wollte, wer da sprach, und sah sehr viel Haar. «Wie bitte?»

«Ich hab dich gestern Abend spielen sehen», sagte das Haar. «Du bist brillant und schön.»

«Oh – vielen Dank.»

«Die müssen dir langsam mal mehr Spielzeit geben.»

«Komischerweise bin ich genau derselben Meinung, haha.»

«Du musst eben *fordern*, dass sie dir mehr Spielzeit geben. Okay?»

«Klar, aber wir haben ziemlich viele gute Spielerinnen in der Mannschaft. Es ist nicht an mir, das zu entscheiden.»

«Mag sein, aber du bist die Beste», sagte das Haar.

«Oh – also vielen Dank für das Kompliment!», antwortete Patty freundlich, um die Sache abzuschließen. Damals glaubte sie, es liege an ihrem selbstlosen Mannschaftsgeist, dass an sie persönlich gerichtete Komplimente sie so verlegen machten. Heute glaubt die Autobiographin, Komplimente waren wie ein Getränk, von dem sie sich instinktiv keinen einzigen Tropfen gönnte, weil es sie grenzenlos danach gedürstet hat.

Als die Vorlesung zu Ende war, umgab sie sich mit ihren Sportkameradinnen und blickte sich bewusst nicht nach dem Mädchen mit dem Haar um. Vermutlich, so sagte sie sich, war es nicht mehr als eine merkwürdige Koinzidenz, dass ein richtiger Fan von ihr in

Erdwissenschaften unmittelbar hinter ihr gesessen hatte. An der Universität gab es fünfzigtausend Studenten, von denen wahrscheinlich weniger als fünfhundert (ehemalige Spielerinnen und Freunde oder Familienangehörige von gegenwärtigen Spielerinnen ausgenommen) Frauensportveranstaltungen als mögliches Freizeitvergnügen in Betracht zogen. War man Eliza und wollte direkt hinter der Bank der Gophers sitzen (sodass Patty, wann immer sie vom Platz musste, nicht umhinkonnte, einen mit seinem Haar zu sehen, da man sich ja über sein Notizbuch beugte), brauchte man nur fünfzehn Minuten vor Spielbeginn zu erscheinen. Nach dem Schlusspfiff und dem Abklatschritual war es dann das Einfachste von der Welt, Patty kurz vor der Umkleide abzufangen, ihr einen Zettel aus dem Notizbuch zu reichen und zu sagen: «Hast du mehr Spielzeit verlangt, so wie ich es dir gesagt habe?»

Patty wusste immer noch nicht, wie dieses Mädchen hieß, das ihren Namen hingegen ganz genau zu kennen schien, denn auf dem Zettel stand ungefähr einhundertmal PATTY, in krakeligen Cartoon-Buchstaben mit konzentrischen Bleistiftumrissen, die sie wie durch die Sporthalle schallende Rufe aussehen ließen, so als ob eine wilde Horde ihren Namen skandierte, was denkbar weit von der Wirklichkeit entfernt war, denn die Sporthalle blieb für gewöhnlich zu neunzig Prozent leer, und Patty war neu auf dem College und durchschnittlich weniger als zehn Minuten pro Spiel auf dem Platz, also nicht gerade jemand, von dem alle sprachen. Die krakeligen Bleistiftrufe füllten, abgesehen von einer kleinen Skizze einer dribbelnden Spielerin, das ganze Blatt Papier. Patty war sofort klar, dass diese Spielerin sie selbst sein sollte, weil sie ihre Nummer trug und außerdem auf einem Zettel, der über und über mit dem Wort PATTY bedeckt war, wohl kaum jemand anders gezeichnet worden sein konnte als sie. Wie alles, was Eliza tat (das sollte Patty bald genug begreifen), war die Skizze zur Hälfte äußerst gekonnt und zur Hälfte unbeholfen und schlecht. Wie der Körper der Spielerin dicht am Boden und extrem zur Seite geneigt war, weil sie gerade eine jähe Kehrtwende machte, das war fabelhaft gelungen, aber Gesicht und Kopf ähnelten einer schematischen Frauenabbildung in einer Erste-Hilfe-Broschüre.

Während sie auf das Blatt Papier sah, hatte Patty einen Vorgeschmack von jenem Gefühl zu fallen, das sie ein paar Monate später haben sollte, nachdem sie mit Eliza Haschbrownies gegessen hatte. Jenem Gefühl von etwas Falschem und Unheimlichem, gegen das sie sich jedoch kaum wehren konnte.

«Danke für die Zeichnung», sagte sie.

«Warum lassen sie dich nicht länger spielen?», sagte Eliza. «Du hast fast die ganze zweite Halbzeit auf der Bank gesessen.»

«Als wir erst mal klar in Führung lagen –»

«Du spielst hervorragend, und dann schicken sie dich auf die Bank? Das verstehe ich nicht.» Elizas Locken flatterten wie die Äste einer Weide bei schwerem Sturm; sie war ziemlich aufgebracht.

«Dawn, Cathy und Shawna waren viele Minuten auf dem Feld», sagte Patty. «Sie haben die Führung doch sehr gut verteidigt.»

«Aber du bist so viel besser als sie!»

«Ich muss jetzt unter die Dusche. Danke nochmal für die Zeichnung.»

«Vielleicht noch nicht dieses Jahr, aber spätestens im nächsten werden sich alle um dich reißen», sagte Eliza. «Du wirst Aufmerksamkeit erregen. Da lernst du dich besser jetzt schon mal schützen.»

Das war derart abwegig, dass Patty sich kurz noch die Zeit nahm, es richtigzustellen. «Zu viel Aufmerksamkeit ist nun nicht gerade ein Problem, mit dem man im Frauenbasketball zu kämpfen hat.»

«Und was ist mit Männern? Weißt du, wie du dich vor Männern schützt?»

«Wie meinst du das?»

«Hast du bei Männern ein gutes Urteilsvermögen?»

«Im Moment bleibt mir neben dem Sport kaum Zeit für irgendwas anderes.»

«Du scheinst gar nicht zu wissen, wie phantastisch du bist. Und was für Gefahren das birgt.»

«Ich weiß, dass ich gut im Sport bin.»

«Es ist fast ein Wunder, dass dich bisher noch niemand ausgenutzt hat.»

«Tja, ich trinke nicht, das macht viel aus.»

«Warum trinkst du nicht?», hakte Eliza sofort nach.

«Weil ich das nicht darf, wenn ich trainiere. Keinen Schluck.»

«Trainierst du denn an dreihundertfünfundsechzig Tagen im Jahr?»

«Und außerdem habe ich in der Highschool mal schlechte Erfahrungen mit Alkohol gemacht, also insofern ...»

«Was ist passiert – bist du vergewaltigt worden?»

Pattys Gesicht fing an zu glühen und nahm fünf verschiedene Ausdrücke gleichzeitig an. «Mannomann», sagte sie.

«Ja? Ist es das, was passiert ist?»

«Ich gehe jetzt unter die Dusche.»

«Siehst du, genau das meine ich!», rief Eliza ganz aufgeregt. «Du kennst mich überhaupt nicht, wir unterhalten uns hier gerade mal zwei Minuten, und im Prinzip hast du mir gerade gesagt, dass du ein Vergewaltigungsopfer bist. Du bist völlig schutzlos!»

Patty war in dem Moment zu erschrocken und zu beschämt, um die mangelhafte Logik dieser Bemerkung zu erkennen. «Ich kann mich selbst beschützen, danke», sagte sie. «Ich komme sehr gut zurecht.»

«Klar. Na schön.» Eliza zuckte mit den Schultern. «Es geht um deine Sicherheit, nicht um meine.»

Das dumpfe Geräusch schwerer Schalter hallte von den Wänden wider, als reihenweise die Oberlichter ausgingen.

«Treibst du auch Sport?», fragte Patty zum Ausgleich dafür, dass sie nicht umgänglicher gewesen war.

Eliza blickte an sich herunter. Sie hatte ein breites, schaufelförmiges Becken, und ihre winzigen, in Keds steckenden Füße schienen ein wenig nach innen zu zeigen. «Sehe ich so aus?»

«Weiß nicht. Badminton?»

«Ich hasse Schulsport», sagte Eliza lachend. «Ich hasse jeden Sport.»

Vor Erleichterung, dass es ihr gelungen war, das Thema zu wechseln, lachte Patty mit, obwohl sie jetzt einigermaßen verwirrt war.

«Es war noch nicht mal so, dass ich ‹wie ein Mädchen geworfen› hätte oder ‹wie ein Mädchen gelaufen› wäre», sagte Eliza. «Ich habe mich geweigert, überhaupt zu laufen oder zu werfen, Punkt. Wenn ein Ball in meinen Händen landete, habe ich abgewartet, bis jemand gekommen ist und ihn mir weggenommen hat. Wenn ich loslaufen sollte, zum Beispiel zur ersten Base, bin ich erst mal einen Moment stehengeblieben und dann vielleicht hin*gegangen.*»

«O Gott», sagte Patty.

«Ja, ich hätte deshalb auch fast den Abschluss nicht geschafft», sagte Eliza. «Das Highschooldiplom habe ich nur bekommen, weil meine Eltern die Schulpsychologin kannten. Am Ende haben sie mir angerechnet, dass ich jeden Tag mit dem Rad zur Schule gefahren bin.»

Patty nickte verunsichert. «Aber Basketball magst du doch, oder?»

«Ja, genau», sagte Eliza. «Basketball ist ziemlich faszinierend.»

«Na, dann stimmt es ja gar nicht, dass du jeden Sport hasst. Ich glaube, du hasst eigentlich nur Schulsport.»

«Ganz genau. Ja, du hast völlig recht.»

«Gut, also dann.»

«Ja, also dann – werden wir jetzt Freundinnen?»

Patty lachte. «Wenn ich ja sage, bestätige ich doch nur deine Behauptung, dass ich unvorsichtig gegenüber Leuten bin, die ich kaum kenne.»

«Das klingt eher wie nein.»

«Wollen wir nicht einfach abwarten und es auf uns zukommen lassen?»

«In Ordnung. Das ist sehr vorsichtig von dir – gut so.»

«Siehst du? Siehst du?» Patty lachte schon wieder. «Ich bin vorsichtiger, als du denkst!»

Die Autobiographin zweifelt nicht daran, dass Patty, hätte sie sich bewusster mit sich selbst auseinandergesetzt und der Welt um sich herum ein nur halbwegs vernünftiges Maß an Aufmerksamkeit geschenkt, im College-Basketball nicht annähernd so gut gewesen wäre. Erfolg im Sport ist Sache derer, die nahezu hohl im Kopf sind. Einen Blickwinkel zu erlangen, der ihr zu sehen erlaubt hätte, wie Eliza wirklich war (nämlich gestört), wäre schlecht für ihre spielerische Leistung gewesen. Man wird keine Freiwurfschützin mit einer Trefferquote von 88 Prozent, wenn man über jedes kleine Detail nachgrübelt.

Wie sich zeigte, mochte Eliza keine von Pattys anderen Freundinnen und versuchte auch gar nicht erst, sie näher kennenzulernen. Sie bezeichnete sie kollektiv als «deine Lesben» oder «die Lesben», obwohl die Hälfte von ihnen heterosexuell war. Sehr bald kam es Patty so vor, als lebte sie in zwei sich gegenseitig ausschließenden Welten. Da war die Welt ihres *totalen Sportlerdaseins*, in der sie den Löwenanteil ihrer Zeit verbrachte und eher eine Psychologie-Zwischenprüfung verhauen hätte, als nicht noch schnell in einen Laden zu rennen, um ein Notfallpaket zusammenzustellen und es einer Mannschaftskameradin zu bringen, die sich den Knöchel verstaucht hatte oder mit Grippe im Bett lag, und dann war da die dunkle kleine Eliza-Welt, in der sie sich nicht anzustrengen brauchte, besonders gut zu sein. Der einzige Berührungspunkt zwischen den beiden Welten war die Williams Arena, wo Patty, wenn sie durch die zurücklaufende Verteidigung flog und mit einem einfachen Korbleger abschloss oder einen Pass blind spielte, eine zusätzliche Aufwallung von Stolz und Freude verspürte, sofern Eliza unter den Zuschauern saß. Doch selbst dieser Berührungspunkt blieb nicht lange bestehen, denn je mehr Zeit Eliza mit Patty verbrachte, umso weniger schien sie sich daran zu erinnern, wie sehr sie sich für Basketball interessierte.

Patty hatte immer nur Freunde gehabt, Plural, nichts Festeres. Ihr wurde froh ums Herz, wenn sie Eliza nach dem Training draußen vor der Sporthalle warten sah, denn dann wusste sie, dass ihr ein anregender Abend bevorstand. Eliza nahm sie in Filme mit

Untertiteln mit und spielte ihr Patti-Smith-Platten vor, denen Patty ganz konzentriert zuhören sollte («Ich finde es wunderbar, dass du denselben Vornamen hast wie meine Lieblingssängerin», sagte sie, wobei sie die unterschiedliche Schreibweise ebenso außer Acht ließ wie die Tatsache, dass Patty eigentlich Patrizia hieß, ein Name, den Joyce ihr gegeben hatte, damit sie sich von anderen unterschied, und den Patty zu peinlich fand, um ihn je laut zu sagen), und lieh ihr Gedichtbände von Denise Levertov und Frank O'Hara. Nachdem die Basketballmannschaft die Saison mit einer Bilanz von acht Siegen, elf Niederlagen und dem Ausscheiden aus einem Turnier nach der ersten Runde beendet hatte (Pattys vierzehn Punkten und ihren zahlreichen Korbvorlagen zum Trotz), brachte Eliza ihr außerdem bei, ausgesprochen gern Paul Masson Chablis zu trinken.

Was Eliza mit ihrer übrigen Freizeit anfing, lag ein wenig im Dunkeln. Anscheinend gab es diverse «Männer» (d.h. Jungs) in ihrem Leben, und manchmal erwähnte sie Konzerte, auf die sie gegangen war, aber wenn Patty an diesen Konzerten Interesse bekundete, sagte Eliza, sie solle sich erst mal all die Mixtapes anhören, die sie extra für sie aufgenommen habe; und mit diesen Mixtapes hatte Patty so ihre Schwierigkeiten. Patti Smith, die zu verstehen schien, wie ihr am Morgen nach der Vergewaltigung im Bad zumute gewesen war, gefiel ihr gut, aber bei Velvet Underground zum Beispiel bekam sie Einsamkeitsgefühle. Irgendwann gestand sie Eliza, ihre Lieblingsband seien die Eagles, und Eliza sagte: «Das ist doch völlig in Ordnung, die Eagles sind gut», aber Eagles-Platten fanden sich ganz sicher nicht in Elizas Zimmer.

Elizas Eltern waren als Psychotherapeuten in den Twin Cities schwer im Geschäft und lebten etwas außerhalb in Wayzata, wo jeder Geld hatte, und sie hatte einen älteren Bruder, der seit drei Jahren am Bard College studierte und, wie sie sagte, «komisch» war. Auf Pattys Frage «Komisch in welcher Hinsicht?» antwortete Eliza: «In jeder.» Eliza selbst hatte sich ihre Highschool-Bildung an drei verschiedenen örtlichen Schulen zusammengeschustert und war an der Universität eingeschrieben, weil ihre Eltern sich weigerten, sie zu unterstützen, sofern sie nicht aufs College ging. Sie war eine andere Sorte Zweierkandidatin als Patty, die in allen Fächern Zweien hatte. Eliza bekam in Englisch immer eine Eins plus und ansonsten nur Vieren. Soweit bekannt, waren ihre einzigen Interessen, neben Basketball, die Lyrik und der Müßiggang.

Eliza wollte unbedingt, dass Patty Gras probierte, aber Patty war extrem besorgt um ihre Lunge, und so kam es zu der Sache mit den Brownies. Die beiden waren in Elizas VW-Käfer zu dem Haus in Wayzata hinausgefahren, in dem sich viele afrikanische Skulpturen, aber keine Eltern befanden, denn die waren auf einem Wochenendkongress. Eigentlich hatten sie ein extravagantes Julia-Child-Menü zubereiten wollen, aber daraus wurde nichts, weil sie zu viel Wein tranken, und so aßen sie am Ende Cracker und Käse und buken die Brownies und konsumierten aller Wahrscheinlichkeit nach gewaltige Mengen Drogen. Ein Teil von Patty dachte während der gesamten sechzehn Stunden Durch-den-Wind-Seins: «Das mache ich nie wieder.» Ihr war, als hätte sie die Trainingsregeln so gründlich gebrochen, dass sie nie mehr imstande sein würde, sie zu kitten, und das bereitete ihr erhebliche Bauchschmerzen. Außerdem wurde ihr auf einmal Elizas wegen angst und bange – sie hatte das seltsame Gefühl, in sie verknallt zu sein, weshalb es von höchster Wichtigkeit schien, regungslos dazusitzen, sich zusammenzureißen und bloß nicht dahinterzusteigen, dass sie womöglich bisexuell war. Eliza fragte sie immer wieder, wie es ihr gehe, und sie antwortete immer wieder: «Sehr gut, danke», was sie beide jedes Mal zum Totlachen fanden. Als sie jetzt Velvet Underground hörten, verstand Patty die Band viel besser; es war eine ziemlich *schmutzige* Band, und ihre Schmutzigkeit ähnelte auf beruhigende Weise dem, was sie selbst da draußen in Wayzata, umgeben von afrikanischen Masken, fühlte. Umso erleichterter stellte sie, als ihr Rausch langsam nachließ, fest, dass es ihr sogar im Rausch gelungen war, sich zusammenzureißen, und dass auch Eliza sie nicht berührt hatte: dass also nichts Lesbisches je zwischen ihnen vorfallen würde.

Patty war neugierig auf Elizas Eltern und wollte bleiben, bis sie zurückkamen, aber Eliza sagte, das sei überhaupt keine gute Idee, und ließ sich auch nicht umstimmen. «Sie sind füreinander die ganz große Liebe», sagte sie. «Sie machen alles zusammen. Sie haben identische Praxen auf derselben Büroetage, sie schreiben alle ihre Aufsätze und Bücher gemeinsam, sie halten gemeinsame Vorträge auf Kongressen, und wegen der ärztlichen Schweigepflicht können sie zu Hause *niemals* über ihre Arbeit sprechen. Sogar ein Tandem haben sie.»

«Und?»

«Und das heißt, sie sind merkwürdig, und du würdest sie nicht mögen, und dann würdest du auch mich nicht mehr mögen.»

«Meine Eltern sind auch nicht so toll», sagte Patty.

«Das hier ist etwas anderes, glaub mir. Ich weiß, wovon ich rede.»

Als sie im Käfer zurück in die Stadt fuhren, hinter sich die noch keine Wärme spendende Frühlingssonne Minnesotas, hatten sie ihren ersten Quasi-Streit.

«Du musst den Sommer über hierbleiben», sagte Eliza. «Du darfst nicht wegfahren.»

«Das ist nicht gerade realistisch», sagte Patty. «Ich werde in der Kanzlei meines Vaters arbeiten und den Juli über in Gettysburg sein.»

«Warum kannst du nicht bleiben und von hier aus zu deinem Camp fahren? Wir suchen uns Jobs, und du kannst jeden Tag in die Sporthalle gehen.»

«Ich muss nach Hause.»

«Warum denn? Du findest es doch schrecklich da.»

«Wenn ich hierbleibe, trinke ich bloß jeden Abend Wein.»

«Nein, tust du nicht. Wir stellen strenge Regeln auf. Alle Regeln, die du willst.»

«Ich bin ja im Herbst wieder da.»

«Können wir dann zusammenwohnen?»

«Nein, ich habe Cathy versprochen, in ihre Vierer-WG zu ziehen.»

«Du könntest ihr sagen, dass sich deine Pläne geändert haben.»

«Nein, das geht nicht.»

«Das ist doch verrückt! Ich kriege dich fast nie zu sehen!»

«Ich treffe mich öfter mit dir als mit praktisch jedem anderen. Und das sehr gern.»

«Warum willst du dann diesen Sommer nicht hierbleiben? Vertraust du mir nicht?»

«Warum sollte ich dir nicht vertrauen?»

«Weiß nicht. Ich begreife nur nicht, warum du überhaupt für deinen Vater arbeiten willst. Er hat sich nicht um dich gekümmert, und er hat dich nicht beschützt, ganz im Gegensatz zu mir. Ihm liegt dein Wohl nicht ernsthaft am Herzen, mir dagegen schon.»

In der Tat brach Pattys Stimmung bei dem Gedanken, nach Hause zu fahren, spürbar ein, aber sie fand, sie müsse sich dafür bestrafen, dass sie Haschbrownies gegessen hatte. Außerdem hatte ihr Vater sich in letzter Zeit um sie bemüht, indem er ihr handgeschriebene Briefe («Du fehlst uns auf dem Tennisplatz») geschickt und ihr angeboten hatte, das alte Auto ihrer Großmutter zu übernehmen, das diese seiner Ansicht nach nicht mehr fahren sollte. Nach einem Jahr fern von zu Hause bereute sie es, dass sie so kalt zu ihm gewesen war. Vielleicht hatte sie ja einen Fehler gemacht? Und so fuhr sie über den Sommer nach Hause und stellte fest, dass sich nichts geändert und sie also auch keinen Fehler gemacht hatte. Sie sah bis Mitternacht fern, stand jeden Morgen um sieben Uhr auf, lief achteinhalb Kilometer und verbrachte den Rest des Tages damit, Namen in Rechtsdokumenten zu markieren und sich auf die Post zu freuen, in der sich meistens ein langer, getippter Brief von Eliza befand, die ihr schrieb, wie sehr sie sie vermisse, und ihr Geschichten über ihren «lüsternen» Chef in dem Wiederaufführungs-Filmkunsttheater erzählte, an dessen Kasse sie arbeitete, und sie ermahnte, auf der Stelle zurückzuschreiben, was Patty nach besten Kräften tat, und zwar auf altem, mit Briefkopf versehenem Papier und der Selectric-Schreibmaschine in der nach Mottenkugeln riechenden Kanzlei ihres Vaters.

Einmal schrieb Eliza: *Ich glaube, wir müssen im Hinblick auf Schutz und Selbstvervollkommnung Regeln füreinander aufstellen.* Patty war skeptisch, antwortete aber mit drei Regeln für ihre Freundin. *Keine Zigaretten vor dem Abendessen. Sich jeden Tag bewegen und an Sportlichkeit arbeiten.* Und *Alle Vorlesungen besuchen und Hausaufgaben für ALLE Seminare machen (nicht nur für Englisch).* Sicher hätte sie beunruhigt sein sollen, als sie sah, wie völlig anders Elizas Regeln für sie ausfielen – *nur an Samstagabenden trinken und nur in Elizas Gegenwart; nicht auf gemischte Partys gehen, außer in Begleitung von Eliza;* und *Eliza ALLES erzählen* –, aber irgendetwas stimmte mit ihrem Urteilsvermögen nicht, und deshalb freute sie sich darüber, dass sie so eine enge beste Freundin hatte. Unter anderem gab es ihr Waffen und Munition gegen ihre mittlere Schwester an die Hand.

«Also, wie lebt sich's so in Minn-e-soooo-tah?», begann ein typischer Dialog mit ihr. «Hast du ganz viel *Mais* gegessen? Hast du schon den blauen Ochsen Babe gesehen? Warst du schon in *Brainerd,* wo die Hirnis wohnen?»

Man sollte meinen, dass Patty als geübte Wettkämpferin und dreieinhalb Jahre Ältere (wenngleich sie dieser Schwester in der schulischen Laufbahn nur zwei Jahre voraus war) irgendwelche Methoden entwickelt hätte, um mit solcher demütigenden Albernheit fertigzuwerden. Aber irgendwie war Patty im Innersten genuin wehrlos – der Mangel an Schwesterlichkeit aufseiten der Schwester schockierte sie jedes Mal neu. Überdies war die Schwester wirklich *kreativ* und kam auf alle möglichen unerwarteten Einfälle, um Patty sprachlos zu machen.

«Warum redest du immer mit dieser bescheuerten Stimme?», lautete im Moment Pattys beste Verteidigung.

«Ich hab dich doch bloß nach deinem Leben im guten alten Minn-e-soooo-tah gefragt.»

«Du *gackerst*, das ist es. Es klingt wie *Gackern.*»

Das stieß auf glitzeräugiges Schweigen. Dann: «Es ist das Land der zehntausend Seen!»

«Bitte verzieh dich einfach.»

«Hast du da drüben einen Freund?»

«Nein.»

«Etwa eine Freund*in*?»

*«Nein.* Obwohl es da schon eine gibt, mit der ich mich richtig angefreundet habe.»

«Du meinst die, die dir andauernd Briefe schreibt? Ist sie Sportlerin?»

«Nein. Lyrikerin.»

«Mensch.» Die Schwester schien eine Spur interessiert. «Und wie heißt sie?»

«Eliza.»

«Eliza Doolittle. Dass sie eine Menge Briefe schreibt, steht fest. Und sie ist ganz bestimmt nicht deine *Freundin*?»

«Sie ist Schriftstellerin, kapiert? Eine richtig interessante Schriftstellerin.»

«Man hört's halt in der Umkleide munkeln. Der Pilz, der sich nicht Pilz zu nennen traut.»

«Bist du ekelhaft», sagte Patty. «Sie ist mit ungefähr drei Typen gleichzeitig zusammen, so angesagt ist sie.»

«Hirni-Town, Minn-e-soooo-tah», lautete die Antwort ihrer Schwester. «Du musst mir unbedingt eine Postkarte vom blauen Ochsen Babe aus Brainerd-Hirni-Town schicken.» Dann zog sie ab und sang dabei mit viel Vibrato *«I'm getting married in the morning»*.

Im Herbst darauf, als das nächste Semester angefangen hatte, lernte Patty einen Jungen namens Carter kennen, der, in Ermangelung eines besseren Ausdrucks, ihr erster Freund wurde. Heute scheint es der Autobiographin alles andere als Zufall zu sein, dass sie ihn kennenlernte, unmittelbar nachdem sie Elizas dritte Regel befolgt und ihr erzählt hatte, jemand, den sie vom Sport her kenne, einer aus dem zweiten Studienjahr, ein Mitglied der Ringermannschaft übrigens, habe sie gefragt, ob sie mal mit ihm essen gehen würde. Eliza hatte dem Ringer vorher auf den Zahn fühlen wollen, aber selbst Pattys Umgänglichkeit kannte Grenzen. «Er scheint wirklich nett zu sein», sagte sie.

«Tut mir leid, aber was Männer angeht, bist du noch auf Bewährung», sagte Eliza. «Du dachtest ja auch, dass der Kerl, der dich vergewaltigt hat, nett wäre.»

«Ich weiß gar nicht, ob ich das so konkret gedacht habe. Ich fand es einfach aufregend, dass er sich für mich interessiert hat.»

«Genau, und hier ist wieder jemand, der sich für dich interessiert.»

«Ja, aber diesmal bin ich nüchtern.»

Sie hatten einen Kompromiss geschlossen, indem sie vereinbarten, Patty solle gleich nach dem Essen zu Eliza kommen, in ihr Zimmer außerhalb des Campusgeländes (die Belohnung ihrer Eltern dafür, dass sie den Sommer über gearbeitet hatte), und wenn sie bis zehn Uhr nicht aufgetaucht wäre, würde Eliza sich auf den Weg machen und nach dem Rechten sehen. Als Patty gegen halb zehn, nach einem nicht allzu prickelnden Abend, besagtes Zimmer im obersten Stock betrat, traf sie Eliza dort zusammen mit dem Jungen namens Carter an. Sie lagen jeder auf einer Seite des Sofas, die bestrumpften Füße Sohle an Sohle über dem Mittelkissen, und fuhren Fahrrad, ein Zeitvertreib, der geschwisterlich sein mochte oder auch nicht. Auf Elizas Stereoanlage lief das neue DEVO-Album.

Patty blieb zögernd im Türrahmen stehen. «Vielleicht sollte ich euch zwei lieber allein lassen?»

«Ach was, nein nein nein nein nein, wir möchten, dass du bleibst», rief Eliza. «Das mit Carter und mir ist eine ganz alte Geschichte, stimmt's?»

«Uralt», sagte Carter würdevoll und, wie Patty später dachte, leicht gereizt. Er schwang sich herum und stellte die Füße auf den Boden.

«Ein erloschener Vulkan», sagte Eliza, als sie aufsprang, um Patty und Carter miteinander bekannt zu machen. Patty hatte ihre Freundin noch nie zusammen mit einem Jungen gesehen und staunte, wie verändert ihre Persönlichkeit war – ihr Gesicht war gerötet, sie verhaspelte sich beim Sprechen und gab ständig ein leicht gekünsteltes Kichern von sich. Offenbar war ihr entfallen, dass Patty vorbeigekommen war, um über ihre Abendessenverabredung ausgefragt zu werden. Alles drehte sich um Carter, einen Freund aus einer ihrer Schulen, der sich im Moment eine Auszeit vom College gönnte, in einem Buchladen arbeitete und auf Konzerte ging. Carter hatte extrem glattes und interessant getöntes dunkles Haar (Henna, wie sich herausstellte), wunderschöne Augen mit langen Wimpern (Mascara, wie sich herausstellte) und keine auffallenden körperlichen Mängel, abgesehen von seinen Zähnen, die nicht nur krumm und schief, sondern auch merkwürdig klein und spitz waren (eine mittelschichttypische Kindergrundversorgung wie die Kieferorthopädie war durch den Rost der unerfreulichen Scheidung seiner Eltern gefallen, wie sich herausstellte). Patty fand es sofort sympathisch, dass seine Zähne ihn nicht weiter zu kümmern schienen. Kaum hatte sie sich vorgenommen, einen guten Eindruck auf ihn zu machen und zu beweisen, dass sie Elizas Freundschaft würdig war, da streckte diese ihr ein riesiges bauchiges Glas Wein entgegen.

«Nein, danke», sagte Patty.

«Aber heute ist Samstag», sagte Eliza.

Patty hätte sie gern darauf hingewiesen, dass die Regeln sie keineswegs dazu *verpflichteten*, samstags zu trinken, aber in Carters Gegenwart sah sie für einen Moment ganz deutlich, wie eigenartig sich Elizas Regeln ausnahmen, ja wie eigenartig es auch war, dass sie Eliza über ihr Abendessen mit dem Ringer Bericht erstatten sollte. Und so schwenkte sie um und trank den Wein und danach noch ein zweites enormes Glas voll und fühlte sich gewärmt und fabelhaft. Die Autobiographin weiß durchaus, wie langweilig es ist, vom Alkoholkonsum eines anderen zu lesen, aber mitunter ist er für den Fortgang einer Geschichte entscheidend. Als Carter gegen Mitternacht aufbrach, bot er Patty an, sie in seinem Auto mitzunehmen, und vor der Tür ihres Wohnheims fragte er, ob er ihr einen Gutenachtkuss geben dürfe («Ist schon in Ordnung», dachte sie ganz ausdrücklich, «er ist ja ein Freund von Eliza»), und nachdem sie eine Weile in der kalten Oktoberluft gestanden und rumgemacht hatten, fragte er noch, ob sie sich am nächsten Tag wiedersehen könnten, und sie dachte: «Mann, hat der es aber *eilig*.»

Ehre, wem Ehre gebührt: In sportlicher Hinsicht war dieser Winter die beste Saison ihres Lebens. Sie hatte keine gesundheitlichen Probleme, und nach einer strengen Belehrung darüber, dass sie sich weniger selbstlos und dafür führungsstärker geben müsse, setzte Trainerin Treadwell sie immer von Anfang an als Spielmacherin ein. Patty war selbst verblüfft, wie zeitlupenlangsam die größeren gegnerischen Spielerinnen plötzlich wirkten, wie einfach es war, den Arm auszustrecken und ihnen den Ball abzunehmen, und mit wie vielen ihrer Distanzwürfe sie Treffer erzielte, Spiel um Spiel. Auch wenn ihr zwei Verteidigerinnen zugeteilt wurden, was jetzt immer häufiger geschah, spürte sie einen besonderen, persönlichen Draht zum Korb, wusste immer genau, wo er war, und vertraute darauf, seine Lieblingsspielerin zu sein, diejenige, die sein kreisförmiges Maul am besten zu füttern verstand. Selbst außerhalb des Spielfelds war sie in ständiger Wettkampfbereitschaft, das merkte sie an einem alles andere ausblendenden Druck hinter den Augenbrauen, einer wachsamen Schläfrigkeit oder konzentrierten Taubheit, die immer da war, egal, was sie tat. Sie schlief den ganzen Winter über herrlich und wachte nie ganz auf. Selbst wenn sie einen Ellbogen an den Kopf bekam oder beim Schlusspfiff von glücklichen Mannschaftskameradinnen bestürmt wurde, spürte sie es kaum.

Und ihre Geschichte mit Carter war ein Teil davon. Carter interessierte sich kein bisschen für Sport, und es machte ihm offenbar nichts aus, dass sie zu Spitzenzeiten unter dem Strich nicht mehr als ein paar Stunden in der Woche für ihn erübrigen konnte, sodass es manchmal gerade dafür reichte, in seiner Wohnung mit ihm zu schlafen und dann sofort zum Campus zurückzulaufen. In gewisser Hinsicht erscheint der Autobiographin diese Beziehung noch heute als ideal, wenn auch zugegebenermaßen weniger ideal, sobald sie sich realistisch einzuschätzen erlaubt, mit wie vielen anderen Mädchen Carter während der sechs Monate, in denen Patty ihn als ihren festen Freund ansah, schlief. Diese sechs Monate waren die erste von zwei unbestreitbar glücklichen Phasen in Pattys Leben, in denen alles lief wie geschmiert. Sie liebte Carters unkorrigierte Zähne, seine aufrichtige Bescheidenheit, sein geschicktes Petting, seine Geduld mit ihr. Carter hatte viele wunderbare Eigenschaften, das muss man wirklich sagen! Ob er ihr nun einen quälend zärtlichen technischen Fingerzeig beim Sex gab oder ihr gestand, er habe nicht die geringste Vorstellung, was beruflich einmal aus ihm werden solle («Wahrscheinlich eigne ich mich am besten als eine Art stiller Erpresser»), immer war seine Stimme weich und gedämpft und selbstkritisch – der arme, verdorbene Carter hatte keine gute Meinung von sich als Teil der Menschheit.

Patty hingegen behielt ihre gute, gefährlich gute Meinung von ihm bis zu jenem Samstagabend im April, als sie aus Chicago zurückkam, wo sie und Trainerin Treadwell an der nationalen Siegerehrung mit festlichem Mittagessen teilgenommen hatten (Patty war als Spielmacherin in das Team der zweitbesten Spielerinnen gewählt worden), und zwar mit einem früheren Flug als geplant, weil sie Carter überraschen wollte, der aus Anlass seines Geburtstags eine Party gab. Von der Straße aus konnte sie in seiner Wohnung Licht brennen sehen, aber sie musste viermal klingeln, und die Stimme, die sie schließlich durch die Gegensprechanlage hörte, war Elizas.

«*Patty?* Bist du nicht in Chicago?»

«Ich bin früher zurückgekommen. Mach auf.»

Es knisterte in der Sprechanlage, und dann blieb es so lange still, dass Patty noch zwei weitere Male klingelte. Nach einer Weile kam Eliza, in Keds und Lammfellmantel, die Treppe heruntergepoltert und riss die Tür auf. «Hallo, hallo, hallo!», sagte sie. «Na, das ist ja eine Überraschung!»

«Warum hast du mich nicht reingelassen?», sagte Patty.

«Ich weiß nicht, ich dachte, ich komm lieber zu dir runter, da oben ist der Teufel los, also, da dachte ich mir, ich komm lieber runter, dann können wir besser reden.» Eliza hatte leuchtende Augen und fuchtelte mit den Händen. «Da oben sind eine Menge Drogen im Spiel, lass uns woandershin gehen, ich freu mich ja so, dich zu sehen, ich meine, hey, hallo! Wie geht's dir? Wie war's in Chicago? Wie war das Festessen?»

Patty zog die Stirn kraus. «Das heißt, ich kann jetzt nicht raufgehen und meinen Freund sehen?»

«Na ja, nein, aber, nein, aber – deinen Freund? Das ist doch irgendwie ein ziemlich starkes Wort, oder? Ich dachte, es ist bloß Carter. Ich meine, ich weiß schon, dass du ihn magst, aber –»

«Wer ist noch da oben?»

«Ach, na ja, ein paar andere.»

«Wer?»

«Kennst du alle nicht. Hey, lass uns woandershin gehen, okay?»

«Wer denn zum Beispiel?»

«Er dachte, du kommst erst morgen wieder. Seid ihr beide nicht morgen zum Essen verabredet?»

«Ich bin extra früher zurückgeflogen, um ihn zu sehen.»

«O mein Gott, du bist doch nicht etwa in ihn verliebt, oder? Wir müssen uns wirklich mal darüber unterhalten, wie du dich besser schützen kannst, ich dachte, ihr zwei hättet einfach nur ein bisschen Spaß miteinander, ich meine, du hast ihn kein einziges Mal ‹deinen Freund› genannt, und ich sollte das doch wissen, oder? Wenn du mir nicht alles erzählst, kann ich dich auch nicht beschützen. Du hast schon irgendwie gegen eine unserer Regeln verstoßen, findest du nicht?»

«Du hast meine Regeln auch nicht befolgt», sagte Patty.

«Weil, also, ich schwör's dir, es ist nicht so, wie du denkst. Ich bin deine Freundin. Aber da ist noch jemand, und für den gilt das eindeutig nicht.»

«Ein *Mädchen*?»

«Pass auf, ich sorge dafür, dass sie abhaut. Wir schicken sie weg, und dann können wir zu dritt weiterfeiern.» Eliza kicherte. «Er hat richtig richtig richtig erstklassiges Koks zum Geburtstag bekommen.»

«Moment mal. Ihr seid bloß zu dritt? Das ist die Party?»

«Es ist so gut, so gut, du musst es unbedingt probieren. Deine Saison ist doch vorbei, stimmt's? Wir schicken sie weg, und dann kannst du raufkommen und mitfeiern. Oder wir gehen zu mir, nur du und ich, ich meine, wenn du kurz wartest, hole ich ein bisschen Stoff, und wir gehen zu mir. Du musst es unbedingt probieren. Du weißt nicht, wovon ich rede, bevor du's nicht probiert hast.»

«Carter mit einer anderen hierlassen und mir mit dir irgendwo anders harte Drogen reinziehen. Das ist ja ein ganz toller Plan.»

«O Gott, Patty, es tut mir so leid. Es ist anders, als du denkst. Er wollte tatsächlich eine Party machen, aber dann hat er das Koks bekommen und seine Pläne ein bisschen geändert, und dann stellte sich raus, dass er mich nur dabeihaben wollte, weil die andere sonst nicht gekommen wäre.»

«Du hättest gehen können», sagte Patty.

«Wir waren schon mitten dabei, also, wenn du's mal probieren würdest, könntest du verstehen, warum ich nicht gegangen bin. Ich schwöre dir, das ist der einzige Grund, warum ich hier bin, einen anderen gibt's nicht.»

Der Abend endete nicht, wie es wohl angemessen gewesen wäre, mit einer Abkühlung oder gar Aufkündigung ihrer Freundschaft zu Eliza, sondern damit, dass Patty Carter abschwor und sich bei Eliza dafür entschuldigte, ihr nicht genug über ihre Gefühle für ihn anvertraut zu haben, während Eliza sich dafür entschuldigte, dass sie nicht besser auf sie aufgepasst hatte, und ihr versprach, in Zukunft Pattys Regeln besser zu befolgen und keine harten Drogen mehr zu nehmen. Heute ist der Autobiographin klar, dass ein williges Zweiergespann und ein weißer Pulver-Ameisenhügel auf dem Nachttisch genau Carters Vorstellungen von einem exzeptionellen Geburtstagsgeschenk an sich selbst entsprochen haben mussten. Aber Eliza war vor lauter Reue und Sorge so verzweifelt, dass sie Patty mit großer Überzeugungskraft belog, und gleich am nächsten Morgen, bevor Patty auch nur eine einzige Stunde lang über alles hätte nachdenken und schlussfolgern können, dass ihre vermeintlich beste Freundin irgendetwas nicht ganz Koscheres mit ihrem vermeintlichen Freund angestellt hatte, tauchte Eliza völlig außer Atem in Joggingklamotten oder dem, was sie für Joggingklamotten hielt (einem Lena-Lovitch-T-Shirt, knielangen Boxershorts, schwarzen Socken, Keds), vor der Tür von Pattys Vierer-WG auf, um zu berichten, sie sei gerade dreimal die Vierhundertmeterrunde gelaufen, und Patty zu beknien, sie solle ihr ein paar Gymnastikübungen beibringen. Sie brannte darauf, sich jeden Abend gemeinsam mit Patty über die Lehrbücher zu beugen, brannte für Patty und vor Angst, sie zu verlieren; und Patty, der auf schmerzhafte Weise die Augen geöffnet worden waren, was Carters Wesen betraf, machte sie vor Elizas Wesen einfach wieder zu.

Eliza wiederum erhielt ihre aggressive Ganzfeldverteidigung aufrecht, bis Patty sich einverstanden erklärte, den Sommer über mit ihr in Minneapolis zusammenzuwohnen, worauf sie sich wieder rarer machte und das Interesse an der Fitness verlor. Patty verbrachte einen Großteil des heißen Sommers allein in einer von Kakerlaken wimmelnden Wohnung zur Untermiete in Dinkytown, mit der Folge, dass sie sich selber leidtat und erheblich an Selbstbewusstsein einbüßte. Sie konnte nicht verstehen, warum Eliza so wild darauf aus gewesen war, mit ihr zusammenzuwohnen, wo sie doch meistens erst gegen zwei Uhr morgens oder überhaupt nicht nach Hause kam. Eliza schlug ihr zwar andauernd vor, neue Drogen auszuprobieren, auf Konzerte zu gehen oder sich wieder jemanden fürs Bett zu suchen, aber Patty hatte von Sex vorübergehend und von Drogen und Zigarettenrauch auf Dauer die Nase voll. Außerdem reichte ihr Sommerjob im Fachbereich Sport kaum aus, um die Miete zu bezahlen, und sie weigerte sich, es Eliza gleichzutun und ihre Eltern um Geldspritzen zu bitten, weshalb sie sich zunehmend fehl am Platz und einsam fühlte.

«Warum sind wir überhaupt Freundinnen?», sagte sie schließlich eines Abends, als Eliza sich wieder einmal für irgendeine Unternehmung aufbrezelte.

«Weil du brillant und schön bist», sagte Eliza. «Du bist mir von allen Menschen auf der Welt am liebsten.»

«Ich bin Sportlerin. Ich bin langweilig.»

«Nein! Du bist Patty Emerson, und wir wohnen zusammen, und das ist wunderbar.»

Das waren wirklich ihre Worte, die Autobiographin erinnert sich lebhaft daran.

«Aber wir *machen* ja nie etwas zusammen», sagte Patty.

«Was möchtest du denn machen?»

«Ich habe schon überlegt, eine Zeitlang zu meinen Eltern zu fahren.»

«Was? Soll das ein Witz sein? Du magst sie doch gar nicht! Bleib mal schön hier.»

«Aber du bist doch praktisch jeden Abend weg.»

«Na gut, dann lass uns mehr zusammen machen.»

«Aber du weißt doch, dass ich zu den Dingen, die du machst, keine Lust habe.»

«Dann gehen wir eben ins Kino. Jetzt sofort. Was willst du sehen? *Days of Heaven*?»

Und damit begann Eliza erneut mit ihrer aggressiven Ganzfeldverteidigung, die gerade lange genug anhielt, um Patty über den Sommer zu bringen und sicherzustellen, dass sie nicht floh. Während dieser dritten Flitterwochen der Double Features und Weinschorlen und bis zur Abnutzung der Rillen abgespielten Blondie-Alben hörte Patty immer häufiger von dem Musiker Richard Katz. «O mein Gott», sagte Eliza, «es könnte sein, dass ich mich verliebt habe. Ich sollte wohl mal anfangen, ein braves Mädchen zu sein. So ein Hüne von Mann – es ist, als ob man von einem Neutronenstern überrollt würde. Oder als ob ein Riesenradierer auf einem rumradiert.»

Der Riesenradierer hatte gerade am Macalester College Examen gemacht, arbeitete für ein Abbruchunternehmen und war Gründer einer Punkband, die The Traumatics hieß und nach Elizas fester Überzeugung ganz groß herauskommen würde. Das Einzige, was ihre Idealisierung von Katz ins Wanken brachte, war die Wahl seiner Freunde. «Er wohnt mit dieser streberhaften Klette Walter zusammen», sagte sie, «so einem verklemmten Groupie, echt merkwürdig, ich kapier's nicht. Zuerst dachte ich, der ist sein Manager oder so was, aber dafür ist er viel zu spießig. Als ich am Morgen aus Katz' Zimmer komme, sitzt da *Walter* am Küchentisch vor so einem großen Obstsalat, den er sich gemacht hat. Er liest die *New York Times*, und das Erste, was er mich fragt, ist, ob ich in letzter Zeit irgendwelche *guten Inszenierungen* gesehen hätte. Im Theater, verstehst du? Also, *Ein seltsames Paar* ist nichts dagegen. Du musst Katz mal kennenlernen, damit du begreifst, wie merkwürdig das ist.»

Letztlich haben sich für die Autobiographin wenige Umstände als so schmerzhaft erwiesen wie die besondere Freundschaft zwischen Walter und Richard. Zumindest oberflächlich betrachtet, gaben die beiden ein noch seltsameres Paar ab als Patty und Eliza. Irgendein Genie in der Wohnungs- und Zimmervermittlung am Macalester College hatte einen herzzerreißend verantwortungsbewussten jungen Mann aus einer ländlichen Region Minnesotas mit einem ichbezogenen, suchtgefährdeten, unzuverlässigen, gewieften Gitarrenspieler aus Yonkers, New York, zusammen in ein Zimmer gesteckt. Die einzige Gemeinsamkeit der beiden, die dem Menschen in der Wohnungs- und Zimmervermittlung bekannt gewesen sein konnte, war die, dass sie beide mit finanzieller Unterstützung studierten. Walter, nordisch-blond und eher schlaksig, war zwar größer als Patty, aber nicht annähernd so groß wie Richard, der eins dreiundneunzig maß und ein breites Kreuz hatte und so dunkelhäutig war wie Walter hell. An Richard fiel eine starke Ähnlichkeit (im Lauf der Jahre von weit mehr Leuten bemerkt und kommentiert als nur von Patty) mit dem libyschen Diktator Muammar al-Gaddafi auf. Er hatte das gleiche schwarze Haar, die gleichen braunen, pockennarbigen Wangen und das gleiche maskenhafte Zufriedener-Machthaber-nimmt-Truppenparade-ab-und-prüft-Raketenwerfer-Lächeln*, und er sah ungefähr fünfzehn Jahre älter aus als sein Freund. Walter

* Erst ein paar Jahre nach dem College sah Patty ein Foto von Gaddafi, und obwohl ihr dessen Ähnlichkeit mit Richard Katz sofort ins Auge sprang, dachte sie sich nichts weiter dabei, dass Libyen das, wie ihr schien, attraktivste Staatsoberhaupt der Welt hatte.

erinnerte an einen beflissenen «Sportwart», wie ihn Highschool-Mannschaften mitunter haben, einen jener unsportlichen Jungs, die den Trainern assistieren, zu den Spielen Schlips und Kragen tragen und mit einem Klemmbrett am Spielfeldrand stehen dürfen. Sportler sind meistens geneigt, sie zu tolerieren, weil sie allesamt präzise Spielbeobachter sind, und genau das war offenbar auch ein Element des Walter-Richard-Nexus, denn Richard, so leicht ablenkbar und unzuverlässig er in fast jeder Hinsicht sein mochte, nahm seine Musik rettungslos ernst, und Walter besaß die nötige Kennerschaft, die ein Fan von Richards Sachen haben musste. Später, als Patty beide Männer besser kannte, ging ihr auf, dass sie womöglich gar nicht so verschieden waren – dass beide sich, wenn auch auf sehr unterschiedliche Weise, bemühten, gute Menschen zu sein.

Patty lernte den Radierer an einem schwülen Sonntagmorgen im August kennen, als sie vom Joggen zurückkam. Er saß, während Eliza in ihrem unsäglichen Badezimmer duschte, auf dem Wohnzimmersofa, das unter ihm gleich viel kleiner wirkte. Richard trug ein schwarzes T-Shirt und las einen Taschenbuchroman mit einem großen *V* auf dem Cover. Die ersten Worte, die er an Patty richtete, und zwar erst nachdem sie sich, schweißnass, wie sie war, ein Glas Eistee eingeschenkt hatte und daraus trank, lauteten: «Und was bist du für eine.»

«Wie bitte?»

«Was machst du hier.»

«Ich *wohne* hier», sagte sie.

«Ja, das sehe ich.» Richard musterte sie eingehend, Stück für Stück. Ihr kam es vor, als würde sie mit seinen Blicken stückweise immer weiter an die Wand hinter ihr getackert, sodass sie, nachdem er sie von oben bis unten gemustert hatte, ganz und gar zweidimensional und an der Wand befestigt war. «Hast du den Ordner gesehen?», sagte er.

«Hm. Ordner?»

«Ich zeig ihn dir», sagte er. «Wird dich interessieren.»

Er ging in Elizas Zimmer, kam zurück und gab Patty ein DIN-A4-Ringbuch, dann setzte er sich wieder und las weiter in seinem Roman, als hätte er vergessen, dass sie da war. Es handelte sich um ein altmodisches Ringbuch mit hellblauem Leinendeckel, auf dem in Blockbuchstaben, mit Tinte geschrieben, PATTY stand. Soweit Patty das beurteilen konnte, enthielt es alle Fotos von ihr, die je im Sportteil der *Minnesota Daily* abgedruckt gewesen waren, alle Postkarten, die sie Eliza je geschickt hatte, alle Fotostreifen, für die sie sich je zusammen in eine Kabine gequetscht hatten, und alle Blitzlichtschnappschüsse von ihrem Haschbrownies-Wochenende. Das Buch erschien Patty ein bisschen seltsam und extrem, vor allem aber erfüllte es sie mit Traurigkeit Elizas wegen – Traurigkeit und Reue, dass sie daran gezweifelt hatte, ob sie Eliza tatsächlich etwas bedeutete.

«Ist schon ein eigenartiges Mädchen», bemerkte Richard vom Sofa aus.

«Wo hast du das gefunden?», sagte Patty. «Schnüffelst du immer in den Sachen der Leute rum, bei denen du die Nacht verbringst?»

Er lachte. *«J'accuse!»*

«Und, tust du das?»

«Reg dich ab. Es war direkt hinter dem Bett. Vor aller Augen, wie die Bullen sagen.»

Elizas Duschgeräusche hatten aufgehört.

«Leg es wieder zurück», sagte Patty. «Bitte.»

«Ich dachte, es würde dich interessieren», sagte Richard, ohne sich vom Fleck zu rühren.

«Bitte leg es wieder dahin, wo es war.»

«Mir schwant allmählich, dass du selbst keinen entsprechenden Ordner hast.»

«Jetzt sofort, bitte.»

«Sehr eigenartiges Mädchen», sagte Richard und nahm ihr das Ringbuch ab. «Deshalb habe ich vorhin gefragt, was es mit dir auf sich hat.»

Elizas gekünsteltes Verhalten gegenüber Männern, das nicht abzustellende Gekicher, der Überschwang und das ewige Haareschüttel, konnten eine Freundin von ihr schnell rasend machen. Ihr verzweifelter Versuch, Richard zu gefallen, vermischte sich in Pattys Wahrnehmung mit der Seltsamkeit des Ordners und der enormen Bedürftigkeit, von der er zeugte, und zum ersten Mal war es ihr ein bisschen peinlich, mit Eliza befreundet zu sein. Was merkwürdig war, weil es Richard ja auch nicht peinlich zu sein schien, dass er mit ihr schlief, und warum hätte es Patty überhaupt kümmern sollen, was er über ihre Freundschaft dachte?

Ihre nächste Begegnung mit Richard fiel auf einen ihrer letzten Tage in der Kakerlakenhöhle. Wieder saß er auf dem Sofa, aber diesmal hatte er die Arme vor der Brust verschränkt, klopfte mit dem rechten gestiefelten Fuß laut auf den Boden und verzog das Gesicht, während Eliza dastand und nicht anders Gitarre spielte, als Patty sie je hatte spielen hören: unsicher. «Bleib im Takt», sagte er. «Klopf mit dem Fuß mit.» Aber Eliza, die vor Konzentration schwitzte, hörte ganz zu spielen auf, als sie bemerkte, dass Patty da war.

«Vor ihr kann ich nicht spielen.»

«Natürlich kannst du das», sagte Richard.

«Nein, sie kann es wirklich nicht», sagte Patty. «Ich mache sie nervös.»

«Interessant. Und woran liegt das?»

«Keine Ahnung», sagte Patty.

«Sie ist zu motivierend», sagte Eliza. «Ich kann spüren, wie sie unbedingt will, dass ich es hinkriege.»

«Das ist aber sehr böse von dir», sagte Richard zu Patty. «Du musst unbedingt wollen, dass sie es nicht hinkriegt.»

«Na schön», sagte Patty. «Ich will, dass du versagst. Schaffst du das? Offenbar bist du ja ziemlich gut darin.»

Eliza sah sie überrascht an. Patty war selbst überrascht von sich. «Entschuldigt mich, ich gehe jetzt in mein Zimmer», sagte sie.

«Erst wollen wir sie noch versagen hören», sagte Richard.

Aber Eliza nahm schon den Gurt ab und zog den Stecker.

«Du musst mit Metronom üben», sagte Richard zu ihr. «Hast du eins?»

«Das Ganze war eine blöde Idee», sagte Eliza.

«Spiel *du* doch mal was», sagte Patty zu Richard.

«Ein andermal», sagte er.

Aber Patty musste jetzt daran denken, wie peinlich es ihr gewesen war, als er ihr den Ordner gezeigt hatte. «Einen Song», sagte sie. «Einen *Akkord.* Spiel einen Akkord. Eliza sagt, du spielst phantastisch.»

Er schüttelte den Kopf. «Du kannst ja mal zu einem unserer Konzerte kommen.»

«Patty geht nicht auf Konzerte», sagte Eliza. «Sie mag den Qualm nicht.»

«Ich bin Sportlerin», sagte Patty.

«Wie wir ja gesehen haben.» Richard blickte sie vielsagend an. «Basketballstar. Was bist du – Flügelspielerin? Spielmacherin? Ich habe keine Ahnung, was bei euch Tussen als groß gilt.»

«Ich gelte nicht als groß.»

«Und trotzdem bist du ziemlich groß.»

«Ja.»

«Wir wollten gerade gehen», sagte Eliza und stand auf.

«Du siehst aus, als hättest du vielleicht selbst mal Basketball gespielt», sagte Patty zu Richard.

«Todsichere Methode, sich einen Finger zu brechen.»

«Stimmt nicht», sagte sie. «Das passiert so gut wie nie.»

Das war eine weder interessante noch die Handlung vorantreibende Bemerkung, die sie da gemacht hatte, sie spürte es sofort; Richard scherte sich im Grunde einen Dreck darum, dass sie Basketball spielte.

«Vielleicht komme ich mal zu einem deiner Auftritte», sagte sie. «Wann ist der nächste?»

«Du kannst da nicht hingehen, es ist viel zu verraucht», sagte Eliza pampig.

«Das macht mir nichts aus», sagte Patty.

«Ach nein? Das ist ja was ganz Neues.»

«Bring Ohrstöpsel mit», sagte Richard.

Aus Gründen, die zu begreifen sie sich zu elend fühlte, fing Patty, nachdem sie die beiden hatte gehen hören, in ihrem Zimmer an zu weinen. Als sie Eliza sechsunddreißig Stunden später wiedersah, entschuldigte sie sich dafür, dass sie so zickig gewesen war, aber da war Eliza schon wieder blendender Laune und sagte, das sei nicht weiter schlimm, vielleicht werde sie ihre Gitarre verkaufen, und Patty könne gern mal mitkommen, um Richard spielen zu hören.

Sein nächster Auftritt fand unter der Woche an einem Abend im September statt, in einem schlecht belüfteten Club, der Longhorn hieß und in dem die Traumatics als Vorgruppe von den Buzzcocks spielen sollten. So ungefähr der erste Mensch, den Patty sah, als sie und Eliza dort ankamen, war Carter. Er hatte eine grotesk hübsche Blondine in einem paillettenbesetzten Minikleid im Schwitzkasten. «Ach du Scheiße», sagte Eliza. Patty winkte Carter tapfer zu, der seine schlechten Zähne entblößte und, ein Muster an Leutseligkeit, mit den Pailletten im Schlepptau auf sie zugeschlendert kam. Eliza senkte den Kopf und zerrte Patty durch ein Knäuel Zigaretten rauchender männlicher Punks hinter sich her, direkt bis an die Bühne. Hier stießen sie auf einen hellhaarigen jungen Mann, in dem Patty Richards vielbeschworenen Mitbewohner zu erkennen glaubte, noch bevor Eliza, laut und leierig, «Hallo Walter wie geht's» sagte.

Da sie Walter noch nicht kannte, konnte Patty nicht wissen, wie ungewöhnlich es war, dass er diese Begrüßung mit einem kühlen Nicken und nicht mit dem freundlichen Lächeln des Mittelwestlers erwiderte.

«Das ist meine beste Freundin Patty», sagte Eliza zu ihm. «Kann sie einen Moment hier bei dir stehen bleiben? Ich möchte nochmal kurz hinter die Bühne.»

«Ich glaube, sie kommen gleich raus», sagte Walter.

«Nur ganz kurz», sagte Eliza. «Hab ein Auge auf sie, ja?»

«Wir können ja auch alle zusammen nach hinten gehen», sagte Walter.

«Nein, du musst mir hier einen Platz freihalten», sagte Eliza zu Patty. «Ich bin gleich wieder da.»

Walter blickte ihr unglücklich nach, als sie sich zwischen Körpern hindurchwühlte und verschwand. Er sah nicht annähernd so streberhaft aus, wie Elizas Schilderungen es Patty hatten vermuten lassen – er trug einen V-Pullover, hatte einen länger nicht mehr geschnittenen, lockigen Schopf rötlich-blonder Haare und sah nach dem aus, was er war: einem Jurastudenten im ersten Semester – aber unter all den Punks mit ihren verstümmelten Frisuren und Klamotten fiel er natürlich auf, und da Patty sich in ihren eigenen Sachen, die sie bis vor einer Minute immer gemocht hatte, plötzlich unwohl fühlte, war sie froh über seine alltägliche Erscheinung.

«Danke, dass du hier mit mir stehen bleibst», sagte sie.

«Wir werden jetzt wahrscheinlich eine ganze Weile hier stehen», sagte Walter.

«Schön, dass wir uns mal kennenlernen.»

«Ja, finde ich auch. Du bist also der Basketballstar.»

«Genau.»

«Richard hat mir von dir erzählt.» Er wandte sich zu ihr hin. «Nimmst du viele Drogen?»

«Du lieber Gott, nein! Warum?»

«Weil deine Freundin so viele nimmt.»

Patty wusste nicht, was sie für ein Gesicht machen sollte. «Also, in meiner Gegenwart nicht.»

«Na ja, dafür ist sie jetzt nach hinten gegangen.»

«Verstehe.»

«Tut mir leid. Ich weiß, dass du mit ihr befreundet bist.»

«Ach was, ich find's gar nicht schlecht, das zu wissen.»

«Das nötige Kleingeld dafür hat sie offenbar.»

«Ja, das kriegt sie von ihren Eltern.»

«Stimmt, die Eltern.»

Elizas Verschwinden schien Walter derart zu beschäftigen, dass Patty nichts weiter sagte. Sie verspürte wieder einmal krankhaften Konkurrenzdruck. Noch war sie sich kaum bewusst, überhaupt an

Richard interessiert zu sein, da fand sie es schon unfair, dass Eliza womöglich mehr als nur ihr Ich, ihr angeborenes halb-hübsches Ich, zum Einsatz brachte – dass sie vielleicht elterliche Quellen anzapfte –, um Richards Aufmerksamkeit zu fesseln und sich Zugang zu ihm zu verschaffen. Wie dumm Patty war! Wie weit hinter anderen zurück! Und wie hässlich alles auf der Bühne aussah! Die nackten Kabel und das kalte Chrom des Schlagzeugs und die funktionalen Mikros und das Kidnapper-Klebeband und die kanonenähnlichen Scheinwerfer: Das sah alles so hardcoremäßig aus.

«Gehst du oft auf Konzerte?», sagte Walter.

«Nein, gar nicht. Ich war erst auf einem.»

«Hast du Ohrstöpsel dabei?»

«Nein. Brauche ich welche?»

«Richard spielt sehr laut. Du kannst meine nehmen. Sie sind fast neu.»

Aus seiner Hemdtasche holte er einen kleinen Beutel heraus, der zwei weißliche Schaumgummilarven enthielt. Patty sah auf sie hinunter und bemühte sich nach Kräften, freundlich zu lächeln. «Nein, danke», sagte sie.

«Ich bin ein sehr reinlicher Mensch», sagte er ernst. «Es besteht kein Gesundheitsrisiko.»

«Aber dann hast du selber keine.»

«Ich reiße sie einfach in der Mitte durch. Du brauchst schon irgendwas zum Schutz.»

Patty sah zu, wie er die Ohrstöpsel vorsichtig zerteilte. «Ich kann sie ja erst mal in der Hand behalten und abwarten, ob ich sie brauche oder nicht», sagte sie.

Fünfzehn Minuten lang standen sie dort. Eliza kam schließlich, schlitternd und tänzelnd und strahlend, gerade in dem Moment zurück, als die Lichter im Saal gedämpft wurden und das Publikum gegen die Bühne brandete. Gleich als Erstes entglitten Patty daraufhin die Ohrstöpsel. Überhaupt gab es erheblich mehr Gerangel, als die Situation zu erfordern schien. Ein dicker Mensch in Leder rempelte sie von hinten an und stieß sie an den Bühnenrand.

Eliza hatte schon mal erwartungsvoll mit dem Haareschütteln und Hüpfen angefangen, und so fiel die Aufgabe, den Dicken zurückzudrängen und Patty genügend Raum zum Stehen zu verschaffen, Walter zu.

Die Traumatics, die jetzt auf die Bühne gerannt kamen, bestanden aus Richard, seinem ewigen Bassisten Herrera und zwei mageren Jungs, die aussahen, als hätten sie gerade mal die Highschool abgeschlossen. Damals, als noch nicht klar war, dass er nie ein Star werden würde und deshalb besser damit fuhr, ein Anti-Star zu sein, zog Richard noch eine richtige Show ab. Er wippte auf den Zehen, vollführte, die Hand am Gitarrenhals, ruckartige kleine Halbpirouetten, und anderes mehr. Er teilte dem Publikum mit, seine Band werde alle Songs spielen, die sie draufhabe, und dafür fünfundzwanzig Minuten brauchen. Dann rasteten er und die Band vollkommen aus und attackierten das Publikum mit barbarischem Lärm, in dem Patty keinerlei Rhythmus ausmachen konnte. Die Musik war wie Essen, das zu scharf ist, um nach irgendetwas zu schmecken, aber die Abwesenheit von Rhythmus oder Melodie hinderte das Kernknäuel männlicher Punks nicht daran, hoch und runter zu pogen und sich Schulterchecks zu verpassen und gegen jeden Frauenknöchel zu treten, der gerade in der Nähe war. Bei dem Versuch, sich von ihnen fernzuhalten, wurde Patty sowohl von Walter als auch von Eliza getrennt. Der Lärm war einfach unerträglich. Richard und zwei andere Traumatics grölten *«I hate sunshine! I hate sunshine!»* in ihre Mikrophone, und Patty, die Sonnenschein eigentlich ganz gern hatte, setzte ihre basketballerischen Fähigkeiten ein, um augenblicklich zu flüchten. Mit angewinkelten Ellenbogen bahnte sie sich einen Weg durch die Menge, stieß, als sie aus dem Gedränge auftauchte, fast mit Carter und seinem Glitzermädchen zusammen und hielt schnurstracks auf den Ausgang zu, bis sie in warmer, frischer Septemberluft unter einem Himmel, in dem, erstaunlich für Minnesota, immer noch Dämmerlicht war, auf dem Gehweg stand.

Sie blieb in der Nähe der Eingangstür stehen und beobachtete spät eintreffende Buzzcocks-Fans, gespannt, ob Eliza wohl kommen und nach ihr sehen würde. Aber es war Walter, nicht Eliza, der kam und nach ihr sah.

«Alles in Ordnung», sagte sie zu ihm. «Ich habe bloß gemerkt, dass das nicht mein Fall ist.»

«Darf ich dich nach Hause bringen?»

«Nein, geh du doch wieder rein. Vielleicht könntest du Eliza sagen, dass ich allein nach Hause fahre, damit sie sich keine Sorgen macht.»

«Sonderlich besorgt wirkt sie nicht. Ich bringe dich gern nach Hause.»

Patty sagte nein, Walter beharrte, sie beharrte auf ihrem Nein, er auf seinem Doch. Dann wurde ihr klar, dass er gar kein Auto hatte und mit ihr zusammen den Bus nehmen wollte, woraufhin sie noch einmal auf ihrem Nein beharrte und er auf seinem Doch. Viel später sagte er ihr, er habe sich bereits in sie verliebt, als sie noch an der Bushaltestelle gestanden hätten, aber in Pattys Kopf ließ sich keine vergleichbare Symphonie vernehmen. Sie hatte ein schlechtes Gewissen, weil sie gegangen war, ohne Eliza Bescheid zu sagen, und sie bedauerte, dass ihr die Ohrstöpsel entglitten waren und sie nicht länger hatte bleiben können, um mehr von Richard zu sehen.

«Irgendwie komme ich mir vor, als wäre ich bei einer Prüfung durchgefallen», sagte sie.

«Magst du diese Art von Musik überhaupt?»

«Ich mag Blondie. Und Patti Smith. Also nein, eigentlich mag ich solche Musik wohl nicht.»

«Darf ich fragen, warum du dann gekommen bist?»

«Na ja, Richard hat mich eingeladen.»

Walter nickte, als ergäbe das für ihn einen geheimen Sinn.

«Ist Richard nett?», fragte Patty.

«Und wie!», sagte Walter. «Das heißt, wie man's nimmt. Seine Mutter ist abgehauen, als er ein kleiner Junge war, und zur religiösen Fanatikerin geworden. Sein Vater war bei der Post angestellt und ein Säufer und hat irgendwann Lungenkrebs bekommen, da ging Richard noch zur Schule. Richard hat ihn bis zu seinem Tod gepflegt.

Er ist sehr loyal, nur Frauen gegenüber vielleicht nicht ganz so sehr. Frauen behandelt er eher nicht so gut, falls es das ist, was du wissen willst.»

Patty hatte schon so etwas geahnt, und aus irgendeinem Grund schreckte es sie nicht ab.

«Und du?», sagte Walter.

«Was soll mit mir sein?»

«Bist du nett? Du wirkst so. Andererseits ...»

«Andererseits was?»

«Deine Freundin kann ich ja nun mal überhaupt nicht leiden!», brach es aus ihm hervor. «Ich glaube, sie ist gar kein guter Mensch. Ehrlich gesagt, finde ich sie sogar ziemlich grässlich. Sie ist verlogen und gemein.»

«Sie ist meine beste Freundin», sagte Patty eingeschnappt. «Zu mir ist sie nicht grässlich. Vielleicht habt ihr euch bisher einfach immer auf dem falschen Fuß erwischt.»

«Macht sie das oft so, dass sie dich irgendwohin mitnimmt und dann stehenlässt, um mit jemand anderem zu koksen?»

«Nein, das ist allerdings noch nie passiert.»

Walter schwieg, stand nur da und schmorte in seiner Antipathie. Kein Bus war in Sicht.

«Manchmal tut es mir einfach sehr sehr gut, wie gern sie mich hat», sagte Patty nach einer Weile. «Oft merkt man das bei ihr nämlich gar nicht. Aber wenn sie ...»

«Ich kann mir nicht vorstellen, dass es nicht eine Menge Leute gibt, die dich gern haben», sagte Walter.

Sie schüttelte den Kopf. «Irgendwas stimmt mit mir nicht. Ich mag auch meine anderen Freunde sehr, aber es fühlt sich immer so an, als wäre eine Wand zwischen uns. Als wären sie allesamt eine Sorte Mensch und ich eine andere. Mein Konkurrenzdrang ist größer, ich bin egoistischer. Weniger ‹gut›, wenn du so willst. Am Ende ist mir immer, als würde ich mich verstellen, wenn ich mit ihnen zusammen bin. Bei Eliza muss ich mich nicht verstellen. Da kann ich einfach ich selbst sein und bin trotzdem noch *besser* als sie. Also, ich bin ja nicht dumm. Ich habe schon mitbekommen, dass sie einen Schaden hat. Aber in gewisser Hinsicht habe ich sie wirklich gern um mich. Geht es dir mit Richard nicht manchmal auch so?»

«Nein», sagte Walter. «Meistens ist es eigentlich eher unangenehm, Richard um sich zu haben. Aber irgendetwas an ihm habe ich auf den ersten Blick gemocht, als wir uns am Anfang des Studiums kennenlernten. Er lebt für seine Musik, aber er ist auch geistig sehr aufgeschlossen. Das finde ich bewundernswert.»

«Du bist eben offenbar ein durch und durch netter Mensch», sagte Patty. «Du magst ihn um seinetwillen und nicht, weil er irgendetwas in dir auslöst. Das ist wohl der Unterschied zwischen dir und mir.»

«Aber du scheinst doch auch ein durch und durch netter Mensch zu sein!», sagte Walter.

Patty wusste, tief in ihrem Herzen, sein Eindruck von ihr war falsch. Und der Fehler, den sie dann machte, der ganz große Lebensfehler, bestand darin, Walters Version von ihr zu übernehmen, obwohl sie wusste, dass es nicht die richtige war. Er war sich ihres guten Charakters offenbar derart sicher, dass er es irgendwann schaffte, sie weich zu klopfen.

Als sie an jenem ersten Abend schließlich auf dem Campus ankamen, fiel Patty auf, dass sie seit einer Stunde unentwegt von sich sprach, während Walter nur Fragen stellte, keine beantwortete. Der Gedanke, jetzt ihrerseits nett zu sein und Interesse an ihm zu zeigen, erschien ihr einfach bloß anstrengend, denn sie wollte ja nichts von ihm.

«Kann ich dich mal anrufen?», sagte er sie vor der Tür ihres Wohnheims.

Sie erklärte ihm, sie werde trainingsbedingt in den nächsten Monaten nicht viel unternehmen können. «Aber es war unheimlich lieb von dir, mich nach Hause zu bringen», sagte sie. «Vielen, vielen Dank.»

«Interessierst du dich für Theater? Ich habe ein paar Freundinnen, mit denen ich regelmäßig ins Theater gehe. Es müsste kein Treffen zu zweit sein oder so.»

«Ich habe einfach zu viel um die Ohren.»

Er ließ nicht locker. «In Sachen Theater ist das hier eine großartige Stadt», sagte er. «Es würde dir bestimmt Spaß machen.»

Ach, Walter: Wusste er, dass in jenen Monaten, als Patty und er sich immer besser kennenlernten, das Reizvollste an ihm seine Freundschaft mit Richard Katz war? Merkte er, dass Patty jedes Mal, wenn sie sich sahen, das Gespräch geschickt auf Richard lenkte? Ahnte er an jenem ersten Abend, dass sie ihm nur deshalb zubilligte, sie mal anzurufen, weil sie dabei an Richard dachte?

Im Haus, oben an ihrer Tür, fand sie eine Nachricht von Eliza vor, die sich in der Zwischenzeit telefonisch gemeldet hatte. Von all dem Rauch in ihren Haaren und Kleidern tränten Patty die Augen, und so saß sie dann in ihrem Zimmer, bis Eliza erneut auf dem Flurtelefon anrief, Clubgeräusche im Hintergrund, und ihr Vorhaltungen machte, weil sie ihr mit ihrem Verschwinden einen Mordsschrecken eingejagt habe.

«Du bist doch diejenige, die verschwunden ist», sagte Patty.

«Ich habe nur Richard hallo gesagt.»

«Du warst bestimmt eine halbe Stunde weg.»

«Und was ist mit Walter?», sagte Eliza. «Seid ihr zusammen weggegangen?»

«Er hat mich nach Hause gebracht.»

«Ihh, fies. Hat er dir gesagt, wie grässlich er mich findet? Ich glaube, er ist regelrecht eifersüchtig auf mich. Irgendwie steht er wohl auf Richard. Vielleicht ist er schwul.»

Patty blickte den Flur hinauf und hinunter, um sich zu vergewissern, dass keiner zuhörte. «Hast *du* Carter die Drogen zum Geburtstag geschenkt?»

«Was? Ich kann dich kaum verstehen.»

«Hast du das Zeug besorgt, das ihr an seinem Geburtstag genommen habt, du und Carter?»

«Ich kann dich kaum verstehen!»

«DAS KOKS AN CARTERS GEBURTSTAG, HAST DU IHM DAS MITGEBRACHT?»

«Nein! Mein Gott! Bist du deshalb gegangen? Bist du deshalb so sauer? Hat Walter dir das etwa eingeredet?»

Mit bebendem Unterkiefer hängte Patty ein und ging eine Stunde lang duschen.

Prompt kam es zu einem weiteren Verteidigungsmanöver von Eliza, das diesmal jedoch halbherzig war, weil Eliza nun zugleich Richard nachsetzte. Als Walter seine Drohung wahr machte und Patty anrief, war sie geneigt, sich doch mit ihm zu treffen, und zwar nicht nur wegen seiner Verbindung zu Richard, sondern auch, weil es einen gewissen Reiz für sie hatte, Eliza gegenüber nicht loyal zu sein. Walter erwies sich als taktvoll genug, Eliza nicht noch einmal zu erwähnen, aber Patty war sich seiner Meinung über sie ständig bewusst, und irgendeinem tugendhaften Teil von ihr gefiel es, Kulturveranstaltungen zu besuchen, anstatt Weinschorle zu trinken und wieder und wieder dieselben Platten anzuhören. Alles in allem sah sie mit Walter in jenem Herbst zwei Theaterstücke und einen Film. Als für sie die Saison wieder begann, sah sie ihn außerdem, ohne Begleitung, rotgesichtig, bestens unterhalten, auf der Tribüne sitzen und winken, wann immer sie in seine Richtung schaute. Er machte es sich zur Gewohnheit, sie am Tag nach einem Spiel anzurufen, um von ihrer Leistung zu schwärmen und ein differenziertes Strategieverständnis an den Tag zu legen, wie Eliza es nie auch nur vorzutäuschen versucht hatte. Wenn er sie nicht erreichte und eine Nachricht hinterlassen musste, hatte das für sie den zusätzlichen Reiz, dass sie ihn zurückrufen und hoffen konnte, statt seiner mit Richard zu sprechen, aber Richard schien leider Gottes nie zu Hause zu sein, wenn Walter unterwegs war.

In den winzigen Lücken zwischen den Zeitblöcken, in denen sie Walters Fragen beantwortete, brachte sie immerhin in Erfahrung, dass er aus Hibbing, Minnesota, stammte und sein Jurastudium zum Teil selbst finanzierte, indem er bei demselben Bauunternehmer, der Richard als Hilfsarbeiter beschäftigte, einen Teilzeitjob als

Schreiner hatte, und dass er, um sein Studienpensum zu bewältigen, jeden Morgen um vier Uhr aufstehen musste. Er fing immer schon gegen neun Uhr abends an zu gähnen, was Patty, wenn sie etwas zusammen unternahmen, nur recht sein konnte, weil sie selbst so viel zu tun hatte. Wie versprochen, schlossen sich ihnen stets drei Freundinnen von ihm aus der Schule und dem College an, drei intelligente, kreative junge Frauen, deren Gewichtsprobleme und weitgeschnittene Kleider Eliza zu beißenden Kommentaren veranlasst hätten, wenn sie ihnen denn je begegnet wäre. Von dieser ihm ergebenen Troika bekam Patty auch einen ersten Eindruck davon vermittelt, was für ein sagenhaft anständiger Mensch er war.

Laut seinen Freundinnen war Walter in einem beengten Wohnbereich hinter dem Büroraum eines Motels namens The Whispering Pines aufgewachsen, mit einem Alkoholikervater, einem älteren Bruder, der ihn regelmäßig verprügelte, einem jüngeren Bruder, der dem Älteren gewissenhaft darin nacheiferte, sich über Walter lustig zu machen, und einer Mutter, deren körperliche Gebrechen und allgemeine Antriebsschwäche ihre Tauglichkeit als Reinigungskraft und Nachtrezeptionistin des Motels so sehr einschränkten, dass Walter im Sommer, während der Hochsaison, häufig den ganzen Nachmittag lang die Zimmer sauber machte und abends spät eintreffende Gäste in Empfang nahm, während der Vater mit seinen Veteranenkumpels trank und die Mutter schlief. Das kam zu seinen regulären Aufgaben noch hinzu, denn hauptsächlich musste er seinem Vater bei der Instandhaltung der Motelanlage helfen, was von der Ausbesserung des Parkplatzes über das Freispindeln verstopfter Abflüsse bis hin zur Reparatur des Boilers so gut wie alles umfasste. Sein Vater war auf seine Hilfe angewiesen, und Walter gewährte sie ihm in der beständigen Hoffnung, seine Anerkennung zu erlangen, die ihm jedoch, so Walters Freundinnen, verwehrt bleiben würde, weil er zu sensibel und zu gebildet war und sich (anders als seine Brüder) nicht genügend für Jagden, Trucks und Bier begeisterte. Obwohl er also so etwas wie einen ganzjährigen, unbezahlten Vollzeitjob hatte, war es Walter auch noch gelungen, Hauptrollen in schulischen Theater- und Musicalaufführungen zu übernehmen, etlichen Freunden aus Kindertagen die Treue zu halten, von seiner Mutter kochen und die Grundlagen des Nähens zu lernen, seinem Interesse an der Natur nachzugehen (tropische Fische; Ameisenfarmen; Notfallversorgung verwaister Nestlinge; Blumen pressen) und die Highschool als Jahrgangsbester abzuschließen. Er bekam ein Stipendienangebot für eine der Ivy-League-Eliteuniversitäten, entschied sich aber für das Macalester, weil es nur gerade so weit von Hibbing entfernt war, dass er an den Wochenenden mit dem Bus nach Hause fahren und seiner Mutter im Kampf gegen den um sich greifenden Verfall des Motels helfen konnte (der Vater hatte offenbar inzwischen ein Lungenemphysem und war zu nichts mehr zu gebrauchen). Walter hatte davon geträumt, Filmregisseur oder sogar Schauspieler zu werden, doch stattdessen studierte er nun Jura, denn «irgendjemand in der Familie», so hatte er sich wohl ausgedrückt, musste schließlich «ein richtiges Einkommen haben».

Paradoxerweise – schließlich wollte sie ja nichts von Walter – empfand Patty die Gegenwart anderer Mädchen, ohne die sie mit ihm allein gewesen wäre, als Konkurrenz und leichtes Ärgernis und stellte mit Genugtuung fest, dass nur sie es war, keine sonst, die seine Augen zum Leuchten brachte und ihm diese unaufhaltsame Röte in die Wangen trieb. Patty war gern der Star, o ja. Unter so ziemlich allen Umständen. Als sie sich das letzte Mal ein Stück angesehen hatten, im Dezember am Guthrie-Theater, war Walter gerade noch rechtzeitig angekommen, über und über mit Schnee bedeckt, und hatte ihnen allen Weihnachtsgeschenke mitgebracht, den Freundinnen Taschenbücher und Patty einen riesigen Weihnachtsstern, den er im Bus transportiert und durch matschige Straßen geschleppt hatte und an der Garderobe fast nicht losgeworden war. Für alle, selbst für Patty, stand außer Frage, dass es keine Respektlosigkeit von ihm war, den anderen interessante Bücher, ihr aber eine Pflanze zu schenken, im Gegenteil. Die Tatsache, dass Walter seine Begeisterung nicht in irgendeine schlankere Version seiner netten, ihm ergebenen Freundinnen investierte, sondern in Patty, die ihre Intelligenz und

Kreativität in erster Linie darauf verwendete, sich immer neue, beiläufig wirkende Aufhänger für kurze Gespräche über Richard Katz einfallen zu lassen, war unerklärlich und alarmierend, aber durchaus schmeichelhaft. Nach der Vorstellung jedenfalls trug Walter ihr den Weihnachtsstern, im Bus und durch noch mehr Matsch, ganz bis zu ihrem Wohnheim. Auf der beigefügten Karte, die sie erst in ihrem Zimmer öffnete, stand: *Für Patty, in großer Zuneigung, von ihrem Fan und Bewunderer.*

Ungefähr um diese Zeit machte Richard mit Eliza Schluss. Er schien eher der rabiate Schlussmacher zu sein. Eliza war außer sich, als sie Patty anrief und ihr vorjammerte, «die Schwuchtel» habe Richard gegen sie aufgebracht, Richard gebe ihr überhaupt keine *Chance*, und Patty müsse ihr helfen und ein Treffen mit ihm arrangieren, er weigere sich, mit ihr zu sprechen oder sie in die Wohnung zu lassen oder –

«Ich habe Prüfungen», sagte Patty kühl.

«Du kannst da doch hingehen, und ich komme einfach mit», sagte Eliza. «Ich will ihn nur sehen und es ihm erklären.»

«Was erklären?»

«Dass er mir eine Chance geben muss! Dass ich es verdiene, angehört zu werden!»

«Walter ist nicht schwul», sagte Patty. «Das ist bloß ein Hirngespinst von dir.»

«O mein Gott, dich hat er also auch schon gegen mich aufgebracht!»

«Nein», sagte Patty. «Das stimmt so nicht.»

«Ich komme jetzt zu dir, und dann hecken wir was aus.»

«Ich habe morgen Vormittag Prüfung in Geschichte. Ich muss lernen.»

Jetzt erfuhr Patty, dass Eliza seit sechs Wochen nicht mehr zu den Lehrveranstaltungen ging, weil sie innerlich so mit Richard beschäftigt war. Das sei *seine* Schuld, sie habe alles für ihn aufgegeben, und nun lasse er sie im Regen stehen, und ihre Eltern dürften keinesfalls herausfinden, dass sie in allen Fächern durchfallen werde, sie komme jetzt gleich zu Patty rüber, Patty solle sich nicht von der Stelle rühren und auf sie warten, damit sie etwas aushecken könnten.

«Ich bin todmüde», sagte Patty. «Ich muss lernen, und dann gehe ich ins Bett.»

«Ich fasse es nicht! Er hat euch beide gegen mich aufgebracht! Die beiden Menschen, die mir auf der ganzen Welt am liebsten sind!»

Patty schaffte es, das Telefonat zu beenden, eilte zur Bibliothek und blieb dort, bis sie schloss. Sie war überzeugt, dass Eliza Zigaretten rauchend vor ihrem Wohnheim auf sie wartete, um sie dann die halbe Nacht wach zu halten. Ihr graute davor, diesen Freundschaftsobolus entrichten zu müssen, aber sie hatte sich schon damit abgefunden und war deshalb sonderbar enttäuscht, als sie zurückkam und keine Eliza zu sehen war. Um ein Haar hätte sie sie angerufen, doch ihre Erleichterung und Müdigkeit überwogen alle Schuldgefühle.

Drei Tage vergingen, ohne dass sie etwas von Eliza hörte. Am Abend bevor Patty in die Weihnachtsferien aufbrach, rief sie schließlich bei ihr an, um sich zu vergewissern, dass alles in Ordnung war, aber das Telefon klingelte und klingelte. Sie flog nach Westchester, und die Wolke aus Schuldgefühlen und Sorge, die sie umgab, wurde mit jedem fehlgeschlagenen Versuch, vom Telefon der elterlichen Küche aus Kontakt mit ihrer Freundin herzustellen, dichter. An Heiligabend ging sie sogar so weit, die Nummer des Whispering-Pines-Motels in Hibbing, Minnesota, zu wählen.

«Das ist ja ein schönes Weihnachtsgeschenk!», sagte Walter. «Dass du anrufst.»

«Oh, ach so, danke. Ich rufe eigentlich wegen Eliza an. Sie ist irgendwie verschwunden.»

«Sei doch froh», sagte Walter. «Richard und ich mussten unser Telefon ausstöpseln.»

«Wann war das?»

«Vor zwei Tagen.»

«Oh, ach so, das beruhigt mich.»

Patty unterhielt sich noch eine Weile mit Walter, indem sie seine vielen Fragen beantwortete, beschrieb die irrwitzige weihnachtliche Habgier ihrer Geschwister und die demütigende Familientradition, Patty alle Jahre wieder daran zu erinnern, wie lustig es doch war, dass sie so lange an den Weihnachtsmann geglaubt hatte, berichtete über den bizarren, von sexuellen und fäkalen Anspielungen nur so wimmelnden Schlagabtausch zwischen ihrem Vater und ihrer mittleren Schwester sowie die «Beschwerde» dieser mittleren Schwester über das anspruchslose Pensum ihres ersten Jahrs in Yale und die späten Zweifel ihrer Mutter an ihrer zwanzig Jahre zuvor getroffenen Entscheidung, Hanukkah und andere jüdische Feiertage nicht mehr zu begehen. «Und wie ist es bei dir?», fragte Patty ihn nach einer halben Stunde.

«Gut», sagte er. «Meine Mutter und ich backen gerade. Richard spielt mit meinem Vater Schach.»

«Das klingt schön. Ich wünschte, ich wäre bei euch.»

«Ich auch. Wir könnten Schneeschuhwandern gehen.»

«Das klingt wirklich schön.»

Es war Patty ernst damit, und sie hätte nicht mehr sagen können, ob es Richards Gegenwart war, die Walter anziehend machte, oder ob er allein seiner selbst wegen anziehend war – seiner Gabe wegen, jeden Ort, an dem er sich aufhielt, so erscheinen zu lassen, als könnte man dort zu Hause sein.

Der schreckliche Anruf von Eliza ging am Abend des ersten Weihnachtstags ein. Patty nahm ihn auf dem Nebenanschluss im Keller entgegen, wo sie gerade ein NBA-Spiel sah. Bevor sie auch nur zu einer Entschuldigung ansetzen konnte, entschuldigte sich schon Eliza dafür, dass sie sich nicht gemeldet hatte, und sagte, sie sei damit zugange gewesen, verschiedene Ärzte aufzusuchen. «Es heißt, ich habe Leukämie», sagte sie.

«Nein.»

«Ich fange nach Silvester mit den Behandlungen an. Meine Eltern sind die Einzigen, die es wissen, und du darfst es niemandem erzählen. Vor allem Richard nicht. Schwörst du mir, dass du es niemandem erzählst?»

Pattys Wolke aus Schuldgefühlen und Sorge verdichtete sich zu einem emotionalen Gewittersturm. Sie weinte und weinte und fragte Eliza, ob sie sich denn *sicher* sei, ob die Ärzte sich *sicher* seien. Eliza erklärte ihr, sie habe sich im Lauf des Herbstes zunehmend schlapp gefühlt, aber niemandem etwas davon sagen wollen, weil sie befürchtet habe, Richard würde mit ihr Schluss machen, falls sich herausstellte, dass es Pfeiffersches Drüsenfieber sei, doch schließlich sei es ihr so dreckig gegangen, dass sie einen Arzt aufgesucht habe, und vor zwei Tagen sei dann das Urteil gesprochen worden: Leukämie.

«Ist es die schlimme Art?»

«Alle Leukämiearten sind schlimm.»

«Ich meine, kann man bei dieser Art wieder gesund werden?»

«Die Chancen, dass die Behandlungen anschlagen, stehen gut», sagte Eliza. «In einer Woche weiß ich mehr.»

«Ich komme früher zurück. Ich kann bei dir wohnen.»

Doch komischerweise wollte Eliza gar nicht mehr, dass Patty bei ihr wohnte.

Was die Sache mit dem Weihnachtsmann betrifft: Die Autobiographin hat kein Verständnis für Eltern, die lügen, und doch gibt es gewisse Abstufungen. Man kann ein Kind anlügen, für das man eine Überraschungsparty organisiert, man kann es anlügen, um sich einen Spaß mit ihm zu machen, oder aber man lügt, damit das Kind, das einem glaubt, dumm dasteht. Einmal, als Patty ein Teenager war, hatte ihre Familie sie an Weihnachten wegen ihres unnatürlich langlebigen Glaubens an den Weihnachtsmann (den sie sich auch dann nicht nehmen ließ, als zwei ihrer jüngeren Geschwister ihn bereits verloren hatten) so gehänselt, dass sie sich vor lauter Wut weigerte, zum Weihnachtsessen aus ihrem Zimmer zu kommen. Ihr Vater, der zu ihr hinging, um sie umzustimmen, hörte zur Abwechslung tatsächlich einmal auf zu lächeln und sagte ihr ernst, die Familie habe ihr diese Illusion gelassen, weil ihre Unschuld wunderschön sei, und sie liebten sie gerade deshalb besonders. Einerseits hörte sie das gern, andererseits aber war es offenkundiger Blödsinn, den das Vergnügen, mit dem alle sie hänselten, Lügen strafte. Patty fand, dass Eltern ihren Kindern beibringen sollten, die Augen nicht vor der Wirklichkeit zu verschließen.

Es genügt wohl zu sagen, dass Patty während der vielen Winterwochen, in denen sie für Eliza die Florence Nightingale spielte – durch einen Schneesturm stapfte, um ihr Suppe zu bringen, ihr die Küche und das Bad putzte, am Abend lange mit ihr aufblieb und fernsah, obwohl sie vor ihren Spielen dringend hätte schlafen müssen, manchmal mit ihrer ausgemergelten Freundin im Arm einschlief, extreme verbale Zärtlichkeiten über sich ergehen ließ («Mein süßester Engel», «Wenn ich dein Gesicht sehe, bin ich im Himmel» usw. usw.) und sich unterdessen weigerte, Walter zurückzurufen und ihm zu erklären, warum sie keine Zeit mehr für ihn hatte –, jede Menge Warnsignale übersah. Nein, sagte Eliza, bei dieser speziellen Chemotherapie fielen einem nicht die Haare aus. Und nein, es sei nicht möglich, die Behandlungstermine so zu legen, dass Patty sie von der Klinik abholen und nach Hause bringen könne. Und nein, sie wolle ihre Wohnung nicht aufgeben und zu ihren Eltern ziehen, und ja, ihre Eltern kämen sie andauernd besuchen, es sei reiner Zufall, dass Patty ihnen nie begegne, und nein, für Krebspatienten sei es nicht ungewöhnlich, sich mit so einer Nadel, wie Patty sie auf dem Boden unter ihrem Nachtschrank entdeckt habe, Antiemetika zu spritzen.

Das auffälligste Warnsignal war womöglich die Art und Weise, wie sie, Patty, Walter aus dem Weg ging. Sie sah ihn bei zwei Spielen im Januar und sprach kurz mit ihm, aber danach versäumte er eine Reihe von Spielen, und als sie auf seine zahlreichen darauffolgenden telefonischen Nachrichten nicht reagierte, redete sie sich ein, es sei ihr einfach peinlich zuzugeben, wie viel Zeit sie mit Eliza verbrachte. Aber warum hätte es ihr peinlich sein sollen, sich um eine Freundin zu kümmern, die Krebs hatte? Und analog dazu: Wäre es damals, als sie in die fünfte Klasse ging, wirklich so schwierig gewesen zu bemerken, dass ihre Schulkameraden allesamt nur noch Hohn für den Weihnachtsmann übrig hatten, wenn sie auch nur das geringste Interesse daran gehabt hätte, die Wahrheit zu erfahren? Sie warf den großen Weihnachtsstern weg, obwohl er noch Leben in sich hatte.

An jenem verschneiten Tag Ende Februar, an dem das wichtige Spiel der Gophers gegen die UCLA Bruins stattfinden sollte, den ranghöchsten Gegner der Saison, bekam Walter sie schließlich zu fassen. Patty war nach einem morgendlichen Telefonat mit ihrer Mutter, die an diesem Tag Geburtstag hatte, bereits schlecht auf die Welt zu sprechen. Sie war entschlossen gewesen, kein Wort über ihr eigenes Leben zu verlieren, weil sie nicht zum x-ten Mal merken wollte, dass Joyce sowieso nicht zuhörte und sich einen Dreck um den Tabellenplatz ihrer gegnerischen Mannschaft scherte, aber sie hatte gar nicht erst die Chance bekommen, sich in derlei Zurückhaltung zu üben, so aufgeregt war Joyce gewesen, weil Pattys mittlere Schwester auf besonderes Drängen ihres Yale-Professors für die Hauptrolle in einer Off-Broadway-Wiederaufnahme von Carson McCullers Stück *Mit von der Partie* vorgesprochen und sich als Zweitbesetzung qualifiziert hatte, was offenbar eine Riesensache war und eventuell dazu führen würde, dass die Schwester ihr Studium in Yale unterbrach und wieder zu Hause wohnte und sich ganz dem Theater widmete; und Joyce war wie berauscht gewesen.

Als Patty Walter um die kahle, zugige Ecke der Wilson Library biegen sah, machte sie kehrt und eilte davon, aber er rannte ihr hinterher. Auf seiner großen Pelzmütze hatte sich Schnee gesammelt; sein Gesicht war so rot wie ein Leuchtfeuer. Obwohl er sich bemühte, zu lächeln und freundlich zu sein, brach seine Stimme, als er Patty fragte, ob ihr denn keine seiner Nachrichten ausgerichtet worden sei.

«Doch, aber ich hatte einfach so viel um die Ohren», sagte sie. «Es tut mir wirklich leid, dass ich nicht zurückgerufen habe.»

«Ist es wegen irgendwas, das ich *gesagt* habe? Habe ich dich irgendwie gekränkt?»

Er war verletzt und wütend, und sie hasste das.

«Nein, nein, überhaupt nicht», sagte sie.

«Ich hätte sogar noch öfter angerufen, aber ich wollte dich nicht andauernd stören.»

«Einfach nur sehr, sehr viel um die Ohren», murmelte sie, während der Schnee fiel.

«Die, die bei euch ans Telefon geht, klang von Mal zu Mal gereizter, weil ich immer dieselbe Nachricht hinterlassen habe.»

«Na ja, ihr Zimmer liegt ja auch direkt neben dem Telefon, deshalb. Das kann man doch verstehen. Sie nimmt eine Menge Anrufe entgegen.»

«Ich verstehe es *nicht*», sagte Walter, jetzt den Tränen nahe. «Möchtest du, dass ich dich in Ruhe lasse? Ist es das?»

Sie hasste solche Szenen, sie hasste sie.

«Ich bin wirklich einfach nur sehr beschäftigt», sagte sie. «Und heute Abend habe ich übrigens ein wichtiges Spiel, also –»

«Nein», sagte Walter, «irgendetwas stimmt nicht. Was ist los? Du wirkst so unglücklich!»

Sie wollte ihm nicht von dem Telefonat mit ihrer Mutter erzählen, weil sie sich mental in Wettkampfbereitschaft bringen musste und es das Beste war, sich nicht zu lange bei solchen Dingen aufzuhalten. Aber Walter insistierte so verzweifelt auf einer Erklärung – insistierte in einer Weise, die über seine eigenen Gefühle hinausging, ja insistierte fast um der *Gerechtigkeit* willen darauf –, dass sie glaubte, irgendetwas sagen zu müssen.

«Also», begann sie, «du musst schwören, Richard nichts davon zu erzählen», obwohl ihr, noch als sie das sagte, klar wurde, dass sie dieses Verbot nie ganz verstanden hatte, «aber Eliza hat Leukämie. Es ist ganz furchtbar.»

Zu ihrem Erstaunen fing Walter an zu lachen. «Das halte ich für nicht sehr wahrscheinlich.»

«Es stimmt aber», sagte sie. «Ob du es für wahrscheinlich hältst oder nicht.»

«Na schön. Und nimmt sie auch noch Heroin?»

Eine Tatsache, der sie vorher selten Beachtung geschenkt hatte – dass er zwei Jahre älter war als sie –, wurde ihr plötzlich mehr als bewusst.

«Sie hat Leukämie», sagte Patty. «Von Heroin weiß ich nichts.»

«Selbst Richard ist klug genug, die Finger von dem Zeug zu lassen. Was einiges heißen will, das kannst du mir glauben.»

«Ich weiß nichts davon.»

Walter nickte und lächelte. «Du bist eben wirklich ein lieber Mensch.»

«Keine Ahnung», sagte sie. «Aber ich muss jetzt was essen und mich für das Spiel fertig machen.»

«Ich kann heute Abend leider nicht zuschauen», sagte er, als sie sich zum Gehen wandte. «Ich wollte eigentlich kommen, aber Harry Blackmun hält nachher einen Vortrag. Den muss ich mir anhören.»

Sie drehte sich irritiert zu ihm um. «Kein Problem.»

«Er ist am Obersten Gerichtshof. Und der Autor von *Roe gegen Wade*.»

«Das weiß ich», sagte sie. «Meine Mutter hat quasi einen Schrein für ihn, in dem sie Weihrauch verbrennt. Du brauchst mir nicht zu erklären, wer Harry Blackmun ist.»

«Klar. Entschuldige.»

Zwischen ihnen wirbelte der Schnee.

«Na gut, dann lasse ich dich von jetzt an in Ruhe», sagte Walter. «Tut mir leid mit Eliza. Ich hoffe, es geht ihr bald besser.»

Die Autobiographin gibt niemand anderem als sich selbst – nicht Eliza, nicht Joyce und auch Walter nicht – die Schuld an dem, was als Nächstes geschah. Wie jeder andere Basketballer auch hatte sie etliche Fehlwurfserien durchlitten und ihren Anteil an suboptimalen Spielen gehabt, doch selbst an ihren schlechtesten Abenden hatte sie sich in etwas Größeres eingebunden gefühlt – das Team, die Fairness, die Idee, dass Sport *zählt* –, und die Anfeuerungsrufe ihrer Mannschaftskameradinnen und deren Pechsträhnen beendenden Halbzeitwitzeleien, all die Variationen über bleischwere Bälle und butterweiche Finger, diese tausendmal selbst gebrüllten Phrasen, waren ihr normalerweise ein echter Trost. Schon immer hatte sie um den Ball gekämpft, weil der Ball sie immer gerettet hatte, der Ball war das einzig Verlässliche in ihrem Leben, er war schon in den endlosen Sommern ihrer Kindheit ihr treuer Gefährte gewesen. Und all die ritualisierten Handlungen, wie sie in der Kirche ausgeübt werden und Nicht-Gläubigen als hohl oder falsch erscheinen – das Abklatschen auf Hüfthöhe nach jedem einzelnen Korb, das Einander-in-die-Arme-Fallen nach jedem versenkten Freiwurf, das Abklatschen auf Kopfhöhe für jede vom Platz kommende Spielerin, die endlose Schreierei von «Auf geht's, SHAWNA!» über «Gut gespielt, CATHY!» bis hin zu «WEITER SO, WEITER SO!» –, waren ihr so zur zweiten Natur geworden, ja ergaben in ihren Augen als notwendiger Antrieb zu hoher Leistung so viel Sinn, dass es ihr genauso wenig eingefallen wäre, sich dafür zu genieren, wie sie sich für die Tatsache genierte, dass sie vom Hin- und Herrennen auf dem Spielfeld stark schwitzte. Natürlich herrschte beim Frauensport nicht nur Friede, Freude, Eierkuchen. Unter der Oberfläche der Kameradschaftlichkeit schwärten Rivalitäten, moralische Werturteile und heftiger Unmut – Shawna warf Patty vor, Cathy zu oft und sie selbst zu selten mit schnellen Pässen zu versorgen; Patty kochte innerlich, wenn die begriffsstutzige Abbie Smith auf der Position des Reserve-Center erneut einen Ballbesitz in einen Schiedsrichterball verwandelte, den sie dann nicht mehr kontrollieren konnte; Mary Jane Rorabacker hegte einen nachhaltigen Groll gegen Cathy, weil diese sie nicht aufgefordert hatte, im zweiten Studienjahr mit ihr, Patty und Shawna in eine Wohngemeinschaft zu ziehen, obwohl sie an der Central High School in St. Paul zusammen doch die Basketballstars gewesen waren; jede Spielerin des Starterteams war, mit schlechtem Gewissen, erleichtert, sowie eine vielversprechende Neue und damit potenzielle Rivalin unter Druck keine ausreichende Leistung zeigte, usw. usw. usw. Aber der Wettkampfsport gründete auf einem Hingabetrick, einer Glaubensmethode, und war einem das in der Mittel-, allerspätestens in der Oberstufe erst einmal vollständig eingebläut worden, brauchte man sich, wenn man zur Sporthalle unterwegs war und loslegte, über nichts Wichtiges mehr Gedanken zu machen, man kannte die *Antwort* auf die *Frage*, die *Antwort* war das *Team*, und alle lässlichen privaten Angelegenheiten wurden beiseitegeschoben.

Es könnte sein, dass Patty in ihrer Aufregung nach dem Zusammentreffen mit Walter nicht darauf geachtet hatte, genügend zu essen. Auf jeden Fall war von dem Moment an, da sie die Williams Arena betrat, irgendetwas faul. Die UCLA-Spielerinnen waren groß und kraftstrotzend, mindestens drei der Starter eins achtzig oder größer, und Trainerin Treadwells Taktik sah vor, sie durch schnelles Umschalten von Abwehr auf Angriff zu ermüden, sodass die kleineren Spielerinnen, vor allem Patty, lossprinten und Treffer erzielen konnten, bevor die Bruins ihre Verteidigung stehen hatten. Der Plan für die Defensive hingegen war, besonders aggressiv zu sein und zu versuchen, die beiden besten Schützinnen der Bruins frühzeitig in die Foul-Falle zu locken. Niemand erwartete, dass die Gophers gewinnen würden, aber falls es doch geschah, konnten sie es auf den inoffiziellen nationalen Ranglisten unter die ersten zwanzig schaffen und damit besser abschneiden, als es ihnen in Pattys aktiver Spielzeit bisher je gelungen war. Und deshalb war es für sie ein sehr ungünstiger Abend, um den Glauben zu verlieren.

Sie verspürte tief in sich eine sonderbare Schwäche. Zwar konnte sie sich genauso gut dehnen und strecken wie sonst, aber irgendwie fühlten sich ihre Muskeln unelastisch an. Die lauten Anfeuerungsrufe ihrer Mannschaftskameradinnen zerrten an ihren Nerven, und eine Enge in der Brust, eine Art Gehemmtheit, hinderte sie daran, zurückzurufen. Es gelang ihr, alle Gedanken an Eliza wegzusperren, aber stattdessen fing sie an zu überlegen, wieso ihre eigene Karriere in anderthalb Saisons ein für alle Mal vorbei sein würde, wo doch ihre mittlere Schwester nun vielleicht durchstarten und für den Rest ihres Lebens eine berühmte Schauspielerin sein konnte, und was für eine zweifelhafte Investition ihrer Zeit und Energie der Sport somit gewesen war und wie unbekümmert sie die jahrelangen, genau in diese Richtung weisenden Fingerzeige ihrer Mutter ignoriert hatte.

Nichts davon, das lässt sich mit Sicherheit sagen, empfahl sich, vor einem wichtigen Spiel gedacht zu werden.

«Sei einfach du selbst, sei die Beste», sagte Trainerin Treadwell zu ihr. «Wer ist unsere Spielführerin?»

«Ich bin unsere Spielführerin.»

«Lauter.»

«*Ich* bin unsere Spielführerin.»

«Lauter!»

«ICH bin unsere Spielführerin.»

Wer je einen Mannschaftssport ausgeübt hat, wird wissen, dass Patty sich augenblicklich kräftiger, konzentrierter und führungsstärker fühlte, nur weil sie das gesagt hatte. Komisch, wie dieser Trick funktioniert – die Transfusion von Selbstbewusstsein durch bloße Wörter. Beim Aufwärmen ging es ihr gut, und auch als sie den Bruins-Kapitänen die Hand schüttelte und ihre taxierenden Blicke auf sich spürte, ging es ihr gut, schließlich wusste sie, dass man ihnen gesagt hatte, sie sei eine gefährliche Schützin und die Regisseurin des Gopher'schen Angriffsspiels; sie legte ihren Ruf als Erfolgsgarantin an wie eine Rüstung. Aber wenn man erst einmal im Spiel ist und das Selbstbewusstsein zu bluten beginnt, ist eine Transfusion von der Seitenlinie aus nicht mehr möglich. Patty erzielte einen einfachen Korb infolge eines schnellen Konters, und das war eigentlich das Ende ihres Abends. Schon in der zweiten Minute merkte sie an dem Kloß in ihrem Hals, dass sie so hundsmiserabel sein würde wie noch nie zuvor. Ihre Gegenspielerin hatte ihr fünf Zentimeter und fünfzehn Kilo und unmenschliche Kapazitäten an vertikaler Sprungfähigkeit voraus, aber das Problem war nicht nur, ja nicht einmal in erster Linie ein physisches. Das Problem war die Niederlage in ihrem Herzen. Anstatt angesichts des ungerechten Körpergrößenvorteils der Bruins leidenschaftlichen Kampfgeist zu entwickeln und dem Ball gnadenlos hinterherzujagen, wie die Trainerin es ihr eingeschärft hatte, fühlte sie sich von eben dieser Ungerechtigkeit bezwungen: tat sie sich selber leid. Die Bruins versuchten es mit einer aggressiven Ganzfeldverteidigung und stellten fest, dass sie damit glänzenden Erfolg hatten. Shawna sicherte einen Abpraller und warf ihn Patty zu, die jedoch in der Ecke eingekesselt wurde und gleich wieder abgab. Sie bekam den Ball erneut und geriet damit ins Aus. Sie bekam den Ball erneut und spielte ihn einer Verteidigerin direkt in die Hände, so als machte sie ihr ein kleines Geschenk. Die Trainerin forderte eine Auszeit und sagte Patty, sie solle sich beim Ballgewinn nach einem gegnerischen Angriff weiter vorn im Feld anbieten; aber auch dort erwarteten die Bruins sie schon. Ein langer Pass glitt ihr aus den Händen, und der Ball landete in den Sitzreihen. Sie kämpfte gegen den Kloß in ihrem Hals an, versuchte wütend zu werden, und schon wurde ein Angreiferfoul gegen sie gepfiffen. Es fehlte ihr an Sprungkraft bei den Distanzwürfen. Zweimal verlor sie den Ball in der Zone, und die Trainerin nahm sie kurz aus dem Spiel, um mit ihr zu sprechen.

«Wo ist mein Mädchen? Wo ist meine Spielführerin?»

«Ich hab's heute Abend nicht in mir.»

«Doch, natürlich hast du das, du musst es nur finden. Es ist da. Finde es.»

«Ja.»

«Schrei mich an. Lass es raus.»

Patty schüttelte den Kopf. «Ich möchte es nicht rauslassen.»

Die Trainerin, vor ihr in der Hocke sitzend, spähte ihr von unten ins Gesicht, und Patty zwang sich mit einer gewaltigen Willensanstrengung, ihrem Blick zu begegnen.

«Wer ist unsere Spielführerin?»

«Ich.»

«Schrei es.»

«Kann ich nicht.»

«Willst du, dass ich dich auf die Bank setze? Ist es das, was du willst?»

«Nein!»

«Dann geh jetzt da raus. Wir brauchen dich. Was immer es ist, wir können später drüber reden. Alles klar?»

«Ja.»

Diese neue Transfusion speiste, ohne auch nur ein einziges Mal durch Pattys Körper zu zirkulieren, auf direktem Weg die Blutung. Ihren Mannschaftskameradinnen zuliebe blieb sie im Spiel, aber sie verfiel in ihre alte Gewohnheit, selbstlos zu agieren und den Spielzügen zu folgen, anstatt sie anzuführen, und zu passen, anstatt selbst auf den Korb zu werfen, ja nach einer Weile verfiel sie sogar in ihre noch ältere Gewohnheit, nahe der Dreierlinie herumzulungern und es mit Distanzwürfen zu versuchen, von denen manche an einem anderen Abend vielleicht geglückt wären, nicht aber an diesem. Wie schwer es ist, sich auf einem Basketballfeld zu verstecken! Wieder und wieder zog Patty in der Verteidigung den Kürzeren, und mit jeder Niederlage schien die nächste nur noch wahrscheinlicher zu werden. Was sie erlebte, wurde ihr später, als sie Bekanntschaft mit ernsthaften Depressionen machte, zunehmend vertraut, aber an jenem Februarabend war es eine beängstigende neue Erfahrung für sie zu merken, wie das Spiel, völlig außerhalb ihrer Kontrolle, um sie herum weiterwirbelte, und zu ahnen, dass alles, was geschah, jedes Näherkommen und Sich-Entfernen des Balls, jeder dumpfe Aufprall ihrer Füße auf dem Boden, jeder neue Versuch, eine vollauf konzentrierte und entschlossene Bruin zu decken, jedes kernige Halbzeitschulterklopfen einer Mannschaftskameradin, einzig und allein den Sinn hatte, ihr die eigene schlechte Leistung und die Leere ihrer Zukunft und die Vergeblichkeit allen Bemühens vor Augen zu führen.

Gegen Ende des dritten Viertels, als die Gophers mit 25 Punkten zurücklagen, nahm die Trainerin sie schließlich aus dem Spiel. Sobald sie wohlbehalten auf der Bank saß, lebte sie ein wenig auf. Sie fand ihre Stimme wieder, feuerte ihre Mannschaft an, verteilte Abklatscher wie ein eifriger Neuling, und innerlich schwelgte sie in dem demütigenden Gefühl, bei einem Spiel, dessen Star sie hätte sein sollen, nur noch als Cheerleader gebraucht zu werden, begrüßte die Scham, die der allzu taktvolle Trost ihrer mitleidigen Mannschaftskameradinnen in ihr auslöste. So hundsmiserabel, wie sie gewesen war, hatte sie es absolut verdient, fand sie, derart gedemütigt und beschämt zu werden. Den ganzen Tag war es ihr nicht besser gegangen als jetzt, da sie sich in dieser Scheiße suhlte.

Hinterher in der Kabine ließ sie die Predigt der Trainerin mit fest verschlossenen Ohren über sich ergehen, setzte sich dann auf eine Bank und schluchzte eine halbe Stunde. Ihre Freundinnen waren rücksichtsvoll genug, sie das auch tun zu lassen.

In ihrem Daunenanorak, die Gophersmütze auf dem Kopf, ging sie zum Northrop-Auditorium, weil sie hoffte, der Blackmun-Vortrag sei vielleicht aus irgendeinem Grund noch nicht vorbei, aber das Gebäude war dunkel und zugesperrt. Sie erwog, nach Hause zu gehen und Walter anzurufen, aber dann wurde ihr klar, dass sie jetzt vor allem gern die Trainingsregeln brechen und sich mit Wein besaufen wollte. Sie ging durch verschneite Straßen zu Elizas Wohnung, und hier wurde ihr klar, dass sie *vor allem* gern ihre Freundin mit wüsten Beschimpfungen überziehen wollte.

Eliza protestierte durch die Gegensprechanlage, es sei spät und sie sei müde.

«Nein, du musst mich rauflassen», sagte Patty. «Keine Widerrede.»

Eliza ließ sie herein und legte sich auf ihr Sofa. Sie trug einen Pyjama und hörte irgendeine Art von wummerndem Jazz. Die Luft stand vor Lethargie und altem Rauch. Patty trat in ihrem dicken Anorak ans Sofa, und während ihr der Schnee von den Turnschuhen schmolz, beobachtete sie, wie langsam Eliza atmete und wie viel Zeit verging, bis sie den Impuls zu sprechen in die Tat umgesetzt hatte – diverse willkürliche Gesichtsmuskelbewegungen, die nach und nach etwas weniger willkürlich wurden und schließlich eine gemurmelte Frage ermöglichten: «Wie war dein Spiel.»

Patty antwortete nicht. Nach einer Weile hatte Eliza offenbar vergessen, dass sie da war.

Es schien jetzt nicht besonders sinnvoll, sie mit wüsten Beschimpfungen zu überziehen, also durchstöberte Patty erst einmal die Wohnung. Das Drogenzeug entdeckte sie sofort, auf dem Boden gleich am Kopfende des Sofas – Eliza hatte einfach ein Kissen daraufgeworfen. Unter einem Wust aus Lyrikzeitschriften und Musikmagazinen unter Elizas Schreibtisch lag das blaue Ringbuch. Soweit Patty erkennen konnte, war seit dem Sommer nichts mehr hinzugefügt worden. Sie sah Elizas Papiere und Rechnungen durch, fand aber nichts Medizinisches. Der Plattenspieler mit der Jazzplatte war auf Wiederholung eingestellt. Patty schaltete ihn aus und setzte sich auf den Couchtisch, den Ordner und das Drogenzeug vor sich auf dem Boden. «Wach auf», sagte sie.

Eliza presste die Augen noch fester zu.

Patty stupste ihr Bein an. «Wach auf.»

«Ich brauche eine Zigarette. Die Chemo hat mir fast den Rest gegeben.»

Patty zog sie an der Schulter hoch.

«Hey», sagte Eliza mit einem verhangenen Lächeln. «Schön, dass du da bist.»

«Ich will nicht mehr mit dir befreundet sein», sagte Patty. «Ich will dich nicht mehr sehen.»

«Warum nicht?»

«Ich will es einfach nicht.»

Eliza schloss die Augen und schüttelte den Kopf. «Ich brauche deine Hilfe», sagte sie. «Ich habe die Drogen wegen der Schmerzen genommen. Du weißt doch, der Krebs. Ich wollt's dir ja sagen, aber ich habe mich zu sehr geschämt.» Sie kippte zur Seite und legte sich wieder hin.

«Du hast gar nicht Krebs», sagte Patty. «Das ist bloß eine Lüge, die du dir ausgedacht hast, weil du dir in Bezug auf mich irgendwas Komisches einbildest.»

«Doch, ich habe Leukämie. Ich habe definitiv Leukämie.»

«Ich bin hergekommen, um es dir persönlich zu sagen, aus Anstand. Aber jetzt gehe ich.»

«Nein. Du musst bleiben. Ich habe ein Drogenproblem, und du musst mir helfen.»

«Ich kann dir nicht helfen. Du wirst dich an deine Eltern wenden müssen.»

Darauf folgte ein langes Schweigen. «Gib mir eine Zigarette», sagte Eliza.

«Deine Zigaretten kotzen mich an.»

«Ich dachte, dir wäre klar, wie das mit Eltern ist», sagte Eliza. «Wie es ist, wenn man nicht die ist, die sie sich gewünscht haben.»

«Mir ist gar nichts klar, was dich betrifft.»

Wieder Schweigen. Dann sagte Eliza: «Du weißt, was passiert, wenn du gehst, oder? Ich werde mich umbringen.»

«Oh, das ist ja ein toller Grund, hierzubleiben und weiter befreundet zu sein», sagte Patty. «Das klingt nach einer Menge Spaß für uns beide.»

«Ich habe nur gesagt, dass ich es wahrscheinlich tun werde. Du bist das Einzige in meinem Leben, das schön und real ist.»

«Ich bin kein Es», sagte Patty wacker.

«Hast du schon mal gesehen, wie sich jemand einen Schuss setzt? Ich bin inzwischen ziemlich gut darin.»

Patty nahm die Nadel und die Drogen und steckte sie in die Tasche ihres Anoraks. «Gib mir mal die Telefonnummer deiner Eltern.»

«Ruf sie nicht an.»

«Doch, ich rufe sie an. Keine Widerrede.»

«Bleibst du meine Freundin? Kommst du mich besuchen?»

«Ja», log Patty. «Gib mir jetzt die Nummer.»

«Sie fragen andauernd nach dir. Sie glauben, du hättest einen guten Einfluss auf mein Leben. Bleibst du meine Freundin?»

«Ja», log Patty erneut. «Und jetzt gib mir die Nummer.»

Als nach Mitternacht die Eltern eintrafen, sahen sie so grimmig drein wie Leute, die heilfroh gewesen waren, dass man sie mit genau dieser Art von Problem lange Zeit verschont hatte. Patty fand es faszinierend, sie endlich kennenzulernen, was offensichtlich nicht auf Gegenseitigkeit beruhte. Der Vater hatte einen Vollbart und tiefliegende dunkle Augen, die Mutter war zierlich und trug hochhackige Lederstiefel, und von ihnen zusammen ging eine starke sexuelle Schwingung aus, die Patty nicht nur an französische Filme, sondern auch an Elizas Bemerkung erinnerte, sie seien füreinander die ganz große Liebe. Patty wäre nicht böse gewesen, wenn sie ein paar Worte der Entschuldigung dafür gefunden hätten, dass sie ihre gestörte Tochter auf ahnungslose Dritte wie sie losgelassen hatten, oder des Dankes, weil sie in den vergangenen zwei Jahren die Verantwortung für ihre Tochter auf sie hatten abwälzen können, oder des Eingeständnisses, dass irgendwer die jüngste Krise ja wohl mit seinem Geld subventioniert haben musste. Aber sobald die kleine Kernfamilie im Wohnzimmer beisammen war, entspann sich ein seltsames diagnostisches Schauspiel, in dem für Patty keine Rolle vorgesehen schien.

«Also, was für Drogen», sagte der Vater.

«Mhm, Smack», sagte Eliza.

«Heroin, Zigaretten, Alkohol. Was noch? Sonst noch irgendwas?»

«Ab und zu ein bisschen Koks. In letzter Zeit nicht mehr so oft.»

«Noch was?»

«Nein, das ist alles.»

«Und deine Freundin? Nimmt sie auch Drogen?»

«Nein, sie ist ein Riesen-Basketballstar», sagte Eliza. «Das habe ich euch doch *erzählt*. Absolut mustergültig. Sie ist *phantastisch*.»

«Wusste sie, dass du welche nimmst?»

«Nein, ich habe ihr gesagt, ich hätte Krebs. Sie wusste nichts.»

«Wie lange geht das schon so?»

«Seit Weihnachten.»

«Und sie hat dir geglaubt. Du hast dir eine ganze Lügengeschichte ausgedacht, die sie dir abgenommen hat.»

Eliza kicherte.

«Ja, ich habe ihr geglaubt», sagte Patty.

Der Vater blickte nicht mal flüchtig in ihre Richtung. «Und was ist das hier», sagte er und hielt das blaue Ringbuch hoch.

«Das ist mein Patty-Buch», sagte Eliza.

«Scheint so eine Art Schnipselbuch zu sein», sagte der Vater zu der Mutter. «Ziemlich obsessiv.»

«Sie hat also gesagt, sie will dich nicht mehr sehen», sagte die Mutter, «und dann hast du gesagt, du bringst dich um.»

«So ähnlich, ja», gab Eliza zu.

«In der Tat sehr obsessiv», merkte der Vater an, während er in den Seiten blätterte.

«Bist du wirklich selbstmordgefährdet?», sagte die Mutter. «Oder war das nur eine Drohung, damit deine Freundin nicht weggeht.»

«Hauptsächlich eine Drohung», sagte Eliza.

«Hauptsächlich?»

«Na gut, ich bin nicht wirklich selbstmordgefährdet.»

«Aber dir ist klar, dass wir es trotzdem ernst nehmen müssen», sagte die Mutter. «Uns bleibt gar nichts anderes übrig.»

«Na, dann werde ich jetzt mal gehen», sagte Patty. «Ich habe morgen früh ein Seminar, also –»

«Was für einen Krebs hast du denn angeblich gehabt?», sagte der Vater. «Wo in deinem Körper saß er genau?»

«Ich habe gesagt, ich hätte Leukämie.»

«Aha, im Blut. Ein fiktiver Krebs in deinem Blut.»

Patty legte das Drogenzeug auf das Polster eines Sessels. «Das lasse ich mal hier», sagte sie. «Ich muss jetzt wirklich gehen.»

Die Eltern schauten zu ihr, wechselten einen Blick und nickten.

Eliza stand vom Sofa auf. «Wann sehen wir uns wieder? Sehen wir uns morgen?»

«Nein», sagte Patty. «Ich glaube nicht.»

«Warte!» Eliza lief zu ihr und packte ihre Hand. «Ich habe Scheiße gebaut, aber ich werde mich bessern, und dann können wir uns wiedersehen. Ja?»

«Meinetwegen», log Patty, als die Eltern hinzutraten, um ihre Tochter von ihr loszueisen.

Draußen hatte der Himmel aufgeklart, und die Temperatur war auf gut und gerne minus 15 Grad gesunken. Patty pumpte sich Atemzug für Atemzug der cleanen Luft bis tief hinunter in die Lungen. Sie war frei! Sie war frei! Und ach, wie sie sich jetzt wünschte, das Spiel gegen die UCLA noch einmal spielen zu können. Selbst um ein Uhr am Morgen, selbst mit leerem Magen fühlte sie sich zu Höchstleistungen bereit. Vor schierer Beglückung über ihre Freiheit rannte sie Elizas Straße entlang, und erst jetzt, drei Stunden später, hörte sie die Worte der Trainerin wirklich, hörte sie sie sagen, es sei doch nur ein einzelnes Spiel gewesen, jeder habe mal einen schlechten Tag, und morgen werde sie wieder die Alte sein. Sie war bereit, sich intensiver denn je darum zu kümmern, dass sie in Form blieb und ihr Können noch steigerte, war bereit, öfter mit Walter ins Theater zu gehen, war bereit, zu ihrer Mutter zu sagen: «Das ist ja großartig, was du von dem Carson-McCullers-Stück erzählt hast!» Kurz, sie war bereit, ein rundum besserer Mensch zu werden. In ihrer Beglückung lief sie so blindlings drauflos, dass sie das schwarze Eis auf dem Gehweg nicht sah, bis ihr linkes Bein auf grausige Weise hinter dem rechten zur Seite weggerutscht war und es ihr regelrecht das Knie zerrissen hatte und sie auf dem Boden lag.

Über die darauffolgenden sechs Wochen gibt es nicht viel zu sagen. Sie wurde zweimal operiert, das zweite Mal wegen einer von der ersten Operation herrührenden Infektion, und entwickelte sich zu einer erstklassigen Krückenbenutzerin. Ihre Mutter setzte sich ins Flugzeug, um bei der ersten Operation zur Stelle zu sein, und behandelte das Krankenhauspersonal wie mittelwestliche Bauerntrampel von zweifelhafter Intelligenz, woraufhin Patty sich für sie entschuldigte und besonders umgänglich war, sooft ihre Mutter sich nicht im Zimmer aufhielt. Als sich herausstellte, dass Joyce den Ärzten womöglich zu Recht misstraut hatte, verdross Patty das so sehr, dass sie sie über die zweite Operation erst einen Tag, bevor sie stattfinden sollte, informierte. Sie versicherte Joyce, es sei nicht nötig, noch einmal ins Flugzeug zu steigen – sie habe Scharen von Freunden, die sich um sie kümmerten.

Walter Berglund hatte von seiner eigenen Mutter gelernt, wie man kränkelnde Frauen umsorgt, und er machte sich Pattys längerfristige Behinderung zunutze, um sich wieder in ihr Leben einzufügen. Am Tag nach ihrer ersten Operation erschien er mit einer gut einen Meter hohen Zimmertanne und erklärte, sie habe doch bestimmt mehr Freude an einer lebenden Pflanze als an Schnittblumen, die nicht lange hielten. Danach richtete er es ein, Patty fast jeden Tag außer an den Wochenenden, wenn er in Hibbing war und seinen Eltern zur Hand ging, zu besuchen, und bei ihren Sportskameradinnen machte er sich mit seiner Nettigkeit schnell beliebt. Ihren biedereren Freundinnen gefiel es, wie viel aufmerksamer er ihnen zuhörte als all die anderen Jungs, die nicht in der Lage waren, durch ihr Äußeres hindurchzusehen, und Cathy Schmidt, ihre klügste Freundin, meinte, dass Walter intelligent genug für den Obersten Gerichtshof sei. Es war etwas völlig Neues in der Welt des Sportlerinnendaseins, einen Mann in ihrer Mitte zu haben, in dessen Gegenwart alle derart unbefangen und entspannt sein konnten, einen, der in den Pausen zwischen den Lehrveranstaltungen ganz selbstverständlich mit ihnen im Aufenthaltsraum herumhing und einer von ihnen war. Und alle sahen, dass er ein Faible für Patty hatte, und alle außer Cathy Schmidt stimmten darin überein, das einfach großartig zu finden.

Wie gesagt, Cathy war scharfsinniger als die anderen. «Du stehst nicht wirklich auf ihn, oder», sagte sie.

«Irgendwie schon», sagte Patty. «Aber irgendwie auch nicht.»

«Das heißt also ... ihr beide seid nicht ...»

«Nein! Nichts dergleichen. Ich hätte ihm wahrscheinlich nie erzählen sollen, dass ich vergewaltigt worden bin. Er wurde ganz kribbelig, als ich ihm davon erzählt habe. Ganz ... *zartfühlend* und ... *mütterlich* und ... *besorgt*. Und jetzt kommt es mir so vor, als ob er auf eine schriftliche Erlaubnis wartet oder darauf hofft, dass ich die Initiative ergreife oder so. Die Krücken sind da wahrscheinlich auch nicht gerade hilfreich. Es ist, als wäre mir ein sehr lieber, guterzogener Hund zugelaufen, der mir auf Schritt und Tritt folgt.»

«Das ist ja nicht so toll», sagte Cathy.

«Nein. Ist es nicht. Aber ich kann ihn ja nicht wegschicken, immerhin ist er unglaublich nett zu mir, und außerdem unterhalte ich mich richtig gern mit ihm.»

«Du stehst also schon irgendwie auf ihn.»

«Genau. Vielleicht sogar ein bisschen mehr als irgendwie. Aber –»

«Aber nicht sehr viel mehr.»

«Genau.»

Walter interessierte sich für alles. Er las jedes Wort in der Tageszeitung und im *Time Magazine*, und im April, als Patty wieder halbwegs gehfähig war, begann er, sie in Vorträge und Kunst- und Dokumentarfilme mitzunehmen, in die sie sonst im Traum nicht gegangen wäre. Ob es nun an seiner Liebe lag oder an den vielen verletzungsbedingten Lücken in ihrem Terminkalender – es war das erste Mal, dass jemand hinter ihre Sportlerinnenfassade geblickt und drinnen Licht gesehen hatte. Obwohl sie sich Walter auf nahezu jedem Wissensgebiet außer Sport unterlegen fühlte, war sie ihm dankbar, weil sie endlich feststellte, dass sie sehr wohl eigene Meinungen hatte und sich diese durchaus von seinen unterscheiden konnten. (Was in erfrischendem Kontrast zu Eliza stand, die, hätte man sie gefragt, wer der gegenwärtige Präsident der Vereinigten Staaten sei, gelacht, die Achseln gezuckt und eine neue Platte aufgelegt hätte.) Walter war ein glühender Verfechter aller möglichen ernsthaften und eigenwilligen Ansichten – er hasste den Papst und die katholische Kirche, befürwortete aber die islamische Revolution im Iran, weil er hoffte, sie werde in den Vereinigten Staaten zu effektiverem Energiesparen führen; er hielt Chinas jüngste Gesetzgebung zur Bevölkerungskontrolle für sinnvoll und meinte, die USA sollten etwas Ähnliches beschließen; über den Unfall im Kernkraftwerk Three Mile Island machte er sich weniger Gedanken als über den niedrigen Benzinpreis und die Notwendigkeit von Hochgeschwindigkeits-Eisenbahnsystemen, durch die der Pkw überflüssig werden würde, usw. usw. –, und Patty fand sich in der Rolle wieder, starrköpfig alles gutzuheißen, was er missbilligte. Besonderes Vergnügen bereitete es ihr, über die *Unterjochung der Frau* mit ihm zu streiten. Eines Nachmittags gegen Ende des Semesters führten sie bei einer Tasse Kaffee im Studentenwerk ein denkwürdiges Gespräch über Pattys Professor für Primitive Kunst, dessen Vorlesungen sie Walter gegenüber auf eine Weise pries, die ihm ganz behutsam zu verstehen geben sollte, woran es seiner Persönlichkeit in ihren Augen mangelte.

«Igitt», sagte Walter. «Das klingt nach einem dieser Profs mittleren Alters, die nicht aufhören können, über Sex zu reden.»

«Schon richtig, aber er redet nun mal über Fruchtbarkeitsfiguren», sagte Patty. «Es ist ja nicht seine Schuld, dass die einzige Skulptur, die uns aus der Zeit vor fünfzigtausend Jahren überliefert ist, mit Sex zu tun hat. Dazu hat er auch noch einen weißen Bart, allein schon deshalb tut er mir leid. Ich meine, überleg doch mal. Er steht da oben und hat lauter schmutzige Dinge zu sagen, du weißt schon, über ‹junge Damen heute› und ihre ‹schlanken Schenkel› und so was, und ihm ist klar, dass er uns damit in Verlegenheit bringt, genauso wie er weiß, dass er diesen Bart hat und ein Mann mittleren Alters ist, während wir, na ja, eben alle jünger sind. Aber er kann es trotzdem nicht lassen, diese Dinge zu sagen. Das muss doch hart sein. Wenn man nicht anders kann, als sich selbst zu erniedrigen.»

«Aber das ist doch beleidigend!»

«Außerdem», sagte Patty, «steht er, glaube ich, auf Riesenschenkel. Letztlich geht es meines Erachtens darum: Er steht auf Steinzeitformen. Du weißt schon: dick. Und irgendwie ist es doch süß und herzerweichend, dass er auf die Kunst der alten Völker steht.»

«Aber beleidigt dich das nicht, als Feministin?»

«Ich betrachte mich eigentlich nicht als Feministin.»

«Das kann doch nicht wahr sein!», sagte Walter und lief rot an. «Bist du etwa nicht für den Verfassungszusatz zur Gleichberechtigung der Frau?»

«Ich bin wohl eher unpolitisch.»

«Aber du bist überhaupt nur hier in Minnesota, weil du ein Sportstipendium hast, was noch vor fünf Jahren gar nicht möglich gewesen wäre. Du bist nur dank der feministischen Bundesgesetzgebung hier. Dank Abschnitt neun.»

«Aber Abschnitt neun ist bloß stinknormale Gerechtigkeit»,

sagte Patty. «Wenn die Hälfte der Studenten Frauen sind, sollten sie auch die Hälfte des Geldes bekommen.»

«Das ist Feminismus!»

«Nein, das ist stinknormale Gerechtigkeit. Weil – also Ann Meyers zum Beispiel. Hast du mal von ihr gehört? Sie war ein großer Star an der UCLA und hat gerade einen Vertrag mit der NBA unterschrieben, was lächerlich ist. Sie ist höchstens eins siebzig und eine Frau. Spielen wird sie da nie. Männer sind einfach die besseren Sportler als Frauen und werden es immer sein. Deshalb gehen auch hundertmal mehr Leute zu Basketballspielen von Männern als von Frauen – Männer können im Sport nun mal viel mehr erreichen. Das zu leugnen ist einfach dumm.»

«Aber angenommen, du willst Ärztin werden und wirst nicht zum Studium zugelassen, weil sie lieber männliche Studenten haben wollen?»

«Das wäre ungerecht, aber ich will gar nicht Ärztin werden.»

«Was *willst* du denn werden?»

Weil ihre Mutter so unerbittlich daran gearbeitet hatte, ihren Töchtern zu eindrucksvollen Karrieren zu verhelfen, und noch dazu, wie Patty fand, eine unterdurchschnittliche Mutter gewesen war, neigte Patty fast reflexhaft dazu, Hausfrau und eine hervorragende Mutter werden zu wollen. «Ich möchte in einem schönen alten Haus wohnen und zwei Kinder haben», sagte sie zu Walter. «Ich möchte eine richtig gute Mutter werden.»

«Willst du nicht auch einen Beruf haben?»

«Kindergroßziehen wäre dann mein Beruf.»

Er runzelte die Stirn und nickte.

«Siehst du», sagte sie. «Ich bin nicht besonders interessant. Nicht annähernd so interessant wie deine anderen Freundinnen.»

«Das stimmt überhaupt nicht», sagte er. «Du bist unglaublich interessant.»

«Nett von dir, dass du das sagst, aber nicht sehr einleuchtend.»

«Meiner Meinung nach steckt viel mehr in dir, als du es dir selbst zubilligst.»

«Ich fürchte, du hast ein ziemlich unrealistisches Bild von mir», sagte Patty. «Ich wette, du kannst nicht eine einzige Sache nennen, die du an mir interessant findest.»

«Na, zunächst mal wären da deine sportlichen Fähigkeiten», sagte Walter.

«Dribbel, dribbel. Das ist ja wahnsinnig interessant.»

«Und dann deine Art zu denken», sagte er. «Dass du diesen grässlichen Prof süß und herzerweichend findest.»

«Aber du bist doch ganz anderer Meinung!»

«Und wie du über deine Familie sprichst. Was für Geschichten du von ihnen erzählst. Die Tatsache, dass du so weit von ihnen entfernt bist und hier dein eigenes Leben lebst. Das ist alles unglaublich interessant.»

Patty hatte noch nie mit einem Mann zu tun gehabt, der so offensichtlich in sie verliebt war. Natürlich, worüber er und sie insgeheim redeten, das war Walters Verlangen, sie zu berühren. Dennoch, je mehr Zeit sie mit ihm verbrachte, desto klarer wurde ihr, dass man sie, obwohl sie nicht nett war – oder vielleicht *gerade weil* sie nicht nett war: weil sie diesen krankhaften Konkurrenzdrang hatte und es sie zu ungesunden Dingen hinzog –, tatsächlich interessant finden konnte. Und Walter, der so leidenschaftlich auf ihrem Interessantsein bestand, erzielte eindeutig Fortschritte in seinem Bemühen, sich seinerseits für sie interessant zu machen.

«Wenn du so feministisch eingestellt bist», sagte sie, «warum ist Richard dann dein bester Freund? Ist er nicht irgendwie respektlos gegenüber Frauen?»

Walters Gesicht verfinsterte sich. «Wenn ich eine Schwester hätte, würde ich jedenfalls dafür sorgen, dass sie ihn nie kennenlernt.»

«Warum?», sagte Patty. «Weil er sie schlecht behandeln würde? Tut er das?»

«Nicht vorsätzlich. Er mag Frauen. Er hat bloß einen ziemlichen Verschleiß.»

«Weil wir für ihn austauschbar sind, einfach bloß Objekte?»

«Mit politischen Anschauungen hat das nichts zu tun», sagte Walter. «Er ist für die Gleichberechtigung. Es ist eher so etwas wie eine Sucht, oder besser: eine seiner Süchte. Sein Vater war ja ein schwerer Trinker, und Richard trinkt nicht. Aber es ist, wie wenn einer nach einem Gelage seine ganze Hausbar in den Ausguss kippt. So ähnlich macht er es mit einer Frau, von der er genug hat.»

«Das klingt ja furchtbar.»

«Tja, die Seite von ihm mag ich auch nicht besonders.»

«Aber du bist trotzdem mit ihm befreundet, obwohl du Feminist bist.»

«Man hört ja nicht auf, einem Freund die Treue zu halten, nur weil er unvollkommen ist.»

«Nein, aber man versucht ihm dabei zu helfen, dass er sich bessert. Man erklärt ihm, warum das, was er tut, nicht geht.»

«Hast du das mit Eliza so gemacht?»

«Hm, guter Einwand.»

Als sie das nächste Mal mit Walter sprach, schlug er endlich eine richtige Kino-und-Abendessen-Verabredung vor. Der Film (das war typisch für Walter) kostete keinen Eintritt; es war ein griechischsprachiger Schwarzweißfilm mit dem Titel *Der Teufel von Athen*. Während sie, von leeren Plätzen umgeben, im Kino des Kunstseminars saßen und auf den Beginn der Vorführung warteten, berichtete Patty ihm von ihren Sommerplänen, die so aussahen, dass sie mit Cathy Schmidt in deren Elternhaus außerhalb der Stadt wohnen, weiterhin zur Krankengymnastik gehen und sich auf ein Comeback in der nächsten Saison vorbereiten würde. Aus heiterem Himmel fragte Walter sie, dort in dem leeren Kino, ob sie nicht vielleicht stattdessen Richards Zimmer übernehmen wolle, der nach New York ziehe.

«Richard zieht weg?»

«Ja», sagte Walter, «in New York spielt sich nun mal das interessante Musikleben ab. Er und Herrera wollen die Band wieder auf die Beine bringen und ihr Glück dort versuchen. Und der Mietvertrag läuft erst in drei Monaten aus.»

«Wahnsinn.» Patty kontrollierte tunlichst ihren Gesichtsausdruck. «Und ich würde in seinem Zimmer wohnen.»

«Na ja, es wäre dann ja nicht mehr seins», sagte Walter. «Sondern deins. Du hättest es nicht weit zur Sporthalle. Ich meine, es wäre doch viel bequemer für dich, als zwischen Edina und hier hin und her zu pendeln.»

«Und deshalb fragst du mich, ob ich mit dir *zusammenwohnen* möchte.»

Walter wurde rot und mied ihren Blick. «Du hättest ja ein eigenes Zimmer. Aber, klar, wenn du ab und zu mal abends mit mir essen oder zusammensitzen willst, wäre das natürlich auch schön. Ich glaube, ich bin jemand, der dir immer deinen Freiraum lassen würde, aber da wäre, wenn du mal Gesellschaft brauchst.»

Patty spähte ihm forschend ins Gesicht, um zu begreifen, was er meinte. Sie war a) gekränkt und b) sehr traurig zu hören, dass Richard wegzog. *Beinahe* hätte sie zu Walter gesagt, er solle sie doch vielleicht erst einmal küssen, bevor er sie frage, ob sie bei ihm einziehen wolle, aber sie war so gekränkt, dass ihr in diesem Moment gar nicht danach war, geküsst zu werden. Und dann wurde es im Kino dunkel.

Soweit die Autobiographin sich erinnert, ging es in *Der Teufel von Athen* um einen sanftmütigen Athener Buchhalter mit Hornbrille, der eines Morgens auf dem Weg zur Arbeit sein eigenes Konterfei auf dem Titelblatt einer Zeitung sieht und darüber die Schlagzeile TEUFEL VON ATHEN IMMER NOCH AUF FREIEM FUSS. Die Leute auf der Straße zeigen sofort mit dem Finger auf ihn und beginnen, ihn zu verfolgen, aber kurz bevor er ergriffen wird, rettet ihn eine Bande Terroristen oder Verbrecher, die ihn mit ihrem teuflischen Anführer verwechseln. Die Bande hat irgendeinen kühnen Plan, der darin besteht, den Parthenon in die Luft zu sprengen oder so etwas, und der Held versucht, ihnen immer wieder zu erklären, dass er nur ein sanftmütiger Buchhalter und nicht der *Teufel* ist, aber die Verbrecher zählen so sehr auf seine Hilfe und der Rest der Stadt ist ihm so entschlossen auf den Fersen, dass es schließlich zu jenem verblüffenden Moment kommt, in dem er sich die Brille von der Nase reißt und zum *furchtlosen Anführer der Bande* wird – zum Teufel von Athen! «Also gut, Männer», sagt er, «so funktioniert der Plan.»

Den ganzen Film über sah Patty in dem Buchhalter Walter und stellte sich vor, wie er sich in ähnlicher Manier die Brille von der Nase riss. Hinterher, beim Essen im Vescio's, deutete Walter den Film als eine Parabel über den Kommunismus im Nachkriegsgriechenland und erklärte Patty, dass die Vereinigten Staaten die politische Unterdrückung dort drüben lange mitgetragen hätten, weil sie auf NATO-Partner in Südosteuropa angewiesen gewesen seien. Der Buchhalter, sagte er, sei eine Jedermann-Figur, die es mit der Zeit als ihre Pflicht erkenne, sich an dem gewaltsamen Kampf gegen die Unterdrückung von rechts zu beteiligen.

Patty trank Wein. «Da bin ich vollkommen anderer Meinung», sagte sie. «Ich glaube, es geht darum, dass der Buchhalter vor lauter Verantwortungsbewusstsein und Ängstlichkeit nie richtig gelebt hat und gar nicht weiß, wozu er eigentlich fähig ist. Er wird überhaupt erst lebendig, als man ihn mit dem Teufel verwechselt. Und obwohl er danach nur noch ein paar Tage weiterlebt, ist es gar nicht so schlimm für ihn zu sterben, weil er endlich etwas mit seinem Leben angestellt und gezeigt hat, was in ihm steckt.»

Walter schien verwundert. «Das wäre dann aber doch ein ziemlich sinnloser Tod», sagte er. «Er hat ja gar nichts erreicht.»

«Aber warum sollte er sonst so gehandelt haben?»

«Aus Solidarität mit der Verbrecherbande, die ihm das Leben gerettet hat. Ihm wird klar, dass er Verantwortung für sie trägt. Sie sind die Benachteiligten, und sie brauchen ihn, also hat er sich ihnen gegenüber loyal verhalten. Er ist aus Loyalität gestorben.»

«Mein Gott», staunte Patty. «Du bist wirklich ein unfassbar anständiger Mensch.»

«So fühlt es sich aber gar nicht an», sagte Walter. «Ich fühle mich manchmal wie der dümmste Mensch auf Erden. Ich *wünschte*, ich könnte betrügen. Ich *wünschte*, ich könnte so völlig selbstbezogen leben wie Richard und versuchen, eine Art Künstler zu sein. Jedenfalls liegt es nicht an meiner Anständigkeit, dass ich das nicht kann. Ich habe einfach nicht das Zeug dazu.»

«Aber der Buchhalter hat auch gedacht, er hätte nicht das Zeug dazu. Er hat sich selbst überrascht!»

«Ja, aber es ist kein realistischer Film. Der Mann in der Zeitung sah nicht nur so aus wie der Schauspieler, er *war* es. Und wenn er sich einfach der Polizei gestellt hätte, dann hätte er am Ende alles aufklären können. Sein Fehler war, dass er weggelaufen ist. Deshalb meine ich, es ist eine Parabel. Eine realistische Geschichte ist das nicht.»

Patty kam sich merkwürdig dabei vor, in Walters Gesellschaft Wein zu trinken, weil Walter Abstinenzler war, aber irgendwie ritt auch sie der Teufel, und im Nu hatte sie eine ganze Menge intus. «Nimm mal deine Brille ab», sagte sie.

«Nein», sagte er. «Dann sehe ich dich nicht mehr.»

«Egal. Ich bin's nur. Patty. Nimm sie ab.»

«Aber ich sehe dich gern! Ich sehe dich so gern an!»

Ihre Blicke trafen sich.

«Möchtest du deshalb mit mir zusammenwohnen?», sagte Patty.

Er wurde rot. «Ja.»

«Dann sollten wir uns deine Wohnung vielleicht mal ansehen, damit ich mich entscheiden kann.»

«Jetzt gleich?»

«Ja.»

«Bist du nicht müde?»

«Nein, bin ich nicht.»

«Wie geht es deinem Knie?»

«Meinem Knie geht es ganz wunderbar, danke.»

Ausnahmsweise dachte sie diesmal nur an Walter. Hätte man sie, während sie sich in der milden, begünstigend lauen Mailuft auf ihren Krücken die 4$^{th}$ Street entlanghangelte, gefragt, ob sie mit halbem Herzen hoffte, Richard in der Wohnung anzutreffen, hätte sie nein gesagt. Sie wollte *jetzt* Sex, und wenn Walter auch nur einen Funken Gespür dafür gehabt hätte, wäre er, als er hinter seiner Wohnungstür Fernsehgeräusche hörte, auf der Stelle wieder umgekehrt und woanders mit ihr hingegangen, ganz egal, wohin, in ihr Zimmer vielleicht, egal. Aber Walter glaubte an die wahre Liebe und scheute sich offenbar, Patty zu berühren, ehe er nicht ganz sicher war, dass seine Gefühle erwidert wurden. Er führte sie geradewegs in seine Wohnung, wo Richard im Wohnzimmer saß, die nackten Füße auf dem Couchtisch, eine Gitarre auf dem Schoß, neben sich auf dem Sofa einen Spiralblock. Er sah einen Kriegsfilm, hatte eine Riesenpepsi in Arbeit und spuckte Tabaksaft in eine leere 800-Gramm-Tomatendose. Ansonsten war das Zimmer ordentlich und sauber.

«Ich dachte, du wärst auf einem Konzert.»

«War scheiße», sagte Richard.

«Du erinnerst dich doch sicher noch an Patty?»

Patty hangelte sich schüchtern ein Stück vor, sodass sie besser zu sehen war. «Hallo, Richard.»

«Patty, die nicht als groß gilt.»

«Genau.»

«Und trotzdem bist du ziemlich groß. Freut mich, dass Walter dich endlich mal hierher gelockt hat. Ich dachte schon, das würde nie passieren.»

«Patty überlegt, den Sommer über hier zu wohnen», sagte Walter.

Richard hob die Augenbrauen. «Ach.»

Er war schlanker, jünger und sexuell anziehender, als sie ihn in Erinnerung gehabt hatte. Und es war schrecklich, wie sie von einer Sekunde auf die andere am liebsten geleugnet hätte, überlegt zu haben, hier mit Walter zu wohnen und in dieser Nacht mit ihm ins Bett zu gehen. Aber dass sie hier stand, ließ sich beim besten Willen nicht leugnen. «Ich suche etwas, das in der Nähe der Sporthalle liegt», sagte sie.

«Klar. Leuchtet ein.»

«Sie würde sich dein Zimmer gern mal ansehen», sagte Walter.

«Ist im Moment ein ziemlicher Saustall.»

«Du sagst das so, als wäre es nicht immer einer», sagte Walter mit einem fröhlichen Lachen.

«Es gibt Zeiten relativer Unsaustallmäßigkeit», sagte Richard. Er schaltete mit einem ausgestreckten Zeh den Fernseher ab. «Wie geht's deiner Freundin Eliza?», fragte er Patty.

«Sie ist nicht mehr meine Freundin.»

«Das habe ich dir doch erzählt», sagte Walter.

«Ich wollte es aus erster Hand hören. Die Tusse hat einen ganz schönen Schaden, was? War ja nicht sofort offensichtlich, aber Mannomann. Später dann schon.»

«Ich habe den gleichen Fehler gemacht», sagte Patty.

«Nur Walter hat die Wahrheit sofort erkannt. Die Wahrheit über Eliza. Kein schlechter Titel übrigens: *The Truth About Eliza*.»

«Mein Vorteil war es, dass sie mich auf den ersten Blick gehasst hat», sagte Walter. «Dadurch konnte ich sie klarer sehen.»

Richard schlug seinen Notizblock zu und spuckte braunen Speichel in die Dose. «Ich lass euch dann mal allein.»

«Woran arbeitest du gerade?», fragte Patty.

«An dem üblichen Scheiß, den sich kein Mensch anhören kann. Ich wollte irgendwas über diese Margaret-Thatcher-Tusse machen. Die neue Premierministerin von England?»

«Tusse ist ziemlich weithergeholt für Margaret Thatcher», sagte Walter. «Matrone trifft es eher.»

«Wie findest du das Wort ‹Tusse›?», fragte Richard Patty.

«Ach, ich bin da nicht so.»

«Walter sagt, ich soll es nicht benutzen. Er findet es abwertend, dabei habe ich die Erfahrung gemacht, dass die Tussen selbst sich gar nicht daran stören.»

«Es klingt, als wärst du aus den Sechzigern», sagte Patty.

«Nach einem Neandertaler klingt es», sagte Walter.

«Die Neandertaler hatten angeblich sehr große Schädel», sagte Richard.

«Genau wie Ochsen», sagte Walter. «Und andere Wiederkäuer.»

Richard lachte.

«Ich wusste nicht, dass außer Baseballspielern heute noch irgendwer Tabak kaut», sagte Patty. «Wie ist das so?»

«Du kannst es gern probieren, wenn dir gerade nach Kotzen zumute ist», sagte Richard und stand auf. «Ich haue jetzt wieder ab. Lass euch allein.»

«Warte, ich möchte es mal probieren», sagte Patty.

«Gar keine gute Idee», sagte Richard.

«Doch, ich möchte es auf jeden Fall probieren.»

Die Stimmung, in der sie sich mit Walter befunden hatte, war rettungslos dahin, und jetzt wollte sie wissen, ob es in ihrer Macht stand, Richard zum Bleiben zu bewegen. Endlich war ihre Chance gekommen, unter Beweis zu stellen, was sie Walter seit dem Abend ihrer ersten Begegnung zu erklären versuchte – dass sie nicht gut genug für ihn war. Außerdem war es natürlich eine Chance für Walter, sich die Brille von der Nase zu reißen, sich teufelsgleich zu benehmen und seinen Rivalen davonzujagen. Aber Walter wollte schon damals nur, dass Patty bekam, was sie wollte.

«Lass sie doch», sagte er.

Sie schenkte ihm ein Lächeln. «Danke, Walter.»

Der Tabak hatte Pfefferminzgeschmack und brannte fürchterlich am Gaumen. Walter brachte ihr einen Kaffeebecher zum Hineinspucken, und dann saß sie wie ein Versuchskaninchen auf dem Sofa, wartete darauf, dass die Wirkung des Nikotins einsetzte, und genoss die Aufmerksamkeit, die ihr zuteilwurde. Aber Walters Aufmerksamkeit war zugleich auf Richard gerichtet, und als ihr Herz zu rasen begann, schoss ihr Elizas Behauptung durch den Kopf, Walter stehe auf seinen Freund; sie erinnerte sich an Elizas Eifersucht.

«Richard ist ganz begeistert von Margaret Thatcher», sagte Walter. «Er meint, dass sie die Exzesse des Kapitalismus verkörpert, die unvermeidlich zu dessen Selbstzerstörung führen werden. Ich vermute mal, er schreibt ein Liebeslied.»

«Du kennst mich wirklich gut», sagte Richard. «Ein Liebeslied für die Lady mit dem toupierten Haar.»

«Wir sind verschiedener Auffassung, was die Wahrscheinlichkeit einer marxistischen Revolution betrifft», erklärte Walter Patty.

«Mm», machte sie, während sie ausspuckte.

«Walter glaubt, der liberale Staat kann sich selbst regulieren», sagte Richard. «Er glaubt, dass das amerikanische Bürgertum freiwillig immer größere Einschränkungen seiner persönlichen Freiheiten hinnehmen wird.»

«Ich habe lauter fabelhafte Ideen für Songs, die Richard unerklärlicherweise alle ablehnt.»

«Der Kraftstoffverbrauch-Song. Der Öffentliche-Verkehrsmittel-Song. Der Staatliche-Krankenversicherungs-Song. Der Babysteuer-Song.»

«Als Inhalt von Rocksongs ist das alles weitgehend Neuland», sagte Walter.

*«Two Kids Good, Four Kids Bad.»*

*«Two Kids Good – No Kids Better.»*

«Ich sehe die Massen schon auf die Straße strömen.»

«Du musst eben unglaublich berühmt werden», sagte Walter. «Dann werden die Leute dir zuhören.»

«Ich schreib's auf meine Erledigungsliste.» Richard wandte sich Patty zu. «Und – wie ist dir so?»

«Mm!», machte sie, während sie den Pfropf in den Kaffeebecher spuckte. «Ich weiß jetzt, wie du das mit dem Kotzen meintest.»

«Nach Möglichkeit nicht auf die Couch.»

«Geht es dir gut?», sagte Walter.

Das Zimmer verschwamm und pulsierte. «Ich begreife nicht, wie du dem was abgewinnen kannst», sagte Patty zu Richard.

«Kann ich aber.»

«Geht es dir gut?», fragte Walter sie erneut.

«Ja. Ich muss nur ganz still sitzen.»

Ihr war in der Tat ziemlich übel. Sie konnte nichts weiter tun, als auf dem Sofa sitzen zu bleiben und Walters und Richards Witzeleien und kleinen Wortgefechten über Musik und Politik zuzuhören. Walter zeigte ihr geradezu enthusiastisch die Traumatics-Single und brachte Richard dazu, beide Seiten auf der Anlage abzuspielen. Der erste Song war «I Hate Sunshine», den sie im Herbst auf dem Konzert gehört hatte; jetzt kam er ihr vor wie das akustische Äquivalent von zu viel Nikotin im Blut. Selbst bei niedriger Lautstärke (Walter, versteht sich, war pathologisch rücksichtsvoll gegenüber den Nachbarn) verursachte er ihr Übelkeit und Beklemmung. Sie spürte Richards Augen auf sich, während sie seinem düsteren Bariton lauschte, und sie wusste, dass sie sich hinsichtlich der Art seiner Blicke bei ihren früheren Begegnungen nicht getäuscht hatte.

Um elf herum konnte Walter das Gähnen nicht mehr unterdrücken.

«Es tut mir so leid», sagte er. «Ich muss dich jetzt nach Hause bringen.»

«Ich komme auch allein klar. Zur Not kann ich mich ja mit meinen Krücken verteidigen.»

«Nein», sagte er. «Wir nehmen Richards Auto.»

«Nein, du Armer musst schlafen. Vielleicht kann Richard mich fahren. Würdest du das machen?», fragte sie ihn.

Walter schloss die Augen und seufzte kläglich, als würde das seine Kräfte übersteigen.

«Klar», sagte Richard. «Ich fahre dich.»

«Sie muss sich erst noch dein Zimmer ansehen», sagte Walter mit weiterhin geschlossenen Augen.

«Nur zu», sagte Richard. «Sein Zustand spricht für sich.»

«Nein, ich möchte eine Führung», sagte Patty und blickte ihn herausfordernd an.

Die Wände und die Decke des Raums waren schwarz gestrichen, und die punkige Unordnung, die im Wohnzimmer dank Walters Einfluss gebändigt worden war, kam hier mit aller Macht zum Ausbruch. LPs und LP-Hüllen, wo man auch hinsah, dazu mehrere Spucknäpfe, eine weitere Gitarre, überquellende Bücherregale, ein Durcheinander von Socken und Unterhosen und zerwühlte dunkle Bettwäsche, die die interessante und nicht unangenehme Vorstellung heraufbeschwor, dass Eliza darin kräftig radiert worden war.

«Schöne, fröhliche Farbgebung!», sagte Patty.

Walter gähnte wieder. «Ich werd's natürlich neu streichen.»

«Es sei denn, Patty hat es gern schwarz», sagte Richard vom Türrahmen aus.

«Über Schwarz habe ich noch nie nachgedacht», sagte Patty. «Schwarz ist interessant.»

«Sehr beruhigende Farbe, finde ich», sagte Richard.

«Und du ziehst also nach New York», sagte sie.

«Ja.»

«Nicht schlecht. Wann?»

«In zwei Wochen.»

«Ach, genau zu der Zeit bin ich auch dort. Zur silbernen Hochzeit meiner Eltern. Da ist irgendeine grausige Veranstaltung geplant.»

«Du kommst aus New York?»

«Westchester County.»

«Wie ich. Aber wahrscheinlich aus einer anderen Gegend.»

«Na ja, aus einem Vorort.»

«Garantiert aus einer anderen Gegend als Yonkers.»

«Yonkers habe ich ganz oft vom Zug aus gesehen.»

«Genau das meine ich.»

«Fährst du mit dem Auto nach New York?», sagte Patty.

«Wieso?», sagte Richard. «Brauchst du eine Mitfahrgelegenheit?»

«Hm, vielleicht! Hast du eine anzubieten?»

Er schüttelte den Kopf. «Muss ich erst drüber nachdenken.»

Dem armen Walter fielen die Augen zu; er war buchstäblich blind für diese Unterhandlung. Patty selbst war vor schlechtem Gewissen und Verwirrung ganz kurzatmig und hangelte sich auf ihren Krücken flink zur Wohnungstür, von wo sie ihm, aus der Ferne, einen Dank für den Abend zurief.

«Es tut mir leid, dass ich so müde geworden bin», sagte er. «Bist du sicher, dass ich dich nicht nach Hause fahren soll?»

«Ich mach das schon», sagte Richard. «Du gehst ins Bett.»

Walter sah wirklich jammervoll aus, aber das lag vielleicht auch nur an seiner Erschöpfung. Draußen auf der Straße, in der begünstigend lauen Luft, gingen Patty und Richard schweigend nebeneinanderher, bis sie an seinem rostigen Impala ankamen. Richard schien bemüht, sie nicht zu berühren, während sie sich ohne seine Hilfe in den Wagen setzte und ihm ihre Krücken herausreichte.

«Ich hatte einen Bus erwartet», sagte sie, als er dann neben ihr saß. «Ich dachte, alle Bands hätten Busse.»

«Den Bus hat Herrera. Das hier ist mein privates Transportmittel.»

«Und hiermit würde ich nach New York fahren.»

«Ja, pass auf.» Er steckte den Schlüssel ins Zündschloss. «Du musst jetzt mal Nägel mit Köpfen machen. Weißt du, was ich meine? Das ist sonst Walter gegenüber nicht fair.»

Sie blickte starr geradeaus durch die Windschutzscheibe. «Was ist nicht fair?»

«Ihm Hoffnung zu machen. Ihn hinzuhalten.»

«Und du meinst, das tue ich?»

«Er ist ein außergewöhnlicher Mensch. Sehr, sehr ernsthaft. Du musst schon ein bisschen behutsam mit ihm umgehen.»

«Ich weiß», sagte sie. «Das brauchst du mir nicht zu sagen.»

«Und warum bist du dann zu uns gekommen? Ich hatte den Eindruck –»

«Ja? Was hattest du für einen Eindruck?»

«Ich hatte den Eindruck, dass ich gestört habe. Aber als ich dann einen Abgang machen wollte –»

«Mann, du bist ja *wirklich* ein Arsch.»

Richard nickte, als wäre es ihm herzlich egal, was sie von ihm hielt, oder als hätte er bescheuerte Frauen, die bescheuerte Sachen zu ihm sagten, satt. «Als ich einen Abgang machen wollte», sagte er, «hast du den Wink einfach ignoriert. Kein Problem, das ist deine Sache, aber dir sollte schon klar sein, dass du Walter irgendwie das Herz brichst.»

«Darüber möchte ich nun wirklich nicht mit dir reden.»

«Schön. Dann lassen wir's. Aber du verbringst doch viel Zeit mit ihm, stimmt's? Praktisch jeden Tag, stimmt's? Seit Wochen und Wochen.»

«Wir sind Freunde. Klar machen wir viel zusammen.»

«Nett. Und du kennst die Lage in Hibbing.»

«Ja. Seine Mutter braucht Hilfe im Motel.»

Richard lächelte auf eine unangenehme Art. «Das ist alles, was du weißt?»

«Na ja, und dass es seinem Vater nicht gutgeht und dass seine Brüder rein gar nichts tun.»

«Das hat er dir also erzählt. Mehr weißt du nicht.»

«Sein Vater hat Emphyseme. Und seine Mutter irgendwelche Gebrechen.»

«Und er arbeitet fünfundzwanzig Stunden die Woche auf dem Bau und fährt ständig Bestnoten an der juristischen Fakultät ein. Und trotzdem ist er jeden Tag zur Stelle und hat alle Zeit der Welt, um was mit dir zu unternehmen. Wie schön für dich, dass er so viel Zeit hat. Aber du bist ja auch eine gutaussehende Tusse, du hast es verdient, stimmt's? Und dann hast du auch noch diese schreckliche Verletzung. Das *und* das gute Aussehen: das gibt dir das Recht, ihm nicht mal Fragen zu stellen.»

Patty kochte, so unfair fühlte sie sich behandelt. «Weißt du», sagte sie mit stockender Stimme, «er redet davon, was für ein Arsch du Frauen gegenüber bist. Davon redet er.»

Das schien Richard nicht im Geringsten zu interessieren. «Ich versuche das alles nur damit zusammenzubringen, dass du mit Klein-Eliza so dicke warst», sagte er. «Was mir jetzt schon eher einleuchtet. Als ich dich das erste Mal gesehen habe, war das anders. Da kamst du mir wie ein nettes Mädchen aus der Vorstadt vor.»

«Dann bin ich also auch ein Arsch. Ist es das, was du mir damit sagen willst? Ich bin ein Arsch, und du bist ein Arsch.»

«Klar. Wie du meinst. Ich bin nicht okay, du bist nicht okay. Egal. Ich bitte dich nur, Walter gegenüber kein Arsch zu sein.»

«Das bin ich doch gar nicht!»

«Ich sage dir nur, was ich sehe.»

«Tja, da siehst du wohl irgendwas falsch. Ich habe Walter wirklich gern. Er bedeutet mir viel.»

«Und trotzdem scheinst du keine Ahnung zu haben, dass sein Vater bald an Leberzirrhose sterben wird und sein älterer Bruder wegen grob rücksichtslosen Fahrens im Gefängnis sitzt und der andere Bruder seinen ganzen Sold dafür ausgibt, die Raten für seine alte Corvette abzuzahlen. Und dass Walter im Durchschnitt ungefähr vier Stunden pro Nacht schläft, während du einfach so mit ihm befreundet bist und Sachen mit ihm unternimmst, nur damit du zu uns kommen und mit mir flirten kannst.»

Patty wurde ganz still.

«Das wusste ich tatsächlich nicht alles», sagte sie nach einer Weile. «Nicht so genau. Aber wenn du ein Problem damit hast, dass jemand mit dir flirtet, solltest du nicht mit Walter befreundet sein.»

«Ach so. Es ist meine Schuld. Verstehe.»

«Na ja, tut mir leid, aber irgendwie schon.»

«Mein Plädoyer ist abgeschlossen», sagte Richard. «Du musst erst mal Ordnung in deinem Kopf schaffen.»

«Das weiß ich selbst», sagte Patty. «Aber ein Arsch bist du trotzdem.»

«Pass auf, ich nehme dich mit nach New York, wenn es das ist, was du willst. Zwei Ärsche unterwegs. Könnte lustig werden. Aber wenn du das wirklich willst, dann tu mir einen Gefallen und hör auf, Walter zappeln zu lassen.»

«Gut. Bitte bring mich jetzt nach Hause.»

Vielleicht war das Nikotin daran schuld, dass sie die ganze Nacht wach lag und den Abend in Gedanken immer wieder durchspielte, um Ordnung in ihrem Kopf zu schaffen, wie Richard es von ihr gefordert hatte. Aber es war ein sonderbares geistiges Kabuki, denn bei allem permanenten Kreisen um die Frage, was für ein Mensch sie war und wie ihr Leben einmal aussehen würde, stand doch eines in ihrem Innersten unabänderlich fest: Sie wollte diese Autotour mit Richard machen, mehr noch, sie würde sie machen. Die traurige

Wahrheit war die, dass ihr Gespräch im Auto ungemein aufregend und erleichternd für sie gewesen war – aufregend, weil sie Richard so aufregend fand, und erleichternd, weil sie sich, nachdem sie monatelang jemand zu sein versucht hatte, der sie nicht oder zumindest nicht gänzlich war, endlich gefühlt und auch geklungen hatte wie sie selbst, ohne alle Verstellung. Und deshalb wusste sie, dass sie eine Möglichkeit finden würde, mit ihm mitzufahren. Sie musste nur noch ihr schlechtes Gewissen gegenüber Walter und ihren Kummer bezwingen, dass sie nicht der Mensch war, den sie beide so gern in ihr gesehen hätten. Wie richtig er damit gelegen hatte, es langsam mit ihr angehen zu lassen! Wie gut er über ihren zweifelhaften Charakter im Bilde war! Wenn sie bedachte, wie richtig und gut er sie einschätzte, wurden ihr Bedauern und ihr schlechtes Gewissen, ihn enttäuschen zu müssen, nur umso größer, und schon drehte sie weitere Runden auf dem Karussell der Unentschlossenheit.

Und dann hörte sie fast eine Woche lang nichts von ihm. Sie vermutete, dass er auf Richards Rat hin Abstand wahrte – dass Richard ihm einen frauenfeindlichen Vortrag über weibliche Untreue und die Notwendigkeit, seine Gefühle besser zu schützen, gehalten hatte. In ihrer Vorstellung war das ein großer Freundschaftsdienst und zugleich eine Gemeinheit von Richard, weil es für Walter schrecklich desillusionierend gewesen sein musste. Sie konnte nicht aufhören, daran zu denken, wie er große Pflanzen in Bussen für sie transportiert hatte, an seine weihnachtssternroten Wangen. Sie dachte an die Abende im Aufenthaltsraum ihres Wohnheims zurück, an denen er der Flurschlaftablette Suzanne Storrs ins Netz gegangen war, die ihre Haare seitlich, knapp oberhalb eines Ohrs, scheitelte und quer über den Kopf kämmte, und geduldig ihrem monotonen, sauertöpfischen Geschwafel über das Abnehmen und die Härten der Inflation und ihr überheiztes Wohnheimzimmer und ihre allumfassende Unzufriedenheit mit der Verwaltung und dem Lehrkörper der Universität zugehört hatte, während Patty, Cathy und ihre anderen Freundinnen sich bei *Fantasy Island* bestens amüsierten: wie Patty sich, wegen ihres Knies angeblich außer Gefecht gesetzt, geweigert hatte, aufzustehen und ihn von Suzanne zu erlösen, weil sie fürchtete, dass Suzanne dann alle anderen mit ihrer Langweiligkeit behelligen würde, und wie Walter, der durchaus imstande gewesen war, sich zusammen mit Patty über Suzanne lustig zu machen, und ganz bestimmt daran dachte, was er noch alles zu tun hatte und dass er am nächsten Morgen früh aufstehen musste, sich trotzdem an anderen Abenden erneut von ihr in die Falle locken ließ, weil Suzanne einen Narren an ihm gefressen hatte und sie ihm leidtat.

Es genügt wohl zu sagen, dass Patty sich nicht recht dazu aufraffen konnte, Nägel mit Köpfen zu machen. Sie sprachen erst wieder miteinander, als Walter sie aus Hibbing anrief, um sich für sein Schweigen zu entschuldigen und ihr mitzuteilen, dass sein Vater im Koma lag.

«Ach, Walter, du fehlst mir!», rief sie aus, dabei war das nun *genau* so ein Satz, den nicht zu sagen Richard sie beschworen hätte.

«Du fehlst mir auch!»

Sie besann sich darauf, ihn genauer nach dem Zustand seines Vaters zu fragen, obwohl es nur dann sinnvoll war, eine gute Fragenstellerin zu sein, wenn sie die Absicht hatte, bei ihm am Ball zu bleiben. Walter erzählte von Leberversagen, Lungenödemen, einer beschissenen Prognose.

«Das tut mir so leid», sagte sie. «Aber hör mal. Was das Zimmer angeht –»

«Ach, du brauchst dich nicht jetzt zu entscheiden.»

«Nein, aber du brauchst eine Antwort. Wenn du es an jemand anderen vermieten willst –»

«Lieber würde ich es an dich vermieten!»

«Na gut, und vielleicht nehme ich es ja auch, aber ich muss nächste Woche nach Hause und überlege, bei Richard mitzufahren. Er will zur selben Zeit nach New York wie ich.»

Eventuelle Zweifel, dass Walter womöglich nicht begreifen würde, worum es hier ging, wurden von seinem plötzlichen Schweigen zerstreut.

«Hast du nicht schon ein Flugticket?», sagte er dann.

«Es ist eins von der Sorte, die man voll zurückerstattet bekommt», log sie.

«Das ist gut», sagte er. «Aber, weißt du, Richard ist nicht besonders zuverlässig.»

«Schon klar», sagte sie. «Du hast ja recht. Ich dachte nur, ich könnte ein bisschen Geld sparen und es dann in die Miete stecken.» (Eine Verschlimmerung der Lüge. Das Ticket hatten ihre Eltern gekauft.) «Egal, was passiert, ich zahle auf jeden Fall die Miete für Juni.»

«Das ist doch unsinnig, wenn du da gar nicht einziehst.»

«Ach, wahrscheinlich tue ich das ja. Ich bin mir nur noch nicht ganz sicher.»

«Ah.»

«Ich möchte schon, ich bin mir nur nicht ganz sicher. Also, wenn du einen anderen Mieter findest, solltest du ihn wahrscheinlich nehmen. Aber ich zahle auf jeden Fall für Juni.»

Walter schwieg erneut, bevor er, offenkundig mutlos geworden, sagte, er müsse jetzt auflegen.

Davon angespornt, dass sie dieses schwierige Gespräch über die Bühne gebracht hatte, rief sie Richard an und versicherte ihm, sie habe das Nägel-mit-Köpfen-Machen erledigt, woraufhin Richard sagte, dass sein Abfahrtstermin noch nicht ganz feststehe und es da außerdem ein paar Konzerte in Chicago gebe, die er auf der Durchreise gern mitnehmen würde.

«Solange ich spätestens nächsten Samstag in New York bin», sagte Patty.

«Stimmt, die Silberhochzeit. Wo findet die statt?»

«Im Mohonk Mountain House, aber ich muss nur irgendwie nach Westchester kommen.»

«Mal sehen, was sich machen lässt.»

Eine längere Autotour mit einem Mann am Steuer zu unternehmen, dem man, wie vielleicht alle Frauen, auf den Wecker fällt, ist nicht so lustig, aber das begriff Patty erst, nachdem sie es ausprobiert hatte. Die Probleme begannen mit dem Abfahrtstermin, der ihretwegen vorverlegt werden musste. Dann gab es eine Verzögerung, weil irgendetwas an Herreras Bus kaputt war, und da Richard in Chigaco bei Freunden von Herrera übernachten wollte und Patty dabei gar nicht eingeplant war, versprach es auch an dieser Front Unannehmlichkeiten zu geben. Patty war im Übrigen nicht besonders gut darin, Entfernungen zu berechnen, und als Richard sie mit drei Stunden Verspätung abholte und sie erst am frühen Abend in Minneapolis aufbrachen, machte sie sich nicht klar, wie spät sie in Chicago ankommen würden und wie wichtig es deshalb war, auf der I-94 Strecke zu machen. Es war ja nicht *ihre* Schuld, dass sie so spät losgefahren waren. Sie fand es nicht übertrieben, ihn in der Nähe von Eau Claire zu bitten, kurz anzuhalten, damit sie aufs Klo gehen könne, und eine Stunde später, in der Nähe von gar nichts, zu verkünden, sie würde gern etwas essen. Dies war ihre Autotour, und sie hatte die Absicht, sie zu genießen! Aber die Rückbank war voller Ausrüstung, die Richard nicht aus den Augen zu lassen wagte, und seine eigenen elementaren Bedürfnisse waren durch seinen Kautabak hinlänglich befriedigt (er hatte einen großen Spucknapf vor sich auf dem Boden stehen), und obgleich er sich nicht ausdrücklich beklagte, wie sehr ihre Krücken alles, was sie tat, verlangsamten und erschwerten, sagte er Patty auch nicht, dass das schon in Ordnung sei und sie sich ruhig Zeit lassen solle. Und auf dem ganzen Weg durch Wisconsin, jede einzelne Minute davon, spürte sie, seiner Kurzangebundenheit und seines kaum verhohlenen Ärgers über ihre vollkommen nachvollziehbaren menschlichen Bedürfnisse zum Trotz, den beinahe physischen Druck, der von seinem Interesse am *Vögeln* herrührte, und auch das war der Stimmung im Auto nicht gerade zuträglich. Nicht, dass sie nicht stark von ihm angezogen gewesen wäre. Aber sie brauchte ein Mindestmaß an Zeit und Raum zum Atmen, und selbst unter Berücksichtigung ihrer damaligen Jugend und Unerfahrenheit ist es der Autobiographin peinlich zu berichten, dass sie sich diese Zeit und diesen Raum erkaufte, indem sie das Gespräch, widersinnig genug, auf Walter lenkte.

Zuerst wollte Richard nicht über ihn sprechen, aber als sie ihn schließlich so weit hatte, erfuhr sie eine ganze Menge über Walters Collegejahre. Über die Symposien, die er organisiert hatte – zum Thema Überbevölkerung, zum Thema Reform des Wahlmänner-Gremiums – und zu denen so gut wie keine Studenten erschienen waren. Über die wegweisende New-Wave-Musiksendung, die er vier Jahre lang im Campusradio moderiert hatte. Über seine Unterschriftenaktion für besser isolierte Fenster in den Studentenwohnheimen des Macalester. Über seine Leitartikel für die Collegezeitung bezüglich der Essenstabletts zum Beispiel, mit denen er es, während er am Geschirrförderband jobbte, zu tun bekam: dass er ausgerechnet hatte, wie viele Familien in St. Paul von den Resten eines einzigen Abends ernährt werden könnten, und seinen Kommilitonen zu Bewusstsein bringen wollte, dass sie anderen Menschen Arbeit machten, wenn sie ihre Erdnussbutter überallhin schmierten, und sich philosophisch mit der Angewohnheit seiner Kommilitonen auseinandersetzte, dreimal so viel Milch wie nötig über ihre Cornflakes zu gießen und dann randvolle Schüsseln nicht mehr brauchbarer Milch auf ihren Tabletts stehen zu lassen – glaubten sie denn, Milch sei ein kostenloses und unerschöpfliches Gut wie Wasser und habe, ökologisch betrachtet, nicht den geringsten Pferdefuß? Richard erzählte all dies in dem gleichen Beschützerton, den er Patty gegenüber schon zwei Wochen zuvor angeschlagen hatte, einem Ton eigenartig zärtlichen Bedauerns Walters wegen, so, als spürte er selbst den Schmerz, den Walter sich zuzog, indem er sich die Hörner an harten Realitäten wund stieß.

«Hatte er Freundinnen?», fragte Patty.

«Er hat sich immer in die Falschen verliebt», sagte Richard. «Die Unerreichbaren. Die schon einen Freund hatten. Die künstlerisch Veranlagten, die in anderen Kreisen verkehrten. Es gab da eine Studentin im zweiten Studienjahr, über die er die ganze letzte Zeit am College nicht hinweggekommen ist. Er hat ihr seinen Freitagabend-Sendeplatz im Radio abgetreten und dafür einen Dienstagnachmittag genommen. Ich hab's zu spät mitgekriegt, um es zu verhindern. Er hat ihre Referate umgeschrieben, sie in Konzerte geschleppt. Es war grässlich mitanzusehen, wie sie mit ihm umgesprungen ist. Sie tauchte immer zur Unzeit bei uns im Zimmer auf.»

«Komisch», sagte Patty. «Woran das wohl lag.»

«Er hört nie auf meine Warnungen. Kann ein fürchterlicher Sturkopf sein. Und was man nicht unbedingt bei ihm vermuten würde: Aussehen ist ihm wichtig. Hübsches Gesicht, gute Figur. Da entwickelt er richtigen Ehrgeiz. Was ihm auf dem College keine glücklichen Zeiten beschert hat.»

«Und diese Studentin, die andauernd bei euch im Zimmer aufgetaucht ist, wie fandst du die?»

«Ich fand's nicht gut, wie sie mit Walter umging.»

«Das ist irgendwie ein Tick von dir, oder?»

«Sie hatte einen beschissenen Geschmack und einen Freitagabend-Sendeplatz. Irgendwann gab es nur noch einen Weg, ihm klarzumachen, mit was für einer Tusse er sich da abgab.»

«Ach so, du hast ihm also einen Gefallen getan. Klar.»

«Die Welt ist voller Moralisten.»

«Nein, im Ernst, ich verstehe schon, warum du uns nicht respektieren kannst. Wenn du Jahr für Jahr für Jahr immer wieder Mädchen kennenlernst, die wollen, dass du deinen besten Freund betrügst. Das bringt dich natürlich in eine seltsame Lage.»

«Dich respektiere ich», sagte Richard.

«Hahaha.»

«Du hast was im Kopf. Ich hätte nichts dagegen, wenn wir uns im Sommer wiedersehen würden, falls du Lust hast, es mal mit New York zu versuchen.»

«Das erscheint mir nicht sehr praktikabel.»

«Ich sage ja auch nur, es wäre schön.»

Sie hatte ungefähr drei Stunden, um sich dieser Phantasie hinzugeben – auf die Rücklichter der Autos starrend, die in einem fort der großen Metropole entgegenrasten, fragte sie sich, wie es wohl wäre, Richards Tusse zu sein, fragte sich, ob es einer Frau, die er respektierte, vielleicht gelingen würde, ihn zu ändern, stellte sich vor, nie wieder nach Minnesota zurückzukehren, versuchte die Wohnung vor sich zu sehen, die sie vielleicht für sich finden würden, genoss den Gedanken, Richard auf ihre geringschätzige mittlere Schwester loszulassen, malte sich die Fassungslosigkeit ihrer Familie aus, wenn sie sähe, wie cool sie geworden war, stellte sich ihr nächtliches Radiertwerden vor –, ehe sie in der Wirklichkeit von Chicagos South Side ankamen. Es war zwei Uhr morgens, und Richard konnte das Wohnhaus von Herreras Freunden nicht finden. Immer wieder versperrten ihnen Rangiergleise und ein dunkler, geisterhafter Fluss den Weg. Die Straßen waren verwaist, abgesehen von Schwarztaxis und dem einen oder anderen *furchteinflößenden farbigen Jugendlichen*, über die man in der Zeitung las.

«Eine Karte wäre vielleicht hilfreich gewesen», sagte Patty.

«Es ist eine Nummernstraße. Dürfte nicht so schwierig sein.»

Herreras Freunde waren Künstler. Das Gebäude, in dem sie wohnten und das Richard schließlich mit der Hilfe eines Taxifahrers ausfindig machte, sah aus, als stünde es leer. Es gab eine Klingel, die an zwei Drähten baumelte und erstaunlicherweise funktionierte. Irgendjemand schob hinter einem der Fenster ein Stück Stoff beiseite und kam dann herunter, um sich bei Richard zu beschweren.

«Tut mir leid, Mann», sagte Richard. «Wir sind aufgehalten worden, war nicht zu ändern. Wir müssen hier bloß für ein paar Nächte pennen.»

Der Künstler trug billige, schlabberige Unterhosen. «Wir haben heute angefangen, das Zimmer zu isolieren», sagte er. «Es ist ziemlich feucht. Herrera hatte doch irgendwas vom Wochenende gesagt?»

«Hat er euch nicht gestern angerufen?»

«Doch. Ich hab ihm klargemacht, dass das freie Zimmer im Moment ein totaler Saustall ist.»

«Kein Problem. Wir sind für alles dankbar. Ich muss noch Zeug aus dem Auto holen.»

Da Patty nicht in der Lage war, irgendetwas zu tragen, bewachte sie das Auto, während Richard es nach und nach ausräumte. In dem Zimmer, das man ihnen zur Verfügung stellte, roch es durchdringend nach etwas, das sie, jung, wie sie war, weder als Trockenbauspachtel identifizieren noch anheimelnd und tröstlich finden konnte. Licht kam nur von einer grellen Aluminiumleuchte, die an einer mit Spachtelmasse bekleckerten Leiter klemmte.

«Mannomann», sagte Richard. «Lassen die den Trockenbau hier von Schimpansen machen, oder was?»

Unter einem staubigen, ebenfalls mit Spachtelmasse gesprenkelten Haufen Abdeckplanen lag eine nackte, rostfleckige Doppelbettmatratze.

«Entspricht nicht ganz deinen gewohnten Sheraton-Maßstäben, nehm ich mal an», sagte Richard.

«Gibt es auch Bettzeug?», sagte Patty zaghaft.

Er stöberte im Gemeinschaftsraum der Wohnung herum und kam mit einer Wolldecke, einem indischen Bettüberwurf und einem Samtkissen zurück. «Du schläfst hier», sagte er. «Drüben ist eine Couch, die kann ich nehmen.»

Sie warf ihm einen fragenden Blick zu.

«Es ist spät», sagte er. «Du musst schlafen.»

«Bist du sicher? Hier ist Platz genug. Eine Couch ist doch bestimmt zu kurz für dich.»

Sie konnte kaum noch aus den Augen gucken, aber sie wollte ihn und hatte auch die nötige Ausrüstung dabei, und ihr Instinkt sagte ihr, dass sie es besser gleich über die Bühne brachte, damit es ein für alle Mal in den Büchern stand, bevor sie Zeit haben würde, zu viel darüber nachzudenken und es sich anders zu überlegen. Und es sollte Jahre, ja fast ein halbes Leben dauern, bis sie den Grund erfuhr, den ziemlich verwirrenden Grund, warum Richard sich in jener Nacht plötzlich wie ein Gentleman verhielt. Damals, auf der spachtelfeuchten Baustelle, konnte sie nur annehmen, dass sie sich irgendwie in ihm getäuscht oder ihm die Lust ausgetrieben hatte, weil sie ihm so auf den Wecker gefallen und beim Tragen seines Zeugs nicht zu gebrauchen gewesen war.

«Da draußen ist so was Ähnliches wie ein Bad», sagte er. «Vielleicht hast du mehr Glück als ich und findest einen Lichtschalter.»

Sie warf ihm einen verlangenden Blick zu, von dem er sich rasch, entschlossen, abwandte. Das Überraschende daran und der Stich, den es ihr versetzte, die Anstrengung der Fahrt, die Strapazen der Ankunft, die Trostlosigkeit des Zimmers: Sie löschte das Licht, legte sich in ihren Kleidern auf die Matratze und weinte lange und möglichst unhörbar, bis ihre Enttäuschung sich in Schlaf auflöste.

Am nächsten Morgen, nachdem sie um sechs Uhr von grausamem Licht geweckt und danach zunehmend sauer geworden war, weil sie stundenlang warten musste, bis sich irgendwer sonst in der Wohnung regte, fiel sie ihm tatsächlich auf den Wecker. Der ganze Tag war in puncto Umgänglichkeit so etwas wie ein Tiefpunkt ihres Lebens. Herreras Freunde waren grobschlächtige Kerle, die dafür sorgten, dass sie sich winzig klein fühlte, weil sie ihre hippen kulturellen Anspielungen nicht verstand. Sie gaben ihr drei kurze Chancen, sich zu beweisen, woraufhin sie sie gnadenlos ignorierten und dann zu Pattys Erleichterung zusammen mit Richard die Wohnung verließen, der kurze Zeit später mit einer Schachtel Doughnuts zum Frühstück allein zurückkam.

«Ich nehme mir heute das Zimmer vor», sagte er. «Macht mich krank, was die hier für einen Scheiß fabrizieren. Willst du nicht vielleicht ein bisschen schmirgeln?»

«Ich dachte eigentlich, wir könnten an den See fahren oder so was. Ich meine, es ist so heiß hier drinnen. Oder vielleicht in ein Museum gehen?»

Er sah sie ernst an. «Du willst ins Museum.»

«Nur um mal rauszukommen und was von Chicago zu sehen.»

«Das können wir später noch machen. Magazine spielt heute Abend. Kennst du Magazine?»

«Ich kenne gar nichts. Ist das nicht deutlich geworden?»

«Du bist schlecht gelaunt. Du willst hier weg.»

«Ich will gar nichts.»

«Wenn wir das Zimmer fertig kriegen, schläfst du heute Nacht besser.»

«Ist mir egal. Zum Schmirgeln habe ich jedenfalls keine Lust.»

Der Küchenbereich war ein widerlicher, völlig verdreckter Schweinestall, in dem es roch wie ein geistiges Übel. Sie setzte sich auf die Couch, auf der Richard geschlafen hatte, und versuchte, eins der Bücher zu lesen, die sie in der Hoffnung, ihn damit zu beeindrucken, mitgebracht hatte, einen Hemingway-Roman, auf den sie sich wegen der Hitze und des Geruchs und ihrer Müdigkeit und des Kloßes in ihrem Hals und der Magazine-Alben, die Richard hörte, allerdings unmöglich konzentrieren konnte. Als ihr so heiß geworden war, dass sie es einfach nicht mehr aushielt, ging sie in das Zimmer, in dem er inzwischen die Wände verputzte, und sagte ihm, sie werde jetzt ein bisschen spazieren gehen.

Er trug kein Hemd, und seine Brustbehaarung lag unter dem herunterlaufenden Schweiß glatt an. «Kein so gutes Viertel dafür», sagte er.

«Vielleicht kommst du ja mit.»

«Gib mir noch eine Stunde.»

«Nein, vergiss es», sagte sie, «dann gehe ich allein. Haben wir einen Wohnungsschlüssel?»

«Du willst wirklich mit deinen Krücken allein da draußen rumlaufen?»

«Ja, es sei denn, du kommst mit.»

«Was ich, wie gesagt, in einer Stunde tun würde.»

«Ich habe aber keine Lust, eine Stunde zu warten.»

«Wenn das so ist», sagte Richard. «Der Schlüssel liegt auf dem Küchentisch.»

«Warum bist du so gemein zu mir?»

Er schloss die Augen und schien stumm bis zehn zu zählen. Es war mit Händen zu greifen, wie wenig er Frauen und das, was sie so sagten, leiden konnte.

«Warum stellst du dich nicht unter die kalte Dusche», sagte er, «und wartest dann, bis ich hier fertig bin.»

«Also, gestern hatte ich eine Zeitlang das Gefühl, dass du mich magst.»

«Ich mag dich auch. Ich bin nur mitten bei der Arbeit.»

«Na schön», sagte sie. «Dann arbeite.»

Auf den Straßen, in der Nachmittagssonne, war es noch heißer als in der Wohnung. Während Patty sich in beachtlichem Tempo voranschwang, versuchte sie, nicht zu offensichtlich zu weinen und gleichzeitig so zu tun, als wüsste sie genau, wohin sie wollte. Der Fluss, den sie nach einer Weile erreichte, schien ihr gutartiger als in der Nacht zuvor, er sah bloß algenreich und verschmutzt aus, nicht böse und gefräßig. Am anderen Ufer lag ein mexikanisches Viertel, das für irgendeinen unmittelbar bevorstehenden oder zurückliegenden mexikanischen Feiertag geschmückt war, oder vielleicht war es auch einfach dauerhaft geschmückt. Sie fand eine klimatisierte Taqueria, in der sie zwar begafft, aber nicht belästigt wurde und wo sie sitzen und Cola trinken und sich in ihrem Mädchenelend suhlen konnte. Körperlich verlangte es sie sehr nach Richard, aber ansonsten war ihr klar, dass sie mit dieser Fahrt einen *Fehler* gemacht hatte: dass alles, was sie sich von Richard und Chicago erhofft hatte, eine dicke, fette Kopfgeburt gewesen war. Sätze, die sie aus dem Spanischunterricht an der Highschool kannte, *lo siento* und *hace mucho calor* und *¿qué quiere la señora?*, drangen hier und da aus dem Stimmengewirr an ihr Ohr. Sie fasste sich ein Herz und bestellte drei Tacos und verdrückte sie, während sie durch die Fenster unzählige Busse vorbeifahren sah, die alle einen Schweif aus schimmerndem Dreck hinter sich herzogen. Die Zeit verging auf eine eigenartige Weise, eine Wahrnehmung, in der die Autobiographin heute, dank ihrer inzwischen ziemlich reichen Erfahrung mit totgeschlagenen Nachmittagen, ein Zeichen der *Depressivität* erkennen kann (endlos und zugleich schwindelerregend schnell; übervoll von Sekunde zu Sekunde, von Stunde zu Stunde inhaltsleer), doch irgendwann, als der Werktag vorbei war, kamen Gruppen junger Arbeiter herein und begannen, ihr zu viel Aufmerksamkeit zu schenken, indem sie zu viel über ihre *muletas* sprachen, und da musste sie gehen.

Als sie ihren Weg wieder ganz zurückverfolgt hatte, war die Sonne eine orangefarbene Kugel am Ende der von Ost nach West verlaufenden Straßen. Es war, wie sie sich jetzt eingestand, ihre Absicht gewesen, so lange wegzubleiben, dass Richard sich große Sorgen um sie machen würde, und das schien ihr gründlich misslungen zu sein. Niemand war in der Wohnung. Die Wände ihres Zimmers waren so gut wie fertig, der Boden war sauber gefegt, das Bett ordentlich gemacht, mit richtigem Bettzeug und Kissen. Auf dem indischen Bettüberwurf lag eine Nachricht von Richard, in mikroskopisch kleinen Großbuchstaben, der sie die Adresse eines Clubs entnahm und eine Beschreibung, wie sie mit der L dorthin kam. Am Schluss stand da noch: WARNUNG: ICH MUSSTE UNSERE GASTGEBER MITNEHMEN.

Bevor sie eine Entscheidung fällte, ob sie sich auf den Weg machen sollte oder nicht, legte Patty sich hin, um kurz zu schlafen, und wurde viele Stunden später davon geweckt, dass Herreras Freunde zurückkehrten. Völlig desorientiert hüpfte sie auf einem Bein ins Gemeinschaftszimmer und erfuhr von dem Unangenehmsten der Truppe, dem Unterhosenträger vom Abend zuvor, dass Richard mit ein paar anderen weitergezogen sei und Patty ausrichten lasse, sie solle nicht auf ihn warten – er werde auf jeden Fall rechtzeitig wieder da sein, um sie nach New York zu bringen.

«Wie spät ist es jetzt?», sagte sie.

«Ungefähr eins.»

«Ein Uhr morgens?»

Herreras Freund grinste sie höhnisch an. «Nein, es herrscht eine totale Sonnenfinsternis.»

«Und wo ist Richard?»

«Der ist mit ein paar Mädchen losgezogen. Wohin, hat er nicht gesagt.»

Wie schon erwähnt, war Patty schlecht im Berechnen von Entfernungen. Um rechtzeitig in Westchester zu sein und gemeinsam mit ihrer Familie zum Mohonk Mountain House zu fahren, hätten sie und Richard an diesem Morgen um fünf Uhr in Chicago aufbrechen müssen. Sie schlief weitaus länger, und als sie aufwachte, war draußen trübes, stürmisches Wetter, eine andere Stadt, eine andere Jahreszeit. Von Richard immer noch keine Spur. Sie aß altbackene

Doughnuts und blätterte ein bisschen im Hemingway, bis es elf war und selbst sie begriff, dass die Rechnung nicht aufgehen würde.

Also schluckte sie die bittere Pille und rief, per R-Gespräch, ihre Eltern an.

«Chicago!», sagte Joyce. «Nicht zu fassen. Bist du in der Nähe eines Flughafens? Kannst du einen Flieger nehmen? Wir hatten dich längst erwartet. Daddy möchte möglichst früh losfahren, wegen des ganzen Wochenendverkehrs.»

«Ich habe Mist gebaut», sagte Patty. «Es tut mir leid.»

«Kannst du denn bis morgen früh hier sein? Das Festessen ist ja erst morgen Abend.»

«Ich gebe mir große Mühe», sagte Patty.

Joyce saß seit mittlerweile drei Jahren in der Parlamentskammer. Hätte sie Patty nicht als Nächstes alle Verwandten und Freunde der Familie aufgezählt, die sich zu dieser bedeutsamen Würdigung einer Ehe am Mohonk versammeln würden, und von der ungeheuren Vorfreude gesprochen, mit der Pattys drei Geschwister dem Wochenende entgegenfieberten, und betont, wie zutiefst geehrt sie (Joyce) sich angesichts der Zuneigung fühle, mit der sie buchstäblich aus allen vier Himmelsrichtungen des Landes überschüttet würden – vielleicht hätte Patty dann alles Nötige getan, um zum Mohonk zu gelangen. Aber so, wie die Dinge lagen, breitete sich, während sie ihrer Mutter zuhörte, eine eigentümliche Ruhe und Gewissheit in ihr aus. Ein leichter Regen fiel auf Chicago; der Wind, der die Stoffvorhänge bewegte, trug angenehme Gerüche nach abgekühltem Asphalt und Michigansee zu ihr herein. Ungewohnt nachsichtig, mit einem neuen, gelassenen Blick, sah Patty in sich hinein und erkannte, dass niemandem Schaden oder gar besonderer Schmerz zugefügt werden würde, wenn sie zu der silbernen Hochzeit einfach nicht erschien. Das meiste war schon geschafft. Sie begriff, dass sie jetzt so gut wie frei war, und den letzten Schritt zu tun war zwar irgendwie grausam, aber auf keine schlimme Weise, falls das einen Sinn ergibt.

Sie saß an einem der Fenster, roch den Regen und beobachtete, wie der Wind das Unkraut und Gestrüpp auf dem Dach einer längst stillgelegten Fabrik nach unten drückte, als der Anruf von Richard kam.

«Tut mir sehr leid», sagte er. «In spätestens einer Stunde bin ich da.»

«Du brauchst dich nicht zu beeilen», sagte sie. «Es ist sowieso schon viel zu spät.»

«Aber dein Fest ist doch erst morgen Abend.»

«Nein, Richard, morgen Abend ist das Essen. Ich sollte *heute* da sein. Heute spätestens um fünf.»

«Scheiße. Ist das dein Ernst?»

«Wusstest du das wirklich nicht mehr?»

«Geht gerade alles ein bisschen durcheinander in meinem Kopf. Ich hab nicht allzu viel geschlafen.»

«Tja, na dann. Egal. Es gibt keinen Grund zur Eile. Ich denke, ich fahre jetzt nach Hause.»

Und genau das tat sie. Stieß ihren Koffer die Treppe hinunter und schwang sich auf ihren Krücken hinterher, winkte an der Halstead Street ein Schwarztaxi herbei und nahm einen Greyhoundbus nach Minneapolis und einen weiteren nach Hibbing, wo Gene Berglund in einem evangelischen Krankenhaus im Sterben lag. Auf den leeren nachmitternächtlichen Innenstadtstraßen waren es ungefähr fünf Grad, und es goss in Strömen. Walters Wangen waren rosiger denn je. Draußen vor dem Busbahnhof, in der nach Zigaretten stinkenden Spritschleuder seines Vaters, schlang Patty die Arme um seinen Hals und wagte den Sprung herauszufinden, wie er küsste, und war mehr als zufrieden, denn er machte es wirklich nett.

## Kapitel 3: Freie Märkte fördern die Konkurrenz

Für den Fall, dass sich in Bezug auf Pattys Eltern ein Ton der Beschwerde oder gar des Vorwurfs in diese Seiten geschlichen haben sollte, bekennt sich die Autobiographin hier zu ihrer tiefen Dankbarkeit gegenüber Joyce und Ray für zumindest eines, nämlich dafür, dass sie sie, anders als ihre Schwestern, nie zur Kreativität in Kunstdingen angehalten haben. Die Vernachlässigung durch Joyce und Ray, so sehr sie geschmerzt hat, als Patty jünger war, erscheint nachgerade segensreich, wenn sie sich ihre Schwestern anschaut, die inzwischen Anfang vierzig sind und, zu exzentrisch und/oder anspruchsvoll, um langfristige Beziehungen aufrechtzuerhalten, als Singles in New York leben und sich finanziell immer noch von den Eltern dabei unterstützen lassen, dass sie um einen künstlerischen Erfolg ringen, der ihnen stets als ihre ureigene Bestimmung hingestellt worden ist. Letztlich hat es sich doch als besser erwiesen, für dumm und dämlich anstatt für brillant und außergewöhnlich angesehen zu werden. Denn so geht es als positive Überraschung durch, dass Patty auch nur ein kleines bisschen *Kreativität* beweist, und nicht als Peinlichkeit, dass es zu mehr *Kreativität* nicht gereicht hat.

Ein großartiger Zug an dem jungen Walter war sein unbedingter Wunsch, Patty gewinnen zu sehen. Während Elizas Parteinahme für sie nur so dahingetröpfelt war und sie nie zufriedengestellt hatte, verabreichte Walter ihr wahre Infusionen an Feindseligkeit gegenüber jedem (ihren Eltern, ihren Geschwistern), der dazu beitrug, dass sie sich schlecht fühlte. Und da er in anderen Lebensbereichen intellektuell so aufrichtig war, genoss er allergrößte Glaubwürdigkeit, wenn er ihre Familie kritisierte und Pattys zweifelhafte Methoden, mit ihnen in Konkurrenz zu treten, unterstützte. Vielleicht entsprach er nicht genau dem, was sie sich von einem Mann wünschte, aber darin, ihr die fanatische Anhängerschaft zu bieten, die sie damals noch mehr brauchte als Romantik, war er unübertrefflich.

Im Rückblick drängt es sich geradezu auf, dass Patty gut beraten gewesen wäre, sich noch ein paar Jahre Zeit herauszunehmen, um sich eine berufliche Zukunft und eine solidere Identität für das Leben nach dem Sport aufzubauen, ein paar Erfahrungen mit andersgearteten Männern zu sammeln und ganz allgemein mehr Reife zu erlangen, bevor sie sich daran machte, Mutter zu werden. Doch obwohl sie keine College-Basketballspielerin mehr war, hatte sie immer noch eine Wurfuhr im Kopf, lebte sie immer noch unter dem Bann des Schlusspfiffs, war es für sie unverzichtbarer denn je zu gewinnen. Und der sicherste Weg dorthin – die Taktik, die die besten Chancen auf einen Sieg über ihre Schwestern und ihre Mutter verhieß – war der, den nettesten Mann in Minnesota zu heiraten, in einem größeren, schöneren und interessanteren Haus zu wohnen als irgendwer sonst in der Familie, möglichst schnell Kinder zu bekommen und als Mutter all das zu tun, was Joyce zu tun versäumt hatte. Und Walter, der zwar bekennender Feminist war und seine Studentenmitgliedschaft in der Organisation Zero Population Growth Jahr für Jahr erneuerte, akzeptierte ihr ganzes Heim- und Herdprogramm vorbehaltlos, weil Patty eben *genau* dem entsprach, was er sich von einer Frau wünschte.

Sie heirateten drei Wochen nach Pattys Examen – fast auf den Tag genau ein Jahr nachdem sie den Bus nach Hibbing genommen hatte. Walters Mutter Dorothy oblag es, auf ihre sanfte und zaghafte und doch recht unbeugsame Art die Stirn zu runzeln und Bedenken zu äußern, als Patty sich entschlossen zeigte, auf dem Standesamt des Hennepin County zu heiraten, anstatt ihre Eltern ein Hochzeitsfest in Westchester ausrichten zu lassen, wie es sich gehört hätte. Wäre es denn nicht besser, fragte Dorothy sanft, die Emersons einzubeziehen? Sie wisse ja, dass Patty ihrer Familie nicht allzu nahe stehe, aber trotzdem, würde sie es nicht vielleicht später bereuen, sie von einem so bedeutenden Ereignis ausgeschlossen zu haben? Patty versuchte, Dorothy auszumalen, was eine Westchester-Hochzeit bedeuten würde: auf der Gästeliste die ungefähr zweihundert engsten Freunde ihrer Eltern und potentesten Wahlkampfsponsoren von Joyce; Druck von Joyce, damit Patty ihre mittlere Schwester zur Trauzeugin erkor und ihre andere Schwester während der Zeremonie einen Ausdruckstanz darbieten ließ; ungebremster Champagnerkonsum, bis Ray irgendwann in Hörweite ihrer Basketballfreundinnen einen Witz über Lesben vom Stapel lassen würde. Dorothys Augen wurden ein wenig feucht, vielleicht aus Mitleid mit Patty oder auch aus Traurigkeit über die Gefühlskälte und Strenge, die Patty an den Tag legte, sobald die Rede auf ihre Familie kam. Wäre es denn nicht möglich, fragte sie sanft weiter, auf einer Feier in kleinem Kreis zu bestehen, bei der alles genau so sei, wie Patty es sich wünsche?

Ein nicht unwesentlicher Grund, warum Patty eine Hochzeitsfeier vermeiden wollte, war der, dass Richard Walters Trauzeuge hätte sein müssen. Die Logik dahinter lag zum einen auf der Hand und hatte zum anderen mit ihrer Angst vor den möglichen Folgen eines Zusammentreffens von Richard und ihrer mittleren Schwester zu tun. (Die Autobiographin wird sich jetzt endlich ermannen, den Namen der Schwester preiszugeben: Abigail.) Es war schlimm genug, dass Eliza Richard gehabt hatte; zu sehen, wie er etwas mit Abigail anfing, und sei es nur für eine Nacht, hätte Patty so ziemlich den Rest gegeben. Unnötig zu sagen, dass sie dies Dorothy gegenüber nicht erwähnte. Sie sagte, sie habe wohl einfach nicht viel für Zeremonien übrig.

Immerhin fuhr sie, als ein Zugeständnis, im Frühling vor ihrer Hochzeit zusammen mit Walter an die Ostküste, damit er und ihre Familie sich kennenlernen konnten. Die Autobiographin gibt nur äußerst ungern zu, dass es ihr ein ganz klein wenig peinlich war, ihn ihrer Familie vorzustellen, und, schlimmer noch, dass dies ein weiterer Grund gewesen sein mag, warum sie keine Hochzeitsfeier wollte. Sie liebte ihn (und *liebt* ihn, *liebt* ihn) aufgrund von Qualitäten, die für sie in ihrer Zwei-Personen-Welt den schönsten Sinn ergaben, für das kritische Auge jedoch, das ihre Schwestern, insbesondere Abigail, unter Garantie auf ihn richten würden, nicht unbedingt erkennbar waren. Sein nervöses Kichern, sein allzu leicht errötendes Gesicht, seine schiere Nettigkeit: diese Eigenschaften waren ihr, wenn sie an Männer im Allgemeinen dachte, lieb und teuer. Eine Quelle des Stolzes sogar. Aber ein unschöner Zug von ihr, der mit Macht hervorzukommen schien, sobald sie sich ihrer Familie ausgesetzt sah, konnte nicht anders, als zu bedauern, dass Walter weder eins neunzig groß noch besonders cool war.

Joyce und Ray, das muss man ihnen zugutehalten und vielleicht auch ihrer heimlichen Erleichterung darüber zuschreiben, dass Patty, wie sich nun zeigte, doch heterosexuelle Neigungen hatte (heimlich, weil Joyce für ihren Teil angestrengt darauf pochte, *Unterschiede anzuerkennen*), zeigten sich von ihrer besten Seite. Als sie hörten, dass Walter noch nie in New York gewesen war, wurden sie zu charmanten Botschaftern der Stadt, drängten Patty, mit ihm in Ausstellungen zu gehen, die Joyce vor lauter Arbeit in Albany selber noch nicht gesehen hatte, und trafen sich später mit ihnen zum Abendessen in von der *Times* für gut befundenen Restaurants, darunter auch einem in SoHo, das damals noch zu den finsteren und aufregenden Vierteln gehörte. Pattys Befürchtung, ihre Eltern könnten sich über Walter lustig machen, wich mehr und mehr der Sorge, Walter würde sich auf die Seite ihrer Eltern schlagen und nicht verstehen, warum sie sie nicht ertragen konnte: würde zu argwöhnen beginnen, dass das eigentliche Problem Patty war, und den blinden Glauben an ihr gutes Wesen verlieren, auf den sie, nach weniger als einem Jahr mit ihm, schon ziemlich verzweifelt baute.

Dankenswerterweise war Abigail, die als Spitzenrestaurantjägerin darauf bestand, aus einigen dieser Abendessen peinliche Treffen zu fünft werden zu lassen, in Unausstehlichkeitshöchstform. Außerstande, sich vorzustellen, dass Menschen sich aus einem anderen Grund versammeln könnten als dem, ihr zuzuhören, redete sie in einem fort – über die New Yorker Theaterwelt (per definitionem eine ungerechte Welt, da Abigail seit ihrem Durchbruch als Zweitbesetzung in ihr nicht vorangekommen war); über den «schmierigen Schleimer» von Yale-Professor, mit dem sie unüberwindliche *kreative* Differenzen gehabt hatte; über irgendeine Freundin namens Tammy, die in einer selbstfinanzierten Produktion von *Hedda Gabler* in der Hauptrolle brillieren konnte; über Brummschädel und Mieterschutz und verstörende sexuelle Erlebnisse Dritter, von denen Ray, der sein Weinglas immer und immer wieder nachfüllte, jedes schlüpfrige Detail hören wollte. Beim letzten Essen, in SoHo, hatte Patty irgendwann die Nase so gründlich voll davon, wie Abigail die Aufmerksamkeit an sich riss, mit der eigentlich Walter hätte überhäuft werden müssen (der höflich jedem von Abigails Worten gelauscht hatte), dass sie ihrer Schwester ohne Umschweife sagte, sie solle die Klappe halten und auch mal andere reden lassen. Hierauf folgten einige ungute Momente stummen Hantierens mit Geschirr und Besteck. Dann brachte Patty Walter dazu, von sich zu erzählen, indem sie mittels komischer Gebärden so tat, als zöge sie Wasser aus einem Brunnen herauf. Was, rückblickend betrachtet, ein Fehler war, weil Walter sich für Politik begeisterte und, nicht wissend, wie Politiker sind, dem Irrglauben anhing, eine Abgeordnete der Parlamentskammer interessiere sich für seine Meinung.

Er fragte Joyce, ob sie den Club of Rome kenne. Joyce gestand, den kenne sie nicht. Walter erklärte ihr, dass der Club of Rome (aus dessen Mitgliederreihen er zwei Jahre zuvor jemanden zu einem Vortrag ans Macalester eingeladen habe) sich der Aufgabe widme, die Grenzen des Wachstums zu erforschen. Die beiden Hauptströmungen der Wirtschaftstheorie, die marxistische ebenso wie die des freien Markts, sagte Walter, nähmen es als gegeben an, dass wirtschaftliches Wachstum immer etwas Positives sei. Ein Wachstum des Bruttoinlandsprodukts von ein oder zwei Prozent gelte als moderat und ein Bevölkerungswachstum von einem Prozent als wünschenswert, aber wenn man diese Raten über eine Zeitspanne von einhundert Jahren fortschreibe, komme man auf verheerende

Zahlen: eine Weltbevölkerung von achtzehn Milliarden und einen weltweiten Energieverbrauch, der den heutigen um das Zehnfache übersteige. Und denke man *noch einmal* hundert Jahre weiter, ein stetiges Wachstum vorausgesetzt, tja, dann seien die Zahlen schlichtweg katastrophal. Deshalb suche der Club of Rome nach vernünftigen und verträglichen Wegen, das Wachstum zu bremsen, anstatt zuzusehen, wie der Planet zerstört werde und alle Menschen verhungerten oder sich gegenseitig umbrächten.

«Der Club of Rome», sagte Abigail. «Ist das so etwas wie ein italienischer Playboyclub?»

«Nein», sagte Walter ruhig. «Das ist eine Gruppe von Leuten, die unsere Fixierung auf das Wachstum in Frage stellt. Ich meine, alle Welt ist besessen vom Wachstum, aber wenn man mal drüber nachdenkt – bei einem ausgereiften Organismus ist Wachstum doch im Grunde nichts anderes als Krebs, oder? Wenn irgendwo im Mund oder im Darm etwas wuchert, dann betrachten wir das doch als ein Problem, oder? Also gibt es da diese kleine Gruppe von Intellektuellen und Philanthropen, die versuchen, den Tunnelblick aufzugeben und die Politik auf höchster Ebene zu beeinflussen, in Europa wie in der ganzen westlichen Welt.»

«Die Bunnys aus Rom», sagte Abigail.

«Nixe-ficke *vergine*!», sagte Ray mit groteskem italienischem Akzent.

Joyce räusperte sich laut. *En famille* konnte sie sich, wenn der Wein Ray albern und unflätig werden ließ, in ihre Joyce'schen Tagträumereien zurückziehen, aber in Gegenwart ihres künftigen Schwiegersohns kam sie nicht umhin, sich zu genieren. «Walter spricht da von einer interessanten Idee», sagte sie. «Ich bin zwar nicht sehr vertraut damit und auch nicht mit diesem ... Club. Aber es ist auf jeden Fall eine sehr provokative Sicht auf die derzeitige Weltlage.»

Walter, der Pattys kleine Geste des Kehledurchschneidens nicht gesehen hatte, fuhr unbeirrt fort. «Der Hauptgrund, warum wir so etwas wie den Club of Rome brauchen», sagte er, «ist der, dass ein vernünftiges Gespräch über Wachstum außerhalb der normalen politischen Abläufe beginnen muss. Das weißt du ja sicher selbst, Joyce. Wenn man gewählt werden will, darf man noch nicht mal davon reden, dass man das Wachstum *verlangsamen*, geschweige denn rückgängig machen will. Das ist in der Politik absolutes Gift.»

«Allerdings», sagte Joyce mit einem trockenen Lachen.

«Aber irgendjemand *muss* ja darüber reden und versuchen, Einfluss auf die Politik zu nehmen, sonst werden wir den Planeten zugrunde richten. Wir werden an unserer eigenen Vermehrung ersticken.»

«Apropos ersticken, Daddy», sagte Abigail, «ist das deine Privatflasche, oder dürfen wir auch was davon haben?»

«Wir bestellen noch eine», sagte Ray.

«Ich glaube, wir brauchen keine mehr», sagte Joyce.

Ray hob seine joycebeschwichtigende Hand. «Joyce, also – beruhige dich. Alles ist gut.»

Patty saß mit gefrorenem Lächeln da und betrachtete die glanzvollen und plutokratischen Gesellschaften an den Nebentischen im charmant diskreten Licht des Restaurants. Natürlich lebte es sich nirgends auf der Welt besser als in New York. Diese Tatsache war das Fundament der Selbstzufriedenheit ihrer Familie, die Bühne, von der aus alles andere verspottet werden konnte, das Pfand einer Erwachsenenkultiviertheit, das ihnen das Recht verschaffte, sich wie Kinder zu benehmen. Patty zu sein und in jenem Restaurant in SoHo zu sitzen hieß, einer Kraft entgegenzutreten, mit der zu konkurrieren völlig aussichtslos war. Ihre Familie hatte New York für sich reklamiert und würde keinen Millimeter weichen. Einfach nie wieder herzukommen – zu vergessen, dass es solche Restaurantszenen überhaupt gab – war ihre einzige Option.

«Du bist wohl kein Weintrinker», sagte Ray zu Walter.

«Wenn ich wollte, könnte ich sicher einer werden», sagte Walter.

«Das hier ist ein sehr guter Amarone, wenn du mal einen Schluck probieren möchtest.»

«Nein, danke.»

«Sicher?» Ray schwenkte die Flasche in Walters Richtung.

«Ja, er ist sich sicher!», rief Patty. «Das sagt er ja jetzt auch erst seit vier Abenden immer wieder! Hallo? Ray? Nicht *alle* Menschen möchten betrunken, abstoßend und unhöflich sein. Es gibt auch welche, die lieber eine ernsthafte Unterhaltung führen, als zwei Stunden lang Sexwitze zu machen.»

Ray grinste, als hätte sie das im Scherz gesagt. Joyce klappte ihre Lesebrille auseinander, um in die Dessertkarte zu schauen, Walter wurde rot, und Abigail sagte, mit einer spastischen Halsverrenkung und säuerlichem Blick: «‹Ray›? ‹Ray›? Nennen wir ihn jetzt ‹Ray›?»

Am nächsten Morgen sagte Joyce mit zittriger Stimme zu Patty: «Walter ist so viel – ich weiß nicht, ob konservativer das richtige Wort ist, vielleicht trifft es konservativ nicht ganz, obwohl, na ja, von seinem Demokratieverständnis her, Stichwort ‹vom Volk ausgehende Macht›, Stichwort ‹Wohlstand für alle›, also, nicht direkt *autokratisch*, aber auf gewisse Weise, doch, ja, irgendwie schon – konservativer, als ich erwartet hatte.»

Zwei Monate später, anlässlich von Pattys Examen, sagte Ray mit schlecht unterdrücktem Glucksen zu ihr: «Bei der Chose mit dem Wachstum ist Walter so rot im Gesicht geworden, du meine Güte, ich dachte schon, er kriegt gleich einen *Herzinfarkt.*»

Und weitere sechs Monate danach, bei dem einzigen Thanksgiving, das Patty und Walter töricht genug waren, in Westchester zu feiern, sagte Abigail: «Wie läuft's denn so mit dem Club of Rome? Seid ihr dem Club of Rome schon beigetreten? Hat man euch seine Erkennungswörter verraten? Habt ihr in seinen Ledersesseln gesessen?»

Schluchzend sagte Patty auf dem Flughafen LaGuardia zu Walter: «Ich hasse meine Familie!»

Und Walter antwortete mannhaft: «Wir gründen unsere eigene!»

Armer Walter. Zuerst hatte er aus dem Gefühl heraus, seinen Eltern finanziell verpflichtet zu sein, seine Schauspieler- und Filmemacherträume an den Nagel gehängt, und kaum hatte sein Vater ihn in die Freiheit entlassen, indem er starb, tat Walter sich mit Patty zusammen und hängte im Tausch gegen eine Anstellung bei 3M seine Weltrettungsambitionen an den Nagel, damit Patty ihr fabelhaftes altes Haus bekommen und daheim bei den Kindern bleiben konnte. Das Ganze geschah fast ohne Diskussion. Er begeisterte sich für die Pläne, die sie begeisterten, er stürzte sich auf die Renovierung des Hauses und die Aufgabe, sie gegen ihre Familie zu verteidigen. Erst Jahre später – nachdem Patty begonnen hatte, ihn zu *enttäuschen* – wurde er den anderen Emersons gegenüber nachsichtiger und betonte immer wieder, die Glückliche sei doch sie, die Einzige, die den Schiffbruch überlebt habe und davon erzählen könne. Er fand, man müsse Abigail, die auf einer äußerst kargen Insel (Manhattan Island!) gestrandet sei und dort nach emotionaler Nahrung stöbere, verzeihen, wenn sie Gespräche an sich reiße, schließlich versuche sie doch nur, irgendwie satt zu werden. Er fand, Patty solle Mitleid mit ihren Geschwistern haben, anstatt sie zu verurteilen, weil sie nicht die Kraft oder das Glück gehabt hätten, sich zu lösen: weil sie so hungrig seien. Aber zu alldem kam es erst viel später. In den ersten Jahren war er derart für Patty entflammt, dass sie nichts falsch machen konnte. Und sehr schöne Jahre waren das.

Walters eigenes Konkurrenzverhalten war nicht auf die Familie ausgerichtet. Auf diesem Feld hatte er, als sie ihn kennenlernte, bereits gewonnen. Beim Pokern um die Berglund'schen Pfründe waren alle Asse an ihn ausgeteilt worden, abgesehen vielleicht von dem des guten Aussehens und der Leichtigkeit im Umgang mit Frauen. (Dieses spezielle Ass hatte sein älterer Bruder – der gegenwärtig bei seiner dritten jungen Ehefrau angelangt ist, die ihn hart arbeitend ernährt – bekommen.) Walter wusste nicht nur über den Club of Rome Bescheid, las anspruchsvolle Romane und konnte etwas mit Igor Strawinsky anfangen, er war auch in der Lage, eine Kupferrohrverbindung zu schweißen und Tischlerarbeiten auszuführen und Vögel an ihrem Gesang zu erkennen und sich um eine schwierige Frau zu kümmern. Er war so sehr der Gewinner seiner Familie, dass er es sich leisten konnte, regelmäßig zurückzukehren, um den anderen zu helfen.

«Jetzt wirst du dir tatsächlich wohl man ansehen müssen, wo ich aufgewachsen bin», hatte er draußen vor dem Hibbinger Busbahnhof zu Patty gesagt, nachdem sie ihre Autotour mit Richard abgebrochen hatte. Sie saßen in Gene Berglunds Crown Victoria, dessen Scheiben von ihrem heißen, heftigen Geatme ganz beschlagen waren.

«Ich möchte dein Zimmer sehen», sagte Patty. «Ich möchte alles sehen. Ich finde, du bist so ein wunderbarer Mensch!»

Als er das hörte, musste er sie erst noch eine ganze Weile weiterküssen, bevor er seinen Sorgefaden wiederaufnahm. «Wie dem auch sei», sagte er, «es ist mir trotzdem peinlich, dir mein Zuhause zu zeigen.»

«Das muss dir nicht peinlich sein. Du solltest mal *meins* sehen. Die reinste Monstrositätenschau.»

«Tja, also, hier ist es nicht annähernd so interessant. Hier herrscht bloß das ganz normale Elend der Iron Range.»

«Dann lass uns jetzt hinfahren. Ich möchte es sehen. Ich möchte mit dir schlafen.»

«Das klingt herrlich», sagte er, «aber ich glaube, es wäre meiner Mutter nicht so recht.»

«Ich möchte *in deiner Nähe* schlafen. Und dann mit dir zusammen frühstücken.»

«Das lässt sich arrangieren.»

In Wahrheit war das, was sie im Whispering Pines vorfand, ernüchternd für Patty und löste einen Moment des Zweifels daran aus, was sie durch ihr Erscheinen in Hibbing angerichtet hatte; es erschütterte die Seelenruhe, in der sie hergekommen war, um sich in die Arme eines Mannes zu werfen, der körperlich nicht den gleichen Reiz auf sie ausübte wie sein bester Freund. Das Motel sah von außen einigermaßen annehmbar aus, und davor parkte eine gar nicht so deprimierende Anzahl von Autos, aber die Wohnräume hinter dem Büro waren von Westchester in der Tat sehr weit entfernt. Sie warfen ein Licht auf ein ganzes vorher unsichtbares Privilegienuniversum, ihr eigenes privilegiertes Vorstadtleben; sie verspürte einen unerwarteten, schmerzhaften Anflug von Heimweh. Die Böden waren mit schwammig wirkender Teppichware ausgelegt und fielen zum Bach hinter dem Haus hin merklich ab. Im Wohn-Essraum stand ein radkappengroßer, aufwendig krenelierter Keramikaschenbecher in Reichweite des Sofas, auf dem Gene Berglund seine Angel- und Jagdzeitschriften gelesen und an Fernsehprogrammen geschaut hatte, was die Antenne des Motels (sie war, wie Patty am nächsten Morgen entdeckt hatte, auf eine geköpfte Kiefer hinter dem Sickerfeld montiert) den Sendern der Twin Cities und Duluths entlocken konnte. Walters kleines Zimmer, das er mit seinem jüngeren Bruder geteilt hatte, lag am unteren Ende der schiefen Ebene und war wegen der Bachwasserverdunstung ständig feucht. Auf dem Teppichboden verlief, mitten durch den Raum, ein gummiartiger Streifen aus den Resten des Klebebands, das Walter als Kind dort angebracht hatte, um seinen Bereich abzugrenzen. An der hinteren Wand reihten sich noch Relikte seiner strebsamen Kindheit: Pfadfinderhandbücher und -auszeichnungen, eine vollständige Sammlung gekürzter Präsidentenbiographien, ein paar Bände der *World Book Encyclopedia*, kleine Tierskelette, ein leeres Aquarium, Briefmarken- und Münzsammlungen, ein professionelles Thermo-/Barometer mit Drähten, die durch ein Fenster nach draußen führten. An der verzogenen Zimmertür hing ein vergilbtes, selbst gefertigtes «Rauchen verboten»-Schild, mit rotem Stift geschrieben, das R etwas wackelig, aber hochaufragend in seinem Trotz.

«Mein erster Akt der Rebellion», sagte Walter.

«Wie alt warst du da?», sagte Patty.

«Keine Ahnung. Vielleicht zehn. Mein kleiner Bruder hatte schweres Asthma.»

Draußen regnete es jetzt stark. Dorothy schlief in ihrem Zimmer, aber Walter und Patty waren von ihrem Verlangen nacheinander immer noch ganz aufgekratzt. Er zeigte ihr die «Lounge», die sein Vater betrieben hatte, den imposanten ausgestopften Glasaugenbarsch an der Wand, die Birkenholzbar, bei deren Bau er seinem Vater zur Hand gegangen war. Noch vor kurzem, bis zu seiner

Einweisung ins Krankenhaus, hatte Gene jeden Spätnachmittag rauchend und trinkend hinter dieser Bar gestanden und darauf gewartet, dass seine Freunde Feierabend hatten und Leben in die Bude brachten.

«Tja, also das hier bin ich», sagte Walter. «Hier komme ich her.»

«Ich finde es unglaublich schön, dass du hierherkommst.»

«Ich weiß zwar nicht genau, was du damit meinst, aber egal.»

«Einfach, dass ich dich sehr bewundere.»

«Das ist gut. Glaube ich.» Er ging zum Empfangstresen und betrachtete die Schlüssel. «Was hältst du von Zimmer 21?»

«Ist es ein schönes Zimmer?»

«Nicht viel anders als alle anderen.»

«Ich bin einundzwanzig Jahre alt. Also ist es perfekt.»

Im Zimmer 21 gab es lauter ausgeblichene und abgeschabte Flächen, die nie renoviert, sondern Jahrzehnten des energischen Scheuerns unterzogen worden waren. Die Bachfeuchtigkeit war spürbar, aber nicht überwältigend. Zwei Betten, niedrig und in Standardbreite, kein Doppelbett.

«Du musst nicht bleiben, wenn du es nicht willst», sagte Walter, als er ihre Tasche abstellte. «Ich kann dich morgen früh wieder zum Busbahnhof bringen.»

«Nein! Ist doch alles gut. Ich will hier ja nicht meinen Urlaub verbringen. Ich will bei dir sein und ein bisschen aushelfen.»

«Schön. Ich mache mir nur Sorgen, dass ich nicht das bin, was du dir wünschst.»

«Ach was, hör auf, dir Sorgen zu machen.»

«Ich mache mir aber trotzdem welche.»

Sie brachte ihn dazu, sich auf eins der Betten zu legen, und versuchte, ihn mit ihrem Körper zu beruhigen. Aber schon bald kochte seine Sorge wieder hoch. Er setzte sich auf und fragte sie, warum sie mit Richard mitgefahren sei. Eine Frage, die er, so hatte sie sich zu hoffen gestattet, nicht stellen würde.

«Ich weiß es nicht», sagte sie. «Wahrscheinlich wollte ich einfach mal ausprobieren, wie eine Autotour so ist.»

«Hm.»

«Es gab da etwas, das ich verstehen musste. Anders kann ich es nicht erklären. Ich musste etwas herausfinden. Und ich habe es herausgefunden; und jetzt bin ich hier.»

«Was hast du denn herausgefunden?»

«Wo ich sein will, und mit wem.»

«Das ging aber schnell.»

«Es war ein dummer Fehler», sagte sie. «Er hat so eine Art, einen anzusehen, das weißt du doch sicher. Dann dauert es eine Weile, bis man begreift, was man wirklich will. Bitte wirf mir das nicht vor.»

«Ich bin nur beeindruckt, dass es dir so schnell klargeworden ist.»

Sie verspürte den Impuls zu weinen und gab ihm nach, und Walter zeigte sich eine Weile von seiner besten Trösterseite.

«Er war nicht nett zu mir», sagte sie unter Tränen. «Und du bist das Gegenteil davon. Und das brauche ich im Augenblick so sehr. Kannst du bitte nett sein?»

«Kann ich», sagte er und streichelte ihren Kopf.

«Ich schwöre, dass du es nicht bereuen wirst.»

Das waren, wie die Autobiographin sich reumütig erinnert, exakt ihre Worte.

Und hier ist noch etwas, woran die Autobiographin sich lebhaft erinnert: die Heftigkeit, mit der Walter sie dann an den Schultern packte und auf den Rücken rollte und sich, über ihr aufragend, zwischen ihre Beine drängte, einen vollkommen fremden Ausdruck im Gesicht. Es war ein Ausdruck des Zorns, und er stand ihm gut. Es war, als ob sich plötzlich ein Vorhang teilt und etwas Schönes, Männliches enthüllt.

«*Das hat nichts mit dir zu tun*», sagte er. «Ist dir das klar? Ich liebe alles an dir. Jeden Zentimeter von dir. Jeden *Zentimeter*. Seit ich dich zum ersten Mal gesehen habe. Ist dir das klar?»

«Ja», sagte sie. «Ich meine, danke. Ich hatte das schon irgendwie gespürt, aber es tut wirklich gut, das zu hören.»

Er war allerdings noch nicht fertig.

«Verstehst du, ich habe ein ... ein ...» Er suchte nach Worten. «Ein Problem. Mit Richard. Ich habe da ein *Problem.*»

«Was für ein Problem?»

«Ich vertraue ihm nicht. Ich mag ihn sehr, aber ich vertraue ihm nicht.»

«O Gott», sagte Patty, «du solltest ihm aber auf jeden Fall vertrauen. Du bedeutest ihm doch schließlich auch viel. Er hat dir gegenüber einen ganz starken Beschützerinstinkt.»

«Nicht immer.»

«Also, in den Gesprächen mit mir schon. Weißt du nicht, wie sehr er dich bewundert?»

Walter starrte wütend auf sie herab. «Warum bist du dann mit ihm mitgefahren? Warum war er mit dir in Chicago? Warum, *verdammte Scheiße*? Ich verstehe das nicht!»

Als sie ihn verdammte Scheiße sagen hörte und sah, wie sehr ihn seine Wut zu erschrecken schien, fing sie wieder an zu weinen. «O Gott, Walter, bitte», sagte sie, «ich bin doch hier. Ja? Ich bin deinetwegen hier! Und in Chicago ist nichts passiert. Rein gar nichts.»

Sie zog ihn näher zu sich heran, zog kräftig an seinen Hüften. Aber anstatt ihre Brüste anzufassen oder ihr die Jeans herunterzuzerren, wie Richard es bestimmt getan hätte, stand er auf und lief in Zimmer 21 auf und ab.

«Ich bin nicht sicher, ob das hier richtig ist», sagte er. «Ich bin nämlich nicht blöd, weißt du. Ich habe Augen und Ohren, ich bin nicht *blöd*. Ich weiß wirklich nicht, was ich jetzt machen soll.»

Es war eine Erleichterung zu hören, dass er Richard betreffend nicht blöd war; aber ihr wollte nun nichts mehr einfallen, womit sie ihn beruhigen konnte. Sie lag auf dem Bett und lauschte dem Regen auf dem Dach, sich darüber im Klaren, dass sich diese ganze Szene hätte vermeiden lassen, wenn sie nie in Richards Auto gestiegen wäre; dass sie irgendeine Strafe verdient hatte. Und dennoch fiel es schwer, sich nicht auszumalen, wie all dies besser hätte laufen können. Es war ein Vorgeschmack auf die nächtlichen Szenen späterer Jahre: wie Walters wunderschöne Wut einfach so verrauchte, während sie weinte und er sie bestrafte und sich dafür entschuldigte, dass er sie bestrafte, indem er sagte, sie seien beide hundemüde und es sei sehr spät, und das war es auch: so spät, dass es schon wieder früh war.

«Ich nehme jetzt ein Bad», sagte sie dann.

Er saß auf dem anderen Bett, die Ellbogen auf die Knie gestützt, und verbarg sein Gesicht in den Händen. «Entschuldige», sagte er. «Das hat wirklich nichts mit dir zu tun.»

«Also, weißt du was? So toll finde ich es nun auch wieder nicht, das andauernd zu hören.»

«Entschuldige. Ob du's glaubst oder nicht, ich meine damit etwas Nettes.»

«Und ‹entschuldige› steht bei mir im Augenblick auch nicht allzu weit oben auf der Liste.»

Ohne die Hände vom Gesicht zu nehmen, fragte er sie, ob er ihr beim Baden behilflich sein könne.

«Geht schon», sagte sie, obwohl Baden eine ziemliche Herausforderung war, wenn man dabei ein geschientes und bandagiertes Knie hochlegen musste, damit es nicht nass wurde. Als sie eine halbe Stunde später im Pyjama wieder aus dem Badezimmer kam, schien Walter sich keinen Millimeter bewegt zu haben. Sie stand vor ihm und blickte auf seine hellen Locken und schmalen Schultern hinab. «Also, Walter», sagte sie. «Wenn du willst, kann ich morgen früh wieder abfahren. Aber jetzt muss ich schlafen. Und du solltest das auch tun.»

Er nickte.

«Es tut mir leid, dass ich mit Richard nach Chicago gefahren bin. Es war meine Idee, nicht seine. Du solltest mir Vorwürfe machen, nicht ihm. Aber im Moment sorgst du bloß dafür, dass ich mich irgendwie beschissen fühle.»

Er nickte und stand auf.

«Gibst du mir einen Gutenachtkuss?», sagte sie.

Das tat er, und es war besser als Streiten, so viel besser, dass sie kurz darauf zusammen unter der Decke lagen und die Lampe ausschalteten. Tageslicht sickerte rings um die Vorhänge herum ins Zimmer – im Mai kam die Morgendämmerung im Norden des Landes früh.

«Ich weiß im Grunde nichts über Sex», gestand Walter.

«Ach», sagte sie, «so kompliziert ist das nicht.»

Und so begannen die glücklichsten Jahre ihres Lebens. Vor allem für Walter war es eine schwindelerregende Zeit. Er nahm die Frau in Besitz, die er hatte haben wollen, die Frau, die mit Richard hätte auf und davon gehen können, sich aber für ihn entschieden hatte, und dann, drei Tage später, endete in dem evangelischen Krankenhaus sein lebenslanger Kampf gegen seinen Vater mit dessen Tod. (Tot ist ein Vater so besiegt, wie er nur sein kann.) Patty war an jenem Morgen zusammen mit Walter und Dorothy im Krankenhaus und ließ sich von deren Tränen dazu hinreißen, selbst ein bisschen zu weinen, und als sie in nahezu völligem Schweigen zum Motel zurückfuhren, kam es ihr so vor, als wäre sie praktisch schon verheiratet.

Auf dem Motelparkplatz, Dorothy war bereits ins Haus gegangen, um sich hinzulegen, sah Patty Walter etwas Merkwürdiges tun. Er rannte von einem Ende des Parkplatzes zum anderen, machte im Laufen Sprünge und federte auf den Zehen ab, bevor er wendete und zurückrannte. Es war ein glanzvoll klarer Morgen, mit einer steten, starken Brise aus dem Norden, die die Kiefern am Bach wispern ließ – wie es der Name des Motels besagte. Am Ende eines seiner Sprints hüpfte Walter auf und ab, kehrte dann Patty den Rücken zu und lief die Route 73 entlang, immer weiter und in die Kurve, bis er außer Sichtweite war, und blieb eine Stunde fort.

Am Nachmittag desselben Tages, im Zimmer 21, bei helllichtem Tag und offenen Fenstern, vor denen sich die ausgeblichenen Vorhänge bauschten, lachten und weinten und vögelten sie mit einer Freude, an deren Ernst und Unschuld zurückzudenken der Autobiographin beinahe das Herz bricht, und weinten noch mehr und vögelten noch mehr und lagen dann mit schwitzenden Körpern und übervollen Herzen beieinander und lauschten dem Seufzen der Kiefern.

Patty fühlte sich, als hätte sie irgendeine starke Droge genommen, deren Wirkung nicht nachließ, oder als wäre sie in einen unglaublich plastischen Traum versunken, aus dem sie nicht wieder erwachte, und dabei war ihr vollkommen bewusst, Sekunde für Sekunde für Sekunde, dass es keine Droge und kein Traum war, sondern das Leben, das ihr da widerfuhr, ein Leben, in dem es nur die Gegenwart und keine Vergangenheit gab, eine Liebesgeschichte, anders als alle Liebesgeschichten, die sie sich jemals vorgestellt hatte. Denn mal im Ernst, Zimmer 21! Wie hätte sie sich denn Zimmer 21 vorstellen sollen! Es war so ein liebenswert sauberes, altmodisches Zimmer und Walter so ein liebenswert sauberer, altmodischer Mensch. Und sie war 21 und konnte ihre 21-Jährigkeit in dem frischen, sauberen, starken Wind spüren, der aus Kanada herunterwehte. Ihr kleiner Vorgeschmack auf die Ewigkeit.

Mehr als vierhundert Personen kamen zur Beerdigung seines Vaters. Obwohl Patty ihn gar nicht gekannt hatte, war sie seinetwegen stolz auf die enorme Anteilnahme. (Wenn man sich ein großes Begräbnis wünscht, ist es von Vorteil, früh zu sterben.) Gene war ein gastfreundlicher Mann gewesen, der gern angelte und jagte und Zeit mit seinen Kumpeln verbrachte, die meisten davon Veteranen, und der das Pech gehabt hatte, Alkoholiker zu sein, keine gute Ausbildung genossen zu haben und eine Frau an seiner Seite zu wissen, die nicht nur ihre Hoffnungen und Träume, sondern auch den größten Teil ihrer Liebe in ihren mittleren Sohn investierte anstatt in ihn. Walter würde es Gene nie verzeihen, dass er Dorothy so hart im Motel hatte arbeiten lassen, aber die Autobiographin muss ehrlicherweise sagen, dass Dorothy ihrer Meinung nach zwar ausgesprochen lieb, aber auch eindeutig ein Märtyrertyp war. Der Empfang nach der Beerdigung, in einem evangelischen Gemeindesaal, war Pattys *total immersion*-Crashkurs in Bezug auf Walters Großfamilie, ein Fest des Gugelhupfs und der Entschlossenheit, alles von der heiteren Seite zu betrachten. Die fünf noch lebenden Geschwister von Dorothy waren da, ebenso Walters älterer Bruder, frisch aus dem Gefängnis entlassen, mit seiner nuttenhaft hübschen (ersten) Frau und ihren zwei kleinen Kindern, ebenso sein schweigsamer jüngerer Bruder in seiner Army-Ausgehuniform. Ohne Frage war die einzige wichtige Person, die fehlte, Richard.

Walter hatte ihn natürlich angerufen, um ihn zu benachrichtigen, aber schon das war nicht einfach gewesen, weil er dafür erst Richards notorisch schwer erreichbaren Bassisten Herrera in Minneapolis hatte aufspüren müssen. Richard war gerade nach Hoboken, New Jersey, gezogen. Nachdem er Walter telefonisch sein Beileid bekundet hatte, sagte er, er sei finanziell abgebrannt und könne leider nicht zur Beerdigung kommen. Walter versicherte ihm, das sei völlig in Ordnung, trug ihm dann aber jahrelang nach, dass er sich nicht doch aufgerafft hatte, was nicht ganz fair erscheint, wenn man bedenkt, dass Walter insgeheim schon damals wütend auf Richard war und ihn gar nicht bei der Beerdigung hätte dabeihaben wollen. Aber Patty hütete sich, diejenige zu sein, die ihm das auseinandersetzte.

Ein Jahr später, als sie sich kurz in New York aufhielten, schlug sie Walter vor, er könne doch Richard besuchen und einen Nachmittag mit ihm verbringen, aber Walter erklärte, er habe ihn in den vergangenen Monaten zweimal angerufen, wohingegen Richard sich kein einziges Mal *bei ihm* gemeldet habe. Patty sagte: «Aber er ist doch dein bester Freund», und Walter sagte: «Nein, ich habe ja jetzt *dich*», und Patty sagte: «Na gut, dann ist er eben dein bester männlicher Freund, und ich finde, du solltest ihn besuchen.» Aber Walter blieb hartnäckig und sagte, so sei es immer gewesen – immer habe er sich mehr wie der Hofierer als der Hofierte gefühlt, ja es gebe eine Art Hochrisikopolitik zwischen ihnen, einen Wettstreit, bei dem es darum gehe, bloß nicht der Erste zu sein, der klein beigebe und sich bedürftig zeige –, und er habe die Nase voll davon. Es sei nicht das erste Mal, dass Richard einfach abtauche. Wenn er noch mit ihm befreundet sein wolle, dann könne ja wohl dieses eine Mal *er* derjenige sein, der sich die Mühe mache, zum Hörer zu greifen. Obwohl Patty vermutete, dass Richard immer noch ein mulmiges Gefühl wegen der Chicago-Geschichte hatte und Walters häusliches Glück nicht stören wollte, weshalb es womöglich an Walter war, ihm zu versichern, dass er weiterhin willkommen sei, hütete sie sich erneut zu insistieren.

Wo Eliza zwischen Walter und Richard etwas Schwules ausgemacht hatte, sieht die Autobiographin heute eher etwas Geschwisterliches. Als Walter aus dem Alter heraus war, da sein älterer Bruder auf ihm gekniet und ihm eins übergezogen und er auf seinem jüngeren Bruder gekniet und *dem* eins übergezogen hatte, gab es in seiner eigenen Familie keinen ernstzunehmenden Konkurrenten mehr für ihn. Er hatte noch einen weiteren Bruder gebraucht, den er lieben und hassen, mit dem er sich messen konnte. Und die Frage, die Walter ewig quälte, so jedenfalls sieht es die Autobiographin, war die, ob Richard der kleine oder der große Bruder war, der Versager oder der Held, der geliebte, angeschlagene Freund oder der gefährliche Rivale.

Walter behauptete, mit Richard sei es genau wie mit Patty Liebe auf den ersten Blick gewesen. Passiert war es an seinem ersten Abend am Macalester, nachdem sein Vater ihn abgesetzt hatte und schnell nach Hibbing zurückgefahren war, wo aus der Lounge der Canadian Club-Whisky nach ihm rief. Noch im Sommer hatte Walter Richard einen netten Brief geschrieben, an eine Adresse, die ihm von der Zimmer- und Wohnungsvermittlung genannt worden war, aber Richard hatte nicht geantwortet. Auf einem der Betten in ihrem gemeinsamen Zimmer fand Walter nun einen Gitarrenkasten, einen Pappkarton und einen Seesack vor. Den Eigentümer dieses Minimalgepäcks bekam er erst nach dem Abendessen zu Gesicht, bei einer Zusammenkunft der Bewohner ihres Flurs. Es war ein Moment, den er Patty später viele Male beschrieben hat: wie dort in einer Ecke, weitab von allen anderen, ein Typ stand, von dem er den Blick nicht abwenden konnte, ein sehr großer, pickeliger Mensch mit wilder Mähne und einem Iggy-Pop-T-Shirt, der den anderen Studienanfängern in nichts ähnelte und während des launigen Einführungssermons ihres Betreuers weder lachte noch auch nur höflich lächelte. Walter hatte viel Mitgefühl mit Leuten, die lustig zu sein versuchten, und lachte allein schon deshalb, um sie für ihre Anstrengungen zu belohnen, und doch wusste er sofort, dass er mit diesem großen ernsten Menschen befreundet sein wollte. Er hoffte, dass er sein Mitbewohner war, und so war es.

Und Richard, erstaunlich genug, mochte ihn. Es fing schon damit an, dass Walter zufällig aus der Stadt kam, in der Bob Dylan aufgewachsen war. Nach der Zusammenkunft, in ihrem Zimmer, bombardierte Richard ihn mit Fragen über Hibbing, wollte wissen, wie es dort so sei und ob Walter irgendwelche Zimmermanns persönlich gekannt habe. Walter erklärte ihm, das Motel liege etliche Kilometer außerhalb der Stadt, aber auch das Motel beeindruckte Richard, ebenso wie die Tatsache, dass Walter ein Vollstipendium hatte, obwohl sein Vater Alkoholiker war. Richard sagte, er habe Walter nicht zurückgeschrieben, weil sein eigener Vater fünf Wochen zuvor an Lungenkrebs gestorben sei. Und er fügte hinzu, dass er sich Hibbing, da Bob Dylan ein Arschloch sei, jene bewundernswerte Reinform von Arschloch, die in einem jungen Musiker den Wunsch entstehen lasse, selbst ein Arschloch zu sein, immer als einen von Arschlöchern wimmelnden Ort vorgestellt habe. Der flaumwangige Walter, der dort in ihrem gemeinsamen Zimmer saß, seinem Mitbewohner eifrig zuhörte und sich nach Kräften bemühte, ihn zu beeindrucken, war eine leibhaftige Widerlegung dieser Theorie.

Schon an jenem ersten Abend machte Richard Bemerkungen über Frauen, die Walter nie vergessen sollte. Er sagte, er sei unangenehm überrascht von dem hohen Prozentsatz an übergewichtigen Tussen am Macalester. Er habe den Nachmittag damit zugebracht, durch die umliegenden Straßen zu gehen und herauszufinden, wo die Stadttussen so rumhingen. Dabei sei ihm aufgefallen, wie viele Leute gelächelt und hallo gesagt hätten. Selbst die gutaussehenden Tussen hätten gelächelt und hallo gesagt. Sei das in Hibbing auch so? Außerdem erzählte er, er habe auf der Beerdigung seines Vaters einen ganz heißen Feger kennengelernt, eine Cousine von ihm, die leider erst dreizehn sei und ihm nun Briefe über ihre Abenteuer beim Masturbieren schreibe. Obwohl Walter zur Fürsorglichkeit gegenüber Frauen eigentlich nie gedrängt werden musste, kann die Autobiographin nicht umhin, an die Herausbildung polarisierender Spezialkompetenzen zu denken, welche die Rivalität zwischen Geschwistern mit sich bringt, und sich zu fragen, ob Richards Besessenheit davon, bei Frauen zu punkten, Walter nicht einen zusätzlichen Anreiz gegeben haben mag, auf diesem konkreten Gebiet nicht zu konkurrieren.

Wichtige Tatsache: Richard hatte keinerlei Beziehung zu seiner Mutter. Sie war noch nicht einmal zur Beerdigung seines Vaters gekommen. Laut dem, was Richard Patty (viel später) erzählte, war die Mutter eine instabile Frau, die eines Tages Nonne wurde, allerdings nicht ohne dem Kerl, der sie mit neunzehn geschwängert hatte, vorher das Leben zur Hölle gemacht zu haben. Richards Vater war Saxophonist und Bohemien im Greenwich Village gewesen, die Mutter ein großgewachsenes, rebellisches WASP-Mädchen aus gutem Hause mit schlechter Selbstbeherrschung. Nach vier wilden Jahren des Trinkens und der seriellen Untreue überließ sie Mr. Katz die Aufgabe, ihren gemeinsamen Sohn großzuziehen (zuerst im Village, dann in Yonkers), und ging nach Kalifornien, wo sie Jesus fand und vier weitere Kinder zur Welt brachte. Mr. Katz hörte mit dem Musikmachen auf, aber leider Gottes nicht mit dem Trinken. Er arbeitete bei der Post und heiratete nie wieder, und man wird mit Sicherheit sagen können, dass seine diversen jungen Freundinnen, die sich in den Jahren, bevor der Alkohol ihn endgültig zugrunde richtete, die Klinke in die Hand gaben, wenig dazu beitrugen, Richard die stabilisierende mütterliche Präsenz zu bieten, die er brauchte. Eine von ihnen raubte die Wohnung aus und verschwand; eine andere erleichterte Richard, als sie auf ihn aufpassen sollte, um seine Jungfräulichkeit. Kurz nach diesem Vorfall schickte Mr. Katz Richard über den Sommer zu seiner Stieffamilie, wo er es jedoch nur eine Woche aushielt. An seinem ersten Tag in Kalifornien versammelte sich die ganze Familie um ihn, und alle fassten sich bei den Händen, um Gott dafür zu danken, dass er heil angekommen war; und von da an wurde es anscheinend immer noch bizarrer.

Walters Eltern, die nur Geselligkeitskirchgänger waren, öffneten dem großgewachsenen Waisen ihr Haus. Vor allem Dorothy schloss Richard ins Herz – hegte womöglich sogar eine züchtige, kleine Dorothyschwäche für ihn – und ermutigte ihn, seine Ferien in Hibbing zu verbringen. Richard brauchte wenig Ermutigung, schließlich hätte er sonst gar nicht gewusst, wohin. Gene war begeistert, weil er sich fürs Schießen interessierte und generell nicht so «etepetete» war, wie er es von einem, mit dem Walter sich anfreundete, befürchtet hatte, und Dorothy beeindruckte er, indem er ihr im Haushalt half. Richard hatte, wie an anderer Stelle bereits angemerkt, den starken (wenn auch äußerst sporadischen) Wunsch, ein guter Mensch zu sein, und zu jemandem wie Dorothy, den er für *gut* erachtete, war er über die Maßen höflich. Sein Verhalten ihr gegenüber, wenn er sie auf einen schlichten Eintopf ansprach, den sie gekocht hatte, und wissen wollte, woher sie das Rezept habe und wo man sich über ausgewogene Ernährung informieren könne, kam Walter falsch und herablassend vor, weil die Chance, dass Richard tatsächlich jemals Lebensmittel einkaufen gehen und selbst einen Eintopf kochen würde, gleich null war und er sich außerdem in den alten Richard zurückverwandelte, sobald Dorothy den Raum verließ. Aber Walter stand mit ihm in einem Konkurrenzverhältnis, und wenn er auch nicht darin brilliert haben mag, Stadttussen abzuschleppen – Frauen ernsthaft und aufmerksam zuzuhören war *sein* Gebiet, und er bewachte es streng. In Bezug auf die Authentizität von Richards Achtung vor guten Menschen hält die Autobiographin sich daher für die verlässlichere Quelle als Walter.

Zweifellos imponierend an Richard war sein Bemühen, an sich zu arbeiten und den Mangel auszugleichen, der durch das Fehlen elterlicher Fürsorge entstanden war. Er hatte die Kindheit überlebt, indem er Musik gemacht und nach seinen etwas eigenwilligen Kriterien ausgewählte Bücher gelesen hatte, und was ihn an Walter unter anderem faszinierte, waren dessen Intellekt und Arbeitsmoral. Auf manchen Gebieten war Richard ausgesprochen belesen (französischer Existenzialismus, lateinamerikanische Literatur), aber er hatte keine Methode, kein System, und war voll aufrichtiger Bewunderung für Walters Fähigkeit, sich auf bestimmte Themen zu konzentrieren. Obwohl er Walter genügend Respekt zollte, um ihn von der erwähnten übertriebenen Höflichkeit gegenüber Menschen, die er für *gut* hielt, zu verschonen, lag ihm doch viel daran, an Walters Gedanken teilzuhaben und sich dessen unkonventionelle politische Überzeugungen von ihm erklären zu lassen.

Die Autobiographin mutmaßt, dass für Richard außerdem ein verquerer *Konkurrenz*vorteil darin bestand, sich mit einem biederen Typen aus dem Norden des Landes anzufreunden. Es war eine Möglichkeit, sich von den Hipstern am Macalester College abzusetzen, die aus privilegierteren Familien stammten als er. Richard verachtete diese Hipster (die weiblichen eingeschlossen, was jedoch nicht ausschloss, sie zu vögeln, wenn sich die Gelegenheit dazu ergab) genauso so sehr, wie die Hipster Leute wie Walter verachteten. Der Dokumentarfilm über Bob Dylan, *Don't Look Back*, war sowohl für Richard als auch für Walter ein Prüfstein gewesen, weswegen Patty ihn eines Abends, als die Kinder noch klein waren, auslieh und sich mit Walter zusammen anschaute, um die berühmte Szene zu sehen, in der Dylan auf einer von hippen Leuten wimmelnden Party in London den Sänger Donovan in den Schatten stellt und demütigt, und zwar einzig und allein um des Vergnügens willen, ein Arschloch zu sein. Während Walter Mitleid mit Donovan hatte – und dazu noch an sich selbst zweifelte, weil er keineswegs eher wie Dylan, sondern eher wie Donovan sein wollte –, fand Patty die Szene erregend. Diese atemberaubende Nacktheit von Dylans Drang, der Bessere von beiden zu sein! Ihr Gefühl war: Machen wir uns nichts vor, Erfolg ist süß. Die Szene half ihr zu verstehen, warum Richard es vorgezogen hatte, seine Zeit mit dem Nicht-Musiker Walter anstatt mit den Hipstern zu verbringen.

In intellektueller Hinsicht war Walter eindeutig der große Bruder und Richard sein Schüler. Und doch war für Richard das Klugsein genau wie das Gutsein nur ein Nebenschauplatz ihrer eigentlichen Rivalität. Das war es, was Walter gemeint hatte, als er sagte, er vertraue seinem Freund nicht. Nie wurde er das Gefühl los, dass Richard ihm etwas verbarg; dass es eine dunkle Seite von ihm gab, die ihn aus Gründen, zu denen er sich nicht bekannte, Abend für Abend losziehen ließ; dass er Walter gern zum Freund hatte, solange außer Zweifel stand, wer der Platzhirsch war. Als besonders unzuverlässig erwies sich Richard immer dann, wenn ein Mädchen auf der Bildfläche erschien, und Walter grollte diesen Mädchen, weil sie für Richard vorübergehend interessanter waren als er. Richard selbst sah das nie so, weil er viel zu schnell genug von den Mädchen hatte und Schluss mit ihnen machte; zu Walter dagegen, von dem er nie genug hatte, kam er immer wieder zurück. Aber Walter fand es *illoyal* von seinem Freund, so viel Energie aufzuwenden, um Menschen hinterherzulaufen, die er nicht mal mochte. Er fühlte sich schwach und klein, weil er immer und ohne Ausnahme für Richard verfügbar war. Ihn quälte der Gedanke, dass Richard ihm womöglich mehr bedeutete als er Richard und dass er wesentlich mehr dafür tat, ihre Freundschaft am Leben zu erhalten.

Zur ersten großen Krise kam es während ihres letzten Jahrs am College – zwei Jahre bevor Patty die beiden kennenlernte –, als Walter sich in Nomi verguckt hatte, die Schreckschraube aus dem zweiten Studienjahr. Wenn man Richard die Situation schildern hörte (wie es Patty einmal vergönnt war), gab es keinen Zweifel: Sein sexuell unbedarfter Freund wurde von einer nichtswürdigen Frau ausgebeutet, der gar nichts an ihm lag, und Richard nahm es schließlich auf sich, ihre Nichtswürdigkeit unter Beweis zu stellen. Richard zufolge war das Mädchen es nicht wert, dass man sich um sie stritt, war bloß eine Mücke, die erschlagen werden musste. Aber Walter sah das ganz anders. Er wurde so wütend auf Richard, dass er wochenlang nicht mit ihm sprach. Damals teilten sie sich eine Zweizimmereinheit, wie sie höheren Semestern vorbehalten war, und jeden Abend, wenn Richard durch Walters Zimmer hindurchging, um in sein eigenes, abgeschiedeneres zu gelangen, blieb er stehen und fing ein einseitiges Gespräch an, das ein objektiver Beobachter wahrscheinlich amüsant gefunden hätte.

Richard: «Redest also immer noch nicht mit mir. Bemerkenswert. Wie lange soll das noch so gehen?»

Walter: Schweigen.

Richard: «Wenn du nicht willst, dass ich mich setze und dir beim Lesen zuschaue, brauchst du nur einen Ton zu sagen.»

Walter: Schweigen.

Richard: «Interessantes Buch? Scheinst es ja nicht gerade zu verschlingen.»

Walter: Schweigen.

Richard: «Weißt du, wie du dich aufführst? Wie ein Mädchen. So benehmen sich Mädchen. Das ist doch bescheuert, Walter. Es kotzt mich allmählich an.»

Walter: Schweigen.

Richard: «Wenn du willst, dass ich mich entschuldige, kannst du lange warten. Lass dir das gleich gesagt sein. Es tut mir leid, dass du verletzt bist, aber mein Gewissen ist rein.»

Walter: Schweigen.

Richard: «Dir ist schon klar, dass du der einzige Grund bist, warum ich überhaupt noch hier bin, oder? Wenn du mich vor vier Jahren gefragt hättest, wie wahrscheinlich es ist, dass ich meinen Abschluss mache, hätte ich gesagt, kaum bis gar nicht.»

Walter: Schweigen.

Richard: «Im Ernst, ich bin ein bisschen enttäuscht.»

Walter: Schweigen.

Richard: «Na gut. Scheiß drauf. Sei ein Mädchen. Mir doch egal.»

Walter: Schweigen.

Richard: «Pass auf. Wenn ich ein Drogenproblem hätte und du meine Drogen wegwerfen würdest, würde mich das auch ankotzen, aber ich würde verstehen, dass du mir einen Gefallen tun wolltest.»

Walter: Schweigen.

Richard: «Zugegeben, die Analogie ist nicht perfekt, weil ich die Drogen quasi selber genommen habe, anstatt sie einfach wegzuwerfen. Aber wenn du nun schwer suchtanfällig wärst, wohingegen ich nur aus Zeitvertreib etwas genommen habe, weil ich der Meinung bin, dass es eine Schande ist, gute Drogen zu verschwenden ...»

Walter: Schweigen.

Richard: «Schon gut, dämliche Analogie.»

Walter: Schweigen.

Richard: «He, das sollte lustig sein. Kannst ruhig darüber lachen.»

Walter: Schweigen.

So jedenfalls stellt die Autobiographin es sich, auf der Grundlage späterer Aussagen der beiden Beteiligten, vor. Walter erhielt sein Schweigen bis zum Beginn der Osterferien aufrecht, in denen er allein nach Hause fuhr und Dorothy ihm den Grund entlocken konnte, warum er Richard nicht mitgebracht hatte. «Du musst die Menschen so nehmen, wie sie sind», sagte sie zu ihm. «Richard ist ein guter Freund, und du solltest ihm gegenüber loyal sein.» (Loyalität wurde bei Dorothy ganz großgeschrieben – das Wort verlieh ihrem nicht besonders angenehmen Leben Sinn –, und Patty hörte Walter ihre Ermahnung häufig zitieren, offenbar hatte sie fast biblische Gültigkeit für ihn.) Er wandte ein, Richard sei selbst extrem *illoyal* gewesen, immerhin habe er ihm ein Mädchen ausgespannt, das ihm etwas bedeutet habe, aber Dorothy, vielleicht ihrerseits in den Katz'schen Bann geraten, sagte, sie glaube nicht, dass Richard das eigens getan habe, um ihn zu verletzen. «Es ist gut, im Leben Freunde zu haben», sagte sie. «Wenn du Freunde haben möchtest, solltest du nicht vergessen, dass niemand vollkommen ist.»

Was das Mädchenproblem noch um einiges verzwickter machte, war die Tatsache, dass diejenigen, die Richard anzog, fast ausnahmslos große Musikfans* waren und Walter, als Richards ältester und größter Fan, in erbitterter Konkurrenz zu ihnen stand. Mädchen, die zu dem besten Freund ihres Liebhabers sonst vielleicht

* Auf der Busfahrt von Chicago nach Hibbing kam Patty der Gedanke, dass Richard sie womöglich deshalb abgewiesen hatte, weil sie seine Musik nicht mochte und er sich darüber ärgerte. Nicht dass sie irgendetwas dagegen hätte tun können.

freundlich gewesen wären oder ihn zumindest toleriert hätten, meinten, Walter die kalte Schulter zeigen zu müssen, weil leidenschaftliche Fans nun einmal das Bedürfnis haben, sich mit dem Objekt ihrer Leidenschaft auf einzigartige Weise verbunden zu fühlen; eifersüchtig wachen sie über jene Verbindungspunkte, die, egal wie winzig oder eingebildet sie auch sind, das Gefühl der Einzigartigkeit rechtfertigen. Die Mädchen glaubten natürlich, sie könnten nicht stärker mit Richard verbunden sein, als wenn sie sich im Koitus mit ihm vereinten, sodass sich ihre Flüssigkeiten mischten. Offensichtlich war Walter für sie nur ein lästiges kleines, unbedeutendes Insekt, dabei war es *Walter*, der Richard für Anton Webern und Benjamin Britten begeistert hatte, *Walter*, dem Richard den politischen Rahmen für seine zornigsten frühen Songs verdankte, *Walter*, für den Richard wirklich tiefgehende Gefühle hegte. Es war schlimm genug, von attraktiven Mädchen so kontinuierlich die kalte Schulter gezeigt zu bekommen, aber schlimmer noch war Walters Ahnung – die er Patty in den Jahren anvertraute, als sie keine Geheimnisse voreinander hatten –, dass er im Kern keinen Deut anders war als sie: dass auch er eine Art Parasit war, der sich durch seine einzigartige Verbindung zu Richard cooler und besser fühlen wollte. Und am allerschlimmsten war sein Verdacht, dass Richard das wusste und dadurch nur noch einsamer und unnahbarer war.

Als besonders toxisch entpuppte sich die Situation im Fall von Eliza, die sich nicht damit zufriedengab, Walter zu ignorieren, sondern alles daran setzte, ihn im Innersten zu treffen. Wie, fragte sich Walter, konnte Richard weiter mit jemandem schlafen, der sich seinem besten Freund gegenüber bewusst so garstig benahm? Walter war inzwischen erwachsen genug, um nicht noch einmal die Schweigenummer durchzuziehen, aber er hörte auf, für Richard Essen zu machen, und auf seine Konzerte ging er letztlich nur noch, um sein Missfallen über Eliza zu bekunden und ihn, später, durch seine Anwesenheit davon abzuhalten, das Koks zu nehmen, mit dem sie ihn am laufenden Band versorgte. Natürlich ließ sich Richard von gar nichts abhalten, wenn man ihm moralisch kam. Damals genauso wenig wie irgendwann sonst.

Die Einzelheiten ihrer Gespräche über Patty sind leider nicht bekannt, aber der Autobiographin gefällt der Gedanke, dass sie völlig anders waren als die Gespräche über Nomi oder Eliza. Denkbar ist, dass Richard Walter gedrängt hat, ihr gegenüber entschlossener aufzutreten, worauf Walter irgendeinen Mumpitz erwidert haben mag, etwa dass sie doch vergewaltigt worden sei oder an Krücken gehe, aber es gibt weniges, das man sich schwerer vorstellen kann als die Gespräche anderer Leute über einen selbst. Was Richard insgeheim für Patty empfand, wurde ihr eines Tages klarer; darauf kommt die Autobiographin zu einem späteren Zeitpunkt noch zurück. Vorläufig genügt es festzuhalten, dass er nach New York zog und dort blieb, während Walter ein paar Jahre lang zu sehr damit beschäftigt war, sein eigenes Leben mit Patty aufzubauen, um ihn sonderlich zu vermissen.

Was damals geschah, war, dass Richard mehr zu Richard wurde und Walter mehr zu Walter. Richard ließ sich in Jersey City nieder und meinte, dass es nunmehr unbedenklich sei, mit dem Geselligkeitstrinken zu experimentieren, um dann, nach einer Phase, die er später als «recht ausschweifend» bezeichnete, zu dem Schluss zu kommen, nein, ganz so unbedenklich sei es wohl doch nicht. Solange er mit Walter zusammengewohnt hatte, war es ihm gelungen, den Alkohol, an dem sein Vater zugrunde gegangen war, zu meiden, hatte nur dann gekokst, wenn er dafür kein Geld hinlegen musste, und sich musikalisch ständig weiterentwickelt. Auf sich allein gestellt, war er jedoch eine Zeitlang ziemlich neben der Spur. Er und Herrera brauchten ganze drei Jahre, um die Traumatics wiederzubeleben – mit der hübschen, problembehafteten Blondine Molly Tremain im Bunde, die als Verstärkung für den Gesang hinzugekommen war – und bei einem winzigen Label ihre erste LP, *Greetings from the Bottom of the Mine Shaft,* herauszubringen. Eines Abends, als die Band in Minneapolis auftrat, ging Walter ins Entry, um sie spielen zu hören, aber gegen halb elf war er, mit sechs Exemplaren der LP unter dem Arm, schon wieder zu Hause bei Patty und der kleinen Jessica. Richard hatte eine Art Nische gefunden, wie er tagsüber Geld verdienen konnte, indem er Dachterrassen für diejenigen Yuppies aus Lower Manhattan baute, denen der Kontakt mit Künstlern und Musikern einen Coolnesskick verschaffte, d.h., die kein Problem damit hatten, wenn der Terrassenbauer seinen Arbeitstag um zwei Uhr am Nachmittag begann und ein paar Stunden später wieder beendete, sodass er für einen Fünftagejob drei Wochen brauchte. Dem zweiten Album der Band, *In Case You Hadn't Noticed*, wurde nicht mehr Aufmerksamkeit zuteil als dem ersten, aber das dritte, *Reactionary Splendor*, erschien bei einem weniger winzigen Label und rangierte am Ende des Jahres auf mehreren Charts unter den Top Ten. Als Richard dieses Mal durch Minnesota kam, rief er vorher an und kriegte es auf die Reihe, zusammen mit der höflichen, aber gelangweilten und zumeist schweigenden Molly, die seine Freundin war oder auch nicht, einen Nachmittag bei Patty und Walter zu Hause zu verbringen.

Besonders schön war dieser Nachmittag – so überraschend spärlich Pattys Erinnerungen daran auch sind – für Walter. Patty hatte mit den Kindern und mit dem Versuch, Molly mehrsilbige Wörter zu entlocken, alle Hände voll zu tun, aber Walter konnte all seine Renovierungsarbeiten am Haus zur Schau stellen und den hübschen, energiegeladenen Nachwuchs vorführen, den er mit Patty gezeugt hatte, und dabei zusehen, wie Richard und Molly die beste Mahlzeit ihrer gesamten Tournee verdrückten, und, nicht minder wichtig, Richard reichhaltige Informationen über die alternative Musikszene abzapfen, die er in den darauffolgenden Monaten gut zu verwerten wusste, indem er die Alben aller Künstler kaufte, die Richard ihm genannt hatte, sie während des Renovierens auflegte, die männlichen Nachbarn und Kollegen, die sich selbst für hippe Musikkenner hielten, damit beeindruckte und in dem Gefühl badete, in beiden Welten die Nase vorn zu haben. Der Stand der Dinge, ihre Rivalität betreffend, war für ihn an diesem Tag überaus befriedigend. Richard war abgebrannt, kleinlaut und zu mager, seine

Freundin sonderbar und unglücklich. Walter, jetzt zweifelsfrei der große Bruder, konnte sich zurücklehnen und Richards Erfolg als pikantes, hipnessförderndes Beiwerk seines eigenen Erfolgs genießen.

Damals wäre das Einzige, was Walter in jene ungute Gefühlslage hätte zurückversetzen können, die ihn im College gequält hatte, als er gegen den Menschen zu *verlieren* glaubte, den er zu sehr mochte, um ihn besiegen zu wollen, eine bizarre pathologische Folge von Ereignissen gewesen. Bei ihm zu Hause hätte sich die Lage erheblich verschlechtern müssen. Walter hätte es, in furchtbaren Konflikten mit Joey, misslingen müssen, ihn zu verstehen und seine Achtung zu gewinnen, ja im Prinzip hätte er sich genauso aufführen müssen wie früher sein eigener Vater, und dazu hätte Richards Karriere einen unerwarteten und späten Aufschwung erfahren und Patty sich leidenschaftlich in ihn verlieben müssen. Wie groß war die Chance, dass all dies geschehen würde?

Leider Gottes nicht gleich null.

Man möchte dem Sex ja nicht zu viel Erklärungskraft beimessen, und doch wäre es ein Pflichtversäumnis der Autobiographin, würde sie ihm nicht einen unbequemen Absatz widmen. Die bedauerliche Wahrheit ist die, dass Patty Sex schon bald langweilig und müßig fand – immer die gleiche alte Leier – und hauptsächlich Walter zuliebe mitmachte. Und ja, kein Zweifel, nicht besonders gut mitmachte. Es gab einfach fast immer irgendetwas anderes, das sie lieber getan hätte. Meistens hätte sie lieber geschlafen. Oder es kam ein ablenkendes oder leicht beunruhigendes Geräusch aus einem der Kinderzimmer. Oder sie überschlug im Geist, wie viele unterhaltsame Minuten eines Westküsten-College-Basketballspiels ihr noch bleiben würden, wenn sie endlich den Fernseher wieder einschalten durfte. Aber selbst alltägliche Verrichtungen wie Gartenarbeit, Saubermachen und Einkaufengehen konnten, verglichen mit Sex, äußerst reizvoll und dringend erscheinen, und war der Gedanke erst einmal im Kopf, dass man sich in Windeseile entspannen und in Windeseile Erfüllung finden musste, damit man hinuntergehen und die Fleißigen Lieschen pflanzen konnte, die in ihren kleinen Plastikbehältern vor sich hin welkten, war alles aus. Sie versuchte, Abkürzungen zu nehmen, versuchte, es Walter vorauseilend mit dem Mund zu besorgen, sagte ihm, sie sei müde und er solle ruhig einfach seinen Spaß haben und sich um sie nicht weiter kümmern. Aber der arme Walter war so veranlagt, dass ihm seine eigene Befriedigung weniger wichtig war als ihre oder er sie zumindest an die ihre knüpfte, und irgendwie fand sie nie die richtigen Worte, um ihm auf freundliche Weise klarzumachen, in was für eine missliche Lage er sie damit brachte, denn letzten Endes hätte sie ihm dann doch sagen müssen, dass sie ihn nicht so sehr begehrte wie er sie: dass das Verlangen nach Sex mit ihrem Partner etwas (na gut, das Wichtigste) war, das sie im Tausch gegen all die schönen Seiten ihres gemeinsamen Lebens aufgegeben hatte. Und das dem Mann zu gestehen, den man liebte, erwies sich nun einmal als einigermaßen schwierig. Walter tat sein Möglichstes, damit Sex schöner für sie wurde, nur das Eine, das eventuell funktioniert hätte, tat er nicht, nämlich aufzuhören, sich Gedanken darüber zu machen, wie es schöner für sie werden könnte, und sie stattdessen eines Abends über den Küchentisch zu beugen und von hinten zu nehmen. Aber der Walter, der das hätte tun können, wäre nicht Walter gewesen. Er war, wie er war, und so, wie er war, wollte er von Patty gewollt werden. Er wollte Gegenseitigkeit! Der Nachteil, wenn sie ihm einen blies, war deshalb der, dass er sich dann seinerseits mit dem Mund an ihr zu schaffen machte, wofür sie jedoch viel zu empfindlich war. Erst Jahre später, nachdem sie sich lange dagegen gewehrt hatte, sollte es ihr gelingen, ihn davon abzubringen. Mit dem Ergebnis, dass sie ein furchtbar schlechtes Gewissen hatte, aber auch *wütend* und *gereizt* war, weil sie sich als eine solche Versagerin fühlen musste. Richards und Mollys Müdigkeit an jenem Nachmittag, als sie bei ihnen zu Besuch waren, kam Patty jedenfalls wie die Müdigkeit von Leuten vor, die die ganze Nacht über gevögelt haben, und es sagt eine Menge über ihren damaligen Geisteszustand aus – darüber, wie öde Sex für sie war und wie vollkommen sie darin aufging, Jessicas und

Joeys Mutter zu sein –, dass sie die beiden noch nicht einmal darum beneidete. Sex erschien ihr als ein Zeitvertreib für junge Leute, die nichts Besseres zu tun haben. Davon beflügelt wirkten Richard und Molly ganz gewiss nicht.

Und dann zogen die Traumatics weiter – erst zu ihrem nächsten Konzert in Madison und dann zur Veröffentlichung weiterer verschroben betitelter Alben, die eine bestimmte Art von Kritikern und ungefähr fünftausend andere Menschen auf der Welt gern hörten, mit Auftritten in kleinem Rahmen vor ungepflegten, gebildeten weißen Männern, die nicht mehr so jung waren wie früher –, während Patty und Walter ihr zumeist recht absorbierendes Alltagsleben weiterführten, in dem die wöchentlichen dreißig Minuten sexuellen Stresses eine chronische, aber geringfügige Unannehmlichkeit darstellten, ähnlich der hohen Luftfeuchtigkeit in Florida. Die Autobiographin räumt allerdings ein, dass zwischen dieser kleinen Unannehmlichkeit und den großen Fehlern, die Patty damals als Mutter machte, womöglich ein Zusammenhang bestand. Wo Elizas Eltern sich, vor langer Zeit, zu sehr miteinander und zu wenig mit Eliza befasst hatten, unterlief Patty in Bezug auf Joey wohl eher der gegenteilige Fehler. Aber auf diesen Seiten ist schon von so vielen anderen, nicht-elterlichen Irrtümern zu berichten, dass es schier unmenschlich schmerzhaft erscheint, zusätzlich noch auf ihren Fehlern mit Joey herumzureiten; die Autobiographin fürchtet, dass sie sich dann einfach auf den Boden legen müsste und nie wieder hochkommen würde.

Fürs Erste jedoch wurden Walter und Richard wieder dicke Freunde. Walter kannte eine Vielzahl von Leuten, aber die Stimme, die er beim Nachhausekommen am liebsten auf dem Anrufbeantworter hörte, war die von Richard, der dann zum Beispiel sagte: «Yo, Jersey City hier. Wollte mal wissen, ob du mir was Aufbauendes über die Lage in Kuwait sagen kannst. Ruf mich zurück.» Dank der Häufigkeit von Richards Anrufen, aber auch deshalb, weil er jetzt deutlich ungeschützter mit Walter sprach – er kenne niemanden wie ihn und Patty, sie seien die Rettungsleine, die ihn mit einer vernünftigen, hoffnungsvollen Welt verbinde –, begriff Walter endlich, dass Richard ihn wirklich mochte und brauchte und nicht nur passiv einwilligte, sein Freund zu sein. (Das war der Kontext, in dem Walter voller Dankbarkeit den Rat seiner Mutter in puncto Loyalität zitierte.) Wann immer also eine weitere Tournee die Traumatics in die Stadt führte, nahm Richard sich die Zeit, Walter und Patty zu besuchen; meistens allein. Ein besonderes Interesse zeigte er an Jessica, die er für eine *wahrhaft gute Seele* hielt, aus demselben Holz geschnitzt wie ihre Großmutter, und der er alle möglichen ernsthaften Fragen über ihre Lieblingsschriftsteller und ihre freiwillige Mitarbeit in der kommunalen Suppenküche stellte. Obwohl Patty sich vielleicht eine Tochter gewünscht hätte, die ihr mehr ähnelte und für die ihre eigenen, reichen Erfahrungen mit dem Fehlermachen eine Quelle des Trostes gewesen wären, war sie doch in erster Linie stolz, eine Tochter zu haben, die so genau wusste, wo es langging. Sie freute sich daran, Jessica mit Richards bewundernden Augen zu sehen, und es gab ihr ein Gefühl der Sicherheit, wenn er und Walter ins Auto stiegen, um etwas zusammen zu unternehmen: der großartige Mann, den sie geheiratet, und der sexuell anziehende Mann, den sie nicht geheiratet hatte. Richards Zuneigung zu Walter bewirkte, dass sie selbst Walter positiver sah; sein Charisma hatte es an sich, alles annehmbar werden zu lassen, womit es in Berührung kam.

Ein deutlicher Schatten war Walters Missbilligung von Richards Verhältnis mit Molly Tremain. Sie hatte zwar eine sehr schöne Stimme, war aber ein schwermütiger, womöglich manisch-depressiver Mensch und verbrachte ungeheuer viel Zeit allein in ihrer Wohnung auf der Lower East Side, wo sie nächtelang freiberuflich Manuskripte lektorierte und die Tage verschlief. Molly stand stets zur Verfügung, wenn Richard bei ihr vorbeikommen wollte, und Richard behauptete, sie habe nichts dagegen einzuwenden, seine Teilzeitgeliebte zu sein, aber Walter wurde den Verdacht nicht los, dass ihre Beziehung auf Missverständnissen gründete. Über die Jahre entlockte Patty Walter diverse verstörende Sätze, die Richard unter vier Augen zu ihm gesagt hatte, darunter: «Manchmal denke ich, dass es meine Bestimmung im Leben ist, meinen Penis in die Scheide möglichst vieler Frauen zu stecken», und: «Die Vorstellung, für den Rest meines Lebens mit ein und demselben Menschen zu schlafen, ist für mich der Tod.» Walters Befürchtung, Molly glaube im Stillen, dass Richard diesen Empfindungen irgendwann entwachsen werde, erwies sich als richtig. Molly war zwei Jahre älter als Richard, und als sie auf einmal zu dem Schluss kam, sie wolle, bevor es zu spät sei, ein Kind mit ihm, sah Richard sich gezwungen, ihr begreiflich zu machen, warum es dazu nie kommen werde. Worauf es zwischen ihnen schnell derart scheußlich wurde, dass er gleich ganz mit ihr Schluss machte und sie im Gegenzug die Band verließ.

Es traf sich, dass Mollys Mutter eine altgediente Redakteurin im Kulturressort der *New York Times* war, was vielleicht erklärt, warum die Traumatics, trotz Plattenverkäufen im unteren vierstelligen und Konzertbesucherzahlen im oberen zweistelligen Bereich, mehrere große, positive Besprechungen in dieser Zeitung bekommen hatten («Konsequent originell und ewig unbekannt», «Vom Desinteresse ungebrochen, gehen die Traumatics ihren Weg») und, nach *In Case You Hadn't Noticed*, Kurzkritiken aller ihrer Alben. Ob es nun purer Zufall war oder nicht – *Insanely Happy*, ihr erstes Album ohne Molly und, wie sich zeigen sollte, ihr letztes überhaupt, wurde nicht nur von der *Times*, sondern sogar von den wöchentlichen Stadtteilmagazinen, die gratis verteilt wurden und lange Zeit ein Bollwerk der Traumatics-Unterstützung gewesen waren, ignoriert. Nach Richards Theorie, die er Walter und Patty bei einem frühen Abendessen unterbreitete, als die Band sich noch einmal durch die Twin Cities schleppte, lag das daran, dass er die Aufmerksamkeit der Presse bislang, ohne sich dessen bewusst gewesen zu sein, auf Kredit gekauft hatte und die Presse nun zu dem Ergebnis gelangt war, niemand werde je ein Traumatics-Kenner sein müssen, um seine kulturelle Bildung oder sein Ansehen in der Szene unter Beweis zu stellen, weshalb es für weitere Kredite keinen Grund mehr gebe.

Patty, mit Ohrstöpseln ausgestattet, begleitete Walter an jenem

Abend auf Richards Konzert. The Sick Chelseas, vier gleichklingende Mädchen aus der Gegend, kaum älter als Jessica, traten als Vorgruppe auf, und Patty ertappte sich bei der Überlegung, welche von ihnen Richard wohl hinter der Bühne angebaggert hatte. Sie war nicht eifersüchtig auf die Mädchen, sie war traurig Richards wegen. Sowohl Walter als auch ihr dämmerte allmählich, dass Richard, auch wenn er ein guter Musiker und Songwriter war, nicht das schönste Leben führte: dass all seine Selbstkritik und all seine Beteuerungen, wie sehr er sie beide bewunderte und beneidete, tatsächlich ernst gemeint gewesen waren. Nach dem Auftritt der Sick Chelseas verdünnisierten sich ihre spätpubertären Freunde und ließen in dem Club nicht mehr als dreißig unverwüstliche Traumatics-Fans zurück – weiß, männlich, ungepflegt und noch etwas weniger jung als früher –, die sich erst Richards trocken vorgebrachte Witzeleien anhörten («Wir möchten euch danken, dass ihr in diese 400 Bar gekommen und nicht in die andere, beliebtere 400 Bar gegangen seid … Wir selber haben offenbar denselben Fehler gemacht») und dann den übermütig gespielten Titelsong des neuen Albums

*What tiny little heads up in those big fat SUVs!*
*My friends, you look insanely happy at the wheel!*
*And the Circuit City smiling of a hundred Kathy Lees!*
*A wall of Regis Philbins! I tell you I'm starting to feel*
*INSANELY HAPPY! INSANELY HAPPY!*

und, später, einen endlosen und typischeren, abstoßenden Song, «TCBY», Gitarrenlärm hauptsächlich, der an Rasierklingen und zerbrochenes Glas erinnerte und zu dem Richard Lyrik sang –

*They can buy you*
*They can butcher you*

*Tritely, cutely branded yogurt*
*The cat barfed yesterday*

*Techno cream, beige yellow*
*Treat created by yes-men*

*They can bully you*
*They can bury you*

*Trampled choked benighted youth*
*Taught consumerism by yahoos*

*This can't be the country's best*
*This can't be the country's best*

und schließlich seinen langsamen, Countrymusik nicht unähnlichen Song «Dark Side of the Bar», bei dem Patty vor Traurigkeit Richards wegen Tränen in die Augen traten –

*There's an unmarked door to nowhere*
*On the dark side of the bar*
*And all I ever wanted was*
*To be lost in space with you*
*The reports of our demise*
*Pursue us through the vacuum*
*We took a wrong turn at the pay phones*
*We were never seen again*

Die Band war gut – Richard und Herrera spielten seit fast zwanzig Jahren zusammen –, aber eine Band, die gut genug gewesen wäre, um die Trostlosigkeit des zu kleinen Clubs zu kompensieren, konnte man sich kaum vorstellen. Nach einer einzigen Zugabe, «I Hate Sunshine», verschwand Richard gar nicht erst hinter der Bühne, sondern stellte einfach seine Gitarre auf einen Ständer, zündete sich eine Zigarette an und sprang hinunter in den Saal.

«Nett von euch, dass ihr geblieben seid», sagte er zu den Berglunds. «Ich weiß ja, dass ihr früh rausmüsst.»

«Es war toll! Du warst toll!», sagte Patty.

«Im Ernst, ich finde, das ist eure bisher beste Platte», sagte Walter. «Wirklich phantastische Songs. Es ist nochmal ein großer Schritt nach vorn.»

«Ja.» Richard, nicht ganz bei der Sache, suchte mit den Augen den hinteren Teil des Clubs ab, um herauszufinden, ob noch eine von den Sick Chelseas da war. Und tatsächlich, eine war geblieben. Nicht die konventionell hübsche Bassistin, auf die Patty gewettet hätte, sondern die große, säuerlich und missvergnügt wirkende Schlagzeugerin, was natürlich, sobald Patty darüber nachdachte, viel mehr Sinn ergab. «Da ist jemand, der mit mir sprechen möchte», sagte Richard. «Ihr wollt ja wahrscheinlich gleich nach Hause, aber wenn ihr Lust habt, können wir alle auch noch zusammen weggehen.»

«Nein, geh nur», sagte Walter.

«War wirklich schön, dich spielen zu hören, Richard», sagte Patty. Sie legte ihm freundschaftlich eine Hand auf den Arm und blickte ihm nach, als er zu der säuerlichen Schlagzeugerin hinüberging.

Auf dem Heimweg nach Ramsey Hill, in ihrem Volvo Kombi, geriet Walter ganz außer sich über die großen Qualitäten von *Insanely Happy* und den dürftigen Geschmack einer amerikanischen Öffentlichkeit, die zu Millionen in die Konzerte der Dave-Matthews-Band strömte und noch nicht einmal wusste, dass Richard Katz *existierte.*

«Entschuldige», sagte Patty. «Was war noch gleich schlecht an Dave Matthews?»

«Eigentlich alles, abgesehen vom technischen Können», sagte Walter.

«Klar.»

«Aber vielleicht besonders die Banalität der Texte. ‹*Gotta be free, so free, yeah, yeah, yeah. Can't live without my freedom, yeah, yeah.*› So geht praktisch jeder Song.»

Patty lachte. «Meinst du, Richard wollte mit dem Mädchen ins Bett?»

«Ich bin sicher, dass er es drauf anlegen wird», sagte Walter. «Und wahrscheinlich auch schafft.»

«Ich fand sie nicht besonders gut. Diese Mädchen.»

«Nein, waren sie auch nicht. Wenn Richard mit ihr ins Bett geht, dann gibt er damit kein Votum über das Talent der Band ab.»

Zu Hause zog sie sich, nachdem sie nach den Kindern geschaut hatte, ein ärmelloses Top und knappe Baumwollshorts an und machte sich im Bett über Walter her. Das war sehr ungewöhnlich für sie, aber zum Glück auch wiederum nicht so einmalig, dass es Kommentare und Nachfragen provoziert hätte; und Walter musste nicht erst überzeugt werden, ihr zu Willen zu sein. Es war keine große Sache, nur eine kleine Spätabendüberraschung, und doch sieht es im autobiographischen Rückblick jetzt fast wie der Höhepunkt ihres gemeinsamen Lebens aus. Oder vielleicht, richtiger gesagt, wie dessen Endpunkt: das letzte Mal, dass sie sich als verheiratete Frau wohl und sicher fühlte. Ihre Verbundenheit mit Walter in der 400 Bar, die Erinnerung an den Schauplatz ihrer allerersten Begegnung, die Leichtigkeit im Zusammensein mit Richard, ihre freundschaftliche Wärme als Paar, die schlichte Freude darüber, einen so alten und guten Freund zu haben, und danach das für sie beide so seltene Geschenk ihres plötzlichen, heftigen Verlangens, Walter in sich zu spüren: *Die Ehe funktionierte*. Und es schien keinen zwingenden Grund zu geben, warum sie nicht weiterfunktionieren, ja vielleicht sogar immer besser funktionieren sollte.

Ein paar Wochen später brach Dorothy in dem Bekleidungsgeschäft in Grand Rapids zusammen. Patty, wie ihre eigene Mutter klingend, äußerte Walter gegenüber Bedenken hinsichtlich der qualitativen Versorgung im Krankenhaus und wurde auf tragische Weise bestätigt, als Dorothy kurz darauf infolge eines Multiorganversagens starb. Walters Trauer war einerseits überdurchschnittlich groß, weil sie nicht nur den Verlust der Mutter, sondern auch die kümmerlichen Dimensionen ihres gesamten Lebens einschloss, und andererseits ein wenig verhalten, da ihr Tod für ihn auch eine Entlastung und Befreiung war – er musste sich jetzt nicht mehr für sie verantwortlich fühlen, der Hauptstrang, der ihn mit Minnesota verbunden hatte, war durchtrennt. Patty war von der Heftigkeit ihrer eigenen Trauer überrascht. Genau wie Walter hatte auch Dorothy immer nur das Beste von ihr angenommen, und Patty haderte damit, dass für jemanden, der so großherzig gewesen war wie Dorothy, keine Ausnahme von jener Regel hatte gemacht werden können, nach der am Ende jeder für sich alleine stirbt. Dass Dorothy in ihrer stets vertrauensvollen Nettigkeit den bitteren Weg in den Tod ohne Begleitung hatte gehen müssen: das durchbohrte Patty schier das Herz.

Natürlich bemitleidete sie sich auch selbst, wie Menschen es immer tun, wenn sie andere bemitleiden, die einsam und verlassen gestorben sind. Während sie sich um die Beerdigungsformalitäten kümmerte, befand sie sich in einem Geisteszustand, dessen Fragilität, so hofft die Autobiographin, wenigstens zum Teil erklärt, warum sie mit der Entdeckung, dass ein älteres Nachbarsmädchen, Connie Monaghan, Joey sexuell ausgenutzt hatte, so schlecht zurechtkam. Der lange Katalog von Fehlern, die Patty infolge dieser Entdeckung machte, würde den Rahmen dieses ohnehin schon umfangreichen Schriftstücks sprengen. Die Autobiographin schämt sich für das, was sie Joey angetan hat, immer noch so sehr, dass sie gar nicht weiß, wie sie vernünftig davon berichten soll. Wenn man sich um drei Uhr morgens mit einem Teppichmesser in der Hand auf dem Gartenweg hinter dem Haus seines Nachbarn wiederfindet und die Reifen von dessen Pick-up zersticht, kann man in juristischer Hinsicht auf Unzurechnungsfähigkeit plädieren. Aber auch in moralischer?

Für die Verteidigung: Patty hatte Walter gleich am Anfang gewarnt, was für ein Mensch sie war. Sie hatte ihm *gesagt*, dass irgendetwas mit ihr nicht stimmte.

Für die Anklage: Walter war angemessen vorsichtig gewesen. Es war Patty, die ihn bis nach Hibbing verfolgt und sich ihm an den Hals geworfen hatte.

Für die Verteidigung: Aber sie versuchte doch, gut zu sein und ein gutes Leben zu führen! Und deshalb wandte sie sich von allen anderen ab und arbeitete hart daran, eine großartige Mutter und Hausfrau zu werden.

Für die Anklage: Ihre Motive waren unlauter. Sie konkurrierte dabei mit ihrer Mutter und ihren Schwestern. Sie wollte, dass ihre Kinder ein Vorwurf gegen sie waren.

Für die Verteidigung: Aber sie liebte ihre Kinder!

Für die Anklage: Ihre Liebe zu Jessica hatte das richtige Maß, aber Joey liebte sie viel zu sehr. Sie wusste, was sie da tat, und hörte doch nicht damit auf, weil sie es Walter übelnahm, dass er nicht der war, den sie wollte, aber auch weil sie einen schlechten Charakter hatte und glaubte, sie, ein Star und eine Wettkämpferin, habe einen Ausgleich dafür verdient, im Dasein einer Hausfrau gefangen zu sein.

Für die Verteidigung: Aber Liebe kommt von allein. Es war ja nicht *ihre* Schuld, dass noch die kleinste Kleinigkeit an Joey ihr so viel Freude bereitete.

Für die Anklage: Es *war* ihre Schuld. Man kann nicht begeistert Kekse und Eiscreme in sich hineinstopfen und dann behaupten, es treffe einen keine Schuld, wenn man am Ende hundertfünfzig Kilo wiegt.

Für die Verteidigung: Aber das wusste sie nicht! Sie glaubte, das Richtige zu tun, indem sie ihren Kindern die Aufmerksamkeit und Liebe schenkte, die ihre Eltern ihr vorenthalten hatten.

Für die Anklage: Sie wusste es sehr wohl, denn Walter sagte es ihr, er sagte es ihr immer und immer wieder.

Für die Verteidigung: Aber auf Walter war kein Verlass. Sie glaubte, sie müsse für Joey eintreten und der gute Bulle sein, weil Walter der böse Bulle war.

Für die Anklage: Das Problem lag nicht bei Walter und Joey. Das Problem lag bei Patty und Walter, und auch das wusste sie.

Für die Verteidigung: Sie liebt Walter!

Für die Anklage: Alle Indizien sprechen dagegen.

Für die Verteidigung: Na schön, wenn das so ist, dann liebt Walter sie auch nicht. Er liebt nicht den Menschen, der sie wirklich ist. Er liebt eine falsche Vorstellung von ihr.

Für die Anklage: Das könnte ihr so passen, wenn es denn stimmen würde. Das Dumme für Patty ist nur, dass er sie nicht geheiratet hat, obwohl, sondern gerade weil sie so ist, wie sie ist. Nette Menschen verlieben sich nicht notgedrungen in nette Menschen.

Für die Verteidigung: Zu behaupten, dass sie ihn nicht liebt, ist unfair!

Für die Anklage: Wenn sie sich nicht benehmen kann, spielt es keine Rolle, ob sie ihn liebt oder nicht.

Walter wusste, dass Patty die Reifen des grässlichen Trucks ihres grässlichen Nachbarn zerstochen hatte. Sie sprachen nie darüber, aber er wusste es. Eben weil sie nie darüber sprachen, wusste sie, dass er es wusste. Der Nachbar, Blake, war dabei, auf der Rückseite des Hauses seiner grässlichen Freundin, der grässlichen Mutter von Connie Monaghan, einen grässlichen Anbau zusammenzuzimmern, und Patty ließ es sich in jenem Winter geraten sein, jeden Abend eine Flasche oder mehr Wein zu trinken, um dann mitten in der Nacht vor Angst und Wut schweißgebadet aufzuwachen und mit dem hämmernden Herzen einer Wahnsinnigen durchs Erdgeschoss zu pirschen. Blake legte eine dumme Selbstgefälligkeit an den Tag, die sie in ihrem Zustand des Schlafentzugs nicht nur mit der dummen Selbstgefälligkeit jenes Sonderermittlers gleichsetzte, der Bill Clinton dazu gebracht hatte, in Sachen Monica Lewinsky zu lügen, sondern auch mit der dummen Selbstgefälligkeit der Kongressmänner, die deshalb kürzlich ein Amtsenthebungsverfahren gegen ihn angestrengt hatten. Bill Clinton war einer der seltenen Politiker, die Patty nicht scheinheilig vorkamen – die nicht vorgaben, Herr Saubermann zu sein –, und sie war eine der Millionen amerikanischen Frauen, die auf der Stelle mit ihm geschlafen hätten. Dem grässlichen Blake die Reifen platt zu machen war noch der harmloseste der Schläge, die sie zur Verteidigung ihres Präsidenten gern ausführen wollte. Was sie in keiner Weise exkulpieren, sondern nur ein Licht auf ihren Geisteszustand werfen soll.

Ein unmittelbareres Ärgernis war die Tatsache, dass Joey in jenem Winter so tat, als bewunderte er Blake. Joey war zu klug, um Blake *wirklich* zu bewundern, aber er machte gerade eine Phase der pubertären Rebellion durch und musste, um Patty vor den Kopf zu stoßen, genau die Dinge mögen, die sie am meisten hasste. Das hatte sie der tausend Fehler wegen, die ihr aus maßloser Liebe zu ihm unterlaufen waren, wahrscheinlich verdient, aber so fühlte es sich damals nicht an. Damals fühlte es sich an wie ein Peitschenhieb mitten ins Gesicht. Und da sie bei verschiedenen Gelegenheiten, wenn Joey sie aus der Reserve ihrer Selbstbeherrschung gelockt und zum Zurückschlagen verleitet hatte, imstande gewesen war, ihm ungeheuerliche Gemeinheiten zu sagen, tat sie nun ihr Bestes, ihren Schmerz und ihre Wut an Dritten auszulassen, bei denen es weniger schlimm schien, also etwa an Blake und Walter.

Sie glaubte nicht, dass sie Alkoholikerin war. Sie war keine Alkoholikerin. Sie wurde wohl nur allmählich wie ihr Vater, der seiner Familie von Zeit zu Zeit entfloh, indem er zu viel trank. Früher einmal hatte Walter es sogar *schön* gefunden, dass sie gern ein, zwei Gläser Wein trank, nachdem sie die Kinder ins Bett gebracht hatte. Damals in seinem Elternhaus, sagte er zu Patty, sei ihm vom Alkoholgeruch immer schlecht geworden, aber wenn ihr Atem nach Alkohol rieche, habe er es verzeihen und lieben gelernt, denn er liebe ihren Atem, weil ihr Atem tief aus ihrem Inneren komme und er ihr Inneres liebe. Derlei Dinge pflegte er zu ihr zu sagen – Geständnisse, die sie nicht erwidern konnte und die sie dennoch berauschten. Aber als aus den ein, zwei Gläsern sechs oder acht wurden, änderte sich alles. Für Walter war es dringend erforderlich, dass sie abends nüchtern war, damit sie ihm zuhören konnte, wenn er über die vermeintlichen moralischen Defizite ihres Sohnes sprach, während es für sie dringend erforderlich war, nicht nüchtern zu sein, um sich eben das nicht anhören zu müssen. Es war kein Alkoholismus, sondern Notwehr.

Und hierin, genau hierin liegt ein tatsächliches, schweres persönliches Versagen von Walter: Er konnte nicht akzeptieren, dass

Joey nicht so war wie er. Wenn Joey Mädchen gegenüber schüchtern und zurückhaltend gewesen wäre, wenn es Joey Spaß gemacht hätte, die Rolle des Kindes zu spielen, wenn Joey einen Vater gebraucht hätte, der ihm Dinge beibrachte, wenn Joey aus tiefster Seele ehrlich gewesen wäre, wenn Joey Partei für die Benachteiligten ergriffen hätte, wenn Joey die Natur geliebt hätte, wenn Geld Joey gleichgültig gewesen wäre, dann wären er und Walter prächtig miteinander ausgekommen. Aber Joey war, von Kindesbeinen an, eher jemand vom Schlage eines Richard Katz – mühelos lässig, unerschütterlich selbstbewusst, völlig auf das konzentriert, was er erreichen wollte, unempfindlich gegen moralische Vorhaltungen, frei von Angst vor Mädchen –, und Walter kam mit all seiner Frustration und Enttäuschung über seinen Sohn zu Patty und legte sie ihr vor die Füße, als wäre sie schuld daran. Fünfzehn Jahre lang hatte er sie angefleht, ihn bei seinen Erziehungsversuchen zu unterstützen, ihm dabei zu helfen, das häusliche Verbot von Videospielen, exzessivem Fernsehen und Frauen verachtender Musik durchzusetzen, aber Patty konnte nicht anders, als Joey genauso zu lieben, wie er war. Den Einfallsreichtum, mit dem er Verbote umging, fand sie bewundernswert und erheiternd: Der Junge schien ihr ganz und gar unglaublich zu sein. Ein Einserschüler, hart arbeitend, in der Schule beliebt, unternehmerisch genial. Vielleicht hätte sie sich, wäre sie allein für ihn verantwortlich gewesen, mehr Sorgen um seine Erziehung gemacht. Aber diese Aufgabe hatte Walter übernommen, und sie hatte sich dem Glauben hingegeben, sie und ihren Sohn verbinde eine phantastische Freundschaft. Sie weidete sich an seinen bösartigen Nachahmungen von Lehrern, die er nicht mochte, sie gab schlüpfrige Klatschgeschichten aus der Nachbarschaft unzensiert an ihn weiter, sie saß, ihre Knie umfassend, auf seinem Bett und machte vor nichts halt, um ihn zum Lachen zu bringen; nicht einmal Walter war tabu. Sie hatte nicht das Gefühl, dass sie Walter hinterging, wenn sie Joey dazu anstiftete, über seine Marotten zu lachen – seine Abstinenz, sein Beharren darauf, bei einem Schneesturm mit dem Fahrrad zur Arbeit zu fahren, seine Wehrlosigkeit gegen Langweiler, seinen Hass auf Katzen, seine Missbilligung von Papierhandtüchern, seinen Enthusiasmus für schwierige Theaterstücke –, denn es waren ja alles Dinge, die sie selbst an ihm zu lieben gelernt hatte oder wenigstens liebenswert amüsant an ihm fand, und sie wollte, dass Joey Walter so sah wie sie. Das zumindest redete sie sich ein, denn, Hand aufs Herz, im Grunde wollte sie vor allem, dass Joey von ihr selbst begeistert war.

Wie er dem Nachbarsmädchen *treu und ergeben* sein konnte, war ihr schleierhaft. Sie glaubte, dass Connie Monaghan, hinterhältige kleine Wettkämpferin, die sie war, es geschafft hatte, ihn mit einer Art dreckigem vorübergehendem Bann zu belegen. Sie brauchte verheerend lange, um den Ernst der Monaghan'schen Bedrohung zu erkennen, und in den Monaten, als sie Joeys Gefühle für das Mädchen unterschätzte – als sie dachte, sie könnte Connie einfach wegekeln und ihre schlampige Mutter und deren verstockten Freund unbeschwert verulken, und schon bald hätte auch Joey nur noch Spott für sie übrig –, gelang es ihr, die Arbeit von fünfzehn Jahren, in denen sie sich alle Mühe gegeben hatte, eine gute Mutter zu sein, zunichtezumachen. Sie vermasselte es gewaltig, das muss man schon sagen, und in der Folge geriet sie ziemlich aus dem Gleichgewicht. Sie hatte üble Auseinandersetzungen mit Walter, in denen er ihr vorwarf, sie sorge dafür, dass Joey ihnen vollends entgleite, wogegen sie sich nicht richtig verteidigen konnte, weil sie ihre tiefe, krankhafte Überzeugung, dass Walter ihre Freundschaft zu ihrem Sohn zerstört hatte, nicht äußern durfte. Indem er ihr Bett teilte, indem er ihr Ehemann war, indem er darauf pochte, dass sie auf der Erwachsenenseite blieb, hatte Walter Joey weisgemacht, Patty befände sich im feindlichen Lager. Dafür hasste sie Walter und haderte mit ihrer Ehe, und Joey zog zu Hause aus und bei den Monaghans ein und ließ alle mit bitteren Tränen für ihre Fehler bezahlen.

Obwohl sie hiermit kaum an der Oberfläche gekratzt hat, ist es mehr, als die Autobiographin über diese Jahre eigentlich hatte sagen wollen, und jetzt wird sie tapfer voranschreiten.

Einen kleinen Vorteil brachte es immerhin mit sich, dass sie das

Haus mehr für sich hatte, denn nun konnte sie die Musik hören, die sie wollte, insbesondere die Countrymusik, bei deren leisesten Anklängen Joey bereits gequält und voller Abscheu aufgejault hatte und von der Walter mit seinen Collegeradio-Vorlieben nur eine schmale und vorwiegend klassische Auswahl tolerierte: Patsy Cline, Hank Williams, Roy Orbison, Johnny Cash. Patty mochte all diese Sänger auch, aber Garth Brooks und die Dixie Chicks mochte sie nicht weniger. Sobald Walter am Morgen zur Arbeit aufgebrochen war, drehte sie den Ton auf eine mit Denken unvereinbare Lautstärke und tauchte in Leidensgeschichten ein, die ihrer eigenen ähnlich genug waren, um etwas Tröstliches an sich zu haben, und doch auch weit genug davon abwichen, um irgendwie amüsant zu sein. Patty brauchte Texte und Geschichten – Walter hatte es längst aufgegeben, sie für Ligeti und Yo La Tengo zu interessieren – und wurde untreuer Männer und starker Frauen und des unerschütterlichen Lebensmuts von Menschen nie müde.

Zur selben Zeit gründete Richard seine neue Alternative-Country-Band Walnut Surprise, mit drei jungen Männern, die zusammengenommen nicht viel älter waren als er allein. Richard hätte womöglich mit den Traumatics weitergemacht und weitere Alben ins Nichts geschickt, wenn sich nicht ein merkwürdiger Unfall ereignet hätte, der nur Herrera passieren konnte, seinem alten Freund und Bassisten, dessen Schlendrian und Desorganisiertheit Richard im Vergleich zu ihm wie den Mann im grauen Flanell aussehen ließen. Nachdem Herrera Jersey City für zu bourgeois (!) und nicht deprimierend genug befunden hatte, war er nach Bridgeport, Connecticut, gezogen und hatte dort in einem Elendsviertel seine Zelte aufgeschlagen. Eines Tages nahm er in Hartford an einer Kundgebung für Ralph Nader und andere Kandidaten der Green Party teil und dachte sich ein Spektakel aus, das er Dopplerpus nannte, bestehend aus einem gemieteten Karussell in Form eines Oktopusses, auf dessen Tentakeln er und sieben Freunde von ihm saßen und über tragbare Verstärker Klagelieder sangen, während das Karussell sie im Kreis herumfliegen ließ und den Sound auf interessante Weise verzerrte. Herreras Freundin erzählte Richard später, der Dopplerpus sei «phantastisch» gewesen, ein «Riesenhit» für die «mehr als hundert» Leute, die zu der Kundgebung gekommen seien, aber danach, als Herrera alles wieder eingepackt habe, sei sein Kleinbus plötzlich einen Abhang hinuntergerollt, und Herrera sei hinterhergerannt und habe durchs Fenster in den Wagen hineingegriffen und das Lenkrad gepackt, woraufhin der Kleinbus im Herumschleudern gegen eine Steinmauer geprallt sei und ihn eingequetscht habe. Irgendwie hatte er es geschafft, zu Ende einzupacken und, immer wieder Blut hustend, zurück nach Bridgeport zu fahren, wo er an einem Riss in der Milz, fünf gebrochenen Rippen, einem gebrochenen Schlüsselbein und einem perforierten Lungenflügel beinahe draufgegangen wäre, hätte ihn seine Freundin nicht gerade noch rechtzeitig in ein Krankenhaus gebracht. Der Unfall, der auf die Enttäuschungen mit *Insanely Happy* folgte, schien Richard ein kosmisches Zeichen zu sein, und da er nicht leben konnte, ohne Musik zu machen, hatte er sich mit einem jungen Fan von ihm zusammengetan, der mörderisch gut Pedal-Steel-Gitarre spielte, und Walnut Surprise war geboren.

Richards Privatleben war in kaum besserem Zustand als Walters und Pattys. Er hatte auf der letzten Traumatics-Tournee mehrere tausend Dollar Verlust gemacht und dann dem nichtkrankenversicherten Herrera weitere Tausende für dessen Behandlungskosten «geliehen», und seine häusliche Situation ging, wie er Walter am Telefon sagte, gerade den Bach runter. Was Richards ganze Existenz seit zwanzig Jahren überhaupt möglich machte, war seine große Erdgeschosswohnung in Jersey City, für die er eine so geringe Miete zahlte, dass sie als nominell zu bezeichnen war. Richard konnte sich nie dazu aufraffen, irgendetwas auszurangieren, und die Wohnung war so groß, dass er das auch nicht musste. Auf einer seiner Reisen nach New York war Walter dort gewesen und hatte berichtet, der Flur vor Richards Wohnungstür sei mit ausgedienten Stereoanlagen, Matratzen und Ersatzteilen für seinen Pick-up-Truck zugemüllt, während der Hinterhof sich mehr und mehr mit Zubehör und Überbleibseln seiner Dachterrassenbauerei fülle. Das Beste sei noch ein Zimmer im Keller direkt unter seiner Wohnung, wo die Traumatics hätten proben (und später aufnehmen) können, ohne die anderen Mieter zu sehr zu stören. Richard war immer auf ein gutes Einvernehmen mit ihnen bedacht gewesen, aber nach seiner Trennung von Molly hatte er sich den schlimmen Fehler geleistet, einen Schritt weiterzugehen und mit einer von ihnen etwas anzufangen.

Zuerst hatte darin niemand einen Fehler gesehen außer Walter, der sich für einzigartig qualifiziert hielt, den Murks zu erkennen, den Richard bei Frauen machte. Als Richard am Telefon sagte, es sei jetzt an der Zeit, die Kindereien hinter sich zu lassen und eine richtige Beziehung mit einer erwachsenen Frau einzugehen, hatten die Alarmglocken in Walters Kopf zu läuten begonnen. Die Frau war eine Ecuadorianerin namens Ellie Posada. Sie war Ende dreißig und hatte zwei Kinder, deren Vater, ein Limousinen-Chauffeur, angefahren und getötet worden war, als sein Wagen auf dem Pulaski Skyway eine Panne gehabt hatte. (Richard, das entging Pattys Aufmerksamkeit nicht, trieb es zwar mit vielen sehr jungen Mädchen aus Spaß, die Frauen jedoch, mit denen er längerfristige Beziehungen hatte, waren so alt wie er oder sogar älter.) Ellie arbeitete bei einer Versicherungsagentur und wohnte auf derselben Etage wie Richard ihm genau gegenüber. Fast ein Jahr lang erstattete er Walter frohgemut Bericht darüber, wie unerwartet gut ihre Kinder und er sich verstünden und wie großartig es sei, zu einer Frau wie Ellie nach Hause zu kommen, und wie uninteressant er jetzt alle Frauen, die nicht Ellie seien, finde, und dass er seit damals, als sie beide zusammengewohnt hätten, nicht mehr so gut gegessen oder sich so gesund gefühlt habe und (hier schrillten Walters Alarmglocken nun wirklich los) wie faszinierend er das Versicherungswesen finde. Zu Patty sagte Walter, er habe während dieses demonstrativ glücklichen Jahrs etwas verräterisch Entrücktes oder Geistesabwesendes oder Verträumtes aus Richards Tonfall herausgehört, und es kam für ihn keineswegs überraschend, als Richards Natur ihn schließlich wieder einholte. Die Musik, die er mit Walnut Surprise zu machen begann, entpuppte sich als mindestens so faszinierend wie das Versicherungswesen, und die spindeldürren Tussen in der Umlaufbahn seiner jungen Bandmitglieder entpuppten sich als doch nicht so uninteressant, und Ellie entpuppte sich als strenge Gesetzesauslegerin, was die Ausschließlichkeit sexueller Kontakte betraf, und schon bald hatte er Angst, abends sein eigenes Gebäude zu betreten, weil Ellie dort auf der Lauer lag. Kurz darauf stachelte sie die anderen Mieter des Gebäudes dazu an, sich in Form einer Sammelbeschwerde über die ungeheuerliche Aneignung der Gemeinschaftsräume durch Richard zu beklagen, und sein bis dahin nicht in Erscheinung getretener Vermieter schickte ihm unbarmherzige Einschreiben, und am Ende war Richard, im Alter von vierundvierzig Jahren, mitten im Winter obdachlos, hatte alle seine Kreditkartenlimits ausgeschöpft und eine monatliche Rechnung von dreihundert Dollar für die Lagerung seines Schamotts zu zahlen.

Nun schlug Walters Stunde als Richards großer Bruder. Er bot ihm eine Möglichkeit, mietfrei zu wohnen, sich in einsamer Umgebung dem Schreiben seiner Songs zu widmen und gutes Geld zu verdienen – und währenddessen sein Leben in Ordnung zu bringen. Walter hatte von Dorothy das schöne kleine Haus am See unweit von Grand Rapids geerbt. Er plante innen wie außen einige größere bauliche Veränderungen, die selbst in Angriff zu nehmen er, seitdem er bei 3M gekündigt und bei The Nature Conservancy angeheuert hatte, schlicht keine Zeit fand, und er schlug Richard vor, dort draußen zu wohnen, mit der Renovierung der Küche zu beginnen und, sobald der Schnee geschmolzen wäre, auf der Rückseite des Hauses eine große Holzterrasse zu bauen, mit Blick auf den See. Richard würde dafür dreißig Dollar die Stunde bekommen, plus Strom und Heizung umsonst, und könnte nach seinem eigenen Rhythmus arbeiten. Und Richard, der ganz tief unten war und (wie er Patty später, in anrührender Offenherzigkeit, gestand) die Berglunds mittlerweile als das Familienähnlichste ansah, was er hatte, brauchte nur einen Tag Bedenkzeit, bevor er das Angebot annahm. Für Walter war seine Zusage eine weitere süße Bestätigung dafür, dass er Richard wirklich etwas bedeutete. Für Patty, nun ja, war das Timing riskant.

Richard kam mit seinem überladenen alten Toyota-Pick-up auf dem Weg nach Norden in St. Paul vorbei und blieb für eine Nacht. Patty hatte, als er um drei Uhr am Nachmittag vorfuhr, schon eine Flasche am Wickel und machte ihre Sache als Gastgeberin gar nicht gut. Walter übernahm das Kochen, während Patty für die beiden Männer mittrank. Es war, als hätten sie und Walter nur darauf gewartet, ihren alten Freund wiederzusehen, damit sie ihre gegensätzlichen Erklärungen dafür loswerden konnten, warum Joey, anstatt mit ihnen zusammen zu essen, nebenan mit einem rechtsgerichteten Deppen Air-Hockey spielte. Richard ging, ziemlich perplex, regelmäßig nach draußen, um eine Zigarette zu rauchen und sich für die nächste Runde Berglund'scher Angespanntheiten zu wappnen.

«Das wird schon alles wieder», sagte er einmal, als er wieder hereinkam. «Ihr seid tolle Eltern. Es ist bloß – na ja, wenn ein Kind eine starke Persönlichkeit hat, dann können sich eben große Selbstfindungsdramen abspielen. So etwas braucht Zeit.»

*«Mein Gott»,* sagte Patty. «Wo hast du denn *die* Weisheit her?»

«Richard ist einer dieser sonderbaren Menschen, die tatsächlich noch Bücher lesen und über vieles nachdenken», sagte Walter.

«Ja, anders als ich, schon klar.» Sie wandte sich Richard zu. «Ab und zu kommt es vor, dass ich nicht jedes einzelne Buch lese, das er mir empfiehlt. Manchmal beschließe ich einfach, eins – auszulassen. Ich glaube, davon ist hier zwischen den Zeilen die Rede. Von meinem unterdurchschnittlichen Intellekt.»

Richard sah sie scharf an. «Du solltest mit dem Trinken aufpassen», sagte er.

Er hätte sie genauso gut auf den Solarplexus boxen können. Während Walters Missbilligung ihr schlechtes Benehmen noch beförderte, hatte die von Richard den Effekt, das Kindische an ihrem Verhalten zu entlarven und ihre Unattraktivität ans Tageslicht zu zerren.

«Patty leidet im Moment sehr», sagte Walter ruhig, wie um Richard zu warnen, dass er, wie unerklärlich das auch sein mochte, immer noch auf ihrer Seite war.

«Von mir aus kannst du so viel trinken, wie du willst», sagte Richard. «Ich meine nur – wenn ihr wollt, dass euer Kind wieder zu euch zurückkommt, könnte es helfen, mal vor der eigenen Haustür zu kehren.»

«Im Augenblick bin ich mir gar nicht sicher, ob ich ihn überhaupt wieder hierhaben will», sagte Walter. «Irgendwie genieße ich die Verschnaufpause von seiner ständigen Verächtlichkeit.»

«Also, dann wollen wir doch mal sehen», sagte Patty. «Selbstfindung für Joey, eine Verschnaufpause für Walter, und für Patty? Was bekommt Patty? Wein, nehme ich an. Richtig? Patty bekommt Wein.»

«Mannomann», sagte Richard. «Höre ich da so was wie Selbstmitleid heraus?»

«Herrgott nochmal», sagte Walter.

Es war schrecklich zu sehen, mit Richards Augen, was aus ihr geworden war. Aus der Entfernung von zweitausend Kilometern war es ein Leichtes gewesen, Richards Liebesnöte, seine ewige Pubertät, seine gescheiterten Versuche, nicht mehr so kindisch zu sein, zu belächeln und sich einzubilden, hier, in Ramsey Hill, werde ein vernünftigeres Leben geführt. Aber kaum war er bei ihnen in der Küche – seine Größe wie immer eine atemberaubende Überraschung für sie, seine Gaddafi-Züge verwittert und tiefer in sein Gesicht gegraben, seine Masse dunklen Haars ausgesprochen ansehnlich ergrauend –, machte er ihr klar, was für ein selbstbezogenes kleines Kind sie, eingemauert in ihrem schönen Haus, hatte bleiben können. Sie war vor ihrer babyhaften Familie weggelaufen, nur um sich selbst wie ein großes Baby zu benehmen. Sie war nicht berufstätig, ihre Kinder waren erwachsener als sie, sie hatte fast nie mehr *Sex*. Es war ihr peinlich, so von ihm gesehen zu werden. All die Jahre hatte sie die Erinnerung an ihre kleine Autotour wie einen Schatz gehütet, sie an einem sicheren Ort tief in ihrem Inneren verwahrt, sie reifen lassen wie einen Wein, sodass, was zwischen ihnen hätte passieren können, auf symbolische Weise lebendig geblieben und mit ihnen beiden älter geworden war. Das Wesen des Möglichen veränderte sich, während es in seiner luftdicht verschlossenen Flasche reifte, aber es wurde nicht schlecht, es blieb potenziell trinkbar, war eine Art Rückversicherung: Der ruchlose Richard Katz hatte sie einst aufgefordert, mit ihm nach New York zu ziehen, und sie hatte nein gesagt. Und jetzt musste sie einsehen, dass die Dinge so nicht funktionierten. Sie war zweiundvierzig und trank sich eine rote Nase an.

Vorsichtig, weil sie nicht schwanken wollte, stand sie auf und kippte eine halbgekillte Flasche in den Ausguss. Sie stellte ihr leeres Glas ins Spülbecken und sagte, sie werde jetzt nach oben gehen und sich eine Weile hinlegen, die Männer sollten ruhig ohne sie essen.

«Patty», sagte Walter.

«Mir geht's gut. Wirklich. Ich habe nur zu viel getrunken. Vielleicht komme ich später nochmal runter. Es tut mir leid, Richard. Es ist so schön, dich zu sehen. Ich bin bloß irgendwie neben der Spur.»

Obwohl sie das Haus am See liebte und sich bisweilen für ganze Wochen allein dorthin zurückgezogen hatte, fuhr sie in dem Frühjahr, als Richard es renovierte, kein einziges Mal hin. Walter nahm sich die Zeit, mehrere verlängerte Wochenenden mit Richard zu verbringen und ihm zur Hand zu gehen, aber Patty schämte sich zu sehr. Sie blieb in der Barrier Street und brachte sich in Form: befolgte Richards Rat, was das Trinken betraf, fing wieder an zu joggen und zu essen, nahm genügend zu, um die tiefsten Falten in ihrem ausgezehrten Gesicht aufzufüllen, ja sah überhaupt den Tatsachen ihrer körperlichen Erscheinung ins Auge, die sie in ihrer Phantasiewelt nicht hatte wahrnehmen wollen. Ein Grund, warum ihr eine Art Generalüberholung widerstrebt hatte, war der, dass ihre hassenswerte Nachbarin Carol Monaghan sich einer solchen unterzogen hatte, sobald ihr hassenswerter Lustknabe Blake auf der Bildfläche erschienen war. Alles, was Carol tat, war für sie per definitionem indiskutabel, aber in diesem Fall erniedrigte sie sich und tat es ihr nach. Trennte sich von ihrem Pferdeschwanz, ging zu einer Coloristin, ließ sich einen altersgemäßen Haarschnitt verpassen. Sie gab sich Mühe, ihre alten Basketball-Freundinnen häufiger zu treffen, die sie damit belohnten, dass sie ihr sagten, sie sehe wesentlich besser aus.

Richard hatte eigentlich spätestens Ende Mai wieder an die Ostküste zurückkehren wollen, aber da er nun einmal Richard war, arbeitete er Mitte Juni, als Patty hinauffuhr, um ein paar Wochen am See zu verbringen, immer noch an der Holzterrasse. Walter kam für die ersten vier Tage mit und wollte dann weiter zu einer VIP-Angeltour, zu der ein wichtiger Nature-Conservancy-Sponsor in sein luxuriöses «Camp» in Saskatchewan eingeladen hatte – eine treffliche Gelegenheit, den Geldbaum zu schütteln. Um ihren kümmerlichen Auftritt im Winter wettzumachen, war Patty im Haus am See ein Wirbelwind der Gastfreundschaft und kochte die großartigsten Mahlzeiten für Walter und Richard, die im Garten hämmerten und sägten. Sie war stolz darauf, dass sie die ganze Zeit nüchtern blieb. An den Abenden hatte sie, da Joey nicht da war, keine Lust, den Fernseher einzuschalten. Stattdessen saß sie in Dorothys Lieblingssessel und las, während die Männer Schach spielten, auf Walters seit langem bestehende Empfehlung hin *Krieg und Frieden*. Zum Glück für alle Beteiligten war Walter besser im Schach als Richard und gewann meistens, aber Richard war hartnäckig und wollte immer noch eine Revanche, und Patty wusste, dass er Walter damit zusetzte – dass Walter sich enorm anstrengen musste, um zu gewinnen, sich dabei regelrecht hochschraubte und später Stunden brauchen würde, um einzuschlafen.

«Schon wieder diese Scheißverklumpung im Zentrum», sagte Richard. «Du stellst immer das Zentrum zu. Ich hasse das.»

«Ich bin der Zentrumverklumper», bestätigte Walter, kurzatmig vor unterdrücktem Frohlocken.

«Das macht mich wahnsinnig.»

«Tja, weil es wirkungsvoll ist», sagte Walter.

«Es ist bloß wirkungsvoll, weil ich nicht genügend Disziplin habe, dich dafür büßen zu lassen.»

«Es ist wirklich unterhaltsam, mit dir zu spielen. Ich weiß nie, was als Nächstes kommt.»

«Ja, und ich verliere andauernd.»

Die Tage waren sonnig und lang, die Nächte überraschend kühl. Patty liebte den Frühsommer im Norden, er versetzte sie in die allerersten Tage mit Walter in Hibbing zurück. Die frische Luft und die feuchte Erde, die Gerüche der Koniferen, der Morgen ihres Lebens. Ihr war, als wäre sie nie jünger gewesen als mit einundzwanzig. Als hätte ihre Kindheit in Westchester, die doch chronologisch davor lag, in einer späteren, verloreneren Zeit stattgefunden. Im Haus hing ein leichter, angenehmer muffiger Geruch, der an Dorothy erinnerte. Draußen auf dem See, den Joey und Patty *namenlos* genannt hatten, gerade erst vom Eis befreit und dunkel vor Rindenstücken und Nadeln, spiegelten sich helle Schönwetterwolken. Im Sommer verdeckten laubtragende Bäume das einzige andere Haus in der Nähe, das an Wochenenden und im August von einer Familie namens Lundner genutzt wurde. Zwischen dem Berglund'schen Haus und dem See lag ein grüner, mit ein paar ausgewachsenen Birken bestandener Hügel, und wenn die Sonne oder eine Brise die Mücken abschreckte, konnte Patty stundenlang mit einem Buch im Gras liegen und sich vollkommen von der Welt entrückt fühlen, abgesehen von den seltenen Flugzeugen am Himmel oder den noch selteneren Autos, die auf der ungepflasterten Landstraße vorbeifuhren.

Am Tag bevor Walter nach Saskatchewan aufbrach, begann ihr Herz zu rasen. Dieses Rasen, es fiel ihrem Herzen einfach so ein. Am nächsten Morgen, nachdem sie Walter zu dem kleinen Flugplatz in Grand Rapids gefahren hatte und zum Haus zurückgekehrt war, raste es so sehr, dass ihr beim Anrühren des Pancake-Teigs ein Ei aus der Hand rutschte und auf den Boden fiel. Sie legte die Hände auf die Arbeitsplatte und atmete ein paarmal tief durch, bevor sie sich hinkniete, um es aufzuwischen. Die Feinarbeiten in der Küche, so war es verabredet gewesen, würde Walter irgendwann später übernehmen, aber das Verlegen der neuen Bodenfliesen hätte innerhalb von Richards Möglichkeiten liegen sollen, er war nur noch nicht dazu gekommen. Dafür könne man allerdings positiv verbuchen, so hatte Richard ihnen erklärt, dass er sich zwischenzeitlich das Banjospielen beigebracht habe.

Die Sonne stand zwar schon seit vier Stunden am Himmel, aber es war noch ziemlich früh am Morgen, als er in Jeans und einem T-Shirt, das seine Unterstützung für Subcomandante Marcos und die Befreiung von Chiapas kundtat, aus seinem Zimmer kam.

«Buchweizen-Pancakes?», sagte Patty strahlend.

«Klingt grandios.»

«Ich könnte dir auch ein paar Eier braten, wenn dir das lieber ist.»

«Ich mag Pancakes.»

«Bisschen Speck wäre auch kein Problem.»

«Bei Speck sage ich nicht nein.»

«Schön! Dann also Pancakes und Speck.»

Falls Richards Herz ebenfalls raste, gab er es nicht zu erkennen. Sie stand da und sah zu, wie er zwei Stapel Pancakes verdrückte, wobei er die Gabel auf jene kultivierte Art hielt, die Walter ihm, wie sie zufällig wusste, zu Beginn des Studiums beigebracht hatte.

«Was hast du heute vor?», sagte er mit mäßigem bis geringem Interesse.

«Oh. Darüber habe ich noch gar nicht nachgedacht. Nichts! Ich bin ja im Urlaub. Ich glaube, ich nehme mir heute Vormittag einfach gar nichts weiter vor, und dann mache ich dir irgendwas zu essen.»

Er nickte und aß, und ihr wurde bewusst, dass sie wie so oft Phantasien nachhing, die letztlich keinerlei Bezug zur Wirklichkeit hatten. Sie ging ins Badezimmer und setzte sich mit rasendem Herzen auf den geschlossenen Klodeckel, bis sie hörte, wie Richard hinausging und mit Holz zu hantieren begann. Die ersten Arbeitsgeräusche eines anderen am frühen Morgen haben etwas gefahrvoll Trauriges an sich; es ist, als empfände die Stille Schmerz dabei, gestört zu werden. Die erste Minute eines Arbeitstages lässt einen an all die anderen Minuten denken, aus denen sich ein Tag zusammensetzt, und es ist nie gut, Minuten einzeln zu betrachten. Erst wenn andere Minuten sich zu dieser nackten, einsamen ersten Minute hinzugesellt haben, findet der Tag in seinem Tagsein einen sichereren Halt. Patty wartete ab, bis das geschehen war, bevor sie das Badezimmer verließ.

Aus dem unbestimmten, uralten Beweggrund, Richard mit ihrer Belesenheit zu imponieren, nahm sie *Krieg und Frieden* mit zum Grashügel, aber sie steckte in einer Militärpassage fest und las dieselbe Seite immer wieder. Ein Vogel, den an seinem Gesang zu erkennen Walter ihr vergebens beizubringen versucht hatte, eine Wilsondrossel vielleicht oder ein Vireo, gewöhnte sich an ihre Anwesenheit und fing in einem Baum direkt über ihr an zu trällern. Sein Lied war wie eine fixe Idee, die er nicht mehr aus seinem kleinen Kopf bekam.

Wie ihr zumute war: als hätte sich im Schutz der Dunkelheit ihres Verstandes eine skrupellose, gutorganisierte Gruppe von Widerstandskämpfern zusammengerottet, weshalb es *dringend geboten* war, das Scheinwerferlicht ihres Bewusstseins nicht in deren Nähe kommen zu lassen, und sei es nur für eine Sekunde. Ihre Liebe zu Walter und ihre Loyalität ihm gegenüber, ihr Wunsch, ein guter Mensch zu sein, ihr Wissen um Walters lebenslangen Konkurrenzkampf mit Richard, ihre nüchterne Einschätzung von Richards Charakter und einfach das rundum Beschissene daran, mit dem besten Freund des eigenen Ehepartners zu schlafen: diese hehren Gedanken standen bereit, um die Widerstandskämpfer zu vernichten. Und deshalb musste sie dafür sorgen, dass die Streitkräfte ihres Bewusstseins permanent abgelenkt wurden. Sie durfte sich noch nicht einmal erlauben, darüber nachzudenken, was sie anziehen sollte – musste die Überlegung, ein bestimmtes schmeichelhaftes ärmelloses Teil überzustreifen, bevor sie Richard einen Vormittagskaffee und Kekse hinausbrachte, augenblicklich abwehren, ja regelrecht wegschnippen –, denn die geringste Andeutung eines normalen Flirts würde augenblicklich den Suchscheinwerfer aktivieren, und das Schauspiel, das dann ausgeleuchtet würde, wäre einfach zu ekelhaft, zu beschämend, zu jämmerlich. Selbst wenn Richard nicht davon angewidert wäre, sie selbst wäre es. Und falls er es bemerken und sie darauf ansprechen würde, so wie er sie auf ihr Trinken angesprochen hatte: Desaster, Demütigung, der GAU.

Ihr Puls dagegen wusste – und bedeutete es ihr mit seinem Rasen –, dass sie wahrscheinlich nie wieder eine Chance haben würde wie diese. Nicht bevor sie ihre beste Zeit, in körperlicher Hinsicht, ganz und gar hinter sich hätte. Ihr Puls registrierte ihre klare, versteckte Erkenntnis, dass das Angelcamp in Saskatchewan nur mit Doppeldeckerflugzeug, Funk- oder Satellitentelefon zu erreichen war und Walter sie in den nächsten fünf Tagen höchstens im Notfall anrufen würde.

Sie stellte Richard das Mittagessen auf den Tisch und fuhr in die nahe gelegene kleine Stadt Fen City. Wie leicht sie einen Verkehrsunfall haben könnte, dachte sie und malte sich so genau aus, wie sie dabei ums Leben kam und Walter sich schluchzend über ihren verschandelten Körper beugte und Richard ihn stoisch tröstete, dass sie beinahe das einzige Stoppschild in Fen City überfahren hätte; dumpf hörte sie ihre Bremsen quietschen.

Es war alles in ihrem Kopf, es war alles in ihrem Kopf! Das Einzige, was ihr ein bisschen Hoffnung machte, war die Tatsache, dass sie ihren inneren Aufruhr so gut überspielte. Vielleicht war sie in den vergangenen vier Tagen ein wenig zerstreut und unsicher gewesen, aber sie hatte sich unvergleichlich viel besser aufgeführt als im Februar. Wenn sie selbst es schaffte, ihre dunklen Mächte im Verborgenen zu halten, war es doch nicht ausgeschlossen, dass Richard mit ebensolchen dunklen Mächten zu kämpfen hatte, die er genauso gut verbarg wie sie. Aber das war nun wirklich ein winziger Hoffnungsschimmer; so argumentierten Geisteskranke, die sich in ihre Wahnvorstellungen verstiegen.

Im Co-op von Fen City stand sie vor der mickrigen Auswahl heimischer Biere, den Millers, Coors' und Budweisers, und versuchte, eine Entscheidung zu treffen. Hielt ein Sixpack in der Hand, als könnte sie im Voraus, durch das Aluminium der Dosen hindurch, beurteilen, wie es ihr gehen würde, wenn sie das Bier trank. Richard hatte ihr gesagt, sie solle mit dem Trinken aufpassen; betrunken hatte er sie abstoßend gefunden. Sie stellte das Sixpack wieder ins Regal und riss sich los, um weniger attraktive Abteilungen des Ladens anzusteuern, aber es war schwer, ein Abendessen zu planen, wenn einem speiübel war. Sie kehrte zu den Bierregalen zurück wie ein Vogel, der immer dieselbe Melodie singt. Die diversen Bierdosen waren verschieden gestaltet, dabei enthielten sie alle das gleiche dünne, minderwertige Gebräu. Ihr kam der Gedanke, dass sie nach Grand Rapids fahren und anständigen Wein kaufen könnte. Ihr kam auch der Gedanke, dass sie zum Haus zurückfahren könnte, ohne überhaupt etwas gekauft zu haben. Aber was wäre dann? Eine Müdigkeit befiel sie, als sie so dastand und schwankte: eine Vorahnung, dass nichts von dem, was nun geschehen mochte, ihr genügend Erleichterung oder Freude verschaffen würde, um ihr gegenwärtiges, von Herzrasen begleitetes Elend aufzuwiegen. Ihr wurde, anders gesagt, bewusst, was es bedeutete, zu einem zutiefst unglücklichen Menschen geworden zu sein. Und doch beneidet und bemitleidet die Autobiographin die jüngere Patty, wie sie da im Co-op von Fen City steht und in aller Unschuld glaubt, dass sie am Tiefpunkt angelangt sei: dass sich die Krise, auf die eine oder andere Weise, in den folgenden fünf Tagen lösen werde.

Ein pummeliger Teenager an der Kasse zeigte jetzt Interesse an ihrer Paralysiertheit. Patty warf dem Mädchen ein irres Lächeln zu und ging los, um ein in Plastik verpacktes Huhn, fünf hässliche Kartoffeln und ein paar armselige, schlappe Lauchstangen zu holen. Das Einzige, sagte sie sich, was noch schlimmer wäre, als ihrer Angst im nicht betrunkenen Zustand ausgesetzt zu sein, war, betrunken und ihr trotzdem ausgesetzt zu sein.

«Ich schiebe uns gleich ein Huhn in den Ofen», sagte sie zu Richard, als sie wieder zu Hause war.

Sägemehl hing ihm in den Haaren und Augenbrauen und klebte an seiner verschwitzten breiten Stirn. «Das ist sehr nett von dir», sagte er.

«Sieht wirklich toll aus, die Terrasse», sagte sie. «Ein echter Gewinn. Was meinst du, wie lange du noch brauchen wirst?»

«Paar Tage vielleicht.»

«Also, den Rest können Walter und ich auch erledigen, wenn du wieder nach New York zurück möchtest. Du wolltest doch eigentlich längst wieder dort sein.»

«Ich bringe Arbeiten gern zu Ende», sagte er. «Wird nicht mehr als ein paar Tage dauern. Oder wärst du hier lieber allein?»

«Ob ich hier lieber allein wäre?»

«Immerhin mache ich ganz schön viel Lärm.»

«Nein nein, ich mag das. Baulärm hat irgendwie was Beruhigendes.»

«Es sei denn, er kommt von den Nachbarn.»

«Na ja, diese speziellen Nachbarn hasse ich nun mal, das kann man nicht vergleichen.»

«Stimmt.»

«Dann kümmere ich mich jetzt wohl am besten mal um das Huhn.»

Damit, wie sie das gesagt hatte, musste sie sich verraten haben, denn Richard sah sie mit einem leichten Stirnrunzeln an. «Alles in Ordnung?»

«Nein nein nein», sagte sie. «Ich bin so gern hier oben. Unheimlich gern. Es gibt für mich auf der ganzen Welt keinen schöneren Ort. Dadurch *löst* sich nichts, wenn du weißt, was ich meine. Aber hier stehe ich morgens gerne auf. Und ich rieche die Luft so gern.»

«Was ich meinte, war: Ist es in Ordnung für dich, dass ich hier bin?»

«Ach so, völlig. O Gott. Ja. Völlig. Jaaa! Ich meine, du weißt ja, wie gern Walter dich hat. Wir sind schon so lange mit dir befreundet, aber mir kommt es so vor, als hätte ich mich fast noch nie richtig mit dir unterhalten. Das ist doch mal eine gute Gelegenheit. Aber du sollst wirklich nicht das Gefühl haben, du müsstest bleiben, wenn du doch lieber nach New York zurück möchtest. Ich bin es gewohnt, hier oben allein zu sein. Kein Problem.»

Sie schien sehr lange gebraucht zu haben, um ans Ende dieser Rede zu gelangen. Darauf folgte ein kurzes Schweigen zwischen ihnen.

«Ich versuche nur herauszuhören, was du wirklich meinst», sagte Richard dann. «Ob du mich wirklich hierhaben willst oder nicht.»

«Mein Gott», sagte sie, «das sage ich doch die ganze Zeit, oder? Habe ich das nicht gerade gesagt?»

Sie sah seine Geduld mit ihr, seine Geduld mit einem weiblichen Wesen, dahinschwinden. Er rollte mit den Augen und nahm ein Stück Kantholz in die Hand. «Ich packe jetzt hier zusammen und gehe schwimmen.»

«Es wird kalt sein.»

«Jeden Tag ein bisschen weniger.»

Als sie ins Haus zurückging, empfand sie einen krampfhaften Anflug von Neid auf Walter, der Richard sagen durfte, wie sehr er ihn mochte, und im Gegenzug nichts Destabilisierendes erwartete, nichts Schlimmeres jedenfalls, als dass er wiedergemocht wurde. Wie leicht Männer es hatten! Im Vergleich dazu kam sie sich wie eine aufgedunsene sesshafte Spinne vor, die Jahr für Jahr ihr trockenes Netz spann und wartete. Auf einmal verstand sie, wie den Mädchen damals zumute gewesen war, den Mädchen im College, die Walter seinen freien Zugang zu Richard übelgenommen und sich über seine lästige Gegenwart geärgert hatten. Für einen Moment sah sie Walter mit Elizas Augen.

Vielleicht muss ich es tun, vielleicht muss ich es tun, vielleicht muss ich es tun, sagte sie zu sich selbst, während sie das Huhn wusch und sich einredete, dass sie es ja nicht ernst meinte. Vom See her hörte sie ein Platschen, und schon beobachtete sie, wie Richard im Baumschatten auf Wasser zuschwamm, das noch vom Nachmittagslicht vergoldet war. Wenn er Sonnenschein wirklich hasste, so wie er es in seinem alten Song behauptete, dann war der Norden von Minnesota im Juni für ihn ein heikler Aufenthaltsort. Die Tage waren so lang, dass man sich fragte, warum der Sonne am Ende nicht der Kraftstoff ausging. Sie brannte einfach immer weiter. Patty gab einem Impuls nach, sich zwischen die Beine zu fassen, wie um den feuchten Schock zu spüren, ohne dass sie selber schwimmen ging. Bin ich noch lebendig? Habe ich einen Körper?

Die Kartoffelstücke, die sie geschnitten hatte, waren sehr seltsam geformt. Sie sahen aus wie geometrische Denksportaufgaben.

Nachdem er geduscht hatte, kam Richard in einem T-Shirt ohne Aufdruck, das ein paar Jahrzehnte zuvor wohl einmal knallrot gewesen war, in die Küche. Sein Haar war für den Moment gebändigt und von einem jugendlichen, glänzenden Schwarz.

«Du hast im Winter dein Aussehen verändert», sagte er zu Patty.

«Nein.»

«Was heißt hier ‹nein›? Du hast eine andere Frisur, du siehst toll aus.»

«So anders ist die Frisur doch gar nicht. Kaum der Rede wert.»

«Und – möglicherweise ein bisschen zugenommen?»

«Nein. Na ja. Ein bisschen.»

«Das steht dir gut. Du siehst besser aus, wenn du nicht so dünn bist.»

«Ist das eine nette Art zu sagen, dass ich dick geworden bin?»

Er schloss die Augen und verzog das Gesicht, als müsste er sich bemühen, geduldig zu bleiben. Dann öffnete er sie wieder und sagte: «Was soll der Quatsch?»

«Hm?»

«Willst du, dass ich abfahre? Ist es das? Du benimmst dich die ganze Zeit so komisch, dass ich den Eindruck habe, du fühlst dich in meiner Gegenwart nicht wohl.»

Das Huhn im Ofen roch so ähnlich wie Dinge, die sie früher gegessen hatte. Sie wusch sich die Hände und trocknete sie ab, kramte tief hinten in einem nicht restlos aufgearbeiteten Schrank und fand eine mit Baustaub bedeckte Flasche Kochsherry. Sie goss sich ein Saftglas davon voll und setzte sich zu ihm an den Tisch. «Na gut, ganz ehrlich? Es macht mich ein bisschen nervös, dass du hier bist.»

«Muss es nicht.»

«Ich kann's nicht ändern.»

«Es gibt keinen Grund dafür.»

Das war genau das, was sie nicht hatte hören wollen. «Ich trinke nur dieses eine Glas», sagte sie.

«Du bist da irgendeinem Irrtum aufgesessen – es schert mich einen Dreck, wie viel du trinkst.»

Sie nickte. «Na dann. Schön. Gut zu wissen.»

«Du hättest also die ganze Zeit gern was getrunken? Mann. Dann trink doch was.»

«Genau das tue ich ja gerade.»

«Weißt du, du bist ein merkwürdiger Mensch. Das meine ich als Kompliment.»

«Kompliment angenommen.»

«Walter hat sehr, sehr viel Glück gehabt.»

«Ha, also, das ist ja das Dumme, oder? Ich bin mir nicht sicher, ob er das noch so sieht.»

«O doch. Das tut er. Glaub mir, das tut er.»

Sie schüttelte den Kopf. «Ich wollte sagen, dass er sicher nicht das Merkwürdige an mir mag. Das gute Merkwürdige geht ja vielleicht noch, aber von dem schlechten Merkwürdigen ist er nicht so begeistert, und ausgerechnet das schlechte Merkwürdige ist es, womit er es in letzter Zeit hauptsächlich zu tun bekommt. Ich wollte sagen, es ist paradox, dass *du*, den das schlechte Merkwürdige an mir nicht zu stören scheint, nicht derjenige bist, mit dem ich verheiratet bin.»

«Du würdest nicht mit mir verheiratet sein wollen.»

«Nein, das wäre bestimmt schlimm. Ich kenne die Geschichten.»

«Schade, aber es überrascht mich nicht.»

«Walter erzählt mir alles.»

«Klar.»

Draußen auf dem See schnatterte eine Ente wegen irgendetwas. Stockenten nisteten am schilfreichen anderen Ufer.

«Hat Walter dir gegenüber mal erwähnt, dass ich Blakes Winterreifen zerstochen habe?», sagte Patty.

Richard zog die Augenbrauen hoch, und sie erzählte ihm die Geschichte.

«Das ist ja richtig krank», sagte er bewundernd, als sie mit dem Erzählen fertig war.

«Irgendwie schon, oder?»

«Weiß Walter denn davon?»

«Hm. Gute Frage.»

«Ich nehme mal an, dass du ihm *nicht* alles erzählst.»

«Ach, Richard, ich erzähle ihm überhaupt nichts.»

«Ich glaube, das könntest du ruhig. Du würdest vielleicht feststellen, dass er viel mehr über dich weiß, als du's für möglich hältst.»

Sie holte tief Luft und fragte ihn, was für geheime Dinge Walter denn über sie wisse.

«Zum Beispiel, dass du nicht glücklich bist», sagte Richard.

«Dazu bedarf es allerdings keiner großen Hellseherei. Was noch?»

«Dass du ihm die Schuld an Joeys Auszug gibst.»

«Ach das», sagte sie. «Das habe ich ihm mehr oder weniger selbst gesagt. Das zählt nicht richtig.»

«Na schön. Dann verrätst du's eben mir. Was hat er denn sonst noch alles nicht mitbekommen, abgesehen davon, dass du eine Reifenstecherin bist?»

Als Patty über diese Frage nachdachte, sah sie nichts vor sich als die große Leere ihres Lebens, die Leere des Nests, das sie gebaut hatte, die Sinnlosigkeit ihres Daseins, jetzt, da die Kinder flügge geworden waren. Der Sherry hatte sie traurig gemacht. «Du könntest etwas für mich singen, während ich das Essen auf den Tisch bringe. Würdest du das für mich tun?»

«Ich weiß nicht», sagte Richard. «Fühlt sich ein bisschen komisch an.»

«Warum?»

«Keine Ahnung. Fühlt sich einfach komisch an.»

«Du bist doch Sänger. Das ist dein Beruf. Du singst.»

«Ich hatte nie den Eindruck, dass dir das, was ich singe, sonderlich gut gefällt.»

«Sing ‹Dark Side of the Bar›. Den Song liebe ich.»

Er seufzte und senkte den Kopf, verschränkte die Arme vor der Brust und schien einzuschlafen.

«Was?», sagte sie.

«Ich denke, ich fahre morgen ab, wenn du damit einverstanden bist.»

«Ja.»

«Den Rest der Arbeit schafft ihr in zwei Tagen. Die Terrasse kann man auch so schon benutzen.»

«Ja.» Sie stand auf und stellte ihr Sherryglas ins Spülbecken. «Aber darf ich fragen, warum? Ich meine, es ist wirklich nett hier mit dir.»

«Es ist einfach besser, wenn ich fahre.»

«Na schön. Was immer das Beste ist. Das Huhn braucht noch ungefähr zehn Minuten, wenn du schon mal den Tisch decken willst.»

Er rührte sich nicht vom Fleck.

«Den Song hat Molly geschrieben», sagte er nach einer Weile. «Ich hätte ihn nicht aufnehmen dürfen. Das war richtig schäbig von mir. Bewusste, kalkulierte Schäbigkeit meinerseits.»

«Er ist sehr traurig und schön. Was hättest du tun sollen? Den Text nicht verwenden?»

«Im Grunde ja. Ihn nicht verwenden. Das wäre das Nettere gewesen.»

«Tut mir leid mit euch beiden. Ihr wart ziemlich lange zusammen.»

«Ja und nein.»

«Klar, ich weiß schon, aber trotzdem.»

Er saß da und grübelte, während sie den Tisch deckte, den Salat schleuderte und das Huhn tranchierte. Sie hatte geglaubt, sie würde keinen Appetit haben, aber kaum hatte sie sich das erste Stück Huhn in den Mund geschoben, merkte sie, dass sie seit dem Abend zuvor nichts mehr gegessen hatte und dass sie seit fünf Uhr früh auf den Beinen war. Auch Richard aß, schweigend. Nach einer gewissen Zeit wurde ihr Schweigen greifbar und aufregend, dann, noch etwas später, mühsam und entmutigend. Sie räumte den Tisch ab, stellte die Essensreste in den Kühlschrank, spülte das Geschirr und sah, dass Richard sich auf die kleine, von Fliegengittern geschützte Veranda zurückgezogen hatte, um zu rauchen. Die Sonne war inzwischen untergegangen, aber der Himmel war immer noch hell. Ja, dachte sie, es war besser, wenn er abreiste. Besser, besser, besser.

Sie trat hinaus auf die Veranda. «Ich geh dann jetzt wohl mal ins Bett und lese noch ein bisschen.»

Richard nickte. «Klingt gut. Dann also bis morgen früh.»

«Die Abende sind so lang», sagte sie. «Es will einfach nicht dunkel werden.»

«Ich fand's hier richtig klasse. Ihr beide seid sehr großzügig.»

«Ach, das hast du alles Walter zu verdanken. Mir ist es offen gestanden nicht eingefallen, dir das anzubieten.»

«Er vertraut dir», sagte Richard. «Wenn du ihm auch vertraust, renkt sich alles wieder ein.»

«Tja, wer weiß – vielleicht, vielleicht auch nicht.»

«Willst du nicht mit ihm zusammen sein?»

Das war eine gute Frage.

«Ich will ihn nicht verlieren», sagte sie, «wenn es das ist, was du meinst. Ich denke nicht die ganze Zeit darüber nach, ihn zu verlassen. Aber ich zähle schon irgendwie die Tage, bis Joey endlich die Nase voll von den Monaghans hat. Immerhin hat er noch ein ganzes Jahr Highschool vor sich.»

«Verstehe nicht ganz, was du damit sagen willst.»

«Nur, dass ich mich meiner Familie immer noch verpflichtet fühle.»

«Gut. Ist ja auch eine tolle Familie.»

«Klar, also, dann bis morgen früh.»

«Patty.» Er drückte seine Zigarette in der dänischen Weihnachtsschale aus – einem Erinnerungsstück von Dorothy –, die er als Aschenbecher benutzt hatte. «Ich werde nicht derjenige sein, der die Ehe meines besten Freundes zerstört.»

«Nein! O Gott! Natürlich nicht!» Sie heulte fast vor Enttäuschung. «Ich meine, also wirklich, Richard, entschuldige, aber was habe ich denn gesagt? Ich habe gesagt, ich gehe jetzt ins Bett, und wir sehen uns morgen früh. Das ist alles, was ich gesagt habe! Ich habe gesagt, dass mir meine Familie wichtig ist. Genau das habe ich gesagt.»

Er sah sie sehr ungehalten und skeptisch an.

«Im Ernst!»

«Schon gut», sagte er. «Ich wollte nichts unterstellen. Habe mich nur gefragt, wo die Anspannung herkommt. Du erinnerst dich vielleicht, dass wir schon mal so eine Unterhaltung geführt haben.»

«Ja, daran erinnere ich mich durchaus.»

«Deshalb dachte ich mir, ich spreche es besser mal an.»

«Sehr schön. Freut mich. Du bist wirklich ein guter Freund. Und du brauchst nicht zu denken, du müsstest meinetwegen morgen abfahren. Es gibt nichts, wovor du Angst haben musst. Keinen Grund zur Flucht.»

«Danke. Kann sein, dass ich trotzdem fahre.»

«Schön.»

Und sie ging nach drinnen und legte sich in Dorothys Bett, in dem Richard geschlafen hatte, bis sie und Walter aufkreuzten und ihn daraus vertrieben. Kühle Luft kam aus den Ecken, in denen sie sich während des langen Tages versteckt gehalten hatte, aber alle Fenster waren noch von blauem Zwielicht erfüllt. Es war Traumlicht, Wahnlicht, das sich weigerte zu verschwinden. Sie schaltete eine Lampe an, um es abzuschwächen. Die Widerstandskämpfer waren enttarnt worden! Das Spiel war aus! Sie lag in ihrem Flanellschlafanzug da und rekapitulierte, was sie in den letzten Stunden gesagt hatte, und war von fast allem entsetzt. Sie hörte die melodiöse Resonanz der Kloschüssel, als Richard seine Blase in sie entleerte, dann die Spülung und das melodiöse Wasser in den Rohren und, in tieferer Stimmlage, die Wasserpumpe, die sich kurz abrackerte. Zur schieren Erholung von sich selbst nahm sie *Krieg und Frieden* in die Hand und las lange.

Die Autobiographin wüsste gern, ob die Dinge sich anders entwickelt hätten, wenn sie nicht ausgerechnet an die Stelle gekommen wäre, wo sich Natascha Rostowa, die offenbar für den trotteligen und braven Pierre bestimmt war, in dessen großartigen, lässigen Freund Fürst Andrej verliebt. Darauf war Patty nicht gefasst gewesen. Pierres Niederlage entfaltete sich für sie beim Lesen wie eine Katastrophe in Zeitlupe. Wahrscheinlich hätten sich die Dinge nicht anders entwickelt, aber der Effekt, den diese Seiten auf sie hatten, ihre Bedeutsamkeit, war beinahe psychedelisch. Sie las bis nach Mitternacht, jetzt sogar von dem militärischen Zeug fasziniert, und als sie die Lampe ausschaltete, stellte sie erleichtert fest, dass das Zwielicht endlich verschwunden war.

Im Schlaf, zu irgendeiner noch dunklen Stunde danach, stand sie auf, öffnete die Tür zum Flur und dann die zu Richards Zimmer und kroch zu ihm ins Bett. Das Zimmer war kalt, und sie drängte sich an ihn.

«Patty», sagte er.

Aber sie schlief und schüttelte den Kopf, wollte nicht aufwachen, dagegen kam niemand an, im Schlaf war sie sehr resolut. Sie legte sich auf und über ihn, um den Körperkontakt zu maximieren, fühlte sich groß genug, ihn ganz zu bedecken, presste ihr Gesicht an seinen Kopf.

«Patty.»

«Mm.»

«Falls du schläfst, musst du jetzt aufwachen.»

«Nein, ich schlafe ... Ich schlafe. Weck mich nicht.»

Sein Penis machte deutliche Anstalten, sich aus seinen Shorts zu befreien. Sie rieb ihren Bauch daran.

«Entschuldige», sagte er, sich unter ihr windend. «Du musst jetzt aufwachen.»

«Nein, weck mich nicht. Nimm mich einfach.»

«Mann.» Er versuchte, ihr zu entkommen, aber sie folgte ihm

amöbenhaft. Er packte sie an den Handgelenken, um sie sich vom Leib zu halten. «Wenn eine nicht bei Bewusstsein ist, hört's bei mir auf, ob du's glaubst oder nicht.»

«Mm», sagte sie und knöpfte sich den Schlafanzug auf. «Wir schlafen doch beide. Träumen bloß wunderschön.»

«Ja, aber morgens ist man irgendwann wieder wach und erinnert sich an seine Träume.»

«Aber wenn es doch nur Träume sind ... Ich träume. Schlafe jetzt wieder ein. Du auch. Du schläfst auch ein. Gleich schlafen wir beide ... und dann bin ich wieder weg.»

Dass sie all dies sagen und es nicht nur sagen, sondern sich später auch deutlich daran erinnern konnte, wirft zugegebenermaßen Zweifel an der Authentizität ihres Schlafzustands auf. Aber die Autobiographin hält *eisern* an ihrer Behauptung fest, dass sie in dem Moment, als sie Walter betrog und spürte, wie sein Freund sie aufspaltete, nicht wach war. Vielleicht lag das daran, dass sie es dem sagenhaften Vogel Strauß nachtat und die Augen fest geschlossen hielt, vielleicht auch daran, dass sie hinterher keine Erinnerung an ein besonderes Lustgefühl hatte, sondern nur ein abstraktes Bewusstsein von der begangenen Tat, aber wenn sie ein Gedankenexperiment durchführt und sich vorstellt, im Verlauf dieser Tat habe ein Telefon geklingelt, ist der Zustand, in den sie sich in ihrer Vorstellung schockartig versetzt fühlt, der Wachzustand, woraus sich logischerweise folgern lässt, dass sie sich, solange keinerlei Telefon klingelte, im Schlafzustand befunden haben muss.

Erst nach vollendeter Tat wachte sie auf, durchaus alarmiert, besann sich und begab sich schnell in ihr eigenes Bett zurück. Ehe sie sich's versah, war bereits Licht in den Fenstern. Sie hörte Richard aufstehen und im Badezimmer pinkeln. Angestrengt versuchte sie, die Geräusche, die er anschließend machte, zu entschlüsseln – herauszufinden, ob er seine Sachen in den Wagen packte oder wieder an die Arbeit ging. Es klang, als gehe er wieder an die Arbeit! Als sie sich endlich ein Herz fasste und aus ihrem Versteck kam, fand sie Richard hinter dem Haus, wo er auf dem Boden kniete und einen

Stapel Abfallholz sortierte. Die Sonne war zwar da, aber nur als matte Scheibe inmitten dünner Wolken. Ein Wetterwechsel kräuselte die Oberfläche des Sees. Ohne all die blendende Helle und Scheckigkeit wirkten die Wälder karger und verlassener.

«Hey, guten Morgen», sagte Patty.

«Morgen», sagte Richard, ohne zu ihr aufzublicken.

«Hast du schon gefrühstückt? Möchtest du irgendwas frühstücken? Kann ich dir Eier machen?»

«Ich habe Kaffee getrunken, danke.»

«Ich mache dir ein paar Eier.»

Er stand auf, stützte, immer noch ohne sie anzusehen, die Hände in die Hüften und musterte das Holz. «Ich bringe hier ein bisschen Ordnung rein, damit Walter weiß, was da ist.»

«Klar.»

«Ich brauche ein, zwei Stunden, um meinen Kram zusammenzupacken. Du gehst am besten einfach deinen Dingen nach.»

«Klar. Kann ich dir irgendwie helfen?»

Er schüttelte den Kopf.

«Sicher, dass du kein Frühstück willst?»

Hierauf gab er keine wie auch immer geartete Antwort.

Mit sonderbarer Klarheit sah sie plötzlich so etwas wie eine PowerPoint-Liste von Namen vor sich, nach der Anständigkeit ihrer Träger in absteigender Reihenfolge geordnet, ganz oben natürlich Walters, dicht gefolgt von Jessicas und, mit etwas weiterem Abstand, Joeys und Richards, und ganz unten, am Tabellenende, auf dem allerletzten Platz, einsam und hässlich, ihr eigener.

Sie nahm sich Kaffee mit in ihr Zimmer, setzte sich hin und horchte auf die Geräusche von Richards Aufräumarbeiten, das Geklapper von Nägeln, die in Schachteln geworfen wurden, das Gerumpel von Werkzeugkästen. Am späten Vormittag wagte sie sich hinaus, um ihn zu fragen, ob er vor seiner Abfahrt nicht wenigstens noch etwas essen wolle. Er willigte ein, wenn auch keineswegs freundlich. Zum Weinen war sie zu eingeschüchtert, also ging sie in die Küche und kochte Eier für einen Eiersalat. Ihre Vorstellung oder Hoffnung oder

Phantasie, soweit sie sich erlaubt hatte, bewusst eine zu hegen, war die gewesen, dass Richard seine Absicht, an diesem Tag abzufahren, fallenlassen und dass sie in der Nacht darauf erneut schlafwandeln würde und am nächsten Tag alles genauso schön und unausgesprochen wäre, dann weiteres Schlafwandeln und noch ein weiterer schöner Tag, bevor Richard seinen Wagen beladen und nach New York zurückfahren würde, und viel später in ihrem Leben würde sie sich an die erstaunlichen, intensiven Träume zurückerinnern, die sie in einer Handvoll von Nächten am Namenlosen See gehabt hatte, und sich aus sicherem Abstand fragen, ob damals eigentlich etwas vorgefallen war. Diese alte Vorstellung (oder Hoffnung oder Phantasie) war nun zerstört. Ihr neuer Plan verlangte, dass sie sich sehr bemühen musste, die vergangene Nacht aus ihrem Gedächtnis zu streichen und so zu tun, als hätte sie nie stattgefunden.

Was der neue Plan ganz gewiss *nicht* beinhaltete, war, das Mittagessen halb gegessen auf dem Tisch stehen zu lassen und ihre Jeans auf dem Boden wiederzufinden und zu spüren, wie der Schritt ihres Badeanzugs auf einer Seite schmerzhaft einschnitt, während Richard sie an der sittsam tapezierten Wand von Dorothys ehemaligem Wohnzimmer bis zur Ekstase vögelte, bei hellichtem Tag und so wach, wie ein Mensch nur sein kann. Es blieb keine Spur dort an der Wand, und doch war die Stelle danach auf ewig klar und deutlich markiert; eine kleine Koordinate des für alle Zeit durch seine Geschichte geprägten und veränderten Universums. Sie, diese Stelle, wurde zu einem stillen dritten Geschöpf, das an den Wochenenden, die Patty und Walter später hier allein verbringen sollten, mit ihnen im Raum war. In jedem Fall schien es ihr das erste Mal in ihrem Leben gewesen zu sein, dass sie wirklich Sex gehabt hatte. Ein echtes Aha-Erlebnis, so wie die Dinge lagen. Von da an war sie geliefert, aber es dauerte eine Weile, bis sie das begriff.

«Hm, also», sagte sie, als sie, mit dem Kopf an der Stelle, wo ihr Hintern gewesen war, auf dem Boden saß. «Also, das war interessant.»

Richard hatte sich seine Hose wieder angezogen und lief ziellos im Zimmer auf und ab. «Ich werde jetzt einfach in eurem Haus rauchen, wenn du nichts dagegen hast.»

«Ich denke, unter den gegebenen Umständen kann eine Ausnahme gestattet werden.»

Der Himmel war inzwischen vollkommen bedeckt, und durch die Fliegengitter vor den Fenstern und der Tür wehte eine kalte Brise herein. Aller Vogelgesang hatte aufgehört, und der See wirkte verwaist: die Natur im Zustand des Wartens, dass die Kälte sich verzog.

«Wozu trägst du denn auch einen Badeanzug?», sagte Richard, während er sich eine Zigarette anzündete.

Patty lachte. «Ich hatte vor, nach deiner Abreise schwimmen zu gehen.»

«Es ist eiskalt.»

«Na ja, natürlich nicht lange.»

«Nur ein bisschen Kasteiung des Fleisches.»

«Genau.»

Die kalte Brise und der Rauch von Richards Camel vermischten sich wie Freude und Zerknirschung. Patty fing wieder an zu lachen, diesmal ohne Grund, und dann fiel ihr auch eine witzige Bemerkung dazu ein.

«Als Schachspieler magst du eine Niete sein», sagte sie, «aber auf dem anderen Feld bist du eindeutig der Sieger.»

«Halt verdammt nochmal die Klappe», sagte Richard.

Sie konnte seinen Ton nicht recht deuten, aber da sie fürchtete, dass es ein ärgerlicher war, gab sie sich Mühe, mit dem Lachen aufzuhören.

Richard setzte sich auf den Wohnzimmertisch und rauchte mit größter Entschlossenheit. «Wir dürfen das nie wieder tun», sagte er.

Erneut brach ein Kichern aus ihr hervor; sie war machtlos dagegen. «Oder vielleicht nur noch ein paarmal, und erst dann nie wieder.»

«Klar, und wo führt uns das hin?»
«Wahrscheinlich wäre der Reiz irgendwann ausgereizt.»
«Funktioniert nach meiner Erfahrung aber nicht.»
«Tja, da werde ich mich wohl deiner Erfahrung beugen müssen, was? Da ich ja selber keine habe.»
«Es gibt nur zwei Möglichkeiten», sagte Richard. «Entweder hören wir sofort auf, oder du verlässt Walter. Und da Letzteres nicht akzeptabel ist, hören wir sofort auf.»
«Oder, dritte Möglichkeit, wir hören nicht auf, und ich erzähle es ihm einfach nicht.»
«So möchte ich nicht leben. Du?»
«Stimmt schon, wir sind zwei von den drei Menschen, die er auf der ganzen Welt am meisten liebt.»
«Nummer drei ist dann wohl Jessica.»
«Es wäre ein gewisser Trost», sagte Patty, «dass sie mich für den Rest meines Lebens hassen und voll und ganz auf seiner Seite stehen würde. Das bliebe ihm immerhin.»
«Es ist aber nicht das, was er will, und ich werde ihm das nicht antun.»
Bei dem Gedanken an Jessica lachte Patty erneut. Jessica war ein überaus guter, quälend ernsthafter und eifrig um Reife bemühter junger Mensch, dessen Verzweiflung über Patty und Joey – ihre nichtsnutzige Mutter, ihren skrupellosen Bruder – selten extrem genug war, um nicht komisch zu wirken. Patty liebte ihre Tochter sehr, und in Wahrheit, realistisch betrachtet, wäre sie am Boden zerstört gewesen, wenn sie es sich mit ihr verscherzt hätte. Und trotzdem konnte sie nicht umhin, sich über Jessicas Schmähungen zu amüsieren. Sie gehörten einfach zu ihrem Umgang miteinander dazu; und Jessica ging so sehr in ihrer Ernsthaftigkeit auf, dass sie sich nicht daran störte.
«Hey», sagte sie zu Richard, «hältst du es für möglich, dass du homosexuell bist?»
«Das fragst du jetzt?»
«Ach, ich weiß auch nicht. Es ist nur so, dass Männer, die mit

tausend Frauen ins Bett gehen müssen, manchmal irgendetwas beweisen wollen. Oder widerlegen. Und für mich klingt es so, als wäre dir Walters Glück wichtiger als meins.»

«Eins kannst du mir glauben: Ich bin nicht scharf darauf, Walter zu küssen.»

«Nein, das weiß ich doch. Aber ich will trotzdem etwas damit sagen. Ich meine, von mir hättest du doch sicher bald genug. Du würdest mich nackt sehen, wenn ich fünfundvierzig bin, und denken, hm, will ich das noch? Ich glaube nicht! Wohingegen du von Walter nie genug haben wirst, weil du ihn gar nicht küssen willst. Du kannst ihm einfach für den Rest deines Lebens nahe bleiben.»

«Das ist D. H. Lawrence», sagte Richard unwirsch.

«Auch so ein Autor, den ich mal lesen muss.»

«Oder auch nicht.»

Sie rieb sich die müden Augen und den geröteten Mund. Alles in allem war sie sehr glücklich darüber, welche Wendung die Dinge genommen hatten.

«Du kannst wirklich hervorragend mit Werkzeug umgehen», sagte sie mit einem weiteren Kichern.

Richard fing wieder an, im Zimmer auf und ab zu gehen. «Jetzt versuch mal, ernst zu bleiben, ja? Streng dich an.»

«Diese Zeit hier gehört uns, Richard. Mehr sage ich ja gar nicht. Wir haben ein paar Tage, und entweder nutzen wir sie oder nicht. Sie sind sowieso bald vorbei.»

«Ich habe einen Fehler gemacht», sagte er. «Es war einfach nicht durchdacht. Ich hätte gestern Morgen abfahren sollen.»

«Mit Ausnahme eines Teils von mir wäre ich froh gewesen, wenn du das getan hättest. Zugegebenermaßen ist dieser eine Teil ein relativ wichtiger.»

«Ich freue mich immer, wenn ich dich sehe», sagte er. «Ich bin gern in deiner Nähe. Der Gedanke, dass Walter mit dir zusammen ist, macht mich glücklich – so jemand bist du. Ich dachte, es wäre in Ordnung, noch ein paar Tage hierzubleiben. Aber es war ein Fehler.»

«Willkommen in Pattyland. Fehlerland.»

«Ich konnte ja nicht ahnen, dass du schlafwandeln würdest.»

Sie lachte. «Das war doch eine brillante Eingebung, oder?»

«Mann. Reiß dich zusammen, ja? Du machst mich wütend.»

«Tja, aber das Wunderbare ist, dass das gar keine Rolle mehr spielt. Was kann denn jetzt schlimmstenfalls passieren? Dass du wütend auf mich bist und fährst.»

Da sah er sie an, und er lächelte, und das Zimmer füllte sich (metaphorisch gesprochen) mit Sonnenschein. Er war, ihrer Meinung nach, ein wirklich schöner Mann.

«Ich mag dich», sagte er. «Ich mag dich sogar sehr. Ich habe dich immer gemocht.»

«Dito.»

«Ich wollte, dass du ein gutes Leben hast. Verstehst du? Ich dachte, du hättest Walter tatsächlich verdient.»

«Und deshalb bist du an dem Abend in Chicago weggegangen und nicht wiedergekommen?»

«Es hätte nicht geklappt mit New York. Es wäre schlecht ausgegangen.»

«Wenn du das sagst.»

«Ja, das sage ich.»

Patty nickte. «Also hättest du damals gern mit mir geschlafen.»

«Ja. Sehr. Aber nicht nur mit dir geschlafen. Mit dir geredet. Dir zugehört. Das war der Unterschied.»

«Hm, das ist immerhin schön zu wissen. Dann kann ich diese Sorge ja jetzt von der Liste streichen, zwanzig Jahre später.»

Richard zündete sich noch eine Zigarette an, und eine Weile saßen sie, Dorothys billigen alten Orientteppich zwischen sich, einfach so da. In den Bäumen war ein Seufzen, die Stimme eines Herbstes, der im Norden Minnesotas nie ganz fern ist.

«Dann ist das hier wohl tendenziell eine ziemlich vertrackte Situation, oder», sagte Patty schließlich.

«Ja.»

«Vertrackter, als ich vielleicht dachte.»

«Ja.»

«Wäre vermutlich besser gewesen, ich hätte nicht geschlafwandelt.»

«Ja.»

Sie begann, Walters wegen zu weinen. In all den Jahren hatten sie so wenige Nächte getrennt voneinander verbracht, dass sie ihn nie derart hatte vermissen und zu schätzen wissen können, wie sie ihn jetzt vermisste und zu schätzen wusste. Es war der Beginn einer schrecklichen Verwirrung des Herzens, einer Verwirrung, unter der die Autobiographin noch heute leidet. Schon damals, dort am Namenlosen See, im gleichförmigen Licht des bedeckten Himmels, erkannte sie das Problem sehr klar. Sie hatte sich unter allen Männern auf der Welt in den einen verliebt, der Walter genauso zugetan war, der genauso auf Walters Wohl bedacht war wie sie; jeder andere hätte versuchen können, sie gegen ihn aufzubringen. Und womöglich schlimmer noch war ihr Gefühl der Verantwortung für Richard, weil sie wusste, dass er in seinem Leben sonst niemanden wie Walter hatte und dass seine Loyalität gegenüber Walter, neben seiner Musik, zu den wenigen Dingen gehörte, die ihn in seinen eigenen Augen als Mensch retteten. All dies hatte sie, in ihrem Schlaf und ihrer Selbstsucht, aufs Spiel gesetzt. Sie hatte einen Menschen ausgenutzt, der aus der Bahn geworfen und anfällig war, sich aber trotzdem große Mühe gab, eine Art moralischer Ordnung in seinem Leben aufrechtzuerhalten. Und so weinte sie auch Richards wegen, vor allem aber wegen Walter und der glücklosen Übeltäterin, die sie selber war.

«Weinen tut gut», sagte Richard, «obwohl ich nicht behaupten kann, dass ich es je ausprobiert hätte.»

«Es ist wie ein Fass ohne Boden, wenn man erst mal damit angefangen hat», schniefte Patty. Ihr war plötzlich kalt in ihrem Badeanzug und körperlich unwohl. Sie ging zu Richard, schlang die Arme um seine warmen, breiten Schultern und legte sich mit ihm auf den Orientteppich, und so verging der lange, hellgraue Nachmittag.

Dreimal, summa summarum. Eins, zwei, drei. Einmal im Schlaf, einmal stürmisch, und einmal mit vollem Orchester. Drei: armselige kleine Zahl. Die Autobiographin hat inzwischen einen beträchtlichen Teil ihrer Zeit als Mittvierzigerin damit zugebracht, zu zählen und nochmal zu zählen, aber es kommt nie mehr als drei dabei heraus.

Ansonsten bleibt nicht viel zu berichten, und das meiste, was jetzt noch folgt, setzt sich aus weiteren Fehlern zusammen. Den ersten beging sie gemeinsam mit Richard, als sie dort auf dem Teppich lagen. Sie beschlossen einmütig – stimmten darin überein –, dass er abfahren solle. Ganz schnell, solange sie noch wund und erschöpft waren, beschlossen sie, er solle sofort abfahren, bevor sie immer tiefer hineingerieten, und jeder für sich müsse dann gründlich nachdenken und zu einer nüchternen Entscheidung kommen, die, falls sie negativ ausfiele, nur umso schmerzhafter wäre, wenn er noch länger bliebe.

Nachdem sie diesen Entschluss gefasst hatten, setzte Patty sich auf und stellte erstaunt fest, dass die Bäume und die Terrasse nass waren. Der Regen war so fein, dass sie ihn auf dem Dach nicht gehört, so sanft, dass er in den Traufen nicht gerieselt hatte. Sie zog Richards ausgeblichenes rotes T-Shirt an und fragte ihn, ob sie es behalten dürfe.

«Warum willst du mein T-Shirt haben?»

«Es riecht nach dir.»

«Das wird sonst meistens nicht als Vorzug angesehen.»

«Ich möchte einfach irgendwas haben, das von dir ist.»

«Na gut. Hoffen wir mal, dass es das Einzige bleibt.»

«Ich bin zweiundvierzig», sagte sie. «Schwanger zu werden würde mich zwanzigtausend Dollar kosten. Nicht dass ich deine Hoffnungen zerstören will oder so.»

«Meine Trefferquote liegt bei null, und darauf bin ich sehr stolz. Versuch, sie mir nicht zu vermasseln, okay?»

«Und ich?», sagte sie. «Muss ich jetzt befürchten, dass ich irgendeine Krankheit eingeschleppt habe?»

«Ich bin gegen alles geimpft, falls du das meinst. Normalerweise neige ich zu paranoider Vorsicht.»

«Ich wette, das sagst du zu jeder.»

Es war alles ganz locker und flockig, und in der Unbeschwertheit des Augenblicks sagte sie ihm, er habe jetzt keine Ausrede mehr, vor seiner Abfahrt nicht noch einen Song für sie zu singen. Während sie Sandwiches machte und sie einwickelte, packte er sein Banjo aus und zupfte drauflos.

«Vielleicht solltest du die Nacht noch hier verbringen und erst morgen früh losfahren», rief sie ihm zu.

Er lächelte, als weigerte er sich, dies einer Antwort zu würdigen.

«Im Ernst», sagte sie. «Es regnet, und es wird bald dunkel.»

«Vergiss es», sagte er. «Tut mir leid. Du hast jedes Vertrauen verspielt, und zwar für immer. Damit musst du leben.»

«Hahaha», sagte sie. «Warum singst du nicht was? Ich möchte deine Stimme hören.»

Um ihr einen Gefallen zu tun, sang er «Shady Grove». Entgegen anfänglicher Erwartungen war er über die Jahre zu einem geübten, ziemlich facettenreichen Vokalisten geworden, und sein Brustkasten hatte einen solchen Umfang, dass die Wände wackelten, wenn er loslegte.

«Na gut, jetzt verstehe ich, was du gemeint hast», sagte sie, als der Song zu Ende war. «Das macht die Sache für mich nicht leichter.»

Wenn man Musiker aber erst einmal in Fahrt gebracht hat, hören sie äußerst ungern wieder auf. Richard stimmte seine Gitarre und sang drei Countrysongs, die Walnut Surprise später für *Nameless Lake* aufnehmen sollte. Manche Textzeilen bestanden aus kaum mehr als Nonsens-Silben, die noch verworfen und durch anderes ersetzt werden mussten, aber Patty war von seinem Gesang, in einem Countrystil, den sie kannte und liebte, trotzdem so berührt und aufgewühlt, dass sie mitten im dritten Song «AUFHÖREN! HE! DAS REICHT! AUFHÖREN! DAS REICHT! HE!» brüllte. Aber er hörte nicht auf, und als sie merkte, wie vollkommen er in seine Musik versunken war, fühlte sie sich so einsam und verlassen, dass sie stockend zu weinen begann, ja schließlich regelrecht hysterisch schluchzte, bis ihm nichts anderes übrigblieb, als mitten im Song abzubrechen – obwohl es ihn eindeutig schwarzärgerte! –, um sie zu beruhigen, was ihm jedoch nicht gelang.

«Hier sind deine Sandwiches», sagte sie und knallte sie ihm in die Hand, «und da ist die Tür. Wir haben gesagt, du sollst abfahren, also fährst du ab. Verstanden? Jetzt. Ich meine es ernst. *Jetzt.* Tut mir leid, dass ich dich gebeten habe zu singen, SCHON WIEDER MEINE SCHULD, aber wir können ja mal versuchen, aus unseren Fehlern zu lernen, oder?»

Er holte tief Luft und richtete sich auf, als wäre er im Begriff, eine Erklärung abzugeben, aber seine Schultern sackten nach vorn, und er ließ die große Verlautbarung unausgesprochen aus seinen Lungen entweichen.

«Du hast recht», sagte er gereizt. «Ich brauche das hier auch nicht.»

«Wir haben doch eine gute Entscheidung getroffen, glaubst du nicht?»

«Ja, wahrscheinlich.»

«Dann fahr.»

Und er fuhr.

Und sie wurde zu einer besseren Leserin. Zuerst aus verzweifeltem Eskapismus, später, weil sie Hilfe suchte. Als Walter aus Saskatchewan zurückkam, hatte sie sich den Rest von *Krieg und Frieden* in drei Marathon-Lesetagen einverleibt. Natascha, die sich Andrej versprochen hatte, wurde von dem bösen Anatol verführt, und aller Hoffnung beraubt, zog Andrej in den Krieg, wurde tödlich verwundet und überlebte gerade lange genug, um sich von Natascha pflegen zu lassen und ihr vergeben zu können, worauf der gute alte Pierre, der als Kriegsgefangener in der Zwischenzeit einen gewissen Reifeprozess durchgemacht und tiefschürfend nachgedacht hatte, vortrat und sich als Nataschas Trostpreis präsentierte; und etliche Kinder folgten. Patty war, als hätte sie in diesen drei Tagen ein ganzes komprimiertes Leben gelebt, und als ihr eigener Pierre, trotz sorgfältigen Einreibens mit dem allerstärksten Sonnenschutzmittel schlimm verbrannt, aus der Wildnis zurückkehrte, war sie so weit, versuchen zu wollen, ihn wieder zu lieben. Sie holte ihn in Duluth ab und befragte ihn nach seinen Tagen mit naturbegeisterten Millionären, die ihm ihre Brieftaschen anscheinend weit geöffnet hatten.

«Unglaublich», sagte Walter, als sie ins Haus kamen und er die fast fertige Terrasse sah. «Er ist vier Monate hier und kriegt es nicht hin, die letzten acht Stunden Arbeit zu tun.»

«Ich glaube, er hatte die Nase voll von den Wäldern«, sagte Patty. «Ich habe ihm gesagt, er soll ruhig nach New York zurückfahren. Er hat hier ein paar großartige Songs geschrieben. Er wollte weg.»

Walter runzelte die Stirn. «Er hat dir Songs vorgespielt?»

«Drei», sagte sie und wandte sich von ihm ab.

«Und waren sie gut?»

«Sehr.» Sie ging zum See hinunter, und Walter folgte ihr. Es war nicht schwer, Abstand von ihm zu halten. Nur ganz am Anfang waren sie ein Paar gewesen, das sich bei jedem Wiedersehen um den Hals fiel und küsste.

«Seid ihr einigermaßen miteinander klargekommen?», fragte Walter.

«Es war ein bisschen komisch. Ich war froh, als er fuhr. An dem einen Abend, den wir zusammen hier waren, musste ich ein großes Glas Sherry trinken.»

«Das geht doch noch. Ein Glas.»

Zu der Abmachung, die sie mit sich selbst getroffen hatte, gehörte, dass sie Walter keine Lügen auftischen würde, auch keine kleinen; dass sie nichts sagen würde, was sich nicht gerade noch als Wahrheit auslegen ließ.

«Ich habe *unheimlich viel* gelesen», sagte sie. «Ich glaube, *Krieg und Frieden* ist das beste Buch, das ich kenne.»

«Du machst mich eifersüchtig», sagte Walter.

«Hm?»

«Na, weil es so phantastisch ist, das Buch zum ersten Mal zu lesen. Ganze Tage Zeit dafür zu haben.»

«Ja, das war auch toll. Ich glaube, dass es mich irgendwie verändert hat.»

«Du wirkst tatsächlich ein bisschen verändert.»

«Hoffentlich nicht zum Schlechten.»

«Nein. Nur anders.»

Am Abend, als sie mit ihm im Bett lag, zog sie ihren Pyjama aus und merkte erleichtert, dass sie Walter nach allem, was sie getan hatte, mehr begehrte und nicht weniger. Der Sex mit ihm war schön. Es war gar nicht so viel daran auszusetzen.

«Wir müssen das öfter machen», sagte sie.

«Jederzeit. Wirklich jederzeit.»

In jenem Sommer erlebten sie eine Art zweiter Flitterwochen, befeuert von Pattys Reue und sexueller Verwirrung. Sie strengte sich enorm an, eine gute Ehefrau zu sein und ihren sehr guten Ehemann zufriedenzustellen, aber ein vollständiger Bericht vom Erfolg ihrer Anstrengungen muss die E-Mails einschließen, die sie und Richard einander wenige Tage nach seiner Abfahrt zu schreiben begannen, ebenso wie die Tatsache, dass sie ihm ein paar Wochen später irgendwie grünes Licht geben konnte, nach Minneapolis zu fliegen und für die Zeit, in der Walter sich auf einer weiteren VIP-Reise, diesmal zu den Boundary Waters, befand, zu ihr an den Namenlosen See zu kommen. Sie löschte die E-Mail mit Richards Flugdaten sofort, so wie sie es mit allen anderen auch gemacht hatte, allerdings nicht ohne sich Flugnummer und Ankunftszeit vorher genau eingeprägt zu haben.

Eine Woche vor dem vereinbarten Tag fuhr sie allein an den See und gab sich dort ganz und gar ihrer Derangiertheit hin. Dazu gehörte, dass sie sich jeden Abend sternhagelvoll laufen ließ, später von Panik, Gewissensbissen und Unschlüssigkeit gebeutelt aufwachte, dann den ganzen Vormittag verschlief, dann in einem Schwebezustand trügerischer Ruhe Romane las, dann aufsprang und eine Stunde oder länger in der Nähe des Telefons auf und ab ging, weil sie sich nicht entscheiden konnte, ob sie Richard anrufen und ihm absagen sollte oder nicht, und schließlich eine Flasche öffnete, damit das Ganze für ein paar Stunden aufhörte.

Langsam schrumpfte die Zahl der verbleibenden Tage gegen null. Am letzten Abend trank sie bis zum Erbrechen, schlief im Wohnzimmer ein und kam irgendwann vor Morgengrauen schockartig wieder zu Bewusstsein. Damit ihre Hände und Arme wenigstens so weit zu zittern aufhörten, dass sie Richards Nummer wählen konnte, musste sie sich auf den immer noch unverfugten Küchenfußboden legen.

Sie erreichte seinen Anrufbeantworter. Er hatte eine kleinere Wohnung gefunden, ein paar Straßen von der alten entfernt. Wenn sie sich dieses neue Domizil vorstellte, sah sie immer nur eine größere Version des schwarzen Zimmers in jener Wohnung vor sich, die er mit Walter geteilt und in der sie dann seinen Platz eingenommen hatte. Sie wählte erneut, und wieder sprang der Anrufbeantworter an. Beim dritten Versuch nahm Richard ab.

«Komm nicht», sagte sie. «Ich kann das nicht.»

Er sagte nichts, aber sie hörte ihn atmen.

«Es tut mir leid», sagte sie.

«Ruf mich doch in ein paar Stunden nochmal an. Wer weiß, wie es dir am Morgen geht.»

«Ich habe gekotzt. Musste mich übergeben.»

«Das klingt nicht gut.»

«Bitte komm nicht. Ich verspreche dir, dass ich dich von jetzt an in Ruhe lasse. Offenbar musste ich erst bis an die Grenze gehen, um zu merken, dass ich das nicht kann.»

«Hm, ja, das leuchtet mir ein.»

«Es ist doch richtig so, oder?»

«Wahrscheinlich. Ja. Ich glaube schon.»

«Ich kann ihm das nicht antun.»

«Gut. Dann komme ich nicht.»

«Es ist nicht so, dass ich nicht *möchte*, dass du kommst. Ich bitte dich nur, es nicht zu tun.»

«Ich mache, was du willst.»

«Ach Gott, hör mir doch zu. Ich bitte dich zu tun, was ich *nicht* will.»

Wahrscheinlich rollte er jetzt, in Jersey City, mit den Augen. Aber sie wusste, er wollte sie sehen, er war bereit, am Vormittag ins Flugzeug zu steigen, und die einzige Methode, sich endgültig darauf zu einigen, dass er nicht kam, war die, das Gespräch auf zwei Stunden auszudehnen, sich wieder und wieder im Kreis zu drehen und den unlösbaren Konflikt auszutragen, bis sie sich beide so besudelt und erschöpft fühlten und sich selbst und den anderen derart satthatten, dass die Aussicht, sich zu treffen, jeden Reiz verlor.

Ein nicht geringer Teil des Kummers, den sie empfand, nachdem sie aufgelegt hatten, erwuchs aus dem Gefühl, dass sie Richards Liebe verschwendete. Sie kannte ihn als einen Mann, dem Weiberquatsch gehörig auf die Nerven ging, und der Umstand, dass er in ihrem Fall zwei geschlagene Stunden davon ausgehalten hatte, also ungefähr 119 Minuten mehr, als aushalten zu können seiner Natur entsprach, erfüllte sie mit Dankbarkeit und Bedauern über die *Verschwendung*, die *Verschwendung*. Die Verschwendung seiner Liebe.

Woraufhin sie – was sich beinahe von selbst versteht – zwanzig Minuten danach erneut bei ihm anrief und ihm eine weitere, etwas kürzere, aber noch erbärmlichere Version des ersten Telefonats zumutete. Es war eine kleine Vorausschau auf das, was sie einst weit ausführlicher mit Walter in Washington exerzieren sollte: Je mehr sie sich bemühte, seine Geduld zu erschöpfen, umso mehr Geduld brachte er auf, und je mehr Geduld er aufbrachte, umso schwerer war es, von ihm abzulassen. Zum Glück war Richards Geduld mit ihr, im Unterschied zu Walters, nicht einmal annähernd unendlich. Irgendwann legte er einfach auf, und als sie ihn eine Stunde später, kurz bevor es nach ihren Berechnungen Zeit gewesen wäre, zum Newark Airport aufzubrechen, falls er den Flug noch hätte bekommen wollen, ein drittes Mal anrief, nahm er nicht mehr ab.

Sie hatte kaum geschlafen und das wenige, was sie am Tag zuvor gegessen hatte, wieder von sich gegeben, und doch fühlte sie sich augenblicklich frischer, klarer und kräftiger. Sie machte das ganze Haus sauber, las die Hälfte eines Romans von Joseph Conrad, den Walter ihr empfohlen hatte, und kaufte keinen weiteren Wein. Als Walter von den Boundary Waters zurückkam, kochte sie ihm ein exzellentes Abendessen, schlang ihm die Arme um den Hals und brachte ihn – eine Seltenheit – sogar dazu, sich ein wenig gegen die Heftigkeit ihrer Zuneigung zu sträuben.

Genau das wäre der Moment gewesen, nach einer Arbeitsstelle zu suchen oder noch eine Ausbildung anzufangen oder ehrenamtlich tätig zu werden. Aber irgendetwas schien immer dagegen zu sprechen. Da war die Möglichkeit, dass Joey einlenken und für die Dauer seines letzten Schuljahres wieder nach Hause kommen würde. Da waren das Haus und der Garten, die sie in ihrem Jahr des Trinkens und Trübsalblasens vernachlässigt hatte. Da war ihre kostbare Freiheit, sooft sie wollte für mehrere Wochen an den Namenlosen See zu fahren. Da war eine umfassendere Freiheit, die sie, wie sie sehr wohl wusste, krank machte und die sie trotzdem nicht aufgeben konnte. Da war das Elternwochenende an Jessicas College in Philadelphia, an dem Walter nicht teilnehmen konnte, Patty dagegen teilnehmen wollte, was ihn wiederum sehr freute, weil er manchmal befürchtete, das Verhältnis zwischen ihr und Jessica sei vielleicht nicht eng genug. Und dann waren da die Wochen, die dem Elternwochenende vorausgingen, Wochen des regen E-Mailverkehrs mit Richard, Wochen, in denen sie sich das Hotelzimmer in Philadelphia ausmalte, wo sie *einen Tag und eine Nacht* zusammen von der Bildfläche verschwinden wollten. Und dann waren da die Monate schwerer Depressionen nach dem Elternwochenende.

Sie war an einem Donnerstag nach Philadelphia geflogen, um, wie sie Walter gewissenhaft erklärt hatte, einen Tag als Touristin allein in der Stadt zu verbringen. Im Taxi unterwegs zum Stadtzentrum verspürte sie einen jähen Stich des Bedauerns, dass es nicht genauso sein konnte: dass sie nicht als unabhängige erwachsene Frau durch die Straßen gehen, ein unabhängiges Leben führen und eine besonnene, wissbegierige Touristin sein konnte anstatt eine liebeshungrige Irre.

So unglaublich es klingen mag, aber seit der Zeit im Zimmer 21 war sie nicht mehr allein in einem Hotel gewesen, und ihr plüschiges Komfortzimmer im Sofitel beeindruckte sie sehr. Während sie auf Richard wartete, inspizierte sie alle Annehmlichkeiten genau und inspizierte sie noch einmal, als die vereinbarte Uhrzeit kam und verstrich. Sie versuchte fernzusehen, aber das ging nicht. Als das Telefon schließlich klingelte, war sie nur noch ein Haufen Nervenzellmasse.

«Es ist was dazwischengekommen», sagte Richard.

«Aha. Soso. Es ist was dazwischengekommen. Aha.» Sie ging zum Fenster und blickte auf Philadelphia. «Was denn? Irgendein kurzer Rock?»

«Allerliebst», sagte Richard.

«Ach, gib mir ein bisschen Zeit», sagte sie, «und ich liefere dir jedes nur denkbare Klischee. Was Eifersucht betrifft, haben wir noch nicht mal angefangen. Das hier ist quasi Minute eins in Sachen Eifersucht.»

«Es gibt keine andere.»

«*Keine einzige?* Es hat *keine einzige andere* gegeben? Mein Gott, da habe ja selbst ich mich schlechter benommen. Auf meine rührende eheliche Weise.»

«Ich habe nicht gesagt, dass es keine *einzige* andere gegeben hat. Ich habe gesagt, es gibt keine andere.»

Sie drückte den Kopf gegen die Scheibe. «Entschuldige», sagte sie. «Ich fühle mich auf einmal zu alt, zu hässlich, zu dumm, zu eifersüchtig. Ich finde es unerträglich, was aus meinem Mund kommt.»

«Er hat mich heute Morgen angerufen», sagte Richard.

«Wer?»

«Walter. Ich hätte es klingeln lassen sollen, aber ich bin drangegangen. Er sagte, dass er früh aufgestanden ist, um dich zum Flughafen zu bringen, und dass er dich vermisst. Und dass es in letzter Zeit sehr schön ist mit euch beiden. ‹Die schönste Zeit seit Jahren› – so in etwa hat er es, glaube ich, gesagt.»

Patty schwieg.

«Und dass du vorhast, Jessica zu besuchen. Worüber sie sich insgeheim sehr freut, sie hat nur Angst, dass du irgendwas Komisches sagen und sie bloßstellen könntest oder ihren neuen Freund vielleicht nicht magst. Und wie froh er selber ist, dass du das ihr zuliebe tust.»

Patty zappelte dort am Fenster herum, das Zuhören fiel ihr schwer.

«Und dass ihn wegen einiger Dinge, die er mir letzten Winter erzählt hat, ein schlechtes Gewissen quält. Dass ich nichts Falsches von dir denken soll. Dass der letzte Winter furchtbar war, wegen Joey, jetzt aber alles viel besser ist. ‹Die schönste Zeit seit Jahren›, ich glaube, so hat er es gesagt.»

Eine Kombination aus Würgen und Schluchzen erzeugte bei Patty einen lachhaft peinlichen Rülpser.

«Was war *das*?», sagte Richard.

«Nichts. Entschuldige.»

«Na, wie auch immer.»

«Mhm.»

«Und da habe ich beschlossen, nicht zu fahren.»

«Klar. Verstehe ich. Natürlich.»

«Gut.»

«Aber warum kommst du nicht einfach trotzdem her. Ich meine, wo ich nun schon mal hier bin. Und danach kehre ich in mein unfassbar glückliches Leben zurück, und du fährst wieder nach New Jersey.»

«Ich habe nur wiedergegeben, was er gesagt hat.»

«Mein einfach unfassbar glückliches Leben.»

Oh, die Versuchungen des Selbstmitleids. So süß für Patty, so unwiderstehlich der Drang, ihm eine Stimme zu verleihen, und so abstoßend für ihn. Sie registrierte den Moment, in dem sie einen Schritt zu weit gegangen war, genau. Wenn sie ruhig und beherrscht geblieben wäre, vielleicht hätte sie ihn dann umgarnen und überreden können, doch nach Philadelphia zu kommen. Wer weiß? Vielleicht wäre sie nie wieder nach Hause zurückgekehrt. Aber sie vermasselte alles durch Selbstmitleid. Sie hörte ihn immer kühler und distanzierter werden, woraufhin sie sich nur noch mehr leidtat, und so weiter und so fort, bis sie schließlich auflegen und sich ganz und gar jener anderen süßen Verlockung hingeben musste.

Wo kam das Selbstmitleid her? In diesem übersteigerten Ausmaß? Sie führte doch in fast jeder Hinsicht ein luxuriöses Leben. Tagtäglich hatte sie von morgens bis abends Zeit, einen Weg zu finden, wie man vernünftig und zufriedenstellend lebte, und dennoch schien sie, bei all ihren Wahlmöglichkeiten und all ihrer Freiheit, immer nur noch unglücklicher zu werden. Die Autobiographin sieht sich beinahe zu der Schlussfolgerung genötigt, dass sie sich selbst dafür bemitleidete, so frei zu sein.

An jenem Abend in Philadelphia kam es zu einer kurzen, jammervollen Begebenheit: Sie ging mit der Absicht, jemanden abzuschleppen, in die Hotelbar hinunter. Dort merkte sie rasch, dass die Welt sich in zwei Gruppen von Menschen unterteilt: diejenigen, die wissen, wie man sich ohne Begleitung auf einem Barhocker wohl fühlt, und diejenigen, die das nicht wissen. Außerdem sahen die Männer einfach zu *blöd* aus, und zum ersten Mal seit langem begann sie darüber nachzudenken, wie es gewesen war, betrunken zu sein und vergewaltigt zu werden, und ging wieder auf ihr Komfortzimmer, um sich weiteren Schüben von Selbstmitleid hinzugeben.

Am nächsten Morgen fuhr sie in einem Zustand der Bedürftigkeit, der nichts Gutes verhieß, mit einem Pendlerzug zu Jessicas College hinaus. Obwohl sie neunzehn Jahre lang versucht hatte, alles für Jessica zu tun, was ihre Mutter ihr schuldig geblieben war – sie hatte nie auch nur ein einziges Spiel von ihr versäumt, hatte sie mit Anerkennung überschüttet, hatte sich mit den Komplikationen ihres sozialen Lebens vertraut gemacht, hatte bei jeder kleinen Niederlage oder Enttäuschung ihre Partei ergriffen und sich in das Drama ihrer College-Bewerbungen vertieft –, gab es zwischen ihnen, wie schon erwähnt, einen Mangel an wahrer Nähe. Das lag einerseits an Jessicas selbstgenügsamem Wesen und andererseits daran, dass Patty den Bogen bei Joey weit überspannt hatte. An Joey, und nicht an Jessica, hatte sie sich mit ihrem überfließenden Herzen gewandt. Aber die Tür zu Joey war, aufgrund ihrer Fehler, nun geschlossen und versperrt, und als sie den schönen Quaker-Campus betrat, war ihr das Elternwochenende herzlich egal. Sie wollte nur ein bisschen Zeit mit ihrer Tochter allein verbringen.

Leider verstand Jessicas neuer Freund William keine Fingerzeige. William war ein gutmütiger, blonder kalifornischer Fußballspieler, dessen Eltern nicht angereist waren. Er begleitete Patty und Jessica zum Mittagessen, zu Jessicas Kunstgeschichtsvorlesung am Nachmittag und auch in Jessicas Wohnheimzimmer, und als Patty demonstrativ vorschlug, Jessica in der Stadt zum Abendessen einzuladen, entgegnete Jessica, sie habe in der Nähe schon einen Tisch für drei reserviert. In dem Restaurant hörte Patty dann stoisch zu, als William auf Jessicas Anregung hin die wohltätige Organisation beschrieb, die er bereits als Schüler gegründet hatte – irgendeinen grotesk verdienstvollen Verein, der es sich zur Aufgabe gemacht hatte, die Ausbildung armer malawischer Mädchen durch Fußballvereine in San Francisco subventionieren zu lassen. Patty blieb kaum etwas anderes übrig, als immer mehr Wein zu trinken. Beim vierten Glas fand sie, William müsse unbedingt erfahren, dass sie selbst einmal eine hervorragende Collegesportlerin gewesen war. Da Jessica keine Anstalten machte, die Information beizusteuern, dass sie es damals ins Team der zweitbesten Spielerinnen ganz Amerikas geschafft hatte, musste sie diese Information selbst beisteuern, und da das wiederum nach Angeberei klang, glaubte sie, die Geschichte ihres *Groupies* dagegensetzen zu müssen, was zu Elizas Drogensucht und Leukämielüge und Pattys Kniedesaster hinführte. Sie redete laut und, so dachte sie, unterhaltsam, aber anstatt zu lachen, blickte William aus dem Augenwinkel immer wieder nervös zu Jessica hinüber, die mit verschränkten Armen dasaß und mürrisch dreinschaute.

«Und worauf wolltest du jetzt hinaus?», sagte sie schließlich.

«Auf nichts Bestimmtes», sagte Patty. «Ich erzähle euch nur, wie es damals war, als ich aufs College ging. Ich wusste ja nicht, dass euch das nicht interessiert.»

«Mich interessiert es schon», war William immerhin freundlich genug zu sagen.

«Was ich daran interessant finde», sagte Jessica, «ist, dass ich noch nie etwas davon gehört habe.»

«Ich habe dir nie von Eliza erzählt?»

«Nein. Das muss Joey gewesen sein.»

«Ich bin sicher, dass ich mal davon gesprochen habe.»

«Nein, Mom. Tut mir leid. Das hast du nicht.»

«Na ja, egal, jetzt habe ich ja davon erzählt, aber vielleicht reicht es nun auch.»

«Ja, vielleicht!»

Patty wusste, dass sie sich danebenbenahm, aber sie konnte nicht anders. Als sie sah, wie liebevoll Jessica und William miteinander umgingen, dachte sie daran zurück, wie sie selbst mit neunzehn gewesen war, dachte an ihr mittelmäßiges Studium und ihre verkorksten Beziehungen zu Carter und Eliza und bereute ihr Leben und tat sich leid. Sie verfiel in eine Depression, die sich am folgenden Tag, als sie wieder zum College hinausfuhr und zusammen mit Dutzenden anderen Eltern eine Führung über das prächtige Gelände, ein Mittagessen im Garten der Villa des College-Präsidenten und ein Nachmittagskolloquium («Der Ausdruck der eigenen Identität in einer multivalenten Welt») über sich ergehen ließ, jäh verschlimmerte. Alle wirkten so glorios viel besser angepasst als sie. Die Studenten, weil sie den Eindruck machten, als könnten sie jede Aufgabe mit Freuden meistern, darunter bestimmt auch die, sich ohne Begleitung auf einem Barhocker wohl zu fühlen, die anderen Eltern, weil sie so stolz auf ihre Kinder schienen, so froh, dass sie mit ihnen befreundet waren, und das College, weil es seinen Reichtum und seinen altruistischen Auftrag so selbstgewiss zur Schau stellte. Patty war wirklich eine gute Mutter gewesen; es war ihr gelungen, ihre Tochter auf ein Leben vorzubereiten, das glücklicher und einfacher sein würde als ihr eigenes; aber schon die Körpersprache der anderen Familien machte ihr klar, dass sie in den Belangen, auf die es am meisten ankam, ganz und gar keine großartige Mutter gewesen war. Während die anderen Mütter und Töchter Schulter an Schulter auf den gepflasterten Wegen entlangspazierten und lachten oder die Köpfe über ihren Handys zusammensteckten, ging Jessica entweder auf dem Rasen oder ein, zwei Schritte vor Patty. Die einzige Rolle, die sie Patty an diesem Wochenende zugedachte, war die, von ihrem fabelhaften College beeindruckt zu sein. Patty tat ihr Möglichstes, diese Rolle auszufüllen, aber schließlich, in einem Anfall von Depression, setzte sie sich auf einen der Adirondack-Stühle, die über die zentrale Rasenfläche verteilt waren, und flehte Jessica an, am Abend ohne William, der an diesem Nachmittag dankenswerterweise ein Spiel gehabt hatte, in der Stadt mit ihr essen zu gehen.

Jessica stand ein gutes Stück von ihr entfernt und sah sie verhalten an. «William und ich müssen heute Abend lernen», sagte sie. «Unter normalen Umständen hätte ich gestern und heute den ganzen Tag gelernt.»

«Tut mir leid, dass ich dich davon abgehalten habe», sagte Patty mit depressivem Ernst.

«Nein, schon gut», sagte Jessica. «Ich wollte ja, dass du kommst. Ich wollte, dass du siehst, wo ich vier Jahre meines Lebens verbringen werde. Wir haben bloß ein ganz schönes Pensum zu bewältigen.»

«Ja, natürlich. Das ist toll. Es ist toll, dass du das alles schaffst. Ich bin so stolz auf dich. Wirklich, Jessica. Du hast meine volle Bewunderung.»

«Na ja, danke.»

«Es ist nur – wie wär's, wenn wir in mein Hotelzimmer gehen? Es wird dir gefallen. Wir können uns vom Zimmerservice etwas bringen lassen, Filme gucken und die Minibar plündern. Das heißt, *du* kannst die Minibar plündern, ich trinke heute Abend nichts. Einfach, damit wir mal einen Frauenabend haben, nur wir beide, einen Abend lang. Lernen kannst du noch den ganzen Herbst.»

In Erwartung von Jessicas Urteil hielt sie den Blick gesenkt. Ihr war schmerzlich bewusst, dass sie etwas vorschlug, das für sie beide neu war.

«Ich glaube, ich sollte wirklich besser lernen», sagte Jessica. «Ich hab's William versprochen.»

«Ach, komm, Jessica, bitte. Ein Abend wird dich schon nicht umbringen. Es würde mir sehr viel bedeuten.»

Als Jessica darauf nicht antwortete, zwang Patty sich, hochzuschauen. Ihre Tochter starrte mit verzweifelter Selbstbeherrschung auf das Hauptgebäude, an dessen einer Außenwand Patty einen Stein entdeckt hatte, in den ein weiser Spruch der Collegeabgänger von 1920 eingemeißelt war: NUTZE DEINE FREIHEIT WOHL.

«Nein?»

«Nein», sagte Jessica, ohne sie anzusehen. «Nein! Ich habe keine Lust dazu.»

«Es tut mir leid, dass ich gestern zu viel getrunken und so dummes Zeug geredet habe. Ich wünschte, du würdest mir die Chance geben, es wiedergutzumachen.»

«Ich will dich ja damit nicht bestrafen», sagte Jessica. «Aber da du ganz offensichtlich mein College nicht magst und auch meinen Freund nicht –»

«Nein, er ist in Ordnung, er ist nett, ich mag ihn. Aber ich bin nun mal hergekommen, um dich zu sehen, nicht ihn.»

«Mom, ich mache dir das Leben so leicht. Ist dir überhaupt klar, wie leicht ich es dir mache? Ich nehme keine Drogen, ich baue nicht so einen Mist wie Joey, ich blamiere dich nicht, ich zicke nicht rum, nichts davon habe ich jemals getan –»

«Das weiß ich doch! Und ich bin dir aufrichtig dankbar dafür.»

«Gut, aber dann beschwer dich bitte nicht, wenn ich mein eigenes Leben mit meinen eigenen Freunden führe und keine Lust habe, deinetwegen plötzlich alles umzustellen. Du profitierst in jeder Hinsicht davon, dass ich allein zurechtkomme – das mindeste, was du tun kannst, ist, mir deswegen kein schlechtes Gewissen einzureden.»

«Jessie, es geht doch nur um einen Abend. Es ist doch albern, deswegen so ein Theater zu machen.»

«Dann mach keins.»

Jessicas Selbstbeherrschung und kühle Reserve schienen Patty eine gerechte Strafe dafür zu sein, wie kompromisslos und kalt sie mit neunzehn ihrer eigenen Mutter gegenüber aufgetreten war. Ja sie hatte ein derart schlechtes Gewissen, dass sie nahezu jede Strafe angemessen gefunden hätte. Und so sparte sie sich ihre Tränen für später auf – sie hatte das Gefühl, sie *verdiene* den emotionalen Vorteil nicht, den sie vielleicht daraus hätte schlagen können, jetzt zu weinen oder schmollend zum Bahnhof zu rennen –, übte sich ihrerseits in Selbstbeherrschung und nahm mit Jessica und deren Zimmergenossin ein frühes Abendessen in der Cafeteria ein. Sie verhielt sich wie eine Erwachsene, auch wenn sie das Gefühl hatte, dass von ihnen beiden Jessica die Erwachsenere war.

Zurück in St. Paul, setzte sie die Talfahrt im Minenschacht ihrer seelischen Verfassung fort, und von Richard kamen keine E-Mails mehr. Die Autobiographin würde ja gern berichten, dass Patty ihm auch keine E-Mails mehr schickte, aber inzwischen sollte wohl deutlich geworden sein, dass ihre Fähigkeit, Irrwege zu beschreiten und sich selbst zu quälen und herabzusetzen, schier grenzenlos ist. Die einzige Nachricht, für die sie sich nicht schämen zu müssen glaubt, schrieb sie, nachdem Walter ihr mitgeteilt hatte, Molly Tremain habe sich in ihrer Wohnung auf der Lower East Side mit Schlaftabletten das Leben genommen. In dieser E-Mail zeigte Patty sich von ihrer besten Seite, und sie hofft, dass Richard sie genauso und nicht anders in Erinnerung behält.

Was Richard in jenem Winter und Frühling sonst so machte, wurde an anderer Stelle ausgeführt, insbesondere in *People* und *Spin* und *Entertainment Weekly*, nachdem *Nameless Lake* auf den Markt gekommen und Richard Katz «Kult» geworden war. Unter den Berühmtheiten, die sich öffentlich für Walnut Surprise starkmachten und sich als langjährige heimliche Traumatics-Hörer zu erkennen gaben, waren Michael Stipe und Jeff Tweedy. Richards ungepflegte, gebildete weiße männliche Fans mochten zwar nicht mehr so jung sein, aber eine ganze Reihe von ihnen waren inzwischen einflussreiche Redakteure im Kulturressort.

Der Ärger, den man empfindet, wenn die eigene, unbekannte Lieblingsband plötzlich auf jedermanns Playlist steht, ließ sich bei Walter mit tausend multiplizieren. Natürlich war er stolz, dass das neue Album nach Dorothys See benannt war und Richard so viele von den Songs in diesem Haus geschrieben hatte. Außerdem hatte Richard die Texte zum Glück so gehalten, dass sich das «du» darin, das Patty war, auf die tote Molly beziehen ließ; das war auch die Sichtweise, die er Interviewern nahelegte, weil er wusste, dass Walter jede Halbzeile, die je in der Presse über seinen Freund erschien, las und aufbewahrte. Aber in erster Linie fühlte Walter sich durch Richards Sternstunde enttäuscht und auch gekränkt. Er sagte, er verstehe ja, warum Richard ihn so gut wie nie mehr anrufe, er verstehe ja, dass Richard jetzt viel um die Ohren habe, aber im Grunde verstand er es nicht. Der wahre Zustand ihrer Freundschaft entpuppte sich als genau so, wie Walter es stets befürchtet hatte. Selbst wenn Richard ganz am Boden zu sein schien, war er nie wirklich am Boden. Richard hatte stets seine geheime musikalische Agenda, eine Agenda, die Walter nicht einschloss, denn er wandte sich letztlich immer direkt an seine Fans und behielt sein Ziel fest im Blick. Ein paar unbedeutende Musikjournalisten waren emsig genug, Walter um telefonische Interviews zu bitten, und an einigen abgelegenen Stellen, die meisten davon im Netz, tauchte auch sein Name auf, aber in den Interviews, die Walter las, bezeichnete Richard ihn nur als einen «sehr guten Collegefreund», und keine der großen Zeitschriften erwähnte ihn je namentlich. Gegen ein bisschen mehr Anerkennung für all die moralische, intellektuelle und sogar finanzielle Unterstützung, die er Richard gegeben hatte, hätte Walter nichts einzuwenden gehabt, am tiefsten aber kränkte es ihn, wie wenig er Richard zu bedeuten schien, wo Richard ihm doch so viel bedeutete. Und den besten Beweis dafür, wie viel er Richard eben *doch* bedeutete, konnte Patty ihm natürlich nicht liefern. Wenn Richard einmal die Zeit fand, sich telefonisch bei ihm zu melden, vergiftete Walter ihre Gespräche mit seiner Gekränktheit, sodass Richard nur noch weniger geneigt war, ihn wieder anzurufen.

Und so kam es, dass Walter ein Konkurrenzdenken entwickelte. Er hatte sich in dem Glauben gewiegt, der große Bruder zu sein, aber nun hatte Richard ihm erneut eine Lektion erteilt. In privaten Dingen – als Schachspieler, Lebensgefährte und verantwortungsvoller Staatsbürger – mochte Richard ja eine Niete sein, aber in der Öffentlichkeit wurde er für sein Beharrungsvermögen, seine Aufrichtigkeit, seine grandiosen neuen Songs geliebt, bewundert und gefeiert. Und auf einmal hasste Walter das Haus und den Garten und den ganzen Lebenszeit und Energie fressenden Kleinkram, auf den er hier in Minnesota gesetzt hatte; Patty war erschrocken, mit wie viel Bitterkeit er seine eigenen Leistungen heruntermachte. Nur wenige Wochen nachdem *Nameless Lake* auf den Markt gekommen war, flog er zu seinem ersten Bewerbungsgespräch mit dem Megamillionär Vin Haven nach Houston, und schon einen Monat später begann er, unter der Woche in Washington zu arbeiten. Für Patty, wenn nicht auch für Walter selbst, lag es auf der Hand, dass sein Entschluss, nach Washington zu gehen und die Waldsängerberg-Stiftung aufzubauen und zu einem ehrgeizigeren, internationalen Spieler zu werden, vom Konkurrenzgedanken befeuert war. Als Walnut Surprise an einem Freitagabend im Dezember zusammen mit der Band Wilco im Orpheum auftrat, flog er nicht einmal rechtzeitig nach St. Paul zurück, um hinzugehen.

Auch Patty schenkte sich das Konzert. Sie konnte es nicht ertragen, das neue Album zu hören – kam über die Vergangenheitsform im zweiten Song nicht hinweg –

*There was nobody like you*
*For me. Nobody*
*I live with nobody. Love*
*Nobody. You were that body*
*That nobody was like*
*You were that body*
*That body for me*
*There was nobody like you*

und so tat sie ihr Bestes, Richards Beispiel zu folgen und ihn in die Vergangenheit zu verbannen. Walters neue Energie hatte etwas Erregendes, fast Teufel-von-Athenhaftes an sich, und es gelang ihr zu hoffen, sie beide könnten in Washington noch einmal ganz von vorn anfangen. Sie liebte das Haus am Namenlosen See wie eh und je, aber mit dem Haus an der Barrier Street, das Joey nicht hatte halten können, hatte sie abgeschlossen. Sie verbrachte einen Nachmittag in Georgetown, an einem schönen, sonnigen Samstag im Herbst, als ein Wind, wie es ihn auch in Minnesota gab, die sich färbenden Bäume schüttelte, und sagte sich, ja, gut, das kann ich schaffen. (War ihr außerdem bewusst, dass die University of Virginia, an der Joey sich gerade eingeschrieben hatte, ganz in der Nähe lag? Waren ihre Geographiekenntnisse vielleicht doch nicht so schlecht wie immer angenommen?) Es klingt unglaublich, aber erst als sie endgültig in Washington angekommen war – erst als sie mit zwei Koffern im Taxi saß und den Rock Creek überquerte –, fiel ihr ein, wie sehr ihr Politik und Politiker immer zuwider gewesen waren. Sie betrat das Haus in der 29$^{th}$ Street und wusste von einer Sekunde auf die andere, dass sie schon wieder einen Fehler gemacht hatte.

2004

# Gipfelabbau

Als es unausweichlich wurde, dass Richard Katz mit seinen eifrigen jungen Bandkollegen wieder ins Studio ging, um ein zweites Walnut-Surprise-Album aufzunehmen – sämtliche Flucht- und Verzögerungsmöglichkeiten hatte er ausgeschöpft: Erst war er in jeder Stadt Amerikas, die ihn haben wollte, aufgetreten, dann tourte er durch immer fernere Länder, bis seine Bandkollegen rebellierten, weil er an ihre Türkeireise auch noch Zypern dranhängen wollte, dann brach er sich den linken Zeigefinger, als er eine Taschenbuchausgabe von Samantha Powers bahnbrechender Untersuchung der Genozide der Welt auffing, die Tim, der Drummer der Band, zu kräftig durch ein Hotelzimmer in Ankara geschleudert hatte, dann verkroch er sich in eine Hütte in den Adirondack Mountains, um die Musik für einen dänischen Kunstfilm zu schreiben, machte dann aber, da ihn das Projekt anödete, in Plattsburgh einen Koksdealer ausfindig und zog sich 5000 Euro Kunstförderung der dänischen Regierung in die Nase, dann frönte er eine Zeitlang einem kostspieligen Lotterleben in New York und Florida, das erst endete, als er in Miami wegen Trunkenheit am Steuer und Drogenbesitzes verhaftet wurde, dann wies er sich selbst für sechs Wochen Entgiftung und hämischen Widerstand gegen das Genesungsevangelium in die Gubser-Klinik in Tallahassee ein, dann kurierte er eine Gürtelrose aus, die er sich durch mangelnde Sorgfalt nach einem Ausbruch von Windpocken in der Gubser zugezogen hatte, dann leistete er 250 Stunden angenehm hirnloser gemeinnütziger Arbeit in einem Park im Dade County ab, und dann, wieder zu Hause, weigerte er sich schlicht, ans Telefon zu gehen oder seine E-Mails abzufragen, da er unter dem Vorwand, seine Abwehr gegen Frauen und Drogen zu stärken, an denen seine Bandkollegen offenbar allesamt Vergnügen finden konnten, ohne es allzu sehr zu übertreiben, Bücher las –, schickte er Tim eine Postkarte, in der er ihn bat, den anderen zu sagen, er sei total pleite und werde wieder Vollzeit Dachterrassen bauen; und die Übrigen von Walnut Surprise kamen sich wie Idioten vor, weil sie gewartet hatten.

Nicht, dass es von Belang gewesen wäre, aber Katz war tatsächlich pleite. Während der anderthalbjährigen Tournee der Band hatten sich Einkünfte und Ausgaben mehr oder weniger die Waage gehalten; drohte ein Überschuss, buchte er einfach teurere Hotels und gab für ganze Bars voller Fans und Fremder Runden aus. Obwohl ihm *Nameless Lake* und das neuentfachte Verbraucherinteresse an alten Traumatics-Aufnahmen mehr Geld eintrugen als seine gesamte Arbeit der zwanzig Jahre davor, hatte er in seinem Bestreben, das Ich, das ihm aus dem Blick geraten war, wieder zu orten, jeden Cent davon verpulvert. Die traumatischsten Geschehnisse, die den langjährigen Frontmann der Traumatics je befallen hatten, waren 1. eine Grammy-Nominierung, 2. dass seine Musik im Kulturfunk des *National Public Radio* gespielt wurde und 3. dass, den Verkaufszahlen vom Dezember nach zu schließen, *Nameless Lake* zum idealen kleinen Weihnachtsgeschenk geworden war, das in mehreren hunderttausend Haushalten, in denen *NPR* gehört wurde, unter geschmackvoll geschmückte Bäume gelegt wurde. Besonders verstörend und peinlich war die Grammy-Nominierung gewesen.

Katz hatte sich eingehend mit populärer Soziobiologie befasst, und den depressiven Persönlichkeitstypus und dessen scheinbar widernatürliches Verharren im menschlichen Genpool verstand er so, dass Depression eine erfolgreiche Anpassung an endlose Mühsal und Entbehrungen war. Pessimismus, ein Gefühl der Wertlosigkeit und mangelndes Anspruchsdenken, die Unfähigkeit, aus Freude Zufriedenheit zu schöpfen, ein quälendes Bewusstsein der grundlegenden Beschissenheit der Welt: Für Katz' jüdische Vorfahren väterlicherseits, von unversöhnlichen Antisemiten von einem Schtetl zum nächsten gejagt, ebenso wie für die alten Angeln und Sachsen mütterlicherseits, die sich in den kurzen Sommern Nordeuropas mit dem Anbau von Roggen und Gerste auf kargen Böden abgeplagt hatten, waren dauerhaft schlechte Stimmung und die Erwartung des Schlimmsten natürliche Reaktionen gewesen, um mit der Erbärmlichkeit ihres Daseins ins Reine zu kommen. Und schließlich stellt einen Depressiven kaum etwas so zufrieden wie eine richtig miese Nachricht. Sicher, eine optimale Lebensweise war das nicht, aber sie hatte ihre evolutionären Vorteile. Depressive in trostlosen Lebensumständen gaben, wie verzweifelt sie auch waren, ihre Gene weiter, während die Selbstverbesserer zum Christentum übertraten oder in sonnigere Gefilde zogen. Trostlose Lebensumstände waren auf eine Weise Katz' Milieu, wie es für einen Karpfen trübes Wasser ist. Seine besten Jahre mit den Traumatics waren mit Reagan I, Reagan II und Bush I zusammengefallen; Bill Clinton (zumindest prä-Lewinsky) hatte für ihn eine gewisse Belastung dargestellt. Nun kam Bush II, das schlimmste Regime von allen, und da hätte er mit der Musik gut wieder anfangen können, wäre nicht der Erfolgsunfall gewesen. Karpfengleich flappte er auf dem Boden herum, und seine psychischen Kiemen mühten sich vergeblich, aus einer Atmosphäre von Beifall und Fülle dunkle Nahrung zu ziehen. Er war freier, als er es seit der Pubertät gewesen war, und dem Selbstmord zugleich näher denn je. In den letzten Tagen des Jahres 2003 machte er sich wieder an den Bau von Dachterrassen.

Bei seinen ersten beiden Kunden, zwei schwulen Private-Equity-Knaben, die auf die Chili Peppers standen und Richard Katz nicht von Ludwig van Beethoven unterscheiden konnten, hatte er Glück. Auf ihren Dächern sägte und druckluftnagelte er in relativer Ruhe. Erst bei seinem dritten Auftrag, der im Februar begann, ereilte ihn das Pech, für Leute zu arbeiten, die ihn zu kennen meinten. Das Haus stand in der White Street zwischen Church Street und Broadway, und der Kunde, ein unabhängiger, reicher Verleger von Kunstbüchern, besaß das gesamte Traumatics-Œuvre in Vinyl und schien gekränkt, dass Katz sich nicht erinnerte, in all den Jahren, im spärlichen Publikum des Maxwell's in Hoboken, mehrmals sein Gesicht gesehen zu haben.

«Es gibt so viele Gesichter», sagte Katz. «Gesichter kann ich mir schlecht merken.»

«An dem Abend, als Molly von der Bühne gefallen ist, waren wir danach alle noch was trinken. Ich habe irgendwo noch ihre blutige Serviette. Wissen Sie das nicht mehr?»

«Da regt sich nichts. Sorry.»

«Na, jedenfalls ist es super, dass Sie endlich etwas von der Anerkennung kriegen, die Sie verdienen.»

«Ich möchte eher nicht darüber sprechen», sagte Katz. «Reden wir lieber übers Dach.»

«Im Grunde möchte ich, dass Sie kreativ sind und mir dann die Rechnung schicken», sagte der Kunde. «Ich möchte eine Dachterrasse, die Richard Katz gebaut hat. Ich kann mir nicht vorstellen, dass Sie das länger machen werden. Als ich hörte, dass Sie so eine Arbeit machen, konnte ich es nicht fassen.»

«Trotzdem wäre eine ungefähre Vorstellung von Gesamtgröße und bevorzugten Materialien nützlich.»

«Ach, machen Sie irgendwas. Seien Sie einfach kreativ. Ist nicht so wichtig.»

«Aber, mit Verlaub, dann tun Sie einfach so, als wäre es wichtig», sagte Katz. «Denn wenn es wirklich nicht so wichtig ist, dann weiß ich nicht, ob –»

«Bauen Sie eine Terrasse aufs Dach, ja? Und zwar eine riesige.» Der Kunde schien sich über ihn zu ärgern. «Lucy will hier oben Partys feiern. Ein Grund, warum wir das überhaupt gekauft haben.»

Der Kunde hatte einen Sohn, Zachary, der in seinem letzten Jahr an der Stuy High war, ein angehender Hipster und anscheinend eine Art Gitarrist; an Katz' erstem Arbeitstag kam er nach der Schule aufs Dach und löcherte ihn, als wäre Katz ein Löwe an der Kette, aus sicherer Entfernung mit Fragen, die sein Wissen über klassische E-Gitarren demonstrieren sollten, für Katz ein besonders öder Warenfetisch. Das sagte er auch, worauf der Junge verstimmt abzog.

An Katz' zweitem Arbeitstag, er schleppte gerade Bretter und WPC-Platten dachwärts, lauerte ihm auf dem Treppenabsatz im zweiten Stock Zacharys Mutter Lucy auf und erzählte ihm ungefragt, die Traumatics seien für sie eine jener Boygroups mit pubertärer Depri-Pose gewesen, die sie nie interessiert hätten. Dann wartete sie ab, die Lippen leicht geöffnet, der Blick herausfordernd frivol, wie ihre Anwesenheit – das Drama, sie zu sein – wohl auf ihn wirkte. Typisch für solche Tussen, schien sie von der Originalität ihrer Provokation überzeugt. Dieselbe Provokation war Katz, praktisch wortwörtlich, schon hundertmal begegnet, was ihn nun in die lächerliche Lage versetzte, ein schlechtes Gewissen zu haben, weil er sich nicht provoziert geben konnte: Lucys beherztes kleines Ego zu bedauern, wie es auf einem Meer aus Alternde-Frau-Unsicherheit schwamm. Er bezweifelte, dass er mit ihr etwas anfangen könnte, selbst wenn er es hätte versuchen wollen, aber er wusste, dass ihr Stolz verletzt sein würde, wenn er sich nicht wenigstens pro forma bemühte, ein Unsympath zu sein.

«Ich weiß», sagte er und lehnte die WPC-Platten an die Wand. «Deshalb war es für mich so ein Durchbruch, eine Platte mit authentischen Erwachsenenempfindungen zu machen, die auch Frauen schätzen können.»

«Wie kommen Sie darauf, dass mir *Nameless Lake* gefallen hat?», sagte Lucy.

«Wie kommen Sie darauf, dass mich das kümmert?», versetzte Katz. Er war den ganzen Vormittag die Treppe rauf und runter gegangen, aber richtig erschöpfte ihn erst, dass er sich produzieren musste.

«Ich fand es ganz okay», sagte sie. «Es war vielleicht nur einen Tick zu hoch gelobt.»

«Dem kann ich gar nicht widersprechen», sagte Katz.

Worauf sie verstimmt abzog.

In den Achtzigern und Neunzigern hatte Katz, um sein bestes Werbeargument als Bauunternehmer nicht zu schwächen – dass er nämlich unpopuläre Musik machte, die finanzieller Unterstützung bedurfte –, sich fast schon unprofessionell verhalten müssen. Seine hauptsächliche Klientel waren Künstler und Filmleute aus TriBeCa gewesen, die ihm Essen und manchmal auch Drogen gaben und sein künstlerisches Engagement in Frage gestellt hätten, wenn er vor dem Nachmittag zur Arbeit erschienen wäre, vergebene Frauen nicht angemacht hätte oder innerhalb des Zeit- oder Budgetrahmens geblieben wäre. Nun, da TriBeCa vollends von der Finanzwirtschaft annektiert war und Lucy den ganzen Vormittag in Tanktop und hauchdünnem Bikinihöschen, die *Times* lesend oder telefonierend, im Schneidersitz auf ihrem DUX-Bett saß und ihm jedes Mal, wenn er vorbeiging, durchs Oberlicht zuwinkte, der kaum verhüllte Busch und die eindrucksvollen Schenkel beständig einsehbar, wurde er zu einem Ausbund an Professionalität und protestantischer Tugendhaftigkeit, begann pünktlich um neun und arbeitete noch Stunden nach Einbruch der Dunkelheit, um möglichst den einen oder anderen Tag von dem Projekt abzuzwacken und bald verschwinden zu können.

Nach seiner Rückkehr aus Florida verabscheute er Sex und Musik gleichermaßen. Eine solche Form der Abscheu war ihm neu, und er war vernünftig genug zu erkennen, dass das alles mit seinem Seelenzustand und wenig oder nichts mit der Wirklichkeit zu tun hatte. So wie die prinzipielle Gleichheit weiblicher Körper in keiner Weise endlose Vielfalt ausschloss, gab es auch keinen vernünftigen Grund, an der Gleichheit der Bausteine populärer Musik zu verzweifeln, an den Powerchords in Dur und Moll, dem $^{2}/_{4}$ und $^{4}/_{4}$, dem A-B-A-B-C. Zu jeder Tageszeit arbeitete irgendwo im Großraum New York ein energiegeladener junger Mensch an einem Lied, das, wenn man es wenigstens ein paarmal, wenn's hoch kommt, zwanzig- oder dreißigmal hörte, so frisch wie der Schöpfungsmorgen klang. Seit er in Florida aus der Bewährung entlassen worden war und sich von seiner großbusigen Dienstleiterin in der Parkbehörde, Marta Molina, verabschiedet hatte, war er außerstande gewesen, seine Anlage einzuschalten, ein Instrument auch nur anzufassen oder sich vorzustellen, dass er jemals wieder einen anderen Menschen in sein Bett ließ. Kaum ein Tag verging, ohne dass er aus einem Kellerübungsraum oder gar (selbst das geschah) dem Eingang eines Banana-Republic- oder Gap-Geschäfts einen erregenden neuen Sound hörte oder auf den Straßen von Lower Manhattan eine junge Tusse sah, die jemandes Leben verändern würde; doch dass dieser Jemand er sein könnte, daran glaubte er nicht mehr.

Dann kam ein bitterkalter Donnerstagnachmittag, der Himmel ein einförmiges Grau, leichter Schneefall, der den Negativraum der städtischen Skyline weniger negativ machte, das Woolworth Building und dessen Märchentürme verschlierte und mit sanfter, die Bewegung der Luft sichtbar werden lassender Neigung Richtung Hudson und hinaus auf den dunklen Atlantik fiel und Katz von dem Geschiebe der Fußgänger und Autos vier Stockwerke unter ihm entfernte. Der Matsch auf den Straßen hob hübsch den Diskant des zischenden Verkehrs und neutralisierte weitgehend seinen Tinnitus. Er fühlte sich doppelt umhüllt, vom Schnee und seiner körperlichen Arbeit, wenn er die WPC-Platten schnitt und in die kniffligen Räume zwischen drei Schornsteinen einpasste. Aus Mittag wurde Dämmerung, ohne dass er auch nur einmal an Zigaretten gedacht hätte, und da die Zeit zwischen zwei Zigaretten gegenwärtig die Einheit war, mit der er die Tage in mundgerechte Bissen unterteilte, hatte er das Gefühl, dass den Verzehr seines Mittagssandwiches und das jähe, unwillkommene Auftauchen Zacharys keine Viertelstunde trennte.

Der Junge trug einen Kapuzenpulli und eine jener tiefhängenden engen Hosen, die Katz erstmals in London aufgefallen waren. «Wie findest du Tutsi Picnic?», sagte er. «Stehst du auf die?»

«Kenn ich nicht», sagte Katz.

«Echt! Nicht zu fassen.»

«Und dennoch ist es die Wahrheit», sagte Katz.

«Und die Flagrants? Sind die nicht der Wahnsinn? Dieses 37-Minuten-Stück?»

«Hatte noch nicht das Vergnügen.»

«Hey», Zachary ließ sich nicht entmutigen, «was hältst du von diesen psychedelischen Houstoner Bands, die Ende der Sechziger bei Pink Pillow aufgenommen haben? Der Sound von denen erinnert mich teilweise an eure frühen Sachen.»

«Ich brauche das Teil, auf dem du stehst», sagte Katz.

«Ich dachte, manche von denen könnten euch beeinflusst haben. Besonders Peshawar Rickshaw.»

«Wenn du mal kurz den linken Fuß hebst.»

«Hey, kann ich dich noch was fragen?»

«Und diese Säge macht gleich Lärm.»

«Bloß eine Frage noch.»

«Na gut.»

«Gehört das zu deinem musikalischen Prozess? Wieder in den alten Job zurückgehen?»

«Darüber habe ich noch gar nicht nachgedacht.»

«Weil nämlich meine Freunde in der Schule fragen. Denen hab ich gesagt, das ist bestimmt Teil deines Prozesses. Weil du vielleicht wieder mit dem Arbeiter in Kontakt trittst, um Material für deine nächste Platte zu sammeln.»

«Tu mir einen Gefallen», sagte Katz, «sag deinen Freunden, ihre Eltern sollen mich anrufen, wenn sie sich eine Dachterrasse bauen lassen wollen. Ich arbeite überall südlich der Fourteenth und westlich vom Broadway.»

«Im Ernst, machst du es deshalb?»

«Die Säge ist sehr laut.»

«Okay, aber eine Frage noch? Ich schwöre, das ist die letzte. Kann ich ein Interview mit dir machen?»

Katz ließ die Säge aufheulen.

«Bitte?», sagte Zachary. «In meiner Klasse ist eine, die steht total auf *Nameless Lake*. Es wäre echt hilfreich, weil sie vielleicht mit mir redet, wenn ich ein kurzes Interview digital aufzeichnen und ins Netz stellen könnte.»

Katz stellte die Säge ab und musterte Zachary ernst. «Du spielst Gitarre und willst mir erzählen, du hast Probleme, Mädchen für dich zu interessieren?»

«Also, bei der schon. Ihr Geschmack ist eher Mainstream. Die ist eine echt harte Nuss.»

«Und sie ist diejenige, die du haben musst, ohne die du nicht leben kannst.»

«So ziemlich.»

«Und sie geht in die letzte Klasse», sagte Katz in einem alten Rechenreflex, bevor er sich bremsen konnte. «Hat keine Klasse übersprungen oder so.»

«Nicht, dass ich wüsste.»

«Ihr Name?»

«Caitlyn.»

«Bring sie morgen nach der Schule mit.»

«Aber sie glaubt mir bestimmt nicht, dass du hier bist. Deshalb will ich doch das Interview, als Beweis dafür. Dann wird sie mitkommen und dich sehen wollen.»

Katz fehlten noch zwei Tage zu acht Wochen Zölibat. Während der vergangenen sieben war ihm der Verzicht auf Sex wie eine natürliche Ergänzung seines Verzichts auf Drogen und Alkohol erschienen – eine Tugend stützt die andere. Keine fünf Stunden zuvor hatte er einen Blick durchs Oberlicht auf Zacharys exhibitionistische Mutter geworfen und keinerlei Interesse, sondern eher leichten Ekel verspürt. Nun aber erkannte er jäh und mit prophetischer Klarheit, dass er die Acht-Wochen-Marke um einen Tag verfehlen würde: Er würde sich der minutiösen Akquisition Caitlyns widmen und, indem er sich die Millionen subtilst voneinander verschiedenen Gesichter und Körper, die sie besitzen mochte, vorstellte, die zahllosen Besinnungsmomente zwischen jetzt und morgen Abend löschen und dann, unter Aufbietung seiner Könnerschaft, die Früchte einer solchen Übung genießen, alles in dem durchaus ehrenwerten Dienst, Zachary eins draufzugeben und einem achtzehnjährigen Fan mit «Mainstream»-Geschmack die Illusionen zu nehmen. Er merkte, dass er aus seinem Desinteresse am Laster schlicht eine Tugend gemacht hatte.

«Also, pass auf», sagte er. «Du bereitest alles vor und denkst dir deine kleinen Fragen aus, und in zwei Stunden bin ich unten. Aber morgen muss ich Ergebnisse sehen. Ich muss sehen, ob das nicht irgendein Blödsinn von dir ist.»

«Krass!», sagte Zachary.

«Du hast aber gehört, was ich gesagt habe, ja? Mit Interviews bin ich durch. Wenn ich eine Ausnahme mache, dann brauchen wir Ergebnisse.»

«Ich schwöre, sie wird kommen wollen. Sie will dich sehen, definitiv.»

«Schön, dann überleg dir jetzt mal, was für einen großen Gefallen ich dir tue. Gegen sieben bin ich unten.»

Es war dunkel geworden. Der Schnee fiel nur noch als feines Gestöber, und vor dem Holland Tunnel hatte der allabendliche Verkehrsalbtraum begonnen. Alle U-Bahnlinien der Stadt bis auf zwei sowie die unverzichtbare PATH liefen in dreihundert Metern Entfernung von der Stelle, wo Katz stand, zusammen. Diese Gegend war noch immer die Nahtstelle der Welt. Hier die grellerleuchtete Brandnarbe des World Trade Center, hier der Goldschatz der Federal Reserve, hier die Tombs, die Börse und das Rathaus, hier Morgan Stanley und American Express und die fensterlosen Monolithe von Verizon, hier erregende Blicke über den Hafen hin zur Freiheitsstatue in ihrer oxidgrünen Hülle. Die fülligen Bürokratinnen und die drahtigen Bürokraten, die die Stadt am Laufen hielten, drängten sich mit leuchtend bunten kleinen Schirmen auf der Chambers Street, heimwärts nach Queens und Brooklyn. Einen Moment lang, bevor er seine Arbeitsleuchte anknipste, war Katz beinahe glücklich, beinahe wieder vertraut mit sich, doch als er zwei Stunden später sein Werkzeug zusammenpackte, wurde er sich bewusst, auf wie viele Arten er Caitlyn schon jetzt hasste und was es doch für ein seltsames, grausames Universum war, das ihn bewog, eine Tusse zu vögeln, weil er sie hasste, und wie schlimm diese Geschichte ähnlich so vielen anderen davor enden würde, welche Vergeudung seiner angesammelten keuschen Zeit es wäre. Wegen dieser Verschwendung hasste er sie noch mehr.

Und dennoch war es wichtig, dass Zachary eins draufbekam. Der Junge hatte seinen eigenen Übungsraum zur Verfügung, ein mit Noppenschaum ausgekleidetes würfelartiges Zimmer, in dem mehr Gitarren herumstanden, als Katz in dreißig Jahren besessen hatte. Nach dem zu urteilen, was Katz beim Kommen und Gehen immer mal wieder hatte hören können, spielte der Junge schon, rein technisch gesehen, schärfere Soli als Katz früher und gewiss auch künftig. Aber das taten auch noch hunderttausend andere amerikanische Highschool-Jungs. Na und? Statt die stellvertretenden Rockambitionen seines Vaters zu hintertreiben, indem er sich auf Entomologie stürzte oder sich für Finanzderivate interessierte, äffte Zachary pflichtschuldig Jimi Hendrix nach. An irgendeinem Punkt hatte die Phantasie eben versagt.

Der Junge wartete in seinem Übungsraum mit einem Apple-Laptop und einer ausgedruckten Liste seiner Fragen, als Katz hereinkam, und kaum war er in der Zimmerwärme, lief ihm die Nase, und seine halb abgefrorenen Hände schmerzten. Zachary deutete auf den Klappstuhl, auf den er sich setzen sollte. «Ich hab mir überlegt», sagte er, «ob du erst einen Song spielst und dann vielleicht noch einen, wenn wir fertig sind.»

«Nein, das mache ich nicht», sagte Katz.

«Nur einen Song. Das wäre echt cool.»

«Stell mir einfach deine Fragen, ja? Das ist auch so schon demütigend genug.»

F: Also, Richard Katz, vor drei Jahren kam *Nameless Lake* heraus, und vor genau zwei Jahren wurde Walnut Surprise für den Grammy nominiert. Kannst du mir ein bisschen erzählen, wie sich dein Leben seither verändert hat?
A: Diese Frage kann ich nicht beantworten. Du musst mir bessere Fragen stellen.
F: Also, vielleicht kannst du mir dann ein bisschen was über deinen Entschluss sagen, zur körperlichen Arbeit zurückzukehren. Fühlst du dich künstlerisch blockiert?

A: Du musst es wirklich mal anders versuchen.
F: Na gut. Was hältst du von der MP3-Revolution?
A: Ah, Revolution, wow. Toll, wieder mal das Wort «Revolution» zu hören. Toll, dass ein Lied jetzt genauso viel wie eine Packung Kaugummi kostet und genau dieselbe Zeit vorhält, bis es seinen Geschmack verliert und man wieder einen Dollar hinlegen muss. Diese Ära, die irgendwann, gestern, zu Ende ging – du weißt schon, die Ära, als wir so taten, als wäre Rock die Geißel von Konformität und Konsumismus und nicht deren gesalbte Magd –, diese Ära hat mich echt genervt. Ich finde es gut für die Ehrlichkeit von Rock 'n' Roll und überhaupt gut für das Land, dass wir Bob Dylan und Iggy Pop endlich als das sehen können, was sie wirklich waren: als Hersteller von Wintergreen-Chiclets-Kaugummi.
F: Dann würdest du also sagen, Rock hat sein subversives Element verloren?
A: Ich will sagen, Rock hatte nie ein subversives Element. Er war schon immer Wintergreen-Chiclets, wir haben nur gern so getan, als wäre es anders gewesen.
F: Und als Dylan auf E-Gitarre umstieg?
A: Wenn du über die graue Vorzeit reden willst, dann doch besser gleich über die Französische Revolution. Weißt du noch, als, ich habe seinen Namen vergessen, na, dieser Rocker, der die «Marseillaise» geschrieben hat, Jean Jacques Sowieso – weißt du noch, als sein Lied 1792 ständig im Radio kam und sich dann plötzlich die Bauern erhoben und die Aristokratie stürzten? *Das* war ein Lied, das die Welt veränderte. Den Bauern fehlte das Kämpferische. Alles andere hatten sie schon – demütigende Knechtschaft, drückende Armut, unbezahlbare Schulden, grauenhafte Arbeitsbedingungen. Aber ohne ein Lied war das alles nicht doll, Mann. Erst der Sansculotte-Style hat die Welt dann richtig verändert.
F: Und was ist für Richard Katz der nächste Schritt?
A: Ich mische in der Politik der Republikaner mit.

F: Haha.
A: Im Ernst. Die Nominierung für den Grammy war eine so unerwartete Ehre, dass ich mich verpflichtet fühle, in diesem entscheidenden Wahljahr das Beste daraus zu machen. Man hat mir die Gelegenheit geboten, am Popmusik-Mainstream teilzuhaben, Kaugummi herzustellen und zu versuchen, Vierzehnjährige davon zu überzeugen, dass Aussehen und Anmutung der Produkte von Apple Computer Hinweise auf das Weltverbesserungsengagement von Apple Computer sind. Denn die Welt zu verbessern ist doch cool, oder? Und Apple Computer muss sich doch viel stärker für eine bessere Welt einsetzen, weil iPods so viel cooler aussehen als andere MP3-Player, weswegen sie auch so viel teurer und mit der Software anderer Unternehmen nicht kompatibel sind, weil, na, eigentlich ist es nicht so recht klar, warum, in einer besseren Welt die allercoolsten Produkte einer winzigen Zahl von Bewohnern dieser besseren Welt die allerobszönsten Profite bringen müssen. An dem Punkt müsstest du dann alles mit ein wenig Abstand und Weitsicht betrachten, damit du erkennst, dass allein schon die Anschaffung eines neuen iPods die Welt verbessert. Und genau das finde ich an der Republikanischen Partei so erfrischend. Sie überlässt dem Einzelnen die Entscheidung, wie eine bessere Welt aussehen könnte. Es ist doch die Partei der Freiheit, stimmt's? Deshalb verstehe ich auch nicht, warum diese intoleranten christlichen Moralisten so einen großen Einfluss auf die Partei haben. Diese Leute sind total gegen die freie Entscheidung. Einige sogar gegen die Vergötterung des Geldes und materieller Güter. Ich finde, der iPod ist das wahre Gesicht der republikanischen Politik, und ich bin dafür, dass die Musikindustrie hier eine Vorreiterrolle übernimmt und politisch aktiver wird, sich stolz erhebt und laut verkündet: Uns in der Kaugummibranche geht es nicht um soziale Gerechtigkeit, uns geht es nicht um exakte oder objektiv verifizierbare Information, uns geht es nicht um

sinnvolle Arbeit, uns geht es nicht um ein einheitliches Paket nationaler Ideale, uns geht es nicht um Weisheit. Es geht uns um die Entscheidung, was WIR hören wollen, und die Freiheit, alles andere zu ignorieren. Es geht uns darum, Leute lächerlich zu machen, die aus Mangel an Manieren nicht so cool wie wir sein wollen. Es geht uns darum, uns alle fünf Minuten ein hirnloses Wohlfühlding zu gönnen. Es geht uns um die gnadenlose Erzwingung und Ausbeutung unseres Rechts auf geistiges Eigentum. Es geht uns darum, Zehnjährige davon zu überzeugen, fünfundzwanzig Dollar für ein cooles kleines iPod-Silikongehäuse auszugeben, dessen Herstellung eine konzessionierte Apple-Computer-Tochter neununddreißig Cent gekostet hat.
F: Jetzt mal im Ernst. Bei der letztjährigen Grammy-Verleihung herrschte eine sehr heftige Antikriegsstimmung. Viele der Nominierten haben sich sehr freimütig geäußert. Glaubst du, erfolgreiche Musiker haben die Verantwortung, ein Vorbild zu sein?
A: Ich ich ich, kaufen kaufen kaufen, Party Party Party. Sitz in deiner eigenen kleinen Welt und schaukle mit geschlossenen Augen. Ich habe gerade versucht zu sagen, dass wir schon *jetzt* die perfekten republikanischen Vorbilder sind.
F: Wenn das der Fall ist, warum hat es dann letztes Jahr bei der Verleihung einen Zensor gegeben, der dafür sorgte, dass sich niemand gegen den Krieg ausgesprochen hat? Willst du etwa sagen, dass Sheryl Crow Republikanerin ist?
A: Das hoffe ich. Sie kommt so nett rüber, dass ich es schlimm fände, wenn sie Demokratin wäre.
F: Sie hat sich sehr klar gegen den Krieg ausgesprochen.
A: Meinst du denn, George Bush hasst Schwule wirklich? Meinst du, er schert sich persönlich um die Abtreibung? Meinst du, Dick Cheney glaubt tatsächlich, Saddam Hussein hätte den 11. September angezettelt? Sheryl Crow ist Kaugummiherstellerin, und das sage ich als einer, der selbst jahrelang

Kaugummihersteller war. Derjenige, den es interessiert, was Sheryl Crow über den Irakkrieg denkt, ist derselbe, der sich einen obszön überteuerten MP3-Player kauft, weil Bono Vox Schleichwerbung dafür macht.

F: Aber in einer Gesellschaft ist doch auch Platz für Wortführer, oder? Hat nicht das Amerika der Konzerne versucht, eben das bei der Grammy-Verleihung zu unterdrücken? Die Stimmen potenzieller Wortführer einer Antikriegsbewegung?

A: Soll denn der Vorstandsvorsitzende von Chiclets-Kaugummi Wortführer im Kampf gegen den Zahnverfall sein? Auf dieselben Werbemethoden zurückgreifen, um Kaugummi zu verkaufen und der Welt weiszumachen, dass Kaugummi schädlich ist? Ich weiß, gerade habe ich über Bono gewitzelt, aber der hat mehr Integrität als die ganze übrige Musikwelt zusammen. Wenn du mit dem Verkauf von Chiclets ein Vermögen gemacht hast, kannst du auch überteuerte iPods verkaufen und damit noch reicher werden und dann dein Geld und deinen Status dafür einsetzen, dir Zugang zum Weißen Haus zu verschaffen und zu versuchen, was richtig Gutes in Afrika zu tun. Nach dem Motto: Sei ein Mann, beiß die Zähne zusammen, gib zu, dass du ein Mitglied der herrschenden Klasse bist und dass du an die herrschende Klasse glaubst und dass du alles Nötige dafür tust, um deine Position darin zu festigen.

F: Sagst du damit, dass du den Einmarsch in den Irak unterstützt hast?

A: Ich sage, dass es den Einmarsch in den Irak nie gegeben hätte, wenn er etwas gewesen wäre, das einer wie ich unterstützt.

F: Kehren wir noch kurz zur Person Richard Katz zurück.

A: Nein, stellen wir jetzt mal dein kleines Gerät da ab. Ich glaube, wir sind hier fertig.

«Das war super», sagte Zachary, streckte den Zeigefinger aus und klickte. «Das war perfekt. Das stell ich gleich rein und schick den Link Caitlyn.»

«Hast du ihre E-Mail-Adresse?»

«Nein, aber ich kenn einen, der sie hat.»

«Dann sehen wir drei uns morgen nach der Schule.»

Unter einer ihm schon vertrauten Wolke von Post-Interview-Gewissensbissen ging Katz auf der Church Street Richtung PATH-Bahn. Es waren nicht etwa Bedenken, Anstoß erregt zu haben; Anstoß zu erregen war seine Pflicht. Vielmehr waren es Bedenken, dass er armselig geklungen hatte – dass er zu leicht als das erledigte Talent zu durchschauen gewesen war, dem nur noch bleibt, diejenigen runterzumachen, die besser sind als er. Er hatte eine starke Abneigung gegen den Menschen, der er, wie er soeben aufs Neue demonstriert hatte, leider war. Und das war natürlich die einfachste ihm bekannte Definition von Depression: dass man eine starke Abneigung gegen sich selbst hat.

Zurück in Jersey City, machte er einen Zwischenstopp in dem Gyros-Laden, der jede Woche drei oder vier seiner Abendessen bereitstellte, verließ ihn mit einer schweren, stinkenden Tüte minderwertigsten Fleischs in Pitabrot und stieg die Treppe zu seiner Wohnung hinauf, in der er während der letzten zweieinhalb Jahre so selten gewesen war, dass es schien, als hätte sie sich gegen ihn gewendet, als wollte sie nicht mehr sein Zuhause sein. Ein klein wenig Koks hätte das ändern, hätte der Wohnung ihren verblichenen freundlichen Glanz zurückgeben können, aber nur für ein paar Stunden, bestenfalls ein paar Tage, danach hätte es alles nur noch viel schlimmer gemacht. Der einzige Raum, den er noch halbwegs mochte, war die Küche, deren harsche Neonleuchte seiner Stimmung entsprach. Er setzte sich an seinen alten Lacktisch und lenkte sich von dem Geschmack seines Abendessens ab, indem er Thomas Bernhard las, seinen neuen Lieblingsautor.

Hinter ihm, auf einer Ablage mit ungespültem Geschirr, klingelte sein Festnetztelefon. Auf dem Display stand WALTER BERGLUND.

«Walter, mein Gewissen», sagte Katz. «Warum belästigst du mich jetzt?»

Unwillkürlich war er versucht dranzugehen, weil er unlängst festgestellt hatte, dass er Walter vermisste, aber dann erinnerte er sich gerade noch rechtzeitig, dass es ebenso gut Patty sein konnte, die von zu Hause anrief. Mit Molly Tremain hatte er die Erfahrung gemacht, dass man eine Ertrinkende nur dann retten sollte, wenn man bereit war, selbst zu ertrinken, und so hatte er vom Kai aus zugesehen, wie Patty strampelnd um Hilfe schrie. Wie immer sie sich jetzt fühlte, er wollte nichts davon hören. *Nameless Lake* zu Tode zu touren – zum Ende hin hatte er sich während der Auftritte, ohne aus dem Takt zu geraten oder eine Strophe auszulassen, auf lange Gedankengänge begeben können, hatte die Finanzen der Band überprüft, die Beschaffung neuer Drogen erwogen und sein jüngstes Interview bereut – war insofern von Vorteil gewesen, als die Texte von jeglicher Bedeutung entleert und seine Lieder dauerhaft von dem Zustand der Trauer (um Molly, um Patty), in dem er sie geschrieben hatte, losgelöst worden waren. Er hatte sogar schon geglaubt, dass die Tournee die Trauer selbst erschöpft hatte. Dennoch war es ausgeschlossen, dass er ans Telefon ging, solange es klingelte.

Immerhin hörte er den Anrufbeantworter ab.

*Richard? Hier ist Walter – Berglund. Ich weiß nicht, ob du da bist, womöglich bist du nicht mal im Land, aber vielleicht bist du ja morgen da. Ich muss geschäftlich nach New York, und ich möchte dir einen kleinen Vorschlag machen. Entschuldige, dass ich so kurzfristig Bescheid gebe. Vor allem grüße ich dich einfach bloß. Patty lässt auch grüßen. Hoffentlich ist bei dir alles in Ordnung!*

Um diese Nachricht zu löschen, drücken Sie die 3.

Zwei Jahre lang hatte Katz nichts mehr von Walter gehört. Als sich das Schweigen hinzog, hatte er es für immer wahrscheinlicher gehalten, dass Patty in einem Moment von Dummheit oder Kummer ihrem Mann gebeichtet hatte, was am Namenlosen See geschehen war. Mit seinem Feminismus und seiner umgekehrten Doppelmoral, die einen rasend machte, hätte Walter Patty sicher schnell verziehen und Katz die Schuld an dem Betrug allein tragen lassen. Es war schon komisch mit Walter: Immerzu verschworen sich die Umstände auf eine Weise, dass Katz, der sonst niemanden fürchtete, sich von ihm herabgesetzt und eingeschüchtert fühlte. Indem er auf Patty verzichtet und sein eigenes Vergnügen drangegeben und sie brutal enttäuscht hatte, um ihre Ehe zu retten, hatte er sich vorübergehend auf das Niveau von Walters Vortrefflichkeit erhoben, doch seine Mühen hatten ihm lediglich den Neid auf seinen Freund eingetragen, weil der seine Frau so fraglos besaß. Er hatte sich einzureden versucht, dass er den Berglunds einen Gefallen tat, indem er die Kommunikation mit ihnen einstellte, vor allem aber hatte er sich nicht anhören wollen, wie glücklich und stabil sie verheiratet waren.

Katz hätte nicht recht sagen können, warum Walter ihm viel bedeutete. Zweifellos war es teilweise einfach ein Fall von alter Gewohnheit: der Bildung einer Bindung in einem formbaren Alter, bevor die Umrisse seiner Persönlichkeit voll ausgeprägt waren. Walter war in sein Leben geschlüpft, bevor er der Welt der gewöhnlichen Leute die Tür vor der Nase zugeschlagen und sich den Außenseitern und Aussteigern angeschlossen hatte. Wobei Walter so gewöhnlich gar nicht war. Er war hoffnungslos naiv und zugleich sehr gescheit und hartnäckig und bestens informiert. Und dann gab es noch die Komplikation Patty, die, obwohl sie lange nach Kräften versucht hatte, sich anders zu geben, sogar noch weniger gewöhnlich als Walter war, und dann die weitere Komplikation, dass Katz sich zu Patty nicht weniger hingezogen fühlte als Walter und sich zu Walter wohl *noch* mehr hingezogen fühlte als Patty. Das war nun wirklich seltsam. Kein anderer Mann hatte Katz' Lenden so erwärmt wie der Anblick von Walter nach langer Abwesenheit. Diese Erhitzungen in der Leistengegend hatten mit eigentlichem Sex, mit Schwulsein, nicht mehr zu tun als der Ständer, den er bei einer lange ersehnten ersten Nase Koks bekam, trotzdem war da eindeutig etwas stark Chemisches im Spiel. Etwas, was beharrlich Liebe genannt werden wollte. Katz hatte es schön gefunden zuzusehen, wie die Berglunds eine Familie gründeten, schön gefunden, sie zu kennen, und schön gefunden zu wissen, dass sie da im Mittleren Westen ein gutes Leben führten, in dem er vorbeischauen konnte, wenn es ihm mal nicht so toll ging. Und dann hatte er es kaputt gemacht, indem er sich gestattet hatte, in einem Sommerhaus mit einer ehemaligen Basketballspielerin, die die Fertigkeit besaß, durch schmale Gelegenheitslücken zu flitzen, eine Nacht allein zu verbringen. Seine ehemals diffus warme Welt häuslicher Zuflucht, sie war über Nacht in den heißen, hungrigen Kosmos von Pattys Fotze gestürzt. Wobei er noch immer nicht fassen konnte, dass er einen so grausam flüchtigen Zugang dazu gehabt hatte.

*Patty lässt auch grüßen.*

«Ja, Scheiß drauf», sagte Katz, Gyros essend. Doch sobald er seinen Appetit durch ein tiefes gastrisches Unbehagen über die Art von dessen Befriedigung ersetzt hatte, rief er Walter zurück. Zum Glück war Walter selbst dran.

«Was läuft so», sagte Katz.

«Was läuft bei *dir?*», entgegnete Walter mit überdrehter Nettigkeit. «Anscheinend warst du ja überall.»

«Ja, das pralle Leben selbst. Voll unter Strom hier.»

«Leicht durch die Welt geschwebt.»

«Genau. In einer Gefängniszelle im Dade County.»

«Ja, habe davon gelesen. Was in aller Welt hast du in Florida überhaupt gemacht?»

«Habe eine südamerikanische Tusse mit einem Menschen verwechselt.»

«Ich dachte, das gehört nun mal zum Ruhm dazu», sagte Walter. «‹Ruhm verlangt eben jede Form von Exzess.› Ich weiß noch, wie wir uns darüber mal unterhalten haben.»

«Na, zum Glück habe ich damit nichts mehr zu tun. Ich bin ausgestiegen.»

«Was meinst du damit?»

«Ich baue wieder Dachterrassen.»

«Dachterrassen? Machst du Witze? Das ist doch Irrsinn! Du

solltest Hotelzimmer zerlegen und deine abstoßendsten Fuck-you-Songs aller Zeiten aufnehmen.»

«Alte Hüte, Mann. Ich mache jetzt das einzig Ehrenwerte, das mir einfällt.»

«Aber das ist doch so eine Vergeudung!»

«Pass auf, was du sagst. Du könntest mich kränken.»

«Im Ernst, Richard, du bist ein großes Talent. Du kannst nicht einfach so aufhören, bloß weil ein paar Leute plötzlich eine deiner Platten mögen.»

«‹Großes Talent.› Das ist, als würde man einen beim Tic-Tac-Toe-Spielen als Genie bezeichnen. Wir reden hier über Popmusik.»

«Na hallo», sagte Walter. «Das hatte ich ja nun nicht erwartet. Ich dachte, du beendest gerade ein Album und bereitest dich auf eine neue Tournee vor. Hätte ich gewusst, dass du wieder Dachterrassen baust, hätte ich dich früher angerufen. Ich wollte dir nicht auf die Nerven gehen.»

«Diese Sorge brauchst du nie zu haben.»

«Na, ich habe nichts von dir gehört, da dachte ich, du bist beschäftigt.»

«Mea culpa», sagte Katz. «Und wie geht's euch? Alles klar bei euch?»

«Mehr oder weniger. Du weißt bestimmt, dass wir nach Washington gezogen sind?»

Katz schloss die Augen und marterte seine Neuronen, um eine Erinnerung zu generieren, die das bestätigte. «Ja», sagte er, «ich glaube, das wusste ich.»

«Also, wie sich gezeigt hat, sind die Dinge hier ein wenig komplex geworden. Deswegen rufe ich eigentlich auch an. Ich möchte dir einen Vorschlag machen. Hast du morgen Nachmittag Zeit? Eher später?»

«Nachmittag ist nicht gut. Wie wär's mit Vormittag?»

Walter erklärte, er treffe sich mittags mit Robert Kennedy Jr. und müsse am Abend zurück nach Washington, da er Samstag früh nach Texas fliege. «Wir könnten auch jetzt telefonieren», sagte er, «aber meine Assistentin möchte dich gern kennenlernen. Mit ihr würdest du auch zu tun haben. Ich möchte ihr nichts vorwegnehmen, indem ich jetzt etwas sage.»

«Deine Assistentin», sagte Katz.

«Lalitha. Sie ist unglaublich jung und brillant. Und sie wohnt auch noch direkt über uns. Ich glaube, sie wird dir richtig gut gefallen.»

Die Munterkeit und Erregung in Walters Stimme, die Spur von Schuld oder Kitzel in den Wörtern «auch noch», das alles war Katz nicht entgangen.

«Lalitha», sagte er. «Was ist das denn für ein Name?»

«Indisch. Bengalisch. Sie ist in Missouri aufgewachsen. Sie ist auch noch ziemlich hübsch.»

«Aha. Und worum dreht sich ihr Vorschlag?»

«Unseren Planeten zu retten.»

«Aha.»

Katz argwöhnte, dass Walter ihm diese Lalitha bewusst als Köder vor die Nase hielt, und es ärgerte ihn, dass er für so leicht manipulierbar gehalten wurde. Und dennoch – da er ja wusste, dass Walter keiner war, der ein weibliches Wesen ohne Grund hübsch nannte – wurde er manipuliert, war seine Neugier geweckt.

«Mal sehen, ob ich wegen morgen Nachmittag was umarrangieren kann», sagte er.

«Phantastisch», sagte Walter.

Was sein würde, würde sein, und was nicht sein würde, würde nicht sein. Katz' Erfahrung zufolge schadete es selten, Frauen warten zu lassen. Er rief in der White Street an und teilte Zachary mit, dass das Treffen mit Caitlyn verschoben werden müsse.

Am folgenden Nachmittag um Viertel nach drei schritt er, nur eine Viertelstunde zu spät, ins Walker's, wo Walter und die indische Frau an einem Ecktisch saßen. Noch bevor er den Tisch erreicht hatte, wusste er, dass er bei ihr keine Chance hätte. In der Körpersprache gab es achtzehn Signale, mit denen Frauen Verfügbarkeit und Unterwerfung zu erkennen gaben, und Lalitha gebrauchte Walter gegenüber ein gutes Dutzend auf einmal. Sie sah wie eine lebende Illustration der Formulierung *an seinen Lippen hängen* aus. Als Walter sich vom Tisch erhob, um Katz zu umarmen, blieb der Blick der jungen Frau auf Walter fixiert; wenn das keine seltsame Wendung war, die das Universum da genommen hatte. Noch nie hatte Katz Walter im Hengstmodus gesehen, der bewirkte, dass ein hübscher Kopf sich nach ihm umdrehte. Er trug einen guten dunklen Anzug und hatte sich die Fülle der mittleren Jahre zugelegt. Seine Schultern zeigten eine neue Breite, seine Brust eine neue Wölbung. «Richard, Lalitha», sagte er.

«Freut mich sehr», sagte Lalitha und schüttelte ihm lose die Hand, ohne etwas hinzuzufügen, aus dem hervorgegangen wäre, dass sie geehrt oder aufgeregt, also ein großer Fan war.

Katz ließ sich auf einen Stuhl nieder und wurde dabei hinterrücks von einer vernichtenden Erkenntnis erwischt: Entgegen den Lügen, die er sich immer eingeredet hatte, wollte er Walters Frauen nicht trotz seiner Freundschaft, sondern wegen ihr. Zwei Jahre lang hatten ihn die Fan-Bekundungen fertiggemacht, und nun war er plötzlich enttäuscht, von Lalitha nichts Entsprechendes zu hören, und zwar der Blicke wegen, die sie auf Walter warf. Sie war dunkelhäutig und auf komplexe Weise rund und schlank zugleich. Rundäugig, rundgesichtig, rundbusig, schlank an den Armen und am Nacken. Eine solide Zwei plus, die, wenn Lalitha ein paar Zusatzschichten einlegte, das Potenzial zu einer Eins minus hatte. Katz fuhr sich mit einer Hand durchs Haar, wischte kleine WPC-Stäubchen weg. Sein alter Freund und Feind strahlte vor ungetrübter Freude, ihn zu sehen.

«Also, was läuft so?», sagte Katz.

«Na, einiges», sagte Walter. «Wo soll ich anfangen?»

«Hübscher Anzug übrigens. Siehst gut aus.»

«Ach, gefällt er dir?» Walter schaute an sich herab. «Lalitha hat mir dazu geraten.»

«Ich habe ihm immer gesagt, dass seine Garderobe Müll ist», sagte die junge Frau. «In zehn Jahren hat er sich keinen neuen Anzug gekauft!»

Sie hatte einen feinen subkontinentalen Akzent, perkussiv, sachlich, und sie klang, als sähe sie Walter als ihr Eigentum an. Hätte ihr Körper nicht ein solches Verlangen zu gefallen ausgedrückt, dann hätte Katz wohl geglaubt, Walter gehöre ihr bereits.

«Du siehst aber auch gut aus», sagte Walter.

«Danke für die Lüge.»

«Nein, wirklich, wie Keith Richards irgendwie.»

«Ah, jetzt werden wir ehrlich. Keith Richards sieht aus wie ein Wolf in der Nachthaube seiner Großmutter. Das Stirnband?»

Walter befragte Lalitha. «Findest du, Richard sieht aus wie eine Großmutter?»

«Nö», sagte sie mit einem knappen, runden ö-Laut.

«Dann bist du jetzt also in Washington», sagte Katz.

«Ja, die Umstände sind etwas speziell», sagte Walter. «Ich arbeite für einen Mann namens Vin Haven, der in Houston sitzt; er ist eine große Nummer im Öl- und Gasgeschäft. Der Dad seiner Frau war ein Republikaner alter Schule, hat unter Nixon, Ford und Reagan gedient. Er hat ihr eine Villa in Georgetown hinterlassen, die sie kaum einmal genutzt haben. Als Vin die Stiftung gründete, richtete er das Büro im Erdgeschoss ein und verkaufte Patty und mir den ersten und zweiten Stock zu einem Preis unter Marktwert. Im obersten Stock ist noch eine kleine Bedienstetenwohnung, da wohnt Lalitha.»

«Ich habe in Washington den drittkürzesten Weg zum Arbeitsplatz», sagte Lalitha. «Der von Walter ist sogar noch kürzer als der des Präsidenten. Wir teilen uns alle dieselbe Küche.»

«Klingt gemütlich», sagte Katz und warf Walter einen bedeutungsvollen Blick zu, der aber wohl nicht bemerkt wurde. «Und was ist das für eine Stiftung?»

«Ich glaube, davon habe ich dir erzählt, als wir das letzte Mal gesprochen haben.»

«Da habe ich eine Zeitlang so viele Drogen genommen, dass du mir alles mindestens zweimal sagen musstest.»

«Es ist die Waldsängerberg-Stiftung», sagte Lalitha. «Ein völlig neuer Ansatz beim Umweltschutz. Ist Walters Idee.»

«Eigentlich war es Vins Idee, am Anfang jedenfalls.»

«Aber die wirklich originellen Ideen sind alle von Walter», versicherte Lalitha Katz.

Eine Kellnerin (nichts Besonderes, Katz schon bekannt und aus den Erwägungen gestrichen) nahm die Bestellung für Kaffee entgegen, und Walter begann mit der Geschichte der Waldsängerberg-Stiftung. Vin Haven, sagte er, sei ein sehr ungewöhnlicher Mann. Er und seine Frau Kiki seien leidenschaftliche Vogelliebhaber, die zufällig auch mit George und Laura Bush und Dick und Lynne Cheney persönlich befreundet seien. Vin habe durch profitable Verluste mit Öl- und Gasquellen in Texas und Oklahoma ein neunstelliges Vermögen angehäuft. Er komme nun allmählich in die Jahre, und da er mit Kiki keine Kinder habe, habe er beschlossen, über die Hälfte seines gesamten Geldes für den Erhalt einer einzigen Vogelart hinzulegen, des Pappelwaldsängers, der, so Walter, nicht nur ein schönes Tier, sondern auch der Singvogel Nordamerikas mit den am schnellsten rückläufigen Bestandszahlen sei.

«Hier ist unser Poster-Vogel», sagte Lalitha und zog eine Broschüre aus ihrer Aktenmappe.

Den Waldsänger auf dem Deckblatt fand Katz unscheinbar. Bläulich, klein, unintelligent. «Aha, ein Vogel», sagte er.

«Wart's ab», sagte Lalitha. «Es geht nicht um den Vogel. Es geht um viel mehr. Hör dir erst mal Walters Vision an.»

Vision! Katz glaubte allmählich, dass Walter dieses Treffen nur deshalb vereinbart hatte, um ihn mit der Tatsache zu behelligen, dass er von einer ziemlich hübschen Fünfundzwanzigjährigen *angebetet* wurde.

Der Pappelwaldsänger, sagte Walter, brüte ausschließlich in vollentwickelten, gemäßigten Laubwaldbeständen, ein Verbreitungsschwerpunkt sei in den zentralen Appalachen. Im südlichen West Virginia gebe es eine besonders gesunde Population, und Vin Haven mit seinen Verbindungen zum Industriezweig Nicht-erneuerbare Energien habe eine Chance gesehen, sich mit Kohleunternehmen zusammenzutun, um ein sehr großes, nicht-öffentliches Dauerreservat für den Waldsänger und andere bedrohte, in Laubwäldern lebende Arten einzurichten. Die Kohleunternehmen hätten Grund zu der Befürchtung, dass der Waldsänger gemäß dem amerikanischen Artenschutzgesetz bald als gefährdet gelistet werde, was sich unter Umständen schlecht auf ihre Freiheit, Wälder zu fällen und Berge zu sprengen, auswirken könne. Vin glaube, sie könnten überredet werden, dem Waldsänger zu helfen, ja den Vogel damit gar nicht erst auf die Liste kommen zu lassen und sich eine dringend benötigte gute Presse zu verschaffen, solange ihnen nur gestattet bleibe, weiterhin Kohle zu fördern. Und so habe Walter den Posten als Geschäftsführer der Stiftung an Land gezogen. In Minnesota, während seiner Tätigkeit für die Nature Conservancy, habe er gute Beziehungen zu Bergbauvertretern aufgebaut, und er stehe einem konstruktiven Engagement seitens der Kohleindustrie durchaus aufgeschlossen gegenüber.

«Mr. Haven hat vor Walter mit einem halben Dutzend anderen Bewerbern gesprochen», sagte Lalitha. «Einige sind einfach aufgestanden und gegangen, mitten im Gespräch. Sie waren so engstirnig und voller Angst, kritisiert zu werden! Außer Walter erkannte keiner, welches Potenzial man da hatte, wenn man bereit war, ein großes Risiko einzugehen und sich um herkömmliche Überzeugungen nicht weiter zu kümmern.»

Walter verzog bei diesem Kompliment das Gesicht, war aber sichtlich erfreut darüber. «Diese Leute hatten alle einen besseren Job als ich. Sie hatten mehr zu verlieren.»

«Aber welchem Umweltschützer ist es wichtiger, seinen Job zu behalten, als unberührtes Land zu retten?»

«Na, einigen leider schon. Sie haben Familie und Verbindlichkeiten.»

«Aber du doch auch!»

«Sei ehrlich, Mann, du bist einfach zu gut», sagte Katz wenig freundlich. Er hatte noch immer die Hoffnung, dass Lalitha, später beim Aufbruch, ein zu mächtiges Gesäß oder zu dicke Schenkel offenbaren würde.

Um den Pappelwaldsänger zu retten, sagte Walter, beabsichtige die Stiftung nun, im Wyoming County, West Virginia, ein zweihundertfünfzig Quadratkilometer großes Areal ohne Straßen zu schaffen – momentan werde es noch «Havens Gefilde» genannt –, das von einer größeren «Pufferzone» umgeben sei, in der gejagt und Motorsport betrieben werden dürfe. Um sich die Oberflächen- wie auch die Mineralrechte an einer so großen einzelnen Parzelle leisten zu können, müsse die Stiftung zunächst den Abbau von Kohle auf nahezu einem Drittel davon gestatten, und zwar per Gipfelabbau. Und genau diese Aussicht habe die anderen Bewerber abgeschreckt. Der Gipfelabbau, wie er gegenwärtig praktiziert werde, sei ökologisch beklagenswert – Gipfelgestein werde weggesprengt, um die darunterliegenden Kohleflöze freizulegen, umliegende Täler würden mit Geröll aufgefüllt, biologisch wertvolle Bäche zugeschüttet. Er hingegen glaube, dass ordentlich durchgeführte Renaturierungsmaßnahmen den Schaden weit stärker in Grenzen halten könnten, als man es für möglich halte, und der große Vorteil eines völlig leergeförderten Bodens sei, dass niemand ihn noch einmal aufreißen werde.

Katz erinnerte sich, dass er Walter unter anderem wegen ihrer leidenschaftlichen Diskussion aktueller Ideen vermisst hatte. «Aber wollen wir die Kohle denn nicht im Boden lassen?», sagte er. «Ich dachte, wir sind gegen Kohle.»

«Das ist eine längere Diskussion für ein andermal», sagte Walter.

«Walter hat hervorragende, originelle Gedanken zum Thema fossile Brennstoffe kontra Kernkraft und Wind», sagte Lalitha.

«Halten wir jetzt erst mal fest, dass wir in Bezug auf Kohle *realistisch* sind», sagte Walter.

Noch spannender sei, fuhr er fort, dass die Stiftung Geld nach Südamerika pumpe, wo der Pappelwaldsänger wie so viele andere nordamerikanische Singvögel überwintere. Die Andenwälder verschwänden in einem beängstigenden Tempo, und in den vergangenen zwei Jahren sei er jeden Monat nach Kolumbien gereist und habe riesige Parzellen Land erworben und sich mit örtlichen NGOs abgestimmt, die den Ökotourismus förderten und den Bauern dabei unter die Arme griffen, ihre Holzöfen durch Solar- und Elektroheizungen zu ersetzen. In der südlichen Hemisphäre komme man mit einem Dollar noch ziemlich weit, und die südamerikanische Hälfte des Panamerikanischen Waldsängerparks stehe schon.

«Mr. Haven hatte nicht vorgehabt, in Südamerika etwas zu unternehmen», sagte Lalitha. «Diese Seite der Medaille hatte er vollkommen vernachlässigt, bis Walter ihn darauf hingewiesen hat.»

«Mal abgesehen von allem anderen», sagte Walter, «dachte ich, es könnte von erzieherischem Nutzen sein, einen Park zu schaffen, der sich über zwei Kontinente erstreckt. Um zu verdeutlichen, dass alles miteinander verbunden ist. Wir hoffen auch noch, einige kleinere Reservate an der Zugroute des Waldsängers entlang zu sponsern, in Texas und Mexiko.»

«Das ist gut», sagte Katz lustlos. «Eine gute Idee.»

«Eine *richtig* gute Idee», sagte Lalitha und sah Walter an.

«Es ist nämlich so», sagte Walter. «Naturbelassene Landschaften verschwinden so schnell, dass es aussichtslos ist, so lange zu warten, bis die Regierungen Schutzmaßnahmen ergreifen. Das Problem mit Regierungen ist doch, dass sie von Mehrheiten gewählt werden, die sich um die Artenvielfalt einen feuchten Kehricht scheren. Wohingegen Milliardäre durchaus ein Interesse daran haben. Ihnen ist daran gelegen, dass der Planet nicht völlig vor die Hunde geht, weil sie und ihre Erben diejenigen sein werden, die genügend Geld haben, um ihn noch zu genießen. Weil Vin Haven eben gern die größeren Vögel jagt und die kleineren beobachtet, hat er mit Schutzmaßnahmen auf seinen Ranches in Texas begonnen. Eigeninteresse, klar, aber die totale Win-Win-Situation. Will man einen Lebensraum absperren, um ihn vor der Ausbeutung zu schützen, ist es um einiges leichter, ein paar Milliardäre umzudrehen, als die amerikanischen Wähler zu erziehen, die mit ihrem Kabelanschluss, ihrer Xbox und ihrem WLAN glücklich und zufrieden sind.»

«Und außerdem will man ja nicht, dass dreihundert Millionen Amerikaner bei einem durch die Wildnis rennen», sagte Katz.

«Genau. Dann wäre es nämlich keine Wildnis mehr.»

«Im Grunde sagst du mir also, dass du zur Gegenseite übergelaufen bist.»

Walter lachte. «Stimmt.»

«Du musst Mr. Haven kennenlernen», sagte Lalitha zu Katz. «Das ist ein richtig interessanter Mensch.»

«Dass er mit George und Dick befreundet ist, sollte mir eigentlich schon alles sagen, was ich wissen muss.»

«Nö, Richard, eben nicht», sagte sie. «Das sagt dir nicht alles.»

Ihre reizende Aussprache des «ö» weckte in Katz den Wunsch, ihr weiter zu widersprechen. «Und der Typ ist Jäger», sagte er. «Wahrscheinlich geht er sogar noch mit Dick auf die Jagd, was?»

«Manchmal geht er tatsächlich mit Dick jagen», sagte Walter. «Aber die Havens essen, was sie getötet haben, und sie erhalten ihre Ländereien für die Tierwelt. Die Jagden sind nicht das Problem. Auch die Bushs nicht. Wenn Vin nach Washington kommt, geht er ins Weiße Haus und sieht sich Longhorns-Spiele an, und in der Halbzeit bearbeitet er Laura. Er hat schon ihr Interesse für Seevögel in Hawaii geweckt. Ich glaube, dort passiert bald was. Die Verbindung zu den Bushs an sich ist nicht das Problem.»

«Was ist dann das Problem?», sagte Katz.

Walter und Lalitha wechselten bange Blicke.

«Also, da gibt's einige», sagte Walter. «Eines davon ist Geld. Angesichts dessen, was wir alles nach Südamerika pumpen, wäre es wirklich hilfreich gewesen, für West Virginia öffentliche Mittel zu bekommen. Und das Thema Gipfelabbau erweist sich als wahrhaft heißes Eisen. Die dortigen Aktionsgruppen haben alle die Kohleindustrie verteufelt, besonders den MTR.»

«MTR steht für Mountaintop Removal, also Gipfelabbau», sagte Lalitha.

«Die *New York Times* gibt Bush/Cheney den totalen Freibrief für den Irak, bringt aber ständig diese beschissenen Leitartikel darüber, wie schlimm MTR ist», sagte Walter. «Niemand, kein Staat, kein Bund und auch keine Privatperson, will mit einem Projekt zu tun haben, bei dem Berggipfel geopfert und arme Familien aus ihren angestammten Häusern umgesiedelt werden. Man will nichts von Waldrekultivierung hören, nichts von nachhaltigen grünen Arbeitsplätzen. Das Wyoming County ist sehr, sehr dünn besiedelt – die Gesamtzahl der Familien, die unmittelbar davon betroffen sind, beträgt weniger als zweihundert. Aber das Ganze wird zu so etwas wie Böse-Unternehmen-kontra-wehrlose-Normalbürger aufgebaut.»

«Das ist so dumm und unvernünftig», sagte Lalitha. «Die hören Walter nicht mal *zu*. Er hat über Renaturierung wirklich Gutes zu sagen, aber sobald wir einen Raum betreten, stellen sich die Leute einfach taub.»

«Es gibt eine sogenannte ‹Initiative zur regionalen Wiederaufforstung der Appalachen›», sagte Walter. «Interessieren dich die Details überhaupt?»

«Mich interessiert, euch zwei darüber reden zu hören», sagte Katz.

«Na, in aller Kürze, der Gipfelabbau hat deshalb so einen schlechten Ruf, weil die wenigsten Inhaber von Oberflächenrechten auf einer richtigen Form der Renaturierung bestehen. Bevor ein Kohleunternehmen seine Mineralrechte wahrnehmen und einen Berg abtragen kann, muss es eine Sicherheit hinterlegen, die erst zurückerstattet wird, wenn das Land wiederhergestellt ist. Das Problem dabei ist, dass diese Inhaber sich mit kahlen, flachen Weiden zufriedengeben, die oft auch noch absacken, weil sie hoffen, dass ein Bauunternehmer des Weges kommt und Luxuswohnungen darauf baut, obwohl es eine gottverlassene Gegend ist. Dabei erhält man tatsächlich einen sehr üppigen und artenreichen Wald, wenn man die Renaturierung richtig macht. Man braucht nur eine ein Meter zwanzig dicke Schicht aus Mutterboden und verwittertem Sandstein statt der üblichen fünfundvierzig Zentimeter. Und man muss darauf achten, den Boden nicht zu stark zu verdichten. Und dann pflanzt man die richtige Mischung aus schnell und langsam wachsenden Baumarten in der richtigen Jahreszeit. Wir haben Beweise dafür, dass solche Wälder für Waldsängerfamilien vielleicht sogar *besser* sind als die Sekundärwälder, die sie ersetzen. Unser Plan ist also nicht nur, den Waldsänger zu retten, sondern auch ein Referenzprojekt dafür zu schaffen, wie man es richtig macht. Aber der Umwelt-Mainstream will nicht darüber reden, wie man es richtig macht, denn wenn man es richtig machen würde, ließe das die Kohleunternehmen weniger schurkisch aussehen, und der Gipfelabbau wäre in politischer Hinsicht etwas genießbarer. Und deshalb konnten wir keine Gelder von außerhalb kriegen und haben die öffentliche Meinung gegen uns.»

«Aber wenn man es im Alleingang versucht», sagte Lalitha, «hat man das Problem, dass man entweder einen viel kleineren Park planen muss, zu klein, als dass er für den Waldsänger noch ein wichtiges Brutgebiet sein könnte, oder aber den Kohleunternehmen zu viele Zugeständnisse macht.»

«Die ja doch irgendwie schlimm sind», sagte Walter.

«Und daher konnten wir zu Mr. Havens Geld nicht allzu viele Fragen stellen.»

«Da habt ihr ja noch einiges vor euch», sagte Katz. «Wenn ich Milliardär wäre, würde ich jetzt sofort mein Scheckbuch zücken.»

«Es kommt aber noch schlimmer», sagte Lalitha, und ihr Blick flackerte sonderbar.

«Langweilst du dich schon?», sagte Walter.

«Überhaupt nicht», sagte Katz. «Ehrlich gesagt, dürste ich nach ein wenig geistiger Anregung.»

«Also, das Problem ist leider, dass Vin, wie sich gezeigt hat, noch andere Motive hat.»

«Reiche Leute sind wie kleine Kinder!», sagte Lalitha. «Verfickte kleine *Kinder*.»

«Sag das nochmal», sagte Katz.

«Was?»

«Verfickt. Ich finde es schön, wie du das aussprichst.»

Sie errötete; Mr. Katz war zu ihr durchgedrungen.

«Verfickt, verfickt, verfickt», sagte sie fröhlich für ihn. «Ich habe vorher für die Nature Conservancy gearbeitet, und bei unserer alljährlichen Gala legten die Reichen für einen Tisch locker zwanzigtausend Dollar hin, aber nur, wenn sie am Ende des Abends ihr Geschenktütchen kriegten. Das war voll mit wertlosem Plunder, den jemand anderes gestiftet hatte. Kriegten sie es nicht, spendeten sie im Jahr darauf auch keine zwanzigtausend mehr.»

«Ich brauche deine Zusicherung», sagte Walter zu Katz, «dass du nichts davon weitererzählst.»

«Hiermit gegeben.»

Die Waldsängerberg-Stiftung, sagte Walter, sei im Frühjahr 2001 gegründet worden, nachdem Vin Haven nach Washington gefahren sei, um an einem Treffen der berüchtigten Energie-Taskforce des Vizepräsidenten teilzunehmen, derjenigen, deren Einladungsliste Dick Cheney noch immer mit Steuergeldern gegen das nationale Informationsfreiheitsgesetz verteidige. Eines Abends, nach einem langen Taskforce-Tag, habe Vin bei Cocktails mit den Vorsitzenden von Nardone Energy und Blasco gesprochen und dabei in Bezug auf den Pappelwaldsänger vorgefühlt. Sobald sie sich davon überzeugt hätten, dass sie nicht auf den Arm genommen würden – dass Vin allen Ernstes einen nicht jagdbaren Vogel retten wolle –, sei prinzipiell Einigung erzielt worden: Vin würde losziehen und ein riesiges Areal erwerben, dessen Kern für den Gipfelabbau geöffnet, dann aber renaturiert und auf immer sich selbst überlassen werden sollte. Von dieser Vereinbarung habe er gewusst, als er den Geschäftsführerposten der Stiftung angenommen habe. Nicht gewusst – und erst kürzlich herausgefunden – habe er, dass der Vizepräsident in eben jener Woche im Jahr 2001 Vin Haven gegenüber im Vertrauen erwähnt habe, der Präsident beabsichtige, gewisse regulatorische und steuerliche Änderungen vorzunehmen, um die Erdgasgewinnung in den Appalachen wirtschaftlich sinnvoll zu machen. Und dass Vin daraufhin große Bündel von Mineralrechten nicht nur im Wyoming County, sondern auch in mehreren anderen Teilen West Virginias gekauft habe, in denen es entweder keine Kohle gebe oder wo die Flöze schon erschöpft seien. Dieser Großeinkauf vermeintlich nutzloser Rechte hätte vielleicht die Alarmglocken schrillen lassen, sagte

Walter, wenn Vin nicht hätte anführen können, dass er auf diesem Weg mögliche künftige Reservatareale für die Stiftung sichere.

«Der langen Rede kurzer Sinn», sagte Lalitha, «er hat uns als Feigenblatt benutzt.»

«Wobei wir natürlich nicht vergessen dürfen», sagte Walter, «dass Vin Vögel wirklich mag und für den Pappelwaldsänger großartige Dinge tut.»

«Er wollte eben auch noch sein Geschenktütchen», sagte Lalitha.

«Sein nicht ganz so kleines Geschenktütchen, wie sich gezeigt hat», sagte Walter. «Das ist alles noch weitgehend unter Verschluss, deshalb hast du vermutlich noch nichts davon gehört, aber West Virginia steht im Begriff, kurz und klein gebohrt zu werden. Hunderttausende Hektar, von denen wir alle glaubten, sie seien auf immer geschützt, werden jetzt, während wir hier sitzen, zur Zerstörung freigegeben. In puncto Zerstückelung und Verschandelung ist es mit das Schlimmste, was die Kohleindustrie bisher angerichtet hat. Bist du im Besitz der Mineralrechte, kannst du damit anstellen, was du willst, sogar auf öffentlichem Grund und Boden. Überall neue Straßen, Tausende Bohrtürme, laute Anlagen, die Tag und Nacht laufen, die ganze Nacht grelles Licht.»

«Und inzwischen sind die Mineralrechte deines Chefs plötzlich viel mehr wert», sagte Katz.

«Genau.»

«Und jetzt verkauft er das Land, das er angeblich für euch gekauft hat?»

«Teile davon, ja.»

«Unglaublich.»

«Na, er gibt eben weiterhin einen Haufen Geld aus. Und er wird Maßnahmen ergreifen, um die Auswirkungen der Bohrungen zu mildern, wo er noch Inhaber der Rechte ist. Aber er musste etliche Rechte verkaufen, um große Auslagen zu decken, die wir vermieden hätten, wenn die öffentliche Meinung für uns gewesen wäre, so hatten wir es jedenfalls gehofft. Im Grunde hat er nie vorgehabt, so viel in die Stiftung zu investieren, wie ich ursprünglich angenommen hatte.»

«Mit anderen Worten, er hat dich gelinkt.»

«Ja, doch, ein bisschen. Wir bekommen den Waldsängerpark schon noch, aber man hat mich gelinkt. Und sag auch das bitte niemandem.»

«Und was bedeutet das jetzt?», sagte Katz. «Ich meine, abgesehen davon, dass ich recht damit hatte, dass Freunde von Bush böse sind.»

«Es bedeutet, dass Walter und ich zu illoyalen Mitarbeitern geworden sind», sagte Lalitha mit ihrem sonderbar flackernden Blick.

«Nicht illoyal», korrigierte Walter rasch. «Sag nicht illoyal. Wir sind nicht illoyal.»

«Doch, wir sind schon ziemlich illoyal.»

«Ich mag es, wie du ‹illoyal› sagst», sagte Katz zu ihr.

«Wir mögen Vin noch immer sehr», sagte Walter. «Vin ist einzigartig. Wir finden nur, dass wir, da er nicht ganz ehrlich mit uns war, auch nicht ganz ehrlich mit ihm sein müssen.»

«Hier, wir haben ein paar Karten und Schaubilder dabei», sagte Lalitha und kramte in ihrer Aktenmappe.

Der erste Schwung Gäste im Walker's, die Lkw-Fahrer und die Cops von der Wache um die Ecke, füllte nun die Tische und belagerte die Theke. Draußen, im beständigen spätwinterlichen Licht des Februarnachmittags, staute sich auf den Straßen der freitägliche Tunnelverkehr. In einem Paralleluniversum, vor lauter Unwirklichkeit verschwommen, war Katz noch immer auf dem Dach in der White Street und flirtete zielstrebig mit der attraktiven Caitlyn. Jetzt schien sie kaum noch der Mühe wert. Obwohl ihm die Natur schnurz war, musste Katz Walter einfach darum beneiden, wie er sich mit Bushs Kumpanen anlegte und sie mit ihren eigenen Waffen zu schlagen versuchte. Verglichen mit der Herstellung von Kaugummi oder dem Bau von Dachterrassen für die Verachtungswürdigen, erschien ihm das *interessant*.

«Ich habe den Posten überhaupt nur angenommen», sagte Walter, «weil ich nachts nicht schlafen konnte. Ich habe es nicht ertragen, was mit unserem Land geschieht. Clinton hat für die Umwelt weniger als null getan. Einen feuchten Dreck. Clinton wollte bloß, dass alle Welt zu Fleetwood Mac feiert. ‹*Don't stop thinking about tomorrow?*› So ein Quatsch. Nicht an morgen denken, genau das hat er umweltmäßig getan. Und Gore war ein viel zu großes Weichei, um seine grüne Fahne hochzuhalten, und viel zu nett, um in Florida zu tricksen. Solange ich in St. Paul war, ging's mir noch einigermaßen gut, aber ich musste für die Nature Conservancy den ganzen Staat durchqueren, und jedes Mal, wenn ich die Stadt hinter mir ließ, war es wie eine Ladung Säure ins Gesicht. Nicht nur die industrielle Landwirtschaft, sondern die Zersiedelung, die Zersiedelung, die Zersiedelung. Eine niedrige Baudichte ist das *Schlimmste*. Und überall Geländewagen, überall Schneemobile, überall Jetskis, überall Quads, überall hektargroße Rasenflächen. Diese verdammten grünen, monokulturellen, chemiegetränkten Rasenflächen.»

«Hier sind die Karten», sagte Lalitha.

«Ja, die zeigen die Zerstückelung», sagte Walter und reichte Katz zwei laminierte Karten. «Die hier zeigt den unberührten Lebensraum im Jahr 1900, die den unberührten Lebensraum im Jahr 2000.»

«Das macht der Wohlstand», sagte Katz.

«Die Erschließung erfolgte aber ohne Sinn und Verstand», sagte Walter. «Wenn nicht alles so zerstückelt wäre, hätten wir wohl immer noch genügend Land für das Überleben anderer Arten.»

«Doch, hübsche Phantasie», sagte Katz. Es hatte wohl so kommen müssen, dachte er rückblickend, dass sein Freund zu einem von denen wurde, die laminierte Literatur mit sich herumtragen. Dennoch war er überrascht, was für ein *wütender* Spinner aus Walter in den letzten zwei Jahren geworden war.

«Und das hat mich nachts wach gehalten», sagte Walter. «Diese Zerstückelung. Denn überall ist es dasselbe Problem. Es ist wie das Internet oder das Kabelfernsehen – nirgends gibt es ein Zentrum, es gibt keine gemeinschaftliche Übereinkunft, nur noch Trillionen kleiner Fetzen Lärm, die einen ablenken. Nie können wir uns hinsetzen und ein nachhaltiges Gespräch führen, alles ist wertloser Ramsch und eine Scheißentwicklung. Alles Echte, alles Authentische, alles Ehrliche, das stirbt aus. Geistig und kulturell flitzen wir nur herum wie ziellose Billardkugeln und reagieren ziellos auf die neuesten Reize.»

«Im Internet gibt's ziemlich gute Pornos», sagte Katz. «Heißt es zumindest.»

«In Minnesota habe ich jedenfalls nichts Systemisches erreicht. Da haben wir nur kleines Stückwerk unzusammenhängender Nettigkeiten angesammelt. In Nordamerika gibt es rund sechshundert Brutvogelarten, und vielleicht ein Drittel geht durch die Fragmentierung drauf. Vins Idee war, wenn von zweihundert richtig Reichen sich jeder eine Art auswählt und versucht, die Fragmentierung ihrer wichtigsten Brutgebiete aufzuhalten, dann könnten wir sie alle retten.»

«Der Pappelwaldsänger ist ein sehr wählerischer kleiner Vogel», sagte Lalitha.

«Er brütet in Baumwipfeln von alten Laubwaldbeständen», sagte Walter. «Und sobald die Kleinen flügge sind, wechselt die Familie ins Unterholz, um sicher zu sein. Aber die ursprünglichen Wälder wurden alle wegen Nutzholz und Holzkohle gefällt, und die Sekundärwälder haben nicht das entsprechende Unterholz und sind durch Straßen, Farmen, Trabantenstädte und Kohlereviere fragmentiert, weswegen der Waldsänger zu einer wehrlosen Beute von Katzen, Waschbären und Krähen geworden ist.»

«Und ehe man sich's versieht, gibt es keinen Pappelwaldsänger mehr», sagte Lalitha.

«Das klingt bitter», sagte Katz. «Obwohl, es ist doch nur ein Vogel unter anderen.»

«Jede Art hat ein unveräußerliches Recht, weiterzuexistieren», sagte Walter.

«Klar. Natürlich. Ich überlege nur gerade, wo du das herhast. Ich kann mich nicht erinnern, dass dir am College Vögel wichtig waren.

Damals ging es dir doch eher um Überbevölkerung und die Grenzen des Wachstums.«

Wieder wechselten Walter und Lalitha Blicke.

«Und genau bei der Überbevölkerung sollst du uns helfen», sagte Lalitha.

Katz lachte. «Das tue ich doch schon, so gut ich kann.»

Walter wühlte einige laminierte Schaubilder durch. «Ich habe die Sache zurückverfolgt», sagte er, «weil ich weiterhin nicht schlafen konnte. Erinnerst du dich an Aristoteles und seine Ursachenlehre? Die Wirk-, die Form- und die Finalursache? Also, Nestraub durch Krähen und Wildkatzen ist eine Wirkursache für den Rückgang des Waldsängers. Und Fragmentierung des Lebensraums ist eine Formursache davon. Was aber ist die Finalursache? Die Finalursache ist die Wurzel von so ziemlich jedem Problem, das wir haben. Die Finalursache ist: verdammt nochmal zu viele Menschen auf der Erde. Das wird besonders klar, wenn wir nach Südamerika fahren. Ja, der Pro-Kopf-Verbrauch steigt. Ja, die Chinesen räumen dort illegal Rohstoffe ab. Aber das wahre Problem ist der Bevölkerungsdruck. Sechs Kinder pro Familie gegenüber eins Komma fünf. Die Leute versuchen verzweifelt, die Kinder zu ernähren, die ihnen der Papst in seiner unendlichen Weisheit abverlangt, also ruinieren sie die Umwelt.»

«Komm doch mal mit uns nach Südamerika», sagte Lalitha. «Dann fahren wir über die kleinen Straßen, da gibt's schlimme Abgase von schlechten Motoren und minderwertigem Sprit, die Berghänge sind alle kahl geschlagen, und die Familien haben acht oder zehn Kinder, das macht einen krank. Komm einfach mal mit und finde heraus, ob dir gefällt, was du da siehst. Denn das hast du bald vor deiner Haustür.»

Du spinnst ja, dachte Katz. Du spinnst, du kleines scharfes Ding.

Walter reichte ihm ein laminiertes Balkendiagramm. «Allein in Amerika», sagte er, «wird die Bevölkerung in den nächsten vier Jahrzehnten um fünfzig Prozent anwachsen. Überleg dir mal, wie dicht besiedelt die Speckgürtel jetzt schon sind, denk an den Verkehr und die Zersiedelung und die Umweltzerstörung und die Abhängigkeit von ausländischem Öl. Und dann rechne noch fünfzig Prozent dazu. Und das ist nur Amerika, was theoretisch eine viel größere Bevölkerung ernähren kann. Und dann denk an die $CO_2$-Emissionen weltweit, an Völkermord und Hunger in Afrika und an die radikalisierte, chancenlose Unterschicht in der arabischen Welt, an die Überfischung der Weltmeere, an illegale Siedlungen in Israel und an die Han-Chinesen, die Tibet überrennen, an Hundertmillionen Arme im Atomstaat Pakistan: Es gibt kaum ein Problem auf der Welt, das nicht dadurch gelöst oder wenigstens gewaltig gelindert würde, wenn es weniger Menschen gäbe. Und dennoch –» er gab Katz ein weiteres Diagramm – «fügen wir bis 2050 weitere drei Milliarden hinzu. Mit anderen Worten, das Äquivalent der gesamten Weltbevölkerung von damals, als du und ich unsere Cents in UNICEF-Dosen gesteckt haben. Was wir in unserem kleinen Rahmen jetzt tun könnten, um ein wenig Natur zu retten und eine gewisse Lebensqualität zu bewahren, wird von den schieren Zahlen erdrückt werden, denn die Menschen können zwar ihre Verbrauchergewohnheiten ändern – das kostet Zeit und Mühe, aber es geht –, doch wenn die Bevölkerung weiterwächst, wird nichts von dem, was wir tun, etwas ausrichten können. Und trotzdem spricht *niemand* öffentlich über das Problem. Obwohl es auf der Hand liegt und uns umbringt.»

«Das klingt nun schon vertrauter», sagte Katz. «Ich erinnere mich an einige recht ausgedehnte Diskussionen.»

«Ja, das hat mich auch schon am College beschäftigt. Aber wie du weißt, habe ich selber gebrütet.»

Katz runzelte die Stirn. *Brüten,* keine uninteressante Ausdrucksweise, um von Frau und Kindern zu sprechen.

«Auf meine Art», sagte Walter, «war ich vermutlich Teil eines größeren kulturellen Wandels, der sich in den Achtzigern und Neunzigern vollzogen hat. Die Überbevölkerung war ganz klar ein Thema der öffentlichen Debatte in den Siebzigern, mit Paul Ehrlich und dem Club of Rome und der Organisation Zero Population Growth. Und plötzlich war das alles vom Tisch. Darüber wurde nicht mehr gesprochen. Zum Teil hatte das mit der Grünen Revolution zu tun – du weißt schon, immer noch massenhaft Hungersnöte, aber keine apokalyptischen. Und dann kriegte die Bevölkerungskontrolle politisch einen schlechten Ruf. Das totalitäre China mit seiner Ein-Kind-Politik, Indira Gandhi mit ihren Zwangssterilisationen, die amerikanische ZPG-Organisation, das alles wurde als nativistisch und rassistisch abgetan. Die Liberalen bekamen es mit der Angst zu tun und schwiegen. Sogar der Sierra Club bekam es mit der Angst zu tun. Und die Konservativen haben sich sowieso immer einen Dreck darum geschert, weil ihre ganze Ideologie nur kurzlebige Egozentrik ist und Gottes Plan und so weiter. Und so ist das Problem zu einem Krebs geworden, von dem man genau weiß, dass er in einem wächst, aber man beschließt, man denkt einfach nicht daran.»

«Und das hat was mit eurem Pappelwaldsänger zu tun?», sagte Katz.

«*Alles* hat mit ihm zu tun», sagte Lalitha.

«Wie gesagt», sagte Walter, «wir haben beschlossen, den Auftrag der Stiftung, die das Überleben des Waldsängers sichern soll, etwas freier zu interpretieren. Wir verfolgen das Problem einfach weiter zurück, immer weiter zurück. Und hinsichtlich einer Finalursache oder eines unbewegten Bewegers stoßen wir, im Jahr 2004, auf die Tatsache, dass es total toxisch und uncool geworden ist, über eine Umkehrung des Bevölkerungswachstums zu sprechen.»

«Also frage ich Walter», sagte Lalitha, «wer ist der coolste Mensch, den du kennst?»

Katz lachte und schüttelte den Kopf. «O nein. Nein, nein, nein.»

«Pass auf, Richard», sagte Walter. «Die Konservativen haben gesiegt. Sie haben die Demokraten in eine Mitte-Rechts-Partei verwandelt. Sie haben das ganze Land dazu gebracht, vor jedem einzelnen Baseballspiel der Major League ‹God Bless America› zu singen, mit der Betonung auf *Gott*. Sie haben an jeder beschissenen Front gesiegt, vor allem aber haben sie kulturell gesiegt, und *besonders* im Hinblick auf Kinder. 1970 war es noch angesagt, sich um die Zukunft des Planeten zu sorgen und keine Kinder zu bekommen. Heute stimmt alles darin überein, rechts wie links, dass es schön ist, viele Kinder zu haben. Je mehr, desto besser. Kate Winslett ist schwanger, hurra hurra. Irgendwo in Iowa kriegt eine blöde Kuh Achtlinge, hurra hurra. Die Debatte über die Idiotie von Geländewagen verstummt jäh, wenn es heißt, man kaufe sie, um die kostbaren eigenen Kinder zu schützen.»

«Ein totes Kind ist nicht gerade was Schönes», sagte Katz. «Also, ich nehme mal an, ihr tretet nicht für Kindermord ein.»

«Natürlich nicht», sagte Walter. «Wir wollen nur darauf hinarbeiten, dass Kinderkriegen eher peinlich ist. So wie Rauchen peinlich ist. So wie Fettsein peinlich ist. So wie es peinlich wäre, einen Escalade zu fahren, gäbe es das Baby-Argument nicht mehr. So wie es peinlich sein sollte, in einem Vierhundert-Quadratmeter-Haus auf einem anderthalb Hektar großen Grundstück zu leben.»

«‹Mach es, wenn's sein muss›», sagte Lalitha, «‹aber denk bloß nicht, dass du noch dazu beglückwünscht wirst.› Das ist die Botschaft, die wir verbreiten müssen.»

Katz blickte in ihre Spinner-Augen: «Du selbst willst keine Kinder.»

«Nein», sagte sie und hielt seinem Blick stand.

«Du bist, was, fünfundzwanzig?»

«Siebenundzwanzig.»

«In fünf Jahren könntest du anders darüber denken. Die Uhr am Herd fängt so um die dreißig an zu ticken. Das ist jedenfalls meine Erfahrung mit Frauen.»

«Bei mir nicht», sagte sie und riss, um das zu unterstreichen, ihre ohnehin schon sehr runden Augen noch weiter auf.

«Kinder sind was Schönes», sagte Walter. «Kinder waren schon immer der Sinn des Lebens. Man verliebt sich, man pflanzt sich fort, dann wachsen die Kinder auf und verlieben sich und pflanzen sich fort. Das Leben war immer *dafür* da. Fürs Schwangersein. Für mehr Leben. Heute ist das Problem allerdings, dass mehr Leben auf der individuellen Ebene zwar weiterhin schön und sinnvoll ist, für die Welt als Ganzes aber mehr Tod bedeutet. Und zwar keinen angenehmen Tod. Es sieht so aus, dass wir in den kommenden hundert Jahren die Hälfte aller Arten weltweit verlieren. Uns steht die größte Massenausrottung seit mindestens der Kreide-Tertiär-Grenze bevor. Erst erleben wir die totale Zerstörung aller Ökosysteme, dann Massenhungersnöte und/oder Massenkrankheiten und/oder Massenmorde. Was auf der individuellen Ebene noch ‹normal› ist, ist auf der globalen abscheulich und beispiellos.»

«Und dasselbe gilt für Katz», schien Lalitha zu sagen.

«Moi?»

«Katzen», sagte sie. «*C-A-T-S.* Jeder liebt sein Kätzchen und lässt es draußen rumlaufen. Ist doch bloß eine Katze – wie viele Vögel kann sie schon töten? Tja, Jahr für Jahr werden in den USA eine *Milliarde* Singvögel von Hauskatzen und welchen, die verwildert sind, getötet. Es ist einer der Hauptgründe für den Rückgang der Singvogelbestände in Nordamerika. Aber das interessiert kein Schwein, weil eben jeder sein Kätzchen liebt.»

«Daran will keiner denken», sagte Walter. «Jeder will einfach ein normales Leben.»

«Und du sollst uns dabei helfen, die Leute zum Nachdenken zu bewegen», sagte Lalitha. «Über die Überbevölkerung. Wir haben nicht die Mittel, uns für Familienplanung und Frauenbildung im Ausland starkzumachen. Wir sind eine auf Artenschutz ausgerichtete Umweltgruppe. Welche Hebel können wir also ansetzen? Wie kriegen wir Regierungen und NGOs dazu, ihren Einsatz für die Bevölkerungskontrolle zu verfünffachen?»

Katz lächelte Walter an. «Hast du ihr erzählt, dass wir das alles schon mal hatten? Hast du ihr erzählt, was für Songs du mich schreiben lassen wolltest?»

«Nein», sagte Walter. «Aber weißt du noch, was du immer gesagt hast? Du hast gesagt, keiner interessiert sich für deine Songs, weil du nicht berühmt bist.»

«Wir haben dich gegoogelt», sagte Lalitha. «Es gibt da eine sehr eindrucksvolle Liste bekannter Musiker, die sagen, sie bewundern dich und die Traumatics.»

«Die Traumatics sind tot, Schätzchen. Und auch Walnut Surprise ist tot.»

«Hier also der Vorschlag», sagte Walter. «Wie viel du mit deinem Terrassenbau auch verdienst, wir zahlen dir ein Vielfaches davon, egal, wie lange du für uns arbeiten willst. Wir stellen uns eine Art Musik- und Politiksommerfestival vor, vielleicht in West Virginia, mit einem Haufen richtig guter Stars, um damit ein Bewusstsein für Bevölkerungsfragen zu schaffen. Alles ausschließlich auf junge Leute ausgerichtet.»

«Wir sind bereit, im ganzen Land für Studentensommerpraktika zu werben», sagte Lalitha. «Auch in Kanada und Lateinamerika. Mit den Geldern, über die Walter frei verfügen kann, können wir zwanzig bis dreißig Praktika finanzieren. Aber erst müssen wir die Praktika als etwas richtig Cooles darstellen. Als *die* Sache, die richtig coole junge Leute in diesem Sommer machen.»

«Vin ist hinsichtlich meiner freien Mittel absolut entspannt», sagte Walter. «Solange wir einen Pappelwaldsänger auf unser Infomaterial drucken, habe ich völlig freie Hand.»

«Aber es muss schnell passieren», sagte Lalitha. «Die machen jetzt schon Pläne für den Sommer. Wir müssen sie in den nächsten Wochen erreichen.»

«Als Minimum bräuchten wir deinen Namen und dein Image», sagte Walter. «Wenn du ein Video für uns drehen könntest, noch besser. Wenn du uns ein paar Songs schreiben könntest, noch viel besser. Wenn du Jeff Tweedy, Ben Gibbard und Jack White anrufen und Leute auftreiben könntest, die bei dem Festival gratis mitmachen oder es finanziell sponsern würden, das wäre überhaupt das Beste.»

«Toll wäre auch, wenn wir potenziellen Praktikanten sagen könnten, dass sie direkt mit dir zusammenarbeiten würden», sagte Lalitha.

«Allein schon die Zusage irgendeines Minimalkontakts mit denen wäre phantastisch», sagte Walter.

«Wenn wir auf das Plakat ‹Sommer in Washington: Triff Rock-

Legende Richard Katz› schreiben könnten oder so was in der Art», sagte Lalitha.

«Es muss cool werden, und es muss wie ein Virus überspringen», sagte Walter.

Katz ließ dieses Bombardement traurig und distanziert über sich ergehen. Walter und die junge Frau waren unter dem Druck, zu detailversessen über die Kaputtheit der Welt nachzudenken, offenbar zerbrochen. Sie waren von einer Idee gepackt worden und redeten sie nun einander ein. Hatten eine Seifenblase entstehen lassen, die sich von der Wirklichkeit abgekoppelt hatte und sie davontrug. Ihnen schien nicht klar zu sein, dass die Bevölkerung der Welt, in der sie lebten, nur aus zwei Personen bestand.

«Ich weiß nicht, was ich sagen soll», sagte er.

«Sag ja!», sagte Lalitha flackernd.

«Ich bin die nächsten zwei Tage in Houston», sagte Walter, «aber ich schicke dir ein paar Links, und am Dienstag können wir dann weiterreden.»

«Oder sag einfach jetzt gleich ja», sagte Lalitha.

Die hoffnungsfrohe Erwartung der beiden war wie eine unerträglich helle Glühbirne. Katz drehte sich davon weg und sagte: «Ich denke mal drüber nach.»

Auf dem Gehweg vor dem Walker's überzeugte er sich, als er sich von der jungen Frau verabschiedete, dass mit ihrem Unterkörper alles stimmte, aber das war jetzt nicht mehr wichtig, es steigerte nur seine Traurigkeit Walters wegen. Sie wollte nach Brooklyn, um eine Collegefreundin zu besuchen. Da Katz die PATH-Bahn ebenso gut an der Penn Station nehmen konnte, ging er mit Walter Richtung Canal Street. Vor ihnen, in der sich verdichtenden Dämmerung, waren die freundlich leuchtenden Fenster der überbevölkertsten Insel der Welt.

«Gott, wie ich New York liebe», sagte Walter. «An Washington ist etwas grundverkehrt.»

«Hier ist auch jede Menge verkehrt», sagte Katz, während er einer rasenden Mutti-Buggy-Kombi auswich.

«Aber das hier ist wenigstens eine richtige Stadt. Washington ist völlig abstrakt. Es dreht sich um den Zugang zur Macht und sonst gar nichts. Ich meine, es hat bestimmt was, Tür an Tür mit Seinfeld, Tom Wolfe oder Mike Bloomberg zu wohnen, aber mit solchen Leuten Tür an Tür zu wohnen, darum geht es in New York doch überhaupt nicht. In Washington reden die Leute buchstäblich darüber, wie viele Meter ihr Haus von John Kerrys Haus entfernt steht. Und alle Viertel sind so öde, das Einzige, was die Leute antreibt, ist die Nähe zur Macht. Es ist die totale Fetischkultur. Die Leute kriegen so eine Art orgasmisches Beben, wenn sie einem erzählen, sie hätten bei einer Konferenz neben Paul Wolfowitz gesessen oder seien zum Frühstück bei Grover Norquist eingeladen gewesen. Alle sind rund um die Uhr davon besessen, sich in einen Bezug zur Macht zu setzen. Sogar mit der schwarzen Szene läuft etwas schief. In Washington als armer Schwarzer zu leben muss noch entmutigender sein als irgendwo sonst im Land. Da machst du den Leuten nicht mal mehr Angst. Da bist du einer unter ferner liefen.»

«Ich möchte dich daran erinnern, dass die Bad Brains und Ian MacKaye aus Washington kommen.»

«Ja, das war ein seltsamer historischer Zufall.»

«Trotzdem haben wir sie in unserer Jugend bewundert.»

«Gott, wie ich die New Yorker U-Bahn liebe!», sagte Walter, als er Katz nach unten zu dem uringetränkten Uptown-Bahnsteig folgte. «So sollen die Menschen leben. Hohe Dichte! Hohe Effizienz!» Er warf den müden Fahrgästen ein wohlwollendes Lächeln zu.

Katz fand, er sollte sich nach Patty erkundigen, war aber zu feige, ihren Namen auszusprechen. «Und ist das Mädchen eigentlich Single oder was?», sagte er.

«Wer, Lalitha? Nein. Sie hat seit dem College denselben Freund.»

«Und der wohnt auch bei euch?»

«Nein, er ist in Nashville. Er hat in Baltimore Medizin studiert, und jetzt macht er sein praktisches Jahr.»

«Und trotzdem ist sie in Washington geblieben.»

«Sie investiert viel in das Projekt», sagte Walter. «Und ehrlich gesagt, ich glaube, der Freund wird bald abserviert. Er ist ein sehr traditionsbewusster Inder. Als sie nicht mit ihm nach Nashville gegangen ist, hat er einen Riesenanfall gekriegt.»

«Und was hast du ihr geraten?»

«Ich habe versucht, sie dazu zu bewegen, dass sie auf eigenen Beinen steht. Er hätte auch etwas in Washington finden können, wenn er es wirklich gewollt hätte. Und ich habe ihr gesagt, sie muss nicht alles für seine Karriere opfern. Sie und mich verbindet so ein Vater-Tochter-Ding. Ihre Eltern sind konservativ. Ich glaube, sie arbeitet gern für jemanden, der an sie glaubt und sie nicht nur als künftige Frau von irgendwem sieht.»

«Nur, damit wir uns verstehen», sagte Katz, «dir ist klar, dass sie in dich verliebt ist?»

Walter errötete. «Ich weiß nicht. Vielleicht ein bisschen. Eigentlich glaube ich, es ist eher eine Art geistige Idealisierung. Eher etwas Vater-Tochter-Mäßiges.»

«Ja, träum weiter, Junge. Soll ich dir etwa glauben, dass du dir nie vorgestellt hast, wie diese Augen zu dir heraufstrahlen, während ihr Kopf auf deinem Schoß auf und ab wippt?»

«O Gott, nein. Ich versuche, mir solche Dinge nicht vorzustellen. Schon gar nicht bei einer Mitarbeiterin.»

«Aber vielleicht gelingt es dir nicht immer, es dir nicht vorzustellen.»

Walter schaute sich um, um zu erkunden, ob jemand auf dem Bahnsteig mithörte, und senkte die Stimme. «Abgesehen von allem anderen», sagte er, «finde ich, dass es etwas objektiv Erniedrigendes hat, wenn eine Frau auf den Knien ist.»

«Dann versuch's doch einfach mal und lass sie das selbst beurteilen.»

«Also, na ja, Richard», sagte Walter, noch immer rot, aber auch unwirsch lachend, «zufällig weiß ich, dass Frauen anders gepolt sind als Männer.»

«Und was ist mit der Gleichheit der Geschlechter? Ich meine mich zu erinnern, dass du mal dafür gewesen bist.»

«Solltest du jemals selber eine Tochter haben, wirst du für die weibliche Perspektive vielleicht etwas mehr Verständnis aufbringen.»

«Damit nennst du meinen besten Grund, warum ich keine Tochter will.»

«Na, wenn du doch mal eine haben solltest, begreifst du vielleicht das eigentlich nicht so schwer zu begreifende Faktum, dass sehr junge Frauen ihr Verlangen, ihre Bewunderung und ihre Liebe manchmal komplett durcheinanderwerfen und nicht verstehen –»

«Was nicht verstehen?»

«Dass sie für den Typen bloß ein Objekt sind. Dass der Typ vielleicht nur seinen, na ja, seinen, also –» Walters Stimme sackte auf Flüsterlautstärke ab – «seinen Schwanz von einer jungen, hübschen Frau gelutscht haben will. Dass das sein einziges Interesse sein könnte.»

«Entschuldige, das ergibt doch keinen Sinn», sagte Katz. «Was ist schlimm daran, bewundert zu werden? Das ergibt einfach keinen Sinn.»

«Ich möchte eigentlich nicht darüber sprechen.»

Eine A-Bahn kam, und sie drängten sich hinein. Fast sofort sah Katz in den Augen eines Jungen im Collegealter, der an den Türen gegenüber stand, ein Erkennen aufleuchten. Er senkte den Kopf und wandte sich ab, doch der Junge besaß die Unverfrorenheit, ihm an die Schulter zu fassen. «Tut mir echt leid», sagte er, «aber Sie sind doch der Musiker, oder? Sie sind Richard Katz.»

«Leid? Vielleicht nicht mehr als mir», sagte Katz.

«Ich will Sie nicht belästigen. Ich wollte bloß sagen, dass ich Ihre Sachen echt geil finde.»

«Okay, Mann, danke», sagte Katz, den Blick auf den Boden gerichtet.

«Besonders die älteren Sachen, die ich erst jetzt für mich entdecke. *Reactionary Splendor*? Wahnsinn. Das ist so scheißgeil. Ich hab's gerade auf meinem iPod. Hier, hören Sie mal.»

«Ist schon gut. Ich glaub's dir.»

«Ah, klar, nein, natürlich. Natürlich. Tut mir leid, wenn ich Sie belästige. Ich bin eben ein großer Fan.»

«Mach dir mal deswegen keinen Kopf.»

Walter verfolgte diesen Dialog mit einem Gesichtsausdruck, der so alt war wie die Collegepartys, die er in seinem Masochismus zusammen mit Katz besucht hatte, einem Ausdruck von Staunen und Stolz, Liebe und Zorn und der Einsamkeit des Unsichtbaren, wovon Katz rein gar nichts behagte, damals am College nicht und noch weniger jetzt.

«Es ist bestimmt eigenartig, du zu sein», sagte Walter, als sie an der 34th Street ausstiegen.

«Ich habe keinen anderen Seinszustand, mit dem ich es vergleichen kann.»

«Ist aber sicher phantastisch. Schwer zu glauben, dass es dir auf irgendeiner Ebene nicht doch gefällt.»

Katz erwog die Frage aufrichtig. «Es ist eher so, dass ich das Fehlen der Sache schlecht fände, aber die Sache an sich genauso wenig mag.»

«Ich glaube, *ich* würde sie mögen», sagte Walter.

«Das glaube ich auch.»

Außerstande, Walter Ruhm zu gönnen, ging Katz mit ihm den ganzen Weg bis zur Amtrak-Anzeigentafel, die 45 Minuten Verspätung für den Acela Richtung Süden auswies.

«Ich halte große Stücke auf die Bahn», sagte Walter. «Und muss routinemäßig dafür büßen.»

«Ich warte mit dir», sagte Katz.

«Brauchst du nicht, brauchst du wirklich nicht.»

«Doch, und ich geb dir eine Cola aus. Oder hat Washington dich nun doch zum Trinken gebracht?»

«Nein, bin immer noch abstinent.»

Für Katz war die Verspätung des Zugs ein Zeichen, dass das Thema Patty doch noch angeschnitten werden sollte. Als er es in der Bahnhofsbar zu den nervenaufreibenden Klängen eines Alanis-Morrisette-Lieds dann tat, wurde Walters Blick hart und kühl. Er holte Luft, als wollte er sprechen, doch es kam kein Wort heraus.

«Muss für euch ja ein bisschen komisch sein», soufflierte Katz. «Oben das Mädchen und unten dein Büro.»

«Ich weiß nicht, was ich dir sagen soll, Richard. Ich weiß das wirklich nicht.»

«Kommt ihr miteinander aus? Macht Patty irgendwas Interessantes?»

«Sie arbeitet in einem Fitnesscenter in Georgetown. Zählt das als interessant?» Walter schüttelte grimmig den Kopf. «Ich lebe jetzt schon sehr lange mit einem depressiven Menschen zusammen. Ich weiß nicht, warum sie so unglücklich ist, ich weiß nicht, warum sie da nicht rauskommt. Eine Weile, so um die Zeit, als wir nach Washington gezogen sind, schien es ihr besser zu gehen. In St. Paul war sie bei einer Therapeutin gewesen, die ihr eine Art Schreibprojekt nahegelegt hat. Eine Art persönliche Geschichte oder Lebensjournal, um das sie ein großes Geheimnis machte. Solange sie daran arbeitete, lief es ganz gut. Aber die letzten zwei Jahre waren richtig schlecht. Wir hatten ins Auge gefasst, dass sie sich nach einem Job umsieht, sobald wir in Washington sind, und so etwas wie eine zweite Karriere beginnt, aber in ihrem Alter und ohne jede marktfähigen Kenntnisse ist das ganz schön happig. Sie ist sehr klug und stolz und hat es weder ertragen, abgelehnt zu werden, noch, immerzu Berufsanfängerin zu sein. Sie versuchte es mit ehrenamtlicher Arbeit, indem sie an Schulen Nachmittagssportkurse angeboten hat, aber das klappte auch nicht. Schließlich habe ich sie davon überzeugen können, es mal mit Antidepressiva zu versuchen, die ihr, glaube ich, auch geholfen hätten, wenn sie denn drangeblieben wäre, aber sie konnte nicht ausstehen, wie es ihr danach ging, und in der Tat war sie ziemlich unerträglich, solange sie sie eingenommen hat. Sie war wie auf Meth und hat das Ganze abgesetzt, noch bevor man den Cocktail überhaupt richtig dosieren konnte. Und letzten Herbst habe ich sie dann mehr oder weniger gezwungen, einen Job anzunehmen. Nicht um meinetwillen – ich bin weit überbezahlt, Jessica ist inzwischen mit der Schule fertig, und Joey ist nicht mehr auf mich angewiesen, aber sie hatte so viel freie Zeit, das brachte sie um, das sah ich. Und dann hat sie sich eine Arbeit am Empfangstresen in einem Fitnesscenter ausgesucht. Ich meine, es ist schon richtig nett da – einer meiner Aufsichtsräte geht dort hin und mindestens einer unserer wichtigeren Spender. Aber da sitzt sie nun, meine Frau, einer der klügsten Menschen, die ich kenne, und liest die Mitgliedskarten von denen ein und wünscht ihnen ein gutes Training. Dazu hat sie auch noch einen ziemlichen Trainingsspleen entwickelt. Sie trainiert mindestens eine Stunde täglich, Minimum – sieht dafür aber auch *umwerfend* aus. Und dann kommt sie um elf mit irgendeinem Essen in der Plastiktüte nach Hause, und wenn ich nicht verreist bin, essen wir zusammen, und sie fragt mich, warum ich noch immer nicht mit meiner Assistentin schlafe. Ungefähr so wie du eben, nur nicht so explizit. Nicht so direkt.»

«Tut mir leid. Das war mir nicht klar.»

«Wie auch? Wer würde denn schon darauf kommen? Jedes Mal sage ich ihr dasselbe, nämlich dass sie diejenige ist, die ich liebe, und dass sie diejenige ist, die ich will. Und dann wechseln wir das Thema. Zum Beispiel redet sie seit zwei Wochen davon – hauptsächlich, denke ich mal, um mich in den Wahnsinn zu treiben –, dass sie sich die Brüste machen lassen will. Ich könnte heulen, Richard, bei ihr stimmt doch alles. Jedenfalls äußerlich. Es ist total irre. Aber sie sagt, sie wird bald sterben, und sie fände es interessant, vor ihrem Tod noch zu erleben, wie es ist, wenn man Busen hat. Sie sagt, es könnte ihr helfen, ein Ziel zu haben, auf das sie hinsparen kann, jetzt, wo …» Walter schüttelte den Kopf.

«Wo was.»

«Nichts. Sie hat davor etwas anderes mit ihrem Geld gemacht, etwas, das ich gar nicht gut fand.»

«Ist sie krank? Gibt es ein medizinisches Problem?»

«Nein. Nichts Körperliches. Mit ‹bald sterben› meint sie, glaube ich, in den nächsten vierzig Jahren. So wie wir alle bald sterben.»

«Mannomann, das tut mir echt leid. Ich hatte ja keine Ahnung.»

Ein Navigationsfeuer in Katz' schwarzer Levi's, ein lange untätiger, von einer fortgeschrittenen Zivilisation vergrabener Transmitter, entzündete sich zu neuem Leben. Statt ein schlechtes Gewissen zu haben, wurde er steif. Oh, die hellseherischen Fähigkeiten des Schwanzes: Binnen eines Herzschlags konnte er in die Zukunft schauen, und das Gehirn musste hinterherhecheln und den unvermeidlichen Weg von okkludierter Gegenwart zu vorherbestimmtem Ergebnis finden. Katz begriff, dass Patty mit den scheinbar zufälligen Lebenswindungen, die ihm von Walter gerade beschrieben worden waren, in Wahrheit willkürlich Symbole in ein Maisfeld getrampelt hatte, eine Botschaft, die für Walter auf dem Boden unlesbar, für Katz aus großer Höhe jedoch so klar war wie nur etwas. Es IST NICHT VORBEI, ES IST NICHT VORBEI. Die Parallelen zwischen seinem Leben und dem ihren waren fast unheimlich: eine kurze Zeitspanne kreativer Produktivität, gefolgt von einer größeren Veränderung, die sich als Enttäuschung und Chaos erwies, gefolgt von Drogen und Verzweiflung, gefolgt von der Einwilligung in einen stumpfsinnigen Job. Katz hatte angenommen, seine Lage sei schlicht die, dass der Erfolg ihn kaputt gemacht hatte; wahr hingegen war auch, wie ihm jetzt deutlich wurde, dass seine schlechtesten Jahre als Songwriter zeitlich genau mit seiner Entfremdung von den Berglunds zusammengefallen waren. Es stimmte schon, in den letzten zwei Jahren hatte er nicht oft an Patty gedacht, jetzt aber spürte er, in seiner Hose, dass das vor allem an seiner Annahme gelegen hatte, ihre Geschichte sei vorbei.

«Wie kommen Patty und das Mädchen miteinander aus?»

«Sie sprechen nicht miteinander», sagte Walter.

«Also keine Kumpel.»

«Nein, ich sage doch, sie sprechen nicht miteinander. Beide wissen, wann die andere für gewöhnlich in der Küche ist. Sie geben sich alle Mühe, einander aus dem Weg zu gehen.»

«Und wer von beiden hat damit angefangen?»

«Darüber möchte ich nicht sprechen.»

«Klar.»

Auf der Stereoanlage der Bahnhofsbar lief «That's What I Like About You». Katz kam es so vor, als wäre es der perfekte Soundtrack für das Bud-Light-Neonlogo, die falschen Bleiglaslampenschirme, das strapazierfähige, polyurethanbeschichtete Schundmobiliar mit dem darin eingelagerten Pendlerschmutz. Er war noch einigermaßen sicher davor, eines seiner eigenen Lieder an so einem Ort gespielt zu hören, doch er wusste, dass es nur eine graduelle, keine kategorische Sicherheit war.

«Patty hat beschlossen, niemanden unter dreißig zu mögen», sagte Walter. «Gegen eine ganze Generation hat sie ein Vorurteil ausgebildet. Und da sie eben Patty ist, witzelt sie gern darüber. Aber es ist doch ziemlich bösartig geworden und außer Kontrolle geraten.»

«Wohingegen du von der jüngeren Generation recht angetan zu sein scheinst», sagte Katz.

«Um ein allgemeines Gesetz zu widerlegen, braucht es nur ein einziges Gegenbeispiel. Ich habe mit Jessica und Lalitha mindestens zwei.»

«Aber nicht mit Joey?»

«Und wenn es zwei gibt», sagte Walter, als hätte er den Namen seines Sohnes nicht gehört, «gibt es zwangsläufig noch viel mehr. Das ist die Voraussetzung für das, was ich im Sommer machen möchte. Darauf vertrauen, dass die jungen Leute noch etwas im Kopf und ein soziales Gewissen haben, und ihnen dann etwas zu arbeiten geben.»

«Hör mal, wir sind da sehr verschieden, du und ich», sagte Katz. «Ich gebe nichts auf Visionen. Ich gebe nichts auf Glauben. Und ich habe mit Kindern keine Geduld. Das weißt du doch noch, oder?»

«Ich weiß noch, dass du dich oft über dich selber täuschst. Ich finde, du glaubst an viel mehr, als du es dir selber eingestehst. Gerade deiner Integrität wegen bist du eine Kultfigur.»

«Integrität ist ein neutraler Wert. Auch Hyänen haben eine Integrität. Sie sind Hyäne pur.»

«Was heißt das, hätte ich dich nicht anrufen sollen?», sagte

Walter mit einem Beben in der Stimme. «Eigentlich wollte ich dich nicht belästigen, aber Lalitha hat mich dazu überredet.»

«Nein, es ist gut, dass du angerufen hast. Es ist zu viel Zeit vergangen.»

«Ich dachte wohl, du bist uns entwachsen oder so etwas. Ich weiß ja, dass ich nicht besonders cool bin. Ich dachte, du bist fertig mit uns.»

«Das tut mir leid, Mann. Ich hatte einfach viel zu tun.»

Doch nun geriet Walter aus der Fassung, fast kamen ihm die Tränen. «Es hatte fast den Anschein, als wäre ich dir peinlich. Was ich ja verstehe, aber trotzdem ist es nicht gerade schön. Ich dachte immer, wir sind Freunde.»

«Ich habe doch gesagt, es tut mir leid», sagte Katz. Er war aufgebracht, was sowohl mit Walters Gefühlen als auch mit der Ironie oder Ungerechtigkeit zu tun hatte, sich für seinen Versuch, ihm einen Gefallen zu tun, *zweimal* entschuldigen zu müssen. Sich nie zu entschuldigen war sein Grundsatz schlechthin.

«Ich weiß nicht, was ich erwartet habe», sagte Walter. «Vielleicht ein wenig Anerkennung dafür, dass Patty und ich dir geholfen haben. Dass du die ganzen Songs im Haus meiner Mutter geschrieben hast. Dass wir deine ältesten Freunde sind. Ich habe nicht vor, darauf herumzureiten, aber ich will reinen Tisch machen und dir sagen, wie ich mich gefühlt habe, damit ich mich nicht länger so fühlen muss.»

Die zornige Wallung von Katz' Blut entsprach genau den Prophezeiungen seines Schwanzes. Ich werde dir jetzt einen Gefallen der anderen Art erweisen, alter Freund, dachte er. Wir werden eine unerledigte Sache erledigen, und du und das Mädchen, ihr werdet mir dafür dankbar sein.

«Es ist gut, reinen Tisch zu machen», sagte er.

# Frauenland

Während seiner Kindheit und Jugend in St. Paul hatte Joey Berglund zahllose Bestätigungen dafür erhalten, dass ihm ein glückliches Leben vorherbestimmt war. So wie Halfback-Stars von einem Lauf übers offene Feld sprechen, davon, wie es sich anfühlt, wenn man sich durch eine zeitlupenhaft agierende Abwehr in vollem Tempo durchtankt und durchschlängelt und das gesamte Spielfeld so übersichtlich und blitzartig erfassbar wie ein Videospiel im Anfängermodus ist – genauso hatte sich jede Facette seines Lebens während der ersten achtzehn Jahre angefühlt. Die Welt hatte ihm gegeben, und er hatte gern genommen. Als Erstsemester kam er mit idealer Kleidung und Frisur nach Charlottesville und stellte fest, dass das College ihn mit einem idealen Zimmergenossen aus NoVa (wie die Einheimischen die in Virginia gelegenen Washingtoner Vororte nannten) zusammenspannt hatte. Zweieinhalb Wochen lang hatte er den Eindruck, das College werde eine Erweiterung der Welt sein, wie er sie immer schon gekannt hatte, nur noch besser. Er war so davon überzeugt – fand es so selbstverständlich –, dass er am Morgen des 11. September Jonathan, seinen Zimmergenossen, allein am Fernseher verfolgen ließ, wie World Trade Center und Pentagon brannten, während er zu seiner Econ 201-Vorlesung über die Grundlage der Mikroökonomie eilte. Erst als er am großen Hörsaal ankam und sah, dass er nahezu leer war, begriff er, dass sich eine wirklich ernste Panne ereignet hatte.

Sosehr er es in den Wochen und Monaten, die darauf folgten, auch versuchte, er konnte sich nicht mehr daran erinnern, was er gedacht hatte, als er den halbverlassenen Campus überquerte. Diese

Ahnungslosigkeit war äußerst untypisch für ihn, und der tiefe Verdruss, den er auf den Stufen des Chemie-Gebäudes dann empfand, wurde zur Saat seines zutiefst *persönlichen* Grolls gegen die Terrorangriffe. Später, als sich seine Schwierigkeiten türmten, war ihm, als wäre ausgerechnet sein Glück, das als sein Geburtsrecht zu betrachten die Kindheit ihn gelehrt hatte, von einem höherwertigen Pech ausgestochen worden, das so abwegig war, dass es nicht einmal real erschien. Er wartete und wartete darauf, dass dieses Abwegige, dieser Betrug, entlarvt und vor der Welt richtiggestellt würde, damit er das College-Erlebnis haben konnte, mit dem er gerechnet hatte. Als es anders kam, wurde er von einer Wut gepackt, deren spezifischer Gegenstand sich nicht klar konturieren wollte. Der Übeltäter war rückblickend *beinahe* wie Bin Laden, aber nicht ganz. Der Übeltäter war etwas Unergründlicheres, etwas Nichtpolitisches, etwas strukturell Bösartiges, wie der Hubbel auf einem Gehweg, dessentwegen man strauchelt und aufs Gesicht schlägt, wenn man in aller Unschuld herumspaziert.

In den Tagen nach dem 11. September erschien Joey plötzlich alles extrem dumm. Dumm war, dass ohne jeden ersichtlichen praktischen Grund «Nachtgebete der Betroffenheit» abgehalten wurden, dumm war, dass sich die Leute dieselben Katastrophenberichte immer wieder aufs Neue ansahen, dumm war, dass die Jungs von der Chi-Phi-Verbindung an ihrem Haus ein «Unterstützungs»-Transparent aufhängten, dumm war, dass das Footballspiel gegen die Penn State abgesagt wurde, dumm war, dass so viele Leute das Gelände verließen, um bei ihren Familien zu sein (und dumm war auch, dass in Virginia alle «Gelände» statt «Campus» sagten). Die vier liberalen Studenten auf seinem Wohnheimflur führten endlose dumme Dispute mit den zwanzig konservativen, als interessierte es jemanden, was ein Haufen Achtzehnjähriger über den Nahen Osten dachte. Ein dummes großes Trara wurde um die Studenten gemacht, die bei den Angriffen Verwandte oder Freunde der Familie verloren hatten, als wären die anderen schrecklichen Todesfälle, die ständig auf der Welt geschahen, etwa weniger wichtig, und es gab dummen

Applaus, als ein Kleinbus voller Oberschichtler feierlich nach New York abfuhr, um den Ground-Zero-Arbeitern Beistand zu leisten, als gäbe es in New York nicht genügend Leute dafür. Joey wollte einfach nur, dass das normale Leben so schnell wie möglich wieder einkehrte. Ihm war, als wäre er mit seinem alten Discman gegen eine Wand gestoßen und hätte dabei den Laser von einem Stück, das er gerade noch mit Vergnügen gehört hatte, auf ein anderes springen lassen, das er weder erkannte noch mochte und auch nicht stoppen konnte. Schon bald war er so einsam und isoliert und begierig nach vertrauten Dingen, dass er den ziemlich schwerwiegenden Fehler beging, Connie Monaghan grünes Licht zu geben, sich in einen Greyhound-Bus zu setzen und ihn in Charlottesville zu besuchen, womit er die Vorarbeiten eines Sommers, deren Ziel es gewesen war, sie auf ihre unausweichliche Trennung vorzubereiten, zunichtemachte.

Den ganzen Sommer hatte er sich abgemüht, Connie zu vermitteln, wie wichtig es sei, sich wenigstens neun Monate nicht zu sehen, damit sie ihre Gefühle füreinander auf die Probe stellen konnten. Der Gedanke dahinter war, dass beide voneinander unabhängig werden und herausfinden sollten, ob sie auch als Unabhängige gut zueinander passten, doch für Joey war das ebenso wenig eine «Probe», wie ein Chemie-«Experiment» an der Highschool Forschung war. Connie sollte mal schön in Minnesota bleiben, während er eine Karriere als Geschäftsmann verfolgte und jungen Frauen begegnete, die exotischer und avancierter waren und bessere Verbindungen hatten als sie. So jedenfalls hatte er sich das vor dem 11. September vorgestellt.

Bewusst legte er Connies Besuch auf ein Wochenende, an dem Jonathan wegen eines jüdischen Feiertags bei sich zu Hause in NoVa war. Die ganze Zeit kampierte sie auf Joeys Bett, neben sich auf dem Fußboden ihre Reisetasche, in der sie ihre Sachen verstaute, sobald sie sie nicht mehr brauchte, als wollte sie ihre Präsenz minimieren. Während Joey versuchte, für ein Seminar am Montagvormittag Platon zu lesen, blätterte sie die Fotografien der Kommilitonen in Joeys Erstsemester-Jahrbuch durch und lachte über diejenigen mit komischem Gesichtsausdruck oder unglücklichem Namen. Bailey Bodsworth, Crampton Ott, Taylor Tuttle. Nach Joeys verlässlicher Zählung schliefen sie in vierzig Stunden achtmal miteinander und dröhnten sich wiederholt mit dem hydroponisch gezogenen Gras, das sie mitgebracht hatte, zu. Als es Zeit wurde, sie zum Busbahnhof zu bringen, spielte er ihr für die strapaziöse zwanzigstündige Rückfahrt nach Minnesota eine Ladung neuer Lieder auf ihren MP3-Player. Die traurige Wahrheit war, dass er sich für sie verantwortlich fühlte und wusste, dass er in jedem Fall mit ihr Schluss machen musste, bloß keine Ahnung hatte, wie.

Am Busbahnhof schnitt er das Thema ihrer Ausbildung an, die zu verfolgen sie versprochen, in ihrer verstockten Art, ohne jede Erklärung, aber irgendwie nicht begonnen hatte.

«Du musst dich für Januar einschreiben», sagte er zu ihr. «Fang auf dem Inver Hills College an und wechsel dann vielleicht nächstes Jahr an die Uni.»

«Okay», sagte sie.

«Du hast doch echt was drauf», sagte er. «Du kannst einfach nicht immer nur kellnern.»

«Okay.» Bedrückt schaute sie auf die Schlange, die sich vor ihrem Bus bildete. «Ich mach's für dich.»

«Nicht für mich. Für dich. Wie du's versprochen hast.»

Sie schüttelte den Kopf. «Du willst doch bloß, dass ich dich vergesse.»

«Das stimmt nicht, überhaupt nicht», sagte Joey, obwohl es einigermaßen stimmte.

«Ich werde studieren», sagte sie. «Aber darüber vergesse ich dich nicht. Nichts kann mich dazu bringen, dich zu vergessen.»

«Schön», sagte er, «aber trotzdem müssen wir weiter herausfinden, wer wir sind. Wir müssen uns beide noch entwickeln.»

«Ich weiß jetzt schon, wer ich bin.»

«Aber vielleicht täuschst du dich ja. Vielleicht musst du immer weiter –»

«Nein», sagte sie. «Ich täusche mich nicht. Ich möchte mit dir zusammen sein. Mehr will ich nicht in meinem Leben. Du bist der beste Mensch auf Erden. Du kannst alles schaffen, was du willst, und ich kann für dich da sein. Du wirst viele Firmen besitzen, und ich kann für dich arbeiten. Oder du kannst für die Präsidentschaft kandidieren, und ich arbeite in deinem Wahlkampfteam. Ich mache die Sachen, die sonst keiner machen will. Wenn du jemanden brauchst, der das Gesetz bricht, mach ich's für dich. Willst du Kinder, ziehe ich sie für dich groß.»

Joey war sich bewusst, dass er einen klaren Kopf brauchte, um auf diese ziemlich alarmierende Erklärung zu antworten, doch leider war er noch ein wenig zugedröhnt.

«Ich will, dass du Folgendes tust», sagte er. «Du sollst aufs College gehen. Für den Fall nämlich, na ja», und das hinzuzufügen war unklug, «dass du für mich arbeiten solltest, müsstest du eine Menge verschiedenartige Dinge wissen.»

«Deshalb habe ich doch gesagt, dass ich *für dich* studieren werde», sagte Connie. «Hast du mir nicht zugehört?»

Nach und nach erkannte er, was er in St. Paul noch nicht erkannt hatte, nämlich dass der Preis von etwas nicht immer auf den ersten Blick ersichtlich war: dass die eigentliche Explosion der Zinsschuld seiner Highschool-Freuden noch vor ihm liegen könnte.

«Wir stellen uns mal lieber in die Schlange», sagte er. «Wenn du einen guten Platz willst.»

«Okay.»

«Außerdem finde ich», sagte er, «dass wir uns wenigstens eine Woche lang nicht anrufen sollten. Wir müssen wieder disziplinierter werden.»

«Okay», sagte sie und ging gehorsam zum Bus. Joey folgte ihr mit ihrer Reisetasche. Immerhin brauchte er nicht zu fürchten, dass sie ihm eine Szene machte. Nie stellte sie ihn bloß, nie beharrte sie auf der Straße auf Händchenhalten, nie klammerte, schmollte, tadelte sie. Sie sparte sich ihre gesamte Inbrunst bis zu dem Moment auf, wo sie allein waren, darin war sie Spezialist. Als die Bustüren aufgingen, durchbohrte sie ihn mit einem lodernden Blick, reichte dann dem Fahrer ihre Tasche und stieg ein. Es gab kein Getue wie Durchs-Fenster-Winken oder Kussgesichter-Machen. Sie steckte sich die Kopfhörer in die Ohren und fläzte sich so tief in ihren Sitz, dass er sie nicht mehr sah.

Auch in den Wochen danach gab es kein Getue. Gehorsam unterließ es Connie, ihn anzurufen, und während das nationale Fieber zurückging und der Herbst sich auf den Blue Ridge Mountains mit heufarbenen Sonnenstrahlen und schweren Düften warmer Rasenflächen und sich verfärbenden Laubs intensivierte, wurde Joey Zeuge vernichtender Footballniederlagen der Cavaliers, trainierte im Fitnesscenter und setzte etliche Bierpfunde an. Er suchte Kontakt zu Wohnheimgenossen aus wohlhabenden Familien, die glaubten, die islamische Welt müsse so lange mit Flächenbombardements überzogen werden, bis sie gelernt habe, wie man sich benimmt. Er selbst war nicht rechts, fühlte sich bei denen, die es waren, aber wohl. Afghanistan den Arsch aufzureißen entsprach zwar nicht genau dem, was seine Erschütterung verlangte, aber es kam dem so weit nahe, dass es ihm eine gewisse Befriedigung gewährte.

Erst wenn so viel Bier getrunken war, dass in größeren Runden das Gespräch auf Sex kam, fühlte er sich isoliert. Seine Geschichte mit Connie war zu intensiv und merkwürdig – zu *innig*, zu sehr mit Liebe verknäuelt –, als dass sie sich zum Prahlen eignete. Er verachtete und beneidete seine Wohnheimgenossen gleichermaßen wegen ihrer gemeinschaftlichen Angeberei, ihrer zotigen Bekundungen, was sie mit den schärfsten Puppen aus dem Jahrbuch machen würden oder vereinzelt, stockbesoffen und scheinbar ohne Reue oder Folgen, mit diversen stockbesoffenen Frauen an ihren Edelinternaten und Vorbereitungsschulen angeblich schon gemacht hatten. Die Sehnsüchte seiner Wohnheimgenossen kreisten noch weitgehend um den Blowjob, der offenbar allein für Joey wenig mehr als eine verklärte Wichserei, ein Zeitvertreib auf dem Parkplatz in der Mittagspause war.

Die Masturbation selbst war eine erniedrigende Zerstreuung, deren Nützlichkeit er bei seinen Bemühungen, sich von Connie abzunabeln, gleichwohl schätzen lernte. Sein bevorzugter Entladungsort war die Behindertentoilette in der naturwissenschaftlichen Bibliothek, an deren Vormerkschalter er 7,65 Dollar die Stunde dafür kassierte, dass er Lehrbücher und das *Wall Street Journal* las und Naturwissenschaftsstrebern gelegentlich einmal Texte holte. Dass er einen Studentenjob am Vormerkschalter ergattert hatte, war ihm als weitere Bestätigung dafür erschienen, dass ihm ein glückliches Leben vorherbestimmt war. Zu seinem Erstaunen besaß die Bibliothek noch Druckwerke von so großer Seltenheit und so verbreitetem Interesse, dass sie in einem abgetrennten Magazin aufbewahrt werden mussten und das Gebäude nicht verlassen durften. Das alles konnte unmöglich innerhalb der nächsten Jahre digitalisiert werden. Viele der vorgemerkten Texte waren in ehemals gängigen Fremdsprachen geschrieben und mit aufwendigen Farbtafeln illustriert; die Deutschen des neunzehnten Jahrhunderts hatten das Wissen besonders fleißig katalogisiert. Es konnte der Masturbation sogar Würde verleihen, ein bisschen jedenfalls, wenn man einen jahrhundertealten deutschen Atlas der Sexualanatomie dafür zu Hilfe nahm. Er wusste, früher oder später würde er sein Schweigen gegenüber Connie brechen müssen, doch Abend für Abend, wenn er seine Gameten und prostatischen Flüssigkeiten unter Einsatz der paddelförmigen Behindertenhähne in den Abguss gespült hatte, beschloss er aufs Neue, noch einen weiteren Tag zu riskieren, bis er schließlich einmal spät abends, am Vormerkschalter, genau an dem Tag, als er fand, dass er wahrscheinlich einen Tag zu lange gewartet hatte, einen Anruf von Connies Mutter erhielt.

«Carol», sagte er liebenswürdig. «Hallo.»

«Hallo, Joey. Du weißt wahrscheinlich, warum ich anrufe.»

«Nein, eigentlich nicht.»

«Tja, du hast unserer kleinen Freundin so ziemlich das Herz gebrochen, deshalb rufe ich an.»

Mit schlingerndem Magen zog er sich in die Ungestörtheit des Magazins zurück. «Ich wollte sie heute Abend anrufen», sagte er zu Carol.

«Heute Abend. Ach, wirklich. Du wolltest sie heute Abend anrufen.»

«Ja.»

«Warum glaube ich dir das nicht?»

«Keine Ahnung.»

«Nun, sie ist schon ins Bett gegangen, es ist also gut, dass du nicht angerufen hast. Sie ist ohne einen Bissen ins Bett gegangen. Um sieben.»

«Also wirklich gut, dass ich nicht angerufen habe.»

«Das ist nicht lustig, Joey. Sie ist sehr deprimiert. Du hast ihr eine Depression verpasst, und du darfst sie nicht länger hinhalten. Verstehst du? Meine Tochter ist kein Hund, den du an eine Parkuhr leinen und dann vergessen kannst.»

«Vielleicht gibst du ihr ein Antidepressivum.»

«Sie ist nicht dein Haustier, das du bei geschlossenen Fenstern auf dem Rücksitz lassen kannst», sagte Carol; sie fand Gefallen an ihrer Metapher. «Wir sind ein Teil deines Lebens, Joey. Ich finde, wir verdienen ein bisschen mehr als das Nichts, das du uns hier zuteil werden lässt. Das ist für alle Beteiligten ein ganz scheußlicher Herbst, und du bist *abwesend*.»

«Ich habe eben meine Seminare und so weiter.»

«Zu beschäftigt für ein fünfminütiges Telefonat. Nach dreieinhalb Wochen Schweigen.»

«Ich wollte sie wirklich heute Abend anrufen.»

«Lassen wir mal das mit Connie», sagte Carol. «Lassen wir Connie mal einen Moment lang aus dem Spiel. Du und ich, wir haben fast zwei Jahre lang wie eine Familie zusammengelebt. Ich hätte nie geglaubt, dass ich das einmal sage, aber so allmählich bekomme ich eine Vorstellung davon, was deine Mom deinetwegen durchgemacht hat. Im Ernst. Bis zu diesem Herbst habe ich nicht begriffen, wie kalt du bist.»

Joey richtete ein Lächeln reiner Bedrängnis an die Decke. An seinem Umgang mit Carol hatte es immer etwas gegeben, was nicht ganz richtig war. Sie war das, was die Privatschul-Jungs in seinem

Wohnheim und die Verbindungsbrüder, die ihn unter Druck setzten, gern eine MILF nannten (ein Akronym, das nach Joeys Ansicht wegen der Auslassung des T für «to» leicht schwachsinnig klang). Obwohl er im Allgemeinen über einen sehr gesunden Schlaf verfügte, hatte es während seiner Zeit bei den Monaghans gelegentlich Nächte gegeben, da er in Connies Bett mit merkwürdigen angstvollen Vorahnungen seiner selbst aufgewacht war, in deren Verlauf er zum Beispiel unwissentlich und voller Entsetzen ins Bett seiner Schwester stieg oder Blake versehentlich mit dessen Druckluftnagler einen Nagel in die Stirn jagte oder, das war das Seltsamste, als aufragender Kran auf einer bedeutenden Werft an den Großen Seen mit seinem horizontalen Glied schwere Container vom Deck eines Mutterschiffs schwenkte und sanft auf einem kleineren, flacheren Schubleichter absetzte. Diese Traumbilder folgten häufig Momenten eines unstatthaften Verbundenseins mit Carol – ein kurzer Blick auf ihren nackten Hintern durch die fast geschlossene Tür zu ihrem und Blakes Schlafzimmer, das verständnissinnige Zwinkern, das sie Joey bei einem Rülpser Blakes am Esstisch zuwarf, die ausführliche und explizite Begründung, die sie ihm (untermalt von anschaulichen Geschichten aus ihrer eigenen unbekümmerten Jugend) dafür gab, dass sie Connie die Pille nehmen ließ. Da Connie grundsätzlich außerstande war, über Joey verstimmt zu sein, oblag es ihrer Mutter, ihre Verärgerungen zu registrieren. Carol war Connies redseliges Organ, ihre unverblümte Anwältin, und manchmal, an Wochenendabenden, an denen Blake mit seinen Kumpeln unterwegs war, hatte Joey das Gefühl gehabt, den Mittelpart bei einem virtuellen Dreier abzugeben, wenn nämlich Carols Mund all das herausschnatterte, was Connie nicht sagen wollte, und Connie mit Joey dann schweigend all das machte, was Carol nicht machen konnte, und Joey in den frühen Morgenstunden hochschreckte in dem Bewusstsein, in etwas gefangen zu sein, was nicht ganz richtig war. *Mom I'd Like Fuck.*

«Und was soll ich jetzt tun?», sagte er.

«Also, erst mal möchte ich, dass du ein verantwortungsvollerer Freund bist.»

«Ich bin aber nicht ihr Freund. Wir nehmen eine Auszeit.»

«Wie. Was heißt das?»

«Das heißt, dass wir mit Getrenntsein experimentieren.»

«Da hat Connie mir aber was anderes gesagt. Connie sagt, du willst, dass sie studiert, damit sie sich Verwaltungskenntnisse aneignet und bei dem, was du mal machst, deine Assistentin sein kann.»

«Sieh mal», sagte Joey. «Carol. Als ich das sagte, war ich zugedröhnt. Ich habe versehentlich was Falsches gesagt, als ich von dem unglaublich starken Gras, das Connie kauft, zugedröhnt war.»

«Glaubst du, ich weiß nicht, dass sie kifft? Glaubst du, Blake und ich haben keine Nase? Du erzählst mir da nichts Neues. Indem du versuchst, sie zu verpfeifen, beweist du nur, dass du ein schlechter Freund bist.»

«Ich wollte nur klarstellen, dass ich was Falsches gesagt habe. Und ich hatte nicht die Möglichkeit, mich zu korrigieren, weil wir vereinbart haben, eine Weile nicht miteinander zu sprechen.»

«Und wer trägt dafür die Verantwortung? Du weißt, dass du für sie wie ein Gott bist. Buchstäblich wie ein Gott, Joey. Sag ihr, sie soll die Luft anhalten, und sie hält die Luft an, bis sie ohnmächtig wird. Sag ihr, sie soll sich in eine Ecke setzen, und sie setzt sich in eine Ecke, bis sie vor Hunger umkippt.»

«Tja, und wessen Schuld ist das?», sagte Joey.

«Deine.»

«Nein, Carol. Es ist deine Schuld. Du bist die Mutter. Du bist diejenige, in deren Haus sie lebt. Ich bin nur dazugekommen.»

«Ja, und jetzt gehst du deinen eigenen Weg, ohne dich verantwortlich zu zeigen. Nachdem du praktisch mit ihr verheiratet warst. Und Teil unserer Familie.»

«Stopp, stopp. Carol. Ich bin hier im ersten Jahr am College. Weißt du, was das bedeutet? Ich meine, ist es nicht seltsam, dass wir dieses Gespräch überhaupt führen?»

«Ich weiß, was es bedeutet, dass ich, als ich ein Jahr älter war als du jetzt, eine kleine Tochter hatte und mich ganz allein durchschlagen musste.»

«Und wie stehst du jetzt da?»

«Eigentlich gar nicht so schlecht. Ich wollte es dir noch nicht sagen, weil es noch sehr früh ist, aber wo du schon fragst: Blake und ich kriegen ein Baby. Unsere kleine Familie ist dabei, ein bisschen größer zu werden.»

Joey brauchte einen Augenblick, um zu kapieren, dass sie ihm gerade gesagt hatte, dass sie schwanger war.

«Hör zu», sagte er, «ich bin noch bei der Arbeit. Ich meine, Glückwunsch und so weiter. Ich habe im Moment einfach zu tun.»

«Du hast zu tun. Klar.»

«Ich verspreche dir, ich rufe sie morgen Nachmittag an.»

«Nein, tut mir leid», sagte Carol, «das reicht nicht. Du musst sofort kommen und dir Zeit für sie nehmen.»

«Das ist unmöglich.»

«Dann komm für eine Woche an Thanksgiving. Wir feiern ein schönes Thanksgiving in der Familie, wir alle vier. Dann hat sie was, worauf sie sich freuen kann, und du kannst dir ein Bild davon machen, wie deprimiert sie ist.»

Joey hatte vorgehabt, den Feiertag in Washington bei seinem Zimmergenossen Jonathan zu verbringen, dessen ältere Schwester, die im vorletzten Studienjahr an der Duke studierte, entweder zu vorteilhaft fotografiert worden war oder zu denen gehörte, die man unbedingt persönlich kennenlernen musste. Die Schwester hieß Jenna, was sie in Joeys Vorstellung mit den Bush-Zwillingen samt den Partys und der losen Moral in Verbindung brachte, die der Name Bush anklingen ließ.

«Ich habe kein Geld für einen Flug.»

«Du kannst den Bus nehmen, wie Connie auch. Oder ist der Bus nicht gut genug für Joey Berglund?»

«Außerdem habe ich andere Pläne.»

«Na, dann ändere deine Pläne mal», sagte Carol. «Deine Freundin der letzten vier Jahre hat eine schwere Depression. Sie weint stundenlang, sie isst nicht. Ich musste mit ihrem Chef bei Frost's reden, damit er sie nicht feuert, weil sie sich keine Bestellungen merken kann, alles durcheinanderbringt und nie lächelt. Vielleicht dröhnt sie sich ja bei der Arbeit zu, das würde mich nicht wundern. Danach kommt sie nach Hause und geht direkt ins Bett und bleibt dort. Wenn sie Nachmittagsschicht hat, muss ich in der Mittagspause den ganzen Weg nach Hause fahren und mich vergewissern, dass sie aufsteht und sich für die Arbeit anzieht, weil sie das Telefon nicht abnimmt. Dann muss ich sie zu Frost's fahren und mich vergewissern, dass sie auch reingeht. Ich habe versucht, Blake hinzuschicken, dass der das für mich regelt, aber mit dem redet sie nicht mehr und tut auch nicht, was er sagt. Manchmal denke ich, sie will meine Beziehung mit ihm kaputt machen, aus reiner Bosheit, weil du weg bist. Sage ich zu ihr, sie soll zum Arzt gehen, sagt sie, sie braucht keinen. Frage ich sie, was sie beweisen will und was ihr Lebensplan ist, sagt sie, ihr Plan ist es, mit dir zusammen zu sein. Das ist ihr einziger Plan. Deinen kleinen Plan für Thanksgiving, was immer du auch vorhast, den änderst du mal lieber.»

«Ich sagte doch, ich rufe sie morgen an.»

«Glaubst du im Ernst, du kannst meine Tochter vier Jahre lang als Betthasen benutzen und einfach abhauen, wenn's dir passt? Glaubst du das wirklich? Als du angefangen hast, mit ihr rumzumachen, war sie ein *Kind.*»

Joey dachte an den denkwürdigen Tag in seinem alten Baumhaus, als Connie sich im Schritt ihrer abgeschnittenen Shorts gerieben und dann seine etwas kleinere Hand genommen hatte, um ihm zu zeigen, wo er sie berühren sollte: Wie leicht er zu überreden gewesen war. «Ich war da natürlich auch ein Kind», sagte er.

«Junge, du warst nie ein Kind», sagte Carol. «Du warst immer cool und beherrscht. Glaub mal nicht, ich hätte dich nicht auch als Baby gekannt. Du hast nie geweint! So was habe ich in meinem ganzen Leben nicht gesehen. Du hast nicht mal geweint, wenn du dir den Zeh geprellt hast. Dein Gesicht hat sich verzogen, aber du hast keinen Pieps gesagt.»

«Doch, ich habe geweint. Ich erinnere mich definitiv daran, geweint zu haben.»

«Du hast sie benutzt, du hast mich benutzt, du hast Blake benutzt. Und jetzt glaubst du, du kannst dich einfach von uns abwenden und verschwinden? Glaubst du, dass so die Welt läuft? Glaubst du, wir alle sind einfach bloß zu deinem persönlichen Vergnügen da?»

«Ich werde versuchen, sie dazu zu kriegen, sich beim Arzt was verschreiben zu lassen. Aber weißt du, Carol, wir führen hier ein richtig merkwürdiges Gespräch. Es ist kein gutes Gespräch.»

«Tja, dann gewöhn dich schon mal dran, weil wir es morgen und übermorgen und überübermorgen wieder führen werden, bis ich von dir höre, dass du an Thanksgiving kommst.»

«Ich komme nicht an Thanksgiving.»

«Tja, dann gewöhn dich schon mal daran, von mir zu hören.»

Als die Bibliothek schloss, ging er hinaus in die frostige Nacht und setzte sich auf eine Bank vor seinem Wohnheim, wo er über sein Handy strich und überlegte, wen er anrufen könnte. In St. Paul hatte er allen seinen Freunden klargemacht, dass seine Geschichte mit Connie gesprächsmäßig tabu war, und in Virginia hatte er sie geheim gehalten. Fast jeder in seinem Wohnheim stand mit seinen Eltern täglich, wenn nicht stündlich in Kontakt, und auch wenn ihn dies seinen Eltern gegenüber unerwartet dankbar machte, weil sie viel gelassener waren und seine Wünsche viel stärker respektierten, als er es hatte würdigen können, solange er noch nebenan wohnte, löste es doch so etwas wie Panik aus. Er hatte sich Freiheit erbeten, sie hatten sie ihm gewährt, und nun konnte er nicht mehr zurück. Nach dem 11. September hatte es eine kurze Serie von Familientelefonaten gegeben, aber dabei wurde das Persönliche überwiegend ausgespart, indem sich seine Mom auf witzige Weise darüber ausließ, dass sie nicht von *CNN* loskomme, obwohl sie doch überzeugt sei, dass ihr so viel *CNN* schade, und sein Dad die Gelegenheit ergriff, seiner langgehegten Feindschaft gegen organisierte Religion Luft zu machen, und Jessica ihr Wissen über nicht-westliche Kulturen kundtat und deren Brass auf den US-amerikanischen Imperialismus als legitim erklärte. Jessica stand ganz unten auf der Liste der

Personen, die Joey in einer Notlage anrufen würde. Vielleicht wenn sie die letzte lebende Bekannte wäre und man ihn in Nordkorea verhaftet hätte und er bereit wäre, eine Standpauke über sich ergehen zu lassen: vielleicht dann.

Wie um sich zu bestätigen, dass Carol sich in ihm getäuscht hatte, weinte er ein wenig im Dunkeln da auf seiner Bank. Weinte um Connie in ihrem Elend, weinte, weil er sie Carol ausgeliefert hatte – weil er nicht derjenige war, der sie retten konnte. Dann trocknete er sich die Augen und rief seine Mutter an, deren Telefon Carol wahrscheinlich hätte klingeln hören können, wenn sie am Fenster gestanden und aufmerksam gehorcht hätte.

«Joseph Berglund», sagte seine Mutter. «Ich meine mich zu erinnern, den Namen schon einmal gehört zu haben.»

«Hallo, Mom.»

Sogleich Schweigen.

«Entschuldige, ich hab länger nicht mehr angerufen.»

«Ach, na ja», sagte sie, «hier passiert ja auch nicht gerade viel, immer nur Angst vor Anthrax, ein sehr realitätsferner Makler versucht, unser Haus zu verkaufen, und dein Dad fliegt ständig nach Washington und zurück. Weißt du, dass alle, die nach Washington fliegen, die Stunde vor der Landung auf ihrem Sitz bleiben müssen? Eine seltsame Vorschrift, finde ich. Was denken die sich denn dabei? Dass die Terroristen ihren bösen Plan abblasen, bloß weil das Anschnallzeichen leuchtet? Dad sagt, sie sind kaum in der Luft, da fangen die Stewardessen schon an, allen zu verkünden, sie sollen lieber gleich auf die Toilette gehen, bevor es zu spät ist. Und dann verteilen sie dosenweise Getränke.»

Sie klang wie eine ältliche Quasselstrippe, nicht wie der Vitalitätsbolzen, als den er sie sich noch immer vorstellte, wenn er sich einen Gedanken an sie gestattete. Er musste die Augen zusammenkneifen, um ein neuerliches Weinen zu unterdrücken. Alles, was er in den letzten drei Jahren in Bezug auf sie getan hatte, hatte darauf abgezielt, die sehr persönlichen Gespräche zu verhindern, die sie geführt hatten, als er jünger gewesen war: sie dazu zu bringen, die

*Klappe* zu halten, sie darin zu schulen, sich zu beherrschen, dafür zu sorgen, dass sie ihn mit ihrem übervollen Herzen und ihrem unzensierten Ich nicht auf die Nerven ging. Und nun, da die Schulung abgeschlossen und sie ihm gegenüber gehorsam oberflächlich war, fühlte er sich ihrer beraubt und wollte es rückgängig machen.

«Darf ich dich fragen, ob bei dir alles gut ist?», sagte sie.

«Alles gut, ja.»

«Ist das Leben in den ehemaligen Sklavenstaaten schön?»

«Sehr schön. Das Wetter ist wunderbar.»

«Stimmt, das ist der Vorteil, wenn man in Minnesota aufgewachsen ist. Überall, wohin man kommt, ist das Wetter schöner.»

«Klar.»

«Findest du viele neue Freunde? Lernst du viele Leute kennen?»

«Klar.»

«Na, gut gut gut. Gut gut gut. Schön, dass du anrufst, Joey. Also, du musst ja nicht anrufen, deshalb ist es schön, dass du angerufen hast. Du hast zu Hause ein paar echte Fans.»

Eine Herde männlicher Erstsemester trampelte aus dem Wohnheim heraus und stürmte auf den Rasen, die Stimmen von Bier verstärkt. «Jo-iiiee, Jo-iiiee», grölten sie liebevoll. Er nickte ihnen in kühler Zurkenntnisnahme zu.

«Anscheinend hast du auch dort Fans», sagte seine Mutter.

«Klar.»

«Mein beliebter Sohn.»

«Klar.»

Ein weiteres Schweigen senkte sich herab, als die Herde zu frischen Wasserstellen strebte. Joey fühlte sich schmerzlich benachteiligt, als er sie wegtrotten sah. Er war seinen für das Herbstsemester veranschlagten Ausgaben schon fast um einen Monat voraus. Er wollte nicht der arme Junge sein, der nur ein Bier trank, während sich alle anderen sechs genehmigten, aber als Schmarotzer wollte er auch nicht dastehen. Er wollte dominant und großzügig sein, und dazu bedurfte es finanzieller Mittel.

«Wie gefällt Dad sein neuer Job?» Es war ein Versuch, seine Mutter etwas zu fragen.

«Ganz gut, glaube ich. Er wird irgendwie wahnsinnig darüber. Plötzlich hat er einen Haufen Geld von jemand anderem und soll es dafür ausgeben, alles, was er auf der Welt für falsch hält, in Ordnung zu bringen. Früher konnte er darüber klagen, dass niemand es in Ordnung brachte. Jetzt muss er alles selber in Ordnung bringen, was natürlich nicht geht, weil wir ohnehin alle auf die Katastrophe zusteuern. Um drei Uhr morgens schickt er mir E-Mails. Ich glaube nicht, dass er viel schläft.»

«Und du? Wie geht's dir?»

«Ach Gott, nett von dir, dass du nachfragst, aber das willst du bestimmt nicht wissen.»

«Doch.»

«Nein, glaub mir, das willst du nicht. Und keine Sorge, es ist nicht böse gemeint. Kein Vorwurf. Du hast dein Leben, und ich habe meins. Alles ist gut gut gut.»

«Nein, aber, na ja, was machst du so den ganzen Tag?»

«Also, nur damit du es weißt», sagte seine Mutter, «das kann eine etwas peinliche Frage sein. Fast so, als würde man ein kinderloses Paar fragen, warum es keine Kinder hat, oder jemand Unverheiratetes, warum er nicht verheiratet ist. Bei bestimmten Fragen, die dir ganz harmlos erscheinen, musst du vorsichtig sein.»

«Hm.»

«Ich hänge gerade etwas in der Luft», sagte sie. «Ich finde es schwierig, in meinem Leben groß etwas zu verändern, wenn ich doch weiß, dass ich bald umziehen werde. Immerhin habe ich ein kleines Kreatives-Schreiben-Projekt angefangen, zu meinem privaten Zeitvertreib. Außerdem muss ich dafür sorgen, dass das Haus wie eine Pension aussieht, falls ein Makler mit einem potenziellen Opfer vorbeischaut. Ich verbringe viel Zeit damit, darauf zu achten, dass die Zeitschriften schön aufgefächert sind.»

Joeys Gefühl der Beraubtheit wich einem der Verärgerung, weil sie, egal, wie sehr sie es abstritt, offenbar nicht anders konnte, als ihm Vorwürfe zu machen. Diese Moms und ihre Vorwürfe, es nahm kein Ende. Er rief an, um sie um ein wenig Unterstützung zu bitten, und ehe er sich's versah, ließ er es schon an Unterstützung für sie fehlen.

«Und wie steht's mit dem Geld?», sagte sie, als spürte sie seine Verärgerung. «Hast du genug?»

«Es ist ein bisschen knapp», räumte er ein.

«Kann ich mir denken!»

«Sobald ich hier gemeldet bin, wird die Studiengebühr deutlich geringer. Bloß im ersten Jahr ist es richtig hart.»

«Soll ich dir etwas schicken?»

Er lächelte im Dunkeln. Trotz allem mochte er sie; er konnte nicht anders. «Ich dachte, Dad hat gesagt, es gibt kein Geld.»

«Dad muss nicht unbedingt jede Kleinigkeit erfahren.»

«Na, und die Uni betrachtet mich nicht als Bürger des Bundesstaates, wenn ich etwas von dir annehme.»

«Auch die Uni muss nicht alles erfahren. Ich könnte dir einen Barscheck schicken, wenn dir das was hilft.»

«Ja, und was dann?»

«Nichts dann. Versprochen. Keine weiteren Verpflichtungen. Ich finde, du hast deine Einstellung Dad gegenüber schon deutlich gemacht. Es ist nicht notwendig, grässliche Schulden zu einem hohen Zinssatz aufzunehmen, nur um eine Einstellung, die man schon deutlich gemacht hat, immer weiter unter Beweis zu stellen.»

«Ich werde drüber nachdenken.»

«Weißt du was, ich stecke dir einfach einen Scheck in die Post. Dann kannst du selber entscheiden, ob du ihn einlösen willst. Das musst du dann auch nicht mit mir besprechen.»

Wieder lächelte er. «Warum tust du das?»

«Ach, weißt du, Joey, ob du's glaubst oder nicht, ich möchte, dass du ein Leben führst, wie du es führen willst. Ich hatte genügend Zeit, mir einige Fragen zu stellen, während ich Zeitschriften auf dem Couchtisch aufgefächert habe und was sonst noch alles. Zum Beispiel die, ob ich, wenn du Dad und mir sagen würdest, dass du uns dein ganzes weiteres Leben lang nie wiedersehen willst, noch immer wollen würde, dass du glücklich bist.»

«Das ist eine bizarre hypothetische Frage. Ohne jeden Bezug zur Wirklichkeit.»

«Das ist schön zu hören, aber darum geht es mir nicht. Es geht mir darum, dass wir alle glauben, wir wüssten die Antwort auf diese Frage. Eltern sind darauf programmiert, für ihre Kinder das Beste zu wollen, egal, was sie dafür zurückbekommen. So soll die Liebe doch sein, oder? Aber wenn man mal darüber nachdenkt, ist das ein merkwürdiges Denken. Nach allem, was wir darüber wissen, wie die Menschen wirklich sind. Selbstsüchtig, kurzsichtig, egoistisch und bedürftig. Warum soll das Elternsein, einfach an und für sich, jedem, der sich darin versucht, Überlegenheit im Menschsein verleihen? Beispielsweise habe ich dir ja ein wenig über meine Eltern erzählt –»

«Nicht sehr viel», sagte Joey.

«Na ja, vielleicht erzähle ich dir mal mehr, wenn du mich nett darum bittest. Aber was ich sagen will: Dich betreffend habe ich intensiv über diese Frage der Liebe nachgedacht. Und ich bin zu dem Schluss gekommen –»

«Mom, macht es dir was aus, wenn wir über etwas anderes reden?»

«Ich bin zu dem Schluss gekommen –»

«Oder, also, vielleicht ein andermal? Nächste Woche oder so? Ich muss hier noch einiges erledigen, bevor ich ins Bett gehe.»

In St. Paul wurde verletzt geschwiegen.

«Entschuldige», sagte er. «Es ist ziemlich spät, und ich bin müde und muss noch einiges erledigen.»

«Ich wollte dir einfach nur erklären», sagte seine Mutter mit viel leiserer Stimme, «warum ich dir den Scheck schicke.»

«Schön, danke. Das ist nett von dir. Denk ich mal.»

Mit noch kleinerer und verletzterer Stimme dankte ihm seine Mutter für den Anruf und legte auf.

Joey sah sich auf dem Rasen nach Büschen oder einer architektonischen Nische um, wo er unbemerkt von vorbeiziehenden Scharen heulen konnte. Da er keine sah, rannte er in sein Wohnheim und bog blind, als müsste er kotzen, ins erste Klo, an dem er in einem Flur, der nicht der seine war, vorüberkam, schloss sich in eine Kabine ein und schluchzte voller Hass auf seine Mutter. Jemand duschte in einer Wolke aus Deoseife und Moder. Eine große Erektion mit Grinsgesicht, die sich, Tröpfchen spritzend, gleich Superman emporschwang, war mit Filzstift auf die rostnarbige Kabinentür gemalt. Darunter hatte jemand geschrieben *KOMM JETZT ZUM SCHUSS ODER GEH KACKEN.*

Der Vorwurf seiner Mutter war nicht so einfach gestrickt wie der von Carol Monaghan. Anders als ihre Tochter war Carol nicht allzu helle. Connie besaß eine spröde, kompakte Intelligenz: eine feste kleine Klitoris von Scharfblick und Sensibilität, zu der sie Joey nur hinter verschlossenen Türen Zugang gewährte. Wenn sie mit Carol, Blake und Joey gemeinsam beim Abendessen saß, aß sie mit gesenktem Blick, scheinbar versunken in ihrer sonderbaren Gedankenwelt, später jedoch, allein mit Joey in ihrem Zimmer, konnte sie noch das letzte beklagenswerte Detail von Carols und Blakes Benehmen am Esstisch wiedergeben. Einmal fragte sie Joey, ob er bemerkt habe, dass fast jede Äußerung Blakes darauf hinauslaufe, wie blöd andere Leute seien und für wie überlegen und ausgenutzt er sich dagegen selber halte. Blake zufolge war die *KSTP*-Wettervorhersage am Morgen blöd gewesen, hatten die Paulsens ihre Recyclingtonne an einer blöden Stelle aufgestellt, war der Sicherheitsgurtpiepser in seinem Pick-up blöd, weil er nicht nach sechzig Sekunden ausging, waren die Pendler blöd, die sich an das Tempolimit auf der Summit Avenue hielten, war die Ampelschaltung an der Summit, Ecke Lexington blöd, war sein Chef auf der Arbeit blöd, war die städtische Bauordnung blöd. Joey fing an zu lachen, als Connie, sich unerbittlich erinnernd, weitere Beispiele aufführte: Die neue Fernbedienung des Fernsehers war blöd gestaltet, am Primetime-Programm von *NBC* waren blöde Änderungen vorgenommen worden, die National League war blöd, weil sie nicht die

DH-Regel übernahm, die Vikings waren blöd, weil sie Brad Johnson und Jeff George hatten gehen lassen, der Moderator des zweiten Duells der Präsidentschaftskandidaten war blöd, weil er Al Gore nicht darauf festnagelte, wie verlogen er sei, Minnesota war blöd, weil es seine hart arbeitenden Bürger für eine kostenlose medizinische *Spitzen*versorgung von illegal eingewanderten Mexikanern und Sozialschmarotzern zahlen ließ, eine kostenlose medizinische *Spitzen*versorgung –

«Und weißt du was?», sagte Connie schließlich.

«Was?», sagte Joey.

«Du machst das nie. Du bist eben schlauer als andere, deshalb musst du sie auch nie als blöd bezeichnen.»

Joey nahm dieses Kompliment mit Unbehagen an. Zum einen ließ ihn der direkte Vergleich mit Blake einen kräftigen Hauch Konkurrenzdruck verspüren – das verstörende Gefühl, ein Pfand oder ein Siegerpreis in einem komplizierten Mutter-Tochter-Kampf zu sein. Und auch wenn es stimmte, dass er, als er bei den Monaghans eingezogen war, eine Menge Vorurteile über Bord geworfen hatte, hatte er davor doch alles Mögliche als blöd bezeichnet, insbesondere seine Mutter, die ihm zunehmend als Quell endloser, nervenaufreibender Idiotie erschienen war. Und nun deutete Connie offenbar an, dass die Leute sich nur deswegen über Blödheit beklagten, weil eigene Blödheit sie dazu brachte.

In Wahrheit war das Einzige, bei dem seine Mutter sich der Blödheit schuldig gemacht hatte, Joey selbst gewesen. Sicher, es hatte auch sehr dumm gewirkt, dass sie beispielsweise so respektlos über Tupac geredet hatte, dessen beste Sachen Joey ohne Wenn und Aber auf Genieebene ansiedelte, oder bei *Eine schrecklich nette Familie* so aggressiv geworden war, obwohl deren Blödheit doch etwas so Kalkuliertes und Extremes hatte, dass sie absolut bestach. Aber nie wäre sie so über *Eine schrecklich nette Familie* hergefallen, wenn Joey sich nicht so hingebungsvoll die ganzen Wiederholungen angesehen hätte, nie hätte sie sich dazu hergegeben, ihre peinlich schiefen Zerrbilder von Tupac zu entwerfen, wäre Joey nicht so ein

Bewunderer von ihm gewesen. Die eigentliche Wurzel ihrer Blödheit war ihr Wunsch, dass Joey ihr Kleiner-Junge-Kumpel blieb: dass er sich auch weiterhin mehr von seiner Mutter als vom tollen Fernsehen oder einem offenbar genialen Rapstar unterhalten und faszinieren ließ. Das war der kranke Kern ihrer Dummheit: sie *konkurrierte.*

Irgendwann war er so verzweifelt gewesen, dass er ihr regelrecht eingebläut hatte, er wolle nicht mehr ihr Kleiner-Junge-Kumpel sein. Das hatte er nicht einmal bewusst geplant, es war eher ein Nebenprodukt seines schon lange währenden Ärgers über seine moralinsaure Schwester, die zu erzürnen und zu entsetzen er keine schönere Methode wusste, als in der Zeit, wo seine Eltern bei der kränkelnden Großmutter in Grand Rapids waren, einen Haufen Freunde zu sich einzuladen und sich mit Jim Beam zu betrinken, und dann, in der Nacht, Connie an der Wand zu Jessicas Zimmer extralaut zu bumsen, womit er Jessica veranlasste, ihre unerträglichen Belle & Sebastian auf Club-Lautstärke aufzudrehen und später, nach Mitternacht, mit ihren tugendhaft weißen Knöcheln an seine abgeschlossene Zimmertür zu hämmern –

«Verdammt, Joey! Du hörst sofort auf damit! *Sofort*, hast du verstanden?»

«Hey, mal langsam, ich tue dir hier einen Gefallen.»

«*Was?*»

«Du hast es doch bestimmt satt, mich nicht zu verpetzen? Ich tue dir einen Gefallen! Hier, das ist deine Chance!»

«Jetzt verpetz ich dich wirklich. Ich rufe *sofort* Dad an.»

«Nur zu! Hast du mir nicht zugehört? Ich sagte ja gerade, ich tue dir einen Gefallen.»

«Du Wichser. Du selbstgefälliger kleiner *Wichser*. Ich rufe *jetzt sofort* Dad an –», während Connie, splitternackt, Mund und Brustwarzen blutrot, dasaß, den Atem anhielt und Joey mit einer Mischung aus Furcht, Verblüffung, Erregung, Ergebenheit und Freude ansah, was ihn wie nichts zuvor und wenig seither davon überzeugte, dass ihr keine Vorschrift, keine Anstandsregel, kein Moralgesetz ein Tausendstel so wichtig war wie ihr Wunsch, sein auserwähltes Mädchen, seine Komplizin zu sein.

Dass seine Großmutter in jener Woche starb, kam für ihn unerwartet, denn so alt war sie noch gar nicht. Indem er einen Tag vor ihrem Ableben die Kacke zum Dampfen gebracht hatte, hatte er sich extrem ins Unrecht gesetzt. Wie sehr, zeigte sich daran, dass er nicht einmal angeschrien wurde. In Hibbing, bei der Beerdigung, behandelten seine Eltern ihn einfach wie Luft. Er musste abseits in seiner Schuld schmoren, während die übrigen Angehörigen vereint standen in der Trauer, die er mit ihnen hätte teilen sollen. Dorothy war der einzige Großelternteil in seinem Leben gewesen, und sie hatte ihn, als er noch sehr jung war, damit beeindruckt, dass sie ihn ihre verkrüppelte Hand betasten und somit feststellen ließ, dass es immer noch die Hand eines Menschen war und nichts, wovor man sich zu fürchten brauchte. Danach hatte er nie mehr Einwände gegen die Freundlichkeiten erhoben, die er ihr auf Bitten seiner Eltern bezeigen sollte, wenn sie zu Besuch gewesen war. Sie war ein Mensch, vielleicht sogar der einzige, zu dem er hundertprozentig hatte gut sein können. Und nun war sie plötzlich tot.

Auf ihre Beerdigung folgten einige Wochen Ruhe vor seiner Mutter, Wochen willkommener Frostigkeit, aber nach und nach lief sie ihm wieder hinterher. Dass er in Bezug auf Connie so offen war, nutzte sie als Vorwand, um ihrerseits unangemessen offen zu ihm zu sein. Sie versuchte, ihn zu ihrem *designierten Versteher* zu machen, und das erwies sich als noch schlimmer, als ihr Kleiner-Junge-Kumpel zu bleiben. Es war hinterhältig und unwiderstehlich. Es begann mit einer Vertraulichkeit: Eines Nachmittags setzte sie sich zu ihm aufs Bett und erzählte ihm, wie sie damals am College von einer drogensüchtigen pathologischen Lügnerin bedrängt worden war, die sie, anders als sein Vater, sehr gemocht hatte. «Ich muss das jemandem erzählen», sagte sie, «aber nicht unbedingt Dad. Gestern wollte ich meinen neuen Führerschein abholen, und da stand sie vor mir in der Schlange. Seit dem Abend, als ich mir das Knie ruinierte, habe ich sie nicht mehr gesehen. Das ist jetzt – zwanzig Jahre her?

Sie hat ziemlich zugenommen, aber sie war es, eindeutig. Und als ich sie sah, habe ich es mit der Angst zu tun bekommen. Mir wurde klar, dass ich mich schuldig fühle.»

«Warum Angst?», hörte er sich sagen, ganz wie Tony Sopranos Therapeut. «Warum schuldig?»

«Keine Ahnung. Ich bin rausgerannt, bevor sie sich umdrehen und mich sehen konnte. Jetzt muss ich nochmal hin, um den Führerschein abzuholen. Aber ich hatte solche Panik, dass sie sich umdreht und mich sieht. Ich hatte Panik vor dem, was dann passiert wäre. Weil ich nämlich so was von überhaupt nicht lesbisch bin. Das musst du mir glauben, ich wüsste es, wenn ich es wäre – die Hälfte meiner alten Freundinnen ist lesbisch. Aber ich bin es definitiv nicht.»

«Schön zu hören», sagte er mit einem nervösen Grinsen.

«Doch gestern, als ich sie sah, ist mir klargeworden, dass ich sie geliebt habe. Und damit nie umgehen konnte. Und jetzt hat sie so eine Art Lithium-Schwere –»

«Was ist Lithium.»

«Was gegen manische Depression. Bipolare Störung.»

«Ah.»

«Und ich habe sie total im Stich gelassen, weil Dad sie so sehr hasste. Sie litt, und trotzdem habe ich sie nie mehr angerufen, und ihre Briefe sind ungeöffnet im Müll gelandet.»

«Aber sie hat dich angelogen. Sie hat dir Angst gemacht.»

«Ja, schon. Trotzdem fühle ich mich schuldig.»

In den darauffolgenden Monaten erzählte sie ihm noch viele andere Geheimnisse. Geheimnisse, die sich als arsenhaltige Bonbons entpuppten. Eine Weile schätzte er sich sogar *glücklich*, eine Mom zu haben, die so lässig und mitteilsam war. Er antwortete mit der Enthüllung verschiedener Perversionen und kleinerer Vergehen seiner Schulkameraden, suchte sie damit zu beeindrucken, dass seine Altersgenossen so viel abgebrühter und verdorbener waren als junge Leute in den Siebzigern. Und dann, während eines Gesprächs über Vergewaltigung bei Verabredungen, hatte sie es eines Tages ganz natürlich gefunden, ihm zu erzählen, wie sie selbst einmal als

Teenager bei einer Verabredung vergewaltigt worden sei und dass er Jessica davon kein Sterbenswort sagen dürfe, weil Jessica sie nicht so verstehe wie er – niemand verstehe sie so wie er. In den Nächten nach diesem Gespräch hatte er wach gelegen, in sich eine mörderische Wut auf den Vergewaltiger seiner Mutter und empört über die Ungerechtigkeit der Welt und voller Schuldgefühle alles Negativen wegen, das er je über sie gesagt oder gedacht hatte, und er war sich privilegiert und bedeutend vorgekommen, weil er Zugang zur Welt der Erwachsenengeheimnisse erhalten hatte. Und dann war er eines Morgens aufgewacht und hasste sie so abgrundtief, dass er schon eine Gänsehaut bekam und sich ihm der Magen umdrehte, wenn er bloß in einem Zimmer mit ihr war. Es war wie eine chemische Umwandlung. Als sickerte ihm Arsen aus den Organen und dem Knochenmark.

Jetzt, an diesem Abend am Telefon, hatte ihn so bestürzt, wie vollkommen *un*blöd sie geklungen hatte. Das nämlich war die Substanz ihres Vorwurfs. Sie hatte ihr Leben offenbar nicht gerade gut im Griff, aber nicht etwa, weil sie blöd war. Ganz im Gegenteil irgendwie. Sie hatte ein komisch-tragisches Bild von sich selbst und schien die Art, wie sie war, zudem noch aufrichtig zu bedauern. Und dennoch summierte sich das alles zu einem Vorwurf gegen ihn. Als spräche sie eine ausgefeilte, aber aussterbende Ursprache und ginge davon aus, dass es der jüngeren Generation (d. h. Joey) obliege, sie entweder zu bewahren oder für ihr Verschwinden verantwortlich zu sein. Oder als wäre sie einer der gefährdeten Vögel seines Dad, der im Wald sein obsoletes Lied singt in der aussichtslosen Hoffnung, dass eine verwandte Seele vorbeikommt und es hört. Hier war sie, und dort war die übrige Welt, und allein dadurch, wie sie mit ihm sprach, machte sie ihm zum Vorwurf, dass er der übrigen Welt seine Treue bewies. Aber wer konnte ihm schon vorwerfen, dass er die Welt vorzog? Er musste doch versuchen, sein eigenes Leben zu leben! Das Problem war, dass er ihr als Kind in seiner Schwäche gezeigt hatte, dass er ihre Sprache sehr wohl verstand und auch ihr Lied erkannte, und nun musste sie ihn offenbar daran erinnern, dass diese Fähigkeiten noch immer in ihm steckten – nur für den Fall, dass ihm wieder einmal danach war, auf diese Fähigkeiten zurückzugreifen.

Wer immer im Wohnheimbad geduscht hatte, war jetzt fertig und trocknete sich ab. Die Flurtür ging auf und wieder zu, auf und wieder zu; ein minziger Geruch vom Zähneputzen wehte von den Waschbecken herüber in Joeys Kabine. Von seinem Geheule hatte er einen Steifen bekommen, den er nun aus Boxershorts und Khakihose zog und verzweifelt umfasste. Wenn er ihn unten am Schaft richtig fest drückte, konnte er die Eichel riesig und scheußlich und, von dem venösen Blut, fast schwarz werden lassen. Er betrachtete sie so gern, genoss das Gefühl von Geborgenheit und Autonomie, das ihm ihre abstoßende Schönheit gab, so sehr, dass er gar nicht wichsen und damit auch diese Härte aufgeben mochte. Jede Minute des Tages mit einem Steifen rumzulaufen, da würden einen alle natürlich einen Stecher nennen. Was Blake war. Joey wollte nicht wie Blake sein, aber noch weniger wollte er der *designierte Versteher* seiner Mutter sein. Mit lautlos spastischen Fingern, den Blick auf die Härte gerichtet, kam er in die klaffende Toilette und betätigte sogleich die Spülung.

Oben in ihrem Eckzimmer las Jonathan John Stuart Mill und guckte dabei das neunte Inning eines World-Series-Spiels. «Sehr knifflige Lage hier», sagte Jonathan. «Ich erlebe tatsächlich Anfälle von Sympathie für die Yankees.»

Joey, der nie allein Baseball sah, ganz gern aber mit anderen, setzte sich aufs Bett, als Randy Johnson gerade Fastballs auf einen Yankee warf, der schon die Niederlage in den Augen hatte. Es stand 4 : 0. «Die könnten aber noch zurückschlagen», sagte er.

«Das wird nichts mehr», sagte Jonathan. «Und tut mir leid, aber seit wann spielen Erweiterungsteams nach vier Spielzeiten in der Series? Ich versuche immer noch zu akzeptieren, dass Arizona überhaupt eine Mannschaft hat.»

«Freut mich, dass du endlich zur Vernunft findest.»

«Versteh mich nicht falsch. Es gibt nach wie vor nichts Schöneres als eine Niederlage der Yankees, vorzugsweise mit einem einzigen

Run Unterschied, vorzugsweise mit einem Passed Ball von Jorge Posada, dem kinnlosen Wunderknaben. Aber gerade in diesem Jahr möchte man doch irgendwie, dass sie gewinnen. Es ist ein patriotisches Opfer, das wir alle New York bringen müssen.»

«Ich möchte jedes Jahr, dass sie gewinnen», sagte Joey, auch wenn ihm das nicht sonderlich wichtig war.

«He, aber wieso das denn? Müsstest du nicht für die Twins sein?»

«Das liegt wahrscheinlich vor allem daran, dass meine Eltern die Yankees nicht abkönnen. Mein Dad liebt die Twins, gerade *weil* sie einen kleinen Etat haben, und in Sachen Etat sind die Yankees nun mal der Feind. Und meine Mom ist einfach ganz grundsätzlich eine verrückte New-York-Hasserin.»

Jonathan warf ihm einen interessierten Blick zu. Bis jetzt hatte Joey sehr wenig über seine Eltern preisgegeben, nur eben so viel, dass der Anschein vermieden wurde, er mache ein ärgerliches Geheimnis um sie. «Warum hasst sie New York denn?»

«Keine Ahnung. Weil sie da herkommt, schätz ich mal.»

In Jonathans Fernseher schlug Derek Jeter einen Line Drive auf die zweite Base, worauf das Spiel zu Ende war.

«Sehr komplexe Gefühlslage hier», sagte Jonathan und schaltete aus.

«Kannst du dir vorstellen, dass ich nicht mal meine Großeltern kenne?», sagte Joey. «Meine Mom ist da echt seltsam. Während meiner gesamten Kindheit haben sie uns ein einziges Mal besucht, so für achtundvierzig Stunden. Da war meine Mom die ganze Zeit über unglaublich gekünstelt und neurotisch. Einmal haben wir sie dann noch besucht, als wir in den Ferien in New York waren, und auch das war schlimm. Ich kriege meine Geburtstagskarten von denen drei Wochen zu spät, und weil sie zu spät kommen, *beschimpft* meine Mom sie dann, obwohl es doch eigentlich gar nicht ihre Schuld ist. Wie sollen sie sich denn den Geburtstag von einem merken, den sie nie zu Gesicht kriegen?»

Jonathan runzelte nachdenklich die Stirn. «Wo in New York?»

«Weiß ich nicht. In irgendeinem Vorort. Meine Großmutter ist

Politikerin, im Staatsparlament oder so. Eine nette, elegante Jüdin, aber meine Mom hält es anscheinend nicht aus, in einem Raum mit ihr zu sein.»

«Holla, sag das nochmal.» Jonathan richtete sich kerzengerade im Bett auf. «Deine Mom ist Jüdin?»

«Theoretisch schon irgendwie.»

«Mann, dann bist du Jude! Ich hatte ja keine Ahnung!»

«Ach, bloß zu einem Viertel», sagte Joey. «Das hat sich ganz schön verwässert.»

«Du könntest auf der Stelle nach Israel auswandern, und keiner würde Fragen stellen.»

«Mein Lebenstraum geht in Erfüllung.»

«Ich sag ja nur. Du könntest dir eine Desert Eagle zulegen oder so einen Kampfjet steuern oder dich mit einer Supersabra zusammentun.»

Um das Gesagte zu unterstreichen, öffnete Jonathan seinen Laptop und klickte sich auf eine Seite voller Bilder von gebräunten israelischen Göttinnen mit großkalibrigen Patronengurten, die sich über ihren nackten Körbchengröße-D-Brüsten kreuzten.

«Nicht so mein Ding», sagte Joey.

«Ich steh da auch nicht drauf», sagte Jonathan in vielleicht nicht absoluter Ehrlichkeit. «Ich sag's ja nur für den Fall, dass es dein Ding *wäre.*»

«Und gibt es da nicht auch ein Problem mit illegalen Siedlungen und vollkommen rechtlosen Palästinensern?»

«O ja, da gibt's ein Problem! Das Problem ist eine kleine pro-westlich regierte Insel der Demokratie, die von muslimischen Fanatikern und feindlichen Diktatoren umzingelt ist.»

«Schon richtig, aber das heißt doch bloß, dass der Ort für diese Insel blöd ausgesucht war», sagte Joey. «Wenn die Juden nicht in den Nahen Osten gegangen wären und wir sie nicht immerzu unterstützen müssten, wären uns die arabischen Länder vielleicht gar nicht so feindlich gesinnt.»

«Mann, schon mal was vom Holocaust gehört?»

«Schon, aber warum sind sie dann nicht stattdessen nach New York gegangen? Wir hätten sie doch reingelassen. Hier hätten sie ihre Synagogen und so weiter haben können, und wir hätten gewissermaßen normale Beziehungen mit den Arabern gehabt.»

«Aber der Holocaust ist in Europa passiert, das ja angeblich zivilisiert war. Wenn man die Hälfte des eigenen Volkes in einem Genozid verliert, vertraut man in puncto Schutz nur noch sich selbst.»

Joey beschlich das ungute Gefühl, dass die Einstellung, die er da vertrat, eher die seiner Eltern als die eigene war und dass er daher im Begriff stand, einen Disput zu verlieren, an dessen Gewinn ihm nicht einmal lag. «Na gut», beharrte er gleichwohl, «aber warum muss das *unser* Problem sein?»

«Weil es unsere Aufgabe ist, Demokratie und freie Märkte zu unterstützen, egal wo», sagte Jonathan. «In Saudi-Arabien ist das Problem dieses – zu viele wütende Leute ohne wirtschaftliche Aussichten. Deshalb kann dort auch Bin Laden Leute rekrutieren. Was die Palästinenser angeht, bin ich mit dir völlig einer Meinung. Das ist einfach ein riesengroßer Brutplatz für Terroristen. Darum müssen wir auch versuchen, allen arabischen Ländern die Freiheit zu bringen. Aber damit fängt man nicht an, indem man an der einzigen funktionierenden Demokratie in der Region Verrat begeht.»

Joey bewunderte an Jonathan nicht nur dessen Coolheit, sondern auch, dass er über das Selbstbewusstsein verfügte, sich nicht als blöd zu verkaufen, um sie sich zu bewahren. Jonathan schaffte den schwierigen Akt, Intelligenz cool wirken zu lassen. «Hey», sagte Joey, um das Thema zu wechseln, «bin ich denn noch zu Thanksgiving eingeladen?»

«Eingeladen? Du bist jetzt doppelt eingeladen. Meine Familie gehört nicht zu der Sorte Juden, die sich selbst hassen. Meine Eltern stehen absolut auf Juden. Die rollen dir den roten Teppich aus.»

Am folgenden Nachmittag klappte Joey, allein in ihrem Zimmer und bedrückt darüber, dass er Connie, wie versprochen, noch nicht angerufen hatte, um ihr zu sagen, dass sie zum Arzt gehen solle, wie automatisch Jonathans Computer auf und suchte nach Fotos von dessen Schwester Jenna. Er hielt es nicht für Schnüffelei, wenn er sich direkt zu den Familienfotos durchklickte, die Jonathan ihm ohnehin schon gezeigt hatte. Die Begeisterung seines Zimmergenossen darüber, dass er Jude war, verhieß eine ähnlich herzliche Aufnahme durch Jenna, und er kopierte die beiden reizendsten Bilder von ihr auf seine eigene Festplatte – wobei er die Dateiendungen umbenannte, um sie für jeden anderen unauffindbar zu machen –, damit er sich eine plausible Alternative zu Connie ausmalen konnte, bevor er den gefürchteten Anruf bei ihr tätigte.

Die Frauensituation am College hatte sich bislang als unbefriedigend erwiesen. Im Vergleich zu Connie schienen die wirklich attraktiven Mädchen, denen er in Virginia begegnet war, allesamt mit Teflon besprüht zu sein, waren ob seiner Motive offenbar in Argwohn eingekapselt. Selbst die hübschesten trugen zu viel Make-up oder übermäßig formelle Kleidung und zogen sich zu Spielen der Cavaliers an, als gingen sie zum Kentucky Derby. Es stimmte schon, die eine oder andere aus der zweiten Reihe hatte ihm auf Partys, nachdem sie zu viel getrunken hatte, zu verstehen gegeben, er sei einer, für den eine Bettnummer in Frage käme. Doch warum auch immer, sei es, dass er ein Weichei war oder dass er nicht gern die Musik überschrie oder dass er eine zu hohe Meinung von sich hatte oder dass er nicht ausblenden konnte, wie blöd und lästig Mädchen durch zu viel Alkohol wurden – er hatte schon früh Vorurteile gegen diese Partys und ihre Bettnummern ausgebildet und beschlossen, dass er viel lieber mit Jungs abhing.

Lange, vielleicht eine halbe Stunde, saß er da, den Hörer in der Hand, während der Himmel in den Fenstern allmählich regengrau wurde. Er wartete so ausdauernd und mit so dumpfem Widerwillen, dass es fast wie Zen-Bogenschießen war, als sein Daumen wie von selbst die Kurzwahl von Connies Nummer drückte und das Klingeln ihn zum Handeln zwang.

«Hey!», antwortete sie mit fröhlicher, normaler Stimme, einer Stimme, die er, wie er jetzt merkte, vermisst hatte. «Wo bist du?»

«In meinem Zimmer.»

«Wie ist es bei euch?»

«Keine Ahnung. Irgendwie grau.»

«Gott, hier hat es heute Vormittag *geschneit*. Es ist schon Winter.»

«Ja, hör mal», sagte er. «Alles klar bei dir?»

«Bei mir?» Die Frage schien sie zu überraschen. «Ja. Ich vermisse dich jede Minute am Tag, aber daran gewöhne ich mich.»

«Entschuldige, dass ich so lange nicht angerufen habe.»

«Ist schon gut. Ich rede so gern mit dir, aber ich verstehe auch, warum wir disziplinierter sein müssen. Gerade eben habe ich an meiner Bewerbung fürs Inver Hills gesessen. Ich habe mich auch für den Zulassungstest im Dezember angemeldet, wie du es mir empfohlen hast.»

«Ich habe dir das empfohlen?»

«Falls ich im Herbst, wie du's gesagt hast, auf ein richtiges College gehen will, muss ich das jetzt machen. Ich habe mir ein Buch gekauft, mit dem man sich darauf vorbereiten kann. Ich werde täglich drei Stunden lernen.»

«Dann geht's dir also richtig gut.»

«Ja! Und dir?»

Joey mühte sich, Carols Schilderung von Connie mit ihrer ruhigen, klaren Art in Einklang zu bringen. «Ich habe gestern Abend mit deiner Mom gesprochen», sagte er.

«Ja. Hat sie mir gesagt.»

«Sie hat gesagt, sie ist schwanger?»

«Ja, uns steht ein gesegnetes Ereignis ins Haus. Ich glaube, es werden Zwillinge.»

«Wirklich? Warum?»

«Keine Ahnung. Nur so ein Gefühl. Dass es in mancher Hinsicht besonders furchtbar wird.»

«Das ganze Gespräch war ziemlich merkwürdig.»

«Ich habe mit ihr geredet», sagte Connie. «Sie wird dich nicht mehr anrufen. Wenn doch, sag Bescheid, dann sorge ich dafür, dass es aufhört.»

«Sie hat gesagt, du bist sehr deprimiert», platzte Joey heraus.

Das hatte ein jähes Schweigen zur Folge, das so Schwarzes-Loch-mäßig total war, wie nur Connie ein Schweigen werden lassen konnte.

«Sie hat gesagt, du schläfst den ganzen Tag und isst nicht genug», sagte Joey. «Sie klang ziemlich besorgt um dich.»

Nach einem weiteren Schweigen sagte Connie: «Ich war eine Weile ein bisschen deprimiert. Aber das geht Carol gar nichts an. Jetzt geht's mir besser.»

«Aber vielleicht brauchst du ja Antidepressiva oder so was?»

«Nein. Es geht mir schon viel besser.»

«Na, das ist doch gut», sagte Joey, obwohl ihm schwante, dass es irgendwie gar nicht gut war – dass krankhafte Schwäche und Klammerigkeit ihm womöglich einen gangbaren Fluchtweg eröffnet hätten.

«Und, hast du mit anderen geschlafen?», sagte Connie. «Ich hab gedacht, vielleicht hast du deshalb nicht angerufen.»

«Nein! Nein. Überhaupt nicht.»

«Es würde mir nichts ausmachen. Das wollte ich dir schon letzten Monat sagen. Du bist ein Mann, du hast deine Bedürfnisse. Ich erwarte nicht, dass du wie ein Mönch lebst. Ist doch bloß Sex, was soll's.»

«Also, das gilt auch für dich», sagte er dankbar und witterte einen neuen Fluchtweg.

«Nur dass es bei mir nicht passieren wird», sagte Connie. «Keiner sieht mich so wie du. Ich bin für Männer unsichtbar.»

«Ich glaube dir kein Wort.»

«Doch, es stimmt. Manchmal versuche ich im Restaurant, freundlich zu sein oder gar zu flirten. Aber es ist, als wäre ich unsichtbar. Bloß ist mir das eh nicht wichtig. Ich will nur dich. Ich glaube, das spürt man.»

«Ich will dich auch», hörte er sich murmeln, ein Verstoß gegen bestimmte Sicherheitsbestimmungen, die er sich selber auferlegt hatte.

«Ich weiß», sagte sie. «Aber Männer sind anders, mehr sag ich gar nicht. Du sollst dich frei fühlen.»

«Ich hab mir aber ziemlich oft einen runtergeholt.»

«Ja, ich auch. Stundenlang. An manchen Tagen ist mir nach nichts anderem. Wahrscheinlich glaubt Carol deshalb, ich bin deprimiert.»

«Aber vielleicht bist du ja doch deprimiert.»

«Nein, ich mag's eben, oft zu kommen. Ich denke an dich, und schon komme ich. Ich denke nochmal an dich, und schon komme ich nochmal. Weiter ist nichts.»

Sehr schnell entwickelte sich das Gespräch zu Telefonsex, den sie seit ihren frühesten Tagen, als sie in ihrem jeweiligen Zimmer herumschlichen und in den Hörer flüsterten, nicht mehr gehabt hatten. Seitdem war er um einiges interessanter geworden, weil sie jetzt wussten, wie sie miteinander sprechen mussten. Gleichzeitig war es, als hätten sie nie zuvor miteinander geschlafen – und daher kataklystisch.

«Könnte ich es dir nur von den Fingern lecken», sagte Connie, als sie fertig waren.

«Ich lecke es für dich ab», sagte Joey.

«Das ist gut. Leck's für mich ab. Schmeckt es gut?»

«Ja.»

«Ich schwöre dir, ich schmecke es im Mund.»

«Ich kann dich auch schmecken.»

«Oh, Baby.»

Was sogleich zu weiterem Telefonsex führte, einer nervöseren Version, da Jonathans Nachmittagsseminar endete und er bald zurückkommen konnte.

«Oh, Baby», sagte Connie. «Oh, Baby. Oh, Baby, oh, Baby.»

Als Joey erneut kam, glaubte er, er sei Connie in ihrem Zimmer in der Barrier Street, sein gewölbter Rücken ihr gewölbter Rücken, seine kleine Brust ihre. Sie lagen da und atmeten unisono in ihre Handys. Er hatte unrecht gehabt, als er zu Carol am Vorabend gesagt hatte, nicht er, sondern sie sei verantwortlich dafür, wie Connie war. Jetzt spürte er in seinem Körper, wie sie einander zu dem, was sie waren, gemacht hatten.

«Deine Mom möchte, dass ich Thanksgiving bei euch verbringe», sagte er nach einer Weile.

«Das brauchst du nicht», sagte sie. «Wir haben doch vereinbart, dass wir versuchen wollen, neun Monate zu warten.»

«Na, sie hat halt so rumgezickt.»

«So ist sie eben. Sie ist eine Zicke. Aber ich habe mit ihr geredet, es kommt nicht wieder vor.»

«Dann ist es dir also gleich?»

«Du weißt, was ich will. Thanksgiving hat damit nichts zu tun.»

Aus paradox entgegengesetzten Gründen hatte er gehofft, Connie werde ihn, wie zuvor Carol, drängen, über den Feiertag hinzufahren. Einerseits wollte er sie unbedingt sehen und mit ihr schlafen, andererseits wollte er an ihr herumkritteln, damit er etwas hatte, dem er widerstehen und mit dem er brechen konnte. Sie dagegen schlug mit ihrer kühlen Klarheit wieder den Haken ein, von dem er sich in den vergangenen Wochen für eine Weile halbwegs hatte befreien können. Schlug ihn tiefer ein als je zuvor.

«Ich müsste jetzt langsam mal auflegen», sagte er. «Gleich kommt Jonathan.»

«Okay», sagte Connie und verabschiedete sich.

Ihr Gespräch war so krass von seinen Erwartungen abgewichen, dass er sich kaum noch erinnern konnte, was er überhaupt erwartet hatte. Er erhob sich von seinem Bett, als tauchte er klopfenden Herzens, mit veränderter Sicht, aus einem Wurmloch im Wirklichkeitsgewebe auf, und tigerte unter dem kollektiven Blick von Tupac und Natalie Portman im Zimmer herum. Er hatte Connie immer sehr gemocht. Immer. Und warum wurde er ausgerechnet jetzt, in diesem unpassenden Moment, wie zum ersten Mal von einem derart titanischen Sog gepackt, sie *richtig zu mögen*? Wie konnte es sein, dass er nach all den Jahren, in denen er mit ihr geschlafen, Jahren, in denen er zärtliche und beschützerische Gefühle ihr gegenüber gehegt hatte, erst jetzt in eine solch schwere See der Zuneigung gerissen wurde? Und sich mit ihr in einer so beängstigend bedeutsamen Weise verbunden fühlte? Warum jetzt?

Es war falsch, es war falsch, er wusste, es war falsch. Er setzte sich an seinen Computer, um die Bilder von Jonathans Schwester zu betrachten und versuchshalber die Ordnung ein wenig wiederherzustellen. Aber zum Glück kam, bevor er die Dateiendungen zurück auf jpg ändern konnte und auf frischer Tat ertappt wurde, Jonathan herein.

«Mein Freund, mein jüdischer Bruder», sagte er und ließ sich wie das Opfer einer Schießerei aufs Bett fallen. «Was geht so ab?»

«Was so abgeht?», sagte Joey und schloss hastig ein graphisches Fenster.

«Holla, ein *kleines* bisschen Chlor in der Luft? Warst du im Schwimmbad oder was?»

Und da hätte Joey seinem Zimmergenossen beinahe alles erzählt, die ganze Geschichte von ihm und Connie bis zum jetzigen Zeitpunkt. Aber die Traumwelt, in der er sich befunden hatte, die niederen Gefilde sexuell verschmolzener Identitäten, sie wichen angesichts von Jonathans männlicher Gegenwart rasch zurück.

«Ich weiß nicht, was du meinst», sagte er und lächelte.

«Mach mal das Fenster auf, Herrgott. Also ich mag dich ja schon und so, aber ich bin noch nicht so weit, bis zum Äußersten zu gehen.»

Fortan öffnete Joey, der sich Jonathans Beschwerde zu Herzen nahm, die Fenster. Gleich am nächsten Tag rief er Connie wieder an, zwei Tage danach erneut. Still und leise legte er seine vernünftigen Argumente gegen allzu häufiges Telefonieren ad acta und gab sich dankbar dem Telefonsex als Ersatz für seine einsamen Bibliotheks-Masturbationen hin, die er jetzt für trostlose Verirrungen hielt, zu peinlich, um sich daran zu erinnern. Erfolgreich redete er sich ein, dass es, solange sie das gewöhnliche Geplauder über Neuigkeiten mieden und einzig und allein über Sex redeten, schon in Ordnung sei, dieses Schlupfloch in seinem ansonsten strikten Embargo überflüssigen Kontakts zu nutzen. Als sie es jedoch weiter nutzten und der Oktober in den November überging und die Tage kürzer wurden, merkte er, dass ihr Kontakt dadurch, dass er Connie nun benennen hörte, was sie alles schon getan hatten und ihrer Vorstellung nach noch tun würden, *desto tiefer und realer* wurde. Diese Vertiefung war irgendwie merkwürdig, da sie einander doch nur zum Orgasmus brachten. Im Nachhinein aber schien ihm, als hätte Connies Schweigen in St. Paul eine Art schützende Barriere errichtet: ihren Kopulationen etwas verliehen, das sich, in der Sprache der Politiker, glaubhaft abstreiten ließ. Die Erkenntnis, dass Sex bei ihr jetzt voll als Sprache angekommen war – als Folge von Wörtern, die sie auszusprechen vermochte –, machte sie als Mensch für ihn viel realer. Beide konnten sie nun nicht mehr so tun, als wären sie einfach nur stumme jugendliche Tiere, die stumpfsinnig ihr Ding durchzogen. Wörter ließen alles weniger sicher sein, Wörter hatten keine Grenzen, Wörter schufen sich ihre eigene Welt. Eines Nachmittags wurde Connies erregte Klitoris, ihrer Beschreibung zufolge, volle zwanzig Zentimeter lang, ein hervorstehender Stift der Zärtlichkeit, mit dem sie sanft die Lippen seines Penis teilte und sich bis zum Sockel seines Schafts hineinschob. An einem anderen Tag beschrieb Joey, auf ihr Drängen hin, die glatte warme Reinheit ihrer Würste, die, als sie aus ihrem Anus glitten und in seinen offenen Mund fielen – schließlich waren es ja nur Wörter –, wie vorzügliche dunkle Schokolade schmeckten. Solange ihre Wörter in seinem Ohr waren und ihn anspornten, schämte er sich für gar nichts. Drei-, vier-, ja sogar fünfmal die Woche kehrte er zu dem Wurmloch zurück und verschwand in der Welt, die sie beide geschaffen hatten, tauchte später wieder daraus auf, schloss die Fenster und ging in den Speisesaal oder hinunter in den Aufenthaltsraum, wo er mühelos die seichte Leutseligkeit zeigte, die das Collegeleben von ihm verlangte.

Es war, wie Connie gesagt hatte, doch bloß Sex. Die Erlaubnis, die sie ihm gegeben hatte, auch anderweitig danach zu streben, beschäftigte Joey sehr, als er mit Jonathan zu Thanksgiving nach NoVa fuhr. Sie saßen in Jonathans Land Cruiser, den er zu seinem

Highschool-Abschluss geschenkt bekommen hatte und, in offener Missachtung der «Im ersten Studienjahr kein Auto»-Regel, immer außerhalb des Campus parkte. Aus Filmen und Büchern hatte Joey den Eindruck gewonnen, dass etliches, und zwar schnell passieren konnte, wenn Studenten an Thanksgiving losgelassen wurden. Den ganzen Herbst über hatte er es sorgfältig vermieden, Jonathan nach seiner Schwester Jenna zu fragen, da er sich sagte, dass nichts gewonnen wäre, wenn er vorzeitig Jonathans Argwohn weckte. Doch kaum hatte er Jenna im Land Cruiser erwähnt, musste er erkennen, dass seine ganze Achtsamkeit umsonst gewesen war. Jonathan warf ihm einen wissenden Blick zu und sagte: «Sie hat einen sehr ernstzunehmenden Freund.»

«Kann ich mir denken.»

«Oder, nein, entschuldige, das war falsch formuliert. Ich hätte sagen sollen, dass *sie* einen Freund sehr ernst nimmt, der in Wahrheit lächerlich und ein Blödmann erster Güte ist. Ich beleidige meine Intelligenz nicht mit der Frage, warum du dich nach ihr erkundigst.»

«Ich wollte nur höflich sein», sagte Joey.

«Haha. Es war interessant, als sie schließlich aufs College ging, da habe ich nämlich gemerkt, wer meine wahren Freunde waren und welche nur zu mir nach Hause kommen wollten, um dort sie zu sehen. Wie sich zeigte, waren es rund fünfzig Prozent.»

«Ich hatte das gleiche Problem, allerdings nicht mit meiner Schwester», sagte Joey und lächelte beim Gedanken an Jessica. «Bei mir waren es ein Kicker- und ein Hockey-Tisch und ein Bierfass.» Sodann enthüllte er Jonathan, beflügelt von der Freiheit des Unterwegsseins, die Umstände seiner letzten zwei Highschool-Jahre. Jonathan hörte einigermaßen aufmerksam zu, schien aber nur an einem Teil der Geschichte interessiert, dem über das Zusammenleben mit seiner Freundin.

«Und wo ist sie jetzt?», fragte er.

«In St. Paul. Sie wohnt immer noch zu Hause.»

«Ohne Scheiß?», sagte Jonathan sehr beeindruckt. «Aber Moment mal. Dieses Mädchen, das Casey an Yom Kippur in unser Zimmer gehen sah – das war doch nicht *sie*, oder?»

«Doch, ja», sagte Joey. «Wir hatten uns getrennt, sind dann aber rückfällig geworden.»

«Du verdammter kleiner Lügner! Du hast gesagt, das war bloß eine Bettnummer.»

«Nein. Ich hab nur gesagt, dass ich nicht drüber sprechen will.»

«Du *hast mich in dem Glauben gelassen*, dass sie eine Bettnummer ist. Ich fasse es nicht, dass du sie extra hast herkommen lassen, als ich weg war.»

«Wie gesagt, wir hatten einen Rückfall. Jetzt sind wir aber getrennt.»

«So richtig? Du telefonierst nicht mit ihr?»

«Nur ein klein bisschen. Sie ist ganz schön deprimiert.»

«Mann, ich bin beeindruckt, was für ein raffinierter, verlogener Hund da jetzt ans Licht kommt.»

«Ich bin nicht verlogen», sagte Joey.

«Sagte der Lügner. Hast du ein Bild von ihr im Computer?»

«Nein», log Joey.

«Joey, der heimliche Hengst», sagte Jonathan. «Joey, der große Stecher. Verdammt. Jetzt wird mir einiges klar.»

«Na schön, aber ich bin immer noch Jude, also musst du mich weiter mögen.»

«Ich habe nicht gesagt, dass ich dich nicht mag. Ich habe gesagt, mir wird einiges klar. Es ist mir völlig schnurz, ob du eine Freundin hast – ich sage Jenna nichts. Ich warne dich bloß jetzt schon, dass du den Schlüssel zu ihrem Herzen nicht hast.»

«Und was für ein Schlüssel ist das?»

«Ein Job bei Goldman Sachs. Den hat nämlich ihr Freund. Sein erklärtes Ziel ist es, im Alter von dreißig hundert Millionen schwer zu sein.»

«Wird der auch zu deinen Eltern kommen?»

«Nein, er ist in Singapur. Erst letztes Jahr hat er Examen gemacht, und schon schicken sie ihn wegen irgendeines Rund-um-die-Uhr-

Milliarden-Dollar-Dings ins bescheuerte Singapur. Sie wird allein zu Hause sein und schmachten.»

Jonathans Vater war Begründer und Aushängeschild eines Thinktanks, der sich für die unilaterale Durchsetzung der militärischen Vorherrschaft Amerikas einsetzte, damit die Welt freier und sicherer würde, besonders im Hinblick auf Amerika und Israel. Im Oktober und November war kaum eine Woche vergangen, ohne dass Jonathan Joey auf einen Kommentar in der *Times* oder im *Journal* verwiesen hätte, in dem sein Vater die Bedrohung durch den radikalen Islam darlegte. Auch in *Newshour* und *Fox News* hatten sie ihn gesehen. Sein Mund war voller außerordentlich weißer Zähne, die er jedes Mal, wenn er zu sprechen begann, blitzen ließ, und er wirkte fast alt genug, um Jonathans Großvater zu sein. Außer Jonathan und Jenna hatte er drei viel ältere Kinder aus früheren Ehen und zwei Exfrauen.

Das Haus seiner dritten Ehe befand sich in McLean, Virginia, in einer baumbestandenen Sackgasse, die wie eine Vision dessen war, wo Joey leben wollte, sobald er das Geld dazu hätte. Im Innern des Hauses mit Fußböden aus feingemasertem Eichenholz schien es endlos Zimmer zu geben, die auf eine waldige Schlucht hinausgingen, in der Spechte zwischen zumeist kahlen Bäumen umherschwirrten. Obwohl in einem Haus aufgewachsen, das er immer für bücherlastig und geschmackvoll gehalten hatte, war Joey baff ob der Menge gebundener Bücher und der offensichtlichen Topqualität der multikulturellen Beutestücke, die Jonathans Vater während seiner glanzvollen Auslandsaufenthalte hatte zusammentragen können. So wie Jonathan voller Überraschung von Joeys Highschool-Abenteuern gehört hatte, war nun auch Joey überrascht, welchem Oberschichtluxus sein schlampiger und etwas ungehobelter Zimmergenosse entstammte. Das einzige wirklich Störende waren die protzig prunkvollen Judaika, die in diversen Nischen und Ecken geparkt waren. Als Jonathan Joey über eine besonders monströse versilberte Menora das Gesicht verziehen sah, versicherte er ihm, sie sei extrem alt und selten und wertvoll.

Jonathans Mutter Tamara, früher eindeutig ein scharfer Feger und noch immer nicht ohne, zeigte Joey das Luxuszimmer samt Bad, das er für sich allein haben würde. «Jonathan hat mir erzählt, du bist Jude», sagte sie.

«Ja, anscheinend bin ich das», sagte Joey.

«Aber nicht religiös?»

«Bis vor einem Monat war es mir nicht mal bewusst.»

Tamara schüttelte den Kopf. «Das verstehe ich nicht», sagte sie. «Ich weiß, es ist sehr verbreitet, aber ich werde es nie verstehen.»

«Es war ja nicht so, dass ich Christ gewesen wäre oder so», sagte Joey entschuldigend. «Das war alles überhaupt kein Thema.»

«Jedenfalls bist du uns sehr willkommen. Ich könnte mir denken, du findest es interessant, ein wenig über dein Erbe zu erfahren. Du wirst sehen, dass Howard und ich nicht besonders konservativ sind. Wir finden es nur wichtig, uns unseres Erbes bewusst zu sein und es nie zu vergessen.»

«Sie werden dich schon ordentlich zurechtschleifen», sagte Jonathan.

«Keine Sorge, du wirst sehr sanft geschliffen werden», sagte Tamara und lächelte milfig.

«Super», sagte Joey. «Ich bin für alles zu haben.»

Sobald es ging, flüchteten die beiden jungen Männer in den Freizeitraum im Souterrain, dessen Ausstattung sogar die in Blakes und Carols Mehrzweckraum in den Schatten stellte. Auf den blauen Filzweiten des Mahagoni-Billardtischs konnte man fast Tennis spielen. Jonathan zeigte Joey ein kompliziertes, nicht enden wollendes und frustrierendes Spiel, das Cowboy Pool hieß und einen Tisch ohne eine zentrale Auffangvorrichtung für die Bälle erforderte. Joey wollte schon vorschlagen, zu Air Hockey zu wechseln, worin er vernichtende Fertigkeiten besaß, als Jenna, die Schwester, nach unten kam. Sie nahm Joey von den Zinnen ihres zweijährigen Altersvorsprungs herab kaum wahr und besprach gleich dringende Familienangelegenheiten mit ihrem Bruder.

Auf einmal begriff Joey wie nie zuvor, was man unter «atemberaubend» verstand. Jenna war von jener verstörenden Schönheit, die alles um sie herum, selbst die elementaren Organfunktionen des Betrachters, auf den Status einer Nebensächlichkeit verwies. Ihre Figur, ihr Teint, ihr Knochenbau ließen die Eigenschaften, die er an anderen «hübschen» Mädchen so bewundert hatte, nun krude Annäherungen an Schönheit sein; nicht einmal die Fotos von ihr waren dem Original gerecht geworden. Ihr Haar war dicht und glänzend und erdbeerblond, und sie trug ein übergroßes Duke-Trikot und eine Flanellschlafanzughose, die, weit davon entfernt, die Vollkommenheit ihres Körpers zu verhüllen, sein Vermögen demonstrierte, sich noch gegen die schlabberigsten Klamotten durchzusetzen. Alles andere im Freizeitraum, worauf Joey seine Blicke richtete, fiel nur dadurch auf, dass es nicht sie war – durch die Bank zweitrangiger Kram. Und dennoch war sein Gehirn, wenn er doch einmal einen verstohlenen Blick auf sie warf, zu aufgewühlt, als dass er viel hätte erkennen können. Das Ganze war seltsam ermüdend. Anscheinend war es ihm nicht möglich, eine Miene aufzusetzen, die weder falsch noch betreten war. Dass er wie ein Idiot den Fußboden angrinste, während sie und ihr verblüffend unerschrockener Bruder sich über die Shopping-Expedition nach New York zankten, die sie am Freitag unternehmen wollte, war ihm schmerzlich bewusst.

«Du kannst uns nicht das Cabrio lassen», sagte Jonathan. «In dem Ding sehen Joey und ich aus wie zwei Schwule.»

Jennas einziger offenkundiger Defekt war ihre Stimme, die gepresst und kleinmädchenhaft klang. «Ja, klar», sagte sie. «Zwei Schwule mit Jeans, die ihnen halb überm Arsch hängen.»

«Ich kapiere einfach nicht, warum du nicht mit dem Cabrio nach New York fahren kannst», sagte Jonathan. «Das hast du doch schon mal gemacht.»

«Weil Mom sagt, das geht nicht. Nicht an einem Feiertagswochenende. Der Land Cruiser ist sicherer. Am Sonntag hast du ihn wieder.»

«Spinnst du? Der Land Cruiser ist eine Überschlagkiste. Total unsicher.»

«Das kannst du ja Mom erzählen. Sag ihr, dein Erstlingsauto ist eine unsichere Überschlagkiste, weshalb ich damit nicht nach New York fahren kann.»

«Hey.» Jonathan wandte sich an Joey. «Willst du übers Wochenende nach New York?»

«Klar!», sagte Joey.

«Nehmt doch einfach das Cabrio», sagte Jenna. «Für drei Tage schadet euch das nicht.»

«Nein, super, wir machen es so», sagte Jonathan. «Wir fahren alle mit dem Land Cruiser nach New York und gehen shoppen. Du kannst mir helfen, eine Hose zu finden, die deinem Standard entspricht.»

«Gründe dafür, dass das ein Blindgänger ist?», sagte Jenna. «Nummer eins, ihr habt nicht mal was zum Übernachten.»

«Warum können wir denn nicht mit dir bei Nick pennen? Der ist doch in Singapur, oder?»

«Nick wird nicht wollen, dass ein Haufen Erstsemester in seiner Wohnung rumtrampelt. Außerdem ist er Samstag vielleicht wieder da.»

«Zwei sind kein Haufen. Es wären nur ich und mein unglaublich ordentlicher Zimmergenosse aus Minnesota.»

«Bin ich wirklich», versicherte Joey ihr.

«Zweifellos», sagte sie null interessiert von ihren Zinnen herab. Gleichwohl schien Joey ihren Widerstand zu komplizieren – einen Fremden konnte sie nicht ganz so abtun wie ihren Bruder. «Ist mir völlig gleich», sagte sie. «Ich frage Nick. Aber wenn er nein sagt, könnt ihr nicht mit.»

Als sie zurück nach oben ging, hielt Jonathan Joey die Hand zu einem Abklatscher auf Kopfhöhe hin. «New York, New York», sagte er. «Wir können bestimmt auch bei Casey pennen, wenn Nick sich als die Arschgeige erweist, die er meistens ist. Das ist irgendwo an der Upper East Side.»

Joey war schier betäubt von Jennas Schönheit. Er schob sich zu der Stelle, wo sie gestanden hatte und es noch schwach nach Patschuli roch. Dass er möglicherweise ein ganzes Wochenende in ihrer Nähe verbringen würde, einfach durch den puren Zufall, dass er Jonathans Zimmergenosse war, erschien ihm wie ein Wunder.

«Du also auch, wie ich sehe», sagte Jonathan kopfschüttelnd. «Das ist die Geschichte meines jungen Lebens.»

Joey spürte, wie er errötete. «Ich kapiere nur nicht, wie *du* so hässlich werden konntest.»

«Ha, du weißt ja, was man über alte Eltern sagt. Mein Dad war bei meiner Geburt einundfünfzig. Zwei Jahre genetischer Niedergang machen da schon eine Menge aus. Nicht jeder Junge wird so schön wie du.»

«Hab gar nicht gewusst, dass du solche Neigungen hast.»

«Was für Neigungen? Schönheit interessiert mich nur bei Frauen, wo sie auch hingehört.»

«Leck mich, Luxusjunge.»

«Schönling, Schönling.»

«Leck mich. Gleich tret ich dir beim Air Hockey in den Arsch.»

«Solange du nichts anderes mit ihm vorhast.»

Ungeachtet Tamaras Drohung, kam es während Joeys Aufenthalt in McLean zum Glück kaum zu religiöser Unterweisung oder sonstigen elterlichen Einflussnahmen. Er und Jonathan richteten sich im Souterrainkino ein, in dem es Liegesitze und eine zweieinhalb Meter hohe Leinwand gab, und blieben dort bis vier Uhr morgens, damit befasst, schlechte Fernsehsendungen zu sehen und einander mit homophoben Sprüchen zu traktieren. Als sie dann an Thanksgiving endlich aufstanden, trafen schon Massen Verwandte ein. Da sich Jonathan mit ihnen unterhalten musste, schwebte Joey wie ein Heliummolekül durch die prächtigen Räume und gab sich dem Arrangement von Sichtachsen hin, durch die Jenna hindurchschreiten oder, noch besser, in denen sie sich niederlassen würde. Der anstehende Ausflug nach New York, den ihr Freund überraschenderweise abgesegnet hatte, war wie Geld auf der Bank: Joey würde mindestens zwei ausgedehnte Autofahrten lang Zeit haben, um Eindruck auf sie zu machen. Vorerst wollte er nur seine Augen an sie gewöhnen, das Hinsehen weniger unmöglich werden lassen. Sie trug ein züchtig hochgeschlossenes Kleid, ein *sympathisches* Kleid, und war entweder sehr geschickt mit Make-up oder hatte davon nicht viel aufgelegt. Er nahm ihre guten Manieren zur Kenntnis, die sich darin manifestierten, dass sie mit kahlköpfigen Onkeln und gelifteten Tanten, die ihr anscheinend viel zu sagen hatten, geduldig war.

Bevor das Abendessen aufgetragen wurde, verzog er sich noch auf sein Zimmer, um in St. Paul anzurufen. Connie anzurufen kam in seinem momentanen Zustand nicht in Frage; jetzt beschlich ihn Scham über ihre schmutzigen Gespräche, die sich den ganzen Herbst über seltsamerweise nicht eingestellt hatte. Seine Eltern waren jedoch etwas anderes, wenn auch nur wegen der inzwischen eingelösten Schecks seiner Mutter.

In St. Paul meldete sich sein Dad und redete mit ihm nicht länger als zwei Minuten, um ihn dann an seine Mutter weiterzureichen, was Joey wie eine Art Verrat vorkam. Im Grunde hatte er vor seinem Dad ganz schön viel Respekt – wegen der Beständigkeit seiner Missbilligung, wegen der Strenge seiner Prinzipien –, und er hätte eventuell noch mehr Respekt gehabt, wenn sein Dad seiner Mutter gegenüber nicht so ehrerbietig gewesen wäre. Joey hätte etwas männliche Stütze gebrauchen können, doch stattdessen reichte sein Dad ihn immerzu an seine Mom weiter und hielt sich heraus.

«Hallo, du», sagte sie mit einer Wärme, bei der sich alles in ihm zusammenzog. Er fasste sogleich den Beschluss, hart zu ihr zu sein, doch wie so oft zermürbte sie ihn mit ihrem Humor und ihrem kaskadenartigen Lachen. Ehe er sich's versah, hatte er ihr die gesamte Szenerie in McLean beschrieben, ausgenommen Jenna.

«Ein Haus voller Juden!», sagte sie. «Wie interessant für dich.»

«Du bist doch selbst Jüdin», sagte er. «Und das macht auch mich zum Juden. Und auch Jessica und Jessicas Kinder, sollte sie welche kriegen.»

«Nein, das gilt nur, wenn du das Dogma mit Löffeln gefressen hast», sagte seine Mutter. Nach einem Vierteljahr an der Ostküste konnte Joey bei ihr einen kleinen Minnesota-Akzent heraushören.

«Weißt du», sagte sie, «ich glaube, wenn es um Religion geht, bist du nur das, was du selber von dir sagst. Niemand anderes kann es für dich sagen.»

«Aber du *bist* doch gar nicht religiös.»

«Genau darauf will ich hinaus. Das war eines der wenigen Dinge, über die meine Eltern, Gott schütze sie, und ich uns einig waren. Dass Religion albern ist. Auch wenn meine Schwester jetzt anscheinend anderer Ansicht ist als ich, was bedeutet, dass unser Ruf, bei absolut allem verschiedener Meinung zu sein, noch immer unbefleckt ist.»

«Welche Schwester?»

«Deine Tante Abigail. Sie steckt anscheinend tief in der Kabbala und entdeckt ihre jüdischen Wurzeln neu, so wie sie eben sind. Woher ich das weiß, fragst du? Weil wir von ihr einen *Kettenbrief*, vielmehr eine Ketten-Mail, über die Kabbala bekommen haben. Ich hielt das für ziemlich schlechten Stil, also habe ich ihr zurückgemailt und sie gebeten, mir bitte keine Kettenbriefe mehr zu schicken, und darauf hat sie mir in ihrer Antwort von ihrer ‹Reise› erzählt.»

«Ich weiß nicht mal, was die Kabbala ist», sagte Joey.

«Ach, das würde sie dir sicher gern erzählen, solltest du je Kontakt mit ihr aufnehmen wollen. Die Kabbala ist sehr *bedeutsam* und *mystisch* – ich glaube, Madonna steht darauf, was dir so ziemlich alles sagt, was du dazu wissen musst.»

«Madonna ist Jüdin?»

«Jaa, Joey, deshalb der Name.» Seine Mutter lachte ihn aus.

«Na, egal», sagte er, «ich versuche, offen dafür zu sein. Ich möchte nicht gern etwas ablehnen, wozu ich mir noch gar keine Meinung bilden konnte.»

«Stimmt. Und wer weiß? Es könnte dir ja noch nützlich werden.»

«Könnte», sagte er kühl.

An dem sehr langen Esstisch wurde er auf dieselbe Seite wie Jenna platziert, was ihm ihren Anblick ersparte und ihm gestattete, sich auf die Konversation mit einem der glatzköpfigen Onkel zu konzentrieren, der ihn für einen Juden hielt und mit einer Schilderung seiner jüngsten Urlaubs-Schrägstrich-Geschäftsreise nach Israel ergötzte. Joey gab sich bewandert und beeindruckt von vielem, das ihm gänzlich fremd war: der Klagemauer mit ihren Tunneln, der Davidszitadelle, Masada, Yad Vashem. Verzögerter Unmut über seine Mutter, dazu das fabelhafte Haus und seine Faszination von Jenna sowie ein gewisses unbekanntes Gefühl echter intellektueller Neugier, das alles weckte in ihm die Sehnsucht, jüdischer zu sein – herauszufinden, wie diese Art der Zugehörigkeit wohl sein mochte.

Am anderen Ende des Tisches verbreitete sich Jonathans und Jennas Vater in derart beherrschender Ausführlichkeit über Außenpolitik, dass die anderen Gespräche nach und nach versiegten. Die truthahnartigen Stränge in seinem Hals waren in natura deutlicher zu sehen als im Fernsehen, und es zeigte sich, dass sein weißes, weißes Lächeln nur wegen der beinahe schrumpfkopfähnlichen Kleinheit seines Schädels so hervorstach. Dass ein derart verhutzelter Mensch die umwerfende Jenna hatte zeugen können, war für Joey nur noch mehr Beleg seiner überragenden Bedeutung. Er sprach von der «neuen Ritualmordlegende», die in der arabischen Welt zirkuliere – der Lüge, in den Zwillingstürmen hätten sich am 11. September keine Juden aufgehalten –, und von der Notwendigkeit, in Zeiten eines nationalen Notstands üble Lügen mit milden Halbwahrheiten zu kontern. Er sprach von Platon, als hätte er zu dessen athenischen Füßen höchstpersönlich die Erleuchtung erlangt. Er erwähnte die Mitglieder des Präsidentenkabinetts, indem er ihre Vornamen nannte, und erläuterte, wie «wir» den Präsidenten «bearbeitet» hätten, diesen einzigartigen historischen Augenblick dazu zu nutzen, eine äußerst hartnäckige geopolitische Pattsituation zu lösen und die Sphäre der Freiheit radikal zu erweitern. Zu normalen Zeiten, sagte er, sei die öffentliche Meinung in Amerika weitgehend isolationistisch und unwissend, die Terrorangriffe hätten «uns» jedoch die einmalige Gelegenheit eröffnet, die erste seit dem Ende des Kalten Krieges, um genau zu sein, dass «der Philosoph» (welcher genau, wusste Joey nicht so recht zu sagen, oder er hatte einen früheren Bezug verpasst) auf den Plan trete und das Land im Zuge der Mission, die seine Philosophie als wahr und nötig offenbart habe, eine. «Wir müssen uns damit anfreunden, es mit einigen Fakten nicht allzu genau zu nehmen», sagte er lächelnd zu einem Onkel, der ihn im Hinblick auf die nuklearen Möglichkeiten des Irak sanft angegangen hatte. «Unsere modernen Medien sind sehr verschwommene Schatten an der Wand, und der Philosoph muss bereit sein, diese Schatten im Dienste einer höheren Wahrheit zu manipulieren.»

Zwischen Joeys Impuls, Jenna zu beeindrucken, und den Wörtern, die infolgedessen aus ihm herausbrachen, lag nur eine kurze Schrecksekunde des freien Falls. «Aber woher wissen Sie, dass das die Wahrheit ist?», rief er.

Alle Gesichter drehten sich zu ihm hin, und sein Herz fing an zu hämmern.

«Das wissen wir nie mit Gewissheit», sagte Jennas Vater und zog seine Lächelnummer ab. «Da haben Sie völlig recht. Aber wenn wir erkennen, dass unsere Weltsicht, basierend auf Jahrzehnten sorgfältiger empirischer Studien der allerbesten Köpfe, in auffallender Übereinstimmung mit dem induktiven Prinzip der allgemeinen Freiheit des Menschen steht, dann ist das ein gutes Anzeichen dafür, dass wir gedanklich wenigstens annähernd richtig liegen.»

Joey nickte eifrig, um seine absolute und tiefgehende Zustimmung zu bekunden, und war überrascht, dass er, ganz gegen seinen Willen, weiterbohrte: «Aber wenn wir anfangen, Lügen über den Irak zu verbreiten, sind wir doch nicht besser als die Araber mit ihrer Lüge, dass am 11. September keine Juden getötet worden sind.»

Jennas Vater, nicht im mindesten aus der Fassung gebracht, sagte: «Sie sind ein sehr aufgeweckter junger Mann, wie?»

Joey wusste nicht, ob das ironisch gemeint war.

«Jonathan zufolge sind Sie ein sehr guter Student», fuhr der alte Mann freundlich fort. «Ich nehme daher an, Sie haben schon einmal die Erfahrung gemacht, anderer, nicht so aufgeweckter Leute wegen frustriert zu sein. Weil die nicht nur unfähig sind, sondern sich auch *dagegen sperren*, gewisse Wahrheiten anzuerkennen, deren Logik sich Ihrer Meinung nach von selbst versteht. Ja weil es sie anscheinend gar nicht *kümmert*, dass ihre Logik schlecht ist. Kennen Sie solche Frustrationen nicht?»

«Aber das kommt doch daher, dass sie frei sind», sagte Joey. «Ist das nicht der Sinn der Freiheit? Dass man das Recht hat zu denken, was man will? Na ja, zugegeben, manchmal geht einem das schon auf den Zeiger.»

Rings um den Tisch wurde darüber gekichert.

«Das ist vollkommen richtig», sagte Jennas Vater. «Freiheit geht einem auf den Zeiger. Und genau deswegen ist es so unabdingbar, die Gelegenheit zu ergreifen, die sich uns in diesem Herbst geboten hat. Wir müssen eine Nation freier Menschen dazu bringen, von ihrer schlechten Logik abzulassen und sich einer besseren anzuschließen, welche Mittel dazu auch nötig sind.»

Außerstande, noch eine einzige Sekunde auf dem Präsentierteller auszuhalten, nickte Joey noch eifriger. «Sie haben recht», sagte er. «Ich seh's ein, Sie haben recht.»

Jennas Vater erleichterte sich daraufhin von weiteren nicht allzu genau genommenen Fakten und festen Meinungen, von denen Joey kaum noch ein Wort mitbekam. Er bebte am ganzen Körper von der Erregung, vor allen anderen gesprochen zu haben und von Jenna gehört worden zu sein. Das Gefühl, das er den Herbst über verdrängt hatte, das Gefühl, ein Spieler zu sein, kehrte nun zu ihm zurück. Als Jonathan vom Tisch aufstand, erhob er sich unsicher und folgte ihm in die Küche, wo sie genügend unausgetrunkenen Wein zusammentrugen, um zwei Halblitergläser für sich zu füllen.

«Mann», sagte Joey, «so kannst du doch nicht roten und weißen mischen.»

«Das ist jetzt Rosé, du Töffel», sagte Jonathan. «Seit wann bist du denn Herr Önophil?»

Sie gingen mit ihren randvollen Gläsern in den Keller und tranken den Wein beim Air Hockey. Joey bebte noch immer so sehr, dass er kaum dessen Wirkung spürte, was sich als Glück erwies, als Jonathans Vater nach unten kam und sich zu ihnen gesellte. «Wie wär's mit ein wenig Cowboy Pool?», sagte er und rieb sich die Hände. «Ich nehme an, Jonathan hat Ihnen unser Hausspiel schon beigebracht?»

«Ja, ich bin darin die totale Niete», sagte Joey.

«Es ist das Königsspiel im Pool, weil es das Beste von Karambol- und Taschenbillard vereint», sagte der Alte, während er die Eins, die Zwei und die Fünf auf ihre Aufsatzmarken legte. Irgendwie schien er Jonathan peinlich zu sein, was Joey interessant fand, da er zu der Ansicht neigte, dass man sich nur für seine, Joeys, Eltern schämen konnte. «Wir haben eine zusätzliche Hausregel, die ich heute Abend gern auf mich selbst anwenden möchte. Jonathan? Was meinst du? Diese Regel soll verhindern, dass ein sehr geschickter Spieler sich immer nur hinter die Fünf stellt und sein Punktekonto steigert. Ihr Jungs dürft das, vorausgesetzt, ihr bekommt einen Zugball hin, wohingegen ich die Fünf über Bande spielen oder davor noch einen anderen Ball versenken muss.»

Jonathan verdrehte die Augen. «Ja, klingt gut, Dad.»

«Wollen wir lochen?», sagte sein Vater, während er die Pomeranze seines Queues mit Kreide einrieb.

Joey und Jonathan sahen einander an und prusteten los. Der alte Mann bemerkte es nicht einmal.

Es setzte Joey zu, dass er bei einem Spiel so schlecht war, und als der alte Mann ihm ein paar Tipps gab, die ihn nur noch schlechter aussehen ließen, wurde die Wirkung des Weines offenbar. Jonathan dagegen zeigte höchsten Einsatz und spielte mit einem tödlichen Ernst im Blick, den Joey noch nie an ihm gesehen hatte. Während eines seiner längeren Breaks nahm sein Vater Joey beiseite und fragte ihn nach seinen Sommerplänen.

«Das ist noch lange hin», sagte Joey.

«So lange hin ist es eigentlich gar nicht. Was sind Ihre Hauptinteressengebiete?»

«Vor allem muss ich Geld verdienen und in Virginia bleiben. Ich finanziere mir mein Studium selbst.»

«Das hat mir Jonathan gesagt. Ein beachtlicher Ehrgeiz. Und verzeihen Sie mir, wenn ich hier zu weit gehe, aber von meiner Frau habe ich gehört, dass Sie ein Interesse für Ihr Erbe entwickeln, da Sie ja nun mal nicht im Glauben erzogen worden sind. Ich weiß nicht, ob das überhaupt ein Faktor bei Ihrer Entscheidung ist, etwas auf die Beine stellen zu wollen, aber wenn dem so sein sollte, möchte ich Sie beglückwünschen, dass Sie sich eigene Gedanken machen und auch den Mut dazu haben. Irgendwann könnten Sie sogar zu Ihrer Familie zurückkehren und sie bei ihrer eigenen Erkundung anleiten.»

«Ich finde es wirklich sehr schade, dass ich nie etwas darüber erfahren habe.»

Der alte Mann schüttelte ebenso missbilligend den Kopf, wie seine Frau es getan hatte. «Wir haben die wunderbarste und langlebigste Tradition der Welt», sagte er. «Ich denke, für einen jungen Menschen sollte sie heute eine besondere Anziehungskraft haben, weil es bei ihr doch einzig und allein um persönliche Entscheidungen geht. Niemand sagt einem Juden, was er zu glauben hat. Sie können sozusagen Ihre Apps und Funktionen selbst wählen.»

«Ach ja, interessant», sagte Joey.

«Und was haben Sie noch für Pläne? Streben Sie eine Karriere als Geschäftsmann an wie offenbar jeder heutzutage?»

«Ja, auf jeden Fall. Ich überlege, ob ich meinen Abschluss in Wirtschaftswissenschaften mache.»

«Das ist gut. Geld verdienen zu wollen ist nichts Schlechtes. Nun musste ich selbst ja kein Geld verdienen, wobei ich durchaus behaupten kann, dass ich ganz gut darin war, das zu verwalten, was mir vermacht wurde. Ich verdanke viel meinem Urgroßvater in Cincinnati, der mit leeren Händen hierherkam. Er erhielt in diesem Land eine Chance, was ihm die Freiheit gab, aus seinen Fähigkeiten das Beste herauszuholen. Deshalb habe ich mich entschieden, mein Leben so zu verbringen, wie ich es getan habe – dieser Freiheit

Ehre zu machen und mit dafür zu sorgen, dass das nächste amerikanische Jahrhundert ähnlich gesegnet ist. Geld zu verdienen ist nichts Schlechtes, überhaupt nicht. Aber es muss noch mehr in Ihrem Leben geben. Sie müssen sich entscheiden, auf welcher Seite Sie stehen, und dafür kämpfen.»

«Unbedingt», sagte Joey.

«Nächsten Sommer könnte es am Institut einige gutbezahlte Sommerjobs geben, falls Sie daran Interesse haben, etwas für Ihr Land zu tun. Seit den Angriffen haben unsere Spendenaktionen sämtliche Erwartungen übertroffen. Das ist überaus erfreulich. Sollte Ihnen der Sinn danach stehen, könnten Sie sich überlegen, ob Sie sich bewerben.»

«Auf jeden Fall!», sagte Joey. Er kam sich vor wie einer von Sokrates' jungen Gesprächspartnern, deren Anteil am Dialog Seite um Seite aus Variationen von «Ja, ohne Frage» und «Das muss zweifellos so sein» bestand. «Klingt super», sagte er. «Ich bewerbe mich bestimmt.»

Jonathan unterriss den Zugball und geriet unerwartet mit der Ferrule an die Weiße, wodurch er sämtliche Punkte, die er in seiner Aufnahme angesammelt hatte, verlor. «Scheiße!», schrie er und fügte sicherheitshalber noch ein *«Scheiße!»* hinzu. Er knallte das Queue gegen die Tischkante; es folgte ein betretener Moment.

«Du musst besonders vorsichtig sein, wenn du einen hohen Punktestand angehäuft hast», sagte sein Vater.

«Das weiß ich, Dad. *Das weiß ich.* Ich *war* auch vorsichtig. Bloß hat mich eure Unterhaltung ein bisschen abgelenkt.»

«Joey, Sie jetzt?»

Was hatte es nur damit auf sich, dass er, wenn er einen Gefühlsausbruch eines Freundes miterlebte, den unbeherrschbaren Drang hatte zu lächeln? Er fühlte sich herrlich befreit, weil er sich nicht auf diese Art mit seinem eigenen Vater auseinandersetzen musste. Mit jedem weiteren Augenblick spürte er, wie noch mehr von seinem Glück zurückkehrte. Um Jonathans willen war er froh, dass ihm sein nächster Stoß misslang.

Aber Jonathan war trotzdem sauer auf ihn. Nachdem sein Vater, zweimal siegreich, wieder hinaufgegangen war, beschimpfte er Joey in nicht gerade lustiger Weise als Schwuchtel und meinte schließlich, er halte es für keine besonders gute Idee, mit Jenna nach New York zu fahren.

«Warum denn nicht?», sagte Joey wie vom Blitz getroffen.

«Weiß auch nicht. Mir ist irgendwie nicht danach.»

«Aber das wird sicher genial. Wir könnten versuchen, bis Ground Zero vorzudringen, und mal die Lage peilen.»

«Das ganze Areal ist abgesperrt. Da peilst du gar nichts.»

«Ich will auch sehen, wo sie die *Today*-Sendung filmen.»

«So ein Quatsch. Das ist doch bloß ein Fenster.»

«Na komm, New York! Da müssen wir hin.»

«Dann fahr mit Jenna. Das willst du doch sowieso, stimmt's? Fahr mit meiner Schwester nach Manhattan, und im Sommer arbeitest du dann für meinen Dad. Und meine Mom ist eine tolle Reiterin. Vielleicht willst du ja auch mal mit ihr reiten gehen.»

Das einzig Schlechte an Joeys Glück waren die Augenblicke, in denen es auf Kosten anderer zu ihm kam. Da er selbst noch nie Neid empfunden hatte, war er ungeduldig, wenn sich Neid bei anderen zeigte. Mehr als einmal hatte er an der Highschool Freundschaften beenden müssen, wenn es jemand nicht verkraftete, dass er so viele Freunde hatte. Sein Eindruck war: Verdammt, werd endlich erwachsen. Seine Freundschaft mit Jonathan hingegen war nicht beendbar, jedenfalls nicht im Verlauf des Studienjahrs, und obwohl Joey sich über sein Gemuffel ärgerte, war ihm das Peinvolle daran, ein Sohn zu sein, doch nur zu bekannt.

«Na schön», sagte er. «Dann bleiben wir eben hier. Kannst mir ja Washington zeigen. Hast du darauf mehr Bock?»

Jonathan zuckte die Achseln.

«Im Ernst. Machen wir Washington unsicher.»

Jonathan bebrütete das eine Weile. Dann sagte er: «Du hattest ihn in der Mangel, Mann. Der ganze Quatsch mit der edlen Lüge? Du hattest ihn in der Mangel, und dann hast du plötzlich dieses unterwürfige Grinsen aufgesetzt. Du bist so ein beschissener schwuler Schleimer.»

«Ja, du hast aber auch nichts gesagt», sagte Joey.

«Das hab ich schon hinter mir.»

«Warum soll ich es mir dann antun?»

«Weil du es noch nicht hinter dir hast. Du hast dir nicht das Recht dazu verdient. Du hast dir bisher einen Scheiß verdient.»

«Sagte der Junge mit dem Land Cruiser.»

«Pass auf, ich will darüber nicht mehr sprechen. Ich geh was lesen.»

«Schön.»

«Ich fahre mit dir nach New York. Es ist mir auch egal, ob du mit meiner Schwester schläfst. Wahrscheinlich verdient ihr einander.»

«Was soll das denn heißen?»

«Wirst schon sehen.»

«Lass uns doch einfach Freunde sein, ja? Ich muss nicht nach New York.»

«Doch, wir fahren», sagte Jonathan. «Es ist zwar lächerlich, aber ich will dieses Cabrio wirklich nicht.»

Oben in seinem nach Truthahn riechenden Zimmer fand Joey auf dem Nachttisch einen Stapel Bücher vor – Elie Wiesel, Chaim Potok, *Exodus, Die Geschichte der Juden* –, dazu einen Zettel von Jonathans Vater: *Einige Anregungen für Sie. Zum Behalten oder Weitergeben. Howard.* Er blätterte darin und empfand sowohl einen tiefen Mangel an persönlichem Interesse als auch einen sich vertiefenden Respekt vor denen, die dieses Interesse hatten, und da schwoll seine Wut auf seine Mutter erneut an. Ihre Respektlosigkeit gegenüber Glaubensdingen erschien ihm nur als weiteres Zeichen ihres Ich-ich-ich: ihres konkurrenzgeilen, kopernikanischen Wunsches, die Sonne zu sein, um die sich alles drehte. Bevor er sich schlafen legte, wählte er noch die 411 und ließ sich die Nummer von Abigail Emerson in Manhattan geben.

Am nächsten Morgen, Jonathan schlief noch, rief er Abigail an, stellte sich als der Sohn ihrer Schwester vor und sagte, er komme nach New York. Als Antwort keckerte seine Tante seltsam und fragte ihn, ob er etwas vom Klempnern verstehe.

«Wie bitte?»

«Alles geht runter, aber nichts bleibt unten», sagte Abigail. «Irgendwie so wie bei mir nach zu viel Brandy.» Sodann erzählte sie ihm von der niedrigen Höhe über dem Meeresspiegel und den antiquierten Abwasserkanälen von Greenwich Village, von den Feiertagsplänen ihres Hausmeisters, vom Für und Wider von Parterrewohnungen, die auf den Hof hinausgehen, und von dem «Vergnügen», an Thanksgiving um Mitternacht nach Hause zu kommen und zu sehen, wie die unvollständig zersetzten Hinterlassenschaften der Nachbarn in der Badewanne schwammen und an den Gestaden ihrer Küchenspüle angetrieben waren. «Das ist sehrrrrrrr, sehr reizend», sagte sie. «Der perfekte Start ins lange Wochenende ohne Hausmeister.»

«Ja, also, ich dachte, vielleicht könnten wir uns mal treffen oder so», sagte Joey. Er bereute es fast schon wieder, doch seine Tante wurde auf einmal zugänglich, als wäre ihr Monolog etwas gewesen, das sie nur eben aus sich hatte herausspülen müssen.

«Weißt du», sagte sie, «ich habe Fotos von dir und deiner Schwester gesehen. Sehrrrrrr hübsche Bilder, in eurem sehrrrrr schönen Haus. Ich glaube, ich würde dich sogar auf der Straße erkennen.»

«M-hm.»

«Im Moment ist meine Wohnung leider nicht so schön. Und sie duftet auch ein wenig! Aber wenn du dich mit mir in meinem Lieblingscafé treffen möchtest, wo dich der schwulste Kellner im Village, der auch mein bester Kumpel ist, bedient, würde ich mich sehrrrrr freuen. Dann erzähle ich dir alles über uns, was deine Mutter dir vorenthalten will.»

Das fand Joey gut, und so verabredeten sie sich.

Für die Fahrt nach New York brachte Jenna eine Highschool-Freundin namens Bethany mit, deren Aussehen nur vergleichsweise gewöhnlich war. Die beiden setzten sich nach hinten, wo Joey Jenna nicht sehen konnte, und bei dem endlosen CD-Radio-Gegreine Slim Shadys und Jonathans Mitsingen der Texte konnte er auch nicht hören, worüber sie und Bethany sich unterhielten. Der einzige Austausch zwischen hinten und vorn war Jennas Kritik am Fahrstil ihres Bruders. Als hätte sich seine Wut auf Joey vom Vorabend in Aggressivität am Steuer verwandelt, fuhr Jonathan bei Tempo 120 zu dicht auf und schimpfte brummelnd über weniger aggressive Fahrer; überhaupt hatte er offensichtlich seine helle Freude daran, ein Arschloch zu sein. «Danke, dass du uns nicht umgebracht hast», sagte Jenna, als der Geländewagen in einem horrend teuren Parkhaus in Midtown zum Stehen gekommen und die Musik endlich verstummt war.

Die Reise ließ bald alle Anzeichen einer Pleite erkennen. Jennas Freund Nick teilte sich mit zwei anderen Wall-Street-Trainees, die ebenfalls übers Wochenende weg waren, eine weitläufige, im Verfall begriffene Wohnung in der 54$^{th}$ Street. Joey wollte die Stadt sehen, und noch entschiedener wollte er vor Jenna nicht als kleiner, Eminem hörender Jungspund dastehen, allerdings war das Wohnzimmer mit einem riesigen Plasmafernseher und der neuesten Xbox ausgestattet, und Jonathan beharrte darauf, sich mit ihm sofort daran zu amüsieren. «Bis dann, Jungs», sagte Jenna und zog mit Bethany los, um sich mit weiteren Freundinnen zu treffen. Drei Stunden danach, als Joey vorschlug, einen Spaziergang zu machen, bevor es dazu zu spät geworden sei, sagte Jonathan, er solle nicht so eine Schwuchtel sein.

«Was ist denn *los* mit dir?», sagte Joey.

«Nein, entschuldige, was ist mit *dir* los? Hättest ja mit Jenna mitlatschen können, wenn du Mädchenkram machen willst.»

Mädchenkram zu machen barg für Joey tatsächlich großen Reiz. Er mochte Mädchen, er vermisste ihre Gesellschaft und die Art und Weise, wie sie über Dinge redeten; er vermisste Connie. «Du warst doch derjenige, der shoppen gehen wollte.»

«Was soll das, ist dir meine Hose am Hintern etwa nicht eng genug?»

«Vielleicht wäre es auch ganz nett, irgendwo was zu essen?»

«Genau, was Romantisches, bloß wir beide.»

«New Yorker Pizza? Soll das nicht die beste der Welt sein?»

«Nein, das ist die New Havener.»

«Okay, dann eben ein Deli. New Yorker Deli. Ich bin am Verhungern.»

«Dann sieh doch mal in den Kühlschrank.»

«Sieh du doch in den Scheißkühlschrank. Ich muss hier mal raus.»

«Na toll. Dann geh doch.»

«Bist du hier, wenn ich zurückkomme? Damit ich reinkann?»

«Ja, Schatz.»

Einen Kloß in der Kehle, mädchenhaft den Tränen nahe, ging Joey hinaus in die Nacht. Dass Jonathan derart die Fassung verlor, enttäuschte ihn maßlos. Mit einem Mal spürte er seine überlegene Reife, und während er durch die späten Käufermassen auf der Fifth Avenue driftete, überlegte er, wie er diese Reife Jenna vermitteln könnte. Er kaufte zwei polnische Würste an einem Stand und drängte sich durch die noch dichteren Massen am Rockefeller Center, wo er den Eisläufern zusah und den gewaltigen, lichtlosen Weihnachtsbaum und die in erregendes Flutlicht getauchten Höhen des NBC Tower bewunderte. Dann mochte er also Mädchenkram, na und? Deshalb war er noch lange kein Weichei. Es machte ihn nur sehr einsam. Als er den Eisläufern zusah, bekam er Heimweh nach St. Paul und rief Connie an. Sie war auf ihrer Schicht bei Frost's und hatte gerade so viel Zeit, dass er ihr sagen konnte, wie sehr er sie vermisste und wo er gerade stand und dass er wünschte, er könnte es ihr zeigen.

«Ich liebe dich, Baby», sagte sie.

«Ich dich auch.»

Am nächsten Morgen erhielt er bei Jenna seine Chance. Anscheinend war sie Frühaufsteherin und schon draußen gewesen, um Sachen fürs Frühstück zu kaufen, als Joey, der ebenfalls früh aufstand, im T-Shirt der University of Virginia und mit Paisley-Boxershorts in die Küche schlurfte. Als er sie mit einem Buch am Tisch sitzen sah, kam er sich ziemlich splitternackt vor.

«Ich habe dir und meinem unwürdigen Bruder Bagels mitgebracht», sagte sie.

«Danke», sagte er und fragte sich, ob er wieder kehrtmachen und sich eine Hose anziehen oder einfach zeigen sollte, was er zu bieten hatte. Da sie kein weiteres Interesse an ihm bekundete, entschied er sich für das Risiko, sich nicht anzuziehen. Während er dann aber darauf wartete, dass sein Bagel getoastet war, und verstohlene Blicke auf ihre Haare, ihre Schultern und ihre nackten, überkreuzten Beine warf, bekam er einen Ständer. Er wollte schon ins Wohnzimmer flüchten, als sie aufblickte und sagte: «Was ist das denn für ein Buch? Das ist ja tödlich langweilig.»

Er ging hinter einem Stuhl in Deckung. «Wovon handelt es denn?»

«Ich dachte eigentlich, es geht um Sklaverei. Jetzt ist mir aber gar nichts mehr klar.» Sie zeigte ihm zwei gegenüberliegende Seiten dichter Prosa. «Das soll es bringen? Ich lese es jetzt zum zweiten Mal. Es handelt so ungefähr von der Hälfte der Syllabusse an der Duke. Der Syllabi. Und ich werde noch immer nicht schlau daraus, was es überhaupt soll. Also, was überhaupt mit den Figuren und so passiert.»

«Letztes Jahr hab ich für die Schule *Solomons Lied* gelesen», sagte Joey. «Ich fand das ganz schön irre. So ziemlich der beste Roman, den ich je gelesen habe.»

Sie verzog das Gesicht zu einer komplexen Grimasse der Gleichgültigkeit ihm gegenüber und der Verärgerung über ihr Buch. Er setzte sich zu ihr an den Tisch, biss von dem Bagel ab und kaute eine Weile, kaute weiter und machte sich erst dann klar, dass die Sache mit dem Schlucken problematisch werden würde. Allerdings war keine Eile geboten, da Jenna noch immer zu lesen versuchte.

«Was, glaubst du, ist mit deinem Bruder los?», sagte er, nachdem er ein paar Bissen hinuntergewürgt hatte.

«Wie meinst du das?»

«Er verhält sich wie ein Idiot. Irgendwie unreif. Findest du nicht?»

«Da darfst du nicht mich fragen. Er ist *dein* Freund.»

Sie starrte weiter auf ihr Buch. Ihre herablassende Unzugänglichkeit war identisch mit der der Spitzenmädels an der Virginia. Der einzige Unterschied war der, dass er Jenna noch attraktiver fand und ihr jetzt nahe genug war, um ihr Shampoo zu riechen. Unter dem Tisch, in seinen Boxershorts, zeigte sein Halbsteifer auf sie wie die Kühlerfigur eines Jaguars.

«Und was machst du heute?», sagte er.

Sie klappte das Buch zu, als fände sie sich damit ab, dass er immer noch da war. «Shoppen», sagte sie. «Und heute Abend ist in Brooklyn eine Party. Und du?»

«Vermutlich nichts, da dein Bruder die Wohnung nicht verlassen will. Ich habe hier eine Tante, mit der ich mich um vier treffe, sonst war's das.»

«Ich finde, Jungs haben es schwerer», sagte Jenna. «Zu Hause, meine ich. Mein Dad ist *unglaublich*, und ich komme damit zurecht, habe kein Problem damit, dass er berühmt ist. Aber ich glaube, Jonathan hat immer das Gefühl, dass er etwas beweisen muss.»

«Indem er zehn Stunden am Stück fernsieht?»

Sie runzelte die Stirn und sah Joey, womöglich zum ersten Mal, richtig an. «*Magst* du meinen Bruder überhaupt?»

«Aber ja doch. Erst seit Donnerstagabend ist er seltsam. Na, so wie er gestern gefahren ist? Ich dachte, vielleicht hast du da Einblicke.»

«Ich glaube, das Größte für ihn ist, um seiner selbst willen gemocht zu werden. Und nicht wegen unserem Dad.»

«Verstehe», sagte Joey. Und sah sich inspiriert hinzuzufügen: «Oder nicht wegen seiner Schwester.»

Sie errötete! Ein klein wenig. Und schüttelte den Kopf. «Ich bin nichts Besonderes.»

«Hahaha», sagte er und errötete ebenfalls.

«Also wie mein Dad bin ich schon mal gar nicht. Ich hab keine großen Ideen und auch keinen großen Ehrgeiz. Im Grunde bin ich, wenn man sich's mal genau ansieht, doch ziemlich egoistisch. Fünfzig Hektar in Connecticut, ein paar Pferde, ein Vollzeitknecht und vielleicht noch ein Privatjet, das wär's für mich schon.»

Joey fiel auf, dass es lediglich einer Anspielung auf ihre Schönheit bedurft hatte, um sie zu öffnen und dazu zu bringen, über sich zu reden. Und nun, da die Tür sich auch nur einen Millimeter aufgetan hatte und er durch die Ritze geschlüpft war, wusste er, was er tun musste. Er musste zuhören und verstehen. Und es war nicht etwa ein gespieltes Zuhören oder Verstehen. Es war Joey im Frauenland. Es dauerte nicht lange, da war ihm in dem schmutzigen Winterlicht der Küche, während er Anweisungen von Jenna entgegennahm, wie man einen Bagel richtig belegte, mit Lachs und Zwiebeln und Kapern, nicht sehr viel unwohler, als wenn er sich mit Connie unterhalten hätte oder seiner Mom oder seiner Großmutter oder Connies Mom. Jennas Schönheit war nicht weniger blendend als zuvor, doch sein Ständer war keiner mehr. Er warf ihr ein paar Brocken über seine familiäre Situation hin, und im Gegenzug räumte sie ein, dass ihre Familie nicht besonders glücklich über ihren Freund war.

«Es ist schon verrückt», sagte sie. «Ich glaube, das ist ein Grund, weswegen Jonathan hierher wollte und jetzt die Wohnung nicht verlässt. Er glaubt, das mit mir und Nick irgendwie torpedieren zu müssen. Als würde er es beenden können, wenn er immer bei uns rumschwirrt und uns in die Quere kommt.»

«Warum mögen sie Nick denn nicht?»

«Na, zum einen ist er katholisch. Und er hat an der Uni Lacrosse gespielt. Er ist superklug, aber nicht auf eine Weise, die sie gut finden.» Jenna lachte. «Ich hab ihm mal von dem Thinktank meines Dads erzählt, und als seine Verbindung das nächste Mal eine Party machte, haben sie ein Schild mit der Aufschrift Thinktank ans Fass gehängt. Ich fand das richtig komisch. Jetzt weißt du's ungefähr.»

«Betrinkst du dich oft?»

«Nein, ich vertrage so viel wie ein Floh. Und Nick hat mit dem Trinken aufgehört, als er angefangen hat zu arbeiten. Er trinkt einen Jack Cola die Woche oder so. Konzentriert sich total auf seine Karriere. Er war der Erste in seiner Familie, der vier Jahre lang am College war, das totale Gegenteil von meiner, wo du ein Versager bist, wenn du nur *einen* Doktortitel hast.»

«Und er ist nett zu dir?»

Ein Schatten von irgendetwas flog ihr über das Gesicht, und sie sah weg. «Bei ihm fühle ich mich unglaublich sicher. Zum Beispiel habe ich gedacht, dass er uns, wenn wir am 11. September in den Türmen, sogar in einem der Stockwerke ganz oben, gewesen wären, irgendwie rausgebracht hätte. Mit ihm wäre ich rausgekommen, das habe ich im Gefühl.»

«Bei Cantor Fitzgerald gab es viele wie ihn», sagte Joey. «Sehr taffe Trader. Und die sind nicht rausgekommen.»

«Dann waren sie eben nicht wie Nick», sagte sie.

Als Joey sah, wie sie sich innerlich verschloss, überlegte er, wie sehr er sich wohl stählen und wie viel Geld er verdienen müsste, um bei ihresgleichen überhaupt ins Rennen gehen zu können. Sein Schwanz in seinen Shorts regte sich wieder, als wollte er sich der Herausforderung gewachsen zeigen. Seine weicheren Teile jedoch, sein Herz und sein Gehirn, versanken angesichts der ungeheuren Größe dieser Aufgabe in Hoffnungslosigkeit.

«Vielleicht gehe ich heute mal zur Wall Street und sehe mir das an», sagte er.

«Samstags ist alles zu.»

«Ich will nur mal peilen, wie es da aussieht, vielleicht arbeite ich da ja mal.»

«Nichts für ungut?», sagte Jenna und schlug ihr Buch wieder auf. «Dafür wirkst du viel zu nett.»

Vier Wochen später war Joey wieder in Manhattan und hütete bei seiner Tante Abigail ein. Den ganzen Herbst über hatte er sich den Kopf zerbrochen, wo er die Weihnachtsferien verbringen sollte, da seine beiden konkurrierenden Zuhauses in St. Paul einander ausschlossen und drei Wochen viel zu lang waren, um sich bei der Familie eines neuen Collegefreundes einzuquartieren. Er hatte den vagen Plan gehabt, sich bei einem seiner besseren Highschool-Freunde aufzuhalten, was ihm ermöglicht hätte, seinen Eltern und den Monaghans getrennte Besuche abzustatten; dann aber stellte sich heraus, dass Abigail über die Feiertage nach Avignon fahren wollte, um an einem internationalen Pantomime-Workshop teilzunehmen, und sich an dem Thanksgiving-Wochenende, an dem sie sich getroffen hatten, ihrerseits Gedanken machte, wer währenddessen wohl in ihrer Wohnung in der Charles Street sein und die komplexen Nahrungsbedürfnisse ihrer Katzen Tigger und Piglet befriedigen würde.

Das Treffen mit seiner Tante war aufschlussreich, wenn auch einseitig gewesen. Abigail war zwar jünger als seine Mutter, sah aber in jeder Hinsicht älter aus, nur nicht in der der Kleidung, die ihm teenagerhaft nuttig vorkam. Sie roch nach Zigaretten, und sie hatte eine herzzerreißende Art, ihr Stück Schokoladenmousse-Kuchen zu essen, indem sie ihn vorab Bissen für Bissen zerteilte, um ihn desto intensiver zu genießen, als wäre er das Beste, was ihr an jenem Tag widerfahren sollte. Die wenigen Fragen, die sie Joey stellte, beantwortete sie sich selbst, bevor er auch nur piep sagen konnte. Größtenteils hielt sie einen Monolog samt ironischen Kommentaren und relativierenden Einwürfen, der etwas von einem Zug hatte, auf den er aufspringen durfte, um eine Weile mitzufahren, wobei er sich den Kontext selbst liefern und bei vielen Bezügen raten musste. Mit ihrem Gequassel wirkte sie auf ihn wie eine traurige Comic-Version seiner Mutter, eine Mahnung, wie sie werden könnte, wenn sie nicht aufpasste.

Anscheinend war für Abigail allein schon Joeys Existenz ein Vorwurf, der eine ausgedehnte Schilderung ihres Lebens erforderte. Die traditionelle Heirat-Kinder-Eigenheim-Geschichte war nicht ihr Ding, sagte sie, ebenso wenig die seichte Kommerzwelt des konventionellen Theaters mit seinen demütigend abgekarteten Vorsprechterminen und seinen Casting-Chefs, die immer nur das neueste

Sternchen wollten und nicht das Geringste über Originalität des Ausdrucks wussten, ebenso wenig die Welt der Stand-up-Comedy, in der Fuß zu fassen sie sich, ausgerüstet mit tollem Material über die *Wahrheit* einer amerikanischen Vorstadtkindheit, sehrrrrr lange bemüht hatte, bis sie irgendwann einsah, dass einzig und allein Testosteron und Toilettenwitze zählten. Sie zog erschöpfend über die Komödiantinnen Tina Frey und Sarah Silverman her und pries dann das Genie diverser «Künstler», die, wie Joey mutmaßte, Pantomimen oder Clowns sein mussten und mit denen in zunehmendem Kontakt zu stehen sie sich glücklich schätzte, wenngleich der Kontakt nach wie vor hauptsächlich via Workshops bestand. Während sie so dahinredete, merkte er, dass er ihre Entschlossenheit bewunderte, sich ohne jedweden Erfolg der Art, wie er für ihn durchaus noch erreichbar war, über Wasser zu halten. Sie war so schrullig und selbstbezogen, dass ihm der Verdruss von Schuldgefühlen erspart blieb und er direkt zum Mitleid übergehen konnte. Er merkte, dass er seiner Tante als Repräsentant nicht nur seines Glücks, sondern auch des Glücks ihrer Schwester keine größere Freundlichkeit erweisen konnte, als ihr zu erlauben, sich vor ihm zu rechtfertigen, und ihr zu versprechen, sich gleich bei nächster Gelegenheit einen Auftritt von ihr anzusehen. Dafür belohnte sie ihn mit dem Angebot, bei ihr einzuhüten.

Seine ersten Tage in der Stadt, in denen er mit seinem Wohnheimgenossen Casey die Läden abklapperte, waren wie hyperlebendige Fortsetzungen der urbanen Träume, die er jede Nacht hatte. Die Menschheit strömte von allen Seiten auf ihn ein. Auf dem Union Square pfiffen und trommelten Musiker aus den Anden. Feuerwehrleute nickten feierlich der Menge zu, die sich um einen 11.-September-Schrein vor einer Feuerwache scharte. Vor Bloomingdale's bemächtigten sich zwei in Pelz gehüllte Damen tollkühn eines Taxis, das Casey herangewinkt hatte. *Très* scharfe Realschulmädchen mit Jeans unter dem Minirock lümmelten mit breit gespreizten Beinen in der U-Bahn. In düstere Jumbo-Parkas gekleidete Ghetto-Kids mit Cornrows, Nationalgardisten, die vor der Grand Central mit

Hightech-Waffen patrouillierten. Und dann noch die chinesische Großmutter, die DVDs von Filmen verhökerte, die noch gar nicht angelaufen waren, der Breakdancer, der sich einen Muskel oder eine Sehne gerissen hatte und sich auf dem Boden einer Bahn der Linie 6 unter Schmerzen wiegte, der hartnäckige Saxophonspieler, dem Joey, trotz Caseys Warnung, er werde übers Ohr gehauen, fünf Dollar gab, damit er zu seinem Gig fahren konnte: Jede Begegnung war wie ein Gedicht, das er sich auf der Stelle einprägte.

Caseys Eltern wohnten in einem Apartment mit direktem Zugang zum Lift, ein Muss, wie Joey fand, sollte er in New York je den großen Wurf schaffen. An Heiligabend und am Ersten Weihnachtsfeiertag ging er zu ihnen zum Abendessen, womit er die Lügen über seinen Aufenthaltsort während der Ferien stützte, die er seinen Eltern aufgetischt hatte. Am nächsten Morgen machten sich Casey und seine Familie jedoch zu einer Skireise auf, und Joey wusste, dass er ihre Gastfreundschaft ohnehin nicht noch länger in Anspruch nehmen konnte. Als er in Abigails muffige, vollgerümpelte Wohnung zurückkehrte und sah, dass sich Piglet und/oder Tigger in strafendem Katzenprotest gegen seine lange Abwesenheit an mehreren Stellen erbrochen hatten, wurde er der merkwürdigen Idiotie seines Plans gewahr, dort zwei ganze Wochen allein zu verbringen.

Sogleich machte er alles noch schlimmer, indem er mit seiner Mutter sprach und einräumte, dass einige seiner Pläne «geplatzt» seien und er «stattdessen» bei ihrer Schwester einhüte.

«In Abigails Wohnung?», sagte sie. «Allein? Ohne dass sie überhaupt mit mir gesprochen hat? In New York? Allein?»

«Klar», sagte Joey.

«Entschuldige», sagte sie, «aber du musst ihr sagen, dass das nicht in Ordnung ist. Sag ihr, sie soll mich auf der Stelle anrufen. Heute Abend noch. Auf der Stelle. Sofort. Unbedingt.»

«Dafür ist es viel zu spät. Sie ist längst in Frankreich. Aber das geht schon. Die Gegend ist wirklich sicher.»

Doch seine Mutter hörte nicht zu. Sie hatte mit seinem Vater einen Wortwechsel, der für Joey nicht zu verstehen war, aber etwas hysterisch klang. Und dann meldete sich sein Dad.

«Joey? Hör mal zu. Bist du da?»

«Wo soll ich denn sonst sein?»

«Hör mal zu. Wenn du nicht über den Anstand verfügst, ein paar Tage bei deiner Mutter in einem Haus zu verbringen, das ihr so viel bedeutet und in das du nie wieder einen Fuß setzen wirst, dann ist mir das gleich. Es war deine schreckliche Entscheidung, die du bei Gelegenheit bereuen kannst. Und das Zeug, das du in deinem Zimmer gelassen hast, obwohl wir gehofft hatten, dass du herkommen und es wegschaffen würdest – das geben wir dann eben zur Wohlfahrt oder lassen es von der Müllabfuhr abholen. Das ist dann dein Verlust, nicht unserer. Aber allein in einer Stadt zu sein, in der allein zu sein du zu jung bist, in einer Stadt, die wiederholt von Terroristen angegriffen wurde, und zwar nicht nur für eine Nacht oder zwei, sondern für *Wochen*, das zieht geradezu zwangsläufig nach sich, dass deine Mutter sich die gesamte Zeit über Sorgen macht.»

«Dad, die Gegend ist absolut sicher. Wir reden hier über Greenwich Village.»

«Na, jedenfalls hast du ihre Feiertage ruiniert. Und du wirst auch ihre letzten Tage in diesem Haus ruinieren. Ich weiß nicht, warum ich von dir immer noch mehr erwarte, aber du bist einem Menschen gegenüber, der dich mehr liebt, als du es dir überhaupt vorstellen kannst, *brutal selbstsüchtig.*»

«Und warum kann sie das nicht selber sagen?», sagte Joey. «Warum musst du das sagen? Wie soll ich denn wissen, ob das überhaupt stimmt?»

«Wenn du nur ein Fünkchen Phantasie hättest, wüsstest du, dass es stimmt.»

«Nicht, wenn sie es nie selber sagt! Wenn du ein Problem mit mir hast, warum sagst du mir dann nicht, was *dein* Problem ist, statt ständig über ihre Probleme zu reden?»

«Weil ich mir, offen gesagt, nicht so große Sorgen mache wie sie», sagte sein Vater. «Ich glaube zwar nicht, dass du so clever bist, wie du dich selber siehst, ich glaube auch nicht, dass du dir der vielen Gefahren auf der Welt bewusst bist. Aber ich glaube sehr wohl, dass du clever genug bist, um auf dich aufpassen zu können. Solltest du jemals in Schwierigkeiten geraten, dann hoffe ich doch, dass wir die Ersten sind, die du anrufst. Wenn nicht, dann hast du eben deine Wahl getroffen, und ich kann daran nichts ändern.»

«Na – danke», sagte Joey, nur teilweise sarkastisch.

«Den Dank kannst du dir sparen. Ich habe sehr wenig Respekt vor dem, was du tust. Ich nehme eben zur Kenntnis, dass du achtzehn bist und tun und lassen kannst, was du willst. Was mich umtreibt, ist meine persönliche Enttäuschung, dass eins unserer Kinder es nicht über sich bringt, netter zu seiner Mutter zu sein.»

*«Dann frag sie doch, warum nicht!»,* entgegnete Joey heftig. *«Sie weiß es, warum nicht!* Sie weiß es *verdammt* genau, Dad. Wo du schon so großartig um ihr Wohlergehen und so weiter besorgt bist, warum fragst du *sie* nicht, statt *mir* auf die Nerven zu gehen?»

«Red nicht so mit mir.»

«Dann red *du* nicht so mit mir.»

«Na schön, dann nicht.»

Sein Vater schien froh, das Thema fallenzulassen, und auch Joey war froh. Er genoss es, sich cool vorzukommen und über sein Leben zu bestimmen, verstörend aber war die Entdeckung, dass da noch dieses andere in ihm steckte, dieses Wutreservoir, dieser Komplex von Familiengefühlen, der plötzlich explodieren und über ihn bestimmen konnte. Die Zornesworte, die er seinem Vater gesagt hatte, hatten vorgeformt geklungen, als wäre rund um die Uhr noch ein zweites, gekränktes Ich in ihm, zumeist unsichtbar, aber eindeutig voll empfindungsfähig und bereit, sich jeden Moment in Form von unwillkürlich formulierten Sätzen Luft zu machen. Das führte ihn zu der Frage, welches denn nun sein wirkliches Ich war; und das war sehr verstörend.

«Solltest du deine Meinung ändern», sagte sein Vater, als sie ihren begrenzten Vorrat an Weihnachtsgeplauder erschöpft hatten, «würde ich dir sehr gern ein Flugticket kaufen, damit du für ein paar

Tage herkommen kannst. Das würde deiner Mutter alles bedeuten. Und mir auch. Ich würde mich auch darüber freuen.»

«Danke», sagte Joey, «aber, also, ich kann gar nicht. Ich hab die Katzen hier.»

«Die kannst du auch ins Tierheim bringen, das kriegt deine Tante gar nicht mit. Das bezahle ich dann auch.»

«Okay, vielleicht. Wahrscheinlich nicht, aber vielleicht.»

«Na gut, dann schöne Weihnachten», sagte sein Vater. «Mom wünscht dir auch schöne Weihnachten.»

Joey hörte, wie sie es im Hintergrund rief. *Warum* nur ging sie nicht wieder dran und sagte es ihm selbst? Das schien ihm doch ziemlich vernichtend für sie zu sein. Wieder so ein sinnloses Eingeständnis ihrer Schuld.

Obwohl Abigails Wohnung nicht klein war, gab es doch keinen einzigen Quadratzentimeter, den sie nicht besetzt hielt. Die Katzen patrouillierten darin wie Generalbevollmächtigte und luden überall Haare ab. Der Schlafzimmerschrank war mit Hosen und Pullovern in wilden Stapeln dicht bepackt, die die hängenden Mäntel und Kleider stauchten, und die Schubladen waren derart vollgestopft, dass sie sich nicht mehr öffnen ließen. Ihre CDs, durchweg nicht anzuhörendes Chanteusen- und New-Age-Gesäusel, standen im Regal in Doppelreihen und waren ansonsten quer in jeden Spalt gezwängt. Selbst die Bücher hielt Abigail besetzt; sie behandelten Themen wie Flow, kreative Visualisierung und die Überwindung von Selbstzweifeln. Auch gab es alles mögliche mystische Beiwerk, nicht nur Judaika, sondern auch fernöstliche Räucherstäbchenhalter und elefantenköpfige Statuetten. Das Einzige, wovon es nicht eben viel gab, waren Nahrungsmittel. Während er in der Küche umherging, wurde Joey klar, dass er, wollte er nicht dreimal täglich Pizza essen, tatsächlich einen Supermarkt aufsuchen und einkaufen und kochen musste. Abigails Nahrungsvorräte bestanden aus Reiskuchen, siebenundvierzig Sorten Schokolade und Kakao sowie Instant-Ramen-Nudeln, die ihn für zehn Minuten sättigten und ihm dann ein neuerliches nagendes Hungergefühl bereiteten.

Er dachte an das geräumige Haus in der Barrier Street, er dachte an die hervorragenden Kochkünste seiner Mutter, er fragte sich, ob er einknicken und das angebotene Flugticket seines Vaters annehmen sollte, doch er war entschlossen, seinem verborgenen Ich nicht noch mehr Gelegenheiten zu geben, sich Luft zu machen, und das Einzige, was er tun konnte, um nicht weiter an St. Paul zu denken, war, in Abigails Messingbett zu steigen und sich einen runterzuholen und dann noch einen, während die Katzen vor der Schlafzimmertür vorwurfsvoll jaulten, und dann, noch immer nicht befriedigt, den Computer seiner Tante hochzufahren, da er in der Wohnung mit seinem eigenen nicht ins Internet kam, und auf eine Pornoseite zu gehen und sich nochmal einen runterzuholen. Wie üblich führte jede kostenlose Seite, auf die er gelangte, zu einer, die noch geiler, noch unwiderstehlicher war. Eine dieser besseren Seiten generierte schließlich Pop-up-Fenster wie im Albtraum eines Zauberlehrlings; es wurde so schlimm, dass er den Computer abschalten musste. Als er ihn ungeduldig wieder hochfuhr, seinen missbrauchten, klebrigen Schwanz schon schlaff in der Hand, war das System von einer Software in Beschlag genommen worden, die die Festplatte überlastete und die Tastatur blockierte. Was soll's, dann hatte er den Computer seiner Tante eben infiziert. Allerdings rückte jetzt das Einzige auf der Welt, was er wollte, in weite Ferne, nämlich noch ein hübsches, ekstatisch geweitetes Frauengesicht, damit er ein fünftes Mal kommen und ein wenig Schlaf finden konnte. Bemüht, genügend erinnerte Bilder aufzurufen, schloss er die Augen und wichste, um die Sache hinter sich zu bringen, doch das Miauen der Katzen lenkte ihn zu sehr ab. Er ging in die Küche und köpfte eine Flasche Brandy, deren Ersatz, so seine Hoffnung, nicht allzu teuer sein würde.

Als er am folgenden Spätvormittag verkatert erwachte, roch er etwas, Katzenscheiße, wie er glauben wollte, was sich aber, als er sich in das beengte, infernalisch überhitzte Bad vorwagte, als ungeklärtes Abwasser erwies. Er rief den Hausmeister an, Mr. Jiménez, der zwei Stunden später mit einem Einkaufswagen voller Klempnerwerkzeug eintraf.

«Der alte Bau hier hat 'ne Menge Probleme», sagte Mr. Jiménez und schüttelte fatalistisch den Kopf. Er empfahl Joey, den Stöpsel in den Wannenabfluss zu stopfen und die Waschbecken fest zu verschließen, wenn er sie nicht benutzte. Diese Instruktionen standen auch, neben komplizierten Anweisungen zur Katzennahrung, auf Abigails Liste, doch in seiner hastigen Flucht aus der Wohnung zu Casey hatte Joey vergessen, sie zu befolgen. «Jede Menge Probleme», sagte Mr. Jiménez und drückte den Unrat des West Village mit einem Plömpel zurück in den Abfluss.

Sobald Joey wieder allein war und sich aufs Neue mit dem Gespenst von zwei Wochen Einsamkeit, Brandy-Missbrauch und/oder Masturbation konfrontiert sah, rief er Connie an und sagte ihr, dass er, wenn sie kommen und bei ihm sein wolle, ihr ein Busticket kaufen werde. Sie war sofort einverstanden, nur nicht damit, dass er bezahlte; und seine Ferien waren gerettet.

Er heuerte einen Computerfreak an, der ihm den Computer seiner Tante reparierte und seinen eigenen neu einrichtete, gab bei Dean & DeLuca sechzig Dollar für Fertiggerichte aus, und als er zum Port Authority fuhr und Connie an ihrem Steig abholte, glaubte er, noch nie so glücklich gewesen zu sein, sie zu sehen. Den ganzen letzten Monat über hatte er sie im Geiste mit der unvergleichlichen Jenna verglichen und aus dem Blick verloren, wie schön sie auf ihre schlanke, sparsame, glühende Weise selber war. Sie trug eine ihm unbekannte Marinejacke und schritt auf ihn zu, ging mit ihrem Gesicht ganz nah an sein Gesicht und mit ihren weitaufgerissenen Augen ganz nah an seine heran, als presste sie den Kopf an einen Spiegel. In ihm kam es zu einer drastischen Organschmelze. Er hatte Aussicht darauf, es ungefähr vierzigmal besorgt zu kriegen, aber es war mehr als das. Es war, als wären der Busbahnhof und all die einkommensschwachen Reisenden, die sie umfluteten, mit Helligkeits- und Farbreglern ausgestattet, die durch die Präsenz dieses Mädchens, das er schon ewig kannte, radikal heruntergefahren waren. Alles wirkte matt und fern, als er sie durch Gänge und Hallen führte, die er keine halbe Stunde zuvor noch in lebensechten Farben gesehen hatte.

In den Stunden danach machte Connie mehrere einigermaßen alarmierende Enthüllungen. Zu der ersten kam es, als sie mit der U-Bahn zur Charles Street fuhren und er sie fragte, wie sie es geschafft habe, in dem Restaurant so lange freizunehmen – ob sie Leute gefunden habe, die einspringen würden.

«Nein, ich hab einfach gekündigt», sagte sie.

«*Gekündigt?* Ist das nicht eine eher schlechte Jahreszeit, um denen so was anzutun?»

Sie zuckte die Achseln. «Du hast mich hier gebraucht. Ich habe dir doch gesagt, dass du mich nur rufen musst.»

Sein Schreck ob dieser Enthüllung gab dem Waggon Helligkeit und Farbe wieder. Es war, wie wenn sein berauschtes Hirn aus tiefen Haschträumereien ins wache Bewusstsein zurücksprang: Er sah, dass die anderen U-Bahn-Passagiere ihr Leben lebten, ihre Ziele verfolgten und dass auch er sich darum kümmern musste. Und sich nicht zu weit in etwas, über das er nicht bestimmen konnte, hineinziehen lassen durfte.

Eine ihrer verrückteren Telefonsex-Episoden im Sinn, in der ihre Schamlippen sich so phantastisch weit geöffnet hatten, dass sie sein ganzes Gesicht bedeckten, und seine Zunge so lang war, dass ihre Spitze das unergründliche innere Ende ihrer Vagina erreichte, hatte er sich, bevor er zum Port Authority aufbrach, sehr sorgfältig rasiert. Nun, da sie beide jedoch in natura zusammen waren, offenbarten diese Phantasien ihre Absurdität, und die Erinnerung daran wurde unangenehm. In der Wohnung angekommen, ging er mit Connie, anders als an dem Wochenende in Virginia, nicht sogleich ins Bett, sondern schaltete den Fernseher an, um nach dem Spielstand bei einem College-Footballspiel zu sehen, das ihm nichts bedeutete. Dann schien es von großer Dringlichkeit, seine E-Mails abzufragen und herauszufinden, ob einer seiner Freunde nicht während der letzten drei Stunden geschrieben hatte. Connie saß mit den Katzen auf dem Sofa und wartete geduldig, bis sein Computer hochgefahren war.

«Übrigens», sagte sie, «ich soll dich von deiner Mom grüßen.»

«*Was?*»

«Deine Mom lässt dich grüßen. Als ich aufgebrochen bin, war sie draußen und hackte Eis. Sie hat mich mit meiner Tasche gesehen und gefragt, wo ich hinfahre.»

«Und du hast es ihr *gesagt*?»

Connies Überraschung war ungespielt. «Sollte ich etwa nicht? Sie hat mir viel Spaß gewünscht und gesagt, ich soll dich grüßen.»

«Sarkastisch?»

«Keine Ahnung. Vielleicht ja, wenn ich's mir jetzt so überlege. Ich habe mich einfach nur gefreut, dass sie überhaupt mit mir gesprochen hat. Sie hasst mich doch. Aber dann habe ich gedacht, vielleicht findet sie sich jetzt endlich mit mir ab.»

«Das bezweifle ich.»

«Tut mir leid, wenn ich etwas Falsches gesagt habe. Ich würde doch nie etwas Falsches sagen, wenn ich wüsste, dass es falsch ist. Das weißt du doch, oder?»

Joey stand vom Computer auf und bemühte sich, nicht wütend zu sein. «Schon gut», sagte er. «Es ist nicht deine Schuld. Oder nur zu einem kleinen Teil.»

«Baby, schämst du dich für mich?»

«Nein.»

«Schämst du dich für das, was wir am Telefon gesagt haben? Hat es damit zu tun?»

«Nein.»

«Aber ich ein bisschen. Manches war schon ziemlich krank. Ich weiß nicht, ob ich das noch weiter haben muss.»

«Du hast doch damit angefangen!»

«Ja. Ich weiß, ich weiß. Aber du kannst mir nicht für alles die Schuld geben. Nur für die Hälfte.»

Wie um ihr die Wahrheit dessen zu bestätigen, lief er zu ihr ans Sofa und kniete zu ihren Füßen nieder, senkte den Kopf und legte ihr die Hände auf die Beine. So nah an ihren Jeans, ihren besten engen Jeans, dachte er an die langen Stunden, die sie im Greyhound-Bus gefahren war, während er sich zweitklassige College-Footballspiele angesehen und mit Freunden telefoniert hatte. Er steckte in

Schwierigkeiten, fiel in einen unerwarteten Spalt in der normalen Welt, und er ertrug es nicht, zu ihrem Gesicht hinaufzuschauen. Sie legte ihm die Hände auf den Kopf und leistete keinen Widerstand, als er sich Stück um Stück vorarbeitete und das Gesicht auf ihren denimbedeckten Reißverschluss drückte. «Ist ja gut», wusste sie zu sagen, während sie ihm übers Haar strich. «Warte nur ab, Baby. Alles wird gut.»

In seiner Dankbarkeit schälte er ihr die Jeans herunter und bettete das Gesicht mit geschlossenen Augen auf ihre Unterhose, dann zog er auch die aus, sodass er Lippen und glattrasiertes Kinn in ihre kratzigen Haare drücken konnte, die sie, wie ihm auffiel, für ihn gestutzt hatte. Er spürte, wie eine der Katzen um Aufmerksamkeit bettelnd auf seine Füße stieg. Muschi, Muschi.

«Ich will hier einfach nur rund drei Stunden bleiben», sagte er, ihren Geruch einsaugend.

«Du kannst die ganze Nacht da bleiben», sagte sie. «Ich hab nichts vor.»

Aber da klingelte sein Telefon in der Hosentasche. Als er es herauszog, um es auszuschalten, fiel sein Blick auf seine alte St. Pauler Nummer, und vor Wut auf seine Mutter hätte er das Handy am liebsten zertrümmert. Er spreizte Connies Beine und bearbeitete sie mit der Zunge, grub und grub, suchte sich mit ihr zu füllen.

Zur dritten und beunruhigendsten ihrer Enthüllungen kam es während eines postkoitalen Zwischenspiels später am Abend. Zuvor abwesende Nachbarn in der oberen Etage trampelten über dem Bett, vor der Tür jaulten bitterlich die Katzen. Connie erzählte ihm gerade von dem Zulassungstest, den er schon völlig vergessen hatte, und ihrer Überraschung darüber, dass die echten Fragen so viel einfacher waren als die Übungsfragen in ihren Lehrbüchern. Sie fühlte sich bestärkt darin, sich an Colleges im Umkreis weniger Stunden von Charlottesville zu bewerben, auch am Morton College, das der geographischen Ausgewogenheit halber Studenten aus dem Mittleren Westen suchte, weswegen sie nun glaubte, dort angenommen zu werden.

Joey fand das alles falsch. «Ich dachte, du schreibst dich an der University of Minnesota ein», sagte er.

«Das mach ich vielleicht noch», sagte sie. «Aber ich habe gedacht, wie viel schöner es wäre, dir näher zu sein, dann könnten wir uns an den Wochenenden sehen. Vorausgesetzt natürlich, alles läuft gut und wir wollen es dann noch. Meinst du nicht, das wäre schön?»

Joey entwirrte seine Beine aus den ihren und bemühte sich um eine gewisse Übersicht. «Mag sein», sagte er. «Aber Privatschulen sind doch unglaublich teuer.»

Das sei schon richtig, sagte Connie. Aber das Morton habe finanzielle Unterstützung angeboten, und sie habe mit Carol über ihr Ausbildungskonto gesprochen, und Carol habe eingeräumt, dass da noch eine Menge Geld drauf sei.

«Wie viel denn so?», sagte Joey.

«Eine Menge. So fünfundsiebzigtausend. Wenn ich eine finanzielle Unterstützung bekomme, könnte das für drei Jahre reichen. Und dann gibt's ja noch die zwölftausend, die ich gespart habe, und jeden Sommer gehe ich arbeiten.»

«Das ist ja super», zwang Joey sich zu sagen.

«Eigentlich wollte ich warten, bis ich einundzwanzig bin, und dann erst das Geld nehmen. Aber dann habe ich darüber nachgedacht, was du gesagt hast, und habe eingesehen, dass ich tatsächlich eine gute Ausbildung haben muss.»

«Aber wenn du dich an der Uni einschreiben würdest», sagte Joey, «würdest du eine gute Ausbildung kriegen und trotzdem noch das Geld haben, wenn du fertig bist.»

Oben bellte ein Fernseher los, und das Trampeln ging weiter.

«Das klingt ja so, als wolltest du mich nicht in deiner Nähe haben», sagte Connie neutral, ohne Vorwurf, einfach eine Tatsache benennend.

«Nein, nein», sagte er. «Überhaupt nicht. Das könnte potenziell super sein. Ich denke nur praktisch.»

«Ich halte es in dem Haus schon jetzt nicht mehr aus. Und Carol kriegt ja ihre Kinder, und dann wird alles noch schlimmer. Ich kann da nicht bleiben.»

Nicht zum ersten Mal verspürte er einen obskuren Groll gegen ihren Vater. Der Mann war nun schon einige Jahre tot, und Connie hatte nie eine Beziehung zu ihm gehabt und kaum je seine Existenz erwähnt, aber für Joey hatte ihn das irgendwie nur noch mehr zum Rivalen gemacht. Der Vater war der Mann, der als Erster da gewesen war. Er hatte seine Tochter verlassen und Carol mit einem mietgünstigen Haus abgefunden, sein Geld aber war weitergeflossen, unter anderem in Connies katholische Schulbildung. Seine Präsenz in ihrem Leben hatte mit Joey nichts zu tun, und obwohl Joey hätte froh sein müssen, dass sie außer ihm noch über andere Hilfen verfügte – dass er nicht die volle Verantwortung für sie trug –, gab er sich immer wieder der moralischen Missbilligung ihres Vaters hin, den Joey für den Ursprung all dessen hielt, was an Connie amoralisch war, ihre merkwürdige Gleichgültigkeit Regeln und Konventionen gegenüber, ihre grenzenlose Fähigkeit zu abgöttischer Liebe, ihre unwiderstehliche Intensität. Und nun grollte Joey dem Vater obendrein noch, weil er sie finanziell weit besser gestellt hatte, als er selbst es war. Dass Geld ihr nicht einmal ein Prozent so wichtig war wie ihm, verschlimmerte alles nur.

«Probier was Neues aus mit mir», sagte sie ihm ins Ohr.

«Dieser Fernseher nervt ziemlich.»

«Mach das, worüber wir neulich gesprochen haben, Baby. Wir können beide dieselbe Musik hören. Ich will dich im Arsch spüren.»

Er vergaß den Fernseher, das Blut in seinem Kopf übertönte ihn, als er tat, worum sie ihn gebeten hatte. Nachdem die neue Schwelle überschritten war und sie die Widerstände dabei überwunden, das markant Befriedigende daran vermerkt hatten, ging er sich in Abigails Bad waschen, fütterte die Katzen und blieb dann im Wohnzimmer, da er, wie schwach und verspätet auch immer, das Bedürfnis verspürte, etwas Distanz einzulegen. Er weckte seinen Computer aus dem Schlaf, aber da war nur eine neue E-Mail. Sie kam von einer ihm unbekannten Domain, duke.edu, und in der Betreffzeile stand: in der stadt? Erst als er sie geöffnet hatte und las, begriff er, dass sie von Jenna stammte. Dass sie Buchstabe für Buchstabe von Jennas privilegierten Fingern getippt worden war.

> hallo mr. bergland. jonathan sagt, du bist in der großen stadt, so wie ich. wer hätte geahnt, wie viele footballspiele es da zu sehen gibt und wie viel geld junge banker darauf setzen? ich nicht, sagte der wicht. vielleicht machst du ja noch weihnachtssachen wie deine blonden protestantischen ahnen, aber nick sagt, komm vorbei, wenn du fragen zur wall st. hast, er beantwortet sie dir gern. es wäre sinnvoll, gleich zu handeln, solange er so großzügig (und im urlaub!) ist. anscheinend macht selbst goldman zu dieser jahreszeit dicht, wer hätte das geahnt. deine freundin jenna

Er las die Nachricht fünfmal, erst dann verlor sie ihren Reiz. Sie erschien ihm ebenso rein und frisch, wie er sich schmutzig und rotäugig fühlte. Jenna war entweder außerordentlich aufmerksam oder, falls sie versuchte, ihm ihre Verbundenheit mit Nick unter die Nase zu reiben, außerordentlich fies. Wie auch immer, er stellte fest, dass er es doch geschafft hatte, Eindruck auf sie zu machen.

Marihuanarauch entschlüpfte dem Schlafzimmer, gefolgt von Connie, so nackt und leichtfüßig wie die Katzen. Joey klappte den Computer zu und nahm einen Zug von dem Joint, den sie ihm vor das Gesicht hielt, dann noch einen Zug und noch einen und noch einen und noch einen und noch einen und noch einen.

# Die Wut des netten Mannes

An einem trüben Spätnachmittag im März, in einem kalten, glitschigen Geniesel, fuhr Walter mit seiner Assistentin Lalitha von Charleston in die Berge des südlichen West Virginia. Obwohl Lalitha eine rasante und etwas leichtsinnige Fahrerin war, hatte Walter die Angst, die er als ihr Beifahrer hatte, schließlich doch der aburteilenden Wut vorgezogen, die ihn verzehrte, wenn er selbst am Steuer saß – dem anscheinend unausweichlichen Gefühl, dass von allen Fahrern auf der Straße nur er in genau der richtigen Geschwindigkeit unterwegs war, nur er eine angemessene Balance zwischen zu penibler Beachtung der Verkehrsregeln und ihrer zu gefährlichen Übertretung wahrte. Während der vergangenen zwei Jahre hatte er viele wütende Stunden auf West Virginias Straßen zugebracht, war den idiotischen Bummlern in den Auspuff gekrochen und dann selbst langsamer geworden, um die unverschämten Auspuffkriecher zu bestrafen, hatte auf Interstates die Innenspur gegen Arschlöcher verteidigt, die ihn rechts überholen wollten, und selbst rechts überholt, wenn irgendein Trottel oder Handyquassler oder scheinheiliger Tempolimitdurchsetzer die Innenspur verstopfte, hatte von den Fahrern, die einfach nicht den Blinker setzen wollten, obsessiv Profile und Analysen erstellt (nahezu immer jüngere Männer, für die der Gebrauch des Fahrtrichtungsanzeigers offenbar ein Affront gegen ihre Männlichkeit war und deren gefährdeter Zustand sich schon im kompensatorischen Gigantismus ihrer Pick-ups und Geländewagen manifestierte), hatte einen Mörderhass auf die Kohlelasterfahrer entwickelt, die nie die Spur hielten und in West Virginia buchstäblich jede Woche einen tödlichen Unfall verursachten, wofür er ohnmächtig die korrupten Abgeordneten des Bundesstaates verantwortlich machte, die sich trotz zahlloser Beweise für die Verheerungen, die die Kohlelaster anrichteten, weigerten, deren Gewichtslimit auf 48 Tonnen zu senken, hatte «Unglaublich! Unglaublich!» gemurmelt, wenn ein Fahrer vor ihm bei Grün abbremste, dann beschleunigte und bei Gelb durchfuhr, während er selber vor Rot hängenblieb, hatte eine *volle Minute* schäumend an Kreuzungen gestanden, obwohl doch *meilenweit* kein Querverkehr zu sehen war, und mühsam, Lalitha zuliebe, die Beschimpfung hinuntergeschluckt, die er zu gern hervorstieß, wenn ein Fahrer sich weigerte, bei Rot regelkonform rechts abzubiegen: «Hallo? Kriegst du's auch mal mit? Es gibt noch mehr auf der Welt als dich! Andere leben in der Wirklichkeit! Lern mal fahren! Hallo!» Besser also einen Adrenalinschub erleiden, wenn Lalitha aufs Gas stieg, um bergauf schnaufende Laster zu überholen, als seine Gehirnarterien unter Stress setzen, indem er das Steuer übernahm und hinter diesen Lastern klebenblieb. So konnte er die grauen Streichholzwälder der Appalachen und die bergbauverwüsteten Gebirgskämme betrachten und seine Wut auf Probleme richten, die sie mehr verdienten.

Lalitha war gehobener Stimmung, als sie in ihrem Mietwagen die beträchtliche, sich über zwanzig Kilometer hinziehende Steigung der I-64 hinaufschossen, ein irrwitzig teures Stück aus Bundeszuschüssen, die Senator Byrd abgezweigt hatte. «Mir ist ja so nach Feiern zumute», sagte sie. «Feierst du heute Abend mit mir?»

«Wir schauen mal, ob es in Beckley ein ordentliches Restaurant gibt», sagte Walter, «obwohl das leider nicht sehr wahrscheinlich ist.»

«Betrinken wir uns! Lass uns doch ins beste Lokal der Stadt gehen und Martini trinken.»

«Unbedingt. Ich lade dich auf einen Riesenmartini ein. Mehr als einen, wenn du willst.»

«Nein, du aber auch», sagte sie. «Nur einmal. Mach doch mal zur Feier des Tages eine Ausnahme.»

«Ich glaube, ein Martini könnte mich zum jetzigen Zeitpunkt umbringen, ehrlich.»

«Dann eben ein Light-Bier. Ich trinke drei Martini, und du kannst mich hinterher auf mein Zimmer tragen.»

Walter mochte es nicht, wenn sie solche Sachen sagte. Sie wusste nicht, was sie da von sich gab, sie war ja nur eine temperamentvolle junge Frau – wenn auch zurzeit der hellste Lichtstrahl in seinem Leben – und begriff nicht, dass mit Körperkontakt zwischen Vorgesetztem und Angestellter nicht zu spaßen war.

«Drei Martini würden dem Wort ‹Trümmerbirne› morgen früh sicher eine neue Bedeutung geben», sagte er mit einer müden Anspielung auf den Abriss, dem beizuwohnen sie nach Wyoming County fuhren.

«Wann hast du zuletzt was getrunken?», sagte Lalitha.

«Noch nie. Ich habe noch nie Alkohol getrunken.»

«Nicht mal an der Highschool?»

«Nie.»

«Walter, das ist ja unglaublich! Du musst es probieren! Manchmal macht Trinken solchen Spaß. Von einem Bier wirst du noch nicht zum Alkoholiker.»

«Das wäre gar nicht mal meine Sorge», sagte er und überlegte, noch während er es sagte, ob es auch stimmte. Sein Vater und sein älterer Bruder, beide zusammen der Fluch seiner Jugend, waren Alkoholiker gewesen, und seine Frau, die sich in Windeseile zum Fluch seiner mittleren Jahre entwickelte, neigte ebenfalls dazu. Er hatte seine strikte Abstinenz stets als Opposition zu ihnen verstanden – erst, weil er sich von seinem Vater und Bruder so weit wie möglich unterscheiden wollte, und später, weil er zu Patty ebenso unfehlbar freundlich zu sein versuchte, wie sie, in betrunkenem Zustand, manchmal unfreundlich zu ihm war. Es war eine der Ebenen, auf der er und Patty, wenn auch nicht von Anfang an, miteinander auskamen: er immer nüchtern, sie manchmal betrunken, und keiner von beiden legte dem anderen *jemals* nahe, sich zu ändern.

«Was wäre denn deine Sorge?», sagte Lalitha.

«Wahrscheinlich, dass ich etwas ändere, was bei mir siebenundvierzig Jahre lang perfekt funktioniert hat. Wenn es nicht kaputt ist, warum es dann reparieren?»

«Weil es Spaß macht!» Sie riss das Steuer des Mietwagens herum, um einen Sattelschlepper zu überholen, der in seinem eigenen Sprühnebel dahinrauschte. «Ich bestelle dir ein Bier, und du trinkst zur Feier des Tages wenigstens einen Schluck.»

Der nordamerikanische Laubwald südlich von Charleston war jetzt, am Vorabend der Tagundnachtgleiche, noch immer ein verdrießlicher Gobelin aus Grau- und Schwarztönen. In ein, zwei Wochen würde warme Luft aus dem Süden eintreffen, um diese Wälder zu begrünen, und einen Monat später wären sie vom Gesang der Singvögel erfüllt, die robust genug waren, um aus den Tropen herzuziehen, doch grauer Winter schien für Walter der wahre Naturzustand des nordamerikanischen Waldes zu sein. Der Sommer lediglich ein gnädiger Zufall, der ihm alljährlich widerfuhr.

In Charleston hatten er und Lalitha und ihre dortigen Anwälte am Vormittag den Industriepartnern der Waldsängerberg-Stiftung, Nardone und Blasco, in aller Förmlichkeit die Dokumente vorgelegt, die diese brauchten, um mit dem Abriss von Forster Hollow zu beginnen und 6000 Hektar des zukünftigen Waldsänger-Reservats für den Gipfelabbau zu erschließen. Vertreter von Nardone und Blasco hatten sodann die Stapel von Papieren unterzeichnet, die die Anwälte der Stiftung während der vergangenen zwei Jahre vorbereitet hatten, Papiere, die die Kohleunternehmen offiziell zu einem Paket von Renaturierungsvereinbarungen und Rechteübertragungen verpflichteten, die zusammengenommen sicherstellen würden, dass das ausgebeutete Land für immer «wild» blieb. Vin Haven, der Vorsitzende der Stiftung, war per Telekonferenz «anwesend» gewesen und hatte Walter danach auf seinem Handy angerufen, um ihm zu gratulieren. Doch Walter war alles andere als in Feierlaune. Am Ende war es ihm gelungen, die Zerstörung Dutzender herrlich bewaldeter Berggipfel und Kilometer um Kilometer klarer, biologisch reichhalter Bäche der Klassen I und II zu ermöglichen. Um immerhin das zu erreichen, hatte Vin Haven anderswo im Staat Förderrechte für 20 Millionen Dollar an Erdgasunternehmen verkaufen müssen, die nur darauf warteten, mit ihren Bohrungen das Land zu schänden und die Erträge weiteren Beteiligten zu überlassen, die Walter missfielen. Und wofür das alles? Für den «Verbreitungsschwerpunkt» einer gefährdeten Art, den man auf einer Straßenkarte von West Virginia mit einer Briefmarke abdecken konnte.

In seiner Wut und Enttäuschung über die Welt fühlte sich Walter selbst wie die grauen nordamerikanischen Wälder. Und Lalitha, geboren in der Wärme Südasiens, war der sonnige Mensch, der so etwas wie einen flüchtigen Sommer in seine Seele brachte. Das Einzige, was er am Abend feiern wollte, war, dass sie sich nun, nach ihrem «Erfolg» in West Virginia, auf ihre Überbevölkerungsinitiative stürzen konnten. Doch er dachte an die Jugend seiner Assistentin und wollte ihre Begeisterung nicht dämpfen.

«Na gut», sagte er. «Ich probiere ein Bier, ausnahmsweise. Dir zu Ehren.»

«Nein, Walter, *dir* zu Ehren. Das war alles deine Arbeit.»

Er schüttelte den Kopf, wusste er doch, dass sie insbesondere damit unrecht hatte. Ohne ihre Wärme, ihren Charme, ihren Mut wäre der Deal mit Nardone und Blasco wahrscheinlich in die Hose gegangen. Es stimmte schon, die großen Ideen hatte er geliefert, aber mehr als große Ideen hatte er anscheinend nicht zu bieten. In jeder anderen Hinsicht saß Lalitha jetzt am Steuer. Über dem Nadelstreifenanzug, den sie wegen der Formalitäten am Vormittag angezogen hatte, trug sie einen Nylonmantel, dessen zurückgeworfene Kapuze wie ein Korb die schimmernd schwarzen Haare barg. Ihre Hände lagen bei zehn vor zwei auf dem Lenkrad, die Handgelenke waren nackt, die silbernen Armbänder unter die Ärmelaufschläge ihres Mantels gerutscht. Zahllos waren die Dinge, die Walter an der Moderne im Allgemeinen und der Autokultur im Besonderen hasste, doch die Zuversicht junger Fahrerinnen, die Autonomie, die sie während der letzten hundert Jahre erlangt hatten, gehörten nicht dazu. Die Gleichheit der Geschlechter, darin manifest geworden, dass Lalithas hübscher Fuß aufs Gaspedal trat, machte ihn froh, im einundzwanzigsten Jahrhundert zu leben.

Das schwierigste Problem, das er für die Stiftung hatte lösen müssen, war die Frage gewesen, was er mit den rund zweihundert zumeist sehr armen Familien tun sollte, denen Häuser oder Wohnwagen auf kleinen oder ziemlich kleinen Landparzellen innerhalb der geplanten Grenzen des Waldsängerparks gehörten. Einige der Männer arbeiteten noch im Kohlebergbau, entweder unter Tage oder als Fahrer, die meisten waren jedoch arbeitslos und verbrachten ihre Zeit mit Waffen und Verbrennungsmotoren, ergänzten den Speiseplan ihrer Familie mit Wild, das sie tiefer in den Bergen schossen und auf Quads herausfuhren. Walter hatte schnell gehandelt und so viele Familien wie möglich abgefunden, bevor die Stiftung Aufsehen erregte; für manche Hanggrundstücke hatte er ganze 600 Dollar pro Hektar gezahlt. Doch als seine Versuche, die dortige Umweltschutzgruppe für sich zu gewinnen, nach hinten losgingen und eine erschreckend motivierte Aktivistin namens Jocelyn Zorn Stimmung gegen die Stiftung machte, harrten noch immer über hundert Familien aus, die meisten im Tal des Nine Mile Creek, das nach Forster Hollow hinaufführte.

Von dem Problem Forster Hollow einmal abgesehen, hatte Vin Haven die idealen 26 000 Hektar für das Kernreservat ausfindig gemacht. Die Oberflächenrechte lagen zu 98 Prozent in den Händen lediglich dreier Unternehmen, zwei davon gesichtslose und ökonomisch rationale Holdinggesellschaften, das dritte im Alleinbesitz einer Familie namens Forster, die dem Staat schon vor über hundert Jahren den Rücken gekehrt hatte und an der Küste ein Leben in Saus und Braus führte. Alle drei Unternehmen nutzten das Land zu zertifizierter Forstwirtschaft und hatten keinen Grund, es der Stiftung zu einem fairen Marktpreis zu verkaufen. Auch gab es unweit der Mitte von «Havens Gefilde» eine enorme, ungefähr sanduhrförmige Ansammlung sehr ergiebiger Kohlenflöze. Da Wyoming County, selbst für West Virginia, so abgelegen und bergig war, hatte bis dato niemand diese 6000 Hektar abgebaut. Eine einzige schlechte, schmale, für Kohlelaster unbefahrbare Straße schlängelte sich entlang des Nine Mile Creek in die Berge; am höchsten Punkt des Tals, nahe der Schmalstelle der Sanduhr, lag in einer Senke Forster Hollow, Heimat des Clans und der Freunde von Coyle Mathis.

All die Jahre hatten Nardone und Blasco jeweils vergebens versucht, mit Mathis ins Gespräch zu kommen, und ihre Bemühungen hatten ihnen dessen dauerhafte Feindschaft eingetragen. Und so hatte Vin Haven den Kohleunternehmen während der ersten Verhandlungen als wesentlichen Köder das Versprechen hinhalten können, ihnen das Problem Coyle vom Hals zu schaffen. «Das ist ein Teil der wundersamen Synergie, die wir da haben», hatte Haven zu Walter gesagt. «Wir sind ein neuer Player, gegen den Coyle noch keinen Groll hegen kann. Besonders Nardone habe ich an der Renaturierungsfront stark heruntergehandelt, weil ich ihnen versprochen habe, sie von Mathis zu befreien. Ein bisschen Entgegenkommen habe ich also schon mal dadurch geerntet, dass ich nicht Nardone war, und das ist jetzt zwei Millionen wert.»

Schön wär's gewesen!

Coyle Mathis verkörperte in Reinform den negativen Geist des Hinterlands von West Virginia. Er war konsequent darin, absolut niemanden zu mögen. Selbst als Feind von Mathis' Feind wurde man doch nur zu einem seiner Feinde. Die Kohleindustrie, die Bergarbeitergewerkschaft, die Umweltschützer, jede Art von Regierung, die Schwarzen, die Yankees, die sich immer einmischten: Er hasste sie alle gleichermaßen. Seine Lebensphilosophie war: *Verpiss dich, oder du wirst es bereuen.* Sechs Generationen mürrischer Mathis-Vorfahren lagen in dem Steilhang über dem Bach begraben, der mit als erster gesprengt werden sollte, wenn die Kohleunternehmen kamen. (Niemand hatte Walter vor dem Friedhofproblem in West Virginia gewarnt, als er die Stelle bei der Stiftung antrat, aber natürlich hatte er das dann ganz schnell herausgefunden.)

Walter, der selbst das eine oder andere über eine in alle Richtungen zielende Wut zu sagen wusste, hätte Mathis vielleicht doch noch herumgekriegt, wenn er ihn nicht so sehr an seinen Vater erinnert hätte. An dessen sturen, selbstzerstörerischen Trotz. Walter hatte ein schönes Bündel attraktiver Angebote im Gepäck, als er und Lalitha, nachdem sie auf ihre zahlreichen freundlichen Briefe keine Antwort erhalten hatten, an einem warmen, strahlenden Julimorgen ungeladen die staubige Straße im Nine-Mile-Tal hinauffuhren. Er war bereit, dem Mathis-Clan und dessen Nachbarn bis zu 2500 Dollar pro Hektar zu geben, dazu kostenloses Land in einer leidlich netten Senke am Südrand des Reservats, plus Umzugskosten und Exhumierung mit Spitzentechnologie und neuerlicher Bestattung sämtlicher Mathis-Gebeine. Doch Coyle Mathis hörte sich die Einzelheiten gar nicht erst an. «Nein, N-E-I-N», sagte er und setzte noch hinzu, er beabsichtige, auf dem Familienfriedhof begraben zu werden, woran ihn kein Mensch hindern werde. Und plötzlich war Walter wieder sechzehn und rasend vor Wut. Wut nicht nur auf Mathis wegen dessen Mangel an Manieren und Vernunft, sondern paradoxerweise auch auf Vin Haven, weil der ihn auf einen Mann angesetzt hatte, dessen ökonomische Irrationalität er in gewisser Weise nachvollziehen konnte und bewunderte. «Entschuldigen Sie», sagte er, als er in der heißen Sonne, stark schwitzend, auf einer zerfurchten Piste am Rand eines müllübersäten Hofes stand, den zu betreten Mathis ihn ostentativ nicht aufgefordert hatte, «aber das ist doch einfach *dumm.*»

Lalitha neben ihm, unter dem Arm eine Mappe voller Dokumente, die, wie sie geglaubt hatte, Mathis vielleicht doch unterschreiben würde, räusperte sich in explosivem Bedauern über dieses beklagenswerte Wort.

Mathis, ein schlanker und überraschend gut aussehender Mann Ende fünfzig, richtete ein erfreutes Lächeln auf die grünen, von Insekten summenden Höhen, die sie umgaben. Einer seiner Hunde, ein schnurrbärtiger Köter mit Gestörten-Physiognomie, begann zu knurren. «Dumm!», sagte Mathis. «Da gebrauchen Sie aber ein komisches Wort, Mister. Damit haben Sie mir fast den Tag gerettet. Nicht jeden Tag nennt mich einer dumm. Man könnte sagen, so dumm sind die Leute hier nicht.»

«Hören Sie, bestimmt sind Sie ein sehr kluger Mann», sagte Walter. «Ich habe damit nur –»

«Ich denke mal, ich bin klug genug, um bis zehn zu zählen», sagte Mathis. «Und Sie, Sir? Sie sehen mir aus wie einer, der gebildet ist. Können Sie bis zehn zählen?»

«Ich kann sogar bis zweitausendfünfhundert zählen», sagte Walter, «und ich weiß, wie man das mit hundertfünfundneunzig multipliziert und wie man zu der Summe noch zweihunderttausend hinzuzählt. Und wenn Sie sich nur eine Minute Zeit nähmen, um mir –»

«Meine Frage lautet», sagte Mathis, «können Sie das auch rückwärts? Also, ich fang mal an. Zehn, neun …»

«Hören Sie, es tut mir sehr leid, dass ich das Wort dumm gebraucht habe. Die Sonne scheint hier ganz schön kräftig. Ich wollte nicht –»

«Acht, sieben …»

«Vielleicht kommen wir ein andermal wieder», sagte Lalitha. «Wir können Ihnen etwas Material dalassen, das können Sie dann in aller Ruhe studieren.»

«Oh, Sie nehmen an, ich kann lesen, wie?» Mathis strahlte sie beide an. Nun knurrten alle drei Hunde. «Ich glaube, ich bin bei sechs. Oder schon bei fünf? Was bin ich dumm, ich hab's schon vergessen.»

«Hören Sie», sagte Walter, «ich entschuldige mich aufrichtig, wenn ich –»

«Vier, drei, zwei!»

Die Hunde, offenbar selbst ziemlich intelligent, rückten mit angelegten Ohren vor.

«Wir kommen wieder», sagte Walter und trat mit Lalitha eilig den Rückzug an.

«Dann schieße ich auf Ihren Wagen!», rief Mathis ihnen fröhlich nach.

Den ganzen Rückweg die schreckliche Straße hinab zum Highway verfluchte Walter lautstark die eigene Dummheit und Unfähigkeit, seine Wut zu beherrschen, während Lalitha, sonst ein Quell von Lob und Bestätigung, nachdenklich auf dem Beifahrersitz saß und grübelte, was nun zu tun war. Es war nicht übertrieben zu sagen, dass ohne Mathis' Kooperation all die andere Arbeit, die sie geleistet hatten, um «Havens Gefilde» abzusichern, vergebens sein würde. Auf der Sohle des staubigen Tals gab Lalitha ihre Bewertung ab: «Man muss ihn wie einen wichtigen Mann behandeln.»

«Das ist ein ganz mieser Soziopath», sagte Walter.

«Wie dem auch sei», sagte sie – und ihre indische Aussprache dieser ihrer Lieblingswendung war besonders reizend, ein knapper, flotter Singsang praktischen Denkens, den er nicht oft genug hören konnte –, «wir werden seiner Aufgeblasenheit schmeicheln müssen. Er muss der Retter sein, nicht der Verräter.»

«Ja, aber leider wollen wir von ihm nur, dass er den Verräter macht.»

«Vielleicht fahre ich nochmal rauf und rede mit ein paar von den Frauen.»

«Ein beschissenes Patriarchat ist das da oben», sagte Walter. «Ist dir das nicht aufgefallen?»

«Nein, Walter, die Frauen sind sehr stark. Lass mich doch mit ein paar von denen reden.»

«Das ist ein Albtraum. Ein *Albtraum*.»

«Wie dem auch sei», sagte Lalitha erneut, «ich frage mich, ob ich nicht noch bleiben soll, um mit einigen Leuten versuchshalber zu reden.»

«Er hat das Angebot doch schon abgelehnt. Kategorisch.»

«Dann brauchen wir eben ein besseres Angebot. Du musst mit Mr. Haven über ein besseres Angebot reden. Kehr du nach Washington zurück und rede mit ihm. Wahrscheinlich ist es ja ganz gut, wenn du nicht mehr in die Senke rauffährst. Ich allein wirke vielleicht weniger bedrohlich.»

«Das kann ich nicht zulassen.»

«Ich habe keine Angst vor Hunden. Auf dich würde er sie hetzen, aber nicht auf mich, das glaube ich nicht.»

«Ist doch aussichtslos.»

«Vielleicht, vielleicht auch nicht», sagte Lalitha.

Abgesehen von ihrer bloßen Tapferkeit, als unbegleitete, dunkelhäutige Frau von zierlichem Wuchs und verlockendem Äußeren noch einmal eine arme Weißensiedlung aufzusuchen, in der ihr bereits körperliche Gewalt angedroht worden war, beeindruckte es Walter in den folgenden Monaten, dass nicht er, der kleinstädtische Sohn eines wütenden Trinkers, sondern sie, die vorstädtische Tochter eines Elektroingenieurs, das Wunder von Forster Hollow vollbracht hatte. Nicht nur konnte er nicht besonders gut mit einfachen Leuten; sein gesamtes Wesen war in Opposition zu der Provinz, der er entstammte, geprägt worden. Mathis mit seiner Unvernunft und Verbitterung des armen Weißen hatte Walters schiere Existenz beleidigt: ihn mit Wut verblendet. Wohingegen Lalitha, die mit Leuten wie Mathis keinerlei Erfahrung hatte, offen und mit mitfühlendem Herzen noch einmal hatte hinfahren können. Sie hatte sich den stolzen, armen Landleuten genauso genähert, wie sie Auto fuhr – als könnte einem derart gutgelaunten und gutwilligen Menschen nichts Schlimmes widerfahren –, und die stolzen, armen Landleute hatten ihr den Respekt erwiesen, den sie dem wütenden Walter verweigert hatten. Durch ihren Erfolg empfand er sich als minderwertig und ihrer Bewunderung unwürdig, wofür er ihr desto dankbarer war. Was seine Begeisterung über junge Leute und deren Fähigkeit, Gutes auf der Welt zu tun, noch umfassender werden ließ. Und – wenngleich er sich wehrte, es sich einzugestehen und zu akzeptieren – seine Liebe zu ihr mehr als angeraten schürte.

Auf der Grundlage der Erkenntnisse, die Lalitha bei ihrer Rückkehr nach Forster Hollow sammelte, hatten Walter und Vin Haven ein neues und haarsträubend lukratives Angebot für seine Bewohner geschmiedet. Ihnen einfach mehr Geld anzubieten, hatte Lalitha gesagt, werde nichts bringen. Damit Mathis sein Gesicht wahren könne, müsse er der Moses sein, der sein Volk in ein neues Gelobtes Land führe. Bedauerlicherweise verfügten die Leute von Forster Hollow, soweit Walter es beurteilen konnte, jenseits von Jagen, Motoren reparieren, Gemüse anbauen, Kräuter sammeln und Sozialhilfeschecks einlösen nur über unwesentliche Fähigkeiten. Gleichwohl war Vin Haven so entgegenkommend, in dem weiten Kreis seiner Geschäftsfreunde Erkundigungen einzuziehen, und meldete sich bei Walter mit einer interessanten Möglichkeit: Schutzwesten.

Bis Walter im Sommer 2001 nach Houston geflogen und sich mit Haven getroffen hatte, war ihm unbekannt gewesen, was sich hinter der Bezeichnung «guter Texaner» verbarg, da die überregionalen Nachrichten so sehr von einigen bösen beherrscht wurden. Haven besaß eine große Ranch im Hill Country und eine noch größere südlich von Corpus Christi, beide liebevoll als Lebensraum für Federwild betrieben. Haven war einer jener texanischen Naturfreunde, die fröhlich Zimtenten vom Himmel ballerten, aber auch Stunden damit verbrachten, per Videoüberwachungskamera hingebungsvoll die Entwicklung junger Schleiereulen in einem Nistkasten auf ihrem Grundstück zu beobachten, und fachmännisch vom Schuppenmuster auf dem Wintergefieder eines Baird-Strandläufers schwärmen konnten. Er war ein kleiner, schroffer, kugelköpfiger Mann, und Walter hatte ihn von der ersten Minute seines Vorstellungsgesprächs an gemocht. «Ein Einsatz von hundert Millionen Dollar für eine einzige Sperlingsvogelart», hatte Walter gesagt. «Das ist eine interessante Vergabe von Mitteln.»

Haven hatte seinen Kugelkopf zur Seite geneigt. «Haben Sie ein Problem damit?»

«Nicht unbedingt. Aber angesichts dessen, dass der Vogel noch nicht einmal auf der Liste der gefährdeten Arten steht, wäre ich schon neugierig zu erfahren, was Sie sich dabei denken.»

«Ich denke mir, das sind meine hundert Millionen, die kann ich ausgeben, wie ich will.»

«Gutes Argument.»

«Wissenschaftliche Untersuchungen zum Pappelwaldsänger belegen, dass die Populationen während der letzten vierzig Jahre um drei Prozent jährlich zurückgegangen sind. Nur weil er die Schwelle zu den als gefährdet gelisteten Arten noch nicht überschritten hat, kann man diese Kurve trotzdem bis null weiterführen. Denn dahin geht sie: auf null.»

«Schon. Und trotzdem –»

«Und trotzdem gibt es Arten, die schon näher an der Null sind. Das weiß ich. Und ich hoffe zu Gott, jemand anderes nimmt sich ihrer an. Ich frage mich oft, würde ich mir die Kehle durchschneiden, wenn man mir garantiert, dass ich dadurch eine Art rette? Wir wissen alle, das Leben eines Menschen ist mehr wert als das eines Vogels. Aber ist mein erbärmliches kleines Leben eine ganze Art wert?»

«Zum Glück keine Entscheidung, die einem abverlangt wird.»

«In gewisser Hinsicht stimmt das», sagte Haven. «Aber in einem größeren Rahmen trifft jeder diese Entscheidung. Im Februar hat mich der Direktor der National Audubon angerufen, gleich nach seinem Amtsantritt. Der Mann heißt Martin Vogle, wenn das nicht verrückt ist. So viel zum Thema richtiger Name für den Job. Martin Vogle fragt mich also, ob ich ihm ein kleines Treffen mit Karl Rove im Weißen Haus arrangieren kann. Er sagt, er braucht nur eine Stunde, um Karl Rove davon zu überzeugen, dass es für die neue Regierung ein absolutes Plus ist, wenn sie den Umweltschutz vorrangig behandelt. Sag ich zu ihm: Ich glaube, ich kann Ihnen eine Stunde mit Karl Rove verschaffen, aber davor tun Sie für mich Folgendes. Sie müssen einen namhaften unabhängigen Meinungsforscher dazu bringen, eine Umfrage darüber zu machen, wie dringlich das Umweltthema für Wechselwähler ist. Wenn Sie Karl Rove ein paar gute Zahlen zeigen, wird er ganz Ohr sein. Und Martin Vogle überschlägt sich vor Dankbarkeit, danke, danke, phantastisch, betrachten Sie das als erledigt. Und ich sage zu Martin Vogle: Nur noch eine Kleinigkeit: Bevor Sie diese Umfrage in Auftrag geben und Rove zeigen, sollten Sie eine weitgehende Vorstellung davon haben, wie die Ergebnisse aussehen. Das ist jetzt ein halbes Jahr her. Ich habe nie wieder von ihm gehört.»

«Sie und ich, wir sind in diesen Dingen politisch völlig auf einer Linie», sagte Walter.

«Kiki und ich bearbeiten Laura, sooft wir können», sagte Haven. «Diese Richtung einzuschlagen könnte aussichtsreicher sein.»

«Das ist toll, das ist unglaublich.»

«Es kann aber dauern. Manchmal glaube ich, W. ist eher mit Rove als mit Laura verheiratet. Das haben Sie aber nicht von mir gehört.»

«Aber warum der Pappelwaldsänger?»

«Ich mag den Vogel. Ist ein hübscher kleiner Vogel. Wiegt weniger als das erste Glied meines Daumens und fliegt jedes Jahr bis nach Südamerika und wieder zurück. Das hat doch wirklich was. Ein Mann, eine Art. Reicht das nicht? Könnten wir nur sechshundertzwanzig andere Männer zusammenbringen, dann käme auf jeden ein nordamerikanischer Brutvogel. Hätten Sie das Glück, dass man Ihnen die Wanderdrossel zuweist, bräuchten Sie für ihren Schutz keinen Cent auszugeben. Aber ich mag Herausforderungen. Und das Kohleland der Appalachen ist eine Wahnsinnsherausforderung. Und das müssen Sie einfach akzeptieren, wenn Sie den Laden für mich schmeißen wollen. Sie müssen für den Gipfelabbau aufgeschlossen sein.»

In den vierzig Jahren, die Vin Haven im Öl/Gas-Geschäft war und eine Firma mit dem Namen Pelican Oil leitete, hatte er Beziehungen zu praktisch jedem in Texas geknüpft, den zu kennen sich lohnte, von Ken Lay und Rusty Rose bis zu Ann Richards und Father Tom Pincelli, dem «Vogelpriester» des unteren Rio Grande. Besonders eng war er mit den Leuten von LBI, dem Öldienstleister-Riesen, der sich wie sein Erzrivale Halliburton unter den Regierungen Reagans und des älteren Bush zu einem der führenden Militärdienstleister entwickelt hatte. Und an LBI wandte sich Haven wegen einer Lösung des Problems Coyle Mathis. Anders als Halliburton, dessen ehemaliger Vorstandsvorsitzender jetzt als Vizepräsident das Land regierte, bemühte sich LBI noch immer um einen direkten Zugang zur neuen Regierung und war daher besonders gern bereit, einem engen persönlichen Freund von George und Laura einen Gefallen zu tun.

Eine Tochter von LBI, ArDee Enterprises, hatte unlängst einen dicken Auftrag über die Lieferung hochwertiger Schutzwesten erhalten, deren schmerzliche Notwendigkeit die amerikanischen Streitkräfte jetzt, wo immer mehr improvisierte Sprengsätze an allen Ecken im Irak explodierten, zu spät erkannt hatten. West Virginia, einem Staat mit billigen Arbeitskräften und laxen Umweltvorschriften, der Bush/Cheney 2000 zu ihrem knappen Sieg verholfen hatte – erstmals seit dem Erdrutschsieg Nixons 1972 wurde dort der republikanische Kandidat gewählt –, galten in den Kreisen, in denen Vin Haven verkehrte, einige Sympathien. Also baute ArDee Enterprises eilends eine Schutzwestenfabrik im Whitman County, und Haven, der bei ArDee den richtigen Moment abpasste, bevor die Einstellungen für die Fabrik begannen, konnte sich eine Garantie über 120 dauerhafte Arbeitsplätze für die Leute von Forster Hollow im Tausch gegen ein Paket von Zugeständnissen sichern, das so großzügig ausfiel, dass ArDee die Arbeitskräfte praktisch gratis bekam. Haven versprach Coyle Mathis via Lalitha, für kostenlose Qualitätsunterkünfte und berufsbildende Programme für ihn und die anderen Familien aus Forster Hollow aufzukommen, und versüßte den Deal noch mit einer Einmalzahlung an ArDee, die groß genug war, um Krankenversicherung und Rentenpläne der Arbeiter für die nächsten zwanzig Jahre zu finanzieren. Was die Sicherheit der Arbeitsplätze anbelangte, genügte der Verweis auf von verschiedenen Mitgliedern der Regierung Bush abgegebene Erklärungen, Amerika werde sich noch auf Generationen hinaus im Nahen Osten verteidigen. Es gab also kein absehbares Ende des Krieges gegen den Terror und ergo auch kein Ende der Nachfrage nach Schutzwesten.

Walter, der eine geringe Meinung von dem Bush/Cheney-Abenteuer im Irak hatte und eine noch geringere von der moralischen Hygiene von Militärdienstleistern, war nicht wohl dabei, mit LBI zusammenzuarbeiten und den linken Umweltaktivisten, die sich ihm in West Virginia entgegenstellten, noch mehr Munition zu liefern. Lalitha dagegen war absolut begeistert. «Das ist doch *perfekt*», sagte sie zu Walter. «Auf diese Weise können wir mehr als ein Modell für eine wissenschaftlich fundierte Renaturierung sein. Wir sind auch eins für eine sozialverträgliche Umsiedlung und Umschulung von Leuten, die aus Gründen des Schutzes gefährdeter Arten vertrieben worden sind.»

«Natürlich beschissen für diejenigen, die schon früh verkauft haben», sagte Walter.

«Wenn die noch kämpfen wollen, können wir denen auch Arbeitsplätze anbieten.»

«Für wie viele zusätzliche Millionen auch immer.»

«Und dass es patriotisch ist, ist auch perfekt!», sagte Lalitha. «Die Leute tun etwas, um ihrem Land in Kriegszeiten zu helfen.»

«Diesen Leuten scheint das nicht gerade schlaflose Nächte zu bereiten.»

«Nein, Walter, das siehst du falsch. Luanne Coffey hat zwei Söhne im Irak. Sie hasst die Regierung, weil die nichts mehr dafür unternimmt, sie zu schützen. Darüber haben sie und ich ebenfalls gesprochen. Sie hasst die Regierung, aber noch mehr hasst sie die Terroristen. Das ist perfekt.»

Und so flog Vin Haven im Dezember mit seinem Jet nach Charleston und begleitete Lalitha persönlich nach Forster Hollow, während Walter in einem Motelzimmer in Beckley blieb und vor Wut und Beschämung kochte. Es war keine Überraschung gewesen, von Lalitha zu hören, dass Coyle Mathis sich noch ausgiebig darüber ausgelassen hatte, was für ein arroganter, verklemmter Idiot ihr Chef sei. Sie hatte die Rolle des guten Cops voll ausgereizt, und auch Vin Haven, der mit einfachen Leuten sehr gut konnte (wie sich an seiner Freundschaft mit George W. zeigte), kam in Forster Hollow anscheinend ganz passabel an. Zwar marschierte ein Grüppchen Demonstranten von außerhalb des Nine-Mile-Tals, angeführt von der Irren Jocelyn Zorn, mit Plakaten (STIFTUNG GEH STIFTEN) vor der winzigen Grundschule herum, in der das Treffen stattfand, aber sämtliche achtzig Familien aus der Senke traten ihre Rechte ab und akzeptierten noch an Ort und Stelle achtzig beglaubigte Riesenschecks vom Stiftungskonto in Washington.

Und nun, neunzig Tage später, war Forster Hollow ein Geisterdorf im Besitz der Stiftung und wartete auf seinen Abriss am nächsten Tag um sechs. Walter hatte keinen Grund gesehen, dem ersten Morgen des Abrisses beizuwohnen, dafür mehrere, es nicht zu tun, Lalitha dagegen war ganz außer sich vor Freude über die unmittelbar bevorstehende Beseitigung der letzten dauerhaften Gebäude im Waldsängerpark. Beim Einstellungsgespräch hatte er sie mit der Vision von 250 von Menschenhand vollkommen unbefleckten Quadratkilometern geködert, und bei dieser Vision hatte sie so richtig angebissen. Da sie diejenige war, die diese Vision an die Schwelle der Realisierung gebracht hatte, konnte er ihr die Genugtuung, nach Forster Hollow zu fahren, schlechterdings nicht verwehren. Er wollte ihr alles nur Mögliche bieten, wenn er ihr schon nicht seine Liebe schenken konnte. Er ließ sie so gewähren, wie er oft versucht gewesen war, Jessica gewähren zu lassen, es sich aber einer guten Erziehung halber meistens verkniffen hatte.

Lalitha saß erwartungsvoll vorgebeugt auf dem Fahrersitz, als sie den Mietwagen nach Beckley hineinlenkte; der Regen wurde immer stärker.

«Die Bergstraße ist morgen eine einzige Sauerei», sagte Walter mit Blick auf den Regen und nahm missvergnügt die ältliche Griesgrämigkeit in seiner Stimme zur Kenntnis.

«Wir stehen um vier auf und fahren ganz langsam», sagte Lalitha.

«Ha, das wäre ja was ganz Neues. Habe ich schon jemals erlebt, wie du auf einer Straße langsam fährst?»

«Ich bin ganz aufgeregt, Walter!»

«Ich dürfte eigentlich gar nicht hier sein», sagte Walter griesgrämig. «Ich sollte morgen früh eigentlich die Pressekonferenz geben.»

«Cynthia meint, der Montag ist für den Nachrichtenzyklus besser», sagte Lalitha, sich auf die Pressefrau beziehend, deren Arbeit bis dahin im Wesentlichen darin bestanden hatte, Kontakte mit der Presse zu vermeiden.

«Ich weiß nicht, wovor ich mich mehr fürchte», sagte Walter.

«Dass niemand kommt oder dass der Raum voller Journalisten ist.»

«Ach, wir wollen den Raum eindeutig voll haben. Das ist doch eine ungeheure Nachricht, wenn man sie richtig rüberbringt.»

«Ich weiß nur, dass ich mich davor fürchte.»

Mit Lalitha in Hotels zu übernachten war zum vielleicht schwierigsten Teil ihrer Arbeitsbeziehung geworden. In Washington, wo sie über ihm wohnte, hielt sie sich wenigstens in einem anderen Stockwerk auf, und Patty war da und störte das Bild. Im Days Inn in Beckley steckten sie identische Schlüsselkarten in identische Türen, fünf Meter voneinander entfernt, und betraten Zimmer, deren identische Tristesse nur eine sengende verbotene Liebschaft hätte überwinden können. Walter konnte nicht umhin, sich vorzustellen, wie allein Lalitha in ihrem identischen Zimmer war. Sein Minderwertigkeitsgefühl basierte zum Teil auf schlichtem Neid – Neid auf ihre Jugend, Neid auf ihren naiven Idealismus, Neid auf die Unkompliziertheit ihrer Lage, verglichen mit der Unhaltbarkeit der seinen –, und ihm schien, dass ihr Zimmer, wenngleich äußerlich identisch, das Zimmer der Fülle, das Zimmer des schönen und zulässigen Sehnens war und seines das der Leere und des sterilen Verbots. Er schaltete *CNN* an, einfach nur, um ein Geräusch zu hören, und sah, während er sich für eine einsame Dusche auszog, einen Bericht über das jüngste Blutbad im Irak.

Am Morgen des Vortags, bevor er zum Flughafen aufgebrochen war, hatte Patty in der Tür ihres Schlafzimmers gestanden. «Ich formuliere es mal so offen wie möglich», sagte sie. «Du hast meine Erlaubnis.»

«Erlaubnis wofür?»

«Du weißt, wofür. Und ich sage, du hast sie.»

Er hätte vielleicht fast geglaubt, dass sie es ernst meinte, wenn ihr Gesichtsausdruck nicht so angespannt gewesen wäre und sie beim Reden nicht so jammervoll die Hände gerungen hätte.

«Egal, was du damit meinst», sagte er, «ich will deine Erlaubnis nicht.»

Sie hatte ihn erst flehentlich, dann verzweifelt angesehen und schließlich allein gelassen. Eine halbe Stunde später klopfte er auf seinem Weg nach draußen an die Tür des kleinen Zimmers, in dem sie schrieb und mailte und, in letzter Zeit immer häufiger, auch schlief. «Schatz», sagte er durch die Tür. «Dann bis Donnerstagabend.» Als sie nicht antwortete, klopfte er erneut und ging hinein. Sie saß auf dem Schlafsofa und umklammerte die Finger der einen Hand mit der Faust der anderen. Ihr Gesicht war rot, mitgenommen, tränenverschliert. Er kauerte zu ihren Füßen nieder und hielt ihre Hände, die schneller alterten als das Übrige an ihr: die knochig und dünnhäutig waren. «Ich liebe dich», sagte er. «Verstehst du das?»

Sie nickte rasch, biss sich auf die Lippe, dankbar, aber nicht überzeugt. «Ist gut», flüsterte sie kieksend. «Geh jetzt besser.»

Wie viele tausend Male, fragte er sich, als er die Treppe zum Stiftungsbüro hinunterging, lasse ich noch zu, dass diese Frau mir ins Herz sticht?

Die arme Patty, die arme, konkurrenzorientierte, verlorene Patty, die in Washington nichts auch nur annähernd Tapferes oder Bewundernswertes zuwege brachte, ihr konnte nicht verborgen bleiben, wie sehr er Lalitha bewunderte. Der Grund dafür, dass er sich nicht gestatten konnte, auch nur daran zu denken, Lalitha zu lieben, geschweige denn etwas dahingehend zu unternehmen, war Patty. Und zwar nicht nur, weil er den Buchstaben des Ehegesetzes achtete, sondern auch, weil er die Vorstellung, dass sie wusste, es gab da jemanden, von dem er eine höhere Meinung hatte als von ihr, unerträglich fand. Lalitha *war* besser als Patty. Das war einfach so. Doch Walter wollte lieber sterben, als Patty diese simple Tatsache einzugestehen, denn wie sehr er Lalitha auch einmal lieben mochte und wie unlebbar sein Leben mit Patty auch geworden war, liebte er Patty doch auf eine völlig andere Weise, eine allgemeinere und abstraktere, aber nichtsdestoweniger tiefgreifende Weise, bei der es um ein ganzes Leben in Verantwortung, um Gutsein ging. Würde er Lalitha feuern, tatsächlich und/oder metaphorisch, dann würde sie ein paar Monate Tränen vergießen und danach ihr Leben fortsetzen und mit einem anderen Gutes tun. Lalitha war jung und mit Klarheit gesegnet. Wohingegen Patty es immer noch brauchte, auch wenn sie häufig grausam zu ihm war und sich in letzter Zeit immer öfter seinen Zärtlichkeiten entzog, dass er sie auf Händen trug. Das wusste er, denn warum sonst hatte sie ihn nicht verlassen? Er wusste es sehr, sehr wohl. In Pattys Mitte war eine Leere, die nach besten Kräften mit Liebe zu füllen seine Lebensaufgabe war. Glomm ein feiner Hoffnungsschimmer, den er allein bewahren konnte. Und daher blieb ihm, obwohl seine Lage schon jetzt unhaltbar war und mit jedem Tag unhaltbarer zu werden schien, nichts anderes übrig, als damit weiterzumachen.

Er trat aus der Moteldusche, wobei er jeden Blick auf den ungeheuerlichen weißen, mittelalten Körper im Spiegel sorgfältig mied, und fragte sein BlackBerry nach Nachrichten ab; Richard Katz hatte eine geschickt.

> Hey Alter, bin mit dem Job jetzt fertig hier. Sehen wir uns in Washington oder was? Wohne ich im Hotel oder schlafe auf eurem Sofa? Ich will alle Spesen, die mir zustehen. Beste Grüße an deine shcönen Frauen. RK

Die Beklommenheit, mit der Walter die Nachricht las, war ungewissen Ursprungs. Möglich, dass ihn nur der Tippfehler an Richards fundamentale Achtlosigkeit erinnerte, möglich aber auch, dass es ein Nachgeschmack von ihrem Treffen zwei Wochen zuvor in Manhattan war. Auch wenn Walter sich sehr gefreut hatte, seinen alten Freund wiederzusehen, war ihm noch nachgegangen, wie Richard in dem Restaurant darauf beharrt hatte, dass Lalitha das Wort *verfickt* wiederholte, ja wie er sich später die Freiheit hatte herausnehmen können, auf ihr Interesse an Oralsex anzuspielen, und auf welche Weise er selbst, in der Bar der Penn Station, noch über Patty hergezogen war, wozu er sich sonst bei *niemandem* hinreißen ließ. Mit siebenundvierzig noch zu versuchen, seinen College-Zimmergenossen damit zu beeindrucken, dass er seine Frau runtermachte und Vertraulichkeiten weitergab, die besser ungesagt geblieben wären: es war erbärmlich. Obwohl Richard sich anscheinend auch gefreut hatte, ihn zu sehen, wurde Walter das altvertraute Gefühl nicht los, dass Richard versuchte, ihm seine Katz'sche Weltsicht aufzudrängen und ihn dadurch mattzusetzen. Als Richard, bevor sie auseinandergingen, zu Walters Überraschung eingewilligt hatte, seinen Namen und sein Konterfei dem Kreuzzug gegen die Überbevölkerung zur Verfügung zu stellen, hatte Walter sogleich Lalitha angerufen und ihr die großartige Nachricht mitgeteilt. Doch nur sie hatte sie mit ungetrübter Begeisterung aufnehmen können. Walter war in den Zug nach Washington gestiegen und hatte sich gefragt, ob er das Richtige getan hatte.

Und warum hatte Richard in seiner E-Mail die *Schönheit* Lalithas und Pattys erwähnt? Warum hatte er nur sie und nicht auch Walter selbst gegrüßt? Auch das nur eine Achtlosigkeit? Das glaubte Walter nicht.

Ein paar Häuser weiter vom Days Inn gab es ein Steakhaus, in dem alles aus Plastik war, aber immerhin hatte es eine ordentliche Bar. Es war lächerlich, ausgerechnet da hinzugehen, da weder Walter noch Lalitha Rind aßen, aber der Mann vom Motel hatte nichts Besseres zu empfehlen gewusst. In einer plastikbestuhlten Nische klickte Walter mit dem Rand seines Bierglases an Lalithas Martini Dry, mit dem sie gleich darauf kurzen Prozess machte. Er bedeutete der Kellnerin, einen weiteren zu bringen, und durchlitt sodann die Lektüre der Speisekarte. Zwischen dem Grauen des Rindermethans, den Seen aus Exkrementen, die von Schweine- und Hühnerfarmen hervorgebracht wurden und ganze Wassereinzugsgebiete kontaminierten, der katastrophalen Überfischung der Ozeane, dem ökologischen Albtraum gezüchteter Garnelen und Lachse, der Antibiotika-Orgie in den Milchkuh-«Fabriken» und dem durch die Globalisierung der Erzeugnisse verschleuderten Treibstoff gab es außer Kartoffeln, Bohnen und Tilapia aus Aquakultur nur wenig, was er guten Gewissens bestellen konnte.

«Scheiß drauf», sagte er und klappte die Speisekarte zu. «Ich nehme das Rib-Eye.»

«Hervorragend, eine hervorragende Feier», sagte Lalitha, deren Gesicht schon erhitzt war. «Ich nehme das köstliche gegrillte Käsesandwich aus dem Kindermenü.»

Das Bier schmeckte interessant. Unerwartet sauer und undelikat, wie trinkbarer Teig. Schon nach drei, vier Schlucken pochten selten wahrgenommene Blutgefäße verstörend in Walters Gehirn.

«Richard hat gemailt», sagte er. «Er will kommen und mit uns an der Strategie arbeiten. Ich habe ihm geschrieben, er soll übers Wochenende runterkommen.»

«Ha! Siehst du? Und du hast gedacht, es lohnt sich gar nicht, ihn zu fragen.»

«Nein, nein. Du hattest recht.»

Lalitha fiel etwas an seinem Gesicht auf. «Freust du dich denn nicht?»

«Doch, unbedingt!», sagte er. «Theoretisch jedenfalls. Da ist nur eine Sache, der … ich misstraue. Ich glaube, im Grunde begreife ich nicht, warum er mitmacht.»

«Weil wir ungeheuer überzeugend waren!»

«Ja, vielleicht. Oder vielleicht, weil du ungeheuer hübsch bist.»

Davon schien sie erfreut und verwirrt zugleich. «Er ist doch ein sehr guter Freund von dir, oder?»

«Früher mal. Aber dann wurde er berühmt. Und jetzt sehe ich nur noch die Seiten an ihm, denen ich nicht traue.»

«Welchen traust du denn nicht?»

Walter schüttelte den Kopf, er wollte es nicht sagen.

«Traust du ihm nicht in Bezug auf *mich*?»

«Nein, das wäre doch sehr dumm, nicht? Denn was geht es mich an, was du tust? Du bist erwachsen, du kannst selbst auf dich aufpassen.»

Lalitha lachte ihn aus; jetzt freute sie sich nur noch und war nicht mehr verwirrt.

«Ich finde ihn sehr witzig und charismatisch», sagte sie. «Aber vor allem hat er mir einfach leidgetan. Weißt du, was ich meine? Er scheint mir einer dieser Männer zu sein, die ständig eine Attitüde aufrechterhalten müssen, weil sie innerlich schwach sind. Er ist nicht annähernd so männlich wie du. Als wir uns unterhielten, habe ich immer nur gesehen, wie sehr er dich bewundert und wie er versucht hat, es nicht zu deutlich zu zeigen. Hast du das nicht gesehen?»

Das Ausmaß der Freude, mit der Walter das hörte, kam ihm gefährlich vor. Er wollte es glauben, misstraute ihm aber, weil er wusste, dass Richard auf seine Weise unerbittlich war.

«Im Ernst, Walter. So ein Typus von Mann ist sehr *primitiv*. Alles, was er vorzuweisen hat, ist Ansehen, Selbstbeherrschung und eine Attitüde. Er hat nur eine Kleinigkeit, du dagegen hast alles andere.»

«Aber die Welt will nun mal das, was er hat», sagte Walter. «Du hast doch den ganzen LexisNexis-Kram über ihn gelesen, du weißt doch, was ich meine. Die Welt belohnt nicht Ideen oder Emotionen, sie belohnt Integrität und Coolness. Und deshalb traue ich ihm nicht. Er hat alles so eingerichtet, dass er immer auf der Gewinnerseite ist. Insgeheim glaubt er ja vielleicht, dass er das, was wir tun, bewundert, aber öffentlich wird er es nie zugeben, weil er seine Attitüde aufrechterhalten muss, denn das will die Welt, und das weiß er.»

«Ja, aber deshalb ist es auch so schön, dass er für uns arbeiten wird. Ich *will* nicht, dass du cool bist, ich mag coole Männer nicht. Ich mag Männer wie dich. Aber Richard kann uns bei der Öffentlichkeitsarbeit helfen.»

Walter war erleichtert, als die Bedienung kam, um ihre Bestellung aufzunehmen, und der Freude, mit der er hörte, warum Lalitha ihn mochte, ein Ende setzte. Doch die Gefahr wurde nur noch größer, als sie ihren zweiten Martini trank.

«Kann ich dich was Persönliches fragen?», sagte sie.

«Hm – klar.»

«Die Frage lautet: Meinst du, ich soll mir die Eileiter abbinden lassen?»

Sie hatte so laut gesprochen, dass man es auch an anderen Tischen hätte hören können, und Walter legte reflexhaft einen Finger auf den Mund. Er fühlte sich ohnehin schon auffällig genug, empfand sich als schreiend städtisch, wie er da inmitten der beiden Spielarten ländlicher West-Virginier, der übergewichtigen und der spindeldürren, mit einer jungen Frau einer anderen Rasse saß.

«Ich finde es nur folgerichtig», sagte sie leiser, «weil ich ja weiß, dass ich keine Kinder haben will.»

«Tja», sagte er, «ich ... ich weiß nicht ...» Er wollte sagen, dass eine Schwangerschaft, da Lalitha ihren langjährigen Freund Jairam so selten sah, wohl kaum ein drängendes Problem war und dass sie, sollte sie tatsächlich zufällig schwanger werden, immer noch eine Abtreibung vornehmen konnte. Allerdings schien es ihm vollkommen unangebracht zu sein, über die Eileiter seiner Assistentin zu sprechen. Sie lächelte ihn mit einer Art duseliger Scheu an, als wollte sie seine Erlaubnis einholen oder fürchtete seine Missbilligung. «Grundsätzlich glaube ich», sagte er, «dass Richard recht hatte, falls du dich an das erinnerst, was er gesagt hat. Er hat gesagt, die Menschen ändern in solchen Dingen ihre Meinung. Wahrscheinlich ist es das Beste, wenn du dir alle Möglichkeiten offenlässt.»

«Aber was ist, wenn ich nun mal *weiß*, dass ich jetzt schon richtigliege und meinem künftigen Ich nicht traue?»

«Na, in der Zukunft bist du eben nicht mehr dein altes Ich. Dann bist du dein neues. Und dein neues Ich könnte etwas anderes wollen.»

«Dann *scheiß* auf mein künftiges Ich», sagte Lalitha und beugte sich vor. «Wenn es sich fortpflanzen will, halte ich schon jetzt nichts davon.»

Walter zwang sich, nicht auf die anderen Gäste zu schauen. «Warum fällt dir das jetzt überhaupt ein? Du siehst Jairam doch kaum noch.»

«Weil Jairam Kinder will, deshalb. Er glaubt nicht, wie ernst es mir damit ist, keine zu wollen. Ich muss es ihm beweisen, damit er mich nicht weiter damit belämmert. Ich möchte nicht mehr seine Freundin sein.»

«Ich weiß wirklich nicht, ob wir so etwas besprechen sollten.»

«Na gut, aber mit wem soll ich dann darüber sprechen? Du bist der Einzige, der mich versteht.»

«O Gott, Lalitha.» Walters Kopf schwamm vom Bier. «Das tut mir sehr leid. Wirklich sehr leid. Ich habe das Gefühl, ich habe dich in etwas reingezogen, in das ich dich niemals hätte reinziehen dürfen. Du hast noch dein ganzes Leben vor dir, und ich ... Ich habe das Gefühl, ich habe dich in etwas reingezogen.»

Das klang alles völlig falsch. In dem Bemühen, etwas Eingrenzendes, Spezifisches zum Problem der Weltbevölkerung zu sagen, hatte er es geschafft, sich so anzuhören, als sagte er etwas Umfassendes über sie beide. Hatte den Eindruck erweckt, als schlösse er eine weitergehende Möglichkeit aus, die auszuschließen er da noch gar nicht bereit war, auch wenn er wusste, dass es diese Möglichkeit eigentlich nicht gab.

«Es sind meine Gedanken, nicht deine», sagte Lalitha. «Du hast sie mir nicht in den Kopf gesetzt. Ich habe dich nur um Rat gefragt.»

«Tja, und mein Rat ist, tu's nicht.»

«Gut. Dann trinke ich noch einen. Oder rätst du mir auch davon ab?»

«Ich rate dir in der Tat davon ab.»

«Dann bestell mir trotzdem noch einen.»

Vor Walter tat sich ein Abgrund auf, zum sofortigen Hineinspringen verfügbar. Er war schockiert darüber, wie schnell sich so etwas vor ihm auftun konnte. Das einzige andere Mal – oder, nein, nein, nein, das *einzige* Mal –, als er sich verliebt hatte, war fast ein Jahr ins Land gegangen, bevor er dem nachgegeben hatte, und selbst da hatte Patty ihm am Ende die Schwerstarbeit größtenteils abgenommen. Und nun schien es, als könnten solche Dinge binnen *Minuten* bewerkstelligt werden. Nur noch ein paar leichtsinnige Worte, noch ein Schluck Bier, dann wusste allein Gott ...

«Ich meinte bloß», sagte er, «dass ich dich zu weit in das Überbevölkerungsproblem reingezogen habe. Sodass du wie besessen davon bist. Mit meiner dummen Wut, mit meinen Themen. Etwas Weitergehendes wollte ich gar nicht sagen.»

Sie nickte. Winzige Tränenperlen klammerten sich an ihre Wimpern.

«Ich empfinde dir gegenüber tiefe Vatergefühle», plapperte er.

«Verstehe.»

Aber auch *Vatergefühle* war falsch – zu sehr schloss es jene Liebe aus, die er sich, und dieses Eingeständnis war noch immer zu schmerzhaft, niemals gestatten würde.

«Natürlich», sagte er, «bin ich zu jung, um dein Vater zu sein, oder fast zu jung, und außerdem hast du sowieso deinen eigenen Vater. Ich habe mich eigentlich nur darauf bezogen, dass du mich um einen väterlichen Rat gebeten hast. Dass ich als dein Vorgesetzter und als beträchtlich älterer Mensch dir gegenüber eine Art ... *Fürsorglichkeit* empfinde. In dieser Hinsicht ‹Vatergefühle›. Nicht in irgendeinem tabuisierten Sinn.»

Das klang alles wie ausgemachter Unsinn, noch während er es sagte. Verdammt nochmal, Tabus waren sein einziges Problem. Lalitha, die das zu wissen schien, hob ihren reizenden Blick und schaute mitten hinein in seine Augen. «Du musst mich nicht lieben, Walter. Ich kann doch einfach dich lieben. Ja? Du kannst mich nicht davon abhalten, dich zu lieben.»

Der Abgrund weitete sich schwindelerregend.

«Ich liebe dich aber!», sagte er. «Ich meine – in einem bestimmten Sinn. Einem sehr bestimmten. Definitiv. Ziemlich. Sehr sogar. Verstehst du? Ich kann nur nicht erkennen, wohin uns das führen soll. Ich meine, wenn wir weiterhin zusammenarbeiten wollen, können wir auf keinen Fall so reden. Das ist schon jetzt sehr, sehr, sehr, sehr schlimm.»

«Ja, ich weiß.» Sie senkte den Blick. «Und du bist verheiratet.»

«Ja, genau. *Genau!* Da haben wir's.»

«Da haben wir's, ja.»

«Ich besorge dir mal deinen Martini.»

Liebe offenbart, Katastrophe abgewendet – er schaute sich nach der Bedienung um und bestellte einen dritten Martini, nicht zu stark. Seine Gesichtsröte, die sein ganzes Leben lang beständig erschienen und wieder verschwunden war, war nun erschienen, ohne wieder zu verschwinden. Erhitzt wankte er auf die Toilette und versuchte zu pinkeln. Sein Bedürfnis war drängend und zugleich schwer umzusetzen. Er stand am Urinal, tat tiefe Atemzüge und war schließlich so weit, die Dinge laufen zu lassen, als die Tür aufschwang und jemand hereinkam. Walter hörte, wie der Mann sich die Hände wusch und abtrocknete, während er mit brennenden Wangen dastand und darauf wartete, dass seine Blase ihre Schüchternheit überwand. Erneut war er dem Erfolg nahe, als er merkte, dass der Kerl an den Waschbecken absichtlich trödelte. Resigniert brach er seinen Pinkelversuch ab, verschwendete mit einer unnötigen Spülung Wasser und schloss den Hosenladen.

«Vielleicht gehste wegen deinen Schwierigkeiten beim Pissen mal zum Arzt, he», knödelte der Mann an den Waschbecken sadistisch. Weiß, um die dreißig, Spuren eines harten Lebens im Gesicht, passte er genau in Walters Profil des Autofahrers, der nichts vom Blinkersetzen hielt. Er stand dicht neben Walters Schulter, als der sich hastig die Hände wusch und abtrocknete. «Stehst wohl auf dunkles Fleisch, wie?»

«Was?»

«Na, ich hab gesehn, was du da mit dem Niggermädel machst.»

«Sie ist *Asiatin*», sagte Walter und ging um ihn herum. «Wenn Sie mich entschuldigen –»

«Pralinen sind fein, aber Schnaps lullt ein, war's nicht so, Kumpel?»

In seiner Stimme lag so viel Hass, dass Walter aus Angst vor Gewalt ohne eine Erwiderung durch die Tür flüchtete. Seit fünfunddreißig Jahren hatte er keine Schläge mehr ausgeteilt oder eingesteckt, und er ahnte, dass Prügel mit siebenundvierzig viel schmerzhafter waren als mit zwölf. Sein ganzer Körper vibrierte vor aufgestauter Aggression, und ihm schwindelte ob der Ungerechtigkeit, als er sich vor seinen Eisbergsalat in die Nische setzte.

«Wie ist dein Bier?», fragte Lalitha.

«Interessant», sagte er und leerte den Rest. Sein Kopf fühlte sich an, als wollte er sich gleich vom Hals lösen und wie ein Luftballon an die Decke schweben.

«Entschuldige, wenn ich etwas gesagt habe, was ich nicht hätte sagen sollen.»

«Mach dir da keine Sorgen», sagte er. «Ich bin –» *auch in dich verliebt. Ich bin furchtbar verliebt in dich.* «Ich bin in einer schwierigen Lage, Liebes», sagte er. «Ich meine, nicht ‹Liebes›. Nicht ‹Liebes›. Lalitha. Liebes. Ich bin in einer schwierigen Lage.»

«Vielleicht solltest du noch ein Bier trinken», sagte sie mit einem verschmitzten Lächeln.

«Weißt du, es ist nämlich so, ich liebe auch meine Frau.»

«Ja, natürlich», sagte sie. Aber sie *versuchte* gar nicht erst, ihm da herauszuhelfen. Sie krümmte den Rücken wie eine Katze und schob sich über den Tisch, stellte die zehn matten Nägel ihrer schönen, jungen Hände zu beiden Seiten seines Salattellers zur Schau, eine Aufforderung, sie zu berühren. «Ich bin ja so betrunken!», sagte sie und lächelte ihn verrucht an.

Er warf einen Blick durch den Plastikspeiseraum, um festzustellen, ob sein Toilettenpeiniger dies womöglich beobachtete. Der Kerl war nicht in Sichtweite, und auch sonst starrte niemand ungebührlich her. Als er dann auf Lalitha hinabsah, die sich mit der Wange auf den Plastiktisch schmiegte, als wäre er das weichste aller Kissen, fielen ihm die Worte von Richards Prophezeiung ein. Das Mädchen auf den Knien, wippender Kopf, ein Aufwärtsstrahlen. Oh, die billige Klarheit von Richard Katz' Weltsicht. Aufwallende Verärgerung durchbrach das Summen in seinem Kopf und stabilisierte ihn. Dieses Mädchen ausnutzen, das konnte Richard machen, aber nicht er.

«Sitz aufrecht», sagte er streng.

«Gleich», murmelte sie und wackelte mit den gestreckten Fingern.

«Nein, jetzt. Wir sind das Aushängeschild der Stiftung, und dessen müssen wir uns bewusst sein.»

«Ich glaube, du musst mich jetzt eventuell nach Hause bringen, Walter.»

«Erst müssen wir dir ein wenig zu essen geben.»

«Mhm», sagte sie und lächelte mit geschlossenen Augen.

Walter stand auf, fing die Kellnerin ab und bat sie, ihre Gerichte zum Mitnehmen einpacken zu lassen. Als er zur Nische zurückkehrte, hing Lalitha, den halb getrunkenen dritten Martini am Ellbogen, noch immer über dem Tisch. Er zog sie hoch, führte sie, ihren Oberarm fest umfasst haltend, nach draußen und platzierte sie auf dem Beifahrersitz. Als er wieder hineinging, um das Essen zu holen, stieß er in dem verglasten Windfang auf seinen Peiniger aus der Toilette.

«Geil auf dunkles Fleisch, was, du Sau», sagte der Kerl. «Was für 'n beschissener Anblick. Was machst du hier überhaupt?»

Walter versuchte, an ihm vorbeizugehen, doch der Kerl versperrte ihm den Weg.

«Ich hab dich was gefragt», sagte er.

«Kein Interesse», sagte Walter.

Er wollte sich vorbeidrängen, doch er wurde heftig gegen die Scheibe gestoßen, sodass das Gebälk des Windfangs wackelte. In dem Augenblick, bevor Schlimmeres geschehen konnte, ging die innere Tür auf, und die abgebrühte Wirtin des Restaurants fragte, was los sei.

«Dieser Mann belästigt mich», sagte Walter schwer atmend.

«Scheißperverser.»

«Das müssen Sie vor dem Lokal austragen», sagte die Wirtin.

«Ich geh nirgends hin. Der Perverse da, der geht.»

«Dann setzen Sie sich wieder an Ihren Tisch und reden in einem anderen Ton mit mir.»

«Ich kann gar nichts essen, von dem dreht sich mir der Magen um.»

Walter ließ die beiden die Angelegenheit unter sich klären und ging hinein, wo er ins Fadenkreuz des finsteren, hasserfüllten Blickes geriet, den eine füllige junge Blondine auf ihn richtete, eindeutig die Begleiterin seines Peinigers, die allein an einem Tisch bei der Tür saß. Während er auf das Essen wartete, fragte er sich, warum er und Lalitha ausgerechnet an diesem Abend einen solchen Hass provoziert hatten. Hin und wieder hatten sie Blicke auf sich gezogen, zumeist in kleineren Städten, aber nie war etwas Derartiges passiert. Tatsächlich war er von der Zahl schwarz-weißer Paare, die er in Charleston gesehen hatte, angenehm überrascht gewesen, auch davon, dass auf der Liste der zahlreichen Gebrechen dieses Bundesstaates Rassismus nicht sehr weit oben rangierte. West Virginia war in weiten Teilen zu weiß, als dass die Rassenzugehörigkeit ein großes Thema gewesen wäre. Er sah sich zu der Folgerung genötigt, dass das, was die Aufmerksamkeit des jungen Paars hatte erregen können, seine Schuld gewesen war, seine schmutzige Schuld, die von ihm in der Nische ausgestrahlt hatte. Nicht Lalitha hassten sie, sie hassten *ihn*. Und er verdiente es. Als endlich das Essen kam, zitterten seine Hände so sehr, dass er kaum den Kreditkartenzettel unterschreiben konnte.

Vor dem Days Inn trug er Lalitha durch den Regen und setzte sie vor ihrer Tür ab. Er bezweifelte kaum, dass sie hätte selber gehen können, doch er wollte ihr den Wunsch erfüllen, auf ihr Zimmer getragen zu werden. Und es tat auch gut, sie auf den Armen zu tragen wie ein Kind; es erinnerte ihn an seine Pflichten. Als sie sich auf das Bett setzte und umsank, deckte er sie mit der Tagesdecke zu, so wie er einst Jessica und Joey zugedeckt hatte.

«Ich gehe nach nebenan und esse was», sagte er, wobei er ihr zärtlich die Haare aus der Stirn strich. «Ich lass dir deins hier stehen.»

«Nein», sagte sie. «Bleib und sieh fern. Ich bin gleich wieder nüchtern, dann können wir zusammen essen.»

Auch diesen Wunsch erfüllte er ihr, machte *PBS* auf Kabel ausfindig und sah noch den Schluss von *NewsHour* – einen Bericht über John Kerrys Vietnamkriegsvergangenheit, dessen Belanglosigkeit ihn so nervös machte, dass er ihm kaum folgen konnte. Überhaupt ertrug er fast gar keine Nachrichtensendung mehr. Alles, einfach alles überschlug sich. Er empfand jähe Sympathie für Kerrys Wahlkampf, dem nun keine sieben Monate mehr blieben, um die

Stimmung im Land zu drehen und drei Jahre Hightech-Lügen und -Manipulationen aufzudecken.

Er selbst hatte unter dem gewaltigen Druck gestanden, darauf hinzuwirken, dass die Verträge der Stiftung mit Nardone und Blasco unterzeichnet wurden, bevor die Vorvereinbarung zwischen ihnen und Vin Haven am 30. Juni auslief und neu verhandelt werden musste. In seiner Eile, mit Coyle Mathis klarzukommen und den Termin zu halten, war ihm keine andere Wahl geblieben, als den Schutzwesten-Deal mit LBI abzusegnen, so maßlos und abgeschmackt er auch war. Und nun, noch bevor etwas überdacht werden konnte, beeilten sich die Kohleunternehmen, das Nine-Mile-Tal zu zerstören und mit ihren Schürfkübelbaggern in die Berge vorzurücken, was ihnen ja auch freistand, weil es einer von Walters wenigen eindeutigen Erfolgen in West Virginia gewesen war, die Genehmigungen für den Gipfelabbau zu beschleunigen und das «Appalachische Zentrum für Umweltrechtsfragen» zu überreden, das Nine-Mile-Gelände aus seiner dilatorischen Klage herauszunehmen. Der Deal wurde besiegelt, und nun musste Walter West Virginia in jedem Fall abhaken und sich ernsthaft an seinen Anti-Bevölkerungs-Kreuzzug machen – musste das Praktikantenprogramm auf die Beine stellen, bevor die liberalsten College-Kids des Landes ihre Sommerplanung abgeschlossen hatten und für Kerrys Wahlkampfteam zu arbeiten anfingen.

In den zweieinhalb Wochen seit seinem Treffen mit Richard in Manhattan war die Weltbevölkerung um 7 000 000 angewachsen. Eine *Netto*zunahme von sieben Millionen Menschen – das Äquivalent der Bevölkerung New Yorks –, die Wälder abholzten und Bäche verschmutzten und Grasland asphaltierten und Plastikmüll in den Pazifik warfen und Benzin und Kohle verbrannten und andere Arten auslöschten und dem Scheißpapst gehorchten und zehn Kinder warfen. Für Walter gab es keine größere Kraft des Bösen auf der Welt, keine zwingendere Ursache für die Verzweiflung über die Menschheit und den unglaublichen Planeten, der ihr gegeben worden war, als die katholische Kirche, wobei die siamesischen Zwillingsfundamentalismen von Bush und Bin Laden zugegebenermaßen in letzter Zeit nur knapp dahinterlagen. Er konnte keine Kirche, keinen ECHTE MÄNNER LIEBEN JESUS-Anstecker und kein Fischsymbol an einem Auto sehen, ohne dass sich ihm vor Wut die Brust zuschnürte. In einem Staat wie West Virginia bedeutete dies, dass er so ziemlich jedes Mal, wenn er sich ans Tageslicht wagte, wütend wurde, was zweifellos zu seiner aggressiven Fahrweise beitrug. Und es war nicht nur die Religion, war nicht nur das Jumboformat von *allem und jedem,* auf das seine amerikanischen Mitbürger als einzige Anspruch zu haben glaubten, es waren nicht nur die Wal-Marts und die Eimer voller Maissirup und die hochgebockten Monster-Pick-ups; es war das Gefühl, dass niemand sonst im Land sich auch nur *fünf Sekunden Gedanken* darüber machte, was es hieß, jeden Monat weitere 13 000 000 große Primaten auf die begrenzte Oberfläche der Welt zu packen. Die ungetrübte, heitere Gleichgültigkeit seiner Landsleute machte ihn rasend vor Wut.

Unlängst hatte Patty als Gegenmittel zu seiner aggressiven Fahrweise vorgeschlagen, er solle sich doch, wenn er am Steuer sitze, mit Radiohören ablenken, doch für Walter lautete die Botschaft eines jeden Senders, dass sich niemand sonst in Amerika über die Zerstörung des Planeten den Kopf zerbrach. Die christlichen Sender und die Provinzsender und die Sender der rechten Rush-Limbaugh-Show bejubelten natürlich alle lebhaft die Zerstörung; die Classic-Rock- und die Nachrichtensender machten andauernd viel Lärm um rein gar nichts; und das *National Public Radio* war für Walter sogar noch schlimmer. *Mountain Stage* und *A Prairie Home Companion*, die zupften buchstäblich die Leier, während der Planet brannte! Und am allerschlimmsten waren *Morning Edition* und *All Things Considered.* Die Nachrichtenredaktion von *NPR*, einst halbwegs liberal, war zu einer von vielen Stimmen der Mitte-Rechts-Ideologie des freien Marktes geworden, die noch die geringste *Verlangsamung* des nationalen Wirtschaftswachstums als «schlecht» bezeichnete und jeden Morgen und Abend kostbare Sendeminuten – Minuten, die darauf hätten verwandt werden können, wegen Überbevölkerung und Artensterben Alarm zu schlagen – für lachhaft ernste Besprechungen von literarischen Romanen und sonderbaren Musikgruppen wie Walnut Surprise vorsätzlich verschwendete.

Und erst das Fernsehen: Das Fernsehen war wie das Radio, nur zehnmal schlimmer. Das Land, das jeden idiotischen Casting-Auftritt in *American Idol* minutiös verfolgte, während die Welt in Flammen aufging, verdiente in Walters Augen jedwede Albtraumzukunft, die es erwarten mochte.

Natürlich wusste er, dass es falsch war, so zu denken – wenn auch nur, weil er nahezu zwanzig Jahre lang, in St. Paul, nicht so gedacht hatte. Er wusste um den engen Zusammenhang von Wut und Depression, wusste, dass es psychisch ungesund war, so ausschließlich von apokalyptischen Szenarien besessen zu sein, wusste, wie die Besessenheit sich in seinem Fall aus der Frustration über seine Frau und der Enttäuschung über seinen Sohn speiste. Wäre er wirklich allein mit seiner Wut gewesen, er hätte sie wahrscheinlich nicht ausgehalten.

Doch Lalitha konnte ihm in allem folgen. Sie teilte seine Ansichten und fand wie er, dass Eile geboten war. In seinem ersten Gespräch mit ihr hatte sie ihm von der Reise zu ihrer Familie nach Westbengalen erzählt, die sie mit vierzehn Jahren unternommen hatte. Sie war genau im richtigen Alter gewesen, um von der räumlichen Enge und dem Leid und Elend des menschlichen Lebens in Kalkutta nicht nur traurig und entsetzt, sondern *angewidert* zu sein. Ihr Angewidertsein hatte sie nach ihrer Rückkehr in die Staaten in den Vegetarismus getrieben und zu diversen Umweltstudien veranlasst, unter besonderer Berücksichtigung, später auf dem College, der Situation der Frauen in Entwicklungsländern. Obwohl sie nach ihrem Abschluss eine gute Stelle bei der Nature Conservancy ergattert hatte, war sie mit dem Herzen – genau wie Walter in jungen Jahren – bei Themen wie Bevölkerungswachstum und Nachhaltigkeit geblieben.

Gewiss, Lalitha hatte noch eine ganz andere Seite, eine, die für starke, traditionelle Männer empfänglich war. Ihr Freund Jairam, ein angehender Herzchirurg, war dick und irgendwie hässlich, aber auch arrogant und karrieristisch, und Lalitha war keineswegs die erste attraktive junge Frau, die nach Walters Beobachtungen ihre Reize bei einem wie Jairam parkte, um nicht auf Schritt und Tritt angesprochen zu werden. Aber sechs Jahre mit Jairams eskalierendem Unsinn schienen sie nun endlich von ihm zu heilen. Das einzige wirklich Überraschende an der Frage, die sie Walter an diesem Abend gestellt hatte, der Frage nach der Sterilisierung, war gewesen, dass sie überhaupt das Bedürfnis gehabt hatte, sie zu stellen.

Ja, warum hatte sie es ihn gefragt?

Er schaltete den Fernseher aus und ging in ihrem Zimmer auf und ab, um die Sache eingehender zu überdenken, und schon bald kam ihm die Antwort in den Sinn: Sie hatte gefragt, ob *er* womöglich ein Kind mit ihr haben wollte. Oder, genauer, vielleicht hatte sie ihn davor gewarnt, dass sie, selbst wenn er es wollte, womöglich keines wollen würde.

Und das Kranke daran war – wenn er es sich ehrlich eingestand –, dass er tatsächlich ein Kind mit ihr wollte. Nicht dass er Jessica nicht vergötterte und, auf abstraktere Weise, Joey nicht liebte. Aber ihre Mutter kam ihm plötzlich sehr weit entfernt vor. Patty war eine Frau, die ihn womöglich gar nicht so unbedingt hatte heiraten wollen, eine Frau, von der ihm überhaupt erst durch *Richard* zu Ohren gekommen war, der an einem Sommerabend in Minneapolis vor langer Zeit erwähnt hatte, dass die Frau, mit der er schlief, mit einem Basketballstar zusammenwohnte, der seine Vorstellungen von Sportlerinnen über den Haufen warf. Patty hätte sich fast mit Richard zusammengetan, und aus der erfreulichen Tatsache, dass sie es nicht getan hatte – dass sie stattdessen Walters Liebe erlegen war –, war ihr ganzes gemeinsames Leben erwachsen, ihre Ehe, ihr Haus, ihre Kinder. Sie waren immer ein gutes, aber auch merkwürdiges Paar gewesen; nun schienen sie immer weniger zu harmonieren. Wohingegen Lalitha eine echte Gleichgesinnte war, eine Seelengefährtin, die ihn zutiefst bewunderte. Sollten sie je einen Sohn haben, dann wäre dieser Sohn wie er.

Auf das heftigste aufgewühlt, ging er weiter im Zimmer auf und ab. Während seine Aufmerksamkeit von Alkohol und rassistischen Proleten abgelenkt gewesen war, hatte sich der Abgrund zu seinen Füßen immer weiter aufgetan. Jetzt überlegte er schon, ob er mit seiner Assistentin *Kinder* haben wollte! Und gab nicht einmal vor, dass er es nicht überlegte! Und das war alles innerhalb der letzten *Stunde* so gekommen. Das wusste er genau, weil er, als er ihr riet, sich die Eileiter nicht abbinden zu lassen, ganz bestimmt nicht an sich gedacht hatte.

«Walter?», sagte Lalitha vom Bett her.

«Ja, wie geht's dir?», sagte er und eilte zu ihr.

«Ich dachte, ich muss mich übergeben, aber jetzt denke ich, ich muss es doch nicht.»

«Gut!»

Flattrig, mit einem zärtlichen Lächeln, blinzelte sie zu ihm hoch. «Danke, dass du bei mir geblieben bist.»

«Oh, unbedingt.»

«Wie geht's dir mit deinem Bier?»

«Ich weiß es gar nicht mal.»

Ihre Lippen waren da, ihr Mund war da, und sein Herz schien im Begriff, den Brustkorb zu sprengen, so pochte es. Küss sie! Küss sie! Küss sie!, sagte es zu ihm.

Und dann klingelte sein BlackBerry. Der Klingelton war der Ruf des Pappelwaldsängers.

«Geh ruhig dran», sagte Lalitha.

«Hm ...»

«Nein, geh schon dran. Im Liegen geht's mir hier ganz gut.»

Es war Jessica, sicher nichts Dringendes, sie telefonierten täglich. Der Anblick ihres Namens auf dem Display genügte allerdings, Walter vom Rand des Abgrunds zurückzuholen. Er setzte sich auf das andere Bett und meldete sich.

«Es klingt, als würdest du laufen», sagte Jessica. «Joggst du gerade?»

«Nein», sagte er. «Wir feiern eher.»

«Klingt, als wärst du auf einer *Tretmühle*, so wie du keuchst.»

Sein Arm hatte zu wenig Kraft, um auch nur ein Telefon ans Ohr zu halten. Er legte sich auf die Seite und erzählte seiner Tochter von den Geschehnissen des Vormittags und seinen diversen Bedenken, die sie, so gut sie konnte, zu zerstreuen suchte. Der Rhythmus ihrer täglichen Gespräche war ihm lieb geworden. Jessica war der einzige Mensch auf Erden, dem er gestattete, sich nach ihm zu erkundigen, bevor er selber Fragen stellte; so kümmerte sie sich um ihn; sie war das Kind, das sein Verantwortungsgefühl geerbt hatte. Auch wenn sie noch immer den Ehrgeiz hatte, Schriftstellerin zu werden, und momentan als kaum bezahlte Redaktionsassistentin in Manhattan arbeitete, besaß sie doch eine ausgeprägte grüne Ader und hoffte, später einmal hauptsächlich über Umweltthemen zu schreiben. Walter sagte ihr, Richard komme nach Washington, und fragte sie, ob sie noch immer vorhabe, am Wochenende dabei zu sein, um zu den Gesprächen ihre wertvolle jugendliche Intelligenz beizusteuern. Sie sagte, auf jeden Fall.

«Und wie ist es *dir* heute ergangen?», sagte er.

«Ha», sagte sie. «Meine Mitbewohner haben sich nicht auf wunderbare Weise durch bessere ersetzt, während ich in der Redaktion war. Ich habe meine Tür mit Tüchern abgedichtet, um den Qualm abzuhalten.»

«Du musst ihnen sagen, dass sie drinnen nicht rauchen dürfen. Das musst du ihnen sagen.»

«Tja, ich bin nun mal in der Minderheit. Sie haben beide gerade erst mit dem Rauchen angefangen. Es ist noch immer möglich, dass sie einsehen, wie dumm das ist, und aufhören. Bis dahin halte ich buchstäblich die Luft an.»

«Und was macht die Arbeit?»

«Das Übliche. Simon wird immer schmieriger. Er ist die reinste Talgfabrik. Man muss alles abwischen, wenn er mal bei einem am Schreibtisch war. Heute hat er sich so ungefähr eine Stunde lang an Emilys Schreibtisch rumgedrückt und versucht, sie zu überreden, dass sie mit ihm zu einem Knicks-Spiel geht. Die älteren Redakteure kriegen aus mir unbekannten Gründen Gratiskarten für alles Mögliche, darunter auch Sportveranstaltungen. Die Knicks versuchen momentan wohl ziemlich verzweifelt, ihre Luxusplätze vollzukriegen. Und Emily macht diesen hier: Wie viele hundert Arten, nein zu sagen, fallen mir ein? Schließlich bin ich hin und habe Simon nach seiner *Frau* gefragt. Weißt du – Frau? Drei Gören in Ossining? Hallo? Hörst du vielleicht mal auf, Emily in den Ausschnitt zu glotzen?»

Walter schloss die Augen und suchte nach einer Antwort.

«Dad? Bist du noch dran?»

«Ja, bin ich. Wie alt ist, hm, Simon?»

«Keine Ahnung. Unbestimmbar. Wahrscheinlich knapp doppelt so alt wie Emily. Wir spekulieren darüber, ob er sich die Haare färbt. Manchmal scheint die Farbe von Woche zu Woche ein bisschen zu changieren, aber das könnte auch einfach eine Frage von Körperölen sein. Zum Glück ist er nicht mein unmittelbarer Chef.»

Walter hatte plötzlich Sorge, dass er in Tränen ausbrechen könnte.

«Dad? Bist du noch dran?»

«Ja, ja.»

«Die Verbindung wirkt so tot, wenn du nichts sagst.»

«Ja, hör mal», sagte er, «es ist phantastisch, dass du am Wochenende kommst. Ich glaube, wir stecken Richard ins Gästezimmer. Am Samstag hocken wir uns dann lange zusammen und am Sonntag etwas kürzer. Und versuchen, einen konkreten Plan auf die Beine zu stellen. Lalitha hat schon ein paar großartige Ideen.»

«Zweifellos», sagte Jessica.

«Sehr gut. Wir sprechen morgen wieder.»

«Okay, ich liebe dich, Dad.»

«Ich dich auch, mein Schatz.»

Er ließ das Telefon aus der Hand gleiten und lag eine Weile lautlos weinend da, sodass das billige Bett leicht bebte. Er wusste nicht, was er tun, wusste nicht, wie er leben sollte. Alles Neue, dem er im Leben begegnete, trieb ihn in eine Richtung, die ihn von ihrer Richtigkeit vollkommen überzeugte, aber dann tauchte schon wieder das nächste Neue auf und trieb ihn in die entgegengesetzte Richtung, die ebenfalls richtig schien. Es gab kein Drehbuch, das alles regelte: Er kam sich vor wie eine rein reaktive Flipperkugel in einem Spiel, dessen einziges Ziel es war, um des Am-Leben-Bleibens willen am Leben zu bleiben. Seine Ehe wegzuwerfen und Lalitha zu folgen war bis zu dem Moment unwiderstehlich gewesen, als er in sich, nach Art von Jessicas älterem Kollegen, einen jener überkonsumierenden amerikanischen Männer erkannte, die sich zu mehr und mehr und mehr berechtigt fühlten: dem Moment, als er den romantischen Imperialismus darin ausmachte, dass er sich in etwas frisches Asiatisches verliebt hatte, nachdem die heimischen Vorräte erschöpft waren. Dasselbe galt für den Kurs, den er zweieinhalb Jahre lang, überzeugt von der Solidität seiner Argumente und der Richtigkeit seiner Mission, der Stiftung vorgegeben hatte, nur um an diesem Vormittag in Charleston zu spüren, dass ihm nichts als schreckliche Fehler unterlaufen waren. Und auch mit der Initiative zur Überbevölkerung war es dasselbe: Was für eine bessere Lebensweise konnte es denn geben, als sich auf die wichtigste Herausforderung seiner Zeit zu stürzen? Eine Herausforderung, die ihm aus der Luft gegriffen und fruchtlos erschien, sobald er an seine Lalitha mit abgebundenen Eileitern dachte. Wie sollte er leben?

Er trocknete sich die Augen und riss sich zusammen, als Lalitha aufstand, zu ihm kam und ihm eine Hand auf die Schulter legte. Ihr Atem roch süßlich nach Martini. «Mein Chef», sagte sie sanft und streichelte ihm über die Schulter. «Du bist der beste Chef der Welt. So ein wunderbarer Mann. Morgen früh stehen wir auf, dann ist alles gut.»

Er nickte und schniefte und ächzte ein wenig. «Bitte, lass dich nicht sterilisieren», sagte er.

«Nein», sagte sie und streichelte ihn weiter. «Heute Abend nicht mehr.»

«Es hat alles keine Eile. Alles muss langsamer werden.»

«Langsam, langsam, ja. Alles wird ganz langsam gehen.»

Hätte sie ihn geküsst, dann hätte er sie wiedergeküsst, doch sie streichelte nur immer weiter seine Schulter, und nach einer Weile war er in der Lage, einen Anschein von Professionalität wiederherzustellen. Lalitha sah wehmütig, aber nicht allzu enttäuscht aus. Sie gähnte und reckte die Arme wie ein verschlafenes Kind. Walter ließ sie mit ihrem Sandwich allein und ging mit seinem Steak nach nebenan, wo er es mit schuldbewusster Wildheit verschlang, indem er es in den Händen hielt und mit den Zähnen Fetzen herausriss, sodass sein Kinn ganz fettig wurde. Wieder dachte er an Jessicas Kollegen Simon, den schmierigen Schänder.

Davon und von der Einsamkeit und Sterilität seines Zimmers ernüchtert, wusch er sich das Gesicht und widmete sich zwei Stunden lang seinen E-Mails, während Lalitha in ihrem ungeschändeten Zimmer schlief und träumte – wovon? Er konnte es sich nicht vorstellen. Allerdings hatte er das Gefühl, dass sie sich, indem sie so nahe an den Rand des Abgrunds getreten und dann so ungeschickt zurückgewichen waren, gegen die Gefahr, einander noch einmal so nahe zu kommen, geimpft hatten. Und das war ihm jetzt ganz recht. So war er ja auch gewohnt zu leben: mit Disziplin und Selbstverleugnung. Er fand Trost darin, dass es lange dauern würde, bis sie wieder zusammen unterwegs waren.

Cynthia, seine Pressefrau, hatte ihm letzte Fassungen der vollständigen Presseerklärung sowie der vorläufigen Mitteilung gemailt, die am Mittag des nächsten Tages rausgehen sollte, sobald der Abriss von Forster Hollow begonnen hatte. Außerdem war da noch eine knappe, bedrückt klingende Nachricht von Eduardo Soquel, dem Verbindungsmann der Stiftung in Kolumbien, der bestätigte, er sei bereit, die *quinceañera* seiner ältesten Tochter am Sonntag sausen zu lassen und nach Washington zu fliegen. Walter brauchte Soquel bei der Pressekonferenz am Montag neben sich, um das Panamerikanische des Parks zu unterstreichen und die Erfolge der Stiftung in Südamerika hervorzuheben.

Es war nichts Ungewöhnliches, dass große Ankäufe von Land zu Naturschutzzwecken erst öffentlich gemacht wurden, wenn sie unter Dach und Fach waren, aber brisante Geschäftsabschlüsse in der Größenordnung von 6000 Hektar Wald, die für den Gipfelabbau freigegeben werden, waren selten. Ende 2002, als Walter der örtlichen Umweltschutzgruppe gegenüber lediglich *angedeutet* hatte, dass die Stiftung auf ihrem Waldsänger-Schutzgebiet den Gipfelabbau zulassen könnte, hatte Jocelyn Zorn jeden kohlekritischen Journalisten in West Virginia aufgescheucht. Das Ergebnis war ein Hagel negativer Artikel gewesen, und Walter hatte erkennen müssen, dass er es sich einfach nicht leisten konnte, mit allen Vereinbarungen an die Öffentlichkeit zu gehen. Die Uhr tickte; es blieb keine Zeit für die langwierige Arbeit, die Öffentlichkeit zu erziehen und deren Meinung zu bilden. Besser, er führte die Verhandlungen mit Nardone und Blasco geheim, besser, er ließ Lalitha Coyle Mathis und dessen Nachbarn überreden, Verschwiegenheitserklärungen zu unterschreiben, und wartete ab, bis alle Faits auch wirklich accomplis waren. Aber die Sache war nun gelaufen, nun rollte das schwere Gerät an. Walter wusste, dass er mit der Geschichte vorher herauskommen und sie in seine Richtung drehen musste, als «Erfolgsgeschichte» einer wissenschaftlich fundierten Renaturierung und einer sozialverträglichen Umsiedlung. Und dennoch, je mehr er jetzt darüber nachdachte, desto sicherer war er sich, dass die Presse ihn wegen des Gipfelabbaus schlachten würde. Vielleicht würde er Wochen damit beschäftigt sein, Feuer auszutreten. Und währenddessen tickte die Uhr auch bei seiner Überbevölkerungsinitiative, die ihn jetzt als Einziges noch interessierte.

Nachdem er noch einmal mit tiefem Unbehagen die Presseerklärung durchgelesen hatte, schaute er ein letztes Mal in seinen Posteingang und entdeckte eine neue Nachricht, von caperville@nytimes.com.

Hallo, Mr. Berglund,
mein Name ist Dan Caperville, ich arbeite an einem Artikel über Landschaftserhaltung in der Appalachen-Region. Wie ich höre, hat die Waldsängerberg-Stiftung unlängst eine Vereinbarung über den Erhalt eines großen bewaldeten Areals im Wyoming Co., WV,

getätigt. Ich würde sehr gern mit Ihnen darüber sprechen, sobald es Ihnen passt …

Was soll der Scheiß? Woher wusste die *Times* schon von der Unterzeichnung an diesem Vormittag? Walter war unter den gegebenen Umständen so wenig bereit, über die E-Mail nachzudenken, dass er auf der Stelle eine Antwort verfasste und abschickte, bevor er Zeit hatte, es sich noch einmal zu überlegen.

Lieber Mr. Caperville,
haben Sie vielen Dank für Ihre Anfrage! Sehr gern würde ich mit Ihnen über die aufregenden Dinge sprechen, die die Stiftung in Planung hat. Es fügt sich, dass ich kommenden Montagvormittag eine Pressekonferenz in Washington abhalte, bei der ich eine bedeutende und sehr aufregende neue Umweltinitiative bekanntgebe. Ich hoffe, Sie können dabei sein. In Anbetracht des Ranges Ihrer Zeitung kann ich Ihnen unsere Presseerklärung auch schon am Sonntagabend zukommen lassen. Wenn Sie Zeit hätten, noch vor der PK mit mir zu sprechen, würde ich eventuell auch das arrangieren können.
Ich freue mich auf die Zusammenarbeit mit Ihnen –
Walter E. Berglund
Geschäftsführender Direktor, Waldsängerberg-Stiftung

Er schickte Kopien an Cynthia und Lalitha, dazu den Kommentar Was soll der Scheiß?, und lief dann aufgewühlt durchs Zimmer, den Gedanken nicht loswerdend, wie gern er jetzt ein zweites Bier gehabt hätte. (Ein Bier in siebenundvierzig Jahren, und schon kam er sich süchtig vor.) Es war jetzt wohl das Beste, Lalitha zu wecken, zurück nach Charleston zu fahren, am Morgen den ersten Flug zu nehmen, die Pressekonferenz auf Freitag vorzuverlegen und der Geschichte zuvorzukommen. Aber es schien, als hätte die Welt, die rasend machende, geschwinde Welt, sich vorgenommen, ihm *die beiden einzigen Dinge* zu verwehren, die er jetzt wirklich wollte. Nachdem ihm schon verwehrt worden war, Lalitha zu küssen, wollte er wenigstens das Wochenende damit verbringen, mit ihr und Jessica und Richard die Überbevölkerungsinitiative zu planen, bevor er sich mit dem Fiasko in West Virginia beschäftigte.

Um halb elf, er lief noch immer durchs Zimmer, war er so frustriert und angespannt und voller Selbstmitleid, dass er Patty anrief. Er wollte Anerkennung für seine Treue, vielleicht aber wollte er auch nur ein wenig Wut abladen bei jemandem, den er liebte.

«Oh, hallo», sagte Patty. «Ich hatte nicht erwartet, von dir zu hören. Ist alles in Ordnung?»

«Alles ist *grauenhaft.*»

«Kann ich mir denken! Es ist schwer, immerzu nein zu sagen, wo du doch ja sagen möchtest, stimmt's?»

«O Gott, fang nicht damit an», sagte er. «Fang bitte um Gottes willen heute Abend nicht damit an.»

«Entschuldige. Ich wollte nur Verständnis zeigen.»

«Ich habe es hier mit einem *beruflichen* Problem zu tun, Patty. Nicht bloß mit irgendeiner belanglosen kleinen persönlichen Gefühlsangelegenheit, ob du's glaubst oder nicht. Mit *ernsten beruflichen Schwierigkeiten*, weshalb ich ein wenig Bestätigung gebrauchen könnte. Jemand, der bei der Besprechung heute Vormittag dabei war, hat etwas an die Presse weitergegeben, und ich muss jetzt einer Geschichte zuvorkommen, von der ich mir gar nicht mehr sicher bin, ob ich ihr überhaupt zuvorkommen will, weil ich längst glaube, dass ich hier alles vermasselt habe. Dass ich nichts anderes zuwege gebracht habe, als 6000 Hektar dafür freizugeben, dass man sie zu einer Mondlandschaft sprengt, und jetzt muss die Welt darüber informiert werden, und dabei interessiert mich das Projekt überhaupt nicht mehr.»

«Tja, also», sagte Patty, «das mit der Mondlandschaft hört sich ja ziemlich schlimm an.»

«Danke! Vielen Dank für die Bestätigung!»

«Erst heute Morgen habe ich einen Artikel darüber in der *Times* gelesen.»

«Heute?»

«Ja, sie haben auch deinen Waldsänger erwähnt, und wie schädlich der Gipfelabbau für ihn ist.»

«Unfassbar! Heute?»

«Ja, heute.»

«Mist! Jemand muss den Artikel heute in der Zeitung gelesen und dann den Journalisten mit den Informationen versorgt haben. Gerade vor einer halben Stunde habe ich von ihm gehört.»

«Na, wie auch immer», sagte Patty, «du weißt darüber bestimmt am besten Bescheid, wobei Gipfelabbau schon ziemlich schrecklich klingt.»

Er legte sich die Hand auf die Stirn, war wieder den Tränen nahe. Er fasste es nicht, dass er sich das von seiner Frau anhören musste, zu dieser Stunde, ausgerechnet an diesem Tag. «Seit wann bist du denn so ein Fan der *Times*?», sagte er.

«Ich sage nur, dass es ziemlich schlimm klingt. Anscheinend gibt es sogar nicht einmal Meinungsverschiedenheiten darüber, wie schlimm es ist.»

«Du bist doch diejenige, die sich über ihre Mutter lustig gemacht hat, weil sie alles glaubte, was in der *Times* steht.»

«Hahaha! Bin ich jetzt meine Mutter? Weil mir Gipfelabbau nicht gefällt, bin ich plötzlich *Joyce*?»

«Ich sage nur, dass es auch noch andere Aspekte der Geschichte gibt.»

«Du findest, wir sollten mehr Kohle verbrennen. Es leichter machen, Kohle zu verbrennen. Trotz der Erderwärmung.»

Er ließ die Hand auf die Augen hinuntergleiten und drückte sie, bis sie schmerzten. «Soll ich dir den Grund dafür erklären? Soll ich das?»

«Wenn du willst.»

«Wir steuern auf eine Katastrophe zu, Patty. Auf den totalen Kollaps.»

«Na ja, mal ehrlich, ich weiß nicht, wie es für dich ist, aber so langsam hört sich das für mich nach einer Erleichterung an.»

«Ich rede hier nicht von uns!»

«Hahaha! Das habe ich doch glatt missverstanden. Ich habe wirklich nicht kapiert, was du da gemeint hast.»

«Ich habe gemeint, dass die Weltbevölkerung und der Energieverbrauch irgendwann drastisch abnehmen müssen. Wir sind doch schon längst nicht mehr zukunftsfähig. Wenn der Kollaps kommt, wird es für die Ökosysteme noch ein Zeitfenster geben, sich zu erholen, aber nur, wenn dann überhaupt noch Natur übrig ist. Die große Frage ist also, wie viel von der Erde vor dem Kollaps zerstört wird. Verheizen wir sie vollständig und fällen jeden Baum und lassen die Weltmeere kippen und kollabieren dann? Oder wird es noch unzerstörte Areale geben, die sich gehalten haben?»

«Wie auch immer, bis dahin sind wir beide längst tot», sagte Patty.

«Na, bevor ich tot bin, versuche ich, ein solches Areal zu schaffen. Eine Zuflucht. Etwas, was ein paar Ökosystemen helfen kann, es durch den Engpass hindurchzuschaffen. Darum geht es bei diesem Projekt doch.»

«Also», fuhr sie unbeirrt fort, «da droht eine weltweite Seuche auszubrechen, und es gibt eine lange Schlange für Tamiflu oder Cipro, und du lässt uns die beiden Allerletzten in der Schlange sein. ‹Oh, das tut mir aber leid, Leute, verflixt, ist jetzt *gerade* alle geworden.› Und wir sind nett und artig und umgänglich, und dann sind wir tot.»

«Die Erderwärmung ist eine riesige Bedrohung», sagte Walter, den Köder verweigernd, «aber sie ist trotzdem nicht so schlimm wie radioaktiver Müll. Es hat sich gezeigt, dass die Arten sich viel schneller anpassen, als wir immer gedacht haben. Verteilt sich der Klimawandel auf hundert Jahre, hat ein fragiles Ökosystem noch eine reelle Chance. Fliegt aber ein Reaktor in die Luft, ist alles sofort hin und bleibt es auch während der folgenden fünftausend Jahre.»

«Also Kohle vor. Verbrennen wir mehr Kohle. Hipp, hipp, hurra.»

«Das ist alles nicht so einfach, Patty. Bedenkt man die Alternativen, wird die Sache kompliziert. Die Kernenergie verursacht Katastrophen, die über Nacht eintreten können. Bei einer solchen plötzlichen Katastrophe haben Ökosysteme *null* Chance, sich zu erholen. Alle reden von Windenergie, aber auch Wind ist nicht so toll. Jocelyn Zorn, diese Idiotin, hat eine Broschüre aufgelegt, die die beiden Möglichkeiten aufzeigt – die *einzigen* beiden Möglichkeiten vermutlich. Abbildung A zeigt die verheerte Wüstenlandschaft nach dem Gipfelabbau, Abbildung B zeigt zehn Windräder in einer unberührten Berglandschaft. Und was stimmt an diesem Bild nicht? Daran stimmt nicht, dass die Abbildung nur zehn Windräder zeigt. Wo doch tatsächlich zehn*tausend* Windräder gebraucht würden. Jeder Berggipfel in West Virginia müsste mit Turbinen übersät sein. Stell dir mal vor, du bist ein Zugvogel und willst da durchfliegen. Und wenn du den Staat mit Windrädern überziehst, glaubst du, er ist dann noch eine Touristenattraktion? Außerdem müssten diese Windräder, um mit der Kohle zu konkurrieren, für immer in Betrieb gehalten werden. Noch in hundert Jahren hat man dann diesen potthässlichen Schandfleck, der alle noch verbliebenen Wildvögel niedermäht. Wohingegen das Gipfelabbau-Gelände in hundert Jahren, sofern man es gewissenhaft rekultiviert, zwar nicht perfekt, aber doch ein wertvoller, vollentwickelter Wald ist.»

«Und du weißt das und die Zeitung nicht», sagte Patty.

«So ist es.»

«Und es ist nicht möglich, dass du dich irrst.»

«Nicht bei Kohle kontra Wind- oder Kernenergie.»

«Na, wenn du das alles so erklärst, wie du es gerade mir erklärt hast, dann werden dir die Leute glauben, und du hast kein Problem mehr.»

«Glaubst *du* es denn?»

«Ich kenne nicht alle Fakten.»

«Aber ich kenne sie, und ich sage es dir! Warum kannst du mir denn nicht glauben? Warum kannst du mich nicht beruhigen?»

«Ich dachte, das ist die Aufgabe des Schönchens. Seit sie da ist, bin ich irgendwie aus der Übung. Sie kann das sowieso viel besser.»

Walter beendete das Gespräch, bevor es eine noch schlimmere Wendung nahm. Er schaltete alle Lichter aus und machte sich im Schein des Parkplatzes in den Fenstern bettfertig. Dunkelheit war die einzige verfügbare Entlastung von seinem quälenden Kummer. Er zog die Verdunkelungsvorhänge zu, aber noch immer drang Licht unten durch, daher zog er das unbenutzte Bett ab und verstopfte die Ritzen mit den Kissen und Decken, so gut er konnte. Er setzte eine Schlafmaske auf und legte sich mit einem Kissen über dem Kopf hin, doch selbst dann, egal, wie er die Maske verschob, hielt sich noch eine schwache Andeutung verstreuter Photonen, die auf seine festverschlossenen Lider trafen, eine nicht ganz vollkommene Dunkelheit.

Er und seine Frau liebten einander und bereiteten einander täglich Leid. Alles andere, was sein Leben ausmachte, selbst seine Sehnsucht nach Lalitha, belief sich auf wenig mehr als eine Flucht vor diesem Zustand. Er und Patty konnten nicht zusammenleben und sich auch nicht vorstellen, getrennt zu sein. Jedes Mal, wenn er glaubte, sie hätten den Punkt erreicht, an dem es unerträglich wurde, zeigte sich, dass sie es immer noch länger aushielten, ohne zu zerbrechen.

Letzten Sommer, an einem Gewitterabend in Washington, hatte er sich darangemacht, ein Kästchen auf seiner entmutigend langen persönlichen Erledigungsliste abzuhaken und sich Online-Banking einzurichten, was er schon seit Jahren vorgehabt hatte. Seit dem Umzug nach Washington hatte Patty ihr Engagement im Haushalt immer weiter heruntergefahren, hatte nicht einmal mehr Lebensmittel eingekauft, allerdings weiterhin Rechnungen bezahlt und das Familienkonto ausgeglichen. Walter hatte die Posten darin nie überprüft, bis er, nach einer frustrierenden Dreiviertelstunde mit der Banksoftware, die Zahlen auf seinem Bildschirm leuchten sah. Sein erster Gedanke, als sein Blick auf das merkwürdige Ziffernbild monatlicher Entnahmen von 500 Dollar fiel, war, dass ihn ein Hacker aus Nigeria oder Moskau bestohlen hatte. Aber sicher wäre das doch Patty aufgefallen?

Er ging nach oben in ihr kleines Zimmer, wo sie fröhlich mit einer ihrer alten Basketball-Freundinnen plauschte – noch immer sprühte sie im Beisein all derer in ihrem Leben, die nicht Walter waren, vor Gelächter und Esprit –, und gab ihr zu verstehen, er werde nicht gehen, bis sie ihr Telefonat beendet habe.

«Das war für Bargeld», sagte sie, als er ihr den Ausdruck der Kontobewegungen zeigte. «Ich habe mir Barschecks ausgeschrieben.»

«Fünfhundert im Monat? An jedem Monatsende?»

«Da hebe ich immer mein Bargeld ab.»

«Nein, du hebst alle zwei Wochen zweihundert ab. Ich weiß, wie deine Abhebungen aussehen. Und da ist auch noch eine Gebühr für einen beglaubigten Scheck. Am fünfzehnten Mai?»

«Ja.»

«Das klingt mir nach einem beglaubigten Scheck, nicht nach Bargeld.»

Aus der Richtung des Marine-Observatoriums, der Gegend, in der Dick Cheney wohnte, grollte der Donner an einem Abendhimmel von der Farbe des Potomac-Wassers. Patty, auf ihrem kleinen Sofa, verschränkte trotzig die Arme. «Na gut!», sagte sie. «Du hast mich erwischt! Joey musste die gesamte Miete für den Sommer im Voraus bezahlen. Sobald er etwas verdient, zahlt er es zurück, aber er hatte gerade nicht genug Geld.»

Den zweiten Sommer infolge arbeitete Joey in Washington, wohnte aber nicht zu Hause. Dass er ihre Hilfe und Gastlichkeit verschmähte, verärgerte Walter schon genug, schlimmer noch war jedoch die Identität seines Sommerarbeitgebers: ein korruptes kleines Start-up-Unternehmen – finanziell unterstützt (was für Walter zu der Zeit allerdings ohne Bedeutung war) von Vin Havens Freunden bei LBI –, das den Zuschlag für den nicht ausgeschriebenen Auftrag, die Brotindustrie im frisch befreiten Irak zu privatisieren, erhalten hatte. Walter und Joey hatten ihren großen Streit darüber schon einige Wochen zuvor ausgetragen, am Vierten Juli, als Joey zum Picknick gekommen war und sehr verspätet seine Sommerpläne offenbart hatte. Walter hatte die Beherrschung verloren, Patty war auf ihr Zimmer gerannt und hatte sich eingesperrt, und Joey hatte dagesessen und sein hämisches Republikanergrinsen aufgesetzt. Sein Wall-Street-Grinsen. Als wäre er nachsichtig gegenüber seinem dummen, vertrottelten Vater mit den altmodischen Prinzipien, als wüsste er sowieso alles besser.

«Wir haben hier ein sehr schönes Zimmer», sagte Walter zu Patty, «aber das ist ihm ja nicht gut genug. Das wäre ja nicht erwachsen genug. Nicht cool genug. Da müsste er ja womöglich mit dem Bus zur Arbeit fahren! Zusammen mit den kleinen Leuten!»

«Er muss seinen Wohnsitz in Virginia behalten, Walter. Und er zahlt es zurück, ja? Ich wusste, was du sagen würdest, also habe ich es ihm gegeben, ohne dich zu fragen. Wenn du nicht willst, dass ich eigenständig Entscheidungen treffe, dann nimm mir das Scheckbuch eben weg. Und die Bankkarte dazu. Dann komme ich zu dir, wenn ich Geld brauche, und bettle darum.»

«Jeden Monat! Du hast ihm jeden Monat Geld geschickt! Dem Herrn Unabhängig!»

«Ich *leihe* ihm etwas Geld. Ja? Praktisch alle seine Freunde haben unbegrenzte Mittel. Er lebt sehr bescheiden, aber wenn er diese Kontakte knüpft und in dieser Welt –»

«Dieser großartigen Studentenverbindungswelt, voll der besten Leute –»

«Er hat einen *Plan*. Er hat einen Plan und will dich beeindrucken –»

«Das wäre mir neu!»

«Es ist doch nur für Kleidung und Kontaktpflege», sagte Patty. «Seine Studiengebühren bezahlt er selbst, sein Zimmer samt Verpflegung bezahlt er selbst, und vielleicht, solltest du ihm je verzeihen können, dass er keine identische Kopie von dir ist, fällt dir ja mal auf, wie ähnlich ihr euch seid. Als du in seinem Alter warst, hast du ganz genauso auf eigenen Füßen gestanden.»

«Richtig, nur dass ich vier Collegejahre lang dieselben drei Cordhosen getragen habe und nicht fünf Abende die Woche einen trinken ging und schon gar nicht Geld von meiner Mutter bekam.»

«*Tja, Walter, die Welt ist anders geworden.* Und vielleicht, *vielleicht*, versteht er ja besser als du, was man tun muss, um in ihr voranzukommen.»

«Für einen Militärzulieferer arbeiten, sich jeden Abend mit republikanischen Verbindungsbrüdern besaufen. Ist das wirklich die einzige Art voranzukommen? Ist das die einzige Möglichkeit, die es gibt?»

«Du verstehst nicht, welche Angst die jungen Leute heutzutage haben. Die stehen unter einem solchen Druck. Also feiern sie eben auch mal kräftig – na und?»

Die Klimaanlage der alten Villa war chancenlos gegen die Feuchtigkeit, die von außen auf sie drückte. Es donnerte nun ununterbrochen und aus allen Richtungen; die Chinesische Wildbirne vor dem Fenster schwenkte die Äste, als kletterte jemand in ihr. Schweiß lief Walter über jeden Körperteil, der keinen unmittelbaren Kontakt mit seinen Kleidern hatte.

«Wie interessant, dass du plötzlich junge Leute verteidigst», sagte er, «wo du normalerweise doch so –»

«Ich verteidige deinen *Sohn*», sagte sie. «Der, falls es dir noch nicht aufgefallen sein sollte, keiner dieser hirnlosen Flipflopträger ist. Er ist erheblich interessanter als –»

«Ich *fasse* es nicht, dass du ihm Geld zum Saufen schickst! Weißt du, woran mich das erinnert? An Unternehmenssubventionierung. All die angeblich marktwirtschaftlichen Unternehmen saugen an den Zitzen der Bundesregierung. ‹Wir müssen den Einfluss des Staates vermindern, wir wollen keine Regulierungen, wir wollen keine Steuern, aber, ach, übrigens –›»

«Das ist nicht an *Zitzen* saugen, Walter», sagte Patty voller Hass.

«Das war eine Metapher.»

«Na, und ich sage, da hast du dir ja eine interessante Metapher ausgesucht.»

«Und ich habe sie mit Bedacht gewählt. Diese ganzen Unternehmen, die sich so gestanden und marktwirtschaftlich geben, das sind doch in Wahrheit große Babys, die den Bundesetat aussaugen, während alle anderen hungern. Dem Fish and Wildlife Service wird Jahr für Jahr der Etat gekürzt, jedes Jahr um weitere fünf Prozent. Geh mal zu den Außenstellen von denen, das sind jetzt Geisterbüros. Es gibt keine Mitarbeiter mehr, es gibt kein Geld für Landerwerb, kein –»

«Oh, die kostbaren Fische. Die kostbaren wilden Tiere.»

«DIE SIND MIR WICHTIG. Begreifst du das denn nicht? Kannst du das nicht respektieren? Wenn du das nicht respektieren kannst, warum lebst du dann mit mir zusammen? Warum gehst du nicht einfach?»

«Weil Gehen nicht die *Antwort* ist. Mein Gott, glaubst du etwa, ich hätte mir das nicht schon mal überlegt? Mit meinen tollen Kenntnissen, meiner tollen Arbeitserfahrung und meinem tollen mittelalten Körper auf den freien Markt zu gehen? Ich finde es ja wunderbar, was du für deinen Waldsänger tust –»

«Quatsch.»

«Na gut, es ist nicht gerade mein persönliches Anliegen, aber –»

«Und was ist *dein* persönliches Anliegen? Du *hast* gar keins. Du sitzt rum und tust nichts, nichts, nichts, nichts, Tag für Tag, und das macht mich fertig. Würdest du dir eine Arbeit suchen und ein echtes Gehalt verdienen oder was für einen anderen Menschen tun, statt in deinem Zimmer zu hocken und dich zu bemitleiden, dann würdest du dich vielleicht auch weniger wertlos fühlen, sag ich mal.»

«Schön, aber, Schatz, *mir* will eben keiner hundertachtzigtausend im Jahr zahlen, um den Waldsänger zu retten. Eine hübsche Arbeit, wenn man sie kriegt. Aber ich kriege sie eben nicht. Soll ich etwa bei Starbucks Frappuccinos machen? Glaubst du, nach acht Stunden bei Starbucks steigt mein Selbstwertgefühl?»

«Wer weiß! Vielleicht versuchst du's mal? Was du nie getan hast, in deinem ganzen Leben nicht!»

«Oh, jetzt kommt's raus! Endlich kommen wir zur Sache!»

«Ich hätte nie zulassen sollen, dass du zu Hause bleibst. Das war der Fehler. Ich weiß nicht, warum deine Eltern nie dafür gesorgt haben, dass du arbeiten gehst, aber –»

«*Ich habe gearbeitet!* Ver*dammt*, Walter.» Sie trat nach ihm und verfehlte nur zufällig sein Knie. «Ich habe einen ganzen schrecklichen Sommer lang für meinen Dad gearbeitet. Und dann hast du mich an der Uni gesehen, du weißt, dass ich es kann. Ich habe dort zwei volle Jahre gearbeitet. Noch als ich im achten Monat war, bin ich hingegangen.»

«Du hast mit dieser Treadwell rumgehangen und Kaffee getrunken und Videos von Spielen geguckt. Das ist keine Arbeit, Patty. Da haben dir Leute, die dich mögen, einen Gefallen getan. Erst hast du für deinen Dad gearbeitet, dann für deine Freundinnen im Fachbereich Sport.»

«Und sechzehn Stunden täglich zu Hause, zwanzig Jahre lang? Unbezahlt? Zählt das etwa nicht? War das auch nur ein ‹Gefallen›? Deine Kinder großzuziehen? Dein Haus in Schuss zu halten?»

«Das hast *du* doch alles gewollt.»

«Du etwa nicht?»

«Für dich. Ich wollte es für dich.»

«Ach, Quatsch, Quatsch, Quatsch. Du hast es auch für dich gewollt. Die ganze Zeit hast du mit Richard in einem Konkurrenzverhältnis gestanden, und das weißt du auch. Und vergisst es jetzt nur, weil es nicht so toll funktioniert hat. Du bist nicht mehr auf der *Gewinnerseite.*»

«Mit Gewinnen hat das nichts zu tun.»

«Lügner! Du bist genauso konkurrenzorientiert wie ich, du stehst bloß nicht dazu. Deshalb lässt du mich auch nicht in Ruhe. Deshalb soll ich mir diesen kostbaren Job suchen. Weil ich dich zu einem *Verlierer* mache.»

«Das kann ich mir nicht anhören. Das ist irgendeine Parallelwirklichkeit.»

«Was auch immer, dann hör's dir eben nicht an, aber ich bin immer noch in deiner Mannschaft. Und ob du's glaubst oder nicht, ich will immer noch, dass du gewinnst. Ich helfe Joey nur deswegen, weil auch er in unserer Mannschaft ist, und dir werde ich auch helfen. Dir zuliebe gehe ich morgen los, und dann –»

«Nicht mir zuliebe.»

«DOCH, DIR ZULIEBE. Kapierst du das nicht? *Mir* zuliebe läuft hier gar nichts. Ich glaube an nichts. Ich habe in nichts Vertrauen. Die Mannschaft ist alles, was ich habe. Also besorge ich mir dir zuliebe irgendeinen Job, und dann kannst du mich verdammt nochmal in Ruhe lassen, und ich schicke Joey Geld, so viel ich eben verdiene. Dann siehst du mich auch nicht mehr so oft – und musst nicht mehr so angewidert sein.»

«Ich bin nicht angewidert.»

«Also, das geht jetzt über meinen Verstand.»

«Und du musst dir auch keine Arbeit suchen, wenn du nicht willst.»

«Doch! Das ist doch ziemlich klar, oder? Das hast du ziemlich klargemacht.»

«Nein. Du musst gar nichts tun. Sei einfach wieder meine Patty. Komm einfach zu mir zurück.»

Dann weinte sie, sintflutartig, und er legte sich zu ihr. Streit war ihr Tor zum Sex geworden, fast nur noch so ergab er sich. Während der Regen peitschte und der Himmel blitzte, versuchte er, sie mit Selbstwert und Begehren zu füllen, versuchte ihr zu vermitteln, wie sehr er sie als den Menschen brauchte, in dem er seine Sorgen begraben konnte. So richtig funktionierte es nie, und dennoch folgten, danach, einige Minuten, in denen sie dalagen und einander in der stillen Erhabenheit einer langjährigen Ehe hielten, sich vergaßen, indem sie ihre Trauer teilten und einander alles verziehen, was sie sich angetan hatten, und ausruhten.

Gleich am nächsten Morgen hatte sich Patty auf Arbeitssuche begeben. Keine zwei Stunden später war sie wieder da und tänzelte in Walters Büro im vielfenstrigen Wintergarten der Villa, um ihm zu verkünden, dass das Republic of Health ganz in der Nähe sie als Empfangsdame eingestellt habe.

«Ich weiß nicht recht», sagte Walter.

«Wie? Warum nicht?», sagte Patty. «Das ist buchstäblich der einzige Ort in Georgetown, der mich nicht in Verlegenheit bringt oder mich krank macht. Und sie hatten eine freie Stelle! Ich hatte großes Glück.»

«Als Empfangsdame zu arbeiten scheint mir deinen Fähigkeiten einfach nicht ganz angemessen zu sein.»

«Angemessen für wen?»

«Für Leute, die dich sehen könnten.»

«Und was wären das für Leute?»

«Keine Ahnung. Leute, die ich um Geld, juristischen Beistand oder behördliche Unterstützung bitten könnte.»

«O Gott. Hörst du dir eigentlich selber zu? Weißt du, was du gerade gesagt hast?»

«Pass auf, ich möchte ehrlich mit dir sein. Straf mich nicht ab, weil ich ehrlich bin.»

«Ich strafe dich für das ab, was du *inhaltlich* sagst, Walter, nicht für deine Ehrlichkeit. Also wirklich! ‹Nicht ganz angemessen.› Toll.»

«Ich sage nur, dass du für einen Empfangsjob in einem Fitnessclub zu klug bist.»

«Nein, du sagst, ich bin zu alt. Würde Jessica den Sommer über dort arbeiten, hättest du kein Problem.»

«Ich wäre in der Tat enttäuscht, wenn sie mit ihrem Sommer nicht mehr anfangen wollte.»

«Ach Gott. Tja. Ich mache einfach nichts richtig. ‹Jeder Job ist besser als kein Job›, aber halt, nein, entschuldige, warte, der Job, den du jetzt willst und für den du qualifiziert bist, ist *nicht* besser als kein Job.»

«Na gut. Dann nimm ihn. Ist mir gleich.»

«Danke, dass es dir gleich ist!»

«Ich finde nur, du verkaufst dich weit unter Wert.»

«Na, vielleicht mache ich das ja nur vorübergehend», sagte Patty. «Vielleicht kriege ich ja meine Maklerlizenz wie jede andere unvermittelbare Hausfrau hier und fange an, heruntergekommene kleine Stadthäuser mit schiefen Böden für zwei Millionen Dollar zu verkaufen. ‹Auf dieser Toilette hatte Hubert Humphrey 1962 einen kräftigen Stuhlgang, weswegen das Anwesen als Kulturdenkmal ausgewiesen wurde, was den Aufschlag von hunderttausend Dollar erklärt, den seine Besitzer verlangen. Vor dem Küchenfenster steht übrigens eine kleine, aber ziemlich hübsche Azalee.› Dann kann ich auch Pink und Grün und einen Burberrymantel tragen. Und von meiner ersten großen Provision kaufe ich mir einen Lexus-Geländewagen. Das ist dann angemessener.»

«Ich sagte, dann nimm ihn.»

«Danke, Schatz! Danke, dass du mich den Job annehmen lässt, den ich annehmen will!»

Walter sah ihr nach, als sie durch die Tür schritt und vor Lalithas Schreibtisch stehenblieb. «Hallo, Lalitha», sagte sie. «Ich habe gerade einen Job aufgetan. Ich arbeite jetzt in meinem Fitnessclub.»

«Das ist aber schön», sagte Lalitha. «Diesen Fitnessclub magst du ja.»

«Ja, aber Walter findet es unangemessen. Was meinst du?»

«Ich finde, jede ehrliche Arbeit kann einem Menschen Würde geben.»

*«Patty»*, rief Walter. «Ich sagte, nimm ihn.»

«Sieh an, jetzt hat er seine Meinung geändert», sagte sie zu Lalitha. «Davor hat er gesagt, es sei unangemessen.»

«Ja, das habe ich gehört.»

«Genau, hahaha, das kann ich mir denken. Aber es ist wichtig, so zu tun, als ob es anders wäre, nicht?»

«Lass die Tür nicht offen, wenn du nicht gehört werden willst», sagte Lalitha kühl.

«Wir müssen uns alle richtig Mühe geben, so zu tun, als ob.»

Dass Patty nun bei Republic of Health Empfangsdame war, leistete für ihre Stimmung all das, was Walter sich für sie von einem Job erhofft hatte. All das und, je nun, noch mehr. Ihre Depression schien sich sogleich zu verflüchtigen, was aber nur zeigte, wie leicht das Wort «Depression» in die Irre führte, denn Walter war überzeugt, dass Unzufriedenheit, Wut und Verzweiflung unter ihrer fröhlich-fragilen neuen Wesensart noch immer gegenwärtig waren. Die Vormittage verbrachte sie in ihrem Zimmer, machte dann die Nachmittagsschicht im Club und kam erst nach zehn nach Hause. Sie begann, Schönheits- und Fitnessmagazine zu lesen und sich an den Augen auffallend zu schminken. Die Jogginghosen und weiten Jeans, die sie in Washington bislang getragen hatte, jene Art von Schlabberkleidung, in der Psychiatriepatienten ihre Tage fristen, wichen engeren Jeans, die richtig Geld kosteten.

«Du siehst umwerfend aus», sagte Walter eines Abends, weil er nett zu sein versuchte.

«Tja, da ich jetzt Einkünfte habe», sagte sie, «brauche ich doch etwas, wofür ich sie ausgebe, oder?»

«Du kannst jederzeit der Waldsängerberg-Stiftung etwas spenden.»

«Hahaha!»

«Unser Bedarf ist groß.»

«Ich habe Spaß, Walter. Ein kleines bisschen Spaß.»

Aber den Eindruck machte sie nicht. Eher schien es, als wollte sie ihn verletzen, ärgern oder ihm etwas beweisen. Walter trainierte nun auch selbst im Republic of Health, mittels eines Stapels Gutscheine, die sie ihm geschenkt hatte, und war verstört von der Intensität der Freundlichkeit, mit der sie die Mitglieder beim Karteneinlesen bedachte. Sie trug provokant beschriftete Republic-T-Shirts («PUSH», «SWEAT», «LIFT») mit kleinen Ärmelchen, die ihre herrlich geformten Oberarme betonten. In ihren Augen war ein Speedfreak-Glitzern, und ihr Lachen, das Walter immer mitgerissen hatte, klang falsch und bedrohlich, wenn es hinter ihm im Foyer des Clubs erscholl. Jetzt schenkte sie es jedermann, schenkte es unterschiedslos, bedeutungslos, jedem Mitglied, das von der Wisconsin Avenue hereinkam. Und eines Tages stieß er dann zu Hause auf ihrem Schreibtisch auf eine Broschüre über Brustvergrößerung.

«Großer Gott», sagte er, während er sie durchblätterte. «Das ist doch obszön.»

«Eigentlich ist es eine medizinische Broschüre.»

«Patty, eine Broschüre über *Geisteskrankheit* ist das. Das ist wie eine Anleitung, wie man noch geisteskränker werden kann.»

«Na, entschuldige mal, ich dachte bloß, es könnte für den kurzen Rest meiner relativen Jugend nett sein, ein bisschen Busen zu haben. Zu sehen, wie das so wäre.»

«Du *hast* doch schon einen Busen. Ich finde deinen Busen wunderbar.»

«Ja, alles gut und schön, mein Schatz, aber du wirst diese Entscheidung nicht treffen, weil es nicht dein Körper ist. Sondern meiner. Hast du das nicht immer selbst gesagt? Der Feminist hier bist doch du.»

«Warum tust du das? Ich verstehe nicht, was du dir da antust.»

«Tja, vielleicht solltest du einfach gehen, wenn es dir nicht passt. Hast du dir das schon mal überlegt? Es würde das ganze Problem, na, auf der Stelle lösen.»

«Also, das wird nie passieren, deshalb –»

«ICH WEISS, DASS ES NIE PASSIEREN WIRD.»

«Oh! Oh! Oh! Oh!»

«Also kann ich mir genauso gut ein paar Titten kaufen, damit die Jahre besser vorübergehen und ich etwas habe, wofür ich meine Pennys sparen kann, mehr sag ich ja gar nicht. Ich rede auch nicht von grotesk großen. Womöglich gefallen sie dir ja sogar. Hast du dir das schon mal überlegt?»

Walter fürchtete die langfristige Toxizität, die sie mit ihren Streitereien schufen. Er spürte, dass sie sich in ihrer Ehe ansammelte wie der Kohlenschlamm, der in den Tälern der Appalachen Teiche bildete. Wo es, wie im Wyoming County, richtig ausgedehnte Kohleflöze gab, errichteten die Kohlekonzerne direkt neben ihren Minen Aufbereitungsanlagen und wuschen die Kohle mit Wasser aus dem nächstgelegenen Bach. Das verunreinigte Wasser wurde in großen Giftschlammteichen aufgefangen, und Walter machte sich inzwischen derartige Sorgen über mögliche Schlammbecken mitten im Waldsängerpark, dass er Lalitha beauftragt hatte, ihm zu zeigen, wie er solche Gedanken tunlichst vermeiden konnte. Das war keine leichte Aufgabe gewesen, da man nicht darum herumkam, dass man, wenn man Kohle förderte, auch hässliche Chemikalien wie Arsen und Kadmium, die Jahrmillionen sicher vergraben waren, an die Oberfläche brachte. Man konnte zwar versuchen, das Gift in aufgegebene Schächte zu kippen, doch sickerte es von dort ins Grundwasser und landete dann im Trinkwasser. Es verhielt sich ganz ähnlich wie mit der Scheiße, die aufgewühlt wurde, wenn Eheleute stritten: Waren bestimmte Dinge erst einmal gesagt, wie konnten sie je wieder vergessen werden? Lalitha war in der Lage, hinreichend zu recherchieren, um Walter zu versichern, dass der Schlamm, sofern er sorgfältig getrennt und ordnungsgemäß gebunden wurde, schließlich so weit austrocknete, dass man ihn mit Schotter und Ackerboden bedecken und so tun konnte, als wäre er gar nicht da. Diese Geschichte war zu seinem Schlammteich-Evangelium geworden, zu dessen Verbreitung in West Virginia er wild entschlossen war. Er glaubte daran, so wie er auch an die ökologischen Schutzareale und die wissenschaftlich fundierte Renaturierung glaubte, weil er daran glauben musste, wegen Patty. Nun aber, als er da auf der feindseligen Days-Inn-Matratze zwischen den kratzigen Days-Inn-Laken lag und Schlaf suchte, überlegte er, ob das alles überhaupt stimmte ...

Irgendwann war er wohl weggedämmert, denn als um 3 Uhr 40 der Wecker klingelte, fühlte er sich grausam aus dem Vergessen gerissen. Nun lagen wieder achtzehn lange Stunden voller Furcht und Wut vor ihm. Um Punkt vier Uhr klopfte Lalitha an seine Tür; in ihren Jeans und Wanderschuhen sah sie frisch aus. «Mir geht's beschissen!», sagte sie. «Und dir?»

«Auch beschissen. Immerhin sieht man es dir nicht an so wie mir.»

In der Nacht hatte der Regen aufgehört, war einem dichten, nach Süden riechenden Nebel gewichen, der kaum weniger nässte. Beim Frühstück in einem Truckerimbiss gegenüber dem Motel erzählte Walter Lalitha von der E-Mail Dan Capervilles, des *Times*-Redakteurs.

«Willst du jetzt nach Hause?», sagte sie. «Und die Pressekonferenz morgen Vormittag abhalten?»

«Ich habe Caperville geschrieben, ich gebe sie am Montag.»

«Du könntest ihm auch mitteilen, dass du sie vorverlegt hast. Bring's hinter dich, damit wir das Wochenende davon freihalten.»

Doch Walter war so quälend erschöpft, dass er sich nicht vorstellen konnte, am nächsten Vormittag eine Pressekonferenz zu geben. Er saß da und litt stumm, während Lalitha das tat, wozu ihm in der Nacht der Mut gefehlt hatte – sie las den *Times*-Artikel auf ihrem BlackBerry. «Es sind nur zwölf Absätze», sagte sie. «Nichts Schlimmes.»

«Wahrscheinlich hat ihn deshalb keiner sonst gesehen, weswegen ich mir von meiner Frau davon erzählen lassen musste.»

«Dann hast du also gestern Abend noch mit ihr gesprochen.»

Lalitha schien damit etwas zu meinen, aber er war zu müde, um sich zu überlegen, was. «Ich möchte nur wissen, wer die undichte Stelle war», sagte er. «Und wie viel durchgesickert ist.»

«Vielleicht war es ja deine Frau.»

«Klar.» Er lachte und sah dann die Härte in Lalithas Blick. «So etwas würde sie nicht tun», sagte er. «Es ist ihr ohnehin nicht wichtig genug.»

«Hm.» Lalitha biss von einem Pancake ab und sah sich mit derselben harten, unglücklichen Miene in dem Imbiss um. Natürlich hatte sie allen Grund, heute Morgen auf Patty und auch auf Walter sauer zu sein. Sich abgewiesen und allein zu fühlen. Aber es waren die ersten Sekunden, in denen er so etwas wie Kälte an ihr wahrnahm, und sie waren furchtbar. Was er an Männern in seiner Lage in all den Büchern, die er gelesen, und Filmen, die er gesehen, nie verstanden hatte, wurde ihm jetzt klarer: Man konnte nicht immerzu rückhaltlose Liebe erwarten, ohne sie irgendwann einmal zu erwidern. Man erwarb sich keine Anerkennung, wenn man nur ein guter Mensch war.

«Ich möchte einfach bloß, dass unser Wochenendtreffen stattfindet», sagte er. «Wenn ich die zwei Tage haben kann, um mich mit der Überbevölkerung zu befassen, halte ich am Montag alles aus.»

Lalitha aß ihre Pancakes auf, ohne noch etwas zu ihm zu sagen. Auch Walter zwang ein wenig von seinem Frühstück hinunter, dann gingen sie hinaus in den lichtverschmutzten dunklen Morgen. Im Mietwagen rückte sie Sitz und Spiegel zurecht, die er am Abend zuvor verstellt hatte. Als sie um sich herumgriff, um den Sicherheitsgurt einzuklicken, legte er ihr linkisch die Hand in den Nacken und zog sie näher zu sich heran, brachte sie beide im Schein der ganznächtlichen Straßenbeleuchtung in einen bedeutungsvollen Augenkontakt.

«Ich halte es keine fünf Minuten ohne dich auf meiner Seite aus», sagte er. «Keine fünf Minuten. Verstehst du?»

Nach kurzem Nachdenken nickte sie. Dann ließ sie den Sicherheitsgurt los, damit sie ihm die Hände auf die Schultern legen konnte, und gab ihm einen feierlichen Kuss, bevor sie sich zurückzog, um dessen Wirkung zu beurteilen. Ihm war, als hätte er jetzt das Äußerste getan und könnte allein nicht weiter. Er wartete einfach ab, während sie ihm, mit dem Konzentrations-Stirnrunzeln eines Kindes, die Brille abnahm und aufs Armaturenbrett legte, ihn mit beiden Händen am Kopf fasste und ihre kleine Nase dicht an seine führte. Vorübergehend verstörte ihn, wie ähnlich ihr und Pattys Gesicht in dieser extremen Nähe aussahen, doch er brauchte lediglich die Augen zu schließen und sie zu küssen, dann war sie ganz allein Lalitha: ihre Lippen Kissen, ihr Mund pfirsichsüß, ihr blutgefüllter Kopf warm unter den seidigen Haaren. Er wehrte sich gegen die Empfindung, dass es falsch war, jemand so Junges zu küssen. Ihre Jugend in seinen Händen empfand er als etwas Zerbrechliches, und er war erleichtert, als sie sich erneut zurückzog, um ihn mit leuchtenden Augen anzusehen. Jetzt war ein bekennendes Wort angebracht, das spürte er, aber er musste sie unverwandt anstarren, was sie offenbar als Aufforderung begriff, über den Schalthebel umständlich auf seinen Schalensitz zu steigen und sich rittlings auf ihn zu setzen, sodass er sie ganz in die Arme nehmen konnte. Die *Aggression*, mit der sie ihn dann küsste, die hungrige Hemmungslosigkeit, bereitete ihm eine Freude, die so maßlos war, dass sie die Erde unter ihm aufsprengte. Er befand sich im freien Fall, alles, woran er glaubte, wich ins Dunkel zurück, und er begann zu weinen.

«Oh, was ist denn?», sagte sie.

«Du musst langsam bei mir vorgehen.»

«Langsam, langsam, ja», sagte sie und küsste seine Tränen, wischte sie mit ihren samtigen Daumen weg. «Walter, bist du traurig?»

«Nein, Liebes, im Gegenteil.»

«Dann lass mich dich lieben.»

«Na gut. Ich lass dich.»

«Wirklich?»

«Ja», sagte er weinend. «Aber wir sollten uns vielleicht mal auf den Weg machen.»

«Gleich.»

Sie berührte mit der Zunge seine Lippen, die er öffnete, um sie einzulassen. In ihrem Mund war mehr Verlangen nach ihm als in Pattys Körper insgesamt. Ihre Schultern schienen, als er sie durch ihren Nylonmantel umfasste, aus nichts als Knochen und Babyspeck ohne Muskeln zu bestehen, aus nichts als begieriger Geschmeidigkeit. Sie drückte den Rücken durch und drängte sich an ihn, stieß ihm die Hüften gegen die Brust; aber dafür war er nicht bereit. Er war es fast, aber eben noch immer nicht ganz. Sein Widerstand am Abend zuvor war nicht einfach bloß eine Frage von Tabus oder Prinzipien gewesen, und seine Tränen jetzt flossen nicht nur aus Freude.

Da Lalitha es spürte, lehnte sie sich nach hinten und musterte sein Gesicht. Als Reaktion auf das, was immer sie darin sah, kletterte sie wieder auf den anderen Sitz und betrachtete ihn aus größerer Entfernung. Nun, da er sie vertrieben hatte, wollte er sie unbedingt zurück, doch aus den Geschichten von Männern in seiner Lage, die er gehört und von denen er gelesen hatte, war ihm die vage Erinnerung geblieben, dass dies das Schreckliche daran war: dass man es «ein Mädchen hinhalten» nannte. Eine Weile saß er in dem unveränderlichen lilagetönten Straßenlicht und lauschte den Lastern auf der Interstate.

«Entschuldige», sagte er schließlich. «Ich versuche immer noch, mir klarzuwerden, wie ich leben soll.»

«Das ist in Ordnung. Du kannst dir noch Zeit nehmen.»

Er nickte, wobei er das Wort *noch* zur Kenntnis nahm.

«Kann ich dir trotzdem eine Frage stellen?», sagte sie.

«Du kannst mir tausend Fragen stellen.»

«Na, jetzt nur eine. Glaubst du, du könntest mich lieben?»

Er lächelte. «Ja, das glaube ich unbedingt.»

«Mehr brauche ich im Moment nicht zu wissen.» Und sie ließ den Motor an.

Irgendwo über dem Nebel wurde der Himmel blau. Lalitha fuhr auf den aus Beckley herausführenden Straßen in höchst gesetzwidrigem Tempo, und Walter war es zufrieden, aus dem Fenster zu schauen, ohne darüber nachzudenken, was mit ihm geschah, gab sich einfach dem freien Fall hin. Dass der Laubwald der Appalachen zu den gemäßigten Ökosystemen mit der höchsten Biodiversität der Welt gehörte und in ihm eine Vielfalt an Baumarten, Orchideen und Süßwasser-Wirbellosen beheimatet war, um deren Fülle die Hochebenen und sandigen Küsten ihn nur beneiden konnten, wurde von den Straßen aus, auf denen sie unterwegs waren, nicht sogleich ersichtlich. Das Land hier hatte sich selbst verraten: Seine knorrige Topographie und sein Reichtum an abbaubaren Ressourcen hatten den Egalitarismus von Jeffersons Freibauern behindert, vielmehr die Konzentration von Oberflächen- und Mineralrechten in den Händen der Reichen aus anderen Bundesstaaten gefördert und die mittellosen Einheimischen und ins Land geholten Arbeiter an die Ränder verwiesen – ans Holzfällen, an die Arbeit in den Minen, an erst prä- und später postindustrielle kümmerliche Existenzen auf Fleckchen übriggebliebenen Landes, die sie, von demselben Paarungsdrang beseelt, wie er nun Walter und Lalitha gepackt hielt, mit Generationen zu großer, dicht an dicht lebender Familien übervölkert hatten. West Virginia war die Bananenrepublik der Nation, ihr Kongo, ihr Guyana, ihr Honduras. Im Sommer waren die Straßen halbwegs pittoresk, jetzt aber, da noch das Laub fehlte, sah man die ganzen grindigen, mit Steinen übersäten Weiden, die schütteren Kronendächer des jungen Sekundärwaldes, die ausgehöhlten Hänge und die vom Bergbau geschundenen Bäche, die abgewrackten Scheunen und ungestrichenen Häuser, die hüfttief in Plastik- und Metallmüll stehenden Wohnwagen, die aufgerissenen Feldwege, die ins Nichts führten.

Tiefer im Land war die Szenerie weniger entmutigend. Abgeschiedenheit brachte Erleichterung durch Menschenleere: Menschenleere bedeutete mehr von allem anderen. Lalitha umkurvte schlingernd ein Raufußhuhn auf der Straße, gewissermaßen ein Begrüßungsvogel, ein gefiederter Botschafter des guten Willens, der zur Wertschätzung einer kräftiger betriebenen Aufforstung und weniger verschandelter Höhen und klarerer Bäche des Wyoming County einlud. Sogar das Wetter heiterte sich für sie auf.

«Ich will dich», sagte Walter.

Sie schüttelte den Kopf. «Sag nichts weiter, ja? Auf uns wartet noch Arbeit. Machen wir die erst mal, dann werden wir sehen.»

Er war versucht, sie zu bitten, an einem der rustikalen Picknickplätze entlang des Black Jewel Creek (von dem der Nine Mile Creek ein Hauptzufluss war) anzuhalten, doch es wäre unverantwortlich, dachte er, sie erneut anzufassen, bevor er sicher wusste, dass er dazu bereit war. Aufschub war erträglich, vorausgesetzt, die Belohnung dafür war garantiert. Und die Schönheit des Landes dort oben, die liebliche, sporengesättigte Feuchtigkeit der Vorfrühlingsluft, beruhigte ihn außerordentlich.

Kurz nach sechs erreichten sie die Abzweigung nach Forster Hollow. Walter hatte auf der Nine Mile Road starken Verkehr von Lastern und Erdbaumaschinen erwartet, doch kein Fahrzeug war zu sehen. Stattdessen stießen sie auf tiefe Reifen- und Traktorfurchen im Schlamm. Wo der Wald bis an die Straße herankam, lagen frisch abgerissene Äste auf der Erde oder baumelten schlaff an den überwölbenden Bäumen.

«Sieht aus, als wäre jemand schon sehr früh da gewesen», sagte Walter.

Lalitha gab stoßweise Gas, ließ den Wagen im Schlamm schwänzeln, schlitterte gefährlich nahe an die Straßenkante, um den größeren abgefallenen Ästen auszuweichen.

«Fast frage ich mich, ob sie schon gestern hier gewesen sind», sagte Walter. «Ob es ein Missverständnis gab und sie das Gerät schon gestern hergebracht haben, um früh anfangen zu können.»

«Ab zwölf Uhr Mittag waren sie dazu berechtigt.»

«Aber sie haben uns etwas anderes gesagt. Sie haben gesagt, heute früh um sechs.»

«Ja, aber das sind Kohleunternehmen, Walter.»

Sie erreichten einen der schmalsten Abschnitte der Straße, grob planiert und mit Kettensägen bearbeitet, die Stämme hatte man in die unterhalb davon liegende Schlucht gestoßen. Lalitha jagte den Motor hoch und schlingerte und holperte über ein hastig eingeebnetes Stück aus Schlamm, Steinen und Stümpfen. «Gut, dass das ein Mietwagen ist!», sagte sie und beschleunigte beherzt auf dem freieren Straßenstück dahinter.

Drei Kilometer weiter, an der Grenze des Areals, das jetzt der Stiftung gehörte, war die Straße von ein paar Personenwagen blockiert, die rückwärts vor einem Maschendrahttor, das gerade von Arbeitern in orangefarbenen Westen zusammengebaut wurde, abgestellt waren. Walter sah Jocelyn Zorn und einige ihrer Frauen mit einem behelmten Bauleiter verhandeln, der ein Klemmbrett in der Hand hielt. In einer anderen, nicht allzu verschiedenen Welt hätte Walter mit Jocelyn befreundet sein können. Sie ähnelte der Eva auf dem berühmten Altargemälde von van Eyck; sie war blass und stumpfäugig und wirkte mit ihrem hohen Haaransatz ein wenig makrozephalisch. Doch sie strahlte eine schöne, verstörende Gelassenheit aus, eine Unerschütterlichkeit, die auf Ironie hindeutete, hatte etwas von jenem bitteren Blattsalat, den Walter eigentlich sehr schätzte. Als er und Lalitha gerade in den Matsch hinein ausstiegen, kam sie ihnen auf der Straße entgegen.

«Guten Morgen, Walter», sagte sie. «Können Sie uns erklären, was hier abgeht?»

«Sieht mir nach einer Straßenausbesserung aus», sagte er unaufrichtig.

«Da geht eine Menge Dreck in den Bach. Bis zum Black Jewel ist er schon zur Hälfte trüb. Ich sehe hier nicht gerade viel Erosionsschutz. Eigentlich weniger als nichts.»

«Wir reden mit denen darüber.»

«Ich habe der Umweltbehörde von West Virginia gesagt, sie soll sich das mal ansehen. Die dürften dann wohl im Juni oder so hier sein. Haben Sie die auch bestochen?»

Zwischen den braunen Spritzern auf der Stoßstange des hintersten Wagens konnte Walter den Slogan GENARRT VON NARDONE erkennen.

«Lassen Sie uns mal ein bisschen runterschalten, Jocelyn», sagte Walter. «Können wir uns nicht vielleicht mal mit etwas Abstand das Gesamtbild ansehen?»

«Nein», sagte sie. «Das interessiert mich nicht. Mich interessiert der Dreck im Bach. Mich interessiert auch, was hinter dem Zaun da passiert.»

«Da passiert, dass wir sechsundzwanzigtausend Hektar straßenfreies Waldland für die Ewigkeit bewahren. Wir sichern unfragmentierten Lebensraum für rund zweitausend Brutpaare des Pappelwaldsängers.»

Zorn senkte den stumpfen Blick auf die schlammige Erde. «Stimmt. Die Spezies Ihrer Wahl. Er ist ja auch sehr hübsch.»

«Wie wär's, wenn wir alle woanders hingingen», sagte Lalitha fröhlich, «und uns hinsetzen und über das Gesamtbild reden. Wir sind nämlich auf Ihrer Seite.»

«Nein», sagte Zorn. «Ich bleibe noch eine Weile. Ich habe meinen Freund von der *Gazette* gebeten, sich hier mal umzuschauen.»

«Haben Sie auch mit der *New York Times* gesprochen?», fiel Walter zu fragen ein.

«Ja. Und sie schienen in der Tat ziemlich interessiert. Gipfelabbau ist heutzutage ein Zauberwort. Das machen Sie doch da oben, oder?»

«Am Montag geben wir eine Pressekonferenz», sagte er. «Da werde ich den ganzen Plan darlegen. Ich glaube, wenn Sie die Details hören, werden Sie begeistert sein. Wir können Ihnen ein Flugticket besorgen, falls Sie dazustoßen möchten. Ich fände es wunderbar, Sie dabeizuhaben. Wir beide könnten ein kleines öffentliches Streitgespräch führen, wenn Sie Ihre Bedenken vortragen wollen.»

«In Washington?»

«Ja.»

«Typisch.»

«Da haben wir unseren Sitz.»

«Genau. Da hat alles seinen Sitz.»

«Jocelyn, wir haben hier zwanzigtausend Hektar, die man nie mehr in irgendeiner Weise berühren wird. Für den Rest wird binnen weniger Jahre dasselbe gelten. Ich glaube, wir haben einige sehr gute Entscheidungen getroffen.»

«Dann sind wir da wohl unterschiedlicher Meinung.»

«Im Ernst, überlegen Sie sich, ob Sie Montag zu uns nach Washington kommen wollen. Und Ihr Freund von der *Gazette* soll mich heute mal anrufen.» Walter zog eine Visitenkarte aus der Brieftasche und reichte sie Zorn. «Sagen Sie ihm, wir würden auch ihn sehr gern nach Washington holen, wenn er Interesse hat.»

Tiefer aus den Bergen erscholl ein Donnergrollen, das wie eine Sprengung klang, wahrscheinlich in Forster Hollow. Zorn steckte die Visitenkarte in eine Tasche ihres Regenparkas. «Übrigens», sagte sie, «ich habe mit Coyle Mathis gesprochen. Ich weiß schon, was ihr da macht.»

«Coyle Mathis ist gerichtlich untersagt worden, darüber zu sprechen», sagte Walter. «Ich setze mich aber gern selbst mit Ihnen zusammen und rede mit Ihnen darüber.»

«Dass er jetzt in einem nagelneuen Sechs-Zimmer-Bungalow in Whitmanville wohnt, spricht für sich.»

«Ein hübsches Haus, nicht?», sagte Lalitha. «Viel, viel hübscher als sein voriges.»

«Vielleicht besuchen Sie ihn ja mal und fragen ihn, ob er das auch findet.»

«Jedenfalls», sagte Walter, «müssen Sie Ihre Autos beiseitefahren, damit wir durchkönnen.»

«Hm», sagte Zorn desinteressiert. «Vermutlich könnten sie jemanden rufen, der uns wegschleppt, wenn hier Handyempfang wäre. Was aber nicht der Fall ist.»

«Ach, kommen Sie, Jocelyn.» Walters Wut überwand seine dagegen errichteten Barrikaden. «Können wir uns nicht wenigstens wie Erwachsene verhalten? Anerkennen, dass wir grundsätzlich auf derselben Seite stehen, auch wenn wir uneins über die Methoden sind?»

«Nein, tut mir leid», sagte sie. «Meine Methode ist es, die Straße zu blockieren.»

Da Walter sich zu sehr misstraute, um noch etwas zu sagen, schritt er energisch die Straße hinauf und ließ Lalitha hinterherhasten. Ein Chaos, der ganze Vormittag wurde zu einem einzigen Chaos. Der behelmte Bauleiter, der nicht älter als Jessica aussah, erklärte den anderen Frauen mit beachtlicher Höflichkeit, warum sie ihre Autos wegfahren müssten. «Haben Sie ein Funkgerät?», fragte Walter ihn abrupt.

«Entschuldigung. Wer sind Sie?»

«Ich bin der Geschäftsführer der Waldsängerberg-Stiftung. Wir wurden um sechs Uhr oben an der Straße erwartet.»

«In Ordnung, Sir. Leider ist das ein Problem, falls die Damen hier ihre Autos nicht wegfahren.»

«Und wenn man per Funk jemanden ruft, der uns holt?»

«Keine Reichweite, leider. Diese verdammten Senken sind Funklöcher.»

«Also.» Walter holte tief Luft. Er sah, dass hinter dem Tor ein Pick-up stand. «Vielleicht können Sie uns ja in dem da hinfahren.»

«Ich bin leider nicht befugt, den Torbereich zu verlassen.»

«Na, dann leihen Sie ihn uns.»

«Das kann ich auch nicht, Sir. Auf dem Arbeitsgelände sind Sie damit nicht versichert. Aber wenn die Damen einfach mal für ein Momentchen zur Seite fahren würden, könnten Sie gern in Ihrem eigenen Fahrzeug weiter.»

Walter wandte sich an die Frauen, von denen offensichtlich keine jünger als sechzig war, und lächelte vage flehend. «Ich bitte Sie», sagte er. «Wir gehören zu keinem Kohleunternehmen. Wir sind Umweltschützer.»

«Von wegen Umweltschützer!», sagte die Älteste.

«Nein, im Ernst», sagte Lalitha besänftigend. «Es wäre gut für uns alle, wenn Sie uns durchlassen würden. Wir sind hier, um die Arbeiten zu überwachen und dafür zu sorgen, dass alles verantwortungsvoll geschieht. Wir stehen ganz auf Ihrer Seite, und wir teilen Ihre Bedenken wegen der Umwelt. Und wenn eine oder zwei von Ihnen mitkommen wollen –»

«Das ist leider nicht genehmigt», sagte der Bauleiter.

«Scheiß auf die Genehmigung!», sagte Walter. «Wir müssen hier durch! Dieses Scheißland gehört *mir*! Verstehen Sie? *Mir gehört alles, was Sie hier sehen.*»

«Wie gefällt Ihnen das?», sagte zu ihm die älteste Frau. «Ist nicht so dolle, wie? Auf der falschen Seite des Zauns zu sein.»

«Sie dürfen sehr gern zu Fuß gehen, Sir», sagte der Bauleiter, «ist aber ein schönes Stück. Ich schätze mal, bei dem Schlamm dauert das rund zwei Stunden.»

«Leihen Sie mir doch einfach den Pick-up, ja? Ich stelle Sie von der Haftung frei, Sie können auch sagen, ich habe ihn gestohlen oder was weiß ich. Leihen Sie mir einfach nur den Scheiß-Pick-up.»

Walter spürte Lalithas Hand auf dem Arm. «Walter? Setzen wir uns doch mal kurz in den Wagen.» Sie wandte sich an die Frauen. «Wir sind ganz auf Ihrer Seite, und wir freuen uns, dass Sie gekommen sind, um Ihre Sorge um diesen wunderbaren Wald zum Ausdruck zu bringen, für dessen Bewahrung wir uns sehr einsetzen.»

«Interessante Art, damit umzugehen», sagte die Älteste.

Als Lalitha mit Walter zum Mietwagen hinunterging, kam auf der Straße dahinter schweres Gerät heraufgerumpelt. Das Rumpeln wurde zum Dröhnen – zwei gigantische, straßenbreite Raupenbagger mit erdverkrusteten Ketten, wie sich gleich danach erwies. Der Fahrer des vorderen ließ den Motor Abgase aushusten, während er herabsprang, um mit Walter zu reden.

«Sir, Sie müssen Ihr Fahrzeug da vorn entfernen, damit wir vorbeikönnen.»

«Sieht es etwa so aus, als könnte ich das?», sagte er heftig. «Sieht es so für Sie aus, verflucht?»

«Das weiß ich nicht, Sir. Aber wir können nicht zurück. Sind fast zwei Kilometer bis zur nächsten Ausweichstelle.»

Bevor Walter noch wütender werden konnte, fasste Lalitha ihn an beiden Armen und blickte ihm eindringlich ins Gesicht. «Du musst mich das jetzt regeln lassen. Du bist zu aufgebracht.»

«Ich bin aus gutem Grund aufgebracht!»

«Walter. *Setz dich in den Wagen.* Sofort.»

Er tat, wie ihm geheißen. Über eine Stunde saß er da, fummelte an seinem BlackBerry, das nichts empfing, und horchte auf die sinnlose Verschwendung fossiler Brennstoffe durch den Bagger im Leerlauf hinter ihm. Als es dem Fahrer schließlich einfiel, den Motor abzustellen, hörte er einen weiter entfernten Motorenchor – vier oder fünf Schwerlaster und Planierraupen wurden jetzt zurückbewegt. Jemand musste die Polizei rufen, damit die sich mit Zorn und ihren Zeloten befasste. Bis dahin steckte er, es war unfassbar, im tiefsten Wyoming County im Stau. Lalitha lief auf der Straße hin und her, verhandelte mit den verschiedenen Parteien, tat ihr Bestes, um Wohlwollen zu verbreiten. Um sich die Zeit zu vertreiben, überschlug Walter im Geist, was in den Stunden seit seinem Aufwachen im Days Inn auf der Welt schiefgelaufen war. Nettozuwachs der Weltbevölkerung: 60 000. Zunahme der amerikanischen Zersiedelung in Hektar: 400. Von Haus- und verwilderten Katzen getötete Vögel in den Vereinigten Staaten: 500 000. Weltweit verbrannte

Barrel Öl: 12 000 000. In die Atmosphäre gejagtes Kohlendioxid in Tonnen: 11 000 000. Ihrer Flossen wegen gemordete Haie, die daraufhin flossenlos im Wasser trieben: 150 000 ... Diese Zahlen, die er nachrechnete, während immer mehr Zeit ins Land ging, bereiteten ihm eine merkwürdig trotzige Befriedigung. Es gibt Tage, die so schlimm sind, dass sie sich nur durch eine weitere Verschlimmerung, nur durch einen Abstieg in eine schiere Orgie des Schlimmen retten lassen.

Als Lalitha zu ihm zurückkehrte, war es schon fast neun. Einer der Fahrer, sagte sie, habe an der Straße ungefähr zweihundert Meter weiter unten eine Stelle entdeckt, wo ein Personenwagen an den Rand fahren und die Großfahrzeuge passieren lassen könne. Der Fahrer des hintersten Lasters werde den ganzen Weg zum Highway zurücksetzen und die Polizei rufen.

«Möchtest du versuchen, zu Fuß nach Forster Hollow zu gehen?», sagte Walter.

«Nein», sagte Lalitha, «ich möchte, dass wir sofort von hier verschwinden. Jocelyn hat eine Kamera. Wir wollen uns nicht mal in der Nähe eines Polizeieinsatzes fotografieren lassen.»

Es folgte eine halbe Stunde knirschender Getriebe, quietschender Bremsen und stoßartiger schwarzer Dieselschwaden, danach eine weitere Dreiviertelstunde, in der sie die stinkenden Abgase des hinteren Lasters einatmeten, als der sich im Schneckentempo rückwärts das Tal hinabschob. Endlich wieder auf dem Highway in der Freiheit der offenen Straße, fuhr Lalitha in wahnwitzigem Tempo zurück nach Beckley, trat auf der kürzesten Geraden das Gaspedal durch, hinterließ Reifenspuren in den Kurven.

Sie hatten kaum den schäbigen Stadtrand erreicht, als das BlackBerry sein Waldsängerlied sang, womit ihre Rückkehr in die Zivilisation offiziell wurde. Der Anrufer hatte eine Twin-Cities-Nummer, vielleicht bekannt, vielleicht auch nicht.

«Dad?»

Walter zog erstaunt die Stirn kraus. «Joey? Na so was! Hallo.»

«Ja, hey. Hallo.»

«Alles klar bei dir? Ich habe deine Nummer gar nicht mehr erkannt, so lange ist es schon her.»

Die Verbindung schien plötzlich tot, als wäre aufgelegt worden. Womöglich hatte er etwas Falsches gesagt. Doch dann hörte er Joey wieder reden, wie mit der Stimme eines anderen. Eines zittrig sprechenden, zögerlichen kleinen Jungen. «Ja, na ja, egal, Dad, also – hast du mal 'ne Sekunde?»

«Schieß los.»

«Ja, also, tja, es ist wohl so, ich hab irgendwie Ärger.»

«Was?»

«Ich sagte, ich hab irgendwie Ärger.»

Es war der Anruf, den alle Eltern fürchten, doch Walter fühlte sich, einen Augenblick lang zumindest, gar nicht wie Joeys Vater. Er sagte: «Hey, ich auch! Wie überhaupt jeder!»

# Es reicht

Binnen Tagen, nachdem Zachary ihr Interview in seinem Blog gepostet hatte, füllte sich Katz' Handy-Mailbox mit Nachrichten. Die erste kam von einem nervigen Deutschen, Matthias Dröhner, den Katz, wie er sich vage erinnerte, auf der Walnut-Surprise-Tournee durchs *Vaterland* nur mit Mühe hatte abwimmeln können. «Wo Sie jetzt wieder Interviews geben», sagte Dröhner, «hoffe ich doch, dass Sie freundlicherweise auch mir eines gewähren, wie Sie es versprochen haben, Richard. Sie haben es versprochen!» Dröhner sagte in seiner Nachricht nicht, wie er an Katz' Handynummer herangekommen war, schätzungsweise aber über ein blogosphärisches Leck in Form der Barserviette irgendeiner Tusse, die Katz auf der Tournee angemacht hatte. Zweifellos erhielt er jetzt auch Interviewanfragen per E-Mail, womöglich sogar in großer Zahl, aber seit dem letzten Sommer hatte er nicht mehr die innere Kraft gehabt, sich ins Internet zu wagen. Auf Dröhners Nachricht folgten Anrufe einer Tusse aus Oregon namens Euphrosyne, eines brüllend jovialen Musikjournalisten aus Melbourne und eines College-Radio-DJ aus Iowa City, der sich anhörte, als wäre er erst zehn Jahre alt. Alle wollten sie dasselbe. Sie wollten, dass Katz noch einmal – in leicht verändertem Wortlaut, damit sie es unter eigenem Namen posten oder drucken konnten – genau dasselbe sagte, was er schon zu Zachary gesagt hatte.

«Das war die Härte, Alter», sagte Zachary eine Woche nach dem Posting zu ihm auf dem Dach in der White Street, während sie auf Zacharys Objekt der Begierde, Caitlyn, warteten. Die Anrede «Alter» war für Katz neu und irritierend, aber völlig im Einklang mit seinen

Erfahrungen mit Interviewern. Kaum hatte er ihnen nachgegeben, ließen sie ihre Maske der Ehrfurcht fallen.

«Nenn mich nicht Alter», sagte er dennoch.

«Na gut, egal», sagte Zachary. Er ging auf einem langen WPC-Brett dahin, als wäre es ein Schwebebalken, die dünnen Arme ausgestreckt. Der Nachmittag war frisch und böig. «Ich sage nur, mein Trefferzähler dreht hohl. Man verlinkt meinen Blog auf der ganzen Welt. Siehst du dir jemals deine Fanseiten an?»

«Nein.»

«Im Moment stehe ich in der besten ganz oben. Ich kann meinen Computer holen und es dir zeigen.»

«Muss ich wirklich nicht haben.»

«Ich glaube, die Leute lechzen geradezu nach einem, der vor den Mächtigen die Wahrheit ausspricht. Gut, es gibt eine kleine Minderheit, die findet, du hast dich wie ein Arschloch und ein Jammerlappen angehört. Aber das sind bloß Versprengte, die geile Typen nicht abkönnen. Da würde ich mir keine Gedanken machen.»

«Danke, dass du mich so aufbaust», sagte Katz.

Als das Mädchen Caitlyn in Begleitung zweier Kumpaninnen auf dem Dach erschien, blieb Zachary auf seinem Schwebebalken stehen, zu cool, um sie einander vorzustellen; Katz dagegen legte seinen Druckluftnagler hin und ließ die Musterung durch die Besucherinnen über sich ergehen. Caitlyn steckte in einer Hippiekluft, Brokatweste und Cordmantel, wie Carole King und Laura Nyro sie einst getragen hatten, und wäre seiner Bemühungen sicher wert gewesen, hätte Katz sich in der Woche nach seinem Treffen mit Walter Berglund nicht wieder mit Patty beschäftigt. Jetzt einer klasse Jugendlichen zu begegnen war wie Erdbeeren riechen, wenn man Hunger auf ein Steak hatte.

«Was kann ich für euch Mädchen tun?», sagte er.

«Wir haben dir Bananenbrot gebacken», sagte die pummeligere Kumpanin und hielt einen in Alufolie eingewickelten Laib hoch.

Die beiden anderen Mädchen verdrehten die Augen. «*Sie* hat dir

Bananenbrot gebacken», sagte Caitlyn. «Wir haben damit nichts zu tun.»

«Hoffentlich magst du *Walnüsse*», sagte das Bäckermädchen.

«Ah, verstehe», sagte Katz.

Ein verwirrtes Schweigen senkte sich herab. Hubschrauberrotoren knatterten durch den Manhattaner Luftraum, der Wind machte komische Sachen mit dem Geräusch.

«Wir sind einfach bloß große Fans von *Nameless Lake*», sagte Caitlyn. «Wir haben gehört, dass du hier eine Dachterrasse baust.»

«Tja, wie ihr seht, hat euer Freund Zachary Wort gehalten.»

Zachary, der mit seinen orangefarbenen Sneakers das WPC-Brett in Schwingung versetzte, tat so, als könnte er es kaum erwarten, wieder mit Katz allein zu sein, womit er einige gute Grundfertigkeiten im Aufreißen bewies.

«Zachary ist ein toller junger Musiker», sagte Katz. «Das garantiere ich euch. Man muss sein Talent im Auge behalten.»

Die Mädchen sahen irgendwie traurig und gelangweilt zu Zachary hin.

«Ehrlich», sagte Katz. «Bittet ihn mal, dass er mit euch nach unten geht und euch was vorspielt.»

«Wir stehen aber mehr auf Alt-Country», sagte Caitlyn. «Weniger auf Jungsrock.»

«Er hat auch ein paar tolle Country-Licks drauf», beharrte Katz.

Caitlyn straffte die Schultern, wodurch sie sich wie eine Tänzerin in Positur brachte, und blickte ihn unverwandt an, wie um ihm die Gelegenheit zu geben, die Gleichgültigkeit, die er ihr bezeigte, zu korrigieren. Gleichgültigkeit war sie offensichtlich nicht gewohnt. «Warum baust du eine Dachterrasse?», sagte sie.

«Wegen frischer Luft und Training.»

«Warum brauchst du Training? Du siehst doch ziemlich fit aus.»

Katz war sehr, sehr müde. Außerstande zu sein, das Spiel, das Caitlyn mit ihm spielen wollte, auch nur für zehn Sekunden mitzuspielen, hieß, die Lockungen des Todes zu verstehen. Sterben wäre der sauberste Schnitt zu dem, womit man ihn in Verbindung brachte – der *Vorstellung* des Mädchens von Richard Katz – und was ihn belastete. Südwestlich von ihnen erhob sich der massige Zweckbau aus der Eisenhower-Zeit, der fast jedem Loft-Bewohner in TriBeCa die Aussicht auf die Architektur des 19. Jahrhunderts verschandelte. Früher hatte der Bau noch Katz' urbane Ästhetik beleidigt, jetzt aber gefiel er ihm, weil er die urbane Ästhetik der Millionäre beleidigte, die sich in dem Viertel breitgemacht hatten. Wie der Tod türmte er sich über dem vortrefflichen Leben auf, das dort geführt wurde; fast war er für ihn schon zu einem Freund geworden.

«Dann sehen wir uns doch mal das Bananenbrot an», sagte er zu dem pummeligen Mädchen.

«Ich hab dir auch Wintergreen-Kaugummis mitgebracht», sagte sie.

«Ich schreib dir einfach was auf die Schachtel, die kannst du dann behalten.»

«Das wäre Wahnsinn!»

Er nahm einen Marker aus der Werkzeugkiste. «Wie heißt du?»

«Sarah.»

«Schön, dich kennenzulernen, Sarah. Ich werde dein Bananenbrot mit nach Hause nehmen und heute Abend als Nachtisch essen.»

Mit so etwas wie *moralischer* Empörung sah sich Caitlyn noch kurz an, wie da ihr hübsches Ich übergangen wurde. Dann gesellte sie sich zu Zachary, das andere Mädchen folgte ihr. Und hierin, dachte Katz, lag doch ein Konzept: Statt zu versuchen, die Tussen, die er hasste, zu vögeln, sollte er sie nicht vielleicht einfach handfest brüskieren? Um seine Aufmerksamkeit weiter auf Sarah zu richten und von der magnetischen Caitlyn fernzuhalten, zog er die Dose Skoal hervor, die er gekauft hatte, um seiner Lunge eine Pause von Zigaretten zu gönnen, und schob sich einen dicken Priem zwischen Zahnfleisch und Wange.

«Kann ich das auch probieren?», sagte die kühn gewordene Sarah.

«Davon wird dir schlecht.»

«Aber halt ein Bröckchen?»

Katz schüttelte den Kopf und steckte die Dose wieder weg, woraufhin Sarah fragte, ob sie mal mit dem Druckluftnagler feuern dürfe. Sie war wie eine wandelnde Reklame für die neueste Erziehungsmethode, die ihr zuteilgeworden war: Du hast die Erlaubnis, nach Dingen zu fragen! Nur weil du nicht hübsch bist, heißt das nicht, dass du sie nicht hast! Deine Gaben werden, wenn du nur mutig genug bist, sie anzubieten, von jedermann gern angenommen! Auf ihre Weise war sie ebenso ermüdend wie Caitlyn. Katz fragte sich, ob er mit achtzehn genauso ermüdend gewesen war oder ob, so kam es ihm jetzt jedenfalls vor, seine Wut auf die Welt – seine Vorstellung von der Welt als einem aggressiven Widersacher, der seine Wut verdiente – ihn interessanter hatte sein lassen als diese jungen Muster an Selbstwertgefühl.

Er ließ Sarah den Druckluftnagler abfeuern (sie kreischte von dessen Rückstoß auf und ließ ihn fast fallen) und schickte sie dann ihrer Wege. Caitlyn war so effektiv brüskiert worden, dass sie sich nicht einmal verabschiedete, sondern Zachary einfach nach unten folgte. Katz schlenderte zum Oberlicht des großen Schlafzimmers in der Hoffnung, einen Blick auf Zacharys Mutter zu erhaschen, doch er sah nur das DUX-Bett, das Eric-Fischl-Gemälde und den Flachbildfernseher.

Seine Empfänglichkeit für Frauen über fünfunddreißig war Katz doch einigermaßen peinlich. Es war traurig und ein wenig krank, wie sie auf seine verrückte und immer abwesende Mutter zu verweisen schien, doch an der grundlegenden Verfasstheit seines Gehirns ließ sich eben nichts ändern. Junge Frauen waren beständig aufreizend und beständig unbefriedigend, ganz ähnlich wie Koks: Immer wenn er davon los war, hatte er es als phantastisch und unschlagbar in Erinnerung und lechzte danach, doch kaum war er wieder drauf, merkte er, dass es überhaupt nicht phantastisch war, sondern steril und leer: neuromechanistisch, mit einem Todesaroma. Besonders heutzutage waren die jungen Tussen bei ihrem Gevögel hyperaktiv, hasteten durch sämtliche der Spezies bekannten Stellungen, machten dies und jenes und noch mehr, und ihre Kindermösen waren zu unduftend und kurz rasiert, um noch als menschliche Körperteile durchzugehen. Von seinen paar Stunden mit Patty Berglund erinnerte er sich an mehr Details als von einem Jahrzehnt mit lauter Kids. Natürlich, er kannte Patty seit einer Ewigkeit und fühlte sich seit einer Ewigkeit von ihr angezogen; lange Vorfreude hatte bestimmt eine Rolle gespielt. Aber sie hatte auch etwas wesenhaft Menschlicheres als die jungen. Etwas Schwierigeres, Berührenderes, etwas, das zu haben lohnender war. Und nun, da sein prophetischer Schwanz, seine Wünschelrute, ihn erneut in ihre Richtung wies, vermochte er sich nicht mehr ins Gedächtnis zu rufen, warum er seine Chance mit ihr nicht besser genutzt hatte. Eine verfehlte Vorstellung vom Nettsein, ihm jetzt unverständlich, hatte ihn daran gehindert, zu ihr nach Philadelphia ins Hotel zu fahren und sich mehr von ihr zu nehmen. Nachdem er Walter einmal, mitten in einer kühlen Nacht im Norden, betrogen hatte, hätte er sich nicht beirren lassen und es noch hundert weitere Male machen und damit abschließen sollen. Der Beweis dafür, wie sehr er es hatte tun wollen, waren die Songs, die er für *Nameless Lake* geschrieben hatte. Er hatte sein unbefriedigtes Begehren in Kunst verwandelt. Nun aber, nachdem er diese Kunst geschaffen und ihren zweifelhaften Lohn geerntet hatte, gab es keinen Grund mehr, auf etwas, was er noch immer wollte, zu verzichten. Und sollte dann wiederum Walter meinen, einen Anspruch auf diese Inderin zu haben, und nicht mehr so eine moralisierende Nervensäge sein, wäre es für alle Beteiligten umso besser.

Am Freitagabend fuhr er mit dem Zug von Newark nach Washington. Er sah sich noch immer außerstande, Musik zu hören, doch auf seinen Nicht-Apple-MP3-Player hatte er einen Track Rosa Rauschen geladen – Weißes Rauschen, dessen Frequenz zum Bass hin verlagert war und so jedes Hintergrundgeräusch, mit dem die Welt ihn behelligen mochte, neutralisieren konnte –, und indem er seinen großen gepolsterten Kopfhörer aufsetzte und sich zum Fenster hin ausrichtete und seinen Bernhard-Roman dicht vors Gesicht hielt, konnte er einen vollkommenen Privatbereich herstellen, der andauerte, bis der Zug Philly erreichte. Dort setzte sich ein weißes Paar Anfang zwanzig, das weiße T-Shirts trug und weißes Eis aus gewachsten Pappbechern aß, auf die soeben frei gewordenen Plätze vor ihm. Das extreme Weiß ihrer T-Shirts kam ihm wie die Farbe des Bush-Regimes vor. Die Tusse stellte sogleich ihre Rückenlehne zurück, sodass sie in seinen Bereich ragte, und als sie einige Minuten später ihr Eis fertig gegessen hatte, warf sie Becher und Löffel unter ihren Sitz, wo seine Füße waren.

Mit einem tiefen Seufzer nahm er den Kopfhörer ab, stand auf und ließ den Becher auf ihren Schoß fallen.

«Hee!», schrie sie mit heftigem Ekel.

«Mann, was soll das denn?», sagte ihr strahlend weißer Begleiter.

«Sie haben mir das auf die Füße geschmissen», sagte Katz.

«Sie hat es Ihnen aber nicht auf den *Schoß* geworfen.»

«Das ist eine ziemlich reife Leistung», sagte Katz. «So selbstgerecht zu tönen, wenn Ihre Freundin einem anderen einen feuchten Eisbehälter auf die Füße wirft.»

«Das ist ein *öffentlicher Zug*», sagte das Mädchen. «Wenn Sie mit anderen Leuten nicht zurechtkommen, nehmen Sie doch einen Privatjet.»

«Ja, das nächste Mal versuche ich, daran zu denken.»

Den Rest der Strecke nach Washington schmissen sich die beiden immerzu gegen ihre Lehnen, um sie möglichst noch über deren Grenzen hinaus in seinen Bereich zu drücken. Offenbar hatten sie ihn nicht erkannt, aber wenn doch, würden sie bestimmt bald bloggen, was für ein Arschloch Richard Katz war.

Obwohl er im Lauf der Jahre häufig in Washington gespielt hatte, machten ihn dessen Horizontalität und die irritierenden diagonalen Avenuen jedes Mal wieder kirre. Er kam sich vor wie eine Ratte in einem Regierungslabyrinth. Nach dem, was er vom Rücksitz seines Taxis aus sehen konnte, brachte der Fahrer ihn nicht nach Georgetown, sondern zur israelischen Botschaft zum verschärften Verhör. In jedem Viertel schienen die Fußgänger alle die gleichen Drögheitspillen genommen zu haben. Als wäre individueller Stil eine flüchtige Substanz, die in der Menschenleere der Gehwege und höllisch großen Plätze Washingtons verdunstete. Die ganze Stadt war ein einsilbiger Imperativ, der auf Katz in seiner abgewetzten Biker-Jacke zielte. Und ihm sagte: Stirb.

Die Villa in Georgetown hatte allerdings Charakter. Wie Katz zu wissen glaubte, hatten Walter und Patty dieses Haus nicht persönlich ausgesucht, und doch spiegelte es den hervorragenden bürgerlich-urbanen Geschmack, den er von ihnen inzwischen erwartete. Es hatte ein Schieferdach mit mehreren Mansardenfenstern und im Erdgeschoss hohe Fenster, die auf etwas hinausgingen, was tatsächlich Ähnlichkeit mit einem kleinen Rasen erkennen ließ. Über der Klingel räumte ein Messingschild diskret den Sitz der WALDSÄNGERBERG-STIFTUNG ein.

Jessica Berglund öffnete die Tür. Katz hatte sie nicht mehr gesehen, seit sie an der Highschool gewesen war, und bei ihrem Anblick, so ganz erwachsen und fraulich, zeigte er ein freudiges Lächeln. Sie hingegen wirkte verärgert und zerstreut und grüßte ihn kaum. «Hallo, ähm», sagte sie, «geh doch gleich in die Küche durch, ja?»

Sie blickte über die Schulter auf einen langen, mit Parkett ausgelegten Flur. An dessen Ende stand die indische Frau. «Hallo, Richard», rief sie und winkte ihm nervös zu.

«Einen kleinen Moment noch», sagte Jessica. Sie schritt durch den Flur, und Katz folgte ihr mit seiner Reisetasche, vorbei an einem großen Zimmer voller Schreibtische und Aktenschränke und einem kleineren mit einem Sitzungstisch. Es roch nach warmen Halbleitern und frischen Papiererzeugnissen. In der Küche stand der große französische Bauerntisch, den er noch aus St. Paul kannte. «Entschuldige mich noch einen Moment», sagte Jessica und folgte Lalitha in einen eher geschäftsführermäßig wirkenden Bereich im hinteren Bereich des Hauses.

«*Ich* bin diejenige, die jung ist», hörte er sie dort sagen. «Okay? Diejenige, die hier jung ist, bin ich. Kapierst du das?»

Lalitha: «Ja, natürlich! Deshalb ist es ja so wunderbar, dass du hergekommen bist. Ich sage doch nur, dass ich selber auch nicht so alt bin.»

«Du bist siebenundzwanzig!»

«Und das ist nicht jung?»

«Wie alt warst du, als du dein erstes Handy gekriegt hast? Wann bist du das erste Mal ins Internet gegangen?»

«Da war ich am College. Aber, Jessica, hör doch mal –»

«Zwischen College und Highschool ist ein *großer Unterschied.* Heutzutage kommuniziert man auf eine völlig andere Art und Weise. Eine, die Leute meines Alters viel früher gelernt haben als du.»

«Das weiß ich doch. Da sind wir einer Meinung. Ich begreife nur nicht, warum du so wütend auf mich bist.»

«Warum ich wütend bin? Weil du meinem Dad einredest, dass du zum Thema junge Leute die große Expertin bist, aber die bist du eben *nicht*, wie du soeben voll demonstriert hast.»

«Jessica, ich kenne den Unterschied zwischen einer SMS und einer E-Mail. Ich habe mich versprochen, weil ich müde bin. Die ganze Woche habe ich kaum geschlafen. Es ist nicht fair, dass du so ein Aufhebens darum machst.»

«*Verschickst* du überhaupt mal eine SMS?»

«Das muss ich nicht. Wir haben BlackBerrys, die machen dasselbe, nur besser.»

«Das ist nicht dasselbe! *Gott.* Genau das meine ich doch! Wenn du nicht mit Handys an der Highschool aufgewachsen bist, verstehst du nicht, dass Simsen sich sehr, sehr vom Mailen unterscheidet. Das ist eine total andere Form, mit anderen Leuten in Kontakt zu sein. Ich habe Freunde, die kaum noch ihre E-Mails abfragen. Und wenn du und Dad euch an College-Kids wenden wollt, dann ist es echt wichtig, das zu verstehen.»

«Na gut. Sei sauer auf mich. Dann sei eben sauer. Aber ich habe heute Abend noch zu arbeiten, und du musst mich jetzt in Ruhe lassen.»

Kopfschüttelnd, den Mund zusammengekniffen, kehrte Jessica

in die Küche zurück. «Entschuldige», sagte sie. «Vielleicht möchtest du ja duschen und dann was essen. Oben ist ein Esszimmer, das man durchaus ab und an benutzen könnte. Ich habe ein, ähm.» Zerstreut sah sie sich um. «Ich habe als Abendessen einen großen Salat gemacht, und ich kann noch Pasta aufwärmen. Ich habe auch leckeres Brot, den sprichwörtlichen Laib Brot, den zu kaufen meine Mutter offenbar nicht in der Lage ist, wenn übers Wochenende Besuch kommt.»

«Mach dir mal meinetwegen keine Sorgen», sagte Katz. «Ich habe noch ein halbes Sandwich in der Tasche.»

«Nein, ich gehe mit dir nach oben und setze mich zu dir. Hier ist bloß manches ein bisschen desorganisiert. Dieses Haus ist einfach … einfach … einfach …» Sie ballte die Fäuste und schüttelte sie. «Ahhh! Dieses Haus!»

«Beruhige dich mal», sagte Katz. «Schön, dich zu sehen.»

«Wie *leben* die überhaupt, wenn ich nicht da bin! Das begreife ich nicht. Wie das Ganze überhaupt auf der schlichtesten Ebene funktioniert, ich meine, dass der Müll rausgetragen wird und so.» Jessica schloss die Küchentür und senkte die Stimme. «Allein Gott weiß, was *sie* isst. Nach dem, was meine Mom sagt, ernährt sie sich anscheinend von Cheerios, Milch und Käsesandwiches. Und Bananen. Aber wo sind diese Sachen? Nicht mal *Milch* steht im Kühlschrank.»

Katz deutete mit einer vagen Handbewegung an, dass er dafür nicht verantwortlich gemacht werden könne.

«Und weißt du», sagte Jessica, «zufällig habe ich ein bisschen Ahnung von regionaler indischer Küche. Weil viele meiner Freundinnen am College Inderinnen waren? Und vor *Jahren* schon, als ich das erste Mal hierherkam, habe ich sie gefragt, ob sie mir ein bisschen was über regionale Küche beibringen kann, die aus Bengalen oder so, wo sie ja herstammt. Ich habe großen Respekt vor Traditionen, und ich dachte, wir könnten zusammen mal ein schönes Essen kochen und uns auch, sie und ich, wie eine richtige Familie an den Esstisch setzen. Ich dachte, das könnte cool sein, weil sie ja Inderin ist und ich mich für Ernährung interessiere. Und da hat sie gelacht und gesagt, sie kann nicht mal ein Ei kochen. Anscheinend waren ihre Eltern beide Ingenieure und haben in ihrem ganzen Leben kein richtiges Essen gekocht. Damit war auch *dieser* Plan im Eimer.»

Katz lächelte sie an, freute sich, wie nahtlos sie in ihrer kompakten, einheitlichen Person das Wesen ihrer Eltern vereinte und verschmolz. Sie klang wie Patty und empörte sich wie Walter, und dennoch war sie vollkommen sie selbst. Ihre blonden Haare waren derart streng zurückgekämmt und zusammengebunden, dass es so aussah, als würden ihre Brauen dauerhaft hochgezogen, was ihren Ausdruck entsetzter Überraschung und Ironie nur noch verstärkte. Er war nicht im mindesten von ihr angezogen und mochte sie deswegen umso lieber.

«Und wo sind sie nun alle?», sagte er.

«Mom ist im Fitnessclub, ‹arbeiten›. Und Dad, das weiß ich gar nicht mal. Irgendein Termin in Virginia. Er hat gesagt, ich soll dir ausrichten, er ist erst morgen früh da – eigentlich wollte er heute Abend da sein, aber dann ist was dazwischengekommen.»

«Wann kommt denn deine Mom nach Hause?»

«Bestimmt spät. Weißt du, man merkt es jetzt nicht mehr, aber in meiner Kindheit war sie eine ziemlich gute Mom. Sie hat, hm, richtig gekocht? Den Leuten das Gefühl gegeben, willkommen zu sein? Ihnen Blumen in einer Vase ans Bett gestellt? Aber das ist jetzt wohl alles Vergangenheit.»

In ihrer Eigenschaft als Notgastgeberin führte sie ihn eine schmale Hintertreppe hinauf und zeigte ihm die geräumigen Schlafzimmer im ersten Stock, die in Wohn-, Ess- und Familienzimmer umgewandelt worden waren, das kleine Zimmer, in dem Patty einen Computer und ein Schlafsofa stehen hatte, und dann, im zweiten Stock, das ebenso kleine Zimmer, in dem er übernachten würde. «Das ist offiziell das Zimmer meines Bruders», sagte sie, «aber der hat bestimmt noch keine zehn Tage darin verbracht, seit sie hierher gezogen sind.»

Tatsächlich fand sich keine Spur von Joey, nur noch mehr von Walters und Pattys sehr geschmackvollen Möbeln.

«Wie geht's Joey überhaupt?»

Jessica zuckte die Achseln. «Da fragst du die Falsche.»

«Ihr redet nicht miteinander?»

Sie sah mit ihren amüsiert aufgerissenen und etwas vortretenden Augen zu Katz hoch. «Manchmal reden wir miteinander, hin und wieder.»

«Und das heißt? Wie ist die Lage?»

«Na, er ist Republikaner geworden, die Gespräche sind daher eher nicht so angenehm.»

«Ah.»

«Ich habe dir Handtücher rausgelegt. Brauchst du auch einen Waschlappen?»

«Habe nie viel von Waschlappen gehalten, nein.»

Als er eine halbe Stunde später, geduscht und mit einem sauberen T-Shirt versehen, wieder nach unten kam, wartete auf dem Esstisch schon das Abendessen auf ihn. Jessica setzte sich ans andere Ende, die Arme fest verschränkt – sie war ohnehin ein recht verspanntes Mädchen –, und sah ihm beim Essen zu. «Glückwunsch übrigens», sagte sie, «zu allem, was so passiert ist. Es war schon sehr seltsam, dich auf einmal überall zu hören und dich auf der Playlist von praktisch jedem zu sehen.»

«Und du? Was hörst du so?»

«Ich stehe mehr auf Weltmusik, besonders afrikanische und südamerikanische. Aber deine Platte hat mir auch gefallen. Auf jeden Fall hab ich den See wiedererkannt.»

Es war möglich, dass sie damit etwas Bestimmtes meinte, ebenso gut aber auch nicht. Konnte Patty ihr erzählt haben, was am See geschehen war? Ihr und nicht Walter?

«Und sonst?», sagte er. «Es klang ganz so, als hättest du mit Lalitha ein kleines Problem.»

Wieder das amüsierte oder ironische Weiten der Augen.

«Was?», sagte er.

«Ach, nichts. Ich bin in letzter Zeit nur ein bisschen ungeduldig mit meiner Familie.»

«Ich habe den Eindruck, dass sie für deine Eltern ein gewisses Problem ist.»

«Mhm.»

«Sie scheint aber nicht ohne zu sein. Klug, voller Energie, engagiert.»

«Mhm.»

«Möchtest du mir was sagen?»

«Nein! Ich glaube nur, dass sie irgendwie ein Auge auf meinen Dad geworfen hat. Und das macht meine Mom irgendwie fertig. Das mit anzusehen. Ich finde irgendwie, wenn einer verheiratet ist, lässt man die Finger von ihm, oder? Wenn er verheiratet ist, ist er tabu. Stimmt's?»

Katz, unsicher, wohin das führen mochte, räusperte sich. «Theoretisch ja», sagte er. «Aber mit zunehmendem Alter wird das Leben komplizierter.»

«Das heißt aber nicht, dass ich sie mögen muss. Und ich muss sie auch nicht akzeptieren. Ich weiß nicht, ob dir klar ist, dass sie gleich hier oben wohnt? Sie ist *die ganze Zeit hier*. Sie ist öfter hier als meine Mom. Und das finde ich nicht ganz fair. Ich finde, sie sollte ausziehen und eine eigene Wohnung haben. Aber ich glaube nicht, dass mein Dad das will.»

«Und warum will er das nicht?»

Jessica lächelte Katz schmal, sehr unfroh an. «Meine Eltern haben eine Menge Probleme. In ihrer Ehe gibt's eine Menge Probleme. Um das zu erkennen, braucht man kein Hellseher zu sein. Also, dass meine Mom echt depressiv ist. Seit Jahren schon. Und sie kommt da nicht raus. Aber sie lieben sich, ich *weiß*, sie lieben sich, und es macht mich richtig krank, was hier abgeht. Wenn sie einfach *gehen* würde – Lalitha, meine ich –, wenn sie einfach gehen würde, damit meine Mom wieder eine Chance hätte ...»

«Steht ihr euch nahe, deine Mom und du?»

«Nein. Eher nicht.»

Katz aß schweigend und wartete darauf, mehr zu hören. Zum Glück hatte er Jessica offenbar in einer Stimmung erwischt, in der sie sich dem nächstbesten Menschen anvertraute.

«Na ja, sie ist bemüht», sagte sie. «Aber sie hat echt das Talent, das Falsche zu sagen. Sie respektiert nicht, dass ich eine eigene Meinung habe. Sozusagen prinzipiell eine intelligente Erwachsene bin, die sich ihre eigenen Gedanken macht? Mein Freund am College, der war unglaublich lieb, und sie war einfach grässlich zu ihm. Als hätte sie Angst gehabt, dass ich ihn heirate, also musste sie ständig über ihn herziehen. Er war mein erster richtiger Freund, und das wollte ich einfach mal eine Weile genießen, aber sie hat nicht lockergelassen. Einmal, da sind William und ich übers Wochenende hergekommen, wir wollten ins Museum und auf eine Demo für die Schwulenehe. Wir haben hier gewohnt, und da hat sie ihn doch glatt gefragt, ob es ihm gefällt, wenn Mädchen auf Verbindungspartys ihre Brüste zeigen. Sie hatte so einen dummen Zeitungsartikel über Jungs gelesen, die Mädchen zurufen, sie sollen ihre Brüste zeigen. Und ich so, nein, Mutter, ich bin nicht an der Virginia. An meinem College gibt es keine Verbindungen, das ist bloß so ein dummes Steinzeitding, das sie in den Südstaaten machen, ich fahre in den Frühjahrsferien auch nicht nach Florida, wir sind nicht wie die in deinem dummen Artikel. Aber sie hat einfach nicht lockergelassen. Ständig fragte sie William, wie er die Brüste anderer Mädchen findet. Und tat ständig überrascht, wenn er sagte, die interessierten ihn nicht. Sie hat ge*wusst*, dass er ehrlich war, geschweige denn voll peinlich berührt, dass die Mutter seiner Freundin über Brüste redet, aber sie hat so getan, als würde sie ihm nicht glauben. Für sie war das Ganze ein Witz. Sie wollte, dass *ich* über William lache. Der, na ja, manchmal schon ein bisschen schwer zu ertragen war. Aber kriege ich vielleicht die Chance, das für mich selber zu klären?»

«Du bist ihr also wichtig. Sie wollte nicht, dass du den Falschen heiratest.»

«Ich wollte ihn doch gar nicht heiraten! Das ist es doch!»

Katz' Blick wurde auf Jessicas Brüste gelenkt, die von ihren fest verschränkten Armen weitgehend verborgen waren. Sie war kleinbrüstig wie ihre Mutter, aber weniger gut proportioniert. Er spürte jetzt, dass seine Liebe zu Patty im weiteren Sinn auch ihrer Tochter galt, abzüglich des Wunsches, sie zu vögeln. Er verstand jetzt, was Walter damit gemeint hatte, dass sie ein junger Mensch sei, der einem älteren Hoffnung für die Zukunft gebe. Jedenfalls wirkte sie hellwach.

«Du wirst mal ein gutes Leben haben», sagte er.

«Danke.»

«Du hast was drauf. Super, dich wiederzusehen.»

«Ja, finde ich auch», sagte sie. «Ich weiß gar nicht mehr, wann ich dich zuletzt gesehen habe. Vielleicht, als ich noch an der Highschool war?»

«Du hast in einer Suppenküche gearbeitet. Dein Dad ist mit mir da hingegangen.»

«Stimmt, die Jahre, in denen ich in meinen Lebenslauf investiert habe. Ich hatte so ungefähr siebzehn außerschulische Aktivitäten. Ich war wie Mutter Teresa auf Speed.»

Katz nahm sich noch von den Nudeln, denen Oliven und eine Art Blattsalat beigemischt waren. Ja, Rukola: Er war wieder wohlbehalten im Schoß des Bürgertums gelandet. Er fragte Jessica, was sie täte, wenn ihre Eltern sich trennen sollten.

«Was, keine Ahnung», sagte sie. «Ich hoffe, sie tun es nicht. Meinst du, sie tun es? Hat Dad dir so was gesagt?»

«Ich würde es nicht ausschließen.»

«Tja, dann wäre ich wohl in bester Gesellschaft. Die Hälfte meiner Freunde kommt aus kaputten Familien. Ich hätte eben nie gedacht, dass das auch uns passieren könnte. Erst, als Lalitha dahergekommen ist.»

«Du weißt ja, es gehören immer zwei dazu. Du solltest ihr nicht die ganze Schuld geben.»

«Ach, ich gebe auch Dad die Schuld, das kannst du mir glauben. Auf jeden Fall. Ich höre es immer in seiner Stimme, und es ist einfach so … verwirrend. So *falsch*. Also, ich habe immer gedacht, ich kenne ihn richtig gut. Aber anscheinend doch nicht.»

«Und deine Mom?»

«Die ist definitiv auch unglücklich darüber.»

«Nein, was wäre, wenn sie diejenige wäre, die geht? Wie fändest du das?»

Jessicas Verblüffung über diese Frage zerstreute jeden Gedanken, dass Patty sich ihr anvertraut hatte. «Ich glaube nicht, dass sie das tun würde», sagte sie. «Außer, Dad bringt sie dazu.»

«Sie ist so weit glücklich?»

«Also, Joey sagt, sie ist es nicht. Ich glaube, sie hat Joey eine Menge erzählt, was sie mir nicht erzählt hat. Oder vielleicht denkt Joey sich auch Sachen aus, um gemein zu mir zu sein. Ich meine, sie macht sich definitiv über Dad lustig, ständig, aber das hat nichts zu bedeuten. Sie macht sich über jeden lustig – bestimmt auch über mich, wenn ich nicht in der Nähe bin. Sie findet uns alle zum Totlachen, und darüber ärgere ich mich definitiv schwarz. Aber eigentlich mag sie ihre Familie. Ich glaube nicht, dass sie sich vorstellen kann, irgendwas zu ändern.»

Katz überlegte, ob das stimmen konnte. Vier Jahre zuvor hatte ihm Patty selbst gesagt, dass sie kein Interesse daran habe, Walter zu verlassen. Doch der Prophet in Katz' Hose behauptete störrisch etwas anderes, und Joey war beim Thema Glück seiner Mutter vielleicht doch verlässlicher als seine Schwester.

«Deine Mom ist ein merkwürdiger Mensch, oder?»

«Sie tut mir leid», sagte Jessica, «wenn ich nicht gerade sauer auf sie bin. Sie ist so klug, aber sie hat nie so richtig was aus sich gemacht, außer eine gute Mom zu sein. Eins weiß ich mit Sicherheit: *Ich* bleibe jedenfalls mal nicht die ganze Zeit bei meinen Kindern.»

«Du willst also Kinder. Ungeachtet der Krise der Weltbevölkerung.»

Sie sah ihn mit ihren aufgerissenen Augen an und errötete. «Eins oder vielleicht zwei. Sollte ich mal den Richtigen finden. Was in New York nicht sehr wahrscheinlich ist.»

«New York ist ein hartes Pflaster.»

«Toll, vielen Dank. Vielen Dank, dass du das gesagt hast. In meinem ganzen Leben habe ich mich noch nicht so runtergemacht und unsichtbar und total gedisst gefühlt wie in den letzten acht Monaten. Ich habe gedacht, in New York kann man gut jemanden kennenlernen. Aber die Typen sind alle entweder Loser, Idioten oder verheiratet. Es ist *erschütternd*. Ich meine, ich weiß ja, so umwerfend, oder was weiß ich, bin ich nicht, aber ich glaube doch, ich bin wenigstens fünf Minuten höfliche Konversation wert. Seit acht Monaten warte ich nun auf diese fünf Minuten. Ich will schon gar nicht mehr vor die Tür, so demoralisierend ist das.»

«An dir liegt es nicht. Du siehst gut aus. Vielleicht bist du einfach zu nett für New York. Dort herrscht ein ziemlich nackter Wettbewerb.»

«Aber wie kommt es, dass es dort so viele Mädchen wie mich gibt? Und keine Typen? Haben die guten alle beschlossen, woandershin zu gehen?»

Katz ließ die ihm bekannten jungen Männer im Großraum New York Revue passieren, darunter auch seine ehemaligen Kumpel von Walnut Surprise, und ihm fiel nicht einer ein, dem er bei einer Verabredung mit Jessica vertrauen würde. «Die Mädchen kommen alle wegen der Verlage und der Kunstszene und wegen nichtkommerzieller Sachen», sagte er. «Die Typen dagegen wegen Geld und Musik. Das ist schon mal eine Vorauswahl. Die Mädchen sind nett und interessant, die Typen sind allesamt Arschlöcher wie ich. Also nimm's nicht persönlich.»

«Ich hätte einfach nur mal gern *ein* schönes Date.»

Er bedauerte, ihr gesagt zu haben, sie sehe gut aus. Es hatte leicht nach einer Anmache geklungen, und er hoffte, sie hatte es nicht in den falschen Hals gekriegt. Leider hatte es doch den Anschein.

«Bist du echt ein Arschloch?», sagte sie. «Oder hast du das bloß so gesagt?»

Der Ton koketter Provokation war alarmierend und musste im

Keim erstickt werden. «Ich bin hergekommen, um deinem Dad einen Gefallen zu tun», sagte er.

«Das klingt ja nicht nach Arschloch», sagte sie neckisch.

«Vertrau mir. Ich bin eins.» Er bedachte sie mit dem strengsten Blick, den er zustande brachte, und tatsächlich, sie bekam ein wenig Angst davon.

«Das verstehe ich nicht», sagte sie.

«Ich bin nicht dein Verbündeter an der Inderinnenfront. Ich bin dein Feind.»

«Was? Warum? Was kümmert dich das?»

«Ich hab's dir doch gesagt. Ich bin ein Arschloch.»

«Herrgott. Na gut.» Mit hochgezogenen Brauen blickte sie auf den Tisch, verwirrt, verängstigt und beleidigt zugleich.

«Diese Nudeln sind übrigens hervorragend. Danke, dass du sie gemacht hast.»

«Gern. Nimm doch auch was von dem Salat.» Sie stand auf. «Ich glaube, ich geh dann mal nach oben und lese ein bisschen. Sag Bescheid, wenn du was brauchst.»

Er nickte, und sie verließ das Zimmer. Das Mädchen tat ihm leid, aber sein Geschäft in Washington war ein schmutziges, und es hatte wenig Sinn, es zu beschönigen. Als er mit dem Essen fertig war, sah er sich aufmerksam Walters riesigen Bücherbestand und seine noch riesigere CD- und LP-Sammlung an, dann zog er sich nach oben in Joeys Zimmer zurück. Er wollte derjenige sein, der ein Zimmer betrat, in dem Patty war, nicht derjenige, der in einem Zimmer wartete, das sie betrat. Als Wartender war man zu verwundbar; das entsprach Katz nicht. Obwohl er Ohrhörer normalerweise mied, weil sie aus seinem Tinnitus eine veritable Symphonie machten, steckte er sich jetzt welche hinein, um nicht sehnsüchtig nach Schritten und Stimmen zu horchen, während er im Bett lag.

Am nächsten Morgen blieb er fast bis neun auf seinem Zimmer, dann ging er die Hintertreppe hinab, auf der Suche nach Frühstück. Die Küche war leer, aber jemand, vermutlich Jessica, hatte Kaffee gekocht, Obst aufgeschnitten und Muffins hingestellt. Feiner

Frühlingsregen fiel auf den kleinen Garten, dessen Osterglocken und Jonquillen, sowie die Schrägen der dicht daneben stehenden Stadthäuser. Katz hörte Stimmen im vorderen Bereich der Villa und schlenderte, Kaffee und Muffin in der Hand, den Gang entlang, bis er im Sitzungszimmer, auf ihn wartend, Walter, Jessica und Lalitha entdeckte, alle schon geschrubbt, tagesgecremt und duschhaarig.

«Gut, dass du jetzt da bist», sagte Walter. «Dann können wir ja anfangen.»

«Mir war nicht klar, dass wir uns so früh treffen.»

«Es ist neun Uhr», sagte Walter. «Für uns ist es ein Arbeitstag.»

Er und Lalitha saßen nahe der Mitte des großen Tischs nebeneinander, Jessica an seinem hintersten Ende, die Arme verschränkt, Skepsis und Abwehr verströmend. Katz setzte sich den anderen gegenüber.

«Hast du gut geschlafen?», sagte Walter.

«Bestens. Wo ist Patty?»

Walter zuckte die Achseln. «Sie kommt nicht zur Sitzung, wenn du das meinst.»

«Wir versuchen hier, etwas auf die Beine zu stellen», sagte Lalitha. «Wir wollen uns nicht den ganzen Tag darüber lustig machen, wie unmöglich es ist, überhaupt etwas auf die Beine zu stellen.»

Boff!

Jessicas Augen huschten musternd vom einen zum anderen. Walter hatte bei näherem Hinsehen schreckliche Ringe unter den Augen, und seine Finger veranstalteten auf der Tischplatte etwas zwischen Zittern und Trommeln. Lalitha wirkte ebenfalls ein bisschen mitgenommen, das Gesicht bläulich und, obwohl dunkelhäutig, blass. Katz beobachtete das Verhältnis ihrer Körper zueinander, ihr geflissentliches Auseinanderstreben, und fragte sich, ob die Chemie ihr Werk wohl schon vollendet hatte. Sie schauten verdrossen und schuldig drein wie Liebende, die sich in der Öffentlichkeit benehmen müssen. Oder, umgekehrt, wie Leute, die sich noch auf nichts geeinigt hatten und wegen einander unglücklich waren. Wie auch immer, die Situation verdiente sorgfältige Observation.

«Dann beginnen wir jetzt mit dem Problem», sagte Walter. «Das Problem ist, dass niemand es wagt, die Überbevölkerung zum Bestandteil des landesweiten Diskurses zu machen. Und warum nicht? Weil das Thema alle runterzieht. Weil es wie von gestern wirkt. Weil wir, wie bei der Erderwärmung, noch nicht ganz den Punkt erreicht haben, wo die Folgen unbestreitbar werden. Und weil wir elitär wirken, wenn wir den Armen und Ungebildeten sagen, sie sollen nicht so viele Kinder kriegen. Eine große Familie zu haben steht in einem umgekehrten Verhältnis zum wirtschaftlichen Status, ebenso das Alter, in dem Mädchen ihre ersten Kinder bekommen, was aus etlichen Perspektiven genauso schädlich ist. Man kann die Wachstumsrate allein schon dadurch halbieren, dass man das Durchschnittsalter der Erstgebärenden von achtzehn auf fünfunddreißig verdoppelt. Das ist einer der Gründe, warum Ratten sich so viel mehr als Leoparden vermehren – weil sie so viel früher geschlechtsreif werden.»

«Allein schon in der Analogie steckt natürlich ein Problem», sagte Katz.

«Genau», sagte Walter. «Das ist wieder diese Elite-Kiste. Leoparden sind eine ‹höhere› Art als Ratten oder Kaninchen. Ein weiterer Aspekt also des Problems: Wir machen arme Leute zu Nagern, wenn wir die Aufmerksamkeit auf ihre hohe Geburtenrate und ihr niedriges Alter bei der ersten Fortpflanzung lenken.»

«Ich finde, dass an der Zigarettenanalogie was dran ist», sagte Jessica vom Ende des Tischs. Es war deutlich, dass sie auf ein teures College gegangen war und gelernt hatte, sich in Seminaren einzubringen. «Leute mit Geld können sich Zoloft und Xanax besorgen. Wenn man also Zigaretten besteuert und auch noch Alkohol, trifft man die Armen am härtesten. Man verteuert die billigen Drogen.»

«Stimmt», sagte Walter. «Das ist ein sehr gutes Argument. Und trifft auch auf die Religion zu, die ebenfalls eine wichtige Droge für Leute mit begrenzten wirtschaftlichen Möglichkeiten ist. Wenn wir an der Religion herumkritteln, in der wir ja nun mal den eigentlichen Schurken sehen, kritteln wir an den wirtschaftlich Unterdrückten herum.»

«Und genauso Waffen», sagte Jessica. «Jagen ist auch sehr prollig.»

«Ha, sag das mal Mr. Haven», sagte Lalitha mit ihrem abgehackten Akzent. «Sag das mal Dick Cheney.»

«Nein, an und für sich hat Jessica recht», sagte Walter.

Lalitha wandte sich zu ihm. «Tatsächlich? Das kapiere ich nicht. Was hat Jagen mit Überbevölkerung zu tun?»

Jessica verdrehte ungeduldig die Augen.

Das wird noch ein langer Tag, dachte Katz.

«Es kreist doch alles um dasselbe Problem der persönlichen Freiheiten», sagte Walter. «Die Leute sind entweder wegen des Geldes oder der Freiheit in dieses Land gekommen. Hat man kein Geld, klammert man sich desto grimmiger an seine Freiheiten. Selbst wenn das Rauchen einen umbringt, selbst wenn man es sich nicht leisten kann, seine Kinder zu ernähren, selbst wenn diese Kinder von Irren mit Sturmgewehren erschossen werden. Man mag arm sein, aber das eine, das einem keiner nehmen kann, ist die Freiheit, sich das eigene Leben zu versauen, wie man will. Das hat Bill Clinton erkannt – dass sich keine Wahl gewinnen lässt, wenn man gegen persönliche Freiheiten vorgeht. Oder gar gegen Waffen.»

Dass Lalitha unterwürfig nickte, statt zu schmollen, machte die Lage klarer. Sie bettelte noch immer, und Walter verweigerte sich weiterhin. Und er war in seinem natürlichen Element, seiner persönlichen Festung, sobald man ihn abstrahierend sprechen ließ. Seit den Jahren am Macalester hatte er sich kein bisschen verändert.

«Aber das eigentliche Problem», sagte Katz, «ist doch der marktliberale Kapitalismus. Stimmt's? Wenn man nicht gerade die Fortpflanzung *verbieten* will, sind nicht die bürgerlichen Freiheiten das Problem. Der wahre Grund, warum man mit Überbevölkerung kulturell kein Bein auf den Boden kriegt, ist der, dass man, wenn man über weniger Kinder redet, eben auch über die Grenzen des Wachstums redet. Stimmt's? Und Wachstum ist in der Ideologie des freien Marktes schließlich kein Nebenthema. Es ist die Essenz schlechthin. Stimmt's? In der Wirtschaftstheorie des freien Marktes muss man Sachen wie die Umwelt aus der Gleichung rauslassen. Welcher Begriff hat dir immer so gefallen? ‹Externe Effekte›?»

«Genau das war der Begriff», sagte Walter.

«Ich kann mir nicht vorstellen, dass die Theorie sich seit unserer Collegezeit so sehr verändert hat. Der Theorie zufolge gibt es keine Theorie. Stimmt's? Der Kapitalismus schafft es nicht, über Grenzen zu sprechen, weil das Wesen des Kapitalismus das rastlose Wachstum des Kapitals ist. Willst du in den kapitalistischen Medien Gehör finden und in einer kapitalistischen Kultur kommunizieren, kann das Thema Überbevölkerung keinen Sinn ergeben. Ist buchstäblich Unsinn. Und das ist das eigentliche Problem.»

«Dann können wir ja gleich einpacken», sagte Jessica trocken. «Wenn sowieso nichts zu machen ist.»

«Ich habe das Problem nicht erfunden», sagte Katz zu ihr. «Ich weise nur darauf hin.»

«Wir wissen um das Problem», sagte Lalitha. «Aber wir sind eine pragmatische Organisation. Wir wollen nicht gleich das ganze System umstürzen, wir versuchen nur, es abzumildern. Wir wollen dazu beitragen, dass der gesellschaftliche Diskurs mit der Krise Schritt hält, bevor es zu spät ist. Wir wollen mit dem Bevölkerungsthema dasselbe machen, was Gore mit dem Klimawandel macht. Wir haben eine Million Dollar Cash, und es gibt einige sehr praktische Schritte, die wir sofort unternehmen können.»

«Ich hätte eigentlich kein Problem damit, das ganze System umzustürzen», sagte Katz. «Dafür kannst du mich gleich anheuern.»

«Der Grund, warum das System in diesem Land nicht umgestürzt werden kann», sagte Walter, «ist einzig und allein die Freiheit. Der freie Markt in Europa konnte vom Sozialismus nur deshalb gezügelt werden, weil sie dort nicht so auf persönliche Freiheiten fixiert sind. Die haben auch niedrigere Bevölkerungswachstumsraten, trotz eines vergleichbaren Einkommensniveaus. Überhaupt sind die Europäer grundsätzlich rationaler. Die Diskussion über Rechte wird bei uns einfach nicht rational geführt. Sie findet auf der Gefühlsebene und mit Klassenressentiments statt, darum können die Konservativen sie auch so gut ausschlachten. Und deshalb möchte ich darauf zurückkommen, was Jessica über Zigaretten gesagt hat.»

Jessica zeigte auf ihn, als wollte sie Danke! sagen.

Aus dem Flur kam ein Geräusch, Patty, sie lief auf harten Absätzen in der Küche herum. Katz, dem nach einer Zigarette war, nahm sich stattdessen Walters leere Kaffeetasse und knetete sich einen Priem zurecht.

«Positiver sozialer Wandel vollzieht sich von oben nach unten», sagte Walter. «Der Gesundheitsminister veröffentlicht seinen Bericht, gebildete Menschen lesen ihn, aufgeweckte Jugendliche merken, dass Rauchen nicht cool, sondern dumm ist, und im ganzen Land sinkt die Raucherquote. Oder Rosa Parks weigert sich, ihren Sitzplatz im Bus einem Weißen zu überlassen, Studenten hören davon, sie marschieren nach Washington, sie fahren mit Bussen in den Süden, und plötzlich gibt es eine Bürgerrechtsbewegung. Wir sind jetzt an einem Punkt angelangt, an dem jeder halbwegs gebildete Mensch das Problem des Bevölkerungswachstums verstehen kann. Der nächste Schritt ist daher, es Studenten schmackhaft zu machen, sich des Themas anzunehmen.»

Während Walter sich weiter über Studenten ausließ, mühte Katz sich herauszuhören, was Patty in der Küche trieb. Allmählich drang ihm ins Bewusstsein, was für ein Lahmarsch er doch war. Die Patty, die er wollte, war die Patty, die ihren Walter nicht wollte: die Hausfrau, die keine Hausfrau mehr sein, die Hausfrau, die einen Rockmusiker vögeln wollte. Aber statt sie einfach anzurufen und ihr zu sagen, dass er sie wollte, saß er hier wie ein kleiner Collegejunge und ließ die intellektuellen Phantasien seines langjährigen Freundes über sich ergehen. Was hatte Walter an sich, das ihm derart sein Spiel verdarb? Er kam sich vor wie ein herumfliegendes Insekt, das sich in einem klebrigen Familiennetz verfangen hatte. Er versuchte einfach immer weiter, *nett* zu Walter zu sein, weil er ihn mochte; wenn er ihn nicht so gemocht hätte, hätte er Patty wahrscheinlich gar nicht gewollt; und wenn er sie nicht gewollt hätte, würde er jetzt nicht hier sitzen und auf nett machen. Was für ein Durcheinander aber auch.

Und jetzt klackten ihre Schritte durch den Flur. Walter hörte auf zu sprechen und holte tief Luft, wappnete sich sichtlich gegen sie. Katz drehte sich auf seinem Stuhl zur Tür hin – und da war sie. Die jugendlich frische Mom, die eine dunkle Seite hatte. Sie trug schwarze Stiefel, einen engen rot-schwarzen Rock aus Seidenbrokat und einen schicken kurzen Regenmantel, eine Kombination, in der sie großartig und zugleich gar nicht wie sie selbst aussah. Katz konnte sich nicht erinnern, sie jemals in etwas anderem als Jeans gesehen zu haben.

«Hallo, Richard», sagte sie und schaute ungefähr in seine Richtung. «Hallo, allerseits. Wie läuft's?»

«Wir haben gerade erst angefangen», sagte Walter.

«Dann will ich auch nicht weiter stören.»

«Hast dich ja richtig aufgebrezelt», sagte Walter.

«Ich gehe einkaufen», sagte sie. «Vielleicht sehen wir uns ja heute Abend, falls ihr da seid.»

«Machst du Abendessen?», sagte Jessica.

«Nein, ich muss bis neun arbeiten. Aber wenn ihr wollt, könnte ich noch was vorbeibringen, bevor ich gehe.»

«Das wäre äußerst hilfreich», sagte Jessica, «weil wir hier den ganzen Tag zusammensitzen werden.»

«Tja, und ich würde gern Abendessen machen, wenn ich keine Acht-Stunden-Schicht hätte.»

«Ach, egal», sagte Jessica. «Vergiss es einfach. Wir gehen was essen oder so.»

«Das scheint mir wirklich das Einfachste zu sein», stimmte Patty zu.

«Na dann», sagte Walter.

«Genau, na dann», sagte sie. «Ich hoffe, es wird für alle ein Spitzentag.»

Nachdem sie jeden der vier so zügig verärgert, ignoriert oder enttäuscht hatte, ging sie weiter durch den Flur und zur Haustür hinaus. Lalitha, die seit dem Moment, als Patty erschienen war, auf ihrem BlackBerry herumgeklickt hatte, wirkte am unglücklichsten.

«Arbeitet sie jetzt sieben Tage die Woche oder was?», sagte Jessica.

«Nein, normalerweise nicht», sagte Walter. «Ich weiß nicht recht, was das jetzt sollte.»

«Irgendwas ist ja immer, oder», murmelte Lalitha und drückte weiter auf ihrem Gerät herum.

Jessica wandte sich zu ihr und gab ihre Gereiztheit umgehend zurück. «Sag einfach Bescheid, wenn du mit deiner E-Mail fertig bist, ja? Wir warten einfach so lange, bis du fertig bist, ja?»

Lalitha, schmallippig, tippte weiter.

«Vielleicht kannst du das später machen?», sagte Walter sanft.

Sie knallte das BlackBerry auf den Tisch. «Okay», sagte sie. «Fertig!»

Als das Nikotin Katz durchströmte, ging es ihm allmählich besser. Patty hatte trotzig gewirkt, und trotzig war gut. Auch dass sie sich *aufgebrezelt* hatte, war seiner Aufmerksamkeit nicht entgangen. Aufgebrezelt warum? Um sich ihm zu präsentieren. Und warum Freitag- und Samstagabend arbeiten? Um ihm aus dem Weg zu gehen. Ja, um genauso Verstecken mit ihm zu spielen wie er mit ihr. Jetzt, wo sie weg war, konnte er sie besser sehen, ihre Signale ohne die vielen Nebengeräusche empfangen, sich vorstellen, wie er die Hände auf ihren schönen Rock legte, sich erinnern, wie sehr sie ihn in Minnesota gewollt hatte.

Doch zunächst einmal das Problem von zu viel Fortpflanzung: Die erste konkrete Aufgabe, sagte Walter, sei es, sich für ihre Initiative einen Namen auszudenken. Seine eigene Arbeitsidee war Jugend gegen den Irrsinn, eine persönliche Hommage an «Youth Against Fascism», das er für eines der besseren Lieder hielt (und Katz stimmte ihm da zu), die Sonic Youth aufgenommen hatten. Jessica jedoch bestand auf einem Namen, der eher ja als nein sagte. Der pro und nicht kontra war.

«Die Leute meines Alters sind bei weitem freisinniger als ihr damals», erklärte sie. «Gegen alles, was nach Elite riecht oder den Standpunkt eines anderen nicht respektiert, sind sie allergisch. Es kann nicht sein, dass ihr in eurer Kampagne den Leuten sagt, was sie zu unterlassen haben. Es muss um eine coole, positive Entscheidung gehen, die wir *alle* treffen.»

Lalithas Vorschlag, Die Lebenden zuerst, tat Katz in den Ohren weh und wurde von Jessica mit sengender Verachtung abgeschmettert. Und so brainstormten sie den Vormittag hindurch, wobei Katz den Input eines Werbeprofis schmerzlich vermisste. Sie kamen auf *Lonelier Planet*, Frischere Luft, Gummis für alle, Koalition der schon Geborenen, Freiraum, Lebensqualität, Erekti-no und Es reicht (was Katz ganz gut gefiel, die anderen aber immer noch zu negativ fanden; er speicherte *Enough Already* als möglichen künftigen Song- oder Albumtitel ab). Sie erwogen *Feed the Living*, Seid vernünftig, Oral total, Der bessere Weg, Kraft in kleineren Zahlen, Weniger ist mehr, Leerere Nester, Wahre Liebe wartet, Für immer kinderfrei, Kein Baby an Bord, Nähre dich selbst, Nicht austragen wagen, Entvölkern!, Aller guten Dinge sind zwei, Vielleicht keins, *Less Than Zero*, Tritt auf die Bremse, Zerschlagt die Familie, Ruhig Blut, Ellbogenfreiheit, Mehr Platz für mich, Einzelkinder vor, Brüten? Nein danke, Mehrraum, Liebt, was da ist, Seid unfruchtbar, Die letzte Generation, Kindern keine Chance, Zweierkern, Vielleicht nie und Wozu die Eile? und verwarfen sie alle. Für Katz veranschaulichte diese Übung die grundsätzliche Aussichtslosigkeit der Initiative und auch die spezielle Abgeschmacktheit vorgefertigten Coolseins, doch Walter leitete die Diskussion mit einer optimistischen Umsicht, die lange Jahre in der künstlichen Welt von NGOs verriet. Und so unglaublich es war: Die Dollars, die auszugeben er beabsichtigte, waren echt.

«Ich würde sagen, wir nehmen Freiraum», sagte er schließlich. «Es gefällt mir, wie es der anderen Seite das Wort ‹frei› klaut und sich die Rhetorik des gesetzlosen Westens zu eigen macht. Wenn das zieht, kann es auch der Name einer ganzen Bewegung sein, nicht nur der unserer Initiative. Der Freiraum-Bewegung.»

«Bin ich hier die Einzige, die was Psychomäßiges mithört?», sagte Jessica.

«Das ist gar keine so schlechte Konnotation», sagte Walter. «Wir wissen alle, wie es ist, wenn man sich zu dicht auf der Pelle hockt. Weniger Leute auf dem Planeten, bessere Entfaltungsmöglichkeiten? Das ist doch ein sehr anschauliches Beispiel aus dem Alltag dafür, dass Überbevölkerung schlecht ist.»

«Wir sollten überprüfen, ob Freiraum schon als Wortmarke geschützt ist», sagte Lalitha.

«Scheiß auf den Markenschutz», sagte Katz. «Jede der Menschheit bekannte Wortverbindung ist doch geschützt.»

«Wir könnten das ‹r› von ‹raum› großschreiben», sagte Walter. «So wie bei *EarthFirst!*, aber ohne das Ausrufezeichen. Sollten wir verklagt werden, könnten wir uns dann darauf berufen. Das geht doch, oder? Der Großbuchstabe des Gesetzes?»

«Lieber gar nicht erst verklagt werden, finde ich», sagte Lalitha.

Am Nachmittag, nachdem sie Sandwiches bestellt und gegessen hatten und Patty nach Hause gekommen und wieder gegangen war, ohne bei ihnen reingeschaut zu haben (Katz erhaschte einen kurzen Blick auf ihre schwarzen Fitnessclub-Empfangsdamen-Jeans, als ihre Beine sich auf dem Flur entfernten), schmiedete das vierköpfige FreiRaum-Gremium einen Plan für die fünfundzwanzig Sommerpraktikanten, mit deren Anwerbung und Einstellung Lalitha schon begonnen hatte. Sie hatte sich ein Musik- und Sensibilisierungsfestival vorgestellt, das im Spätsommer am Südrand des Waldsänger-Reservats auf einer acht Hektar großen Ziegenfarm stattfinden sollte, die jetzt der Stiftung gehörte – eine Vorstellung, an der Jessica sofort etwas auszusetzen hatte. Ob Lalitha denn *gar* keine Ahnung davon hatte, wie junge Leute neuerdings zur Musik stünden. Es reiche nicht, irgendeinen großen Namen anzuschleppen! Man müsse zwanzig Praktikanten in zwanzig über das gesamte Land verteilte Städte schicken, um dort *lokale* Festivals zu organisieren – «einen Bandwettbewerb», sagte Katz. «Ja genau, zwanzig verschiedene lokale Bandwettbewerbe», sagte Jessica. (Den ganzen Tag war sie Katz gegenüber unterkühlt gewesen, schien jetzt aber dankbar für seine Hilfe, Lalitha abzukanzeln.) Durch die Auslobung von Geldpreisen würden sie in jeder der zwanzig Städte fünf tolle Bands anlocken, die alle um das Recht wetteifern würden, ihre lokale Musikszene bei einem Bandwettbewerb in West Virginia zu vertreten, und der würde sich, unter der Ägide von FreiRaum, ein ganzes Wochenende lang hinziehen, unterstützt von ein paar großen Namen, die in der Schlussjury sitzen und ihre Aura für die Umkehr des globalen Bevölkerungswachstums einsetzen und es als uncool erscheinen lassen würden, Kinder zu bekommen.

Katz, der selbst für seine Verhältnisse kolossale Mengen an Koffein und Nikotin konsumiert hatte, geriet schließlich in einen nachgerade manischen Zustand, in dem er allem zustimmte, was von ihm verlangt wurde: spezielle FreiRaum-Songs zu schreiben, im Mai noch einmal nach Washington zu kommen, um an einem Treffen der FreiRaum-Praktikanten teilzunehmen und bei ihrer Unterweisung mitzuwirken, als Überraschungsgast beim New Yorker Bandwettbewerb aufzutreten, das FreiRaum-Festival in West Virginia zu moderieren, den Versuch zu unternehmen, Walnut Surprise wiederzuvereinen, damit sie dort spielen konnten, und große Namen zu belatschern, sich dort ebenfalls zu zeigen und mit ihm in der Schlussjury zu sitzen. Seinem Empfinden nach tat er damit nichts anderes, als Schecks auf ein Konto auszuschreiben, auf dem nichts drauf war, denn trotz der ganzen chemischen Substanzen, die er zu sich genommen hatte, war das wahre Wesen seines Zustands eine pochende, zielstrebige Fixierung darauf, Walter Patty wegzunehmen: Das war die Rhythmusspur, alles andere war unbedeutender High-End-Kram. *Smash the Family*: noch so ein Songtitel. Und war die Familie erst zerschlagen, würde er auch keines seiner Versprechen halten müssen.

Als die Sitzung gegen fünf Uhr endete und Lalitha in ihr Büro zurückkehrte, um mit der Umsetzung der Pläne zu beginnen, und Jessica nach oben verschwand, war er so überdreht, dass er einwilligte, mit Walter auszugehen. Er dachte, dies wäre das letzte Mal, dass sie zusammen ausgingen. Wie es der Zufall wollte, spielte an dem Abend in einem ihm bekannten Club die plötzlich angesagte Band Bright Eyes, deren Frontmann ein begabter Youngster namens

Conor Oberst war. Das Konzert war ausverkauft, doch Walter wollte unbedingt backstage zu Oberst und ihm von FreiRaum erzählen, und der aufgeputschte Katz tätigte die ziemlich erniedrigenden Anrufe, damit sie an der Tür zwei Pässe kriegten. Alles war besser, als in der Villa herumzulungern und darauf zu warten, dass Patty nach Hause kam.

«Ich fasse es nicht, dass du das alles für mich machst», sagte Walter in dem Thai-Restaurant unweit des DuPont Circle, wo sie unterwegs zu Abend aßen.

«Kein Problem, Mann.» Katz nahm ein Saté-Spießchen, überlegte, ob sein Magen es verkraften würde, und entschied sich dagegen. Noch mehr Tabak war eine miserable Idee, trotzdem zog er seine Dose hervor.

«Jetzt machen wir wohl doch noch die Sachen, über die wir am College immer gesprochen haben», sagte Walter. «Das bedeutet mir wirklich viel.»

Katz' Blicke streiften ruhelos durch das Restaurant, ließen sich überall nieder, nur nicht auf seinem Freund. Er hatte das Gefühl, dass er über einen Abgrund hinausgerannt war, noch mit den Beinen strampelte, aber sehr bald aufschlagen würde.

«Alles klar mit dir?», sagte Walter. «Du wirkst irgendwie so hektisch.»

«Nein, doch, alles klar.»

«Das scheint mir aber nicht so. Du hast heute eine ganze Dose von dem Zeug da vernichtet.»

«Ich versuche nur, in deiner Gegenwart nicht zu rauchen.»

«Na, vielen Dank dafür.»

Walter verzehrte das gesamte Saté, während Katz, für einen Moment ruhiger geworden, wenn auch auf die trügerische Weise des Nikotins, Spucke in sein Wasserglas laufen ließ.

«Wie steht's mit dir und dem Mädchen?», sagte er. «Ich habe heute von euch beiden irgendwie seltsame Vibes empfangen.»

Walter errötete und antwortete nicht.

«Hast du schon mit ihr geschlafen?»

«Herrgott, Richard! Das geht dich nichts an.»

«Oha, ist das ein Ja?»

«Nein, das ist ein Geht-dich-einen-Dreck-an.»

«Liebst du sie?»

«Herrgott, es reicht.»

«Siehst du, das war doch der bessere Name. Es reicht! Mit Ausrufezeichen. FreiRaum klingt wie irgendwas von Lynyrd Skynyrd.»

«Warum bist du so daran interessiert, dass ich mit ihr schlafe? Was soll das?»

«Ich gehe nur nach dem, was ich sehe.»

«Na, wir sind da eben anders, du und ich. Kapierst du das nicht? Dass es möglich ist, Werte zu haben, die höher sind als Sex?»

«Ja, das kapiere ich. Theoretisch.»

«Also, dann halt die Klappe, okay?»

Katz schaute sich ungeduldig nach dem Kellner um. Er war mieser Laune, und alles, was Walter tat oder sagte, brachte ihn auf. Wenn Walter zu lahmarschig war, um sich um Lalitha zu bemühen, wenn er immerzu der Tugendhafte sein wollte, dann war Katz das jetzt egal. «Los, wir hauen ab hier», sagte er.

«Wie wär's, wenn wir erst mal mein Hauptgericht kommen lassen? Du hast vielleicht keinen Hunger, ich aber schon.»

«Ja, doch. Klar. Mein Fehler.»

Eine Stunde später, in dem Gedränge junger Leute vor den Türen des 9:30 Club, rauschte seine Stimmung dann vollends in den Keller. Katz war mehrere Jahre nicht mehr bei einem Konzert im Publikum gewesen, hatte sich kein Teenie-Idol mehr angehört, seit er selbst ein Teenie gewesen war, und inzwischen war er so sehr an das ältere Volk bei den Auftritten von Walnut Surprise und den Traumatics gewöhnt, dass er vergessen hatte, wie völlig anders eine Teenie-Szene sein konnte. Wie religiös beinahe in ihrer kollektiven Ernsthaftigkeit. Im Unterschied zu Walter, der in seiner kulturbeflissenen Art das gesamte Œuvre von Bright Eyes besaß und es im Thai-Restaurant ermüdend gerühmt hatte, kannte Katz die Band nur vom osmotischen Hörensagen. Er und Walter waren mindestens doppelt so alt wie alle anderen in dem Club, die platthaarigen Jungs und modisch undürren Püppchen. Er spürte, wie er hier und da angesehen und erkannt wurde, als sie in den pausenleeren Saal gingen, und er dachte, er hätte wohl kaum eine schlechtere Entscheidung treffen können, als in der Öffentlichkeit zu erscheinen und durch seine bloße Anwesenheit eine Band zu adeln, von der er nahezu nichts wusste. Er fragte sich, was unter diesen Umständen schlimmer war, geoutet und umschwänzelt zu werden oder in Mittvierziger-Vergessenheit dazustehen.

«Möchtest du versuchen, backstage zu kommen?», sagte Walter.

«Ich packe das nicht, Mann. Bin dem nicht gewachsen.»

«Nur, um mich denen vorzustellen. Das dauert bloß eine Minute. Ich übernehme dann mit meinem Sermon.»

«Bin dem nicht gewachsen. Ich kenne die doch gar nicht.»

Der Pausenmix, dessen Zusammenstellung der Hauptgruppe zustand, war makellos skurril. (Das Getue, die Gewieftheit und das Schulmeisterliche beim Zusammenstellen des Mix, den Druck, sich in seinen Hörgewohnheiten als groovy zu erweisen, hatte Katz als Frontmann der Hauptgruppe immer gehasst und seinen Bandkollegen überlassen.) Roadies bauten alle möglichen Mikros und Instrumente auf, während Walter die Conor-Oberst-Story zum Besten gab: dass er schon mit zwölf Stücke aufgenommen habe, dass er noch immer in Omaha lebe, dass seine Band weniger eine normale Rockgruppe als vielmehr ein Kollektiv oder eine Familie sei. Aus jedem Eingang strömten mopsfidele Teenies leuchtenden Auges in den Saal (was für ein beschissener, ärgerlicher, ranschmeißerischer Bandname Bright Eyes doch ist, dachte Katz). In den Keller gerauscht war seine Stimmung nicht aus Neid und schon gar nicht, weil er meinte, überlebt zu sein. Es war eher eine Verzweiflung über die Zersplitterung der Welt. Die Nation führte in zwei Ländern üble Bodenkriege, der Planet erhitzte sich wie ein Grillofen, und hier im 9:30 steckte er inmitten Hunderter von Teenies vom Schlage der Bananenbrot backenden Sarah, Teenies mit niedlichen Sehnsüchten und unschuldigem Anspruch – worauf? Auf Gefühl. Auf die unverfälschte Verehrung einer superspeziellen Band. Darauf, ein oder zwei Stunden lang an einem Samstagabend sich selbst überlassen zu sein, um den Zynismus und den Zorn der Älteren rituell zurückzuweisen. Offenbar hegten sie, wie Jessica gerade bei ihrer Sitzung angedeutet hatte, keinerlei Groll. Katz sah das an ihrer Kleidung, die nichts von der Wut und Verdrossenheit all derer verriet, deren Teil er als junger Mensch gewesen war. Sie kamen nicht im Zorn zusammen, sondern um zu feiern, dass sie, als Generation, eine sanftere und respektvollere Lebensform gefunden hatten. Eine Lebensform, die nicht zufällig eher in Einklang mit dem Konsumieren stand. Und daher zu ihm sagte: Stirb.

Oberst, der einen taubenblauen Frack trug, betrat allein die Bühne, schnallte sich eine Akustische um und sang zwei längere Solonummern. Er war der wahre Jakob, ein junges Genie und Katz darum desto unausstehlicher. Seine «Gequälter seelenvoller Künstler»-Masche, die Maßlosigkeit, mit der er seine Songs die natürlichen Grenzen des Erträglichen überschreiten ließ, seine raffinierten Verstöße gegen die Pop-Konvention: Er performte Aufrichtigkeit, und wenn die Performance drohte, die Aufrichtigkeit Lügen zu strafen, performte er sein aufrichtiges Leiden an der Schwierigkeit des Aufrichtigseins. Dann kam die übrige Band, darunter drei niedliche junge Backup-Grazien in vampigem Outfit, und es war alles in allem ein Supergig – Katz erniedrigte sich nicht so weit, das zu bestreiten. Er kam sich lediglich wie der einzige stocknüchterne Mensch in einem Raum voller Betrunkener vor, der einzige Nichtgläubige bei einem kirchlichen Erweckungsfest. Schmerzliches Heimweh nach Jersey City, dessen glaubentötenden Straßen, durchfuhr ihn. Ihm schien, als hätte er dort in seiner eigenen entlegenen Nische noch etwas zu erledigen, bevor die Welt vollends an ihr Ende kam.

«Wie fandest du es?», fragte Walter ihn aufgekratzt, als sie im Taxi saßen.

«Ich glaube, ich werde alt», sagte er.

«Ich fand die ziemlich toll.»

«Ein paar Songs über pubertäre Soaps zu viel.»

«Bei denen dreht sich alles um Glauben», sagte Walter. «Ihre neue Platte zeugt von einem unglaublichen pantheistischen Bemühen, selbst noch in einer Welt voller Tod an etwas zu glauben. In jeden Song arbeitet Oberst das Wort *lift* ein. So heißt auch die Platte: *Lifted*. Es ist wie Religion, nur ohne den Dogmenquatsch.»

«Ich bewundere deine Bewunderungsfähigkeit», sagte Katz. Und fügte hinzu, als das Taxi auf einer unübersichtlichen Kreuzung mit Diagonalquerungen durch den Verkehr kroch: «Ich glaube, ich kann das nicht für dich tun, Walter. Ich durchlebe hochgradige Scham.»

«Tu einfach, was du kannst. Finde heraus, wo deine Grenzen sind. Wenn du dich darauf beschränken willst, im Mai ein, zwei Tage zu den Treffen mit den Praktikanten zu kommen, und vielleicht mit einer schläfst, ist mir das auch recht. Das wäre schon eine Menge.»

«Ich bin am Überlegen, ob ich wieder Songs schreiben soll.»

«Das ist ja großartig! Das sind ja wunderbare Neuigkeiten. Fast wäre mir das lieber, als dass du für uns arbeitest. Aber hör um Himmels willen auf, Dachterrassen zu bauen.»

«Es ist möglich, dass ich weiter Dachterrassen bauen muss. Nicht zu ändern.»

Die Villa war dunkel und still, als sie zurückkehrten, in der Küche brannte ein einzelnes Licht. Walter ging sofort ins Bett, Katz dagegen blieb noch eine Weile in der Küche, dachte, Patty werde ihn vielleicht hören und herunterkommen. Von allem anderen abgesehen, sehnte er sich jetzt nach der Gesellschaft eines Menschen mit einem Sinn für Ironie. Er aß ein bisschen von der kalten Pasta und rauchte im Garten eine Zigarette. Dann ging er in den ersten Stock zu Pattys kleinem Zimmer. Die Kissen und Decken, die er am Abend zuvor auf dem Schlafsofa gesehen hatte, hatten ihm den Eindruck vermittelt, dass sie dort auch schlief. Die Tür war zu, und an den Rändern zeigte sich kein Licht.

«Patty», sagte er mit einer Stimme, die sie hätte hören können, wenn sie wach gewesen wäre.

Eingehüllt von seinem Tinnitus, horchte er aufmerksam.

«Patty», sagte er erneut.

Sein Schwanz glaubte keine Sekunde, dass sie schlief, doch es konnte sein, dass das Zimmer hinter der geschlossenen Tür leer war, und er empfand ein merkwürdiges Zögern, sie zu öffnen und nachzusehen. Er brauchte den Hauch einer Ermutigung, eine Bestätigung seiner Instinkte. Er ging wieder nach unten in die Küche, aß den Rest Pasta auf und las die *Post* und die *Times*. Um zwei Uhr, nach wie vor im Nikotinrausch und allmählich zornig auf Patty, ging er erneut zu ihrem Zimmer, tippte an die Tür und öffnete sie.

Sie saß im Dunkeln auf dem Sofa, noch immer in ihrer schwarzen Fitnessclub-Uniform, vor sich hin starrend, die Hände im Schoß verschränkt.

«Entschuldige», sagte Katz. «Ist das in Ordnung?»

«Ja», sagte sie, ohne ihn anzusehen. «Aber wir sollten runtergehen.»

In seiner Brust war, als er die hintere Treppe wieder hinunterstieg, eine unvertraute Enge, eine Intensität sexueller Erwartung, die er, wie er meinte, seit der Highschool nicht mehr verspürt hatte. Patty folgte ihm in die Küche und schloss hinter sich die Tür zur Treppe. Sie trug sehr flauschig aussehende Socken, die Socken von einer, deren Füße nicht mehr sehr jung und gut gepolstert waren. Auch ohne Schuhe überraschte ihn ihre Größe so angenehm wie eh und je. Einer seiner Liedtexte kam ihm in den Sinn, der über ihren Körper als einen Körper genau für ihn. So weit war es mit dem alten Katz gekommen: Seine eigenen Texte rührten ihn. Und der Körper für ihn, er war noch immer hübsch, aus sich heraus in keiner Weise unerfreulich: bestimmt das Ergebnis vieler durchschwitzter Stunden in ihrem Fitnessclub. Auf ihrem schwarzen T-Shirt stand vorn in weißer Blockschrift das Wort LIFT.

«Ich mache mir einen Kamillentee», sagte sie. «Möchtest du auch einen?»

«Gern. Ich glaube, ich habe noch nie Kamillentee getrunken.»

«Ach, wie ist dein Leben doch behütet.»

Sie ging ins Büro und kam mit zwei Tassen boilerheißem Wasser wieder, Teebeutelschildchen baumelten daran.

«Warum hast du nicht reagiert, als ich das erste Mal oben war?», sagte er. «Seit zwei Stunden sitze ich hier.»

«Ich war in Gedanken versunken, vermute ich mal.»

«Dachtest du, ich gehe einfach so ins Bett?»

«Weiß ich nicht. Ich habe eben gedacht, ohne zu denken, wenn du verstehst, was ich meine. Immerhin habe ich verstanden, dass du mit mir sprechen willst, und ich wusste, dass ich es tun muss. Und deshalb bin ich hier.»

«Du musst gar nichts.»

«Nein, schon gut, wir sollten reden.» Sie setzte sich ihm gegenüber an den Bauerntisch. «Hattest du einen schönen Abend? Jessie sagte, ihr wart in einem Konzert.»

«Wir und ungefähr achthundert Einundzwanzigjährige.»

«Hahaha! Du Ärmster.»

«Walter hat's gefallen.»

«O ja, bestimmt. Neuerdings begeistert er sich für junge Leute.»

Katz sah sich durch den unzufriedenen Ton ermutigt. «Du nicht, nehme ich an?»

«Ich? Ganz sicher nicht. Das heißt, meine Kinder ausgenommen. Meine Kinder mag ich noch immer. Aber alle anderen? Hahaha!»

Ihr erregendes, erhebendes Lachen hatte sich nicht verändert. Doch mit ihrer neuen Frisur, unter der Schminke an ihren Augen, wirkte sie älter. Es ging immer nur in eine Richtung, das Altern, und als er es sah, sagte ihm sein auf Selbstschutz ausgerichtetes Innerstes, er solle die Flucht ergreifen, solange es noch gehe. Indem er hergekommen war, war er einem Instinkt gefolgt, doch lagen, wie er jetzt merkte, Welten zwischen einem Instinkt und einem Plan.

«Was magst du an ihnen nicht?», sagte er.

«Ach, na ja, wo soll ich anfangen?», sagte Patty. «Mit den Flipflops vielleicht? Mit ihren Flipflops habe ich so meine Probleme. Als wäre die Welt ihr Schlafzimmer. Und sie hören ihr eigenes Flapp-flapp-Flappen gar nicht, weil sie alle ihre Gerätschaften dabeihaben, alle haben sie ihre Kopfhörer im Ohr. Jedes Mal, wenn ich im Begriff stehe, die Nachbarn hier zu hassen, treffe ich auf dem Gehweg irgendeinen Studenten von der Georgetown University und verzeihe den Nachbarn plötzlich, weil die wenigstens erwachsen sind. Weil sie wenigstens nicht in Flipflops herumlaufen und verkünden, wie viel lockerer und vernünftiger sie sind als wir Erwachsenen. Bin ich also so eine Verklemmte, die lieber nicht die nackten Füße der Leute in der U-Bahn betrachten will. Denn wer könnte schon etwas dagegen haben, so schöne Zehen zu sehen? So perfekte Zehennägel? Nur jemand, der leider schon viel zu sehr in den mittleren Jahren ist, um der Welt den Anblick seiner Zehen aufzudrängen.»

«Die Flipflops sind mir noch gar nicht weiter aufgefallen.»

«Du führst tatsächlich ein behütetes Leben.»

Ihr Ton war irgendwie leiernd und losgelöst, nicht auf eine Weise neckend, mit der er hätte umgehen können. Seine Erwartung, der die Ermutigung verweigert wurde, schwand prompt dahin. Schon mochte er Patty etwas weniger, weil sie nicht in der Verfassung war, in der sie anzutreffen er geglaubt hatte.

«Und dann das mit den Kreditkarten?», sagte sie. «Mit einer Kreditkarte einen Hotdog oder ein Päckchen Kaugummi kaufen? Also, Bargeld ist ja so was von gestern. Stimmt's? Bargeld verlangt einem ab, dass man addiert und subtrahiert. Man muss dem Menschen, der einem das Wechselgeld rausgibt, richtig Beachtung schenken. Da muss man ja einen winzigen Moment lang weniger als einhundert Prozent cool sein und wird aus der eigenen kleinen Welt gerissen. Aber mit einer Kreditkarte passiert einem das nicht. Man überreicht sie ungerührt und nimmt sie ungerührt wieder entgegen.»

«So waren die heute Abend schon eher», sagte er. «Nette Teenies, nur ein wenig ichbezogen.»

«Dann gewöhn dich schon mal daran, ja? Jessica sagt, um dich wird es den ganzen Sommer vor jungen Leuten nur so wimmeln.»

«Ja, vielleicht.»

«Das klang vorhin aber eher wie ‹bestimmt›.»

«Na ja, ich überlege, ob ich es sausen lasse, genau genommen habe ich es Walter schon gesagt.»

Patty stand auf, um die Teebeutel in die Spüle zu legen, und blieb mit dem Rücken zu ihm stehen. «Dann könnte das dein einziger Besuch gewesen sein», sagte sie.

«Stimmt.»

«Tja, dann sollte es mir wohl leidtun, dass ich nicht früher runtergekommen bin.»

«Du könntest mich jederzeit in New York besuchen.»

«Richtig. Wenn ich denn mal eingeladen werde.»

«Jetzt bist du eingeladen.»

Mit schmal gewordenen Augen fuhr sie herum. «Treib keine Spielchen mit mir, ja? Die Seite von dir will ich nicht haben. Die macht mich krank. Ja?»

Er hielt ihrem Blick stand, versuchte ihr zu zeigen, dass er es ernst meinte – versuchte zu *spüren*, dass er es ernst meinte –, aber das schien sie nur aufzuregen. Kopfschüttelnd zog sie sich in eine Ecke der Küche zurück.

«Wie kommt ihr miteinander aus, du und Walter?», sagte er unfreundlich.

«Geht dich nichts an.»

«Das höre ich immer wieder. Was bedeutet es?»

Sie errötete ein wenig. «Es bedeutet, dass es dich nichts angeht.»

«Walter sagt, nicht so toll.»

«Tja, das stimmt wohl. Meistens.» Wieder errötete sie. «Aber kümmere du dich mal nur um Walter, ja? Kümmere dich um deinen besten Freund. Du hast deine Entscheidung schon getroffen. Hast mir sehr klargemacht, wessen Glück dir mehr am Herzen liegt. Du hattest deine Chance bei mir, und du hast dich für ihn entschieden.»

Katz merkte, wie er allmählich die Fassung verlor, und das war höchst unangenehm. Ein Druck in den Ohren, ein aufsteigender Zorn, das Bedürfnis zu streiten. Es war, als wäre er plötzlich Walter.

«Du hast mich fortgeschickt», sagte er.

«Hahaha! ‹Tut mir ja so leid, ich kann wegen Walter, dem Armen, nicht mal für einen Tag nach Philadelphia fahren›?»

«Das zu sagen hat eine Minute gedauert. Dreißig Sekunden. Und dann hast du es eine geschlagene *Stunde* lang –»

«Versaut. Ich weiß. Ich weiß ich weiß ich weiß. Ich weiß, wer es versaut hat. Ich weiß, dass ich es gewesen bin! Aber, Richard, du *wusstest*, dass es für mich schwerer war. Du hättest mir einen Rettungsanker zuwerfen können! Zum Beispiel, indem du diese eine Minute lang *nicht* über den armen Walter und sein armes Feingefühl geredet hättest, sondern einmal über *mich*! Deshalb sage ich, du hast deine Entscheidung schon getroffen. Womöglich hast du es ja gar nicht gewusst, dass du sie getroffen hast, aber du hast sie getroffen. Dann leb jetzt auch damit.»

«Patty.»

«Vielleicht versaue ich ja immer alles, aber immerhin hatte ich die letzten Jahre Zeit zum Nachdenken, und ich bin mir über manches klargeworden. Ich habe eine etwas bessere Vorstellung davon, was du für einer bist und wie du tickst. Ich kann mir vorstellen, wie schwer es für dich ist, dass unsere kleine bengalische Freundin sich nicht für dich interessiert. Wie schrrrrrecklich dich das destabilisieren muss. Was ist die Welt doch auf den Kopf gestellt! Total verkorkst! Du könntest ja immer noch versuchen, dich an Jessica heranzumachen, schon jetzt viel Glück damit. Und wenn du wirklich nicht mehr weiterweißt, dann solltest du es vielleicht am besten mal bei Emily in der Projektentwicklung versuchen. Aber Walter steht nicht auf sie, also kann ich mir auch nicht vorstellen, dass sie für dich besonders interessant ist.»

Katz war jetzt auf hundertachtzig, bebte am ganzen Leib. Als wäre er auf Koks, das stark mit fiesem Meth verschnitten war.

«Ich bin deinetwegen hier», sagte er.

«Hahaha! Ich glaube dir kein Wort. Das glaubst du ja selbst nicht. Du bist so ein schlechter Lügner.»

«Warum wäre ich wohl sonst hier?»

«Das weiß ich nicht. Aus Sorge um Biodiversität und eine nachhaltige Bevölkerungsentwicklung?»

Er erinnerte sich, wie unangenehm es gewesen war, mit ihr am

Telefon zu streiten. Wie extrem unangenehm und wie mörderisch es seine Geduld auf die Probe gestellt hatte. Woran er sich nicht mehr erinnern konnte, war, warum er sich das hatte gefallen lassen. Vermutlich, weil sie ihn so gewollt hatte, weil sie ihm nachgelaufen war. Und das fehlte jetzt.

«Ich habe so viel Zeit damit verbracht, sauer auf dich zu sein», sagte sie. «Hast du eine Vorstellung davon? Ich habe dir diese ganzen E-Mails geschickt, auf die du nie reagiert hast, ich habe dieses demütigend einseitige Gespräch mit dir geführt. Hast du die E-Mails überhaupt gelesen?»

«Die meisten.»

«Ha. Ich weiß nicht, ob es das schlimmer oder besser macht. Wahrscheinlich spielt es gar keine Rolle, weil sowieso alles nur in meinem Kopf stattfand. Ich habe drei Jahre damit verbracht, etwas zu wollen, von dem ich wusste, dass es mich niemals glücklich machen würde. Aber das hat mich nicht davon abgehalten, es zu wollen. Du warst wie eine schlechte Droge, nach der ich immerzu verlangt habe. Mein ganzes Leben war eine Art Trauern um eine Droge, von der ich wusste, dass sie schlecht für mich war. Und tatsächlich erst gestern, als ich dich gesehen habe, ist mir bewusstgeworden, dass ich die Droge doch nicht brauchte. Auf einmal war es in etwa so: ‹Was habe ich mir nur *gedacht*? Er ist wegen Walter hier.›»

«Nein», sagte er. «Wegen dir.»

Sie hörte gar nicht hin. «Ich fühle mich so alt, Richard. Nur weil jemand mit seinem Leben nichts Gutes anfängt, heißt das doch nicht, dass es nicht trotzdem vergeht. Sein Leben vergeht dadurch nur noch schneller.»

«Du siehst nicht alt aus, sondern toll.»

«Ja, und nur das zählt, was? Ich bin zu einer dieser Frauen geworden, die ins Okay-Aussehen einen Haufen Arbeit stecken. Wenn ich einfach so weitermache und eine schöne Leiche abgebe, dann habe ich das ganze Problem ziemlich gut gelöst.»

«Komm mit mir.»

Sie schüttelte den Kopf.

«Komm einfach mit mir. Wir gehen irgendwohin, und Walter kann seine Freiheit haben.»

«Nein», sagte sie, «obwohl es schön ist, dich das endlich sagen zu hören. Ich kann es rückwirkend auf die letzten drei Jahre beziehen und mir aus dem, was vielleicht gewesen wäre, eine noch bessere Phantasie zimmern. Es wird mein ohnehin schon reiches Phantasieleben noch weiter bereichern. Jetzt kann ich mir vorstellen, wie ich in deiner Wohnung sitze, während du durch die Welt tourst und Neunzehnjährige vögelst, oder dich begleite und dann eure Wölflingsmutter bin – du weißt schon, Milch und Kekse morgens um drei –, oder deine Yoko zu sein versuche und mir von allen die Schuld in die Schuhe schieben lasse, weil du so ausgelutscht und lasch geworden bist, und dann schreckliche Szenen mache und dir ganz allmählich die Augen dafür öffne, wie schlimm es ist, dass ich Teil deines Lebens bin. Das sollte doch auf etliche Monate für Tagträume reichen.»

«Ich verstehe nicht, was du willst.»

«Glaub mir, wenn ich das selbst verstünde, würden wir dieses Gespräch nicht führen. Ich dachte ja, ich wüsste, was ich will. Ich wusste, es ist nichts Gutes, aber ich dachte, ich weiß es. Und jetzt bist du hier, und es ist, als wäre überhaupt keine Zeit vergangen.»

«Nur dass Walter sich in das Mädchen verliebt hat.»

Sie nickte. «Das stimmt. Und weißt du was? Es zeigt sich, dass das ganz außerordentlich schmerzhaft für mich ist. Ganz verheerend schmerzhaft.» Tränen traten ihr in die Augen, und sie wandte sich rasch ab, um diesen Anblick zu verbergen.

Katz hatte so manche tränenreiche Szene in seinem Leben durchgestanden, nun aber musste er zum ersten Mal mit ansehen, wie eine Frau aus Liebe zu einem anderen weinte. Es gefiel ihm kein bisschen.

«Also, am Donnerstagabend kam er aus West Virginia nach Hause», sagte Patty. «Ich kann es dir ja erzählen, wo wir doch alte Freunde sind, wie? Am Donnerstagabend kam er aus West Virginia nach Hause, und er kam nach oben in mein Zimmer, und was dann passiert ist, Richard, war das, was ich immer gewollt hatte. *Immer* gewollt hatte. Mein ganzes Erwachsenenleben hindurch. Ich habe kaum sein Gesicht wiedererkannt! Es war, als hätte er den Verstand verloren. Aber widerfahren ist mir das nur, weil er schon weg war. Es war wie ein kleines Lebewohl. Ein kleines Abschiedsgeschenk, um mir zu zeigen, was ich nie wieder haben soll. Weil ich ihn zu lange zu unglücklich gemacht habe. Und jetzt ist er endlich für etwas Besseres bereit, aber mit mir wird er es nicht haben, weil ich ihn zu lange zu unglücklich gemacht habe.»

Nach dem, was Katz da hörte, war er achtundvierzig Stunden zu spät gekommen. Achtundvierzig Stunden. Unglaublich. «Du kannst es noch immer haben», sagte er. «Mach ihn glücklich, sei eine gute Ehefrau. Er wird das Mädchen vergessen.»

«Vielleicht.» Sie fuhr sich mit dem Handrücken über die Augen. «Wäre ich ein vernünftiger, ungebrochener Mensch, würde ich das wahrscheinlich versuchen. Weil ich, wie du weißt, immer gewinnen wollte. Ich war immer eine Kämpfernatur. Aber ich habe eine Art Allergie dagegen entwickelt, das zu tun, was vernünftig ist. Ich habe mein Leben damit verbracht, aus Frustration über mich aus der Haut zu fahren.»

«Genau das liebe ich an dir.»

«Ach, jetzt auch noch Liebe. Liebe. Richard Katz redet von Liebe. Das muss doch für mich das Zeichen sein, ins Bett zu gehen.»

Darauf konnte nur der Abgang folgen; er versuchte nicht, sie aufzuhalten. Sein Vertrauen in seine Instinkte war allerdings so groß, dass er sich, als er zehn Minuten später selbst nach oben ging, noch immer vorstellte, sie erwarte ihn vielleicht in seinem Bett. Stattdessen lag auf seinem Kissen ein dickes, ungebundenes Manuskript mit ihrem Namen auf der ersten Seite. Der Titel lautete «Es wurden Fehler gemacht».

Er lächelte darüber. Dann schob er sich einen großen Priem in den Mund und setzte sich und las, wobei er in regelmäßigen Abständen in eine Vase vom Nachttisch spuckte, bis Licht im Fenster war. Er nahm zur Kenntnis, wie viel mehr ihn die Seiten über ihn interessierten als die anderen; es bestätigte seinen lange schon gehegten Verdacht, dass jeder letztlich nur über sich selbst lesen will. Des Weiteren nahm er erfreut zur Kenntnis, dass dieses Selbst Patty ernsthaft fasziniert hatte; es erinnerte ihn daran, warum er sie mochte. Trotzdem war seine deutlichste Empfindung, als er die letzte Seite las und seinen nunmehr völlig durchgeweichten Klumpen in die Vase plumpsen ließ, eine der Niederlage. Nicht etwa durch Patty: Ihr Schreibtalent war beeindruckend, aber in Sachen Selbstdarstellung konnte er ganz gut mithalten. Wer ihn besiegt hatte, war Walter, weil der Text offensichtlich für Walter geschrieben war, als eine Art tieftraurige, anders nicht zu übermittelnde Entschuldigung an ihn. Walter war der Star in Pattys Drama, Katz lediglich ein interessanter Nebendarsteller.

Einen Augenblick lang öffnete sich in dem, was als seine Seele durchging, eine Tür gerade weit genug, dass er seinen Stolz in dessen erbärmlicher Verletztheit sehen konnte, doch er knallte die Tür zu und überlegte, wie dumm er gewesen war, sich zu erlauben, sie zu wollen. Ja, er mochte die Art, wie sie redete, ja, er hatte eine fatale Schwäche für eine gewisse kluge, depressive Sorte Frauen, doch die einzige ihm bekannte Art des Umgangs mit solchen Frauen war, sie zu vögeln, wegzugehen, zurückzukommen und sie wieder zu vögeln, wieder wegzugehen, sie wieder zu hassen, sie wieder zu vögeln und so weiter. Er wünschte, er könnte jetzt die Zeit zurückdrehen und dem Ich, das er mit vierundzwanzig, damals in diesem üblen Loch auf der South Side von Chicago, gewesen war, zu der Erkenntnis gratulieren, dass eine Frau wie Patty zu einem Mann wie Walter gehörte, der bei allen Verrücktheiten, die er zusätzlich noch haben mochte, über die Geduld und Phantasie verfügte, mit ihr zurechtzukommen. Der Fehler, den Katz seitdem begangen hatte, war der gewesen, dass er sich immer wieder in eine Situation zurückbegab, in der er sich zwangsläufig geschlagen fühlen musste. Pattys gesamtes Manuskript zeugte von der erschöpfenden Schwierigkeit, in einer vergleichbaren Situation herauszufinden, was «gut» war und was nicht. Er war sehr gut darin zu wissen, was *für ihn* gut war, und normalerweise reichte das auch für jeden Zweck in seinem Leben aus. Nur bei den Berglunds hatte er das Gefühl, dass es nicht genügte. Und dieses Gefühl hatte er satt; er war bereit, einen Schlussstrich zu ziehen.

«Also, mein Freund», sagte er, «das ist nun das Ende von dir und mir. Diesmal hast du gewonnen, alter Kumpel.»

Das Licht im Fenster wurde heller. Er ging ins Bad, spülte seine Spucke und den ausgelaugten Tabak weg und stellte die Vase an ihren Platz zurück. Der Radiowecker zeigte 5:57. Er packte seine Sachen zusammen, ging mit dem Manuskript nach unten in Walters Büro und legte es ihm mitten auf den Schreibtisch. Ein kleines Abschiedsgeschenk. Einer musste hier schließlich reinen Tisch machen, einer musste diesem Schwachsinn ein Ende bereiten, und Patty war dazu offensichtlich nicht in der Lage. Und wollte also, dass Katz die Drecksarbeit verrichtete? Bitte schön. Er war bereit, auf dieser Bildfläche den Part des Nichtlahmarschs zu spielen. Seine Lebensaufgabe war es, die schmutzige Wahrheit auszusprechen. Das Schwein zu sein. Er ging durch den großen Flur und dann zur Haustür hinaus, die ein Schnappschloss hatte. Das Klicken, als er sie hinter sich zuzog, schien unwiderruflich. Ihr Berglunds, lebt wohl.

Feuchte Luft war in der Nacht eingetroffen, betaute die Autos von Georgetown und benetzte die schiefen Platten des Georgetowner Gehwegs. In den knospenden Bäumen regten sich Vögel; eine früh startende Düsenmaschine sirrte über den fahlen Frühlingshimmel. Selbst Katz' Tinnitus schien in der Morgenstille gedämpft. *Heute ist ein guter Tag zum Sterben!* Wer hatte das nochmal gesagt? Crazy Horse? Neil Young?

Er schulterte seine Tasche und ging in Richtung des seufzenden Verkehrs hinab, gelangte schließlich an eine lange Brücke, die zum Zentrum der amerikanischen Weltherrschaft führte. Ungefähr auf der Mitte der Brücke blieb er stehen, blickte auf eine Joggerin weit unten auf dem Pfad am Bach und versuchte anhand der Intensität der photonischen Wechselwirkung zwischen ihrem Hintern und seinen Retinae abzuschätzen, wie gut der Tag zum Sterben wirklich war. Die Höhe reichte aus, um ihn zu töten, falls er mit dem Kopf voraus sprang, und mit dem Kopf voraus – nur so konnte es geschehen. Sei ein Mann, mach einen Kopfsprung. Ja. Sein Schwanz sagte jetzt zu etwas ja, und dieses Etwas war mit Sicherheit nicht der eher breite Hintern der sich entfernenden Joggerin.

War denn der Tod die Botschaft seines Schwanzes gewesen, als er ihn nach Washington geschickt hatte? Hatte er dessen Prophezeiung schlicht missverstanden? Er war sich ziemlich sicher, dass niemand ihn sonderlich vermissen würde, wenn er tot wäre. Er konnte Patty und Walter von der Last seiner Person befreien, konnte sich selbst von der Last befreien, eine Last zu sein. Er konnte dahin gehen, wohin Molly vor ihm gegangen war und vor ihr sein Vater, wo immer das auch sein mochte. Er spähte auf die Stelle hinab, wo er wahrscheinlich aufschlagen würde, ein plattgetrampelter Flecken aus Kies und nackter Erde, und er fragte sich, ob dieses nichtssagende bisschen Land es würdig war, ihn zu töten. Ihn, den großen Richard Katz! War es dessen würdig?

Er lachte über die Frage und setzte seinen Weg über die Brücke fort.

Zurück in Jersey City, ging er gegen das Meer von Müll in seiner Wohnung vor. Öffnete der warmen Luft die Fenster und machte Frühjahrsputz. Spülte und trocknete jeden Teller ab, entsorgte Packen nutzloses Papier und löschte auf seinem Computer manuell dreitausend Spams, immer wieder innehaltend, um die Sumpf- und Hafen- und Schrottgerüche der wärmeren Monate in Jersey City einzusaugen. Als es dann dunkel war, trank er zwei Bier und packte Banjo und Gitarren aus, überprüfte, ob sich die Spannung am Hals seiner Strat im Laufe der Monate in ihrem Koffer nicht vielleicht auf wundersame Weise selbst justiert hatte. Er trank ein drittes Bier und rief den Drummer von Walnut Surprise an.

«Hallo, du Blödmann», sagte Tim. «Schön, endlich mal von dir – *nicht* zu hören.»

«Was soll ich sagen», sagte Katz.

«Zum Beispiel: ‹Tut mir echt leid, dass ich totaler Penner einfach so verschwunden bin und fünfzig verschiedene Lügen aufgetischt habe.› Du Blödmann.»

«Ja, na ja, bedauerlicherweise gab's da einiges, das ich erledigen musste.»

«Genau, ein Blödmann zu sein ist ziemlich zeitaufwendig. Scheiße nochmal, warum rufst du überhaupt noch an?»

«Wollte wissen, wie's bei dir läuft.»

«Du meinst, abgesehen davon, dass du totaler Penner uns auf fünfzig verschiedene Arten verarscht und ständig angelogen hast?»

Katz lächelte. «Vielleicht kannst du deine Beschwerden ja aufschreiben und sie mir in schriftlicher Form präsentieren, damit wir jetzt mal über was anderes reden können.»

«Das habe ich schon getan, du Arschloch. Hast du im letzten Jahr mal deine Mails abgefragt?»

«Ach, dann ruf mich doch einfach an, wenn dir irgendwann später danach ist. Mein Telefon ist wieder betriebsbereit.»

«Dein Telefon ist wieder betriebsbereit! Das ist gut, Richard. Und dein Computer? Ist der auch wieder betriebsbereit?»

«Wollte nur sagen, du erreichst mich, wenn du anrufen willst.»

«Verpiss dich bloß, mehr sag ich nicht.»

Katz legte das Telefon beiseite, das Gespräch hatte ihm gutgetan. Er hielt es für unwahrscheinlich, dass Tim sich die Mühe gemacht hätte, ihn zu beschimpfen, wenn er an etwas Besserem als Walnut Surprise dran gewesen wäre. Er trank ein letztes Bier, nahm eine dieser irren Mirtazapins, die ihm ein verschreibungswütiger Arzt in Berlin verschafft hatte, und schlief volle dreizehn Stunden.

Als er erwachte, war brütend heißer Nachmittag, und er machte einen Spaziergang durchs Viertel, begutachtete Frauen, die im diesjährigen knappen Stil gekleidet waren, und kaufte ein paar richtige Lebensmittel – Erdnussbutter, Bananen, Brot. Später fuhr er nach Hoboken, um seine Strat zu seinem Gitarrenmann zu bringen, und ging auf eine plötzliche Eingebung hin im Maxwell's essen, weil er mal schauen wollte, wer da gerade spielte. Das Personal im Maxwell's behandelte ihn, als wäre er General MacArthur, der gerade in trotziger Schande aus Korea heimgekehrt war. Ständig beugten sich Tussen über ihn und ließen die Titten aus ihren kleinen Tops heraushängen, ein Typ, den er nicht kannte oder einmal gekannt, aber längst wieder vergessen hatte, versorgte ihn immerzu mit Bier, und die örtliche Band, die spielte, Tutsi Panic, stieß ihn gar nicht besonders ab. Im Großen und Ganzen fand er, dass seine Entscheidung, nicht Kopf voraus von der Brücke in Washington zu springen, eine gute Entscheidung gewesen war. Von den Berglunds frei zu sein erwies sich als sanfterer und keineswegs unangenehmer Tod, ein Tod ohne Stachel, ein Zustand lediglich partieller Nichtexistenz, in dem er es fertigbrachte, mit einer Buchlektorin in den Vierzigern («riesiger, riesiger Fan»), die sich während des Auftritts von Tutsi Panic an ihn herangeschmissen hatte, in deren Wohnung zu gehen, seinen Schwanz ein paarmal in ihr anzufeuchten und sich dann, am nächsten Morgen, auf der Washington Avenue ein paar Spritzringe zu kaufen und in seinem Pick-up wegzufahren, bevor die Parkuhrzeit begann.

Auf seinem Festnetztelefon war eine Nachricht von Tim und keine von den Berglunds. Er belohnte sich, indem er vier Stunden lang Gitarre spielte. Der Tag war herrlich heiß und laut vom Straßenleben, das aus einem langen Winterschlaf erwachte. Seine linken Fingerspitzen, inzwischen hornhautfrei, bluteten fast schon, doch die Nerven darunter, mehrere Jahrzehnte zuvor abgetötet, waren noch immer ohne Regung, was hilfreich war. Er trank ein Bier und ging zu seinem bevorzugten Gyros-Laden um die Ecke, um sich dort einen Imbiss zu holen und dann gleich weiterzuspielen. Als er zu seinem Gebäude zurückkam, das Fleisch in der Hand, saß Patty draußen auf der Treppe.

Sie trug einen Leinenrock und eine ärmellose blaue Bluse mit Schweißkreisen fast bis zur Taille. Neben ihr ein großer Koffer und ein Häufchen Jacken und Mäntel.

«Na sieh mal einer an», sagte er.

«Ich bin rausgeflogen», sagte sie mit einem traurigen, demütigen Lächeln. «Deinetwegen.»

Sein Schwanz, wenn auch kein anderer Teil von ihm, war erfreut über diese Bestätigung seines Prophezeiungsvermögens.

# Schlechte Nachrichten

Jonathans und Jennas Mutter Tamara hatte sich in Aspen verletzt. Bei dem Versuch, einen Zusammenstoß mit einem freestylenden Teenager zu vermeiden, hatten sich ihre Skier verkeilt, wodurch sie sich, oberhalb des Stiefels, zwei Knochen im linken Bein gebrochen und sich von Jennas Januartrip zum Reiten in Patagonien ausgeschlossen hatte. Für Jenna, die bei Tamaras Abgang Zeugin gewesen und dem Teenager, um ihn anzuzeigen, nachgefahren war, während Jonathan sich um ihre gestürzte Mutter gekümmert hatte, war der Unfall nur der neueste Eintrag auf einer langen Liste von Dingen gewesen, die seit ihrem Abschluss an der Duke im Frühjahr zuvor schiefgelaufen waren; für Joey hingegen, der in den letzten Wochen zwei- bis dreimal täglich mit Jenna gesprochen hatte, war der Unfall ein dringend benötigtes Geschenk der Götter – der Durchbruch, auf den er gut zwei Jahre hatte warten müssen. Nach der Abschlussprüfung war Jenna nach Manhattan gezogen, um dort bei einem namhaften Partyplaner zu arbeiten und den Versuch zu unternehmen, mit ihrem Beinahe-Verlobten Nick zusammenzuleben, doch im September hatte sie eine eigene Wohnung gemietet und im November dem anhaltend offenen Druck ihrer Familie und den subtileren Unterminierungsarbeiten seitens Joeys, der sich zu ihrem *designierten Versteher* erkoren hatte, nachgegeben und ihre Beziehung mit Nick für null und nichtig und unerneuerbar erklärt. Zu dem Zeitpunkt nahm sie schon eine eher hohe Dosis Cipralex und hatte *nichts* in ihrem Leben, worauf sie sich freuen konnte, außer eben das Reiten in Patagonien, was mit ihr zu machen Nick wiederholt versprochen und unter Hinweis auf seine starke Arbeitsbelastung bei Goldman

Sachs wiederholt verschoben hatte. Nun hatte Joey während seines Highschoolsommers in Montana schon, wenn auch unbeholfen, das eine oder andere Pferd geritten. Aufgrund der stattlichen Menge von Jennas Anrufen und SMS-Nachrichten auf seinem Handy vermutete er schon, dass er in den Stand eines Übergangsobjekts, wenn nicht gar des potenziellen Vollfreundes befördert worden war, und seine letzten Zweifel wurden zerstreut, als sie ihn einlud, mit ihr das luxuriöse argentinische Hotelzimmer zu teilen, das Tamara vor ihrem Unfall gebucht hatte. Da Joey überdies im nahegelegenen Paraguay geschäftlich zu tun hatte und wusste, dass er wahrscheinlich irgendwann dorthin musste, ob er wollte oder nicht, sagte er Jenna ohne Zögern zu. Der einzige echte Einwand dagegen, mit ihr in Argentinien zu reisen, war der Umstand, dass er fünf Monate zuvor, im Alter von zwanzig Jahren und in einem Anfall von Wahnsinn in New York, mit Connie Monaghan aufs Standesamt von Lower Manhattan gegangen war und sie geheiratet hatte. Doch das war keineswegs die schlimmste seiner Sorgen, und er beschloss, sie vorerst zu ignorieren.

Am Abend vor seinem Abflug nach Miami, wo Jenna zu Besuch bei einer Großmutter war und sich mit ihm am Flughafen treffen wollte, rief er Connie in St. Paul an und unterrichtete sie von seiner bevorstehenden Reise. Er bedauerte es, ihr gegenüber Dinge verschleiern und verbergen zu müssen, andererseits lieferten ihm seine Südamerikapläne einen guten Vorwand, ihren Umzug an die Ostküste und damit auch ihren Einzug in die an einer Schnellstraße gelegene Wohnung, die er in einer reizlosen Ecke Alexandrias angemietet hatte, hinauszuzögern. Bis wenige Wochen zuvor war sein Vorwand noch das College gewesen, nun aber setzte er ein Semester aus, um sich um seine Geschäfte zu kümmern, und Connie, die zu Hause bei Carol und Blake und ihren kleinen Zwillingshalbschwestern unglücklich war, begriff nicht, warum sie noch immer nicht mit ihrem Ehemann zusammenleben durfte.

«Ich kapiere auch nicht, warum du nach Buenos Aires fliegst», sagte sie, «wo dein Lieferant doch in Paraguay sitzt.»

«Ich will mein Spanisch ein bisschen auffrischen», sagte Joey, «bevor ich es wirklich brauche. Alle reden davon, was für eine tolle Stadt Buenos Aires ist. Und ich muss sowieso über Argentinien fliegen.»

«Und wenn du dir eine ganze Woche freinimmst, damit wir unsere Flitterwochen dort verbringen?»

Die versäumten Flitterwochen waren einer ihrer zahlreichen wunden Punkte. Joey wiederholte seinen Standardsatz dazu, der besagte, dass er von seinen Geschäften zu genervt sei, um sich in einem Urlaub entspannen zu können, worauf Connie in eine ihrer Schweigephasen verfiel, die sie anstelle eines Vorwurfs einsetzte. Nach wie vor machte sie ihm nie direkte Vorwürfe.

«Buchstäblich wohin du willst», sagte er. «Wenn ich erst mein Geld habe, fahre ich mit dir, wohin du willst.»

«Ich wäre schon damit zufrieden, einfach mit dir zusammenzuleben und neben dir aufzuwachen.»

«Ich weiß, ich weiß», sagte er. «Das wäre schön. Nur stehe ich gerade unter einem so unglaublichen Druck, dass es wahrscheinlich nicht sonderlich spaßig mit mir wäre.»

«Es muss nicht spaßig mit dir sein», sagte sie.

«Wir reden darüber, wenn ich wieder da bin, ja? Versprochen.»

Im telefonischen Hintergrund in St. Paul hörte er schwach das Kreischen einer Einjährigen. Es war nicht Connies Kind, aber dazu fehlte so wenig, dass es ihn nervös machte. Seit August hatte er sie nur einmal gesehen, in Charlottesville, an dem langen Thanksgiving-Wochenende. Die Weihnachtstage (noch so ein wunder Punkt) hatte er mit dem Umzug von Charlottesville nach Alexandria und mit Besuchen bei seiner Familie in Georgetown verbracht. Connie hatte er gesagt, er arbeite hart an seinem Regierungsauftrag, tatsächlich aber hatte er über Tage hin die Zeit damit totgeschlagen, Football zu sehen, Jenna am Telefon zuzuhören und sich allgemein verloren zu fühlen. Connie hätte ihn womöglich doch noch überredet, sie zu ihm fliegen zu lassen, aber dann wurde sie von einer Grippe flachgelegt. Es hatte ihn bekümmert, ihre matte Stimme zu hören und ihr, obwohl sie ja seine Frau war, nicht zur Seite springen zu können, doch er hatte nach Polen gemusst. Seine Erlebnisse in Łódź und Warschau während dreier frustrierender Tage mit einem amerikanischen Expat-«Dolmetscher», dessen Polnisch sich bei Bestellungen in Restaurants als hervorragend herausstellte, bei Verhandlungen mit abgebrühten slawischen Geschäftsleuten aber stark auf ein elektronisches Übersetzungsgerät angewiesen war, hatten ihn dann so bestürzt und verängstigt, dass er sich in den Wochen nach seiner Rückkehr außerstande sah, sich länger als fünf Minuten am Stück auf seine Arbeit zu konzentrieren. Alles hing jetzt von Paraguay ab. Aber es war viel angenehmer, sich das Bett vorzustellen, das er mit Jenna teilen würde, als an Paraguay zu denken.

«Trägst du deinen Ehering?», fragte Connie ihn.

«Äh – nein», sagte er, bevor er sich eines Besseren besann. «Ich habe ihn in der Tasche.»

«Hm.»

«Ich stecke ihn gleich drauf», sagte er und drehte sich zu dem Münzteller auf seinem Nachttisch, auf dem er den Ring abgelegt hatte. Sein Nachttisch war ein Pappkarton. «Flutscht richtig drauf, toll.»

«Ich trage meinen», sagte Connie. «Ich trage ihn so gern. Ich versuche, daran zu denken, ihn an die rechte Hand zu stecken, wenn ich nicht in meinem Zimmer bin, aber manchmal vergesse ich es.»

«Vergiss es nicht. Das ist nicht gut.»

«Ganz ruhig, Baby. Carol fällt so was nicht auf. Sie schaut mich nicht mal gerne an. Für uns ist der Anblick des anderen unerfreulich.»

«Wir müssen aber wirklich vorsichtig sein, ja?»

«Ich weiß nicht.»

«Nur noch ein kleines bisschen länger», sagte er. «Nur bis ich es meinen Eltern sage. Dann kannst du ihn tragen, sooft du willst. Vielmehr, wir beide tragen die Ringe dann die ganze Zeit. Das habe ich gemeint.»

Es war schwierig, Schweigephasen zu vergleichen, aber die, die sie jetzt einsetzte, wirkte besonders schmerzlich, besonders traurig. Er wusste, dass es sie zermürbte, ihre Heirat geheim zu halten, und hoffte weiterhin, dass die Aussicht, es seinen Eltern zu sagen, ihm bald weniger Angst machen werde, doch im Lauf der Monate wurde die Angst nur größer. Er versuchte, sich den Ehering auf den Finger zu schieben, aber er blieb am letzten Gelenk stecken. Er hatte ihn in aller Eile gekauft, im August, in New York, und er war ein bisschen zu klein. Dafür schob er ihn sich in den Mund, erforschte ihn mit der Zunge, als wäre er eine von Connies Öffnungen, und das erregte ihn ein wenig. Verband ihn mit ihr, führte ihn zurück in den August und zu dem Irrsinn dessen, was sie getan hatten. Er schob sich den Ring, spuckeglitschig, auf den Finger.

«Sag mir, was du anhast», sagte er.

«Klamotten eben.»

«Was denn so?»

«Ach. Eben Klamotten.»

«Connie, ich schwöre dir, ich sage es ihnen, sobald ich mein Geld gekriegt habe. Ich muss mich jetzt nur ein bisschen aufspalten. Dieser beschissene Auftrag nervt mich total, und im Moment kann ich mich mit nichts anderem beschäftigen. Sag mir jetzt einfach nur, was du anhast, ja? Ich will mir dich vorstellen können.»

«Klamotten.»

«Bitte?»

Aber da weinte sie schon. Er hörte ein ganz schwaches Wimmern, das Mikrogramm eines Kummers, den sie sich gestattete, hörbar werden zu lassen. «Joey», flüsterte sie. «Baby. Es tut mir ja so leid. Ich glaube, ich kann das so nicht mehr.»

«Nur noch ein kleines bisschen länger», sagte er. «Warte doch wenigstens so lange, bis ich von meiner Reise zurück bin.»

«Ich weiß nicht, ob ich das kann. Ich brauche jetzt irgendeine kleine Sache. Irgendeine kleine Sache, die … *real* ist. Irgendwas, das mehr ist als nichts. Du weißt, dass ich es dir nicht schwermachen will. Aber vielleicht kann ich es wenigstens Carol sagen? Ich will einfach, dass es jemand *weiß*. Sie muss mir dann schwören, dass sie es keinem weitersagt.»

«Sie wird es den Nachbarn weitersagen. Du weißt doch, was für eine Plaudertasche sie ist.»

«Nein, sie muss es schwören.»

«Und dann ist jemand mit seiner Weihnachtspost zu spät dran», sagte er heftig, bedrückt nicht von Connie, sondern von der Art, wie die Welt sich gegen ihn verschwor, «und erwähnt es gegenüber meinen Eltern. Und dann – und dann –!»

«Aber was kann ich haben, wenn ich das nicht haben kann? Was für eine kleine Sache kann ich haben?»

Ihr Instinkt muss ihr gesagt haben, dass an seiner Reise nach Südamerika etwas faul war. Und er hatte jetzt eindeutig Schuldgefühle, aber eigentlich nicht wegen Jenna. Seinem moralischen Kalkül zufolge räumte ihm gerade seine *Heirat* mit Connie das Recht ein, seine sexuelle Freiheit, die sie ihm vor langer Zeit gewährt und nie ausdrücklich widerrufen hatte, ein letztes Mal ausgiebig zu nutzen. Sollte es zwischen ihm und Jenna mächtig funken, würde er sich später damit befassen. Was ihn jetzt belastete, war der Kontrast zwischen dem vielen, das er besaß – ein unterschriebener Vertrag, der ihm 600 000 Dollar netto einbringen sollte, falls das mit Paraguay klarging, die Aussicht auf eine Woche im Ausland mit der schönsten Frau, der er je begegnet war –, und der Nichtigkeit dessen, was er momentan Connie bieten zu können glaubte. Schuldgefühle waren auch Bestandteil seines Impulses gewesen, sie zu heiraten, aber fünf Monate später fühlte er sich nicht weniger schuldig. Nervös zog er den Ehering vom Finger und steckte ihn sich wieder in den Mund, umschloss ihn mit den Schneidezähnen, drehte ihn mit der Zunge. Es überraschte ihn, wie hart achtzehn Karat Gold waren. Er hatte geglaubt, Gold sei ein weiches Metall.

«Erzähl mir von was Schönem, das passieren wird», sagte Connie.

«Wir werden einen Haufen Geld verdienen», sagte er und schob den Ring mit der Zunge hinter seine Backenzähne. «Und dann machen wir eine Wahnsinnsreise irgendwohin und heiraten zum zweiten Mal und gönnen uns richtig was. Wir schließen das Studium ab und gründen eine Firma. Alles wird gut.»

Das Schweigen, mit dem sie das bedachte, hatte einen Beigeschmack von Ungläubigkeit. Er glaubte seinen Worten ja selbst nicht. Und sei es nur, weil er so eine Heidenangst hatte, seinen Eltern von der Heirat zu erzählen – und der Augenblick der Enthüllung in seiner Phantasie zu derart monströsen Ausmaßen aufgebläht war –, kam ihm das Dokument, das er und Connie im August unterschrieben hatten, weniger wie eine Heiratsurkunde als ein Selbstmordpakt vor: Es führte gegen die Wand. Nur in der Gegenwart, wenn sie tatsächlich zusammen waren, miteinander verschmelzen und sich ihre eigene Welt erschaffen konnten, ergab ihre Beziehung einen Sinn.

«Ich wünschte, du wärst hier», sagte er.

«Ich auch.»

«Du hättest an Weihnachten kommen sollen. Da habe ich einen Fehler gemacht.»

«Ich hätte dich doch bloß angesteckt.»

«Gib mir nur noch ein paar Wochen. Ich schwöre dir, ich mache es wieder gut.»

«Ich weiß nicht, ob ich das kann. Aber ich versuche es.»

«Tut mir wirklich leid.»

Und es tat ihm leid. Aber er war auch unsagbar erleichtert, als sie ihn vom Telefon entließ und er seine Gedanken auf Jenna richten konnte. Er schaufelte seinen Ehering aus der Backentasche, um ihn dann abzutrocknen und wegzulegen, aber stattdessen, unfreiwillig, durch eine Art krampfhaften Zugriff der Zunge, verschluckte er ihn irgendwie.

«Scheiße!»

Er spürte ihn ziemlich weit unten in seiner Speiseröhre, spürte etwas zornig Hartes, einen Protest weichen Gewebes. Er versuchte, ihn wieder heraufzuwürgen, schluckte ihn dabei aber nur noch weiter hinunter, wo er nicht mehr zu spüren war, nach unten zu den

Resten des Footlong-Sandwiches von Subway, das sein Abendessen gewesen war. Er rannte in die Kochnische zur Spüle und steckte sich einen Finger in den Hals. Seit er ein kleiner Junge gewesen war, hatte er sich nicht mehr erbrochen, und das Gewürge als Vorspiel davon brachte ihm in Erinnerung, wie sehr er sich schon damals vor dem Erbrechen gefürchtet hatte. Vor dessen Heftigkeit. Es war, als versuchte er, sich in den Kopf zu schießen – er brachte es nicht fertig. Er beugte sich über die Spüle, den Mund klaffend weit auf, und hoffte, der Inhalt seines Magens möge einfach so herausfließen, von selbst, ohne Gewaltanwendung; was natürlich nicht geschah.

«Scheiße! Beschissener Feigling!»

Es war zwanzig vor zehn. Sein Flug nach Miami ging am nächsten Vormittag um elf vom Dulles Airport ab, und mit dem Ring im Darm konnte er unmöglich ins Flugzeug. Er tigerte auf dem fleckigen beigefarbenen Teppichboden seines Wohnzimmers auf und ab und beschloss, dass es wohl besser wäre, einen Arzt aufzusuchen. Eine rasche Online-Suche ergab, wo sich das nächstgelegene Krankenhaus befand, in der Seminary Road.

Er warf sich einen Mantel über und rannte auf die Van Dorn Street hinab, hielt Ausschau nach einem Taxi, das er heranwinken konnte, doch die Nacht war kalt und der Verkehr ungewöhnlich dünn. Er hatte genug auf seinem Geschäftskonto, um sich einen Wagen zu kaufen, sogar einen sehr schönen, doch da einiges von dem Geld Connie gehörte und der Rest ein Bankkredit war, für den sie bürgte, war er mit seinen Ausgaben sehr vorsichtig. Er stellte sich mitten auf die Straße, als könnte er, wenn er sich als Ziel präsentierte, mehr Verkehr und damit auch ein Taxi anlocken. Doch an dem Abend kam kein Taxi.

Auf seinem Handy fand er, als er Richtung Krankenhaus marschierte, eine neue SMS von Jenna: aufgeregt. du? Er simste zurück: total. Jennas Kommunikation mit ihm, der bloße Anblick ihres Namens oder ihrer E-Mail-Adresse, hatte nach wie vor einen Pawlow'schen Effekt auf seine Gonaden. Dieser Effekt unterschied sich sehr von dem, den Connie auf ihn hatte (Connie hatte ihn in letzter

Zeit immer höher getroffen: in den Magen, die Atemmuskulatur, ins Herz), war aber nicht weniger insistierend und intensiv. Jenna erregte ihn so, wie große Geldsummen, wie der köstliche Verzicht auf soziale Verantwortung und das Bekenntnis zu exzessiver Ressourcenverschwendung es taten. Er wusste sehr wohl, dass Jenna hart drauf war. Und erregend war dabei die Überlegung, ob er selbst hart genug werden konnte, um sie zu kriegen.

Der Gang zum Krankenhaus führte ihn unmittelbar an der blauverspiegelten Fassade des Bürogebäudes vorbei, in dem er im Sommer zuvor seine Tage und etliche Abende verbracht hatte, als er für einen Laden namens RISEN («Restore Iraqi Secular Enterprise Now») arbeitete, eine Tochter von LBI, die den Auftrag erhalten hatte, die ehemals staatlich kontrollierte Brotindustrie im jüngst befreiten Irak zu privatisieren. Sein Chef bei RISEN war Kenny Bartles gewesen, ein junger Mann aus Florida, Anfang zwanzig und mit besten Verbindungen, auf den Joey ein weiteres Jahr zuvor hatte Eindruck machen können, als er im Thinktank von Jonathans und Jennas Vater gearbeitet hatte. Joeys Sommerposten im Thinktank war als einer von fünfen direkt von LBI finanziert worden, und seine Tätigkeit, vorgeblich als Berater von Regierungsstellen, hatte ausschließlich darin bestanden, Möglichkeiten zu eruieren, wie LBI eine amerikanische Invasion und Übernahme des Irak wirtschaftlich verwerten konnte, und ebenjene wirtschaftlichen Möglichkeiten als Argumente für eine Invasion schriftlich festzuhalten. Als Belohnung für diese grundlegende Recherche hatte Kenny Bartles ihm einen Vollzeitjob bei RISEN angeboten, in Bagdad, in der Grünen Zone. Aus zahlreichen Gründen, darunter Widerstand von Connie, Warnungen von Jonathan, der Wunsch, in Jennas Nähe zu sein, die Angst, getötet zu werden, die Notwendigkeit, den Wohnsitz in Virginia zu behalten, und das nagende Gefühl, dass Kenny nicht zu trauen war, hatte Joey das Angebot abgelehnt und stattdessen eingewilligt, den Sommer hindurch das RISEN-Büro in den Staaten aufzubauen und Schnittstellen mit der Regierung zu finden.

Den Anschiss, den er sich von seinem Vater dafür eingehandelt hatte, war einer der Gründe, warum er es nicht über sich brachte, seinen Eltern von der Hochzeit zu erzählen, und einer der Gründe, warum er seither versuchte herauszufinden, welches Maß an Rücksichtslosigkeit in ihm steckte. Er wollte so schnell so reich und so hart werden, dass er sich von seinem Vater nie wieder anscheißen lassen musste. Wollte einfach lachend die Achseln zucken und gehen können: eben mehr wie Jenna sein, die, um ein Beispiel zu nennen, praktisch alles über Connie wusste, nur nicht, dass Joey sie geheiratet hatte, und die Connie dennoch allenfalls als eine ansah, die den Spielchen, die sie selber gern mit Joey spielen wollte, bloß einen prickelnden Kick hinzufügte. Besonderes Vergnügen bereitete es Jenna, ihn zu fragen, ob seine Freundin denn wisse, wie viel er mit der Freundin eines anderen beredete, und sich von ihm die Lügen, die er Connie aufgetischt hatte, nacherzählen zu lassen. Sie war sogar noch härter drauf, als ihr Bruder sie dargestellt hatte.

Im Krankenhaus sah Joey, warum die Straßen in der Gegend so leer gewesen waren: Die gesamte Einwohnerschaft von Alexandria hatte sich in der Notaufnahme versammelt. Allein die Anmeldung dauerte zwanzig Minuten, und die Schwester an der Aufnahme zeigte sich von den starken Magenschmerzen, die er in der Hoffnung simulierte, an die Spitze der Schlange vorzurücken, wenig beeindruckt. In den anderthalb Stunden, die er dann dasaß und das Gehuste und Geniese seiner alexandrinischen Mitbürger einatmete, während er die letzte halbe Stunde von *Emergency Room* auf dem Wartezimmerfernseher sah und UVA-Collegefreunden simste, die noch ihre Winterferien genossen, überlegte er, wie viel einfacher und billiger es wäre, schlicht einen Ersatzehering zu kaufen. Der würde nicht mehr als 300 Dollar kosten, und Connie würde der Unterschied garantiert nicht auffallen. Dass er an einen unbelebten Gegenstand derart romantische Gefühle knüpfen konnte – dass er fand, er sei es Connie schuldig, genau diesen einen Ring, den sie an einem glühend heißen Nachmittag in der 47$^{th}$ Street mit ihm ausgesucht hatte, zu retten –, verhieß für sein Projekt, hart drauf zu werden, weiß Gott nichts Gutes.

Der Notarzt, der ihn schließlich empfing, war ein junger Weißer mit wässrigen Augen und einer hässlichen Rasierwunde. «Kein Grund zur Sorge», beruhigte er Joey. «So etwas erledigt sich ganz von selbst. Der Gegenstand dürfte durch Sie hindurchrutschen, ohne dass Sie es überhaupt merken.»

«Um meine Gesundheit mache ich mir keine Sorgen», sagte Joey. «Ich mache mir Sorgen, ob ich den Ring noch heute Abend wiederbekommen kann.»

«Hm», sagte der Arzt. «Es handelt sich also um einen Wertgegenstand?»

«Allerdings. Und ich nehme an, es gibt dafür eine – Prozedur?»

«Wenn Sie den Gegenstand haben müssen, ist die Prozedur die, dass Sie einen, zwei oder drei Tage warten. Und dann ...» Der Arzt lächelte in sich hinein. «Es gibt einen alten Notaufnahmewitz über eine Mutter, die mit ihrem Kleinkind kommt, das ein paar Cents verschluckt hat. Sie fragt den Arzt, ob es für das Kind gefährlich ist, und der Arzt sagt zu ihr: ‹Sie müssen nur darauf achten, ob es Ihnen richtig rausgibt.› Ein wirklich blöder Witz. Aber das wäre dann die Prozedur, wenn Sie den Gegenstand haben müssen.»

«Aber ich meine eine, die Sie jetzt gleich anwenden können.»

«Und ich sage Ihnen, die gibt es nicht.»

«Hey, Ihr Witz war echt komisch», sagte Joey. «Hat mich echt zum Lachen gebracht. Haha. Und Sie haben ihn auch echt gut erzählt.»

Das Honorar für die Beratung betrug 275 Dollar. Da er nicht versichert war – der Commonwealth of Virginia betrachtete eine Versicherung über die Eltern als eine Form finanzieller Unterstützung –, musste er auf der Stelle Plastik zücken. Falls er nicht zufällig Verstopfung bekam, was das Gegenteil des Problems war, das er mit Lateinamerika assoziierte, konnte er sich jetzt auf einen sehr geruchsintensiven Beginn seiner Tage mit Jenna freuen.

Als er, weit nach Mitternacht, wieder in seiner Wohnung war, packte er für seine Reise, legte sich dann ins Bett und überwachte den Fortgang seiner Verdauung. Jede Minute seines Lebens hatte er

Dinge verdaut, ohne dem die mindeste Aufmerksamkeit zu schenken. Wie merkwürdig der Gedanke, dass seine Magenschleimhaut und sein rätselhafter Dünndarm ebenso Teile von ihm waren wie sein Gehirn, seine Zunge oder sein Penis. Während er so dalag und sich mühte, die feinen Klicks und Seufzer und Verschiebungen in seinem Bauch zu erspüren, hatte er eine dunkle Ahnung von seinem Körper als einem längst verloren geglaubten Verwandten, der am Ende einer langen, vor ihm liegenden Straße wartete. Einem zwielichtigen Verwandten, den er erst jetzt zum ersten Mal flüchtig sah. Irgendwann einmal, hoffentlich in weiter Ferne, würde er auf seinen Körper bauen müssen, und irgendwann danach, hoffentlich in noch weiterer Ferne, würde sein Körper ihn im Stich lassen, und er müsste sterben. Er stellte sich seine Seele, sein vertrautes persönliches Ich, als rostfreien goldenen Ring vor, der sich durch ein immer fremdartigeres und übler riechendes Land seinen Weg bahnte, hin zum nach Scheiße stinkenden Tod. Er war allein mit seinem Körper, und da er, seltsam genug, mit seinem Körper *identisch* war, bedeutete dies, er war vollkommen allein.

Er vermisste Jonathan. Auf merkwürdige Weise war seine bevorstehende Reise ein schlimmerer Verrat an Jonathan als an Connie. Ungeachtet der geringfügigen Störungen an ihrem ersten gemeinsamen Thanksgiving waren sie im Lauf der vergangenen zwei Jahre beste Freunde geworden, und erst in den letzten Monaten, angefangen mit Joeys Geschäftsbeziehung zu Kenny Bartles und kulminierend in Jonathans Aufdeckung seiner Reisepläne mit Jenna, hatte ihre Freundschaft gelitten. Bis dahin war Joey immer wieder angenehm von Beweisen dafür überrascht worden, wie aufrichtig Jonathan ihm zugetan war. Ihm als Ganzem zugetan war, nicht nur den Teilen von ihm, die er als halbwegs cooler UVA-Student für geeignet hielt, der Welt zu präsentieren. Die größte und angenehmste Überraschung war gewesen, wie sehr Jonathan Connie mochte. Man konnte sogar mit Fug und Recht behaupten, dass Joey ohne Jonathans Absegnung ihres Paarseins nicht so weit gegangen wäre, sie zu heiraten.

Von seinen bevorzugten Pornoseiten abgesehen, die anrührend zahm waren im Vergleich zu denen, an die Joey sich in Augenblicken der Bedürftigkeit wandte, hatte Jonathan kein Sexleben. Gut, er war ein ziemlicher Streber, aber noch viel größere Streber als er taten sich mit jemandem zusammen. Bei Mädchen war er eben unrettbar linkisch, linkisch bis zum Desinteresse, und Connie erwies sich, als er sie irgendwann kennenlernte, als die eine Frau, in deren Gegenwart er sich entspannen und er selbst sein konnte. Zweifellos war es nicht von Nachteil, dass sie so heftig und ausschließlich in Joey verliebt war, weil sie Jonathan dadurch nicht nur den Druck nahm, ihr imponieren zu müssen, sondern auch die Befürchtung, sie könnte etwas von ihm wollen. Connie verhielt sich ihm gegenüber wie eine ältere Schwester, eine viel nettere und interessiertere ältere Schwester als Jenna. Wenn Joey lernte oder in der Bibliothek arbeitete, spielte sie mit Jonathan stundenlang dessen Videospiele, lachte sympathisch, wenn sie verlor, und hörte in ihrer friedlichen Art zu, wenn er deren Besonderheiten erklärte. Obwohl Jonathan aus seinem Bett, dem speziellen Kissen noch aus Kindheitstagen und seinem nächtlichen Bedürfnis nach neun Stunden Schlaf in der Regel einen Fetisch machte, zog er sich diskret aus dem Zimmer im Wohnheim zurück, noch bevor Joey ihn um etwas Privatsphäre bitten musste. Nachdem Connie nach St. Paul zurückgekehrt war, sagte Jonathan ihm, er finde seine Freundin *unglaublich*, total heiß und zugleich sehr unkompliziert, und das machte Joey zum ersten Mal stolz auf sie. Er hörte auf, sie als eine Schwäche von sich anzusehen, ein Problem, das schnellstmöglich gelöst werden musste, betrachtete sie dafür mehr als eine Freundin, deren Existenz er seinen anderen Freunden ohne weiteres einräumen konnte. Was ihn wiederum desto wütender auf die verhüllte, aber unversöhnliche Feindseligkeit seiner Mutter werden ließ.

«Eine Frage, Joey», hatte seine Mutter während der Wochen, als er und Connie bei seiner Tante Abigail einhüteten, am Telefon gesagt. «Gestattest du mir eine Frage?»

«Das kommt darauf an», sagte Joey.

«Connie und du, streitet ihr euch manchmal?»

«Mom, nein, darüber werde ich nicht sprechen.»

«Vielleicht interessiert es dich ja, warum ich dir gerade diese eine Frage stelle. Interessiert es dich nicht ein ganz klein bisschen?»

«Nee.»

«Weil ihr euch nämlich streiten *sollt* und weil etwas nicht stimmen würde, wenn ihr es nicht tätet.»

«Klar, nach der Definition müsstet ihr ja alles richtig machen.»

«Hahaha! Das ist nun wirklich urkomisch, Joey.»

«Warum sollten wir uns streiten? Man streitet sich, wenn man nicht miteinander auskommt.»

«Nein, Menschen streiten sich, wenn sie sich lieben, aber weiterhin ausgeprägte Persönlichkeiten haben und in der wirklichen Welt leben. Natürlich sage ich nicht, dass es gut ist, sich exzessiv zu streiten.»

«Nein, nur bis zu einem ganz bestimmten Punkt. Hab's kapiert.»

«Wenn man sich nie streitet, muss man sich fragen, warum man es nicht tut, mehr sage ich ja gar nicht. Frag dich selbst: Wo ist die Phantasie beheimatet?»

«Nein, Mom. Tut mir leid. Darüber spreche ich nicht.»

«Oder in *wem* ist sie beheimatet, wenn du verstehst, was ich meine.»

«Ich schwöre bei Gott, ich lege auf und rufe dich ein Jahr nicht mehr an.»

«Welchen Realitäten geht man aus dem Weg.»

«Mom!»

«Jedenfalls war das meine eine Frage, und jetzt habe ich sie gestellt und werde dir keine andere mehr stellen.»

Auch wenn die Glückslevel seiner Mutter nicht eben viel hermachten, drängte sie Joey beharrlich ihre eigenen Lebensnormen auf. Womöglich gedachte sie, ihn damit zu schützen, er aber hörte immer nur den Trommelschlag der Negation. Besonders «besorgt» war sie darüber, dass Connie außer ihm keine Freunde hatte. Einmal hatte sie ihre verrückte College-Freundin Eliza angeführt, die mit absolut niemandem sonst befreundet gewesen war, und was für ein Warnsignal das hätte sein müssen. Joey hatte geantwortet, dass Connie durchaus Freunde habe, und als seine Mutter ihn aufgefordert hatte, deren Namen zu nennen, hatte er sich lautstark geweigert, über Dinge zu sprechen, von denen sie keine Ahnung habe. Connie hatte tatsächlich ein paar alte Schulfreundinnen, mindestens zwei oder drei, aber wenn sie von ihnen redete, dann vor allem, um deren Oberflächlichkeit zu sezieren oder deren Intelligenz unvorteilhaft mit der Joeys zu vergleichen, und nie konnte er sich ihre Namen richtig merken. Seine Mutter hatte also offensichtlich ins Schwarze getroffen. Und sie war nicht so dumm, ein zweites Mal in eine offene Wunde zu stechen, aber entweder war sie die geschickteste Andeuterin der Welt oder Joey der allersensibelste Folgerer. Sie brauchte lediglich einen anstehenden Besuch ihrer alten Mannschaftsgefährtin Cathy Schmidt zu erwähnen, schon hörte Joey eine gehässige Kritik an Connie heraus. Stellte er sie deswegen zur Rede, kam sie ihm auf die Psychotour und meinte, er solle sich doch mal seine Empfindlichkeit bei dem Thema vor Augen führen. Der einzige Gegenschlag, der ihr wirklich das Maul gestopft hätte – sie zu fragen, wie viele Freundinnen *sie* denn seit dem College gefunden habe (Antwort: keine) –, war derjenige, den er zu führen nicht übers Herz brachte. Bei all ihren Streitereien hatte sie den ungerechten, aber entscheidenden Vorteil, dass sie ihm leidtat.

Connie hegte gegenüber seiner Mutter keinen solchen Groll. Sie hatte allen Grund zu klagen, doch sie tat es nie, und das machte die Ungerechtigkeit des Grolls seiner Mutter nur noch himmelschreiender. Als kleines Mädchen hatte Connie von sich aus, ohne jede Aufforderung durch Carol, seiner Mutter selbstgebastelte Geburtstagskarten überreicht. Jahr für Jahr hatte seine Mutter über diese Karten gejuchzt, bis er und Connie miteinander zu schlafen begannen. Auch danach hatte Connie ihr noch Geburtstagskarten gebastelt, und einmal, als er noch in St. Paul lebte, hatte Joey beobachtet, wie seine Mutter eine öffnete, flüchtig und mit steinerner Miene auf den Gruß schaute und sie wie eine Reklamesendung weglegte. In jüngerer Zeit hatte Connie ihr zusätzlich noch kleine Geburtstagsgeschenke geschickt – in einem Jahr Ohrringe, in einem anderen Schokolade –, wofür sie Empfangsbestätigungen erhielt, die so gestelzt und unpersönlich waren wie eine Mitteilung vom Finanzamt. Connie tat alles in ihrer Macht Stehende, damit seine Mutter sie wieder mochte, nur nicht das eine, das gewirkt hätte, nämlich Joey nicht mehr zu sehen. Sie war reinen Herzens, und seine Mutter bespuckte sie. Diese Ungerechtigkeit war ein weiterer Grund, warum er sie geheiratet hatte.

Diese Ungerechtigkeit hatte ihm auch, auf Umwegen, die Republikanische Partei nähergebracht. Seine Mutter gebärdete sich Carol und Blake gegenüber wie ein Snob und verübelte Connie die bloße Tatsache, dass sie bei ihnen wohnte. Für sie war es selbstverständlich, dass alle klar denkenden Menschen, eben auch Joey, hinsichtlich der Vorlieben und Ansichten von Weißen aus weniger privilegierten Verhältnissen einer Meinung waren. An den Republikanern gefiel Joey, dass sie die Leute, anders als liberale Demokraten, nicht *verachteten*. Sie hassten die Liberalen, das schon, aber nur, weil die Liberalen sie zuerst gehasst hatten. Sie hatten diese nicht hinterfragte Herablassung, mit der seine Mutter die Monaghans behandelte, schlicht satt. Im Lauf der vergangenen zwei Jahre hatten Joey und Jonathan in ihren politischen Diskussionen ganz allmählich die Seiten gewechselt, besonders beim Thema Irak. Joey war zu der Überzeugung gelangt, dass eine Invasion notwendig war, um Amerikas petropolitische Interessen zu wahren und Saddams Massenvernichtungswaffen zu zerstören, während Jonathan, der begehrte Sommerpraktika bei *The Hill* und der *Washington Post* an Land gezogen hatte und Politikjournalist werden wollte, Leuten wie Feith und Wolfowitz und Perle und Chalabi, die auf den Krieg drängten, immer mehr misstraute. Beide hatten Vergnügen daran gefunden, ihre erwarteten Rollen umzukehren und die politischen Abweichler ihrer jeweiligen Familie zu werden, wobei Joey sich immer mehr wie Jonathans Vater anhörte und Jonathan immer mehr wie Joeys. Je länger Joey beharrlich Partei für Connie ergriff und sie gegen den Snobismus seiner Mutter verteidigte, desto mehr fühlte er sich bei der Partei des zornigen Anti-Snobismus zu Hause.

Und warum *war* er bei Connie geblieben? Die einzig plausible Antwort war, dass er sie liebte. Er hatte Möglichkeiten genug gehabt, sich ihrer zu entledigen – hatte einige sogar bewusst geschaffen –, aber jedes Mal hatte er sie im entscheidenden Moment dann doch nicht genutzt. Die erste große Gelegenheit hatte sich geboten, als er zum Studieren am College fortging. Seine nächste Chance hatte sich ein Jahr später ergeben, als Connie ihm in den Osten des Landes folgte, ans Morton College in Morton's Glen, Virginia. Ihr Umzug machte sie von Charlottesville aus mit einer lockeren Fahrt in Jonathans Land Cruiser erreichbar (den Jonathan, weil er Connie gut fand, Joey lieh), stellte für sie aber auch die Weichen, eine normale Studentin zu werden und ein unabhängiges Leben zu führen. Nach seinem zweiten Besuch in Morton, den sie beide überwiegend damit verbrachten, ihrer koreanischen Zimmergenossin aus dem Weg zu gehen, schlug Joey vor, dass sie *um ihretwillen* (da sie am College offenbar gewisse Anpassungsschwierigkeiten hatte) erneut versuchten, ihre gegenseitige Abhängigkeit aufzubrechen, und eine Weile nicht mehr kommunizierten. Sein Vorschlag war nicht völlig unaufrichtig; eine Zukunft für sie beide schloss er nicht in Gänze aus. Doch er hatte Jenna viel zugehört und hoffte, seine Winterferien mit ihr und Jonathan in McLean zu verbringen. Als Connie schließlich, ein paar Wochen vor Weihnachten, Wind von diesen Plänen bekam, fragte er sie, ob sie über die Feiertage nicht nach Hause nach St. Paul fahren wolle, um ihre Freunde und Angehörigen zu besuchen (d.h., wie es ein normaler Studienanfänger täte). «Nein», sagte sie, «ich will mit dir zusammen sein.» Angespornt von der Aussicht auf Jenna und gestärkt von einer besonders befriedigenden Bettnummer, die ihm kurz zuvor nach einer halboffiziellen Tanzveranstaltung in den Schoß gefallen war, steuerte er bei Connie einen harten Kurs, worauf diese am Telefon so stürmisch weinte, dass sie einen Schluckauf bekam. Sie sagte, sie wolle *nie wieder* nach Hause, *nie wieder* eine Nacht bei Carol und den Babys verbringen. Aber Joey zwang sie, es dennoch zu tun. Und obwohl er in den Ferien kaum mit Jenna sprach – erst war sie Ski fahren, dann in New York bei Nick –, verfolgte er seine Ausstiegsstrategie bis zu dem Abend Anfang Februar, als Carol ihn mit der Nachricht anrief, Connie habe das Morton geschmissen und sei zurück in der Barrier Street, schwerer depressiv denn je.

Anscheinend hatte Connie zwei ihrer Dezemberprüfungen am Morton mit Eins bestanden, war zu den beiden anderen aber gar nicht erst erschienen, und zwischen ihr und der Zimmergenossin herrschte eine giftige Abneigung; die Koreanerin hörte die Backstreet Boys so laut, dass der Diskant, der aus ihren Ohrhörern sickerte, jeden in den Wahnsinn getrieben hätte, ließ ihren Fernseher den ganzen Tag auf einem Shoppingsender laufen, verspottete Connie wegen ihres «hochnäsigen» Freundes, forderte sie auf, sich all die hochnäsigen Schlampen vorzustellen, die er hinter ihrem Rücken bumste, und verstänkerte ihr Zimmer mit schrecklichem sauer eingelegtem Kohl. Im Januar war Connie noch einmal auf Probe ans College zurückgekehrt, verbrachte dann aber so viel Zeit im Bett, dass der Gesundheitsdienst des Campus schließlich einschritt und sie nach Hause schickte. Das alles berichtete Carol Joey mit nüchterner Sorge und unter willkommenem Verzicht auf jegliche Vorwürfe.

Dass er diese letzte gute Gelegenheit, sich Connies zu entledigen, hatte verstreichen lassen (die nun nicht mehr so tun konnte, als wäre ihre Depression nur ein Hirngespinst von Carol), stand ein wenig im Zusammenhang mit der jüngsten bitteren Nachricht von Jennas «Quasi»-Verlobung mit Nick, aber nur ein wenig. Obwohl Joey genug wusste, um sich vor einer ausgewachsenen psychischen Erkrankung zu fürchten, hielt er es für wahrscheinlich, dass ihm, wenn er aus seinem Reservoir an Kandidatinnen jede interessante Frau im College-Alter, die schon einmal Depressionen gehabt hatte, eliminierte, nur ein sehr kleines Reservoir erhalten bleiben würde. Und Connie hatte wirklich *Grund*, depressiv zu sein: Ihre Zimmergenossin war unerträglich, und sie kam vor Einsamkeit beinahe um.

Als Carol sie ans Telefon holte, sagte sie hundertmal: «Tut mir leid.» Es tat ihr leid, Joey im Stich gelassen zu haben, es tat ihr leid, nicht stärker gewesen zu sein, es tat ihr leid, dass sie ihn vom Lernen abhielt, es tat ihr leid, dass sie ihr Studiengeld zum Fenster herausgeworfen hatte, es tat ihr leid, Carol zur Last gefallen zu sein, es tat ihr leid, allen zur Last gefallen zu sein, es tat ihr leid, dass es so öde war, mit ihr zu reden. Obwohl (oder *weil*) es ihr zu schlecht ging, um ihn um etwas zu bitten – endlich schien sie halbwegs bereit, ihn loszulassen –, sagte er ihr, er sei dank seiner Mutter gut bei Kasse und werde einen Flieger nehmen und sie besuchen. Je entschiedener sie sagte, das müsse er nicht tun, desto klarer war ihm, dass er es tun musste.

Die Woche, die er dann in der Barrier Street verbracht hatte, war die erste wirkliche Erwachsenenwoche seines Lebens gewesen. Als er mit Blake im Mehrzweckraum saß, dessen Dimensionen bescheidener waren, als er sie in Erinnerung gehabt hatte, sah er sich auf *Fox News* die Berichterstattung vom Angriff auf Bagdad an und spürte, wie sein alter Groll auf den 11. September sich allmählich verzog. Mit dem Land ging es endlich voran, endlich nahm es wieder die Geschichte in die Hand, und das passte irgendwie zu der Ehrerbietung und Dankbarkeit, die Blake und Carol ihm bezeigten. Er unterhielt Blake mit Anekdoten aus dem Thinktank, erzählte, wie er mit Gestalten, die man aus den Nachrichten kannte, aneinandergeraten war, von den Planungen für die Zeit nach der Invasion, mit denen er zu tun gehabt hatte. Das Haus war klein, und er darin war groß. Er lernte, wie man ein Baby hielt und wie man ein Fläschchen neigte. Connie war blass und zum Fürchten untergewichtig, die Arme so dünn und der Bauch so konkav wie mit vierzehn, als er beides zum ersten Mal berührt hatte. Nachts lag er bei ihr und hielt sie fest, versuchte, sie zu erregen, mühte sich ab, die dicke Affektkruste ihrer Verstörtheit zumindest so weit zu durchdringen, dass er es in Ordnung fand, mit ihr zu schlafen. Die Pillen, die sie einnahm, hatten noch nicht angeschlagen, und fast war er froh darüber, wie krank sie war; es verlieh ihm Bedeutung, gab seinem Handeln Sinn. Immerzu wiederholte sie, sie habe ihn im Stich gelassen, er aber empfand beinahe das Gegenteil. Als hätte sich eine neue und erwachsenere Welt der Liebe aufgetan: als gäbe es für sie noch immer endlos viele innere Türen, die sie öffnen müssten. Durch eines der Fenster in ihrem Zimmer konnte er das Haus seiner Kindheit sehen, ein Haus, in dem nun Schwarze wohnten, die, wie Carol sagte, großkotzig seien und, mit ihren gerahmten Promotionsurkunden an einer Esszimmerwand, für sich blieben. («Im Esszimmer», betonte Carol, «wo jeder sie sehen kann, sogar von der Straße aus.») Joey freute sich, wie wenig der Anblick seines alten Zuhauses ihn berührte. So lange er sich zurückerinnern konnte, hatte er ihm entwachsen wollen, und nun schien es, als wäre es tatsächlich so gekommen. Eines Abends ging er sogar so weit, seine Mutter anzurufen und ihr zu gestehen, was los war.

«Aha», sagte sie. «Sieh an. Anscheinend bin ich hier nicht ganz auf dem Laufenden. Du sagst, Connie war auf einem College im Osten?»

«Ja. Aber sie hatte eine unangenehme Zimmergenossin und wurde depressiv.»

«Na, ist ja schön, dass du mir das jetzt sagst, wo alles wohlbehalten in der Vergangenheit liegt.»

«Du hast es mir nicht gerade leichtgemacht, dir zu erzählen, was in ihr vorgeht.»

«Nein, natürlich, ich bin hier die Böse. Negativ wie eh und je. Das musst du wohl so sehen.»

«Vielleicht gibt es ja einen Grund dafür. Hast du dir das schon mal überlegt?»

«Ich hatte nur den Eindruck, dass du frei und unbelastet bist. Weißt du, Joey, ein Studium dauert nicht lange. Als ich jung war, habe ich mich gebunden und eine Menge Erfahrungen verpasst, die mir wahrscheinlich gutgetan hätten. Aber vielleicht war ich da ja noch nicht so reif wie du.»

«Klar», sagte er und fand sich knallhart und, tatsächlich, auch reif. «Vielleicht.»

«Ich möchte nur darauf hinweisen, dass du mich irgendwie belogen hast, wann war das, vor zwei Monaten, als ich dich nach Connie fragte. Was, also das Lügen, vielleicht nicht gerade das *Reifste* ist.»

«Deine Frage war nicht freundlich.»

«Und deine Antwort war nicht ehrlich! Nicht dass du mir unbedingt Ehrlichkeit schuldest, aber seien wir wenigstens jetzt offen zueinander.»

«Es war an Weihnachten. Ich habe gesagt, ich glaube, sie ist in St. Paul.»

«Ja, genau. Ich will ja nicht darauf rumreiten, aber wenn einer ‹ich glaube› sagt, heißt das in der Regel, dass er es nicht sicher weiß. Du hast so getan, als wüsstest du etwas nicht, was du sehr wohl wusstest.»

«Ich habe gesagt, wo sie meiner Ansicht nach war. Aber sie hätte auch in Wisconsin oder sonst wo sein können.»

«Stimmt, eine ihrer vielen engen Freundinnen besuchen.»

«Mensch!», sagte er. «Das kannst du wirklich nur dir selber zuschreiben.»

«Versteh mich nicht falsch», sagte sie. «Ich finde es ganz großartig, dass du jetzt da bei ihr bist, und das meine ich ernst. Das spricht sehr für dich. Es macht mich stolz, dass du dich um jemanden kümmern willst, der dir wichtig ist. Ich kenne auch jemanden mit Depressionen, und glaub mir, ich weiß, das ist kein Zuckerschlecken. Nimmt Connie etwas dagegen?»

«Ja, Cipramil.»

«Na, ich hoffe, es wirkt bei ihr. Mein Mittel hat bei mir nicht so gut gewirkt.»

«Du hast Antidepressiva genommen? Wann?»

«Ach, erst in letzter Zeit.»

«O Gott, ich hatte ja keine Ahnung.»

«Weil ich, wenn ich sage, du sollst frei und unbelastet sein, es ernst meine. Ich wollte nicht, dass du dir meinetwegen Sorgen machst.»

«Du hättest es mir aber doch wenigstens sagen können.»

«Es war sowieso bloß für ein paar Monate. Ich war nicht gerade eine Vorzeigepatientin.»

«Du musst solchen Medikamenten ein bisschen Zeit geben», sagte er.

«Ja, das haben alle gesagt. Besonders Dad, der sozusagen das meiste von mir abkriegt. Er hat sehr bedauert, dass die guten Zeiten dahin waren. Aber ich war froh, dass ich meinen Kopf wiederhatte, so wie er nun mal ist.»

«Es tut mir wirklich leid.»

«Ach, weißt du. Hättest du mir das mit Connie vor einem Vierteljahr erzählt, dann hätte ich darauf mit einem La-la-la! reagiert. Jetzt musst du damit zurechtkommen, dass ich wieder etwas fühle.»

«Ich habe gemeint, es tut mir leid, dass du was hast.»

«Danke, mein Süßer. Und ich entschuldige mich für meine Gefühle.»

So allgegenwärtig Depressionen offenbar neuerdings geworden waren, fand Joey es doch ein wenig besorgniserregend, dass die beiden Frauen, die ihn am meisten liebten, klinische Leiden hatten. War das nur Zufall? Oder hatte er tatsächlich eine verderbliche Wirkung auf den Geisteszustand von Frauen? In Connies Fall, meinte er, verhielt es sich so, dass ihre Depression eine Spielart derjenigen Intensität war, die er an ihr immer so geliebt hatte. An seinem letzten Abend in St. Paul, vor seiner Rückkehr nach Virginia, saß er da und beobachtete sie, wie sie ihren Schädel mit den Fingerspitzen betastete, als hoffte sie, ein Übermaß von Gefühlen aus dem Gehirn herauszuziehen. Sie sagte, in scheinbar willkürlichen Momenten habe sie deshalb geweint, weil ihr selbst die nichtigsten schlechten Gedanken unerträglich seien und ihr nur schlechte Gedanken und keine guten kämen. Sie habe etwa daran gedacht, dass sie die UVA-Baseballkappe, die er ihr einmal geschenkt habe, nicht mehr habe finden können; dass sie während seines zweiten Besuchs in Morton zu sehr mit ihrer Zimmergenossin beschäftigt gewesen sei, um ihn fragen zu können, welche Note er für sein großes Referat über amerikanische Geschichte bekommen habe; dass Carol einmal die

Bemerkung fallengelassen habe, Jungs fänden sie bestimmt besser, wenn sie mehr lächeln würde; dass eine ihrer kleinen Halbschwestern, Sabrina, das erste Mal, als sie sie auf dem Arm gehabt habe, in Tränen ausgebrochen sei; dass sie so dumm habe sein können, Joeys Mutter gegenüber zuzugeben, sie werde nach New York fahren, um ihn zu besuchen; dass sie ausgerechnet am letzten Abend vor seiner Abreise ans College so scheußlich zu bluten angefangen habe; dass sie auf die Postkarten, die sie Jessica in dem Bemühen, sich wieder mit ihr anzufreunden, geschickt habe, derart falsche Dinge habe schreiben können, dass Jessica sie gar nicht erst beantwortet habe, und so weiter und so fort. Sie irrte durch einen dunklen Wald aus Reue und Selbstekel, in dem noch der kleinste Baum monströse Ausmaße annahm. In einem solchen Wald war Joey nie gewesen, fühlte sich zu ihm in ihr aber unerklärlicherweise hingezogen. Es machte ihn sogar an, dass sie losschluchzte, als er versuchte, sie zum Abschied zu vögeln, jedenfalls so lange, bis das Schluchzen in Sich-Winden, Um-sich-Schlagen und Selbsthass überging. Ihr Kummer schien grenzwertig gefährlich, dem Selbstmord nicht unverwandt, sodass er sich dann die halbe Nacht abmühte, ihr auszureden, sich deshalb schrecklich zu finden, weil sie sich zu schrecklich fand, um ihm auch nur ein bisschen von dem zu geben, was er wollte. Es war erschöpfend, ein Teufelskreis und unerträglich, und dennoch überfiel ihn am folgenden Nachmittag, als er zurück gen Osten flog, die Furcht vor dem, was Cipramil mit ihr anstellen mochte, sobald es anschlug. Er dachte an die Bemerkung seiner Mutter, dass Antidepressiva die Gefühle abtöteten: Eine Connie ohne Unmengen von Gefühlen war eine Connie, die er nicht kannte und, so seine Vermutung, auch nicht haben wollte.

Unterdessen befand sich das Land im Krieg, doch es war ein merkwürdiger Krieg, in dem es Verluste, im Rahmen von Rundungsfehlern, immer nur auf der Gegenseite gab. Zu seiner Freude stellte Joey fest, dass die Eroberung des Irak in jeder Hinsicht der Spaziergang war, den er erwartet hatte, und Kenny Bartles schickte ihm begeisterte E-Mails, in denen er darauf drängte, seine Brotfirma eiligst auf die Beine zu stellen. (Immerzu musste Joey erklären, dass er noch studiere und mit der Arbeit erst nach dem Abschlussexamen beginnen könne.) Jonathan hingegen war säuerlicher denn je. Beispielsweise war er geradezu *fixiert* auf die irakischen archäologischen Kunstschätze, die Plünderer aus dem Nationalmuseum gestohlen hatten.

«Das war nur ein kleiner Fehler», sagte Joey. «So was passiert nun mal, oder etwa nicht? Du willst nur nicht zugeben, dass sonst alles glattläuft.»

«Das gebe ich erst dann zu, wenn sie das Plutonium und die Raketen mit den Pockenerregern gefunden haben», sagte Jonathan. «Was nicht geschehen wird, weil alles Schwachsinn war, erfundener Schwachsinn, ja weil die Leute, die das angezettelt haben, unfähige Trottel sind.»

«He, überall heißt es, dass es da Massenvernichtungswaffen gibt. Sogar im *New Yorker*. Meine Mom sagt, mein Dad will das Abo abbestellen, so verärgert ist er darüber. Mein Dad, der große Außenpolitik-Experte.»

«Wie viel willst du darauf wetten, dass dein Dad recht hat?»

«Keine Ahnung. Hundert Dollar?»

«Abgemacht!», sagte Jonathan und hielt ihm die Hand hin. «Hundert Mäuse, dass sie bis Jahresende keine Waffen finden.»

Joey schlug ein und sorgte sich gleich im nächsten Moment, dass Jonathan mit den Massenvernichtungswaffen doch recht haben könnte. Nicht, dass ihn die hundert Dollar kümmerten; bei Kenny Bartles würde er achttausend im Monat machen. Doch Jonathan, ein Nachrichtenjunkie, schien sich seiner Sache so sicher zu sein, dass Joey sich schon fragte, ob er bei seinen Begegnungen mit den Chefs vom Thinktank und Kenny Bartles vielleicht einen Witz nicht mitbekommen hatte: nicht gemerkt hatte, wie sie zwinkerten oder ihrer Stimme eine ironische Färbung gaben, wenn sie über Gründe für den Einmarsch im Irak sprachen, die über ihre persönlichen oder wirtschaftlichen Profitinteressen hinausgingen. Nach Joeys Sicht der Dinge hatte der Thinktank tatsächlich ein geheimes Motiv, den Einmarsch zu unterstützen: den Schutz Israels, das, anders als die Vereinigten Staaten, in Reichweite selbst der schrottigen Raketen lag, zu deren Bau Saddams Wissenschaftler fähig waren. Er hatte geglaubt, dass die Neocons es wenigstens mit ihrer Angst um Israels Sicherheit ernst meinten. Aber schon jetzt, da der März in den April überging, winkten sie ab und taten, als wäre es völlig unwichtig, ob noch Massenvernichtungswaffen auftauchten, ja als wäre die Freiheit des irakischen Volkes die Hauptsache. Joey, dessen Eigeninteresse an dem Krieg ein finanzielles war, der aber moralische Zuflucht in der Überlegung gesucht hatte, klügere Köpfe als er hätten sicher bessere Motive, beschlich zunehmend das Gefühl, gelinkt worden zu sein. Das machte ihn nicht weniger begierig aufs Abkassieren, aber er fühlte sich dabei auf jeden Fall etwas unanständiger.

In dieser befleckten Stimmung fiel es ihm leichter, mit Jenna über seine Sommerpläne zu sprechen. Jonathan war, unter anderem, eifersüchtig auf Kenny Bartles (jedes Mal, wenn er Joey mit Kenny telefonieren hörte, wurde er stinkig), wohingegen Jenna Dollarzeichen in den Augen hatte und sehr dafür war, den großen Reibach zu machen. «Vielleicht sehen wir uns im Sommer ja in Washington», sagte sie. «Ich komme von New York dahin, und du kannst mich zur Feier meiner Verlobung zum Essen ausführen.»

«Klar», sagte er. «Wird bestimmt ein netter Abend.»

«Ich muss dich gleich warnen, in puncto Restaurants habe ich einen *sehr* teuren Geschmack.»

«Wie wird Nick es finden, dass ich dich zum Essen ausführe?»

«Nur ein Griff in seine Brieftasche weniger. Es würde ihm nie einfallen, sich deinetwegen in die Hose zu machen. Aber deine Freundin, wie würde die das finden?»

«Sie ist nicht eifersüchtig.»

«Stimmt, Eifersucht ist ja so unattraktiv, haha.»

«Was sie nicht weiß, macht sie nicht heiß.»

«Ja, und sie weiß eine ganze Menge nicht, wie? Wie viele kleine Ausrutscher hattest du denn bis jetzt?»

«Fünf.»

«Das sind vier mehr, als Nick sich leisten dürfte, bevor ich ihm chirurgisch die Eier entfernen würde.»

«Klar, aber wenn du nichts davon wüsstest, würde es dir nichts ausmachen, stimmt's?»

«Glaub mir», sagte Jenna, «ich wüsste davon. Das ist der Unterschied zwischen mir und deiner Freundin. Ich *bin* eifersüchtig. Wenn bei mir einer fremdgeht, bin ich die Spanische Inquisition. Da gibt's kein Pardon.»

Das war interessant zu hören, da ausgerechnet Jenna ihn im Herbst zuvor gedrängt hatte, von zufälligen Gelegenheiten, die sich am College ergeben mochten, Gebrauch zu machen, und ausgerechnet Jenna hatte er, indem er es tat, etwas zu beweisen gemeint. Sie hatte ihn in der Kunst unterwiesen, ein Mädchen, aus dessen Bett er vier Stunden vorher gekrochen war, in der Mensa brüsk zu schneiden. «Sei nicht so ein Seelchen», hatte sie gesagt. «Die *wollen* doch, das du sie ignorierst. Du tust ihnen keinen Gefallen, wenn du es nicht machst. Du musst dich so verhalten, als hättest du sie noch nie im Leben gesehen. Rumschmachten oder den Schuldigen mimen ist das Letzte, was sie wollen. Die sitzen da und beten zu Gott, dass du sie nicht in Verlegenheit bringst.» Sie hatte eindeutig aus Erfahrung gesprochen, aber so richtig hatte er ihr erst geglaubt, nachdem er es selbst ausprobiert hatte. Seitdem war sein Leben unbeschwerter gewesen. Auch wenn er Connie die Freundlichkeit erwies, seine Affären nicht zu erwähnen, dachte er weiterhin, sie würden sie ohnehin nicht kratzen. (Derjenige, vor dem er sie wirklich verbergen musste, war Jonathan, der Artus'sche Vorstellungen von romantischem Betragen hatte und, als die Kunde von einer Bettnummer zu ihm durchsickerte, in heller Empörung über Joey herfiel, als wäre er Connies älterer Bruder oder ritterlicher Vormund. Joey hatte ihm geschworen, nicht einmal ein Reißverschluss sei geöffnet worden, doch diese Unwahrheit war zu absurd, als dass er dabei nicht hätte grinsen müssen, und Jonathan hatte ihn als Drecksack und Lügner beschimpft, der Connies unwürdig sei.) Nun fand er, dass Jenna mit ihren wechselnden Treuestandards ihn ganz genauso gelinkt hatte wie seine Chefs im Thinktank. Sie hatte das, was die Kriegstreiber aus Profitgier getan hatten, aus Spaß getan, aus Gemeinheit gegenüber Connie. Doch das minderte sein Verlangen, sie zu einem tollen Essen einzuladen oder, bei RISEN, das Geld dafür zu verdienen, in keiner Weise.

In Alexandria, allein im nüchternen Einzimmerbüro von RISEN, schrieb Joey Kennys wirre Faxe aus Bagdad in überzeugende Berichte über den umsichtigen Einsatz von Steuermitteln um, mit denen einstmals von Saddam subventionierte Bäcker in von der Übergangsverwaltung geförderte Unternehmer verwandelt werden sollten. Mittels seiner Fallstudien über die Ketten Breadmasters und Hot & Crusty, die er im Sommer zuvor verfasst hatte, kreierte er eine schicke Businessplan-Schablone, nach der diese Möchtegernunternehmer sich richten konnten. Er entwickelte einen Zweijahresplan für die Anhebung der Brotpreise auf das marktübliche Niveau, wobei das einfache irakische *khubz* als Lockartikel und überteuerte Backwaren und attraktiv vermarktete Kaffeegetränke als Geldbringer fungierten, sodass die Zuschüsse der Koalition 2005 auslaufen konnten, ohne dass es zu Brotunruhen kam. Alles, was er tat, war zumindest teilweise und häufig zur Gänze Schwachsinn. Er hatte nicht die leiseste Ahnung, wie eine Ladenfassade in Basra aussah; immerhin ahnte er beispielsweise, dass gekühlte Gebäck-Schaufensterauslagen im Stil von Breadmasters in einer Stadt mit Autobomben und einer Sommerhitze von 55° Celsius nicht ganz das Richtige waren. Doch der Humbug des modernen Handels war eine Sprache, die er zu seiner Freude fließend beherrschte, und Kenny versicherte ihm, das einzig Wichtige sei der Anschein von ungeheurer Betriebsamkeit und sofortigen Ergebnissen. «Es muss schon *gestern* gut ausgesehen haben», sagte Kenny, «und dann tun wir hier vor Ort unser Bestes, dass es auch bald so ist. Jerry will über Nacht freie Märkte, und die müssen wir ihm liefern.» («Jerry» war Paul Bremer, der Obermacher in Bagdad, dem Kenny vielleicht sogar begegnet war, vielleicht aber auch nicht.) In Joeys müßigen Momenten im Büro, besonders an den Wochenenden, chattete er mit Collegefreunden, die unbezahlte Praktika absolvierten oder in ihrer Heimatstadt Burger wendeten und ihn mit Neid und Glückwünschen überschütteten, dass er den geilsten Sommerjob *überhaupt* an Land gezogen hatte. Ihm war, als wäre sein Leben, das die Anschläge vom 11. September aus der Bahn geworfen hatten, wieder voll auf seinem sensationellen Aufwärtskurs.

Eine Weile wurde seine Zufriedenheit nur davon überschattet, dass Jenna ihren Besuch in Washington mehrmals verschob. Ein wiederkehrendes Gesprächsthema war ihre Sorge, dass sie sich nicht genug die Hörner abgestoßen hatte, bevor sie sich auf Nick einließ. («Ich weiß nicht, ob es richtig zählt, dass ich an der Duke ein Jahr lang rumgeludert habe», sagte sie.) Joey vernahm in ihrer Sorge das Raunen einer Gelegenheit und war völlig verwirrt, als sie, trotz der zunehmend offenen Koketterie in ihren Telefonaten, zweimal den Plan, ihn zu besuchen, über den Haufen warf, und noch verwirrter, als er von Jonathan erfuhr, dass sie bei ihren Eltern in McLean gewesen war, ohne sich zu melden.

Dann, am Vierten Juli, anlässlich eines Besuchs zu Hause, den er nur abstattete, um nett zu sein, vertraute er seinem Vater die Einzelheiten seiner Arbeit bei RISEN in der Hoffnung an, ihn mit der Höhe seines Gehalts und dem Umfang seiner Verantwortung zu beeindrucken, doch es fehlte nicht viel, und sein Vater hätte ihn auf der Stelle verstoßen. Bis dahin war, sein ganzes Leben lang, ihre Beziehung im Wesentlichen ein Patt, ein Gleichstand der Willenskräfte gewesen. Nun aber reichte es seinem Dad nicht mehr, ihm einen Vortrag über seine Kälte und Arroganz mit auf den Weg zu geben. Nun brüllte er, Joey *kotze ihn an*, es bereite ihm *körperlichen Ekel*, einen Sohn großgezogen zu haben, der so selbstsüchtig und gedankenlos sei, dass er mit Monstern, die das Land um ihrer persönlichen Bereicherung willen zerstörten, gemeinsame Sache mache. Seine Mutter rannte, statt ihn zu verteidigen, um ihr Leben: nach oben, in ihr kleines Zimmer. Er wusste, am nächsten Morgen würde sie ihn anrufen und versuchen, die Dinge zu glätten, würde ihm erzählen, sein Dad sei nur deshalb so wütend, weil er ihn liebe, und solchen Mist. Doch um dazubleiben, war sie zu feige, und so hatte er keine andere Wahl, als die Arme fest zu verschränken, eine steinerne Miene aufzusetzen und seinem Dad immer wieder kopfschüttelnd zu sagen, er solle nicht Dinge kritisieren, die er nicht verstehe.

«Was gibt's da nicht zu verstehen?», sagte sein Vater. «In diesem Krieg geht es um Politik und Profit. Punkt!»

«Nur weil dir die Politik von denen nicht passt», sagte Joey, «heißt das nicht, dass alles falsch ist, was sie machen. Du tust so, als wäre alles, was sie machen, schlecht, du hoffst, sie scheitern in allem, weil du ihre Politik verabscheust. Von den guten Sachen, die geschehen, willst du erst gar nichts hören.»

*«Da geschehen keine guten Sachen.»*

«Ja, genau. Die Welt ist schwarz-weiß. Wir sind nur schlecht, und du bist nur gut.»

«Meinst du etwa, die Welt ist nun mal so, dass den jungen Leuten im Nahen Osten, die so alt sind wie du, Kopf und Beine weggeschossen werden, damit du einen Haufen Geld verdienen kannst? Ist das die ideale Welt, in der du lebst?»

«Natürlich nicht, Dad. Hörst du vielleicht mal einen Augenblick auf, dumm zu sein? Die Leute dort werden getötet, weil ihre Wirtschaft am Arsch ist. Wir versuchen, ihre Wirtschaft auf die Beine zu kriegen, kapiert?»

«Du dürftest keine achttausend Dollar im Monat verdienen», sagte sein Dad. «Ich weiß, du hältst dich für oberschlau, aber es stimmt etwas nicht mit der Welt, wenn ein ungelernter Neunzehnjähriger das kann. Deine Stelle *stinkt* nach Korruption. Für mein Empfinden riechst du ziemlich schlecht.»

«Mensch, Dad. Ach, egal.»

«Ich will gar nicht mehr wissen, was du machst. Es kotzt mich einfach an. Erzähl es meinetwegen deiner Mutter, aber tu mir einen Gefallen und lass mich aus dem Spiel.»

Joey lächelte grimmig, um nicht loszuheulen. Er verspürte einen Schmerz, der etwas Strukturelles hatte, als hätten er und sein Dad sich ihre politische Einstellung eigens zu dem Zweck ausgesucht, den anderen zu hassen, und als wäre der einzige Ausweg daraus die Loslösung. Seinem Dad gar nichts zu sagen, ihn erst wiederzusehen, wenn es gar nicht anders ging, auch das hatte was, fand er. Er war nicht einmal wütend, er wollte nur die Verletztheit hinter sich lassen. Also fuhr er mit dem Taxi in sein möbliertes Studio, das er mit Hilfe seiner Mutter gemietet hatte, und schrieb Connie und Jenna eine SMS. Connie war wohl schon früh zu Bett gegangen, doch Jenna rief ihn um Mitternacht zurück. Sie war nicht die beste Zuhörerin der Welt, aber sie hatte immerhin genug von seinem vermurksten Vierten Juli mitgekriegt, um ihn zu beruhigen, dass die Welt nicht fair sei und es nie sein werde, dass es immer die großen Sieger und die großen Verlierer gebe und dass sie persönlich in dem tragischerweise endlichen Leben, das man ihr geschenkt habe, lieber Siegerin sei und sich mit Siegern umgebe. Als er sie dann darauf ansprach, dass sie ihn von McLean aus gar nicht angerufen habe, sagte sie, sie habe es nicht für «sicher» gehalten, mit ihm essen zu gehen.

«Warum soll das nicht sicher gewesen sein?»

«Du bist so eine Art schlechte Angewohnheit von mir», sagte sie. «Ich muss das in Grenzen halten. Immer schön den Hauptpreis im Blick.»

«Das klingt mir nicht so, als wäre es mit dem Hauptpreis so prickelnd.»

«Der Hauptpreis ist extrem damit beschäftigt, den Posten seines Chefs zu übernehmen. In dieser Welt machen sie das so, sie versuchen, einander lebendig zu verspeisen. Das ist erstaunlich unverpönt. Aber anscheinend auch ungeheuer zeitaufwendig. Als Mädchen möchte man hin und wieder ausgeführt werden, erst recht im ersten Sommer nach dem Examen.»

«Deswegen musst du eben herkommen», sagte er. «Ich führe dich definitiv aus.»

«Bestimmt. Aber mein Chef hat während der nächsten drei Wochen massenhaft Aufträge in den Hamptons. Da sind meine Dienste als Klemmbretthalterin gefragt. Schade, dass du selbst so hart arbeiten musst, sonst könnte ich versuchen, dich irgendwo einzuschleusen.»

Er hatte die Übersicht über all die Halbverabredungen und Halbversprechen verloren, die sie in den Raum gestellt hatte, seit sie sich kannten. Nichts von den schönen Dingen, die sie vorschlug, wurde Wirklichkeit, und nie konnte er sich erklären, warum sie die Vorschläge überhaupt immer wieder machte. Manchmal dachte er, es habe damit zu tun, dass sie mit ihrem Bruder in einem Konkurrenzverhältnis stand. Vielleicht lag es auch daran, dass Joey Jude war und ihrem Vater gefiel, dem einzigen Menschen, über den sie nie herzog. Oder sie war von seiner Beziehung mit Connie fasziniert und fand an den Bröckchen privater Infos, die er ihr zu Füßen legte, königlichen Genuss. Oder sie stand tatsächlich auf ihn und wollte sehen, wie er sein würde, wenn er älter war, und wie viel Geld er dann verdiente. Oder vielleicht all das zusammen. Jonathan hatte keine anderen Einsichten zu bieten, als dass seine Schwester eben hart drauf war, ein Freak vom *Planeten Verwöhnt* mit dem ethischen Bewusstsein eines Meeresschwamms, doch Joey meinte, in ihr Tiefergehendes zu erkennen. Er weigerte sich zu glauben, dass jemand, der über die Macht von so viel Schönheit verfügte, bar jeder interessanten Ideen sein könnte, sie zu nutzen.

Als er Connie am Tag darauf von dem Streit mit seinem Vater erzählte, hielt sie sich nicht weiter bei den Inhalten der jeweiligen Argumente auf, sondern ging direkt auf seine Verletztheit ein und sagte ihm, wie leid es ihr tue. Sie arbeitete wieder als Bedienung und schien bereit, den ganzen Sommer zu warten, bis sie ihn wiedersah. Kenny Bartles hatte ihm die letzten beiden Augustwochen als bezahlten Urlaub in Aussicht gestellt, falls er einverstanden sei, bis dahin jedes Wochenende durchzuarbeiten, und er wollte nicht, dass Connie da war und alles noch komplizierter machte, wenn Jenna nach Washington kam; er wusste nicht, wie er einen, zwei oder gar drei Abende hätte verschwinden können, ohne Connie krasse Lügen von der Sorte aufzutischen, die er auf ein Minimum beschränken wollte.

Den Gleichmut, mit dem sie den Aufschub akzeptierte, führte er auf das Cipramil zurück. Doch dann, eines Abends, bei einem Routineanruf, er trank gerade Bier in seiner Wohnung, verfiel sie in ein besonders ausgedehntes Schweigen, das sie mit den Worten «Baby, ich muss dir noch ein paar Dinge sagen» beendete. Das erste war, dass sie ihr Medikament abgesetzt hatte. Das zweite, dass sie es deshalb abgesetzt hatte, weil sie mit dem Geschäftsführer des Restaurants schlief und es satthatte, nicht zu kommen. Das gestand sie mit einer merkwürdigen Distanziertheit, als spräche sie von einer Frau, die nicht sie war, einer Frau, deren Handlungen bedauerlich, aber zu verstehen seien. Der Geschäftsführer, sagte sie, sei verheiratet, habe zwei halbwüchsige Kinder und wohne in der Hamline Avenue. «Ich dachte, ich sag's dir lieber mal», sagte sie. «Ich kann damit aufhören, wenn du möchtest.»

Joey zitterte. Schauderte beinahe. Ein Luftzug drang durch eine mentale Tür, von der er angenommen hatte, sie sei geschlossen und verriegelt, die tatsächlich aber weit offen stand, eine Tür, durch die er flüchten konnte. «Möchtest du denn damit aufhören?», sagte er.

«Ich weiß nicht», sagte sie. «Irgendwie mag ich es, wegen dem Sex, aber ich empfinde nichts für ihn. Ich empfinde nur etwas für dich.»

«Tja, Mensch. Ich glaube, da muss ich erst mal drüber nachdenken.»

«Ich weiß, es ist richtig blöd, Joey. Ich hätte es dir gleich sagen sollen, als es passiert ist. Aber eine Weile war es so schön, dass sich jemand für mich interessiert hat. Ist dir klar, wie oft wir seit Oktober miteinander geschlafen haben?»

«Ja, ich weiß. Ist mir klar.»

«Entweder zweimal oder gar nicht, je nachdem, ob du das mitzählst, als ich krank war. Etwas stimmt da nicht.»

«Ja.»

«Wir lieben einander, aber wir sehen uns nie. Vermisst du das denn nicht?»

«Doch.»

«Hast du mit anderen geschlafen? Hältst du es deshalb aus?»

«Ja. Ein paarmal. Aber nie mehr als *einmal* mit einer.»

«Ich war mir ziemlich sicher, dass du es gemacht hast, aber ich wollte dich nicht fragen. Ich wollte nicht, dass du denkst, ich lasse dich nicht. Aber deshalb habe ich es nicht gemacht. Ich habe es gemacht, weil ich einsam bin. Ich bin so einsam, Joey. Das bringt mich noch um. Und ich bin einsam, weil ich dich liebe und du nicht da bist. Ich habe mit jemandem geschlafen, weil ich dich liebe. Ich weiß, das klingt verquer oder unaufrichtig, aber es ist die Wahrheit.»

«Ich glaube dir», sagte er. Und das tat er auch. Aber der Schmerz, den er empfand, schien nichts damit zu tun zu haben, ob er glaubte oder nicht glaubte, was sie nun sagte oder nicht. Die stumme Tatsache, dass seine süße Connie mit einem mittelalten Schwein ins Bett gegangen war, dass sie sich die Jeans und ihre kleine Unterhose ausgezogen und *wiederholt* die Beine breit gemacht hatte, war nur so lange in Worte gehüllt gewesen, wie Connie sie ausgesprochen und Joey sie gehört hatte, dann war sie wieder stumm geworden und hatte sich, von Worten unerreichbar, in ihm eingenistet wie ein verschluckter Ballen Rasierklingen. Vernünftigerweise konnte er davon ausgehen, dass ihr dieses Schwein von Geschäftsführer nicht mehr bedeutete, als ihm die entweder besoffenen oder stinkbesoffenen Mädchen bedeutet hatten, in deren überparfümierten Betten er im Jahr zuvor gelandet war, doch die Vernunft konnte den Schmerz in ihm ebenso wenig erreichen, wie man einen heranrasenden Bus zum Stehen brachte, indem man Stopp! dachte. Der Schmerz war ganz außerordentlich. Und dennoch auch seltsam willkommen und aufbauend, vermittelte er ihm doch, dass er lebendig war und in einer Geschichte steckte, die mehr umfasste als ihn selbst.

«Sag was, Baby», sagte Connie.

«Wann hat es angefangen?»

«Keine Ahnung. Vor einem Vierteljahr.»

«Na, vielleicht machst du ja einfach weiter damit», sagte er. «Vielleicht machst du weiter und kriegst ein Kind von ihm und siehst zu, dass er dir dein eigenes Haus hinstellt.»

Es war gemein, so auf Carol anzuspielen, doch als Antwort fragte Connie ihn, mit ruhiger Aufrichtigkeit, nur: «Willst du das denn wirklich?»

«Ich weiß nicht, was ich will.»

«Ich will das überhaupt nicht. Ich will mit dir zusammen sein.»

«Ja, schon. Aber erst, nachdem du ein Vierteljahr mit einem anderen gevögelt hast.»

Jetzt hätte sie weinen und ihn um Verzeihung bitten oder wenigstens ihrerseits vom Leder ziehen sollen, doch sie war kein gewöhnlicher Mensch. «Das stimmt», sagte sie. «Du hast recht. Es ist absolut fair. Ich hätte es dir gleich nach dem ersten Mal sagen und dann damit aufhören können. Aber es ein zweites Mal zu machen fand ich nicht viel schlimmer, als ich es beim ersten Mal fand. Und beim dritten und vierten Mal war es genauso. Und dann wollte ich von dem Medikament loskommen, weil es blöd war, Sex zu haben und dabei kaum etwas zu empfinden. Und dann musste der Zähler sozusagen wieder auf null.»

«Und jetzt empfindest du was, und es ist toll.»

«Es ist eindeutig besser. Du bist derjenige, den ich liebe, aber immerhin tun es meine Nervenden wieder.»

«Und warum hast du es mir dann jetzt überhaupt gesagt? Warum es nicht vier Monate machen? Vier sind doch kaum schlimmer als drei, oder?»

«Vier hatte ich eigentlich geplant», sagte sie. «Ich dachte, ich könnte es dir sagen, wenn ich nächsten Monat komme, und wir würden Pläne machen, wie wir uns öfter sehen, damit wir wieder monogam sein können. Das will ich noch immer. Aber dann hatte ich gestern Abend wieder ein schlechtes Gewissen, und da dachte ich, ich sag's dir lieber.»

«Wirst du wieder depressiv? Weiß deine Ärztin, dass du das Medikament abgesetzt hast?»

«Sie weiß es, aber Carol nicht. Carol glaubt anscheinend, dass das Medikament alles zwischen ihr und mir ins Lot bringt. Sie glaubt, es löst ihr Problem auf Dauer. Jeden Abend nehme ich eine Pille aus dem Fläschchen und lege sie in meine Sockenschublade. Sie könnte sie ja zählen, wenn ich bei der Arbeit bin.»

«Vielleicht ist es besser, du nimmst sie», sagte Joey.

«Ich nehme sie wieder, wenn ich dich nicht mehr sehen kann. Aber wenn ich dich sehe, will ich alles empfinden. Und ich glaube nicht, dass ich sie brauche, wenn ich dich regelmäßig sehe. Ich weiß, das klingt wie eine Drohung oder so, aber es ist einfach nur die Wahrheit. Ich will dich nicht beeinflussen, ob du mich wiedersehen willst oder nicht. Mir ist klar, dass ich was Blödes gemacht habe.»

«Tut es dir leid?»

«Ich weiß, ich sollte ja sagen, aber eigentlich bin ich mir nicht sicher. Tut es dir leid, dass du mit anderen geschlafen hast?»

«Nein. Schon gar nicht jetzt.»

«Mir geht's genauso. Ich bin genau wie du. Ich hoffe nur, du behältst das in Erinnerung und ich darf dich wiedersehen.»

Connies Geständnis war seine letzte, beste Gelegenheit, reinen Gewissens zu flüchten. So leicht hätte er ihr aus wichtigem Grund den Laufpass geben können, wäre er nur wütend genug gewesen, es tatsächlich auch zu tun. Als er aufgelegt hatte, griff er sich die Flasche Jack Daniel's, die zu meiden er normalerweise diszipliniert genug war, und dann ging er hinaus und lief durch die schwülen Straßen seines trostlosen Nicht-Viertels, genoss die wuchtige Sommerhitze und das kollektive Dröhnen der Klimaanlagen, die sie verstärkten. In einer Tasche seiner Khakihose befand sich eine Handvoll Münzen, er nahm sie heraus und schleuderte sie, immer ein paar auf einmal, auf die Straße. Er warf sie alle weg, die Pennys seiner Unschuld, die Dimes und Quarters seiner Selbstgenügsamkeit. Er musste alles loswerden, alles. Er hatte niemanden, dem er von seinem Schmerz erzählen konnte, am allerwenigsten seine Eltern, aber auch nicht Jonathan, weil er fürchtete, er könnte damit die hohe Meinung seines Freundes von Connie beschädigen, und auf gar keinen Fall Jenna, die nichts von Liebe verstand, und auch nicht seine Collegefreunde – sie alle betrachteten eine Freundin, für einen Mann, als sinnlose Behinderung der Freuden, nach denen sie die nächsten zehn Jahre zu streben gedachten. Er war vollkommen allein und begriff nicht, wie ihm das widerfahren war. Wie es zu einem Leiden namens Connie im Zentrum seines Lebens hatte kommen können. Es trieb ihn in den Wahnsinn, so minutiös zu empfinden, was sie empfand, sie zu gut zu verstehen und es nicht zu schaffen, sich ihr Leben ohne ihn vorzustellen. Jedes Mal, wenn er die Gelegenheit gehabt hatte, von ihr loszukommen, hatte ihn die Logik des Eigeninteresses im Stich gelassen, war wie ein Gang, der seinem Verstand ständig heraussprang, durch die Logik ihrer Zweisamkeit ersetzt worden.

Eine Woche verging, ohne dass sie ihn anrief, dann noch eine. Zum ersten Mal wurde er sich bewusst, dass sie älter war als er. Sie war jetzt einundzwanzig, dem Gesetz nach erwachsen, eine Frau, für verheiratete Männer interessant und attraktiv. Im Griff der Eifersucht betrachtete er sich plötzlich als den, der mehr Glück gehabt hatte von ihnen beiden, als den Jungen, dem sie ihre Leidenschaft geschenkt hatte. In seiner Phantasie wurde sie zu etwas ungeheuer Verlockendem. Manchmal schon hatte er vage gespürt, dass ihre Verbindung außergewöhnlich war, verwunschen, märchenhaft, aber erst jetzt erkannte er, wie sehr er auf sie zählte. Während der ersten Tage ihres Schweigens vermochte er sich einzureden, dass er sie bestrafte, indem er sie nicht anrief, doch schon bald hielt er sich selbst für den Bestraften, denjenigen, der gespannt darauf wartete, ob sie in ihrem Gefühlsmeer einen Tropfen Gnade fand und das Schweigen für ihn brach.

Unterdessen teilte ihm seine Mutter mit, dass sie ihm keine monatlichen Schecks über 500 Dollar mehr schicken werde. «Leider hat Dad dem ein Ende gemacht», sagte sie mit einer Fröhlichkeit, die ihn ärgerte. «Ich hoffe, sie waren wenigstens zu etwas nütze, solange sie kamen.» Joey empfand eine gewisse Erleichterung darüber, dass er ihrem Wunsch, ihn zu unterstützen, nun nicht mehr nachgeben musste und ihr dafür auch keine regelmäßigen Anrufe mehr schuldete; außerdem war er froh, dass die Notwendigkeit entfiel, den Commonwealth of Virginia bezüglich der Höhe seiner elterlichen Zuwendungen zu belügen. Allerdings war er inzwischen auf die monatlichen Spritzen angewiesen, um über die Runden zu kommen, und jetzt bedauerte er, dass er in dem Sommer so oft mit dem Taxi gefahren war und sich so viele Essen hatte liefern lassen. Er konnte nicht umhin, seinen Vater zu hassen und sich von seiner Mutter betrogen zu fühlen, die sich, wenn es hart auf hart kam, trotz der vielen Klagen über ihre Ehe, die sie Joey aufdrängte, am Ende offenbar immer wieder seinem Vater fügte.

Dann rief seine Tante Abigail an, um ihm für Ende August die Nutzung ihrer Wohnung anzubieten. Während der vergangenen anderthalb Jahre hatte er auf Abigails E-Mail-Verteiler für ihre Auftritte in kleinen, bizarr benannten Clubs in New York gestanden, und alle paar Monate hatte sie ihn angerufen, um einen ihrer selbstrechtfertigenden Monologe zu halten. Drückte er sie weg, hinterließ sie nicht einfach eine Nachricht, sondern versuchte es so lange weiter, bis er dranging. Er hatte den Eindruck, dass sich ihre Tage im Wesentlichen daraus zusammensetzten, alle Nummern, die sie kannte, reihum durchzunudeln, bis endlich jemand abnahm, und angesichts der Dürftigkeit ihres Kontakts überlegte er nur sehr ungern, wer wohl sonst noch auf ihrer Anrufliste stand. «Ich gönne mir das kleine Geschenk eines Strandurlaubs», sagte sie ihm nun. «Leider ist der arme Tigger an Katzenkrebs gestorben, allerdings erst nach einigen sehrrrrr teuren Katzenkrebsbehandlungen, und nun ist Piglet ganz allein.» Auch wenn Joey sich wegen seiner Flirtereien mit Jenna etwas unanständig fühlte, was teilweise auf eine allgemeinere, neue Empfindlichkeit in Sachen Untreue zurückzuführen war, nahm er Abigails Angebot an. Wenn er schon nichts von Connie hörte, dachte er, könnte er sich doch damit trösten, dass er in Jennas Nachbarschaft aufkreuzte und sie zum Essen einlud.

Und dann rief Kenny Bartles an, um ihm mitzuteilen, dass er RISEN mitsamt den Verträgen einem Freund in Florida verkaufe. Schon verkauft habe, um genau zu sein. «Mike ruft dich morgen Vormittag an», sagte Kenny. «Ich habe ihm gesagt, er muss dich bis zum 15. August halten. Das Theater, dich danach zu ersetzen, wollte ich ohnehin nicht. Ich habe einen größeren und besseren Fisch an der Angel.»

«Ach ja?», sagte Joey.

«Ja, LBI ist bereit, mir als Subunternehmer einen Auftrag über die Beschaffung einer Flotte Schwerlaster zu geben. Kein Job für Zimperliche und um einiges größere Brötchen als die bislang, wenn du verstehst, was ich meine. Das geht rucki, zucki rein und wieder raus – ohne diesen Quatsch mit Vierteljahresberichten. Ich komme mit den Trucks an, die kommen mit dem Scheck rüber, Ende der Geschichte.»

«Glückwunsch.»

«Ja, na ja, Folgendes», sagte Kenny. «Ich könnte dich noch richtig gut hier in Washington gebrauchen. Ich suche einen Partner, der gemeinsam mit mir investiert und was von den Fehlbeträgen auffüllt, denen ich hier ins Auge blicke. Wenn du arbeiten willst, kannst du dir auch ein kleines Gehalt zahlen.»

«Das klingt super», sagte Joey. «Aber ich muss wieder ans College, außerdem habe ich gar kein Geld zum Investieren.»

«Okay. Alles klar. Es ist dein Leben. Aber wie wär's mit einem schmaleren Stück vom Kuchen? So wie ich die technischen Daten lese, wäre der polnische Pladsky A10 genau das Richtige. Der wird nicht mehr produziert, steht aber flottenweise auf Militärbasen in Ungarn und Bulgarien rum. Auch irgendwo in Südamerika, aber das nützt mir nichts. Ich heure Fahrer in Osteuropa an, schaffe die Trucks im Konvoi durch die Türkei und liefere sie in Kirkuk ab. Das blockiert mich Gott weiß wie lange, und dann gibt's auch noch einen Subkontrakt für Ersatzteile über neunhundert Mille. Glaubst du, du könntest die Ersatzteile als Subsubunternehmer händeln?»

«Ich habe keine Ahnung von Lkw-Teilen.»

«Ich auch nicht. Aber bei Pladsky haben sie damals gut zwanzigtausend A10 gebaut. Da muss es noch tonnenweise Ersatzteile geben. Die musst du nur aufspüren, in Kisten packen und verschicken. Steck dreihundert Mille rein, zieh ein halbes Jahr später neunhundert raus. Das ist unter den gegebenen Umständen eine sehr ordentliche Marge. Meinem Eindruck nach sind dreihundert Mille die Basis bei der Geldbeschaffung. Da stellt keiner Fragen. Glaubst du, du kriegst irgendwo dreihundert Mille zu fassen?»

«Ich kriege kaum mein Essensgeld zu fassen», sagte Joey. «Und dann noch Studiengebühren und so weiter.»

«Tja, na ja, aber realistischerweise brauchst du bloß fünfzig Mille. Damit und mit einem unterschriebenen Vertrag in der Hand gibt dir jede Bank im Land den Rest. Das meiste von dem Kram kannst du in deinem Wohnheim oder sonstwo übers Internet machen. Das ist ja wohl besser, als am Geschirrband zu arbeiten, was?»

Joey erbat sich Bedenkzeit. Trotz der vielen Essen, die er sich hatte liefern lassen, und der Taxis, die er sich gegönnt hatte, hatte er 10 000 Dollar für das kommende akademische Jahr angespart, außerdem waren da potenziell weitere 8000, die ihm über seine Kreditkarte zur Verfügung standen, und eine rasche Internetrecherche ergab etliche Banken, die zur Gewährung hochverzinslicher Darlehen bei geringen Sicherheiten bereit waren, dazu mehrere Google-Treffer für Pladsky A10 Teile. Ihm war klar, dass Kenny ihm den Ersatzteileauftrag nicht angeboten hätte, wenn die Ersatzteile so leicht zu finden gewesen wären, wie er es hatte erscheinen lassen, doch Kenny hatte alle seine RISEN-Versprechen gehalten, und Joey kriegte die Vorstellung nicht aus dem Kopf, wie hervorragend es wäre, mit einundzwanzig, also in einem Jahr, eine halbe Million Dollar schwer zu sein. Aus einem Impuls heraus, weil er aufgeregt und ausnahmsweise einmal *nicht* mit ihrer Beziehung beschäftigt war, brach er sein Telefonschweigen mit Connie, um sie nach ihrer Meinung zu fragen. Viel später sollte er sich Vorwürfe machen, dass er dabei ihre Ersparnisse im Hinterkopf gehabt hatte, über die sie jetzt rein rechtlich die Verfügungsgewalt besaß, aber im Moment des Anrufs war er sich keines eigennützigen und daher schuldhaften Motivs bewusst.

«O Gott, Baby», sagte sie. «Ich dachte schon, ich höre nie wieder was von dir.»

«Es waren zwei harte Wochen.»

«Mein Gott, das weiß ich doch, ich weiß. Ich dachte schon, ich hätte dir nie was davon sagen sollen. Kannst du mir verzeihen?»

«Wahrscheinlich.»

«Oh! Oh! Das ist so viel besser als ‹wahrscheinlich nicht›.»

«Sehr wahrscheinlich», sagte er. «Wenn du mich noch immer sehen willst.»

«Aber das weißt du doch. Mehr als alles andere auf der Welt.»

Sie klang überhaupt nicht wie die unabhängige ältere Frau, als die er sie sich vorgestellt hatte, und ein Flattern im Magen ermahnte ihn, es lieber langsam angehen zu lassen und sich erst sicher zu sein, dass er sie auch wirklich wiederhaben wollte. Ermahnte ihn, den Schmerz, sie zu verlieren, nur ja nicht mit einem wirklichen Verlangen nach ihr zu verwechseln. Doch er wollte das Thema schnell fallenlassen, wollte vermeiden, sich auf das sumpfige Terrain abstrakter Emotionen zu begeben, und sie nach ihrer Meinung zu Kennys Angebot fragen.

«Gott, Joey», sagte sie, nachdem er es ihr erläutert hatte, «das musst du machen. Ich helfe dir dabei.»

«Wie denn?»

«Ich gebe dir das Geld», sagte sie, als wäre es albern von ihm, das auch nur zu fragen. «Ich habe noch über fünfzigtausend Dollar auf meinem Treuhandkonto.»

Allein die Nennung dieser Summe erregte ihn. Sie führte ihn zurück in ihre frühesten Tage als Paar in der Barrier Street, in seinen ersten Herbst an der Highschool. *Achtung Baby* von U2, von ihnen beiden, besonders aber von Connie heiß geliebt, war der Soundtrack ihrer gegenseitigen Defloration gewesen und das Auftaktstück, in dem Bono erklärte, er sei zu allem bereit, *ready for the push*, ihr Liebeslied aufeinander und auf den Kapitalismus. Das Stück hatte Joey das Gefühl gegeben, bereit zu sein – um Sex zu haben, aus der Kindheit herauszutreten und richtiges Geld zu verdienen, indem er an Connies katholischer Schule Uhren verkaufte. Er und sie hatten im vollsten Sinn des Wortes als Partner begonnen, er der Unternehmer und Produzent, sie sein treues Maultier, seine verblüffend begabte

Verkäuferin. Bis ihr Geschäft von aufgebrachten Nonnen unterbunden wurde, hatte sie sich als Meisterin der subtilen Verkaufstaktik erwiesen, ihre gelassene Zurückhaltung hatte ihre Klassenkameradinnen nur noch verrückter nach ihrem und Joeys Produkt gemacht. Jeder in der Barrier Street, einschließlich seiner Mutter, hatte Connies Zurückhaltung fälschlicherweise für Trägheit, für Langsamkeit gehalten. Erst Joey mit seinem Insider-Zugang hatte das Potenzial in ihr erkannt, und dies war nun offenbar so etwas wie die Geschichte ihres gemeinsamen Lebens: dass er ihr half und sie ermutigte, die Erwartungen aller zu widerlegen, besonders die seiner Mutter, die den Wert ihrer verborgenen Anlagen unterschätzte. Diese Fähigkeit, Wert zu erkennen, eine Gelegenheit auszuspähen, wo andere keine sahen, war zentral für seinen Glauben an seine Zukunft als Geschäftsmann, zentral auch für seine Liebe zu Connie. Wirklich, Connie bewegte sich auf rätselhaften Bahnen! Zwischen den Haufen von Zwanzigdollarscheinen, die sie aus ihrer Schule mitbrachte, hatten sie dann gevögelt.

«Aber du brauchst das Geld aus dem Treuhandfonds doch, um wieder ans College zu gehen», sagte er dennoch.

«Das kann ich auch später noch machen», sagte sie. «Du brauchst es jetzt, und ich kann es dir geben. Du kannst es mir später zurückgeben.»

«Ich könnte es dir *verdoppelt* zurückgeben. Dann hättest du genug für alle vier Jahre.»

«Wenn du willst», sagte sie. «Du musst aber nicht.»

Sie vereinbarten ein Treffen zu seinem zwanzigsten Geburtstag in New York, dem Schauplatz ihrer glücklichsten Wochen als Paar seit seinem Weggang aus St. Paul. Am nächsten Morgen rief er Kenny an und erklärte sich bereit, bei dem Geschäft mitzumachen. Die große, neue Runde von Irak-Verträgen werde erst im November rausgehen, sagte Kenny, daher solle Joey sein Herbstsemester genießen und einfach nur dafür sorgen, dass bis dahin seine Finanzierung stehe.

In dem Gefühl, schon jetzt reich zu sein, spendierte er sich eine

Fahrkarte für den Acela Express nach New York und kaufte auf dem Weg zu Abigails Wohnung eine Hundert-Dollar-Flasche Champagner. In den Zimmern stand noch mehr herum als vorher, und er war froh, als er die Tür hinter sich zuzog und mit dem Taxi zum LaGuardia fuhr, um Connie abzuholen; er hatte darauf bestanden, dass sie flog und nicht den Bus nahm. Die ganze Stadt – die Fußgänger in der Augusthitze halb nackt, Backsteine und Brücken bleich vom Dunst – war wie ein Aphrodisiakum. Unterwegs zu seiner Freundin, die mit einem anderen geschlafen hatte, aber wieder, Magnet zu Magnet, in sein Leben zurückzischte, hätte er schon der König der Stadt sein können. Als er sie in der Flughafenhalle kommen sah, schreckhaft den anderen Reisenden ausweichend, als wäre sie so versunken, dass sie sie erst im letzten Moment bemerkte, fühlte er sich an mehr reich als an Geld. Reich an Bedeutung, an Leben en masse, an irren Chancen, die nur ergriffen werden mussten, an ihrer beider Geschichte. Sie erblickte ihn und nickte, stimmte ihm in etwas zu, was er noch gar nicht gesagt hatte, das Gesicht voller Freude und Staunen. «Yeah! Yeah! Yeah!», sagte sie spontan, ließ den Ziehgriff ihres Koffers fallen und prallte gegen ihn. «Yeah!»

«Yeah?», sagte er lachend.

«Yeah!»

Ohne sich erst zu küssen, rannten sie zur Gepäckausgabe und zum Taxistand hinaus, wo wundersamerweise niemand wartete. Hinten im Taxi schälte sie sich aus ihrer verschwitzten Baumwollstrickjacke, kletterte auf seinen Schoß und schluchzte, als käme sie oder hätte einen Anfall. Ihr Körper in seinen Armen wirkte völlig, völlig neu. Manche der Veränderungen waren real – sie war ein bisschen weniger spirrelig, ein bisschen fraulicher –, die meisten aber existierten nur in seinem Kopf. Er war ihr für ihre Untreue unendlich dankbar. Seine Gefühle waren so groß, dass es schien, als könnte ihnen nur ein Heiratsantrag gerecht werden. Er hätte ihn ihr vielleicht sogar auf der Stelle gemacht, hätte er nicht die merkwürdigen Male auf ihrem linken inneren Unterarm bemerkt. Auf dessen weicher Haut verlief eine Serie gerader, paralleler Schnitte, jeder ungefähr fünf Zentimeter lang, die dem Ellbogen am nächsten gelegenen schwach und vollkommen verheilt, die auf das Handgelenk zulaufenden zunehmend frisch und rot.

«Yeah», sagte sie, nass im Gesicht, und blickte verwundert auf die Narben. «Das habe ich gemacht. Aber es ist schon wieder gut.»

Er fragte sie, was passiert sei, obwohl er die Antwort kannte. Sie küsste ihn auf die Stirn, küsste ihn auf die Wange, küsste ihn auf die Lippen und spähte ihm mit ernster Miene in die Augen. «Keine Sorge, Baby. Das war nur zur Buße, es musste sein.»

«O Gott.»

«Joey, hör mal. Hör mir mal zu. Ich war sehr vorsichtig und habe Alkohol auf die Klinge getan. Ich musste mich für jeden Abend, an dem du nicht angerufen hast, einmal schneiden. Am dritten Abend habe ich mich dreimal geschnitten und danach dann einmal pro Abend. Gleich nach deinem Anruf habe ich aufgehört.»

«Und wenn ich nicht angerufen hätte? Was hättest du dann gemacht? Dir die Pulsadern aufgeschnitten?»

«*Nein*. Ich war nicht selbstmordgefährdet. Das habe ich *anstelle* von solchen Gedanken gemacht. Ich musste mir nur ein bisschen wehtun. Kannst du das verstehen?»

«Und du bist sicher, dass du nicht selbstmordgefährdet warst?»

«Das würde ich dir niemals antun. Nie im Leben.»

Er strich mit den Fingerspitzen über die Narben. Dann nahm er ihr noch unvernarbtes Handgelenk und drückte es sich auf die Augen. Er war *froh*, dass sie sich seinetwegen geschnitten hatte, er konnte nicht anders. Die Bahnen, auf denen sie sich bewegte, waren rätselhaft, leuchteten ihm aber ein. Irgendwo in seinem Kopf sang Bono, dass alles gut war, alles gut.

«Und weißt du, was echt unglaublich ist?», sagte Connie. «Bei fünfzehn habe ich aufgehört, und genauso oft war ich dir untreu. Du hast mich genau am richtigen Abend angerufen. Es war so etwas wie ein Zeichen. Und da.» Aus der Gesäßtasche ihrer Jeans zog sie einen gefalteten Scheck. Er hatte die Rundung ihres Hinterns und war getränkt von dessen Schweiß. «Auf meinem Treuhandkonto lagen noch einundfünfzigtausend. Also fast genau das, was du brauchst. Auch das war ein Zeichen, findest du nicht?»

Er faltete den Scheck auseinander, ein Betrag von FÜNFZIGTAUSEND Dollar zahlbar an JOSEPH R. BERGLUND. Normalerweise war er nicht abergläubisch, aber er musste zugeben, dass diese Zeichen eindrucksvoll waren. Sie hatten etwas von den Zeichen, die Geistesgestörte aufforderten: «Töte den Präsidenten SOFORT», oder Depressiven nahelegten: «Stürze dich SOFORT aus dem Fenster.» Hier nun schien der drängende, irrationale Imperativ zu lauten: «Vermählt euch SOFORT.»

Am Grand Central stand der Verkehr stadtauswärts still, stadteinwärts floss er jedoch reibungslos, das Taxi trieb darin mit, und auch das war ein Zeichen. Dass sie für ein Taxi nicht hatten Schlange stehen müssen, war ein Zeichen gewesen. Dass der nächste Tag sein Geburtstag war, war ein Zeichen. Er konnte sich nicht mehr daran erinnern, in welchem Zustand er bloß eine Stunde davor, auf dem Weg zum Flughafen, gewesen war. Es gab nur die Gegenwart mit Connie, und während es sich früher, wenn sie durch einen kosmischen Spalt in ihre Zwei-Personen-Welt gefallen waren, nur nachts ereignet hatte, in einem Schlafzimmer oder einem anderen geschlossenen Raum, ereignete es sich nun am helllichten Tag, unter einer stadtweiten Dunstglocke. Er hielt sie in den Armen, und auf ihrem schweißnassen Brustbein, zwischen den feuchten Trägern ihres Tops, lag der Scheck. Eine ihrer Hände drückte flach auf eine seiner Brüste, als könnte sie Milch geben. Der Erwachsene-Frau-Geruch ihrer Achselhöhlen berauschte ihn, er wünschte ihn sich viel stärker, merkte, dass ihre Achselhöhlen für ihn gar nicht genug stinken konnten.

«Danke, dass du mit einem anderen gevögelt hast», murmelte er.

«Es war nicht leicht für mich.»

«Ich weiß.»

«Also, in einer Hinsicht war es sehr leicht. Aber in einer anderen nahezu unmöglich. Das weißt du doch, oder?»

«Und wie ich das weiß.»

«War es auch schwer für dich? Was auch immer du letztes Jahr gemacht hast?»

«Eigentlich nicht.»

«Weil du ein Mann bist. Joey, ich weiß, wie es ist, du zu sein. Glaubst du mir das?»

«Ja.»

«Dann wird alles gut.»

Und das war es während der nächsten zehn Tage auch. Später sah Joey natürlich ein, dass die ersten, hormongetränkten Tage nach einer Phase langer Abstinenz nicht gerade die ideale Zeit waren, um gewichtige Entscheidungen bezüglich seiner Zukunft zu treffen. Er sah ein, dass er, statt zu versuchen, das untragbare Gewicht von Connies 50 000-Dollar-Geschenk mit etwas so Schwerem wie einem Heiratsantrag aufzuwiegen, eher einen Schuldschein mit einem Rückzahlungsplan für Zinsen und Tilgung hätte aufsetzen sollen. Er sah ein, dass er, hätte er sich von ihr auch nur für eine Stunde getrennt, um allein spazieren zu gehen oder mit Jonathan zu sprechen, vielleicht eine nützliche Klarheit und Distanz gewonnen hätte. Er sah ein, dass postkoitale Entscheidungen weit realistischer waren als präkoitale. In dem Moment jedoch hatte es kein post- gegeben, alles war prä-, prä-, prä-. Ihr Verlangen nacheinander kreiste und kreiste Tag und Nacht wie der Kompressor von Abigails schwer arbeitender Klimaanlage im Schlafzimmerfenster. Die neuen Dimensionen ihrer Lust, der Erwachsenenernst, den ihnen ihr gemeinsames geschäftliches Unternehmen und Connies Krankheit und Untreue verliehen, ließen ihre vorherige Lust im Vergleich dazu unbedeutend und kindlich erscheinen. Ihre Lust war so groß und ihr Bedürfnis danach so abgrundtief, dass Joey, als sie an ihrem dritten Morgen in der Stadt für kaum eine Stunde nachließ, den nächstbesten Knopf drückte, um mehr davon zu kriegen. Er sagte: «Wir sollten heiraten.»

«Dasselbe habe ich auch gerade gedacht», sagte Connie. «Willst du es gleich machen?»

«Du meinst, heute?»

«Ja.»

«Ich glaube, es gibt eine Wartefrist. Irgendeinen Bluttest?»

«Na, dann machen wir den eben. Willst du?»

Sein Herz pumpte Blut in seine Lenden. «Ja!»

Aber erst mussten sie vögeln vor lauter Aufregung, dass sie den Bluttest machen würden. Dann mussten sie vögeln vor lauter Aufregung, als sie erfuhren, dass sie ihn gar nicht brauchten. Dann bummelten sie die Sixth Avenue entlang wie zwei, die so betrunken sind, dass es sie nicht kümmert, was andere von ihnen denken, frischgebackenen Mördern ähnlich, Connie ohne BH und lüstern und männliche Blicke auf sich ziehend, Joey in testosteronhaltiger Achtlosigkeit, in der er, wäre ihm jemand in die Quere gekommen, einfach so zum Spaß zugeschlagen hätte. Er tat den Schritt, der getan werden musste, den Schritt, den er schon immer tun wollte, seit seine Eltern zum ersten Mal nein gesagt hatten. Den fünfzig Block weiten Gang mit Connie Richtung Uptown, in einem brütend heißen Tumult aus hupenden Taxis und verdreckten Gehwegen, empfand er als so lang wie sein gesamtes Leben davor.

Sie gingen in den erstbesten, verlassen wirkenden Juwelierladen, an den sie auf der 47$^{th}$ Street kamen, und baten um zwei goldene Ringe, die sie gleich mitnehmen könnten. Der Juwelier war im vollen chassidischen Aufzug – Jarmulke, Schläfenlocken, Gebetsriemen, schwarze Weste, das ganze Drum und Dran. Erst musterte er Joey, dessen weißes T-Shirt von einem Hotdog, den er unterwegs hinuntergeschlungen hatte, mit Senf bekleckert war, dann Connie, deren Gesicht von der Hitze und den Abschürfungen durch Joeys Gesicht glühte. «Ihr zwei wollt heiraten?»

Beide nickten, weder er noch sie mit dem rechten Mut, laut ja zu sagen.

«Dann Massel tow», sagte der Juwelier und zog Schubladen auf. «Ich habe Ringe hier in allen Größen.»

Von weither, durch einen feinen Riss in Joeys ansonsten fester Blase des Wahnsinns, schlich sich ein leises Bedauern wegen Jenna.

Nicht als der Person, die er wollte (das Wollen kam erst später, als er wieder allein und vernünftig war, zurück), sondern als der jüdischen Ehefrau, die er nun nie mehr haben sollte: als der Person, der es möglicherweise etwas bedeutete, dass er Jude war. Schon längst hatte er den Versuch aufgegeben, sein Jüdischsein wichtig zu nehmen, und dennoch überfiel ihn beim Anblick des Juweliers in seiner abgewetzten chassidischen Aufmachung, dem Ornat einer Minderheitenreligion, der eigentümliche Gedanke, dass er die Juden, indem er eine Goi heiratete, im Stich ließ. Wenngleich in vielerlei Hinsicht von zweifelhafter Moral, war Jenna dennoch eine Jüdin mit Urgroßtanten und -onkeln, die in den Lagern umgekommen waren, und das machte sie menschlich, entschärfte ihre unmenschliche Schönheit, und dass er sie im Stich ließ, tat ihm leid. Interessanterweise empfand er das nur gegenüber Jenna, nicht aber Jonathan, der in Joeys Augen bereits vollkommen menschlich war und dazu nicht des Jüdischseins bedurfte.

«Was meinst du?», fragte Connie, den Blick auf die auf Samt ausgelegten Ringe geheftet.

«Ich weiß nicht», sagte er von seiner kleinen Wolke des Bedauerns herab. «Die sehen alle gut aus.»

«Nehmen Sie sie, probieren Sie sie an, spüren Sie sie an der Hand», sagte der Juwelier. «Gold kann man nicht beschädigen.»

Connie wandte sich zu Joey und suchte seinen Blick. «Bist du dir sicher, dass du es willst?»

«Glaub schon. Und du?»

«Ja. Wenn du's dir bist.»

Der Juwelier trat vom Ladentisch zurück und beschäftigte sich anderweitig. Und Joey, der sich mit Connies Augen sah, konnte die Unsicherheit auf seinem Gesicht nicht ertragen. Ihretwegen brachte sie ihn ungeheuer auf. Alle anderen zweifelten an ihr, und das brauchte sie von ihm nicht auch noch, also ließ er das Zweifeln bleiben.

«Auf jeden Fall», sagte er. «Sehen wir uns mal die da an.»

Nachdem sie ihre Ringe ausgesucht hatten, versuchte Joey, den Preis herunterzuhandeln, was, wie er wusste, in einem solchen Geschäft von ihm erwartet wurde, doch der Juwelier warf ihm nur einen enttäuschten Blick zu, als wollte er sagen: Du heiratest dieses Mädchen und schacherst hier mit mir um fünfzig Dollar?

Beim Verlassen des Geschäfts, die Ringe in der Hosentasche, wäre er auf dem Gehweg fast mit seinem alten Wohnheimgenossen Casey zusammengestoßen.

«Alter!», sagte Casey. «Was machst du denn hier?»

Er trug einen dreiteiligen Anzug und bekam im Haar schon lichte Stellen. Er und Joey hatten sich aus den Augen verloren, aber Joey hatte gehört, dass er während des Sommers in der Anwaltskanzlei seines Vaters arbeitete. Dass er ihm ausgerechnet jetzt über den Weg lief, erschien Joey als ein weiteres wichtiges Zeichen, wofür allerdings, das wusste er nicht recht. Er sagte: «Du erinnerst dich doch noch an Connie, oder?»

«Hallo, Casey», sagte sie mit teuflisch lodernden Augen.

«Ja, klar, hallo», sagte Casey. «Aber, Mann, was ist das denn? Ich dachte, du bist in Washington.»

«Ich mache gerade Ferien.»

«Alter, du hättest mal anrufen sollen, ich hatte ja keine Ahnung. Was macht ihr überhaupt hier in dieser Gegend? Einen Verlobungsring kaufen?»

«Ja, haha, genau», sagte Joey. «Und was machst du hier?»

Casey fischte aus seiner Westentasche eine Uhr an einer Kette. «Ist cool, was? Die hat mal dem Dad meines Dad gehört. Ich hab sie reinigen und reparieren lassen.»

«Die ist aber schön», sagte Connie. Sie beugte sich darüber, um sie zu bewundern, während Casey zu Joey hin eine Grimasse des Zweifels und komischer Bestürzung zog. Aus den diversen akzeptablen Kerl-zu-Kerl-Reaktionen, die ihm zur Verfügung standen, wählte Joey ein verlegenes Grinsen, das auf jede Menge Spitzensex, die irrationalen Ansprüche von festen Freundinnen, deren Gier nach Schmuckgeschenken und so manches mehr verwies. Casey warf einen raschen Kennerblick auf Connies nackte Schultern und nickte weise. Der gesamte Austausch dauerte vier Sekunden, und

Joey war erleichtert darüber, wie einfach es selbst in einem solchen Moment war, sich vor Casey als einen wie Casey auszugeben: sich aufzuspalten. Es verhieß Gutes für sein Vermögen, am College ganz normal weiterzumachen wie bisher.

«Mensch, ist dir in dem Anzug nicht warm?», sagte er.

«In mir fließt Südstaatenblut», sagte Casey. «Wir schwitzen nicht so wie ihr aus Minnesota.»

«Schwitzen ist wunderbar», meinte Connie. «Ich schwitze gern im Sommer.»

Das war als Aussage für Casey offensichtlich zu intensiv. Er steckte die Uhr wieder in die Tasche und sah die Straße entlang. «Wie auch immer», sagte er. «Wenn ihr mal weggehen wollt oder so, dann meldet euch.»

Als sie im Fünf-Uhr-Strom der Angestellten auf der Sixth Avenue wieder allein waren, fragte Connie Joey, ob sie etwas Falsches gesagt habe. «War ich dir peinlich?»

«Nein», sagte er. «Das ist der totale Trottel. Wir haben 35 Grad, und er trägt einen Dreiteiler? Das ist der totale, aufgeblasene Trottel, und dann noch diese blöde Uhr. Der wird schon wie sein Dad.»

«Ich mache den Mund auf, und heraus kommen eigenartige Sachen.»

«Mach dir da mal keine Sorgen.»

«Ist es dir peinlich, mich zu heiraten?»

«Nein.»

«Es hatte für mich ein bisschen den Anschein. Ich sage ja nicht, dass es an dir liegt. Ich will dich nur nicht vor deinen Freunden in Verlegenheit bringen.»

«Du bringst mich nicht in Verlegenheit», sagte er unwirsch. «Es ist nur so, dass kaum einer meiner Freunde eine Freundin hat. Das macht meine Lage irgendwie seltsam.»

Da nun hätte er mit einigem Grund erwarten können, dass sie einen kleinen Streit vom Zaun brach oder versuchte, ihm per Flunsch oder Vorwurf ein eindeutigeres Bekenntnis seines Heiratswunsches zu entlocken. Doch mit Connie ließ sich nicht streiten. Unsicherheit, Argwohn, Eifersucht, Besitzansprüche, Paranoia – all die unschönen Dinge, die seine Freunde, die, wie kurz auch immer, Freundinnen gehabt hatten, so aufregten – waren ihr fremd. Ob ihr diese Empfindungen tatsächlich abgingen oder ob eine mächtige animalische Intelligenz sie veranlasste, sie zu unterdrücken, das konnte er nicht feststellen. Je mehr er mit ihr verschmolz, desto stärker wurde auch das sonderbare Gefühl, dass er nicht die leiseste Ahnung von ihr hatte. Sie nahm nur das zur Kenntnis, was unmittelbar vor ihr lag. Tat, was sie eben tat, reagierte auf das, was er zu ihr sagte, und schien darüber hinaus vollkommen unbelastet von Dingen, die sich außerhalb ihres Blickfelds ereigneten. Ihm ging noch nach, dass seine Mutter darauf beharrt hatte, Streitereien seien gut für eine Beziehung. Und wirklich, fast sah es für ihn so aus, als heiratete er Connie, um herauszufinden, ob sie am Ende doch noch mit ihm streiten würde: um sie kennenzulernen. Doch als er sie am Nachmittag darauf tatsächlich heiratete, änderte sich rein gar nichts. Auf der Rückbank des Taxis, das sie vom Standesamt wegbrachte, verschränkte sie ihre beringte linke Hand mit seiner und lehnte auf eine Weise, die sich nicht ganz als Zufriedenheit beschreiben ließ, weil das bedeutet hätte, dass sie zuvor unzufrieden gewesen wäre, den Kopf an seine Schulter. Es war eher so etwas wie ein stummes Sichergeben in die Tat, den Frevel, der begangen werden musste. Als Joey Casey das nächste Mal sah, eine Woche später in Charlottesville, erwähnte keiner der beiden sie mit einem Wort.

Der Ehering steckte noch immer irgendwo in seinem Unterleib, als Joey sich durch das wogende warme Meer von Reisenden am Miami International drängte und Jenna in der kühleren, ruhigen Bucht einer Business Class Lounge ortete. Sie trug eine Sonnenbrille und wurde zusätzlich noch von einem iPod und der neuesten Ausgabe des *Condé Nast Traveler* beschützt. Sie musterte Joey kurz von Kopf bis Fuß, so wie es jemand machen würde, der bestätigt, dass ein Produkt, das er bestellt hat, in annehmbarem Zustand eingetroffen ist, nahm dann ihr Handgepäck vom Platz neben sich und zog – ein wenig widerstrebend, wie es schien – die iPod-Hörer aus den Ohren. Joey setzte sich, hilflos lächelnd angesichts der Ungeheuerlichkeit, mit ihr zu verreisen. Nie zuvor war er Business Class geflogen.

«Was?», sagte sie.

«Nichts. Ich lächle nur.»

«Oh. Ich dachte schon, ich hätte einen *shmutz* im Gesicht oder so.»

Mehrere Männer in der näheren Umgebung begutachteten ihn finster. Er zwang sich, reihum jeden niederzustarren, um Jenna als vergeben zu markieren. Es würde anstrengend werden, merkte er, das jedes Mal, wenn sie in der Öffentlichkeit waren, tun zu müssen. Manche Männer stierten auch Connie an, schienen in der Regel aber ohne übermäßiges Bedauern zu akzeptieren, dass sie zu ihm gehörte. Mit Jenna hatte er schon jetzt das Gefühl, dass das Interesse der anderen Männer von seiner Gegenwart nicht etwa abgeschreckt wurde, sondern nach Wegen um ihn herum suchte.

«Ich muss dich warnen, ich bin ein bisschen brummig», sagte sie. «Meine Periode ist im Anmarsch, und gerade habe ich drei Tage bei alten Herrschaften verbracht und mir Bilder von ihren Enkelkindern angesehen. Und außerdem, ist es zu fassen, muss man in dieser Lounge jetzt für Alkohol bezahlen. Ich so: Da hätte ich mich auch gleich ans Gate setzen und mir *dort* was holen können.»

«Soll ich dir was holen?»

«Doch, ja. Ich hätte gern einen doppelten Tanqueray-Tonic.»

Es schien ihr und zum Glück auch dem Barmann nicht in den Sinn zu kommen, dass er noch minderjährig war. Als er mit den Gläsern und einer erleichterten Geldbörse zurückkehrte, hatte Jenna die Ohrhörer wieder drin und die Nase in der Zeitschrift. Er fragte sich, ob sie ihn irgendwie mit Jonathan verwechselte, so wenig Aufhebens machte sie von seinem Eintreffen. Er zog den Roman hervor, den seine Schwester ihm zu Weihnachten geschenkt hatte, *Abbitte*, und bemühte sich, an den Beschreibungen von Zimmern und Pflanzungen ein Interesse zu entwickeln, doch seine Gedanken waren bei der SMS, die Jonathan ihm am Nachmittag geschickt hatte: viel spass dabei, den ganzen tag auf einen pferdearsch zu glotzen. Es war das Erste, was er von sich hören ließ, seit Joey ihn drei Wochen zuvor präventiv angerufen hatte, um ihm von seinen Reiseplänen zu erzählen. «Dann läuft für dich ja alles bestens», hatte Jonathan gesagt. «Erst der Aufstand und dann das Bein meiner Mutter.»

«Es ist ja nicht so, dass ich *gewollt* hätte, dass sie sich das Bein bricht», hatte Joey gesagt.

«Nein, bestimmt nicht. Bestimmt hast du gewollt, dass die Irakis uns mit Blumenkränzen willkommen heißen. Bestimmt findest du es sehr bedauerlich, wie beschissen sich alles entwickelt hat. Nur eben nicht bedauerlich genug, um nicht auch noch abzukassieren.»

«Was sollte ich denn tun? Nein sagen? Sie allein fliegen lassen? Sie ist wirklich ganz schön deprimiert und freut sich richtig auf die Reise.»

«Und Connie versteht das ja bestimmt. Bestimmt hast du dafür ihren Segen.»

«Wenn dich das was anginge, würde ich dich eventuell mit einer Antwort beehren.»

«Hey, weißt du was? Es ist absolut meine Angelegenheit, falls ich sie in dieser Sache belügen muss. Ich muss sie auch schon wegen meiner Meinung zu Kenny Bartles belügen, wenn ich mit ihr spreche, weil du ihr Geld genommen hast und ich nicht will, dass sie sich Sorgen macht. Und jetzt soll ich schon wieder lügen?»

«Wie wär's, wenn du nicht dauernd mit ihr sprichst?»

«Das ist nicht dauernd, du Arschloch. Im letzten Vierteljahr habe ich ungefähr dreimal mit ihr gesprochen. Sie betrachtet mich als Freund, ja? Und anscheinend können ganze Wochen vergehen, ohne dass sie von dir hört. Also, was soll ich tun? Nicht abnehmen, wenn sie anruft? Sie ruft mich an, um etwas über dich zu erfahren. Was ja wohl ein bisschen schräg ist, oder? Schließlich ist sie deine Freundin.»

«Ich fahre nicht nach Argentinien, um mit deiner Schwester zu schlafen.»

«Ha. Ha. Ha.»

«Ich schwöre bei Gott, ich fahre als Freund mit. In dem Sinne, wie Connie und du Freunde seid. Weil deine Schwester deprimiert ist und ich eben gern mitfahre. Aber das wird Connie nicht verstehen, wenn du es also, na, bei ihrem nächsten Anruf einfach nicht erwähnen würdest, wäre das das Freundlichste, was du für alle Beteiligten tun könntest.»

«Du bist so ein Scheißkerl, Joey, ich will schon gar nicht mehr mit dir reden. Mit dir ist irgendwas passiert, davon dreht sich mir schlicht der Magen um. Sollte Connie mich anrufen, während du weg bist, weiß ich nicht, was ich sagen werde. Wahrscheinlich sage ich ihr gar nichts. Aber sie ruft mich ja auch nur deshalb an, weil sie nicht oft genug von dir hört, und ich habe die Schnauze voll davon, auf diese Weise mittendrin zu stecken. Also mach, was du willst, verdammt, aber lass mich bitte außen vor.»

Nachdem er Jonathan geschworen hatte, nicht mit Jenna zu schlafen, fühlte Joey sich gegen alle Eventualitäten in Argentinien abgesichert. Passierte nichts, würde das seine Ehrenhaftigkeit beweisen. Passierte doch etwas, bräuchte er nicht bekümmert und enttäuscht zu sein, dass nichts passiert war. Es würde die Frage beantworten, die für ihn noch im Raum stand, nämlich ob er ein weicher oder ein harter Mensch war und was die Zukunft für ihn bereithielt. Diese Zukunft machte ihn neugierig. Nach der fiesen SMS zu urteilen, sah es nicht danach aus, als würde Jonathan, so oder so, an ihr teilhaben. Und ganz klar, die SMS versetzte ihm einen Stich, doch Joey hatte das gnadenlose Moralisieren seines Freundes satt.

Im Flugzeug, in der Ungestörtheit ihrer riesigen Sitze und unter dem Einfluss eines zweiten großen Drinks, ließ Jenna sich herab, ihre Sonnenbrille abzunehmen und Konversation mit ihm zu treiben. Joey erzählte ihr von seiner kürzlich unternommenen Reise nach Polen, wo er der Fata Morgana der Pladsky-A10-Ersatzteile hinterhergejagt war, und seiner Entdeckung, dass bis auf einige wenige der vermeintlich unzähligen Händler, die diese Ersatzteile übers Internet anboten, allesamt entweder Schwindler waren oder ihre Ware von derselben einen Verkaufsstelle in Łódź bezogen, in der Joey und sein nutzlosester aller nutzlosen Dolmetscher erschreckend wenig gefunden hatten, was überhaupt käuflich erworben werden konnte, egal, zu welchem Preis. Heckleuchten, Kotflügel, Räumplatten, ein paar Batteriekästen und Kühlergrille, aber kaum Motoren- und Aufhängungsteile, die für die Instandhaltung eines seit 1985 nicht mehr produzierten Fahrzeugs wesentlich waren.

«Das Internet ist Schrott, findest du nicht?», sagte Jenna. Sie hatte sämtliche Mandeln aus ihrer Nussschale geklaubt und klaubte nun die aus Joeys.

«*Dermaßen* Schrott, *dermaßen*», sagte er.

«Nick hat immer gesagt, internationaler E-Commerce ist was für Loser. Eigentlich alles Finanzielle im E-Bereich, außer es ist firmeneigen. Er sagt, freie Information ist per definitionem wertlos. So nach dem Motto, wenn ein chinesischer Händler im Internet gelistet ist, kann man einfach schon deswegen sagen, dass er nichts taugt.»

«Klar, weiß ich ja, das ist mir durchaus bewusst», sagte Joey, der nichts von Nick hören wollte. «Aber bei Lkw-Ersatzteilen sollte es doch eher wie bei eBay oder so laufen. Einfach als effiziente Form, Käufer mit Verkäufern zusammenzubringen, die sie sonst nicht finden würden.»

«Ich weiß nur, dass Nick nie was übers Internet kauft. Er traut nicht mal PayPal. Und der kennt sich, wie du weißt, bei solchen Sachen ziemlich gut aus.»

«Ja, und genau deshalb war ich in Polen. Weil man solche Dinge persönlich regeln muss.»

«Genau, das sagt Nick auch.»

Es irritierte ihn, wie sie die Mandeln irgendwie offenmäulig kaute, und wie ihre Finger, so reizend sie waren, methodisch in seiner Nussschale stöberten, irritierte ihn auch. «Ich dachte, du trinkst nicht gern», sagte er.

«Hihi. Ich habe in letzter Zeit daran gearbeitet, dass ich mehr vertrage, und große Fortschritte erzielt.»

«Na, wie auch immer», sagte er, «jetzt müssen in Paraguay ein paar richtig gute Sachen abgehen, sonst weiß ich nicht, was ich tun soll. Ich habe ein Vermögen dafür ausgegeben, den polnischen Schrott zu verschicken, und jetzt höre ich von meinem Partner Kenny, dass es nicht mal genug war, um einen Teil bezahlt zu bekommen. Das Zeug steht auf irgendeiner Ziegenweide vor Kirkuk und ist wahrscheinlich nicht mal bewacht. Und Kenny ist sauer auf mich, weil ich stattdessen nicht irgendwelche Teile von anderen Lastern geschickt habe, auch wenn die ja total nutzlos wären, weil sie nicht vom selben Modell und Hersteller sind. Und Kenny also: Schick mir einfach Gewicht, denn wir werden nach Gewicht bezahlt, ist das zu glauben. Und ich: Das sind dreißig Jahre alte Laster, die sind nicht für Sandstürme oder den Sommer im Nahen Osten gebaut, die bleiben liegen, und wenn du versuchst, Konvois durch einen Aufstand zu fahren, willst du nicht, dass dein Laster liegenbleibt. Und jetzt habe ich jede Menge Ausgaben, aber keine Einnahmen.»

Hätte Jenna ihm zugehört, hätte er es sich vielleicht überlegt, das ihr gegenüber zuzugeben, doch sie zerrte gerade an ihrem Bord-Videobildschirm, versuchte gereizt, ihn aus seiner Staumulde zu ziehen. Galant kam er ihr zu Hilfe.

«Also, entschuldige», sagte sie, «du hast gerade gesagt ...? Dass du nicht bezahlt wirst oder so?»

«Oh, nein. Ich werde auf jeden Fall bezahlt. Wahrscheinlich mache ich am Ende sogar mehr als Nick in diesem Jahr.»

«Das bezweifle ich, ehrlich gesagt.»

«Na, jedenfalls wird es eine Menge.»

«Nick ist in einem völlig anderen Vergütungsuniversum.»

Das war zu viel für Joey. «Warum bin ich eigentlich hier?», sagte er. «Willst du mich überhaupt hier haben? Bisher hast du mich entweder ignoriert oder über Nick gesprochen, mit dem du, wie ich dachte, nicht mehr zusammen bist.»

Jenna zuckte die Achseln. «Ich hab dir doch gesagt, ich bin brummig. Aber wenn ich dir einen kleinen Rat geben darf? Mich interessieren deine Geschäfte nicht so brennend. Dass du hier bist und nicht Nick, liegt einzig und allein daran, dass ich die Nase voll davon hatte, ihn Tag und Nacht nur über Geld reden zu hören.»

«Ich hab gedacht, du magst Geld.»

«Das heißt aber nicht, dass ich gern darüber reden höre. Du bist doch derjenige, der damit angefangen hat.»

«Entschuldige, dass ich damit angefangen habe!»

«Na schön. Entschuldigung angenommen. Aber noch was? Ich sehe nicht ein, warum ich Nick nicht erwähnen darf, wenn du die ganze Zeit über deine Schnecke redest.»

«Ich rede über sie, weil du nach ihr *fragst*.»

«Ich weiß nicht, was da der Unterschied sein soll.»

«Und außerdem ist sie noch meine Freundin.»

«Stimmt. Das ist wohl ein Unterschied.» Und plötzlich lehnte sie sich zu ihm hin und bot ihren Mund dem seinen dar. Erst das feinste Darüberstreichen, dann eine Weichheit fast wie warme Schlagsahne – und dann das pralle Fleisch. Ihre Lippen fühlten sich ganz genauso schön, genauso vielschichtig belebt und kostbar an, wie sie in seinen Augen immer ausgesehen hatten. Er überließ sich dem Kuss, doch sie wich zurück und lächelte beifällig. «Glücklicher *Junge*», sagte sie.

Als eine Stewardess kam, um ihre Bestellung fürs Abendessen aufzunehmen, bat er um Rind. Er hatte vor, während der gesamten Reise ausschließlich Rind zu essen, da es, so die Theorie, ein wenig stopfte; er hoffte, es bis Paraguay zu schaffen, bevor er im Badezimmer auf Ringjagd würde gehen müssen. Jenna sah sich beim Essen *Fluch der Karibik* an, und er setzte sich den Kopfhörer auf und sah es mit ihr, lehnte sich, statt den eigenen Schirm auszuklappen, linkisch in ihren Raum, doch es gab keine weiteren Küsse, und der einzige Nachteil der Business-Class-Sitze – das fand er heraus, als der Film zu Ende war und sie sich unter ihren jeweiligen Steppdecken ausstreckten – bestand darin, dass kein Kuscheln, kein zufälliger Kontakt möglich war.

Er wusste nicht, wie er einschlafen sollte, aber dann war es auf einmal Morgen, und das Frühstück wurde gereicht, und dann waren sie in Argentinien. Es war nicht annähernd so exotisch, wie er es sich vorgestellt hatte. Außer dass alles auf Spanisch war und mehr Leute rauchten, schien die Zivilisation dort wie überall zu sein. Die Fensterscheiben und Bodenfliesen, Plastiksitze und Beleuchtungen waren genau die gleichen, und beim Flug nach Bariloche erfolgte das Boarding wie bei jedem amerikanischen Anschlussflug mit den hinteren Reihen zuerst, und an der 727 oder den Fabriken, Feldern und Autobahnen, die er durchs Fenster sehen konnte, war nichts großartig anders. Erde war immer noch Erde, auch hier wuchsen Pflanzen darin. Die meisten Passagiere in den Ersten Klasse sprachen Englisch, und sechs davon – ein englisches Paar und eine amerikanische Mutter mit drei Kindern – gesellten sich zu Joey und Jenna, als sie ihr mit Priority-Schildchen versehenes Gepäck zu dem bequemen weißen Kleinbus der Estancia El Triunfo schoben, der in einer Parkverbotszone vor dem Flughafen von Bariloche auf sie wartete.

Der Fahrer, ein ernster junger Mann mit dichtem schwarzem Brusthaar, das aus seinem halbaufgeknöpften Hemd quoll, eilte herbei, um Jenna den Koffer abzunehmen, ihn hinten zu verstauen und sie auf dem Beifahrersitz zu platzieren, bevor Joey überhaupt kapierte, was los war. Das englische Paar schnappte sich die nächsten beiden Plätze, und Joey fand sich schließlich im hinteren Teil des Wagens wieder, neben der Mutter und ihrer Tochter, die einen Pferderoman für Jugendliche las.

«Ich heiße Félix», sagte der Fahrer in ein unnötiges Mikrophon, «willkommen in der Provinz Rio Negro bitte schnallen Sie sich an wir fahren zwei Stunden die Straße wird stellenweise uneben ich habe gekühlte Getränke für alle die wollen El Triunfo ist abgelegen aber lussuriös und Sie müssen entschuldigen dass die Straße manchmal uneben ist danke.»

Der Nachmittag war klar und sengend, und der Weg nach El Triunfo führte durch fruchtbares subalpines Land, das dem westlichen Montana so sehr ähnelte, dass Joey sich fragen musste, warum sie dafür dreizehntausend Kilometer weit geflogen waren. Was immer Félix, nonstop und in gedämpftem Spanisch, zu Jenna sagte, es wurde von dem Nonstopgedröhn des Engländers, Jeremy, überdeckt. Er dröhnte über die gute alte Zeit, als England mit Argentinien auf den Falklandinseln im Krieg lag («Unsere *zweit*beste Stunde»), über die Gefangennahme Saddam Husseins («*Ha*, ich möchte zu gern wissen, wie der Herr *roch*, als er aus dem Loch da rauskam»), den Schwindel mit der Erderwärmung und die unverantwortliche Panikmache seiner Urheber («Nächstes Jahr warnen sie uns noch vor der gefährlichen neuen *Eiszeit*»), die lachhafte Unfähigkeit der südamerikanischen Zentralbanker («Wenn man eine Inflationsrate von tausend Prozent hat, dünkt mich doch, dass das mehr ist als nur Pech»), die löbliche Gleichgültigkeit der Südamerikaner gegenüber Frauen-«Fußball» («Das überlassen wir euch Amerikanern, sich in *dieser* Travestie hervorzutun»), die verblüffend trinkbaren Roten, die aus Argentinien kommen («Denen können die besten südafrikanischen Weine nicht – das – *Wasser* – reichen»), und seinen reichlichen Speichelfluss bei der Aussicht, zum Frühstück, Mittag- und Abendessen Steak zu essen («Ich bin ein *Fleischfresser*, ein *Fleischfresser*, ein fürchterlicher, widerlicher *Fleischfresser*»).

Um sich von Jeremy abzulenken, begann Joey ein Gespräch mit der Mutter, Ellen, die hübsch war, ohne attraktiv zu sein, und eine jener Stretch-Cargohosen trug, wie sie dieser Tage von einer bestimmten Sorte Moms bevorzugt wurden. «Mein Mann ist ein sehr erfolgreicher Bauunternehmer», sagte sie. «Ich habe in Stanford Architektur studiert, aber jetzt bin ich zu Hause bei den Kindern. Wir haben uns entschieden, sie zu Hause zu unterrichten, was sehr bereichernd ist und auch schön, weil wir Ferien machen können, wann es uns zeitlich passt, aber es macht eine *Menge* Arbeit, das kann ich Ihnen sagen.»

Ihre Kinder, die lesende Tochter und die Spiele spielenden Söhne hinter ihr, hörten es entweder nicht oder hatten kein Problem damit, ihrer Mom eine Menge Arbeit zu machen. Als sie erfuhr, dass Joey eine kleine Firma in Washington hatte, fragte sie, ob er Daniel Jennings kenne. «Dan ist ein Freund von uns in Morongo Valley», sagte sie, «der hat mal wegen unserer Steuern recherchiert. Er hat sich sogar die Protokolle der Debatten im Kongress angesehen, und wissen Sie, was er herausgefunden hat? Es gibt für die Einkommensteuer des Bundes keine rechtliche Grundlage.»

«Wenn man's sich mal genauer ansieht, gibt es eigentlich für gar nichts eine rechtliche Grundlage», sagte Joey.

«Aber natürlich will die Bundesregierung einen nicht wissen lassen, dass das ganze Geld, das sie während der letzten hundert Jahre erhoben hat, von Rechts wegen uns Bürgern gehört. Dan hat eine Webseite, auf der ihm zehn verschiedene Geschichtsprofessoren bestätigen, er hat recht, es gibt keinerlei rechtliche Grundlage dafür. Aber da traut sich in den Massenmedien keiner ran. Was ja ein bisschen merkwürdig ist, finden Sie nicht? Sollte man nicht meinen, dass wenigstens *ein* Sender oder *eine* Zeitung darüber berichtet?»

«Ich denke mal, dass es da noch eine andere Seite der Medaille gibt», sagte Joey.

«Aber warum kriegen wir immer nur diese eine Seite gezeigt? Ist es keine Nachricht wert, dass die Bundesregierung uns Steuerzahlern dreihundert *Billionen* Dollar schuldet? Das ist nämlich die Zahl, die Dan errechnet hat, mit Zins und Zinseszins. Dreihundert *Billionen* Dollar.»

«Das ist eine Menge», pflichtete er höflich bei. «Das wäre ja für jeden Einzelnen im Land eine Million.»

«Ganz genau. Unerhört, finden Sie nicht? Wie viel die uns schulden.»

Er überlegte, ob er sie darauf verweisen sollte, wie schwierig es für den Fiskus wäre, beispielsweise das Geld, das für den Sieg im Zweiten Weltkrieg ausgegeben wurde, zurückzuerstatten, doch Ellen schien ihm keine Frau zu sein, mit der sich diskutieren ließ, und außerdem war ihm vom Fahren übel. Er konnte Jenna hervorragend Spanisch sprechen hören, aber da er es nur an der Highschool gehabt hatte, verstand er nicht viel mehr als ihr wiederholtes *caballos* dies und *caballos* jenes. Während er, die Augen geschlossen, in dem mit lauter Idioten besetzten Kleinbus saß, überfiel ihn der Gedanke, dass die drei Menschen, die er am meisten liebte (Connie), mochte (Jonathan) und respektierte (sein Vater), seinetwegen mindestens unglücklich, wenn nicht gar, nach eigener Aussage, von ihm *angeekelt* waren. Diesen Gedanken wurde er nicht los; er war wie eine Art Gewissen, das sich zum Dienst meldete. Er nahm sich vor, nicht zu kotzen, denn wäre Kotzen jetzt, ganze sechsunddreißig Stunden nachdem ihm ordentliches Kotzen sehr zupassgekommen wäre, nicht der Gipfel der Ironie gewesen? Er hatte sich vorgestellt, dass der Weg dahin, wahrhaft hart drauf zu sein, nur allmählich steiler und beschwerlicher werden würde und es unterwegs zahlreiche Ausgleichsfreuden gäbe, ja dass er Zeit hätte, sich auf jeder einzelnen Stufe zu akklimatisieren. Nun aber hatte er schon ganz am Beginn des Weges das Gefühl, dass ihm dafür womöglich der Mumm fehlte.

Die Estancia El Triunfo hingegen war unbestreitbar paradiesisch. An einen klaren, hurtig fließenden Bach, umgeben von gelblichen Hügeln, die sich zu einer violetten Kammlinie von Sierras wellten, schmiegten sich üppig gewässerte Gärten und Koppeln sowie voll modernisierte steinerne Gästehäuser und Ställe. Joeys und Jennas Zimmer hatte wunderbar nutzlose Weiten kühler, gefliester Böden und große Fenster, die, da sie offen standen, das Rauschen des Baches unter ihnen hereinließen. Er hatte befürchtet, es werde zwei Einzelbetten geben, aber entweder war Jenna darauf aus gewesen, ein Kingsize-Bett mit ihrer Mutter zu teilen, oder sie hatte die Reservierung geändert. Er streckte sich auf dem tiefroten Brokatüberwurf aus, ließ sich in dessen Tausend-Dollar-die-Nacht-Vornehmheit sinken. Jenna jedoch zog schon Reitzeug und Stiefel an. «Félix will mir die Pferde zeigen», sagte sie. «Willst du mitkommen?»

Er wollte nicht, aber er wusste, es war besser, trotzdem mitzugehen. *Auch die Scheiße von denen stinkt* war der Satz, den er im Kopf hatte, als sie sich den duftenden Ställen näherten. Im goldenen Abendlicht führten Félix und ein Knecht einen prachtvollen Rappen am Zaum heraus. Er tollte und tänzelte und bockte ein wenig, und Jenna ging sofort zu ihm, auf eine Weise verzückt, die ihn an Connie erinnerte, sodass er sie gleich lieber mochte, und tätschelte ihn seitlich am Kopf.

*«Cuidado»,* sagte Félix.

«Ist ja gut», sagte Jenna und schaute dem Hengst fest in die Augen. «Er mag mich schon jetzt. Er vertraut mir, das sehe ich. Nicht wahr, Kleiner?»

*«¿Deseas que algo algo algo?»,* sagte Félix und zog am Zaum.

«Sprechen Sie bitte Englisch», sagte Joey kühl.

«Er fragt, ob sie ihn satteln sollen», erklärte Jenna und sagte dann etwas in schnellem Spanisch zu Félix, der einwandte, dass *algo algo algo peligroso*; doch sie war nicht die Frau, der man etwas verwehrte. Während der Knecht ziemlich brutal am Zaum riss, packte sie das Pferd an der Mähne, und Félix legte ihr seine behaarten Hände auf die Schenkel und stemmte sie auf den bloßen Pferderücken. Der Hengst spreizte die Beine und stakste seitwärts, sträubte sich gegen den Zaum, doch Jenna hatte sich schon weit vorgebeugt, die Brust in seiner Mähne, das Gesicht an seinem Ohr, und murmelte besänftigende Nichtigkeiten. Joey war zutiefst beeindruckt. Als das Pferd beruhigt war, nahm sie die Zügel und kanterte ans andere Ende der Koppel, wo sie mit ihm obskure reiterliche Dinge verhandelte, woraufhin das Tier still stand, rückwärtsging, den Kopf hob und senkte.

Der Knecht machte zu Félix eine Bemerkung über die *chica*, etwas Heiseres, Bewunderndes.

«Ich heiße übrigens Joey», sagte Joey.

«Hallo», sagte Félix, den Blick auf Jenna. «Wollen Sie auch ein Pferd?»

«Im Moment nicht. Aber tun Sie mir bitte einen Gefallen und sprechen Sie englisch, okay?»

«Wie Sie wollen.»

Es tat Joey gut zu sehen, wie glücklich Jenna auf dem Pferd war. Sie war so negativ und depressiv gewesen, nicht erst auf der Reise, sondern auch schon Monate zuvor am Telefon, dass er sich bereits gefragt hatte, ob außer ihrer Schönheit überhaupt etwas Liebenswertes an ihr war. Jetzt sah er, dass es ihr wenigstens gelang, das, was Geld ihr bieten konnte, zu genießen. Und dennoch war es beängstigend, sich vor Augen zu führen, wie enorm viel Geld erforderlich war, um sie glücklich zu machen. Derjenige zu sein, der sie mit schönen Pferden versah: nichts für ängstliche Gemüter.

Das Abendessen wurde erst nach zehn Uhr serviert, an einem langen Gemeinschaftstisch, der als Ganzes aus einem Baum gehackt worden war, dessen Durchmesser an die zwei Meter betragen haben dürfte. Die sagenumwobenen argentinischen Steaks waren ausgezeichnet, und der Wein entlockte Jeremy dröhnendes Lob. Joey und Jenna leerten Glas um Glas, und das war wohl auch der Grund dafür, dass er, als sie nach Mitternacht *endlich* auf ihrem ozeanischen Bett rummachten, seinen allerersten Anfall eines Phänomens erlebte, von dem er viel gehört hatte, das persönlich zu erleiden er sich aber nicht hatte vorstellen können. Noch bei den reizlosesten seiner Bettnummern war seine Leistung hervorragend gewesen. Auch jetzt hatte er, jedenfalls solange er von seiner Hose eingeengt war, den Eindruck, so hart wie das Holz des Gemeinschaftsesstischs zu sein, aber entweder täuschte er sich darin, oder er hielt die vollständige Entblößung vor Jenna nicht aus. Während sie, in Unterhose, auf seinem nackten Bein ritt, dazu bei jedem Stoß ein wenig ächzte, meinte er zentrifugal fortzufliegen gleich einem Satelliten, der aus der Schwerkraft schleudert, mental immer weiter weg von der Frau, deren Zunge in seinem Mund steckte und deren befriedigend nichttriviale Titten an seine Brust gequetscht waren. Sie machte alles rabiater, weniger geschmeidig als Connie – auch damit hatte es zu tun. Außerdem konnte er in dem Dunkel ihr Gesicht nicht sehen, und wenn er es nicht sah, hatte er nur die Erinnerung an dessen Schönheit, die Idee davon. Immerzu sagte er sich, dass er nun endlich Jenna hatte, dass das *Jenna* war, *Jenna, Jenna*. Doch mangels visueller Bestätigung hielt er in seinen Armen lediglich irgendeine verschwitzte, aggressive Frau.

«Können wir Licht anmachen?», sagte er.

«Ist zu hell. Ich mag das nicht.»

«Wenigstens, hm, das Licht im Bad? Es ist stockdunkel hier.»

Sie wälzte sich von ihm herunter und seufzte gereizt. «Vielleicht schlafen wir einfach. Es ist so spät, und ich bin sowieso ganz blutig.»

Er fasste seinen Penis an und merkte zu seinem Bedauern, dass er noch schlaffer war, als er sich anfühlte. «Vielleicht habe ich ja ein bisschen zu viel Wein getrunken.»

«Ich auch. Schlafen wir also.»

«Ich mach nur mal das Licht im Bad an, ja?»

Er tat es, und zu sehen, wie sie da auf dem Bett hingebreitet lag und allein dadurch ihre besondere Eigenheit als schönste Frau, die er kannte, untermauerte, gab ihm die Hoffnung, dass alle Systeme wieder in Betrieb waren. Er kroch zu ihr hin und begann mit dem Projekt, jeden Teil von ihr zu küssen, angefangen bei ihren perfekten Füßen und Knöcheln, dann weiter aufwärts, die Waden und die Innenseiten ihrer Schenkel ...

«Entschuldige, aber das ist einfach zu eklig», sagte sie abrupt, als er ihr Höschen erreicht hatte. «Hier.» Sie stieß ihn auf den Rücken und nahm seinen Penis in den Mund. Wieder war er anfangs hart, und ihr Mund fühlte sich himmlisch an, doch dann schrumpfte er ein wenig und wurde weich, und er fürchtete sich vor dem Weichwerden und versuchte, das Hartsein, die Vereinigung zu erzwingen, daran zu denken, in wessen Mund er war, und dann fiel ihm leider ein, wie wenig Fellatio ihn von jeher interessierte, und er fragte sich, was mit ihm nicht stimmte. Jennas Anziehungskraft hatte immer hauptsächlich in der Unmöglichkeit bestanden, sich vorzustellen, dass er sie haben konnte. Und nun, da sie eine müde, betrunkene, blutende Frau war, die zwischen seinen Beinen kauerte und nüchterne Oralarbeit leistete, hätte sie fast jede sein können, nur nicht Connie.

Es sprach für sie, dass sie weiterarbeitete, nachdem sein Glaube längst gestorben war. Als sie endlich aufhörte, prüfte sie seinen Penis mit neutraler Neugier, schüttelte ihn ein bisschen. «Nichts los, hm?»

«Ich kann's mir nicht erklären. Ist mir wirklich peinlich.»

«Ha, willkommen in meiner Welt auf Cipralex.»

Nachdem sie eingeschlafen war und schon leise Schnarchgeräusche von sich gab, lag er noch kochend vor Scham und Reue und Heimweh da. Er war sehr, sehr enttäuscht von sich, obwohl er nicht hätte sagen können, warum genau es ihn so enttäuschte, darin versagt zu haben, eine Frau zu vögeln, in die er nicht verliebt war und die er nicht einmal besonders mochte. Er dachte an seine Eltern, die so heldenhaft all die Jahre beieinander geblieben waren, an das gegenseitige Sich-Brauchen, das noch ihrem schlimmsten Streit zugrunde lag. Er sah die Achtung seiner Mutter vor seinem Vater in einem neuen Licht und verzieh ihr ein klein wenig. Es war bedauerlich, jemanden brauchen zu müssen, ein Beweis bitterer Weichheit, doch sein Ich schien ihm nun zum ersten Mal doch nicht unbegrenzt zu allem fähig, doch nicht für jedes Ziel, das er sich vorgenommen hatte, zu hundert Prozent verbiegbar zu sein.

Im ersten Morgenlicht der südlichen Hemisphäre erwachte er mit einer gewaltigen Latte, an deren Dauerhaftigkeit er nicht den Hauch eines Zweifels hatte. Er setzte sich auf und schaute auf das Gewirr von Jennas Haaren, ihre leicht offen stehenden Lippen, den zarten, flaumigen Schwung ihres Kiefers, ihre fast heilige Schönheit. Jetzt, da das Licht besser war, konnte er es nicht fassen, wie dumm er im Dunkeln gewesen war. Er glitt unter die Decke zurück und stupste sie sachte ins Kreuz.

«Lass das!», sagte sie sogleich laut. «Ich versuche, wieder einzuschlafen.»

Er drückte die Nase zwischen ihre Schulterblätter und sog ihren Patschuliduft ein.

«Im Ernst», sagte sie und schnellte von ihm weg. «Was kann *ich* dafür, dass wir bis drei wach waren.»

«Es war nicht drei», murmelte er.

«Hat sich aber so angefühlt. Wie fünf!»

«Jetzt ist es fünf.»

«Aaaah! Nicht sagen! Ich muss schlafen.»

Endlos lange lag er da, überwachte manuell seine Latte, bemühte sich, sie einigermaßen aufrecht zu halten. Von draußen kamen

Gewieher, fernes Scheppern, das Krähen eines Hahns, die ländlichen Laute von überall. Während Jenna weiterschlief oder nur so tat, kündigte sich in seinen Eingeweiden ein Aufruhr an. Gegen seinen größten Widerstand steigerte sich der Aufruhr, bis er eine Dringlichkeit erreichte, die alle anderen in die Schranken wies. Er tappte ins Bad und verriegelte die Tür. Bei seinem Rasierzeug war eine Küchengabel, die er für die äußerst unangenehme Aufgabe, die ihm bevorstand, mitgebracht hatte. Er hockte da und hielt sie mit schwitzender Hand umklammert, während die Scheiße aus ihm herausglitt. Es war eine Menge, die von zwei, drei Tagen. Durch die Tür hörte er das Klingeln des Telefons, der Weckruf für halb sieben.

Auf dem kühlen Fußboden kniend, spähte er auf die vier großen Würste, die in der Schüssel schwammen, hoffte, sofort Gold schimmern zu sehen. Die älteste Wurst war dunkel, fest und knotig, die anderen, von tiefer drinnen, waren blasser und schon ein wenig in Auflösung begriffen. Zwar mochte er wie jeder Mensch insgeheim den Geruch der eigenen Fürze, aber der seiner Scheiße war etwas anderes. Er war so schlimm, dass er eine geradezu moralische Schlechtigkeit besaß. Joey stach mit der Gabel in eine der weicheren Würste, versuchte, sie zu drehen, um die Unterseite zu begutachten, doch sie knickte ab und bröckelte, sodass sie das Wasser braun färbte, und da erkannte er, dass das mit der Gabel eine Wunschphantasie gewesen war. Bald würde das Wasser zu trübe sein, um darin einen Ring zu sehen, und wenn der Ring sich erst aus der ihn umschließenden Substanz gelöst hatte, würde er auf den Boden absinken und womöglich noch in den Abfluss gelangen. Ihm blieb nichts anderes übrig, als jede Wurst einzeln herauszunehmen und abzutasten, und es musste schnell gehen, bevor alles zu vollgesogen war. Mit angehaltenem Atem und heftigst tränenden Augen ergriff er die aussichtsreichste Wurst und ließ seine letzte Phantasie fahren, dass nämlich eine Hand genügen würde. Er musste beide Hände nehmen, eine, um die Scheiße festzuhalten, die andere, um darin herumzuwühlen. Er würgte einmal trocken und machte sich an die Arbeit, stieß die Finger in den weichen, körperwarmen und verblüffend leichtgewichtigen Klumpen Exkrement.

Jenna klopfte an die Tür. «Was ist denn dadrin los?»

«Einen Moment!»

«Was machst du dadrin? Wichsen?»

«Ich sagte, einen Moment! Ich habe Durchfall.»

«O Gott. Kannst du mir wenigstens einen Tampon geben?»

«Gleich!»

Glücklicherweise zeigte sich der Ring in der zweiten Wurst, die er auseinanderbrach. Etwas Hartes inmitten des Weichen, ein reiner Kreis im Chaos. So gut es ging, wusch er sich die Hände in dem verschmutzten Wasser, betätigte mit dem Ellbogen die Spülung und trug den Ring zum Waschbecken. Der Gestank war grauenhaft. Er säuberte Hände, Ring und Hähne dreimal mit viel Seife, während Jenna vor der Tür klagte, in zwanzig Minuten gebe es Frühstück. Und was er nun empfand, war sonderbar, doch er empfand es eindeutig: Als er, den Ring am Ringfinger, aus dem Bad kam und Jenna an ihm vorbei hineinrannte und gleich wieder, kreischend und über den Gestank fluchend, heraustaumelte, war er ein anderer Mensch. Er sah diesen Menschen so deutlich, dass es war, als stünde er außerhalb seiner selbst. Er war der Mensch, der die eigene Scheiße angepackt hatte, um seinen Ehering zurückzubekommen. Das war nicht der Mensch, für den er sich gehalten hatte oder der er hätte sein wollen, wenn er frei hätte wählen können, doch es hatte etwas Tröstliches und Befreiendes, ein richtiger, fest umrissener Jemand zu sein statt einer Ansammlung widersprüchlicher, potenzieller Jemande.

Sofort schien die Welt sich zu verlangsamen und zu stabilisieren, als richtete auch sie sich in einer neuen Notwendigkeit ein. Das erste, lebhafte Pferd, das man ihm in den Ställen gab, warf ihn fast sanft, ohne Bosheit, auf die Erde, gebrauchte dazu nicht mehr Gewalt, als nötig war, um ihn aus dem Sattel zu schütteln. Danach setzte man ihn auf eine zwanzig Jahre alte Stute, von deren breitem Rücken aus er Jenna nachblickte, wie sie auf ihrem Hengst, einen staubigen Pfad entlangjagend, rasch kleiner wurde, den linken Arm in rückhändigem Lebewohl oder vielleicht nur guter Reitersitte erhoben, während Félix an ihm vorbeigaloppierte, ihr nach. Er sah ein, dass es verständlich wäre, wenn sie am Ende Félix und nicht ihn vögelte, da Félix der weitaus bessere Reiter war; das empfand er als Erleichterung, vielleicht sogar als eine Mitzwa, da die arme Jenna unbedingt von jemandem gevögelt werden musste. Er selbst verbrachte den Vormittag erst im Schritt, dann kanternd mit Ellens kleiner Tochter Meredith, der Romanleserin, der er zuhörte, während sie einen eindrucksvollen Schatz an Pferdewissen zum Besten gab. Das alles machte ihn nicht weich, es verlieh ihm vielmehr ein Gefühl von Festigkeit. Die Andenluft war herrlich. Meredith schien ein bisschen in ihn verknallt zu sein und belehrte ihn geduldig, wie er sich weniger verwirrend für sein Pferd verhalten konnte. Als die Gruppe zu einem Vormittagsimbiss an einer Quelle zusammenkam, wo keine Spur von Jenna und Félix zu sehen war, erteilte Jeremy seiner stillen, rotgesichtigen Frau weitaus boshaftere Belehrungen, da er ihr die Schuld daran in die Schuhe schob, dass sie so weit hinter den Vordersten zurückgefallen waren. Die sauberen Hände wölbend, um Quellwasser aus einem Steinbecken zu trinken, und ohne weiteres Interesse daran, was Jenna vorhaben mochte, empfand Joey Mitleid mit Jeremy. Es machte Spaß, in Patagonien zu reiten – damit hatte sie recht gehabt.

Seine friedlichen Gefühle währten bis in den Spätnachmittag hinein, als er am Zimmertelefon auf Kosten von Jennas Mutter seine Handy-Mailbox abrief und Nachrichten von Carol Monaghan und Kenny Bartles vorfand. «Hallo, mein Lieber, hier ist deine *Schwiegermutter*», sagte Carol. «Was sagst du dazu, hm? Schwiegermutter! Ist es nicht *seltsam*, so etwas zu sagen. Ich finde das phantastisch, aber weißt du was, Joey? Ich will ehrlich zu dir sein. Ich finde, wenn du so viel von Connie hältst, dass du sie heiratest, und wenn du deine Reife so hoch einschätzt, dass du in den Stand der Ehe trittst, dann solltest du auch den Anstand haben, es deinen Eltern zu sagen. Das ist nur meine unmaßgebliche Meinung, aber ich sehe keinen Grund, warum du es so geheim hältst, es sei denn, du schämst dich für Connie. Und ich weiß wirklich nicht, was ich von einem Schwiegersohn halten soll, der sich für meine Tochter schämt. Vielleicht sage ich einfach nur, dass ich Dinge sehr schlecht für mich behalten kann und etwas gegen diese Geheimniskrämerei habe. Okay? Vielleicht belasse ich es mal dabei.»

«Was soll der Scheiß, Mensch?», sagte Kenny Bartles. «Wo steckst du denn? Ich habe dir gerade so an die zehn Mails geschickt. Bist du in Paraguay? Antwortest du deshalb nicht? Wenn in dem Vertrag der 31. Januar steht, dann meint das Verteidigungsministerium verdammt nochmal auch den 31. Januar. Ich hoffe verdammt nochmal, dass du mir was liefern kannst, denn der 31. Januar ist in neun Tagen. LBI hat mich schon am Arsch, weil diese Scheißlaster alle liegenbleiben. Irgend so ein beschissener Konstruktionsfehler in der Hinterachse, ich hoffe zu Gott, du bringst mir ein paar Hinterachsen. Oder sonst irgendwas, Mensch. Fünfzehn Tonnen beschissene Kühlerverzierungen, schon dafür wäre ich dir dankbar. Schaff mir irgendwelches Gewicht ran, nenn mir den Termin einer bestätigten Lieferung mit einem handfesten Gewicht von *irgendwas*, sonst schwimmen mir hier sämtliche Felle weg.»

Bei Sonnenuntergang kehrte Jenna zurück, noch hinreißender, weil staubbedeckt. «Ich habe mich verliebt», sagte sie. «Ich bin dem Pferd meiner Träume begegnet.»

«Ich muss abreisen», sagte Joey gleich. «Ich muss nach Paraguay.»

«Was? Wann?»

«Morgen früh. Am besten noch heute Nacht.»

«Großer Gott, bist du so angepisst von mir? Es ist nicht meine Schuld, dass du mich in Bezug auf deine Reitkünste angelogen hast. Ich bin nicht hergekommen, um *Schritt* zu reiten. Und auch nicht, um fünf Nächte Doppelbelegung zu vergeuden.»

«Ja, das tut mir leid. Ich zahl dir meine Hälfte zurück.»

«Scheiß drauf.» Sie musterte ihn verächtlich von oben bis unten. «Aber sag mal, meinst du nicht, du findest noch eine andere Möglichkeit, eine Enttäuschung zu sein? Ich weiß nicht, ob du schon jedes denkbare Enttäuschungskästchen abgehakt hast.»

«Es ist ziemlich gemein, so was zu sagen», sagte er leise.

«Glaub mir, ich kann noch viel gemeinere Sachen sagen, und ich habe auch die Absicht, es zu tun.»

«Außerdem habe ich dir nicht gesteckt, dass ich verheiratet bin. Ich bin verheiratet. Ich habe Connie geheiratet. Wir werden zusammenziehen.»

Jennas Augen weiteten sich, wie vor Schmerz. «Gott, was bist du nur für ein komischer Typ! So eine komische Nummer.»

«Das weiß ich selbst.»

«Und ich habe gedacht, du verstehst mich. Anders als jeder andere Typ, dem ich begegnet bin. Gott, wie bin ich blöd.»

«Du bist nicht blöd», sagte er und bedauerte sie, weil sie durch ihre Schönheit so behindert war.

«Aber wenn du glaubst, es macht mir was aus, dass du verheiratet bist, hast du dich geschnitten. Wenn du glaubst, ich hätte dich für *ehefähig* gehalten, mein Gott. Ich will nicht mal mit dir zu Abend essen.»

«Dann will ich auch nicht mit dir zu Abend essen.»

«Na toll», sagte sie. «Du bist jetzt offiziell der schlechteste Reisebegleiter *aller Zeiten.*»

Während sie duschte, packte er seine Tasche und legte sich danach aufs Bett, da er glaubte, dass sie jetzt, nachdem sie reinen Tisch gemacht hatten, vielleicht doch noch miteinander schlafen würden, damit er um die Scham und die Niederlage, es versäumt zu haben, herumkam, aber als Jenna, in einem dicken Bademantel der Estancia El Triunfo, aus dem Bad trat, deutete sie seinen Gesichtsausdruck richtig und sagte: «Auf gar keinen Fall.»

Er zuckte die Achseln. «Wirklich?»

«Ja, wirklich. Fahr nach Hause zu deiner Schnecke. Ich mag keine schrägen Typen, die mich anlügen. Ehrlich gesagt ist es mir inzwischen sogar unangenehm, mit dir im selben Zimmer zu sein.»

Und so flog er nach Paraguay, und es war eine Katastrophe.

Armando da Rosa, der Eigentümer der größten Firma für Armeebestände im ganzen Land, war ein halsloser Exoffizier mit zusammengewachsenen weißen Brauen, dessen Haare aussahen, als wären sie mit schwarzer Schuhcreme gefärbt. Sein Büro in einer verslumten Vorstadt Asuncións hatte glänzend gewachste Linoleumböden, und es gab einen großen Metallschreibtisch, hinter dem eine paraguayanische Fahne schlaff an einem Holzmast hing. Die Hintertür ging hinaus auf einige Hektar Unkraut und Dreck und Schuppen mit rostigen Wellblechdächern, bewacht von großen Hunden, die – ganz Reißzähne, Skelett und Stoppelfell – den Eindruck erweckten, als hätten sie gerade einen Stromschlag überlebt. Da Rosas weitschweifigem Monolog, in einem Englisch, das kaum besser war als Joeys Spanisch, entnahm Joey, dass er einige Jahre zuvor einen Karriereeinbruch erlitten hatte und dank der Bemühungen gewisser loyaler Offiziersfreunde um das Militärgericht herumgekommen war, ja dass er, das war nur *gerecht*, stattdessen die Konzession erhalten hatte, überschüssige und ausrangierte Militärbestände zu verkaufen. Er trug einen Kampfanzug und eine Seitenwaffe, weswegen Joey nur ungern vor ihm ging. Sie arbeiteten sich durch Unkraut, das immer höher und holziger wurde und in dem immer mehr übergroße südamerikanische Hornissen summten, bis sie ganz hinten, an einem von durchhängendem Stacheldraht bekränzten Zaun, den Hauptbestand der Pladsky-A10-Ersatzteile erreichten. Die gute Nachricht war, dass es durchaus eine Menge davon gab. Die schlechte Nachricht war ihr jämmerlicher Zustand. Etliche rostgeränderte Motorhauben lagen aneinandergekippt da wie umgestoßene Dominosteine; Achsen und Stoßstangen bildeten wirre Haufen wie riesige alte Hühnerknochen; Motorblöcke verteilten sich im Gestrüpp wie die Kötel eines Tyrannosaurus Rex; auf den Schrägen konischer Hügel noch stärker verrosteter kleinerer Teile wuchsen Wildblumen. Auf seinem Streifzug durch das Unkraut stocherte Joey in Nestern schlammverkrusteter und/oder zerbrochener Plastikteile, Schlangengruben von Schläuchen und Gurten, rissig vom Wetter, und in modernden, mit polnischen Wörtern beschrifteten Ersatzteilekartons. Beim Anblick von alldem musste er mit Tränen der Enttäuschung kämpfen.

«Viel Rost hier», sagte er.

«Rost, was ist Rost?»

Er brach von der nächstbesten Radnabe eine große Flocke ab. «Rost. Eisenoxid.»

«Das kommt von die Regen», erklärte da Rosa.

«Ich kann Ihnen für das alles zehntausend Dollar geben», sagte Joey. «Wenn es mehr als dreißig Tonnen sind, kann ich Ihnen fünfzehn geben. Das übersteigt den Schrottwert um einiges.»

«Warum Sie wollen diese Scheiße?»

«Ich habe eine Lasterflotte, die ich instand halten muss.»

«Sie, Sie sind sehr junger Mann. Warum Sie wollen das?»

«Weil ich dumm bin.»

Da Rosa blickte hinaus in den erschöpften, summenden Sekundärdschungel hinter dem Zaun. «Kann nicht alles geben.»

«Warum nicht?»

«Die Laster, nützen Armee nix. Aber nützen, wenn ist Krieg. Dann meine Teile sind wertvoll.»

Joey schloss die Augen und erschauerte von diesem Unverstand. «Welcher Krieg? Gegen wen wollt ihr denn kämpfen? Bolivien?»

«Ich sage, wenn ist Krieg, wir brauchen Teile.»

«Diese Scheißteile sind doch nutzlos. Ich biete Ihnen fünfzehntausend Dollar dafür. *Quince mil dólares.*»

Da Rosa schüttelte den Kopf. *«Cincuenta mil.»*

«Fünfzigtausend Dollar? Auf. Gar. Keinen. Fall. Verstehen Sie? Auf keinen Fall.»

*«Treinta.»*

«Achtzehn. *Diez y ocho.*»

*«Veinte cinco.»*

«Ich überleg's mir», sagte Joey und wandte sich Richtung Büro. «Ich überlege, ob ich Ihnen zwanzig gebe, wenn es über dreißig Tonnen sind. *Veinte,* in Ordnung? Das ist mein letztes Angebot.»

Ein paar Minuten nachdem er da Rosa die ölige Hand geschüttelt hatte und wieder in das Taxi gestiegen war, das er an der Straße hatte warten lassen, war er ganz zufrieden mit sich, mit der Art und Weise, wie er die Verhandlung geführt hatte, mit seiner Kühnheit, dafür nach Paraguay gereist zu sein. Was sein Vater an ihm nicht verstand, sondern eigentlich nur von Connie verstanden wurde, war, dass er einen hervorragend kühlen Geschäftssinn hatte. Er vermutete, dass er diesen Instinkt seiner Mutter verdankte, die mit einem Konkurrenzgeist auf die Welt gekommen war, und als ihr Sohn befriedigte es ihn ganz besonders, ihn einzusetzen. Der Preis, den er da Rosa hatte abringen können, war weit niedriger, als er zu hoffen gewagt hatte, und sogar trotz der Kosten für einen örtlichen Spediteur, der die Teile in Container verladen und zum Flughafen bringen sollte, ja sogar trotz der schwindelerregenden Summe, die es ihn dann noch kosten würde, die Container per Charter in den Irak fliegen zu lassen, befände er sich immer noch innerhalb eines Bereichs, der ihm einen obszönen Profit sicherte. Doch als das Taxi sich durch ältere, kolonialzeitliche Gegenden von Asunción schlängelte, wuchs in ihm die Furcht, dass er es nicht konnte. Es nicht konnte, einen solchen praktisch wertlosen Schrott den amerikanischen Streitkräften zu schicken, die einen harten, unkonventionell geführten Krieg gewinnen mussten. Auch wenn er das Problem nicht geschaffen hatte – das hatte Kenny Bartles getan, indem er den veralteten Pladsky aus der Ramschabteilung ausgesucht hatte, um seinen eigenen Vertrag zu erfüllen –, war es dennoch sein Problem. Und das schuf ein noch größeres Problem: Zählte er die Kosten der Firmengründung und der schäbigen, aber teuren Verschickung der Teile aus Łódź zusammen, hatte er schon Connies gesamtes Geld und die Hälfte der ersten Rate seines Bankdarlehens aufgebraucht. Selbst wenn er jetzt noch irgendwie aussteigen könnte, wäre Connie ruiniert und er selbst erdrückend verschuldet. Nervös drehte er seinen Ehering am Finger, drehte und drehte ihn, wollte ihn sich zum Trost in den Mund stecken, wagte es aber nicht aus Angst, ihn erneut zu verschlucken. Er versuchte sich einzureden, dass es doch irgendwo noch mehr A10-Teile geben müsse, irgendwo in einem verwahrlosten, immerhin regensicheren Depot in Osteuropa, aber er hatte schon lange Tage im Internet und mit Telefonaten verbracht, und die Chancen standen nicht gut.

«Kenny, dieses Arschloch», sagte er laut und dachte, was für ein unpassender Moment es doch war, ein Gewissen zu entwickeln. «Dieser Scheißverbrecher.»

Wieder in Miami, zwang er sich, als er auf seinen letzten Anschlussflug wartete, Connie anzurufen.

«Hallo, Baby», sagte sie heiter. «Wie war Buenos Aires?»

Er umschiffte die Details seines Reiseweges und lieferte ihr gleich eine Schilderung seiner Nöte.

«Es klingt aber so, als ob du das phantastisch gemacht hast», sagte Connie. «Also, zwanzigtausend Dollar, das ist doch ein Superpreis, oder?»

«Nur dass es rund neunzehntausend mehr sind, als der Schrott wert ist.»

«Nein, Baby, er ist das wert, was Kenny dir bezahlt.»

«Und du findest nicht, ich sollte dabei, na ja, moralische Bedenken haben? Dass ich der Regierung einen totalen Schrott andrehe?»

Sie schwieg, während sie darüber nachdachte. «Ich glaube», sagte sie schließlich, «wenn es dich zu unglücklich macht, solltest du es vielleicht lieber lassen. Ich möchte, dass du nur Dinge tust, die dich auch glücklich machen.»

«Ich werde dein Geld nicht verlieren», sagte er. «Das ist das Einzige, was ich weiß.»

«Nein, du kannst es verlieren. Das ist schon in Ordnung. Dann machst du eben anderswo mehr Geld. Ich vertraue dir.»

«Ich werde es nicht verlieren. Ich möchte, dass du wieder ans College gehst. Ich möchte, dass wir ein gemeinsames Leben haben.»

«Na, dann lass es uns haben! Ich bin bereit, wenn du es bist. Ich bin dazu absolut bereit.»

Auf dem Rollfeld, unter einem unbeständigen grauen Florida-Himmel, fuhren bewährte Massenvernichtungswaffen hierhin und dorthin. Joey wünschte, er könnte einer anderen Welt angehören, einer einfacheren, in der man auf niemand anderes Kosten ein gutes Leben führen konnte. «Ich habe eine Nachricht von deiner Mom gekriegt», sagte er.

«Ich weiß», sagte Connie. «Ich war mies beieinander, Joey. Gesagt habe ich ihr nichts, aber sie hat meinen Ring gesehen und mich danach gefragt, und da konnte ich es nicht mehr für mich behalten.»

«Sie hat rumgezickt, dass ich es meinen Eltern sagen soll.»

«Lass sie zicken. Du sagst es ihnen, wenn du so weit bist.»

Er war melancholischer Stimmung, als er nach Alexandria zurückkam. Keine Jenna mehr zu haben, auf die er sich freuen oder von der er träumen konnte, nicht mehr in der Lage zu sein, sich ein gutes Ergebnis in Paraguay vorzustellen, keinen angenehmen, sondern nur unangenehmen Aufgaben entgegenzusehen – er aß eine ganze große Tüte Kartoffelchips und rief dann Jonathan an, um zu bereuen und Trost in der Freundschaft zu suchen. «Und jetzt das Schlimmste», sagte er. «Ich bin als verheirateter Mann hingefahren.»

«Echt!», sagte Jonathan. «Du hast Connie geheiratet?»

«Ja. Tatsächlich. Im August.»

«Das ist das Durchgeknallteste, was ich je gehört habe.»

«Ich dachte, ich erzähle es dir lieber, weil du es wahrscheinlich sowieso von Jenna hörst. Die momentan, wie man wohl sagen kann, nicht eben begeistert von mir ist.»

«Die muss ja *tierisch* sauer sein.»

«Na ja, ich weiß, du findest sie schrecklich, aber das ist sie nicht. Sie weiß einfach nicht, wohin mit sich, und alle sehen immer nur, wie sie aussieht. Sie ist so viel schlechter dran als du.»

Darauf erzählte Joey ihm die Geschichte mit dem Ring und der gruseligen Szene im Bad, als er die Hände voller Kacke hatte und Jenna an die Tür klopfte, und in seinem Lachen und Jonathans Lachen und angeekeltem Aufstöhnen fand er den Trost, den er gesucht hatte. Was fünf Minuten lang abscheulich gewesen war, ergab eine großartige Geschichte für die Ewigkeit. Als er dann auch noch einräumte, dass Jonathan bei Kenny Bartles richtiggelegen hatte, war

Jonathans Reaktion klar und unerschütterlich: «Du musst raus aus dem Vertrag.»

«So einfach ist das nicht. Ich muss Connies Kapital absichern.»

«Such nach einem Ausweg. Unbedingt. Was dort abgeht, ist richtig schlimm. Es ist schlimmer, als du überhaupt ahnst.»

«Hast du immer noch einen Hals auf mich?», sagte Joey.

«Ich habe keinen Hals auf dich. Du warst eben ein totales Arschloch. Aber einen Hals auf dich zu haben ist offenbar keine Option für mich.»

Joey war von diesem Gespräch genügend aufgeheitert, um sich ins Bett zu legen und zwölf Stunden lang zu schlafen. Am nächsten Morgen, im Irak war es Nachmittag, rief er Kenny Bartles an und bat ihn, aus dem Vertrag entlassen zu werden.

«Und was ist mit den Ersatzteilen in Paraguay?», sagte Kenny.

«Da liegt jede Menge Gewicht. Aber es ist alles nutzloses, rostiges Zeug.»

«Schick's trotzdem. Sonst bin ich geliefert.»

«Du hast doch diese blöden A10 gekauft», sagte Joey. «Es ist nicht meine Schuld, dass es für die keine Ersatzteile gibt.»

«Du hast mir doch gerade *gesagt,* dass es da jede Menge Teile gibt. Und ich sage dir, du sollst sie schicken. Was verstehe ich hier nicht?»

«Ich sage, du sollst jemanden finden, der meine Beteiligung übernimmt. Ich möchte damit nichts zu tun haben.»

«Joey, na holla, nun hör mal gut zu. Du hast den Vertrag unterschrieben. Und für Lieferung Nummer eins ist es nicht fünf vor, sondern fünf *nach* zwölf, verdammt. Du kannst jetzt nicht den Schwanz einziehen. Nicht, wenn du nicht drangeben willst, was du schon hingelegt hast. Im Moment hätte ich gar nicht die Kohle, dich auszuzahlen, weil mir die Army die Ersatzteile noch nicht bezahlt hat, denn deine polnische Sendung war zu leicht. Vielleicht betrachtest du's mal von meiner Warte aus, ja?»

«Aber das Zeug in Paraguay sieht so übel aus, das nehmen die doch gar nicht an.»

«Überlass das mal mir. Ich kenne die LBI-Leute hier vor Ort. Das arrangiere ich schon. Schick mir einfach dreißig Tonnen, dann kannst du wieder deine Gedichte lesen oder so.»

«Woher weiß ich, dass du das hinkriegst?»

«Das ist *mein* Problem, ja? Du hast deinen Vertrag mit *mir*, und *ich* sage, bring mir das Gewicht, und du kriegst dein Geld.»

Joey wusste nicht, was schlimmer war – die Angst, dass Kenny ihn belog und dass er nicht nur das Geld los war, das er schon ausgegeben hatte, sondern auch noch das der riesigen zusätzlichen Auslagen, die er noch vor sich hatte, oder die Vorstellung, dass Kenny die Wahrheit sagte und LBI 850 Mille für praktisch wertlose Ersatzteile bezahlen würde. Er sah keine andere Möglichkeit, als an Kenny vorbei direkt mit LBI zu reden. Das hatte zur Folge, dass er einen ganzen Vormittag lang in der LBI-Zentrale in Dallas telefonisch weitergereicht wurde, bis er schließlich mit dem zuständigen Ressortchef verbunden war. Er legte ihm sein Dilemma so offen wie möglich dar: «Für diesen Lkw-Typ sind keine guten Ersatzteile verfügbar, Kenny Bartles will mich nicht aus dem Vertrag herauslassen, und ich will Ihnen keine schlechten Teile schicken.»

«Ist Bartles bereit, Ihnen abzunehmen, was Sie haben?», sagte der Ressortchef.

«Ja. Aber das Zeug ist nicht gut.»

«Nicht Ihre Sorge. Wenn Bartles es nimmt, sind Sie aus dem Schneider. Ich schlage vor, Sie setzen die Lieferung sofort in Marsch.»

«Ich glaube, Sie verstehen nicht richtig», sagte Joey. «Ich sage, dass Sie diese Sendung gar nicht *wollen*.»

Der Ressortchef ließ das einen Moment lang sacken und sagte dann: «Wir werden mit Kenny Bartles künftig keine Geschäfte mehr machen. Wir sind mit dem A10 alles andere als glücklich. Aber das ist nicht Ihre Sorge. Ihre Sorge sollte eher sein, wegen Nichterfüllung des Vertrags verklagt zu werden.»

«Von wem – von Kenny?»

«Das ist völlig hypothetisch. Solange Sie die Teile schicken, passiert es nicht. Denken Sie einfach dran, dass es kein perfekter Krieg in einer perfekten Welt ist.»

Und das versuchte Joey. Versuchte, sich vor Augen zu führen, dass das Schlimmste, was in dieser nicht eben perfekten Welt passieren konnte, war, dass alle A10 liegenblieben und später durch bessere Lkws ersetzt werden müssten und sich der Sieg im Irak dadurch geringfügig verzögern würde und der amerikanische Steuerzahler ein paar Millionen Dollar an ihn und Kenny Bartles und Armando da Rosa und die Fieslinge in Łódź verschwendet hätte. Mit derselben Entschlossenheit, mit der er seine Kackwürste angefasst hatte, flog er noch einmal nach Paraguay, heuerte einen Disponenten an, überwachte die Verladung von zweiunddreißig Tonnen Ersatzteile in Container und trank an den fünf Abenden, die er warten musste, bis Logística Internacional sie in eine altertümliche C-130 gehievt hatte und sie davongeflogen waren, fünf Flaschen Wein; in diesem Scheißhaufen aber steckte kein goldener Ring. Als er zurück in Washington war, trank er ohne Unterbrechung weiter, und als Connie dann mit drei Koffern ankam und bei ihm einzog, trank er weiter und schlief schlecht, und als Kenny aus Kirkuk anrief, um ihm zu sagen, dass man die Lieferung angenommen hatte und seine 850 000 Dollar schon unterwegs seien, hatte er eine so schlechte Nacht, dass er Jonathan anrief und ihm gestand, was er getan hatte.

«O Mann, das ist schlimm», sagte Jonathan.

«Als wüsste ich das nicht.»

«Dann kannst du nur hoffen, dass du nicht erwischt wirst. Hier kursieren schon jede Menge Geschichten über die Verträge über achtzehn Milliarden, die sie im November vergeben haben. Würde mich nicht wundern, wenn es zu Anhörungen im Kongress kommt.»

«Gibt es jemanden, dem ich davon erzählen kann? Ich will das Geld ja gar nicht, nur das, was ich Connie und der Bank schulde.»

«Das ist aber sehr edel von dir.»

«Ich konnte nicht zulassen, dass Connies Geld futsch ist. Ich hab's doch bloß deswegen gemacht. Aber vielleicht könntest du ja jemanden bei der *Post* stecken, was hier abgeht. Dass du aus einer anonymen Quelle was gehört hast oder so?»

«Nicht, wenn du anonym bleiben willst. Und wenn du das nicht willst, weißt du ja, wen sie in den Dreck ziehen.»

«Aber wenn ich derjenige bin, der auspackt?»

«Sowie du auspackst, zieht Kenny dich in den Dreck. Und auch LBI zieht dich in den Dreck. Die haben einen extra Einzelposten in ihrem Etat, um Leute, die auspacken, in den Dreck zu ziehen. Du wärst der ideale Sündenbock. Der adrette Collegejunge mit den rostigen Lkw-Ersatzteilen? Ist für die *Post* doch ein gefundenes Fressen. Nicht, dass dir deine Haltung nicht zur Ehre gereicht. Aber ich empfehle dir dringend, die Klappe zu halten.»

Während sie darauf warteten, dass die schmutzigen 850 000 Dollar durch die Kanäle flossen, fand Connie Arbeit bei einer Zeitarbeitsfirma. Joey verbummelte seine Tage mit Fernsehen und Videospielen und versuchte zu lernen, wie man häuslich ist, wie man ein Essen plant und das Nötige dafür einkauft, doch selbst der simpelste Kurzbesuch im Supermarkt erschöpfte ihn. Die Depression, die jahrelang die ihm am nächsten stehenden Frauen befallen hatte, schien nun endlich ihre rechtmäßige Beute ermittelt zu haben und biss sich in ihm fest. Das Einzige, was er, wie er wusste, unbedingt tun musste, nämlich seiner Familie sagen, dass er Connie geheiratet hatte, schaffte er nicht. Die Notwendigkeit dessen machte sich in der kleinen Wohnung breit wie ein Pladsky A10, drängte ihn an den Rand, ließ ihm kaum Luft zum Atmen. Sie war da, wenn er aufwachte, sie war da, wenn er ins Bett ging. Er konnte sich nicht vorstellen, es seiner Mutter zu sagen, weil sie die Heirat zwangsläufig als Schlag speziell gegen sich selbst betrachten würde. Was sie in gewisser Hinsicht wohl auch war. Aber nicht weniger graute ihm vor dem Gespräch mit seinem Vater, davor, dass diese Wunde wieder aufgerissen wurde. Und so schob er jeden Tag – obwohl ihn das Geheimnis erstickte, obwohl er sich vorstellte, wie Carol es all seinen ehemaligen Nachbarn ausplauderte, von denen einer es bestimmt bald seinen Eltern erzählen würde – die Bekanntgabe um einen weiteren Tag hinaus. Dass Connie ihm nicht damit in den Ohren lag, machte das Problem nur noch ausschließlicher zu seinem.

Und dann sah er eines Abends auf *CNN* den Bericht über einen Hinterhalt außerhalb von Falludscha, bei dem mehrere amerikanische Laster liegengeblieben und die Auftragsfahrer von Aufständischen niedergemetzelt worden waren. Zwar sah er in dem *CNN*-Beitrag keine A10, dennoch wühlte es ihn so auf, dass er sich in den Schlaf trinken musste. Ein paar Stunden später wachte er schweißgebadet, weitgehend nüchtern, neben seiner Frau auf, die buchstäblich wie ein Baby schlief – mit dieser weltvertrauenden, tiefen Ruhe –, und da wusste er, dass er gleich am Morgen seinen Vater anrufen musste. Noch nie hatte er sich so sehr vor etwas gefürchtet wie vor diesem Anruf. Aber ihm war nun klar, dass niemand anders ihm raten konnte, was zu tun war – ob er auspacken und die Folgen tragen sollte oder lieber stumm blieb und das Geld behielt –, und dass niemand anders ihn entlasten würde. Dazu war Connies Liebe zu uneingeschränkt, die seiner Mutter zu selbstbezogen, die Jonathans zu sekundär. Nein, seinem strengen, prinzipientreuen Vater musste vollständig Rechenschaft abgelegt werden. Sein Leben lang hatte er ihn bekämpft, und nun war die Zeit gekommen, da er zugeben musste, dass er geschlagen war.

# Der Teufel von Washington

Walters Vater Gene war das jüngste Kind eines schwierigen Schweden namens Einar Berglund, der an der Wende zum zwanzigsten Jahrhundert eingewandert war. Am ländlichen Schweden hatte es eine Menge gegeben, was man nicht mögen konnte – Wehrpflicht, lutherische Pfarrer, die sich in das Leben ihrer Gemeindemitglieder einmischten, eine soziale Hierarchie, die einen Aufstieg praktisch ausschloss –, doch was Einar tatsächlich nach Amerika getrieben hatte, war der Geschichte zufolge, die Dorothy Walter erzählte, ein Problem mit seiner Mutter.

Einar war das älteste von acht Kindern gewesen, der kleine Prinz der Familie auf ihrem Hof im südlichen Österland. Seine Mutter, vielleicht nicht die erste Frau, die in ihrer Ehe mit einem Berglund unzufrieden war, hatte ihren Erstgeborenen maßlos bevorzugt, hatte ihm bessere Sachen angezogen als seinen Geschwistern, ihm die Sahne von der Milch der anderen gegeben und ihn von Arbeiten auf dem Hof freigestellt, damit er sich seiner Bildung und Körperpflege widmen konnte. («Der eitelste Mann, der mir je begegnet ist», sagte Dorothy.) Zwanzig Jahre lang hatte die Muttersonne auf Einar geschienen, aber dann bekam seine Mutter versehentlich noch ein Kind, einen Sohn, und dem verfiel sie genauso, wie sie einst Einar verfallen war, und das verzieh Einar ihr nie. Außerstande zu ertragen, dass er nicht mehr der Bevorzugte war, fuhr er an seinem zweiundzwanzigsten Geburtstag nach Amerika. Einmal dort, kehrte er nie mehr nach Schweden zurück, sah seine Mutter nie wieder, schwor voller Stolz, jedes Wort seiner Muttersprache vergessen zu haben, und hielt bei der leisesten Provokation lange Schmähreden gegen «das dümmste, selbstgefälligste, bornierteste Land auf Erden». Er wurde zu einem Datenpunkt von vielen im amerikanischen Selbstverwaltungsexperiment, das jedoch von Beginn an statistisch verzerrt war, weil aus der überfüllten Alten Welt nicht die mit den Geselligkeitsgenen auf den neuen Kontinent flohen, sondern diejenigen, die mit anderen nicht gut auskamen.

Als junger Mann in Minnesota arbeitete Einar erst als Holzfäller, der an der Rodung der letzten unberührten Wälder mitwirkte, dann als Steinbrecher in einer Straßenbaukolonne, und da er mit beidem kein gutes Geld verdiente, lockte ihn der kommunistische Gedanke, dass seine Plackerei von Ostküstenkapitalisten ausgebeutet werde. Dann, eines Tages, als er auf dem Pioneer Square einem kommunistischen Eiferer zuhörte, hatte er ein Aha-Erlebnis, denn er erkannte, dass man in seinem neuen Land am ehesten vorankam, wenn man selbst Arbeiter ausbeutete. Mit einigen der jüngeren Brüder, die ihm nach Amerika gefolgt waren, machte er eine Straßenbaufirma auf. Um sich in den eisigen Monaten zu beschäftigen, gründeten er und seine Brüder noch eine Kleinstadt am Ufer des oberen Mississippi und eröffneten einen Kaufladen. Zu der Zeit dürften seine politischen Ansichten noch eher radikal gewesen sein, denn er gewährte den kommunistischen Bauern, viele davon Finnen, die ein karges Leben jenseits des Zugriffs des Ostküstenkapitals fristeten, endlosen Kredit. Der Laden wurde rasch zu einem Geldvernichter, und Einar war schon kurz davor, seine Anteile zu verkaufen, als ein ehemaliger Freund, ein Mann namens Christiansen, direkt gegenüber einen Konkurrenzladen aufmachte. Aus purem Trotz (Dorothy zufolge) führte Einar den Laden noch weitere fünf Jahre, durch die Talsohle der Weltwirtschaftskrise hindurch, wobei er alle Bauern im Umkreis von zehn Kilometern anschreiben ließ, bis der arme Christiansen endlich in den Bankrott getrieben war. Daraufhin siedelte Einar nach Bemidji um, wo er mit seiner Straßenbaufirma gutes Geld verdiente, sie dann aber zu einem verheerend niedrigen Preis an einen Teilhaber mit öligen Manieren verkaufte, der vorgegeben hatte, mit den Sozialisten zu sympathisieren.

Für Einar war Amerika das Land der unschwedischen Freiheit, das Land der weiten Räume, in denen man sich als Sohn noch für etwas Besonderes halten konnte. Doch nichts verstört das Gefühl von Besonderheit so sehr wie die Anwesenheit anderer Menschen, die sich für genauso besonders halten. Nachdem er vermöge seiner angeborenen Intelligenz und harter Arbeit ein gewisses Maß an Wohlstand und Unabhängigkeit erreicht hatte, wenn auch von beidem nicht annähernd genug, wurde er zu einem Muster an Wut und Enttäuschung. Nach seiner Pensionierung in den fünfziger Jahren schickte er seinen Verwandten alljährlich Weihnachtsbriefe, in denen er über die Dummheit von Amerikas Regierung, die Ungerechtigkeiten seiner Volkswirtschaft und die Albernheit seiner Religion wetterte – beispielsweise zog er in einem besonders bissigen Weihnachtsgruß eine listige Parallele zwischen der unverheirateten Madonna in Bethlehem und der «schwedischen Hure» Ingrid Bergman, nachdem die Geburt von deren «Bastard» (Isabella Rossellini) unlängst in den von «Unternehmensinteressen» gesteuerten amerikanischen Medien gefeiert worden war. Obwohl selbst Unternehmer, verachtete Einar das Big Business. Obwohl er seine Karriere mit Regierungsaufträgen aufgebaut hatte, hasste er auch die Regierung. Und obwohl er die Freiheit der Straße liebte, machte die Straße ihn unglücklich und verrückt. Er kaufte amerikanische Limousinen mit den größten verfügbaren Motoren, damit er auf den topfebenen Highways von Minnesota, viele von ihm selbst erbaut, hundertvierzig und hundertsechzig fahren und an den Idioten vor ihm vorbeiröhren konnte. Kam ihm nachts ein Wagen mit Fernlicht entgegen, war Einars Antwort, ebenfalls das Fernlicht anzuschalten und es auch anzulassen. Wagte es ein Dussel, ihn auf einer zweispurigen Straße zu überholen, trat er aufs Gas, um auf gleicher Höhe zu bleiben, und wurde dann langsamer, um zu verhindern, dass der Möchtegern-Überholer wieder einscheren konnte, wobei ihm das besonders viel Vergnügen bereitete, wenn die Gefahr eines Zusammenstoßes mit einem entgegenkommenden Laster drohte. Schnitt ihn ein anderer oder nahm ihm die Vorfahrt, verfolgte er den regelverletzenden Wagen und versuchte, ihn von der Straße abzudrängen, sodass er herausspringen und den Fahrer mit Flüchen eindecken konnte. (Eine für den Traum von unbegrenzter Freiheit empfängliche Persönlichkeit neigt auch, sollte der Traum je platzen, zu Misanthropie und Raserei.) Einar war achtundsiebzig, als eine äußerst schlechte Fahrentscheidung ihn nötigte, zwischen einem Frontalzusammenstoß und einem tiefen Graben an der Route 2 zu wählen. Seine Frau, die auf dem Beifahrersitz saß und, anders als Einar, angeschnallt war, lag noch drei Tage im Krankenhaus von Grand Rapids, bis sie an ihren Verbrennungen starb. Der Polizei zufolge hätte sie überlebt, wenn sie nicht versucht hätte, ihren toten Mann aus dem brennenden El Dorado herauszuziehen. «Sein ganzes Leben hat er sie wie einen Hund behandelt», sagte Walters Vater später, «und dann hat er sie auch noch umgebracht.»

Von Einars vier Kindern war Gene dasjenige, das mangels Ehrgeiz nahe bei seinem Elternhaus blieb, dasjenige, das das Leben genießen wollte, dasjenige mit tausend Freunden. Das entsprach einerseits seiner Natur, andererseits war es ein bewusster Tadel an die Adresse seines Vaters. Gene war an der Highschool in Bemidji ein Eishockeystar gewesen und hatte sich dann, unmittelbar nach Pearl Harbor, zum Verdruss seines antimilitaristischen Vaters als einer der Ersten zur Army gemeldet. Er absolvierte zwei Einsätze im Pazifik, wo er weder verwundet noch weiter als bis zum Obergefreiten befördert wurde, und kehrte nach Bemidji zurück, um mit seinen Freunden zu feiern, in einer Autowerkstatt zu arbeiten und die strengen Anordnungen seines Vaters, die staatlichen Wiedereingliederungsmaßnahmen auszuschöpfen, zu ignorieren. Es war nicht klar, ob er Dorothy geheiratet hätte, wenn kein Kind unterwegs gewesen wäre, doch als sie erst verheiratet waren, liebte er sie mit der ganzen Zärtlichkeit, die sein Vater, so seine Überzeugung, seiner Mutter vorenthalten hatte.

Dass Dorothy letztlich trotzdem wie ein Hund für ihn arbeitete und sein eigener Sohn Walter ihn letztlich deswegen hasste, war nur eine der Launen des Familiengeschicks. Wenigstens beharrte Gene, anders als sein Vater, nicht darauf, seiner Frau überlegen zu sein. Im Gegenteil, er versklavte sie mit seiner Schwäche – in Sonderheit seiner Schwäche für Alkohol. Seine sonstigen, zunehmend deutlicheren Ähnlichkeiten mit Einar hatten sich ebenfalls auf Umwegen eingestellt. Als streitbarer Populist, den ein trotziger Stolz darauf erfüllte, dass er eben *nichts* Besonderes war, neigte er zur dunklen Seite der politischen Rechten. Seiner Frau gegenüber verhielt er sich liebevoll und dankbar, bei seinen Freunden und Veteranenkameraden war er für seine Großzügigkeit und Loyalität berühmt, und dennoch häuften sich bei ihm, je älter er wurde, brodelnde Ausbrüche des Berglund'schen Grolls. Er hasste die Schwarzen, die Indianer, die Gebildeten, die Snobs und besonders die Bundesregierung, und er liebte seine Freiheiten (zu trinken, zu rauchen, mit seinen Kumpeln in einer Eisfischerhütte zusammenzuhocken) desto inniger, weil sie so bescheiden waren. Gemein war er zu Dorothy nur, wenn sie ihm mit verzagter Besorgtheit – denn vor allem gab sie Einar und nicht Gene für dessen Unzulänglichkeiten die Schuld – empfahl, doch weniger zu trinken.

Genes Erbteil an Einars Nachlass war, wenngleich durch die selbstgehässigen Bedingungen von Einars Verkauf seiner Firma erheblich geschmälert, immerhin so groß, dass der Erwerb des kleinen Motels an der Straße, dessen Besitz und Betreibung er sich lange als «nicht übel» vorgestellt hatte, in den Bereich des Machbaren rückte. Das Whispering Pines hatte, als Gene es kaufte, ein löcheriges Abwasserrohr und ein schwerwiegendes Schimmelproblem und stand schon damals zu nahe am Bankett eines Highways, der stark von Erzlastern befahren war und bald verbreitert werden sollte. Dahinter tat sich eine Schlucht voller Müll und eifriger junger Birken auf, von denen eine durch einen zerbeulten Einkaufswagen wuchs, der sie schließlich würgte und verkümmern ließ. Gene hätte wissen müssen, dass bestimmt noch ein freundlicheres Motel in der Gegend angeboten worden wäre, hätte er nur ein wenig Geduld gehabt. Doch schlechte Geschäftsentscheidungen entwickeln ihre eigene Dynamik. Um klug zu investieren, hätte er ein ehrgeizigerer

Mensch sein müssen, und da er dieser Mensch nicht war, wollte er seinen Irrtum unbedingt verschmerzen, wollte seine ganze Energie aufbieten, um zu vergessen, wie viel er ausgegeben hatte, es buchstäblich zu vergessen und eine Summe in Erinnerung zu behalten, die der entsprach, die er später gegenüber Dorothy angeben sollte. Denn ein Unglück bringt, wenn es das richtige ist, am Ende ja auch eine Art Glück mit sich. Gene brauchte nun keine künftige Enttäuschung mehr zu fürchten, weil er sie längst hinter sich hatte; diese Hürde hatte er genommen, hatte sich zum Daueropfer der Welt gemacht. Er nahm eine erdrückende zweite Hypothek für ein neues Abwassersystem auf, und jede spätere Katastrophe, groß wie klein – eine Kiefer fiel durchs Bürodach, ein bar zahlender Gast in Zimmer 24 putzte Zander auf der Tagesdecke, das *Kein* im *Zimmer-frei*-Neonschild brannte fast ein ganzes Vierter-Juli-Wochenende lang, bis Dorothy es endlich bemerkte und ausschaltete –, war nur eine weitere Bestätigung seiner Sicht der Welt und seines kläglichen Platzes darin.

In den ersten Sommern im Whispering Pines kamen Genes bessergestellte Geschwister mit ihren Familien aus anderen Staaten und blieben für eine Woche oder zwei zu speziellen Familienkonditionen, nach deren Aushandlung alle unzufrieden waren. Walters Cousins und Cousinen nahmen den tanninfleckigen Swimmingpool in Beschlag, seine Onkel halfen Gene, den Parkplatz zu versiegeln oder den erodierenden Hang hinter dem Grundstück mit Eisenbahnschwellen abzustützen. In der insektenverseuchten Schlucht bei den Überresten des zerbeulten Einkaufswagens erzählte Lief, Walters weltläufiger Cousin aus Chicago, aufschlussreiche und fesselnde Geschichten aus den Vororten der Großstadt; am denkwürdigsten und besorgniserregendsten fand Walter die eines Achtklässlers aus Oak Park, der es geschafft hatte, dass ein Mädchen sich nackt mit ihm auszog, dann aber nicht recht wusste, wie es weitergehen sollte, und ihr über die Beine pinkelte. Weil Walters Cousins aus der Stadt ihm viel mehr ähnelten als seine Brüder, waren diese ersten Sommer die glücklichsten seiner Kindheit. Jeder

Tag brachte neue Abenteuer und Missgeschicke: Hornissenstiche, Tetanusspritzen, fehlgezündete Flaschenraketen, grässliche Fälle von Giftefeu-Reizungen, Beinahe-Ertrunkene. Und spätabends, wenn der Verkehr nachgelassen hatte, wisperten die Kiefern vor dem Büro tatsächlich.

Doch schon bald sprachen die angeheirateten Berglunds ein kollektives Machtwort, und die Besuche endeten. Für Gene war das nur noch ein weiterer Beweis dafür, dass seine Geschwister auf ihn herabschauten, sich für sein Motel zu fein fanden und sowieso jener privilegierten Schicht von Amerikanern angehörten, die zu schmähen und abzulehnen zu seinem großen Vergnügen wurde. Für seinen Spott griff er sich insbesondere Walter heraus, einfach weil Walter seine Cousins aus der Stadt mochte und sie vermisste. In der Hoffnung, dass Walter sie dann weniger mochte, übertrug Gene seinem Bücher lesenden Sohn die schmutzigsten und demütigendsten Instandhaltungsaufgaben. Walter kratzte Farbe ab, schrubbte Blut und Samen aus Teppichböden und fischte mit Hilfe eines Drahtkleiderbügels Massen von Schleim und halbzersetzten Haaren aus Badewannenabflüssen. Hatte ein Gast eine Toilette besonders durchfallbesudelt hinterlassen und war Dorothy nicht da, um sie vorauseilend zu putzen, ging Gene mit allen dreien seiner Jungs hin, um die Sauerei zu begutachten, und ließ dann Walter, nachdem er dessen Brüder zu angewidertem Gelächter angestachelt hatte, mit der Säuberung allein zurück. Sagte: «Das tut ihm gut.» Und die Brüder echoten: «Ja, das tut ihm gut!» Und wenn Dorothy Wind davon bekam und ihn schalt, saß Gene lächelnd da und rauchte mit besonderem Genuss, sog ihren Ärger auf, ohne ihn zu erwidern – stolz wie immer, dass er weder Stimme noch Hand gegen sie erhob. «Aaah, Dorothy, lass gut sein», sagte er. «Arbeit tut ihm gut. Lehrt ihn, sich nicht zu sehr aufzublasen.»

Es war, als hätte die ganze Feindseligkeit, die Gene gegen seine studierte Frau hätte richten können, was er sich aber aus Angst, wie Einar zu sein, verbot, ein zulässigeres Ziel in seinem mittleren Sohn gefunden, der, wie Dorothy selbst sehen konnte, ja auch stark genug war, sie zu ertragen. Dorothy fand das auf lange Sicht gerecht. Kurzfristig mochte es ungerecht sein, dass Gene Walter so hart behandelte, langfristig aber würde ihr Sohn Erfolg haben, wohingegen ihr Mann es nie zu viel bringen würde. Und Walter selbst zeigte seinem Vater, indem er die widerlichen Aufgaben, die der ihm auftrug, klaglos erledigte und sich auch Dorothy gegenüber jedes Weinen oder Jammern verkniff, dass er ihn sogar mit dessen eigenen Waffen schlagen konnte. Genes allnächtliches Getorkel gegen Möbel, seine kindischen Panikanfälle, wenn ihm die Zigaretten ausgingen, seine reflexhafte Verunglimpfung von Leuten, die Erfolg hatten: Wäre Walter nicht unablässig damit beschäftigt gewesen, ihn zu hassen, er hätte ihn vielleicht bedauert. Und es gab wenig, was Gene mehr fürchtete, als bedauert zu werden.

Als Walter neun oder zehn war, hängte er ein selbstgefertigtes Rauchverbotsschild an die Tür des Zimmers, das er mit seinem kleinen Bruder Brent teilte, dem Genes Zigaretten zusetzten. Für sich selbst hätte Walter das nie gemacht – hätte lieber zugelassen, dass Gene ihm den Rauch direkt in die Augen blies, als ihm die Genugtuung einer Klage zu erweisen. Und Gene wiederum kam mit Walter nicht gut genug aus, um das Schild einfach abzunehmen. Vielmehr begnügte er sich damit, sich über ihn lustig zu machen. «Und wenn dein kleiner Bruder mitten in der Nacht eine rauchen will? Zwingst du ihn dann, in die Kälte rauszugehen?»

«Von dem vielen Rauch atmet er nachts schon ganz komisch», sagte Walter.

«Das höre ich jetzt aber zum ersten Mal.»

«Ich bin bei ihm, ich höre ihn.»

«Ich sag bloß, du hast das Schild für euch beide aufgehängt, und wie findet das Brent? Er teilt schließlich das Zimmer mit dir, stimmt's?»

«Er ist sechs Jahre alt», sagte Walter.

«Gene, vielleicht ist Brent ja allergisch gegen Rauch», sagte Dorothy.

«Ich glaube, *Walter* ist allergisch gegen *mich.*»

«Wir wollen, dass in unserem Zimmer nicht geraucht wird, weiter nichts», sagte Walter. «Du kannst vor der Tür rauchen, aber nicht im Zimmer.»

«Ich begreife nicht, was es für einen Unterschied machen soll, ob die Zigarette auf der einen oder anderen Seite der Tür ist.»

«Es ist einfach die neue Regel für unser Zimmer.»

«Dann stellst du hier jetzt also die Regeln auf?»

«Für unser Zimmer, ja», sagte Walter.

Gene stand im Begriff, etwas Wütendes zu sagen, als ihn eine Müdigkeit überkam. Er schüttelte den Kopf und setzte das schiefe, störrische Grinsen auf, mit dem er sein Leben lang Ansprüche auf Autorität quittiert hatte. Vielleicht hatte er in Brents Allergie schon den Vorwand gesehen, nach dem er gesucht hatte, um dem Motelbüro eine «Lounge» anzufügen, in der er in Frieden rauchen und seine Freunde empfangen konnte, die dann ein wenig bezahlten, um mit ihm zu trinken. Dorothy hatte richtig vorausgesehen, dass eine solche Lounge sein Ende wäre.

Der große Trost in Walters Kindheit war, neben der Schule, die Familie seiner Mutter gewesen. Ihr Vater war Arzt in einer Kleinstadt, und unter ihren Geschwistern und Tanten und Onkeln waren Universitätsprofessoren, zwei miteinander verheiratete ehemalige Varietékünstler, ein Amateurmaler, zwei Bibliothekare und mehrere Junggesellen, die möglicherweise schwul waren. Dorothys Twin-Cities-Verwandtschaft lud Walter zu aufregenden Museums-, Musik- und Theaterwochenenden ein; diejenigen, die noch immer in der Iron-Range-Region im Nordosten lebten, gaben ausgedehnte Sommerpicknicks und in den Ferien Partys. Sie spielten gern Scharaden und altmodische Kartenspiele wie Canasta; sie hatten Klaviere und veranstalteten Singabende. Sie waren alle so ungeheuer harmlos, dass selbst Gene sich in ihrer Gegenwart entspannte, ihre Vorlieben und politischen Einstellungen als exzentrisch verlachte und sie wegen ihrer Nutzlosigkeit bei männlichen Betätigungen freundschaftlich bedauerte. Sie brachten eine domestizierte Seite an ihm zur Geltung, die Walter gefiel, die er aber sonst nur sehr selten zu Gesicht bekam, außer an Weihnachten, wenn die Herstellung von Naschwerk anstand.

Die Herstellung des Naschwerks war zu aufwendig und zu wichtig, um sie allein Dorothy und Walter zu überlassen. Sie begann am ersten Adventssonntag und setzte sich fast den ganzen Dezember hindurch fort. Aus tiefen Schränken kamen nekromantische Metallwaren zum Vorschein: eiserne Kessel und Gestelle, schwere, Nüsse verarbeitende Geräte aus Aluminium. Große saisonale Zuckerdünen und Dosentürme zeigten sich. Etliche Kubikdezimeter ungesüßter Butter wurden mit Milch und Zucker (für Fondant ohne Schokolade) oder nur mit Zucker (für Dorothys berühmte Weihnachtstoffees) geschmolzen oder von Walter auf die Reserveschwadronen der Pfannen und flachen Kasserollen gestrichen, die seine Mutter über die Jahre bei Ramschverkäufen erworben hatte. Es gab ausgedehnte Diskussionen über «feste Konsistenz», «weiche Konsistenz» und «brechend». Gene, mit einer Schürze angetan, rührte in den Kesseln wie ein Wikingerruderer und mühte sich nach Kräften, seine Zigarettenasche davon fernzuhalten. Er hatte drei altertümliche Süßwarenthermometer, deren Metallgehäuse wie Beitrittspaddel einer Studentenverbindung geformt waren und die die Eigenheit besaßen, mehrere Stunden lang keinerlei Temperaturerhöhung anzuzeigen und dann, alle zusammen und auf einmal, Temperaturen zu messen, bei denen die Fondantmasse verbrannte und das Toffee hart wie Epoxidharz wurde. Er und Dorothy waren nie so sehr ein Team, wie wenn sie gegen die Uhr anarbeiteten, um die Nüsse unterzumischen und die Masse auszugießen. Und dann die brachiale Arbeit, zu hart gewordenes Toffee zu schneiden: die Messerklinge, die sich unter dem gewaltigen Druck, den Gene ausübte, bog, das hässliche (weniger gehörte als im Knochenmark, in den Zahnnerven gespürte) Geräusch einer scharfen Kante, die sich auf dem Boden einer Metallpfanne abstumpft, die Explosionen im klebrigen, braunen Bernstein, das väterliche *Scheißdreck, verfluchter Mist*-Gebrüll, das nörglerische mütterliche Flehen, doch nicht so zu fluchen.

Am letzten Adventwochenende, als achtzig oder hundert Dosen

mit Wachspapier ausgeschlagen, mit Fondant und Toffee gefüllt und mit Mandeldragees verziert waren, fuhren Gene, Dorothy und Walter los, um sie zu verteilen. Das dauerte das ganze Wochenende, häufig länger. Walters älterer Bruder Mitch blieb mit Brent, dem, obwohl später Luftwaffenpilot, als Kind im Auto schnell übel wurde, im Motel. Das Naschwerk ging erst an Genes viele Freunde in Hibbing und danach, unter viel Hin und Zurück auf Stichstraßen und in Sackgassen, an weiter entfernte Freunde und Verwandte im gesamten Gebiet der Iron Range bis Grand Rapids und noch darüber hinaus. Es war undenkbar, in einem Haus keinen Kaffee oder kein Plätzchen anzunehmen. Zwischen den Stationen saß Walter mit einem Buch auf der Rückbank und beobachtete einen schwachen, fensterförmigen Flecken Sonnenlicht, der sich starr auf dem Sitz hielt und dann, wenn schließlich eine rechtwinklige Abzweigung erreicht war, über den Fußraumcanyon glitt und in verdrehter Form auf der Rückseite des Vordersitzes wieder auftauchte. Draußen zogen die ewig armseligen Waldparzellen, das ewig zugeschneite Moor, die an Telegraphenmasten genagelten runden Blechwerbetafeln für Kunstdünger, die eingefalteten Bussarde und kecken Raben vorüber. Auf dem Platz neben ihm lagen der wachsende Päckchenberg aus schon besuchten Häusern – skandinavische Backwaren, finnische und kroatische Delikatessen, «Muntermacher»-Flaschen von Genes unverheirateten Freunden – und der langsam kleiner werdende Haufen der Berglund'schen Dosen. Der wichtigste Vorzug dieser Dosen war, dass sie das gleiche Naschwerk enthielten, das Gene und Dorothy verteilten, seit sie verheiratet waren. Das Naschwerk hatte sich mit den Jahren von einer Leckerei in die Erinnerung an eine Leckerei verwandelt. Es war das alljährliche Geschenk, durch das die armen Berglunds noch immer reich sein konnten.

Walter beendete gerade sein vorletztes Jahr an der Highschool, als Dorothys Vater starb und ihr das kleine Haus am See hinterließ, in dem sie die Sommer ihrer Mädchenzeit verbracht hatte. Walter assoziierte mit dem Haus die Behinderungen seiner Mutter, denn dort hatte sie als Mädchen lange Monate gegen die Arthritis gekämpft, deretwegen ihre rechte Hand verkümmert und ihr Becken verformt waren. Auf einem niedrigen Bord am Kamin standen die traurigen alten «Spielzeuge», mit denen sie einst stundenlang «gespielt» hatte – ein nussknackerartiges Gerät mit Stahlfedern, eine Holztrompete mit fünf Ventilen –, um die Beweglichkeit ihrer schlimmen Fingergelenke zu erhalten und zu steigern. Die Berglunds hatten immer zu viel im Motel zu tun gehabt, um länger in dem Häuschen zu bleiben, aber Dorothy mochte es, träumte davon, sich dort mit Gene zur Ruhe zu setzen, sollten sie das Motel je einmal loswerden können, und gab daher nicht sofort ihre Zustimmung, als Gene vorschlug, es zu verkaufen. Gene ging es gesundheitlich schlecht, das Motel war bis übers Dach mit Hypotheken belastet, und das bisschen Außenwirkung, die es einmal besessen haben mochte, war durch die rauen Hibbinger Winter inzwischen vollständig erodiert. Obwohl Mitch die Schule hinter sich hatte, als Karosseriebauer und -lackierer arbeitete und noch immer zu Hause wohnte, verpulverte er seinen Lohn für Mädchen, Alkohol, Waffen, Angelzeug und seinen aufgemotzten Thunderbird. Gene hätte vielleicht anders über das Haus gedacht, wenn es in dessen kleinem unbenanntem See Fische gegeben hätte, die zu fangen lohnender gewesen wäre, als nur Sonnen- und Flussbarsche zu angeln; da dem aber nicht so war, sah er keinen Sinn darin, an einem Ferienhaus festzuhalten, zu dessen Nutzung ihnen ohnehin die Zeit fehlte. Dorothy, normalerweise ein Musterbild des resignierten Pragmatismus, wurde so traurig, dass sie mehrere Tage das Bett hütete und über Kopfschmerzen klagte. Und Walter, der bereit war, selbst zu leiden, es aber nicht aushielt, sie leiden zu sehen, griff ein.

«Ich kann den Sommer über in dem Haus sein und es herrichten, vielleicht können wir es dann ja vermieten», sagte er zu seinen Eltern.

«Du musst uns hier helfen», sagte Dorothy.

«Ich bin sowieso nur noch ein Jahr hier. Was wollt ihr denn machen, wenn ich weg bin?»

«Das überlegen wir, wenn es so weit ist», sagte Gene.

«Früher oder später müsst ihr jemanden einstellen.»

«Deshalb müssen wir ja das Haus verkaufen», sagte Gene.

«Er hat recht, Walter», sagte Dorothy. «Es fällt mir schwer, auf das Haus zu verzichten, aber er hat recht.»

«Ja, und was ist mit Mitch? Der könnte doch ein bisschen Miete zahlen, dann könntet ihr davon jemanden einstellen.»

«Der steht jetzt auf eigenen Füßen», sagte Gene.

«Aber Mom kocht immer noch für ihn und macht seine Wäsche! Warum zahlt er nicht wenigstens Miete?»

«Das geht dich nichts an.»

«Aber Mom geht das was an! Lieber verkaufst du Moms Haus, als dafür zu sorgen, dass Mitch erwachsen wird!»

«Das ist sein Zimmer, und da werfe ich ihn nicht raus.»

«Meinst du wirklich, wir könnten das Haus vermieten?», sagte Dorothy hoffnungsvoll.

«Wir müssten es jede Woche putzen und Wäsche waschen», sagte Gene. «Das würde ewig so weitergehen.»

«Ich könnte doch einmal die Woche hinfahren», sagte Dorothy. «So schlimm wäre das nicht.»

«Wir brauchen das Geld aber *jetzt*», sagte Gene.

«Und wenn ich das mache, was Mitch macht?», sagte Walter. «Wenn ich einfach nein sage? Was ist, wenn ich diesen Sommer einfach ins Haus ziehe und es herrichte?»

«Du bist nicht Jesus», sagte Gene. «Wir kommen hier auch ohne dich zurecht.»

«Gene, wir könnten doch wenigstens *versuchen*, das Haus nächsten Sommer zu vermieten. Wenn es nicht klappt, können wir es immer noch verkaufen.»

«Ich fahre an den Wochenenden hin», sagte Walter. «Wie fändet ihr das? An den Wochenenden kann doch Mitch meine Aufgaben übernehmen, oder?»

«Wenn du das Mitch verklickern willst, bitte», sagte Gene.

«Ich bin doch nicht sein Vater!»

«Das reicht jetzt», sagte Gene und verzog sich in die Lounge.

Warum Gene Mitch das durchgehen ließ, war ziemlich klar: Er sah in seinem ältesten Sohn eine nahezu exakte Nachbildung seiner selbst, und er wollte ihn nicht so schikanieren, wie Einar früher ihn schikaniert hatte. Dorothys Ängstlichkeit gegenüber Mitch war da schon ein größeres Rätsel für Walter. Vielleicht war sie schon so zermürbt von ihrem Mann, dass sie einfach nicht mehr die Kraft oder den Mut hatte, auch noch gegen ihren Sohn anzukämpfen, oder vielleicht sah sie Mitchs gescheiterte Zukunft schon vor sich und wollte, dass er noch ein paar weitere Jahre der Freundlichkeit zu Hause genoss, bevor die Welt ihm ihr hartes Gesicht zeigte. Jedenfalls fiel es Walter zu, an Mitchs mit STP- und Pennzoil-Aufklebern gepflasterte Tür zu klopfen und zu versuchen, seinem älteren Bruder ein Vater zu sein.

Mitch lag auf dem Bett, rauchte eine Zigarette und hörte auf der Anlage, die er sich von seinem Werkstattlohn gekauft hatte, Bachman-Turner Overdrive. Das störrische Lächeln, das er Walter zuwarf, glich dem ihres Vaters, nur dass es höhnischer war. «Was willst *du* denn?»

«Ich will, dass du ab sofort Miete zahlst oder hier mitarbeitest oder sonst verschwindest.»

«Seit wann bist du denn der Boss hier?»

«Dad hat gesagt, ich soll mit dir reden.»

«Sag ihm, er soll selber mit mir reden.»

«Mom will das Haus am See nicht verkaufen, also muss sich was ändern.»

«Das ist ihr Problem.»

«Herrgott, Mitch, du bist der egoistischste Mensch, der mir je begegnet ist.»

«Ja, klar. Du gehst nach Harvard oder sonst wohin, und ich muss mal den Laden hier übernehmen. Aber ich bin der Egoist.»

«Das bist du auch!»

«Ich versuche, ein bisschen Geld zu sparen, falls Brenda und ich es brauchen, aber ich bin der Egoist.»

Brenda war das sehr hübsche Mädchen, dessen Eltern sie so gut wie verstoßen hatten, weil sie mit Mitch zusammen war. «Wie sieht denn dein großer Sparplan aus?», sagte Walter. «Jetzt eine Menge Kram kaufen, den du später verpfänden kannst?»

«Ich arbeite hart. Was soll ich denn machen, nie was kaufen?»

«Auch ich arbeite hart, aber ich habe keinen Kram, weil ich nicht bezahlt werde.»

«Und was ist mit der Filmkamera?»

«Die ist von der Schule *geliehen*, du Blödmann. Die gehört mir nicht.»

«Also, mir leiht niemand was, weil ich kein schmieriger Arschkriecher bin.»

«Das heißt noch lange nicht, dass du keine Miete zahlen oder wenigstens am Wochenende helfen musst.»

Mitch linste in seinen Aschenbecher wie in einen Gefängnishof voller staubiger Häftlinge und überlegte, wie er noch einen dazustopfen könnte. «Wer hat denn dich Jesus hier angestellt», sagte er wenig originell. «Mit dir muss ich nicht verhandeln.»

Doch Dorothy weigerte sich, mit Mitch zu reden («Lieber verkaufe ich das Haus», sagte sie), und am Ende des Schuljahrs, das mit dem Beginn der Hochsaison, soweit es für das Motel überhaupt eine gab, zusammenfiel, beschloss Walter, das Thema zu forcieren, indem er in den Streik trat. Solange er im Motel war, konnte er die Dinge, die getan werden mussten, nicht einfach nicht tun. Er konnte Mitch nur zwingen, Verantwortung zu übernehmen, indem er ging, also erklärte er, er werde den Sommer im Haus am See verbringen, es herrichten und außerdem einen experimentellen Naturfilm drehen. Sein Vater sagte, er habe nichts dagegen, wenn er das Haus für den Verkauf in einen besseren Zustand bringen wolle, aber verkauft werde es in jedem Fall. Seine Mutter bat ihn, sich das Haus aus dem Kopf zu schlagen. Sie sagte, es sei eigennützig gewesen, so ein Aufhebens darum zu machen, das Haus sei ihr *egal*, sie wolle nur, dass alle miteinander auskämen, und als Walter sagte, er werde so oder so hinfahren, rief sie, dass er es nicht tun würde, wenn ihm ihre Wünsche wirklich etwas bedeuteten. Er aber war zum ersten Mal richtig wütend auf sie. Es spielte keine Rolle, wie sehr sie ihn liebte oder wie gut er sie verstand – er hasste sie, weil sie sich seinem Vater und seinem Bruder so demütig beugte. Es kotzte ihn an. Von seiner besten Freundin, Mary Siltala, ließ er sich zum Haus am See fahren, mit einem Matchsack voller Kleidung, fünfzig Litern Wandfarbe, seinem alten Ein-Gang-Fahrrad, einer Secondhand-Taschenbuchausgabe von Thoreaus *Walden*, der Super-8-Kamera, die er in der Mediathek seiner Highschool ausgeliehen hatte, und acht gelben Schachteln Super-8-Filme. Es war bei weitem das Rebellischste, was er je getan hatte.

Das Haus war voller Mäuseköttel und toter Asseln, und außer einem neuen Anstrich brauchte es ein neues Dach und neue Fliegengitter. Am ersten Tag putzte Walter zehn Stunden lang das Haus und jätete Unkraut, dann ging er in der immergleichen Nachmittagssonne im Wald spazieren, suchte Schönheit in der Natur. Er hatte nur für vierundzwanzig Minuten Filmmaterial, und nachdem er drei davon auf Streifenhörnchen verschwendet hatte, stellte er fest, dass er sich auf etwas weniger leicht Erreichbares konzentrieren musste. Für Eistaucher war der See zu klein, doch als er mit dem Faltboot seines Großvaters in die selten aufgestörten Winkel fuhr, stöberte er einen reiherartigen Vogel auf, eine Rohrdommel, die im Schilf nistete. Rohrdommeln waren perfekt – so scheu, dass er sich den ganzen Sommer über an sie heranpirschen konnte, ohne dabei einundzwanzig Minuten Film zu verbrauchen. Er stellte sich vor, einen experimentellen Kurzfilm mit dem Titel «Gedommel» zu drehen.

Jeden Morgen stand er um fünf auf, rieb sich mit DEET ein und paddelte, die Kamera auf dem Schoß, sehr langsam und lautlos zum Schilf. Die Rohrdommeln hielten sich immer im Schilf versteckt, getarnt durch ihre feinen vertikalen, beige-braunen Streifen, und spießten mit dem Schnabel kleine Tiere auf. Spürten sie Gefahr, erstarrten sie mit gerecktem Hals und himmelwärts zeigendem Schnabel, was sie wie trockenes Schilf aussehen ließ. Wenn Walter sich in der Hoffnung auf mehr Gedommel und weniger Nichts im

Sucher zentimeterweise näherte, glitten sie zumeist aus seinem Blickfeld, aber manchmal schwangen sie sich auch zum Flug auf, worauf er sich heftig zurücklehnte, um ihnen mit der Kamera zu folgen. Obwohl sie reine Tötungsmaschinen waren, fand er sie doch äußerst sympathisch, besonders wegen des Kontrasts zwischen ihrem tristen Jagdgefieder und dem dramatischen kräftigen Grau und Schieferschwarz ihrer ausgestreckten Flügel in der Luft. Am Boden, in ihrem sumpfigen Revier, waren sie schlicht und verstohlen, am Himmel dagegen würdevoll.

Siebzehn Jahre auf beengtem Raum mit seiner Familie hatten ihm ein Verlangen nach Einsamkeit eingegeben, dessen Unstillbarkeit er erst jetzt erkannte. Nichts als Wind, Vogelgezwitscher, Insekten, springende Fische, knarrende Zweige und Birkenblätter zu hören, die, wenn sie gegeneinandergerieten, leise scharrten: Immer wieder, wenn er von den Außenwänden des Hauses Farbe abkratzte, hielt er inne, um diese unstille Stille zu genießen. Die Hin- und Rückfahrt zum Lebensmittel-Co-op in Fen City auf seinem Fahrrad dauerte anderthalb Stunden. Er machte große Töpfe Linseneintopf und Bohnensuppe, nach Rezepten seiner Mutter, und abends spielte er mit dem altertümlichen, aber noch immer gebrauchsfähigen, federbetriebenen Flipperautomaten, der schon immer in dem Haus gestanden hatte. Er las im Bett bis Mitternacht und schlief selbst dann nicht gleich ein, sondern lag einfach da und sog die Stille auf.

Eines Spätnachmittags, an einem Freitag, seinem zehnten Tag am See, er kam gerade im Kanu mit frischen, unbefriedigenden Rohrdommelaufnahmen zurück, hörte er Automotoren, laute Musik und dann noch Motorräder, die sich auf der langen Zufahrt näherten. Kaum hatte er das Kanu aus dem Wasser gezogen, entluden Mitch, die sexy Brenda und drei weitere Paare – drei von Mitchs Deppenkumpels mit drei Mädchen in hautengen Schlaghosen und rückenfreien Tops – Bier, Campingsachen und Kühlboxen auf den Rasen hinter dem Haus. Ein Diesel-Pick-up mit Raucherhusten im Leerlauf betrieb ein Soundsystem, auf dem Aerosmith lief. Einer der

Deppenfreunde hielt einen Rottweiler mit nietenbesetztem Halsband an einer Abschleppkettenleine.

«He, Naturbursche», sagte Mitch. «Hoffentlich hast du nichts gegen ein bisschen Gesellschaft.»

«Doch, allerdings», sagte Walter und errötete wider Willen darüber, wie uncool er auf die Gesellschaft wirken musste. «Sehr viel sogar. Ich bin allein hier. Ihr könnt hier nicht sein.»

«O doch», sagte Mitch. «Außerdem bist du derjenige, der nicht hier sein sollte. Du kannst heute noch übernachten, wenn du willst, aber jetzt bin ich hier. Du bist auf meinem Grundstück.»

«Das ist nicht dein Grundstück.»

«Ich habe es jetzt gemietet. Du wolltest doch, dass ich Miete zahle, und jetzt habe ich das hier gemietet.»

«Und dein Job?»

«Hab ich gekündigt. Ich bin da weg.»

Walter, den Tränen nahe, ging ins Haus und versteckte die Kamera in einem Wäschekorb. Dann fuhr er mit seinem Fahrrad durch ein Zwielicht, das plötzlich bar jedes Charmes und mit Moskitos und Feindseligkeit erfüllt war, und rief vom Münztelefon vor dem Co-op in Fen City zu Hause an. Ja, bestätigte seine Mutter, zwischen ihr, Mitch und seinem Vater seien böse Worte gefallen, und man habe beschlossen, die beste Lösung sei es, dass das Haus in der Familie bleibe und Mitch es herrichten solle, damit er lerne, mehr Verantwortung zu übernehmen.

«Mom, das wird hier die Partyzentrale. Der fackelt noch das Haus ab.»

«Na, mir ist einfach wohler, wenn du hier bist und Mitch seiner eigenen Wege geht», sagte sie. «Du hattest ja recht, mein Schatz. Und jetzt kannst du nach Hause kommen. Wir vermissen dich, und eigentlich bist du auch noch nicht alt genug, um den ganzen Sommer allein zu sein.»

«Aber mir geht's hier richtig gut. Ich kriege so viel geschafft.»

«Tut mir leid, Walter. Aber so haben wir's entschieden.»

Als er im Fastdunkel zum Haus zurückradelte, hörte er den Lärm schon aus einem Kilometer Entfernung. Schweinerockgitarrensoli, dumpfes Besoffenengebrüll, der Hund kläffte, Knallkörper, ein Motorradmotor, stotternd und heulend. Mitch und seine Freunde hatten Zelte aufgestellt und ein großes Lagerfeuer gemacht und versuchten nun, in einer Wolke von Grasrauch, Hamburger über der offenen Flamme zu rösten. Sie würdigten Walter nicht mal eines Blickes, als er hineinging. Er schloss sich in sein Zimmer ein, legte sich ins Bett und ließ sich vom Lärm quälen. Warum konnten sie nicht *still* sein? Warum dieses Bedürfnis, eine Welt, in der *einige* die Stille mochten, akustisch zu drangsalieren? Der Radau ging weiter und weiter. Er erzeugte ein Fieber, gegen das alle anderen offenbar immun waren. Ein Fieber selbstmitleidiger Entfremdung. Das Walter, während es in jener Nacht in ihm wütete, einen dauerhaften Hass auf die grölende Vox populi einimpfte und seltsamerweise auch eine Abneigung gegen die Welt im Freien. Mit offenem Herzen war er in die Natur gekommen, und die Natur in ihrer Schwäche, die wie die Schwäche seiner Mutter war, hatte ihn enttäuscht. Hatte sich so bereitwillig von lärmenden Idioten überrollen lassen. Er liebte die Natur, aber nur abstrakt und nicht mehr, als er gute Romane oder ausländische Filme liebte, und weniger, als er einmal Patty und seine Kinder lieben sollte, und so verwandelte er sich für die folgenden zwanzig Jahre in einen Stadtmenschen. Noch als er 3M verlassen hatte, um sich dem Naturschutz zu widmen, lag sein Hauptinteresse bei seiner Arbeit für die Conservancy und später für die Stiftung darin, Naturnischen vor rüpelhaftem Landvolk wie seinem Bruder zu bewahren. Die Liebe, die er für die Geschöpfe empfand, deren Habitat er schützte, gründete auf Projektionen: auf einer Identifikation mit deren Wunsch, von lärmenden Menschenwesen in Ruhe gelassen zu werden.

Abgesehen von ein paar Monaten im Gefängnis, während deren Brenda mit ihren gemeinsamen kleinen Töchtern allein war, lebte Mitch bis zu Genes Tod sechs Jahre später ununterbrochen in dem Haus am See. Er setzte ein neues Dach darauf und stoppte seinen allgemeinen Verfall, aber er fällte auch einige der größten und schönsten Bäume auf dem Grundstück, holzte den Hang zum See zu einem Tummelplatz für seine Hunde ab und schlug am Ufer entlang bis zu der Stelle, wo einmal die Rohrdommeln genistet hatten, eine Schneemobilpiste frei. Soweit Walter ermitteln konnte, bezahlte er Gene und Dorothy nie auch nur einen Cent Miete.

Ob der Gründer der Traumatics überhaupt wusste, was ein Trauma ist? Ein Trauma war das: an einem Sonntagmorgen die Treppe zum Büro hinunterzugehen, in heiteren Gedanken an die eigenen zwei Kinder, die einen in den beiden Tagen davor sehr stolz gemacht hatten, und auf dem Schreibtisch ein langes, von der Ehefrau verfasstes Manuskript vorzufinden, das die schlimmsten Befürchtungen bestätigte, die man ihr und sich selbst und dem besten Freund gegenüber gehegt hatte. Das einzige entfernt vergleichbare Ereignis in Walters Leben war das erste Mal Masturbieren gewesen, in Zimmer 6 des Whispering Pines, entsprechend den freundlichen Anweisungen («Nimm Vaseline») seines Vetters Lief. Dazu war es mit vierzehn gekommen, und das Vergnügen hatte alle ihm bis dahin bekannten Vergnügungen derart in den Schatten gestellt und das Resultat war so umwälzend und erstaunlich gewesen, dass er sich wie ein Science-Fiction-Held gefühlt hatte, der vierdimensional von einem alten Planeten zu einem neuen geschleudert wurde. Und Pattys Manuskript war ähnlich bezwingend und verändernd. Die Lektüre schien, wie jene erste Masturbation, nur einen einzigen Augenblick zu dauern. Einmal, am Anfang, stand er auf, um seine Bürotür abzuschließen, und dann las er schon die letzte Seite, und es war genau 10 Uhr 12, und die Sonne, die auf die Bürofenster sengte, war eine andere Sonne als die, die er bis dahin gekannt hatte. Sie war ein gelblicher, böser Stern in einem fremdartigen, gottverlassenen Winkel der Galaxie, und sein Kopf war von der interstellaren Distanz, die er überwunden hatte, nicht weniger verwandelt. Er trug das Manuskript aus dem Büro, vorbei an Lalitha, die an ihrem Schreibtisch etwas tippte.

«Guten Morgen, Walter.»

«Guten Morgen», sagte er und erschauerte ob ihres angenehmen Morgendufts. Er ging weiter durch die Küche und über die Hintertreppe nach oben zu dem kleinen Zimmer, in dem die Liebe seines Lebens noch im Flanellpyjama, eingekuschelt in ein Nest aus Bettzeug auf dem Sofa, in der Hand einen Becher Milchkaffee, auf einem Sportsender eine Zusammenfassung des NCAA-Basketballturniers verfolgte. Das Lächeln, das sie ihm zuwarf – ein Lächeln wie das letzte Aufblitzen der vertrauten Sonne, die ihm abhandengekommen war –, verwandelte sich in Entsetzen, als sie sah, was er in der Hand hielt.

«Oh, Scheiße», sagte sie und schaltete den Fernseher aus. «Oh, Scheiße, Walter. Oh, oh, oh.» Heftig schüttelte sie den Kopf. «Nein», sagte sie. «Nein, nein, nein.»

Er schloss die Tür hinter sich und rutschte mit dem Rücken daran hinab, bis er auf dem Boden saß. Patty holte Luft und holte nochmal Luft und immer mehr Luft und sagte nichts. Das Licht in den Fenstern war widernatürlich. Erneut erschauerte Walter, und seine Backenzähne klackten, als er sich zu beherrschen versuchte.

«Ich weiß nicht, wo du das her hast», sagte Patty. «Aber es war nicht für dich bestimmt. Ich habe es gestern Abend Richard gegeben, damit ich ihn endlich vom *Hals* habe. Ich wollte ihn aus unserem Leben raushaben! Ich habe versucht, ihn *los*zuwerden, Walter. Ich weiß nicht, warum er das getan hat! Es ist so furchtbar, dass er das getan hat!»

Aus einer Entfernung vieler Parsec hörte er, wie sie anfing zu weinen.

«Ich wollte nie, dass du das liest», sagte sie in einer wehklagenden, hohen Stimme. «Das schwöre ich bei Gott, Walter. Das schwöre ich bei Gott. Ich habe mein ganzes Leben versucht, dir nicht wehzutun. Du bist so gut zu mir, das verdienst du nicht.»

Dann weinte sie eine längere Weile, ungefähr zehn oder hundert Minuten. Das ganze reguläre Sonntagvormittagsprogramm war dieser Ausnahmesituation wegen ausgesetzt, der normale Tagesablauf so gründlich umgestoßen, dass Walter nicht einmal Sehnsucht danach empfinden konnte. Wie es der Zufall fügte, war die Stelle auf dem Fußboden direkt vor ihm nur drei Abende zuvor Schauplatz einer andersartigen, einer gutartigen Ausnahmesituation gewesen, einer angenehm traumatischen Vereinigung, die rückblickend nun als Vorbote dieser bösartigen Ausnahmesituation erschien. Am Donnerstag war er spätabends die Treppe heraufgekommen und hatte Patty sexuell hart angegangen. Hatte mit ihrem überraschten Einverständnis die gewalttätigen Handlungen vorgenommen, die, ohne ihr Einverständnis, die eines Vergewaltigers gewesen wären: hatte ihr die schwarze Arbeitshose heruntergerissen, sie auf den Boden geworfen, sich in sie hineingerammt. Wäre ihm jemals in der Vergangenheit eingefallen, so etwas zu tun, dann hätte er es nicht getan, weil er nicht vergessen konnte, dass sie als Mädchen einmal vergewaltigt worden war. Doch der Tag war so lang und verwirrend gewesen – seine Beinahe-Untreue mit Lalitha so entflammend, die Straßensperre im Wyoming County so aufwühlend, die Demut in Joeys Stimme am Telefon so beispiellos und erfreulich –, dass Patty ihm, als er ihr Zimmer betrat, plötzlich wie sein Objekt vorgekommen war. Sein starrköpfiges Objekt, seine frustrierende Frau. Und er hatte es so sattgehabt, das ganze Argumentieren und Verstehen, und darum hatte er sie auf den Boden geworfen und wie ein Tier gefickt. Der Blick des Entdeckens auf ihrem Gesicht, der seinen eigenen Blick gespiegelt haben muss, ließ ihn dann aber innehalten, kaum dass sie begonnen hatten. Innehalten, zurückweichen, sich rittlings auf ihren Brustkorb setzen und ihr seine Erektion, die ihm doppelt so groß wie sonst erschien, ins Gesicht stecken. Um ihr zu zeigen, zu wem er da wurde. Beide lächelten sie wie irr. Und dann war er wieder in ihr, und anstelle ihrer üblichen züchtigen kleinen Ermutigungsseufzer stieß sie laute Schreie aus, und das entflammte ihn desto mehr; und am nächsten Morgen, als er nach unten ins Büro ging, erkannte er an Lalithas eisigem Schweigen, dass die Schreie das gesamte große Haus erfüllt hatten. Am Donnerstagabend hatte etwas begonnen, nur was, das hatte er nicht genau gewusst. Nun aber hatte ihm ihr Manuskript gezeigt, was es war. Das Ende war es. Sie hatte ihn nie richtig geliebt. Hatte das gewollt, was sein mieser Freund hatte. Angesichts all dessen war er jetzt froh, dass er das Versprechen, das er Joey beim Essen in Alexandria am Abend darauf hatte geben müssen, nicht gebrochen hatte, das Versprechen, niemandem zu sagen, schon gar nicht Patty, dass er nun mit Connie Monaghan verheiratet war. Dieses Geheimnis wie auch einige weitere, bestürzendere, die Joey ihm anvertraut hatte, hatten das gesamte Wochenende hindurch auf Walter gelastet, während der ganzen langen Sitzung und des Konzerts am Tag zuvor. Er hatte ein schlechtes Gewissen gehabt, weil er Patty über die Heirat im Dunkeln ließ, war sich wie ein Betrüger vorgekommen. Nun aber stellte er fest, dass, verglichen mit anderen Betrügereien, diese eine lächerlich klein war. Zum Heulen klein.

«Ist Richard noch im Haus?», sagte sie schließlich und wischte sich mit einem Laken über das Gesicht.

«Nein. Ich habe ihn gehen hören, bevor ich aufgestanden bin. Ich glaube nicht, dass er wiedergekommen ist.»

«Na, Gott sei Dank, wenigstens das.»

Wie er ihre Stimme liebte! Es brachte ihn um, sie jetzt zu hören.

«Habt ihr gestern Abend gevögelt?», sagte er. «Ich habe in der Küche Stimmen gehört.»

Seine eigene Stimme war rau wie die einer Krähe, und Patty holte tief Luft, als wappnete sie sich gegen eine längere Beschimpfung. «Nein», sagte sie. «Wir haben geredet, und dann bin ich ins Bett. Ich habe dir doch gesagt, es ist vorbei. Vor ein paar Jahren gab es ein kleines Problem, aber das ist vorbei.»

«Es wurden Fehler gemacht.»

«Du musst mir glauben, Walter. Es ist wirklich, wirklich vorbei.»

«Nur dass ich dir körperlich nicht das gebe, was dir mein bester Freund gibt. Anscheinend nie gegeben habe. Und auch nie geben werde.»

«Ohhh», sagte sie und schloss die Augen wie zum Gebet, «bitte zitiere mich nicht. Nenn mich eine Hure, nenn mich den Albtraum deines Lebens, aber bitte versuch, mich nicht zu zitieren. Hab, wenn's geht, dieses kleine bisschen Erbarmen.»

«Als Schachspieler mag er eine Niete sein, aber auf dem anderen Feld ist er eindeutig der Sieger.»

«Na gut», sagte sie und presste die Augen noch fester zu. «Du willst mich also zitieren. Gut. Dann zitier mich. Na los. Tu, was du nicht lassen kannst. Ich weiß, ich verdiene kein Erbarmen. Aber sei dir bitte bewusst, dass es das Schlimmste ist, was du tun kannst.»

«Entschuldige. Ich dachte, du sprichst gern über ihn. Ich dachte sogar, dass das für dich der Hauptgrund war, überhaupt mit mir zu reden.»

«Das stimmt. Früher mal. Ich will dich nicht belügen. Früher mal, etwa ein Vierteljahr lang. Aber das ist fünfundzwanzig Jahre her, bevor ich mich in dich verliebt und ein gemeinsames Leben mit dir aufgebaut habe.»

«Und was für ein befriedigendes Leben das war. ‹Es war gar nicht so viel daran auszusetzen›, lautete der Satz, glaube ich. Obwohl die Fakten vor Ort wohl etwas anderes sagen.»

Sie verzog das Gesicht, die Augen noch geschlossen. «Vielleicht möchtest du das Ganze jetzt einfach nochmal überfliegen und die schlimmsten Stellen raussuchen. Möchtest du das tun und es hinter dich bringen?»

«Am liebsten würde ich es dir in den Hals stopfen. Ich möchte sehen, wie du daran erstickst.»

«Auch gut. Dann mach eben das. Es wäre eine gewisse Erleichterung von dem, was gerade in mir vorgeht.»

Er hatte das Manuskript so fest in der Hand gehalten, dass er einen Krampf bekam. Er ließ es los, sodass es ihm zwischen die Beine rutschte. «Eigentlich habe ich schon alles gesagt», sagte er. «Ich glaube, die Hauptpunkte haben wir erledigt.»

Sie nickte. «Gut.»

«Außer dass ich dich nie mehr wiedersehen will. Ich möchte nie wieder im selben Raum mit dir sein. Ich will den Namen dieses Menschen nie wieder hören. Ich will mit keinem von euch beiden je wieder etwas zu tun haben. Nie mehr. Ich will allein sein, damit ich darüber nachdenken kann, wie ich mein ganzes Leben damit vergeudet habe, dich zu lieben.»

«Ja, ist gut», sagte sie, wieder nickend. «Oder vielmehr, nein? Nein, ich bin nicht einverstanden damit.»

«Das ist mir egal.»

«Ich weiß. Aber hör mir zu.» Sie schniefte heftig, fasste sich und stellte ihren Kaffeebecher auf den Boden. Die Tränen hatten ihren Blick weich gemacht und ihre Lippen rot, was sie sehr schön aussehen ließ, wenn man auf ihre Schönheit Wert legte, was Walter nicht mehr tat. «Es war nie meine Absicht, dass du das liest», sagte sie.

«Was macht es dann verdammt nochmal in meinem Haus, wenn du das nie beabsichtigt hast?»

«Ob du es glaubst oder nicht, es ist die Wahrheit. Es war eben etwas, was ich für mich selber schreiben musste, in der Hoffnung, dass es mir dadurch bessergeht. Walter, es war ein *Therapie*projekt. Ich habe es gestern Abend Richard gegeben, als Erklärung dafür, dass ich bei dir geblieben bin. *Immer* bei dir geblieben bin. *Immer* noch bei dir bleiben will. Ich weiß, da stehen Sachen drin, die schrecklich für dich sein müssen, wie schrecklich, kann ich mir kaum vorstellen, aber es stehen auch noch *andere* Sachen drin. Ich habe es geschrieben, als ich depressiv war, und es ist voll von den schlimmen Dingen, die ich in dieser Zeit empfunden habe. Aber dann ist es mir endlich bessergegangen. Besonders nach dem, was neulich Abend passiert ist – da ging's mir besser! Als hätten wir endlich eine Art Durchbruch geschafft! Hast du das nicht auch so empfunden?»

«Ich weiß nicht, was ich da empfunden habe.»

«Ich habe auch nette Sachen über dich geschrieben, meinst du nicht? Viel, viel mehr nette Sachen als nicht nette? Wenn du es objektiv betrachtest? Was du nicht kannst, ich weiß, aber trotzdem, jeder außer dir könnte die netten Sachen sehen. Dass du freundlicher zu mir warst, als ich je geglaubt hätte, es von jemandem zu verdienen. Dass du der großartigste Mensch bist, dem ich je begegnet bin. Dass du und Joey und Jessie mein ganzes Leben seid. Dass es nur ein kleiner, schlechter Teil von mir war, der sich jemals, kurz und zu einer richtig schlimmen Zeit in meinem Leben, anderswo umgesehen hat.»

«Du hast recht», krächzte er. «Irgendwie habe ich das alles übersehen.»

«Es ist aber da, Walter! Vielleicht wirst du dich, wenn du später darüber nachdenkst, erinnern, dass es da ist.»

«Ich habe nicht die Absicht, weiter darüber nachzudenken.»

«Nicht jetzt, später. Selbst wenn du dann immer noch nicht mit mir sprechen willst, vielleicht kannst du mir dann wenigstens ein bisschen verzeihen.»

Das Licht in den Fenstern wurde jäh dunkler, eine Frühlingswolke zog vorüber. «Du hast mir das Schlimmste angetan, was du mir überhaupt antun konntest», sagte er. «Das *Aller*schlimmste, und du hast genau gewusst, dass es das Schlimmste ist, und du hast es trotzdem getan. Über welchen Teil davon sollte ich wohl noch nachdenken wollen?»

«Ach, es tut mir so leid», sagte sie und weinte aufs Neue. «Es tut mir so leid, dass du es nicht so sehen kannst wie ich. Es tut mir so leid, dass es passiert ist.»

«Es ist nicht ‹passiert›. Du hast es *getan*. Du hast diesen miesen Scheißkerl gefickt, der mir das auf den Schreibtisch gelegt hat.»

«Aber Herrgott, Walter, es war doch bloß Sex.»

«Du hast ihm Dinge über mich zu lesen gegeben, die du mich niemals hättest lesen lassen.»

«Bloß blöder Sex vor vier Jahren. Was ist das denn, verglichen mit unserem ganzen Leben?»

«Sieh mal», sagte er und stand auf. «Ich will dich nicht anbrüllen. Nicht, wenn Jessica im Haus ist. Aber du musst mir dabei helfen, indem du über das, was du getan hast, nicht unaufrichtig bist, sonst brülle ich dich dermaßen zusammen.»

«Ich bin nicht unaufrichtig.»

«Das ist mein Ernst», sagte er. «Ich brülle dich nicht an. Ich verlasse jetzt dieses Zimmer, und danach will ich dich nicht mehr sehen. Und da haben wir ein kleines Problem, weil ich in diesem Haus arbeiten muss und es für mich deshalb nicht einfach ist, selber auszuziehen.»

«Ich weiß ja, ich weiß», sagte sie. «Ich muss gehen, schon klar. Ich warte, bis Jessie weg ist, dann verschwinde ich aus deinem Blickfeld. Ich verstehe vollkommen, wie dir zumute ist. Aber eins muss ich dir noch sagen, bevor ich gehe, nur damit du es weißt. Du sollst wissen, dass es für mich wie ein Stich ins Herz ist, dich mit deiner Assistentin hier zurückzulassen. Es ist, als würde mir die Haut von den Brüsten gerissen. Das halte ich nicht aus, Walter.» Sie sah ihn beschwörend an. «Ich bin so verletzt und eifersüchtig, ich weiß nicht, was ich tun soll.»

«Du kommst darüber weg.»

«Vielleicht. Irgendwann mal. Ein bisschen. Aber verstehst du, was es heißt, dass ich jetzt so empfinde? Verstehst du, was es darüber aussagt, wen ich liebe? Verstehst du, was hier wirklich Sache ist?»

Der Anblick ihres wilden, flehenden Augenausdrucks verstärkte seinen Schmerz und Ekel in dem Moment derart – gipfelte in einem solchen kumulativen Abscheu vor dem Leid, das sie in ihrer Ehe einander zugefügt hatten –, dass er unwillentlich doch losbrüllte: «*Wer hat mich denn dazu getrieben? Für wen war ich nie ganz gut genug? Wer brauchte immer noch mehr Zeit zum Nachdenken?* Glaubst du nicht, dass *sechsundzwanzig Jahre* genügen, um darüber nachzudenken? Wie viel Zeit brauchst du denn noch, verdammt? Glaubst du, irgendwas von deinem Geschreibsel hat mich überrascht? Glaubst du, ich habe nicht von jedem beschissenen bisschen davon in jeder beschissenen Minute unseres Wegs gewusst? Und dich trotzdem geliebt, weil ich nicht anders konnte? Und mein ganzes Leben vergeudet?»

«Das ist unfair, ach, das ist so unfair.»

«Scheiß auf Fairness! Und Scheiß auf dich!»

Mit einem Fußtritt verwandelte er das Manuskript in ein weißes

Gestöber, war aber so diszipliniert, beim Hinausgehen nicht die Tür hinter sich zuzuschlagen. Unten toastete sich Jessica in der Küche einen Bagel, am Tisch stand ihre Reisetasche. «Wo stecken denn heute Morgen alle?»

«Mom und ich haben uns ein wenig gestritten.»

«Klang mir ganz so», sagte Jessica mit dem ironischen Augenaufreißen, das ihre übliche Reaktion darauf war, einer Familie anzugehören, die weniger im Lot war als sie. «Alles gut jetzt?»

«Wir werden sehen, wir werden sehen.»

«Ich hatte gehofft, den Mittagszug zu kriegen, aber wenn du willst, kann ich auch einen späteren nehmen.»

Da er sich Jessica immer nahe gefühlt hatte und glaubte, auf ihre Unterstützung zählen zu können, kam es ihm nicht in den Sinn, dass er einen taktischen Fehler beging, wenn er sie jetzt abwimmelte und ihres Weges schickte. Er erkannte nicht, wie wesentlich es war, sie als Erste zu informieren und die Geschichte angemessen darzustellen: machte sich nicht klar, wie schnell Patty mit ihrem Siegerinstinkt Schritte unternehmen würde, die Allianz mit ihrer Tochter zu festigen und ihr ihre Version der Geschichte einzutrichtern («Dad lässt Mom unter fadenscheinigem Vorwand sitzen, fängt etwas mit junger Assistentin an»). Dachte überhaupt nicht über den Augenblick hinaus, und ihm schwirrte der Kopf von ebenden Gefühlen, die mit Vatersein rein gar nichts zu tun hatten. Er nahm Jessica in den Arm und dankte ihr überschwänglich dafür, dass sie gekommen war, um bei der Gründung von FreiRaum zu helfen, dann ging er in sein Büro und starrte aus dem Fenster. Der Ausnahmezustand war so weit verblasst, dass ihm wieder einfiel, was noch alles an Arbeit vor ihm lag, aber noch nicht verblasst genug, als dass er sie auch hätte tun können. Er beobachtete eine Katzendrossel, die in einer vor der Blüte stehenden Azalee herumhüpfte; er beneidete den Vogel darum, dass er nichts von dem wusste, was er wusste; auf der Stelle hätte er mit ihm die Seele getauscht. Und dann davonfliegen, den Auftrieb der Luft auch nur für eine Stunde erleben: Der Tausch war ein Selbstgänger, und die Katzendrossel mit ihrer lebhaften Gleichgültigkeit ihm gegenüber, ihrer Gewissheit körperlicher Identität, schien sich sehr wohl bewusst, wie viel besser es war, der Vogel zu sein.

Eine unirdische Zeitspanne später, er hatte inzwischen einen großen Koffer rollen und die Haustür mit einem dumpfen Schlag ins Schloss fallen hören, tippte Lalitha an seine Bürotür und steckte den Kopf herein. «Alles in Ordnung?»

«Ja», sagte er. «Komm, setz dich auf meinen Schoß.»

Sie hob die Augenbrauen. «Jetzt?»

«Ja, jetzt. Wann sonst? Meine Frau ist doch weg, oder?»

«Ja, sie ist mit einem Koffer gegangen.»

«Tja, sie kommt nicht wieder. Also los. Warum nicht. Sonst ist niemand im Haus.»

Und sie tat es. Lalitha war keine, die zögert. Aber der Chefsessel war für das Auf-dem-Schoß-Sitzen schlecht geeignet; sie musste sich an seinen Hals hängen, um obenauf zu bleiben, und selbst dann wackelte der Stuhl gefährlich. «Das möchtest du?», sagte sie.

«Eigentlich nicht. Ich möchte nicht in diesem Büro sein.»

«Einverstanden.»

Er hatte so viel nachzudenken, wusste, er würde wochenlang ununterbrochen nachdenken, wenn er zuließ, dass er jetzt damit anfing. Die einzige Möglichkeit, nicht nachzudenken, war der Sprung nach vorn. Oben in Lalithas Kammer mit der Dachschräge, dem ehemaligen Mädchenzimmer, wo er seit ihrem Einzug nicht mehr gewesen war, der Fußboden ein einziger Hindernisparcours aus Stapeln sauberer Kleidung und Haufen schmutziger, drückte er sie gegen die Seitenwand der Gaube und gab sich blind dem einen Menschen hin, der ihn vorbehaltlos wollte. Und wieder war es ein Ausnahmezustand, etwas zu keiner Stunde keines Tages, es war zum Verzweifeln. Er hob sie zu sich auf die Hüften und wankte umher, den Mund fest auf dem ihren, und dann rieben sie sich durch die Kleider, die sie trugen, heftig aneinander, zwischen Haufen anderer Kleider, und dann senkte sich eine jener Pausen herab, eine beklommene Erinnerung daran, wie immergleich die Stufen zum

Sex hinauf waren, wie unpersönlich oder vorpersönlich. Abrupt riss er sich los, hin zu dem ungemachten schmalen Bett, wobei er einen Stapel Bücher und Akten umstieß, die alle mit Überbevölkerung zu tun hatten.

«Einer von uns muss um sechs aufbrechen, um Eduardo am Flughafen abzuholen», sagte er. «Das wollte ich nur mal feststellen.»

«Wie spät ist es jetzt?»

Er drehte ihren sehr staubigen Wecker zu sich her. «Siebzehn nach zwei», staunte er. Es war die seltsamste Zeit, die er in seinem Leben je gesehen hatte.

«Ich entschuldige mich, dass das Zimmer so ein Saustall ist», sagte Lalitha.

«Es gefällt mir. Ich mag es, wie du bist. Hast du Hunger? Ich ein wenig.»

«Nein, Walter.» Sie lächelte. «Ich habe keinen Hunger. Aber ich kann dir etwas holen.»

«Ich dachte, hm, an ein Glas Sojamilch. Sojagetränk.»

«Ich hol dir eins.»

Sie ging nach unten, und es berührte ihn seltsam, dass die Schritte, die er eine Minute später wieder heraufkommen hörte, die der Frau waren, die Pattys Platz in seinem Leben einnehmen sollte. Sie kniete sich neben ihn und schaute gespannt, gierig zu, wie er die Sojamilch leer trank. Dann knöpfte sie ihm mit ihren flinken Fingern, den blassen Nägeln, das Hemd auf. Na gut, dachte er. Gut. Nach vorn. Doch während er sich dann selbst vollends auszog, wallten die Szenen der Untreue seiner Frau, die sie so erschöpfend geschildert hatte, in ihm auf, und mit ihnen kam der schwache, aber reale Impuls, ihr zu verzeihen; er wusste, dass er diesen Impuls unterdrücken musste. Sein Hass auf sie und seinen Freund war noch immer neugeboren und schwankend, war noch nicht ausgehärtet, das jammervolle Bild und Geräusch ihres Weinens waren noch zu lebendig in seinem Kopf. Dankenswerterweise hatte sich Lalitha nun bis auf ein weißes Höschen mit roten Punkten ausgezogen. Unbekümmert stand sie vor ihm und bot sich ihm zur Begutachtung dar. Ihr Körper in seiner Jugend war geradezu lachhaft herrlich. Makellos, der Schwerkraft trotzend, fast unerträglich anzusehen. Es stimmte zwar, dass er einst den Körper einer Frau gekannt hatte, die sogar ein deutliches Stück jünger gewesen war, aber daran hatte er keine Erinnerung mehr, er war selbst zu jung gewesen, um Pattys Jugend zu bemerken. Er hob den Arm und presste einen Handballen auf den heißen, bekleideten Hügel zwischen Lalithas Beinen. Sie stieß einen kleinen Schrei aus, ihre Knie knickten weg, und sie sank auf ihn, tauchte ihn in süße Agonie.

Das Ringen darum, nicht zu vergleichen, begann nun erst richtig, besonders das Ringen mit Pattys Satz «Es war gar nicht so viel daran auszusetzen», den er aus dem Kopf herausbekommen wollte. Rückblickend fiel ihm auf, dass seine zuvor geäußerte Bitte, Lalitha möge langsam bei ihm vorgehen, auf akkurate Selbsterkenntnis gegründet war. Doch langsam vorzugehen, nachdem er Patty aus dem Haus geworfen hatte, war keine Alternative. Er brauchte die schnelle Klarheit allein schon deshalb, damit er weiter funktionierte – damit ihn nicht Hass und Selbstmitleid niederdrückten –, und in einer Hinsicht war die Klarheit ja auch sehr schön, denn Lalitha war richtig verrückt nach ihm, tropfte buchstäblich vor Begehren, jedenfalls sickerte es stark. Voller Liebe und Freude sah sie ihm in die Augen, erklärte die Männlichkeit, die Patty in ihrem Text verleumdet und bespuckt hatte, für schön, perfekt und wunderbar. Was gab es daran auch nicht zu mögen? Er war ein Mann in den besten Jahren, sie war hinreißend und jung und unersättlich; und ebendas war nicht zu mögen. Seine Gefühle hielten mit der Energie und Dringlichkeit ihrer gegenseitigen animalischen Anziehung, der Unbegrenzbarkeit ihres Kopulierens nicht Schritt. Sie musste ihn reiten, sie musste unter ihm erdrückt werden, sie musste die Beine auf seinen Schultern haben, sie musste den Herabschauenden Hund machen und sich von hinten rammen lassen, sie musste sich über das Bett beugen, sie musste das Gesicht gegen die Wand pressen, sie musste die Beine um ihn schlingen und den Kopf zurückwerfen und ihre sehr runden Brüste in alle Richtungen fliegen spüren. Das alles schien für sie ungeheuer bedeutungsvoll zu sein, sie war ein bodenloser Brunnen gequälten Lärmens, und für all das war er zu haben. War Herz-Kreislauf-mäßig in guter Verfassung, begeistert von ihrer Extravaganz, eingestimmt auf ihre Wünsche und ihr äußerst zugetan. Und dennoch fehlte das ganz Persönliche, und er fand den Weg zum Orgasmus nicht. Und das war sehr eigenartig, ein völlig neues und unvorhergesehenes Problem, das vielleicht teils an seiner Unvertrautheit mit Kondomen, teils an ihrem unglaublichen Feuchtsein lag. Wie oft hatte er es sich während der zwei Jahre zuvor beim Gedanken an seine Assistentin selbst besorgt, jedes Mal binnen Minuten? Hundertmal. Sein jetziges Problem war offensichtlich ein psychisches. Als sie schließlich Ruhe fanden, zeigte ihr Wecker 15:52. Es war nicht ganz klar, ob immerhin sie gekommen war, und er wagte sie nicht zu fragen. Und hier, in seiner Erschöpfung, ergriff der lauernde *Gegensatz* die Gelegenheit, sich aufzudrängen, denn Patty hatte jedes Mal, wenn er ihr Interesse daran hatte wecken können, die Sache halbwegs verlässlich für sie beide erledigt und sie beide einigermaßen zufriedengestellt, sodass er sich befreit seiner Arbeit zuwenden oder ein Buch lesen konnte und sie in der Lage war, die kleinen Patty-Dinge zu machen, an denen ihr so viel lag. Schon ihr Schwierigsein schuf Reibung, und Reibung führte zu Befriedigung …

Lalitha küsste ihn auf seinen geschwollenen Mund. «Was denkst du?»

«Ich weiß nicht», sagte er. «Vieles.»

«Bereust du, dass wir das gemacht haben?»

«Nein, nein, ich bin sehr froh darüber.»

«Sehr froh siehst du aber nicht aus.»

«Na ja, ich habe vorhin meine Frau nach vierundzwanzig Jahren Ehe vor die Tür gesetzt. Das ist gerade mal zwei Stunden her.»

«Entschuldige, Walter. Du kannst immer noch zurück. Ich kann kündigen und euch beide in Frieden lassen.»

«Nein, das zumindest kann ich dir versprechen. Ich gehe nie zurück.»

«Möchtest du mit mir zusammen sein?»

«Ja.» Er füllte sich die Hände mit ihren schwarzen Haaren, die nach Kokosshampoo rochen, und bedeckte sein Gesicht damit. Jetzt hatte er, was er gewollt hatte, aber es machte ihn irgendwie einsam. Nach seinem großen Sehnen, dessen Ausmaß unendlich war, lag er nun im Bett mit einer besonderen, endlichen Frau, die zwar sehr schön, brillant und engagiert, aber eben auch unordentlich und alles andere als eine Köchin war und von Jessica nicht gemocht wurde. Und es gab nur sie, das einzige Bollwerk zwischen ihm und der Vielzahl an Gedanken, die er nicht denken wollte. Dem Gedanken an Patty und seinen Freund am Namenlosen See; an die sehr menschliche und geistreiche Art und Weise, wie die beiden miteinander geredet hatten; an ihre reife Gegenseitigkeit beim Sex; an ihre Freude darüber, dass er, Walter, nicht da war. Er begann, in Lalithas Haare zu weinen, und sie tröstete ihn, wischte seine Tränen weg, und dann liebten sie sich wieder, müder, geschmerzter, bis er dann doch noch kam, ohne großes Tamtam, in ihrer Hand.

Es folgten einige schwierige Tage. Eduardo Soquel wurde bei seiner Ankunft aus Kolumbien am Flughafen abgeholt und in «Joeys» Zimmer einquartiert. Zur Pressekonferenz am Montagvormittag kamen zwölf Journalisten, Walter und Soquel überstanden sie, und Dan Caperville von der *Times* wurde ein eigenes, längeres Telefoninterview gewährt. Walter, der sein Leben lang in der Öffentlichkeitsarbeit tätig gewesen war, konnte seinen privaten Aufruhr unterdrücken, bei der Sache bleiben und journalistische Reizköder ablehnen. Der panamerikanische Waldsängerpark, sagte er, stehe für ein neues Paradigma wissenschaftlich fundierten, privat finanzierten Artenschutzes; die unbestreitbare Abscheulichkeit der Kohlegewinnung durch Gipfelabbau werde von der Aussicht auf nachhaltige «grüne Arbeitsplätze» (Ökotourismus, Aufforstung, zertifizierte Forstwirtschaft) in West Virginia und Kolumbien mehr als aufgewogen; Coyle Mathis und die anderen umgesiedelten Bergbewohner hätten in vollem Umfang und vorbildlich mit der Stiftung kooperiert und würden bald von einer Tochterfirma des großzügigen

Unternehmenspartners der Stiftung, LBI, eingestellt. Beim Lob auf LBI musste Walter nach dem, was Joey ihm erzählt hatte, besondere Selbstbeherrschung aufbringen. Als das Telefonat mit Dan Caperville beendet war, ging er mit Lalitha und Soquel zu einem späten Abendessen und trank zwei Bier, was seinen bisherigen Gesamtkonsum auf drei erhöhte.

Am nächsten Nachmittag, nachdem Soquel zurück zum Flughafen gebracht worden war, verschloss Lalitha die Tür zu Walters Büro und kniete sich zwischen seine Beine, um ihn für seine Mühen zu belohnen.

«Nein, nein, nein», sagte er und rollte auf dem Stuhl von ihr weg.

Sie verfolgte ihn auf den Knien. «Ich will dich nur sehen. Ich bin so gierig nach dir.»

«Lalitha, nein.» Er hörte seine Mitarbeiter vorn im Haus ihrer Arbeit nachgehen.

«Nur ganz kurz», sagte sie und zog seinen Reißverschluss auf. «Bitte, Walter.»

Er dachte an Clinton und Lewinsky, und dann, als er den Mund seiner Assistentin voll mit seinem Fleisch sah und ihre Augen zu ihm herauflächelten, dachte er an die Prophezeiung seines miesen Freundes. Offenbar machte es sie glücklich, und dennoch –

«Nein, tut mir leid», sagte er und stieß sie, so sanft er konnte, zurück.

Sie verzog das Gesicht. War verletzt. «Du musst mich machen lassen», sagte sie, «wenn du mich liebst.»

«Ich liebe dich, aber das ist jetzt nicht der richtige Zeitpunkt.»

«Ich will, dass du mich machen lässt. Ich will alles machen, jetzt sofort.»

«Tut mir leid, nein.»

Er stand auf und zog den Reißverschluss wieder hoch. Lalitha verharrte noch einen Augenblick, den Kopf gesenkt, auf den Knien. Dann stand auch sie auf, strich ihren Rock über den Hüften glatt und wandte sich in unglücklicher Haltung ab.

«Es gibt ein Problem, über das wir zuerst sprechen müssen», sagte er.

«Ist gut. Reden wir über dein Problem.»

«Das Problem ist, wir müssen Richard feuern.»

Der Name, den auszusprechen er sich bis jetzt geweigert hatte, hing in der Luft. «Und warum müssen wir das tun?», sagte Lalitha.

«Weil ich ihn hasse, weil er eine Affäre mit meiner Frau hatte und ich nie wieder seinen Namen hören will und es mir schlechterdings unmöglich ist, mit ihm zusammenzuarbeiten.»

Lalitha schien zu schrumpfen, als sie das hörte. Ihr Kopf sackte herab, die Schultern fielen zusammen, sie wurde ein trauriges kleines Mädchen. «Ist deine Frau deshalb am Sonntag gegangen?»

«Ja.»

«Du liebst sie noch, stimmt's?»

«Nein!»

«Doch. Deshalb soll ich dir jetzt auch nicht nahe sein.»

«Nein, das stimmt nicht. Das stimmt absolut nicht.»

«Na, wie dem auch sei», sagte sie und richtete sich rasch auf, «wir können Richard nicht feuern. Das ist mein Projekt, und ich brauche ihn. Ich habe ihn den Praktikanten schon angekündigt, und er muss uns große Namen für August ranschaffen. Du kannst also gern dein Problem mit ihm haben und das mit deiner Frau sehr bedauern, aber ich werde ihn nicht feuern.»

«Schatz», sagte Walter. «Lalitha. Ich liebe dich wirklich. Alles wird gut. Aber versuch doch mal, es von meiner Warte aus zu sehen.»

«Nein!», sagte sie und fuhr in temperamentvoller Auflehnung zu ihm herum. «Deine Warte ist mir egal! Ich werde dafür bezahlt, unsere Bevölkerungsarbeit zu machen, und ich mache sie auch. Wenn diese Arbeit und auch ich dir wirklich wichtig sind, dann lässt du sie mich auf meine Weise tun.»

«Beides ist mir wichtig. Absolut. Aber –»

«Kein Aber. Ich werde seinen Namen nicht mehr erwähnen. Wenn er sich im Mai mit den Praktikanten trifft, kannst du ja irgendwohin aus der Stadt verschwinden. Und über den August reden wir, wenn es so weit ist.»

«Aber er wird es gar nicht machen wollen. Er hat schon am Samstag davon gesprochen, abzuspringen.»

«Lass mich mit ihm reden», sagte sie. «Wie du dich vielleicht erinnerst, bin ich ziemlich gut darin, Leute zu Dingen zu überreden, die sie gar nicht wollen. Ich bin eine ziemlich effiziente Angestellte von dir, und ich hoffe, du bist so nett, mich meine Arbeit machen zu lassen.»

Er lief um seinen Schreibtisch herum und wollte sie in den Arm nehmen, doch sie entwich ins Vorzimmer.

Weil er ihr Temperament und Engagement liebte und von ihrer Wut tief getroffen war, ritt er nicht weiter darauf herum. Doch als Stunden und dann noch mehrere Tage vergingen und sie ihm noch immer nicht berichtete, dass Richard von FreiRaum abgesprungen war, schloss Walter, er sei weiterhin im Boot. Richard, der an einen Scheißdreck glaubte! Die einzig denkbare Erklärung dafür war, dass Patty mit ihm telefoniert und ihm ein schlechtes Gewissen eingeredet hatte, damit er den Plan nicht fallenließ. Und bei der Vorstellung, dass diese beiden überhaupt über etwas redeten, und sei es nur für fünf Minuten, und dann auch noch darüber redeten, wie man den «armen Walter» (oh, diese Formulierung von ihr, diese abscheuliche Formulierung) schonen und sein Lieblingsprojekt, als eine Art Trostpreis, retten könnte, wurde ihm von seiner Schwäche und Korrumpierbarkeit, seiner Kompromissbereitschaft und Kleinheit schlecht. Es schob sich auch zwischen ihn und Lalitha. Ihr Liebesspiel, wenngleich täglich und ausgedehnt, wurde von seinem Gefühl überschattet, dass auch sie ihn, ein wenig, mit Richard betrogen hatte, und daher nicht persönlicher, wie es seine Hoffnung gewesen war. Wohin er sich auch wandte, überall war Richard.

Ebenfalls beunruhigend, wenn auch auf andere Weise, war das Problem LBI. Joey hatte bei ihrem gemeinsamen Abendessen mit einem bewegenden Aufwand an Demut und Selbstvorwürfen das schmutzige Geschäft erklärt, in das er verwickelt war, und der Hauptschurke war, in Walters Augen, LBI. Kenny Bartles war eindeutig nicht mehr als einer dieser waghalsigen Kasper, ein Provinzliga-Soziopath, der bestimmt bald im Gefängnis oder im Kongress landen würde. Der Cheney-Rumsfeld-Clique, wie sehr ihre Motive für den Einmarsch im Irak auch zum Himmel stanken, wären brauchbare Lkw-Ersatzteile sicher lieber gewesen als der paraguayische Schrott, den Joey geliefert hatte. Und Joey selbst, auch wenn er nicht so dumm hätte sein sollen, sich mit Bartles einzulassen, hatte Walter davon überzeugt, dass er nur Connies wegen drangeblieben war; seine Loyalität ihr gegenüber, seine schreckliche Reue und seine Unerschrockenheit im Allgemeinen (er war erst zwanzig!), das alles sprach für ihn. Verantwortlich war daher LBI – weil die nicht nur über den Schwindel genau Bescheid wussten, sondern auch die Befugnis hatten, ihn zu genehmigen. Von dem Ressortchef, mit dem Joey gesprochen hatte, dem, von dem ihm ein Prozess angedroht worden war, hatte Walter noch nie gehört, aber der Kerl arbeitete bestimmt auf demselben Flur wie der Kumpel von Vin Haven, der sich bereit erklärt hatte, in West Virginia eine Schutzwestenfabrik zu bauen. Joey hatte Walter beim Essen gefragt, was er nun tun solle. Auspacken? Oder seinen Profit einfach einer Hilfsorganisation für kriegsversehrte Veteranen spenden und wieder aufs College gehen? Walter hatte ihm versprochen, am Wochenende darüber nachzudenken, doch das Wochenende hatte sich, um es milde zu formulieren, für eine ruhige Moralreflexion nicht eben als förderlich erwiesen. Erst als er am Montagvormittag den Journalisten gegenübersaß und LBI als einen herausragenden, umweltfreundlichen Unternehmenspartner darstellte, wurde ihm das Ausmaß seiner eigenen Verstrickung bewusst.

Er versuchte nun, seine Interessen – den Umstand, dass Vin Haven ihn als Geschäftsführer der Stiftung, dessen Sohn mit seiner hässlichen Geschichte an die Presse ging, gut und gern feuern und LBI sogar die West Virginia betreffende Vereinbarung brechen könnte – von dem zu trennen, was das Beste für Joey war. Wie arrogant und raffgierig sich Joey auch verhalten hatte, schien es ihm doch sehr hart zu sein, einen zwanzigjährigen Jungen mit problembehafteten Eltern zu bitten, die volle moralische Verantwortung zu übernehmen und eine öffentliche Schmutzkampagne, vielleicht sogar einen Prozess über sich ergehen zu lassen. Und trotzdem war Walter bewusst, dass der Rat, den er Joey also geben wollte – «Spende deinen Profit einer Hilfsorganisation, leb dein Leben weiter» –, auch für ihn selbst und die Stiftung äußerst vorteilhaft war. Er wollte Lalitha um Rat fragen, doch er hatte Joey versprochen, keinem Menschen etwas davon zu erzählen, und so rief er Joey an und sagte, er denke noch immer nach und ob er und Connie zu seinem Geburtstag nächste Woche nicht zum Essen kommen wollten.

«Auf jeden Fall», sagte Joey.

«Dann muss ich dir auch noch mitteilen», sagte Walter, «dass deine Mutter und ich uns getrennt haben. Es fällt mir schwer, dir das zu sagen, aber am Sonntag ist es passiert. Sie ist für eine Weile ausgezogen, und wir wissen noch nicht, wie es weitergeht.»

«Klar», sagte Joey.

*Klar?* Walter runzelte die Stirn. «Hast du verstanden, was ich gerade gesagt habe?»

«Klar. Sie hat es mir schon erzählt.»

«Ach ja. Natürlich. Wie auch nicht. Und hat sie –»

«Klar. Sie hat mir einiges erzählt. Zu viel Information, wie immer.»

«Dann verstehst du also meine –»

«Klar.

«Und du kommst trotzdem noch an meinem Geburtstag zum Essen?»

«Klar. Wir werden auf jeden Fall da sein.»

«Na, da danke ich dir, Joey. Ich finde dich wunderbar. Ich finde dich aus vielen Gründen wunderbar.»

«Klar.»

Danach hinterließ Walter eine Nachricht auf Jessicas Handy, wie er es seit jenem schicksalhaften Sonntag zweimal täglich getan hatte, ohne dass er von ihr zurückgerufen worden war. «Jessica, hör zu», sagte er. «Ich weiß nicht, ob du mit deiner Mutter gesprochen hast, aber egal, was sie dir gesagt hat, du musst mich zurückrufen und dir anhören, was ich zu sagen habe. Ja? Bitte, ruf zurück. Es gibt bei dieser Geschichte wirklich zwei Seiten, und ich finde, du sollst dir beide anhören.» Es wäre nützlich gewesen, hinzufügen zu können, dass zwischen ihm und seiner Assistentin nichts lief, tatsächlich aber waren seine Hände, sein Gesicht und seine Nase so imprägniert vom Geruch ihrer Vagina, dass er sich selbst nach dem Duschen noch schwach hielt.

Er war kompromittiert und verlor an allen Fronten. Ein weiterer schwerer Schlag traf ihn an seinem zweiten Sonntag in Freiheit in Form eines langen Artikels auf Seite eins der *Times* von Dan Caperville: «Kohlefreundliche Landschaftsstiftung zerstört Berge, um sie zu retten». Der Artikel war rein sachlich nicht allzu unrichtig, aber ganz offenbar hatte sich die *Times* von Walters neokonformistischen Ansichten zum Thema Gipfelabbau nicht betören lassen. Der südamerikanische Teil des Waldsängerparks kam gar nicht erst vor, und Walters beste Argumente – neues Paradigma, grüne Ökonomie, wissenschaftlich fundierte Renaturierung – waren kurz vor dem Ende so gut wie versenkt, noch weit hinter Jocelyn Zorns Schilderung des Moments, als er «Dieses [Kraftwort]land gehört mir!» gebrüllt hatte, sowie Coyle Mathis' Erinnerung: «Er hat mir ins Gesicht gesagt, ich wäre dumm.» Abgesehen davon, dass Walter ein äußerst unangenehmer Mensch war, besagte der Artikel im Wesentlichen, dass die Waldsängerberg-Stiftung mit der Kohleindustrie und dem Militärzulieferer LBI kungelte, auf ihrem vermeintlich unberührten Gelände in großem Umfang den Gipfelabbau zuließ, von den dortigen Umweltschützern gehasst wurde, alteingesessene Landbewohner aus den Häusern ihrer Vorfahren vertrieben hatte und von einem öffentlichkeitsscheuen Energiemogul, Vincent Haven, der mit dem stillschweigenden Einverständnis der Regierung Bush andere Teile West Virginias durch Gasbohrungen zerstörte, gegründet und finanziert worden war.

«Doch gar nicht so übel, gar nicht so übel», sagte Vin Haven, als Walter ihn am Sonntagnachmittag zu Hause in Houston anrief. «Wir haben unseren Waldsängerpark, den kann uns keiner nehmen. Sie und Ihr Mädchen haben gute Arbeit geleistet. Und was das andere betrifft, da sehen Sie jetzt, warum ich nie mit der Presse rede. Bei denen ist alles nur negativ, nichts positiv.»

«Ich habe zwei Stunden mit Caperville gesprochen», sagte Walter. «Ich habe wirklich geglaubt, er stimmt mir bei den Hauptpunkten zu.»

«Na, Ihre Punkte sind auch drin», sagte Vin. «Obwohl sie nicht gleich ins Auge springen. Aber machen Sie sich da mal keine Sorgen.»

«Ich mache mir aber Sorgen! Ja, schon richtig, wir haben den Park, und das ist großartig für den Waldsänger. Aber das Ganze soll doch ein *Modell* sein. Diese Sache liest sich aber wie ein Modell dafür, wie man es *nicht* macht.»

«Das gibt sich wieder. Wenn wir erst mal die Kohle raus haben und mit der Renaturierung beginnen, erkennen die Leute, dass Sie recht hatten. Bis dahin schreibt dieser Caperville Nachrufe.»

«Aber das ist ja noch Jahre hin!»

«Haben Sie andere Pläne? Ist es das? Machen Sie sich Sorgen wegen Ihres Lebenslaufs?»

«Nein, Vin, ich bin nur wegen der Medien frustriert. Da zählen die Vögel gar nichts, es geht nur um Herz und Schmerz.»

«Und so wird es auch bleiben, bis die Vögel die Medien beherrschen», sagte Vin. «Wir sehen uns doch nächsten Monat in Whitmanville? Ich habe Jim Elder gesagt, dass ich mich bei der Eröffnung der Schutzwestenfabrik blicken lasse, vorausgesetzt, ich muss nicht für irgendwelche Fotos posieren. Ich könnte Sie auf dem Weg dahin mit dem Jet abholen.»

«Danke, wir fliegen Linie», sagte Walter. «Treibstoff sparen.»

«Bedenken Sie, dass ich mein Geld mit dem Verkauf von Treibstoff verdiene.»

«Stimmt, haha, da ist was dran.»

Es war schön, Vins väterliche Zustimmung zu erhalten, schöner aber wäre es gewesen, hätte Vin als Vater weniger dubios gewirkt. Das Schlimmste an dem *Times*-Artikel – einmal abgesehen von der Scham, in einer Publikation, die jeder, den Walter kannte, las und für vertrauenswürdig hielt, als Arschloch dazustehen – war seine Befürchtung, dass die *Times* bezüglich der Waldsängerberg-Stiftung recht hatte. Es hatte ihm sehr davor gegraut, in den Medien zerrissen zu werden, und nun, da sie es taten, musste er sich den Gründen, warum ihm davor gegraut hatte, noch ernsthafter stellen.

«Ich habe bei dem Interview mitgehört», sagte Lalitha. «Du hast es auf den Punkt gebracht. Die *Times* kann doch nur deshalb nicht zugeben, dass wir recht haben, weil sie dann all ihre Leitartikel gegen die Kohleförderung durch Gipfelabbau zurücknehmen müssten.»

«Das machen sie doch gerade bei Bush und dem Irak.»

«Na, du hast jedenfalls deinen Beitrag geleistet. Und jetzt bekommen du und ich unsere kleine Belohnung. Hast du Mr. Haven gesagt, dass wir mit FreiRaum loslegen?»

«Ich war froh, dass er mich nicht gefeuert hat», sagte Walter. «Ich hielt es nicht für den passenden Zeitpunkt, ihm zu sagen, dass ich den ganzen Etat, den ich zur freien Verfügung habe, für etwas ausgeben will, das wahrscheinlich eine noch schlechtere Presse kriegt.»

«Ach, mein Liebling», sagte sie und legte die Arme um ihn und den Kopf an sein Herz. «Niemand versteht, was du für gute Dinge tust. Ich bin die Einzige.»

«Das könnte vielleicht sogar zutreffen», sagte er.

Gern hätte er sich noch eine Weile so von ihr halten lassen, doch ihr Körper hatte andere Pläne, und seiner stimmte ihnen zu. Sie verbrachten ihre Nächte jetzt in ihrem zu schmalen Bett, weil seine Zimmer noch voll von Pattys Spuren waren; sie hatte ihm keine Anweisungen gegeben, wie damit zu verfahren sei, und er konnte nicht einfach anfangen, auf eigene Faust etwas damit zu tun. Es überraschte ihn nicht, dass Patty sich noch nicht gemeldet hatte, und dennoch lag für ihn etwas Taktisches, Feindseliges darin. Für eine Frau, die nach eigenem Eingeständnis nichts als Fehler machte, warf sie dadurch, was immer sie da draußen in der Welt tat, einen beängstigenden Schatten. Walter kam sich wie ein Feigling vor, weil er sich in Lalithas Zimmer vor ihr versteckte, aber was blieb ihm anderes übrig? Er wurde von allen Seiten bedrängt.

An seinem Geburtstag ging er mit Joey, während Lalitha Connie die Büroräume zeigte, in die Küche und sagte, er wisse noch immer nicht, welche Vorgehensweise er empfehlen solle. «Ich bin allerdings nicht der Meinung, dass du auspacken sollst», sagte er. «Aber ich traue meinen Gründen dafür nicht. In letzter Zeit habe ich irgendwie die moralische Orientierung verloren. Die Sache mit deiner Mutter, dann das in der *Times* – hast du das gesehen?»

«Klar», sagte Joey. Er hatte die Hände in den Hosentaschen und war noch immer wie ein College-Republikaner gekleidet, blauer Blazer und blankpolierte Slipper. Nach allem, was Walter wusste, *war* er ja auch ein College-Republikaner.

«Ich bin nicht gut darin weggekommen, wie?»

«Nee», sagte Joey. «Aber ich glaube, die meisten haben erkannt, dass der Artikel unfair war.»

Dankbar, ohne weitere Fragen zu stellen, nahm Walter diese Beruhigung von seinem Sohn an. Er fühlte sich tatsächlich sehr klein. «Und nächste Woche muss ich ja zu dieser LBI-Geschichte in West Virginia», sagte er. «Die eröffnen dort eine Schutzwestenfabrik, in der die umgesiedelten Familien alle arbeiten sollen. Und deshalb bin ich nicht gerade der Richtige, den man zu LBI befragen sollte, weil ich selber so tief drinstecke.»

«Warum musst du denn da hin?»

«Ich muss eine Rede halten. Im Namen der Stiftung einen auf dankbar machen.»

«Aber du hast deinen Waldsängerpark doch schon. Warum sagst du das nicht einfach ab?»

«Wegen dieses anderen großen Vorhabens mit der Überbevölkerung, an dem Lalitha dran ist, das darf ich mir mit meinem Chef nicht verscherzen. Schließlich ist das Geld, das wir ausgeben, von ihm.»

«Dann ist es wohl besser, du fährst hin», sagte Joey.

Er klang nicht überzeugt, und Walter war es unangenehm, so schwach und klein vor ihm dazustehen. Als wollte er noch schwächer und kleiner dastehen, fragte er, ob Joey wisse, was mit Jessica sei.

«Ich hab mit ihr gesprochen», sagte Joey, Hände in den Taschen, Blick auf dem Boden. «Ich schätze mal, sie ist ein bisschen sauer auf dich.»

«Ich habe ihr ungefähr zwanzigmal auf die Mailbox gesprochen!»

«Das kannst du wahrscheinlich bleibenlassen. Ich glaube, sie hört sie gar nicht ab. Die Leute hören sowieso nicht jede Nachricht ab, sie sehen einfach nur nach, wer angerufen hat.»

«Und? Hast du ihr gesagt, dass diese Geschichte zwei Seiten hat?»

Joey zuckte die Achseln. «Keine Ahnung. Hat sie denn zwei?»

«Ja, natürlich! Deine Mutter hat mir etwas sehr Schlimmes angetan. Etwas unglaublich Schmerzhaftes.»

«Ich möchte eigentlich keine weiteren Informationen», sagte Joey. «Ich glaube, sie hat mir sowieso schon davon erzählt. Ich habe keine Lust, Partei zu ergreifen.»

«Sie hat dir *wann* davon erzählt? Wie lange ist das her?»

«Letzte Woche.»

Also wusste Joey, was Richard getan hatte – was Walter seinen besten Freund, seinen Rockstar-Freund, hatte tun lassen. Sein Immer-kleiner-Werden in den Augen seines Sohnes war nun perfekt. «Ich trinke jetzt mal ein Bier», sagte er. «Schließlich ist heute mein Geburtstag.»

«Können Connie und ich auch eins haben?»

«Ja, deshalb haben wir euch schon früh hergebeten. Aber Connie kann doch auch im Restaurant alles trinken, was sie will. Sie ist einundzwanzig, oder?»

«Klar.»

«Und das jetzt nicht, um dich zu bedrängen, sondern ich frage nur rein interessehalber: Hast du Mom gesagt, dass du verheiratet bist?»

«Dad, ich arbeite daran», sagte Joey, und seine Kinnpartie straffte sich. «Lass mich das einfach auf meine Weise regeln, ja?»

Walter hatte Connie immer gemocht (hatte insgeheim sogar Connies Mutter gemocht, weil sie so mit ihm geflirtet hatte). Zur Feier des Abends trug sie gefährlich hohe Absätze und dicken Lidschatten; sie war noch jung genug, um viel älter aussehen zu wollen. Im La Chaumière beobachtete er mit schwellendem Herzen, mit welch zärtlicher Aufmerksamkeit Joey sie bedachte, wie er sich zu ihr hinbeugte, um die Speisekarte mit ihr zu lesen und beider Auswahl aufeinander abzustimmen, und wie Connie, da Joey noch nicht volljährig war, Walters Angebot eines Cocktails ablehnte und sich stattdessen eine Cola Light bestellte. Sie hatten eine stillschweigend vertrauensvolle Art, miteinander umzugehen, eine Art, die Walter an sich und Patty erinnerte, als sie noch sehr jung gewesen waren, die Art eines zu einer Front gegen die Welt vereinten Paars; beim Anblick ihrer Eheringe verschleierten sich seine Augen. Lalitha, die in ihrer Beklommenheit versuchte, auf Abstand von dem jungen Paar zu gehen und sich mit einem Mann zu verbünden, der fast doppelt so alt war wie sie, bestellte sich einen Martini und füllte sodann das Gesprächsvakuum mit Berichten über FreiRaum und die Weltbevölkerungskrise, denen Joey und Connie mit der gepflegten Höflichkeit eines Paars lauschten, das in seiner Zwei-Personen-Welt geborgen ist. Obwohl Lalitha es vermied, besitzergreifende Bezüge zu Walter herzustellen, bezweifelte er nicht, dass Joey wusste, dass sie mehr als nur seine Assistentin war. Als er sein drittes Bier des Abends trank, schämte er sich immer mehr der Dinge, die er getan hatte, und wurde Joey immer dankbarer dafür, dass er das alles so gelassen nahm. Nichts hatte ihn über die Jahre an Joey mehr erzürnt als dessen coole Hülle, und jetzt – wie froh er über sie war! Diese Schlacht hatte sein Sohn gewonnen, und er war froh darüber.

«Dann arbeitet Richard also noch für euch?», sagte Joey.

«Äh, ja», sagte Lalitha. «Ja, er hilft uns sehr. Erst kürzlich hat er mir erzählt, die White Stripes könnten uns im Hinblick auf unser Großevent im August helfen.»

Joey achtete darauf, Walter nicht anzusehen, als er das stirnrunzelnd durchdachte.

«Da sollten wir hin», sagte Connie zu Joey. «Ist es in Ordnung, wenn wir kommen?», fragte sie Walter.

«Aber natürlich ist das in Ordnung», sagte er und zwang sich zu lächeln. «Es dürfte ganz lustig werden.»

«Ich finde die White Stripes richtig gut», erklärte sie in ihrer subtextlosen Art vergnügt.

«Ich finde *dich* richtig gut», sagte Walter. «Ich freue mich sehr, dass du zu unserer Familie gehörst. Und ich freue mich sehr, dass du heute Abend da bist.»

«Ich freue mich auch, hier zu sein.»

Joey schien dieses sentimentale Gerede nicht zu stören, doch mit den Gedanken war er offensichtlich ganz woanders. Bei Richard, bei seiner Mutter, bei der sich anbahnenden Familienkatastrophe. Und es gab nichts, was Walter hätte sagen können, um es ihm leichter zu machen.

«Ich kann das nicht», sagte er zu Lalitha, als sie, allein, zur Villa zurückgekehrt waren. «Ich halte es nicht mehr aus, dass dieses Arschloch da noch mitmischt.»

«Diese Diskussion hatten wir schon», sagte sie und ging forsch durch den Flur zur Küche. «Das haben wir schon geklärt.»

«Dann müssen wir sie eben noch einmal führen», sagte er, ihr folgend.

«Nein. Hast du nicht gesehen, wie Connies Gesicht aufleuchtete, als ich die White Stripes erwähnt habe? Wer sonst kann uns denn solche Talente ranschaffen? Wir haben unsere Entscheidung gefällt, die eine gute war, und ich muss mir wirklich nicht anhören, wie eifersüchtig du auf den Mann bist, der mit deiner Frau geschlafen hat. Ich bin müde, ich habe zu viel getrunken, und ich muss jetzt ins Bett.»

«Er war mein bester Freund», murmelte Walter.

«Das ist mir gleich. Völlig gleich, Walter. Ich weiß, du denkst, ich bin auch nur so ein junger Mensch, aber ich bin älter als deine Kinder, ich bin fast achtundzwanzig. Ich wusste, es war ein Fehler, dass ich mich in dich verliebt habe. Ich wusste, du warst noch nicht bereit, und jetzt bin ich in dich verliebt, und du denkst noch immer nur an sie.»

«Ich denke ständig an dich. Ich bin so auf dich angewiesen.»

«Du schläfst mit mir, weil ich dich will und du es kannst. Aber für alle dreht sich die Welt immer noch um deine Frau. Was ist bloß so besonders an ihr, ich verstehe das einfach nicht. Sie verbringt ihr gesamtes Leben damit, andere in Schwierigkeiten zu bringen. Und ich brauche jetzt ein bisschen Abstand, damit ich schlafen kann. Vielleicht ist es also besser, wenn du heute Nacht in deinem Bett schläfst und dir überlegst, was du eigentlich willst.»

«Was habe ich denn gesagt?», flehte er. «Ich dachte, wir hätten einen netten Geburtstag gehabt.»

«Ich bin müde. Es war ein anstrengender Abend. Also dann bis morgen früh.»

Sie trennten sich ohne einen Kuss. Auf seinem Festnetztelefon war ein Anruf von Jessica eingegangen, mit Bedacht auf die Zeit gelegt, in der er essen gewesen war; sie hatte ihm zum Geburtstag gratuliert. «Entschuldige, dass ich auf deine Nachrichten nicht reagiert habe», sagte sie, «ich hatte eben viel zu tun und wusste auch nicht recht, was ich sagen sollte. Aber heute habe ich an dich gedacht, und ich hoffe, du hattest einen schönen Tag. Vielleicht können wir ja irgendwann mal reden, aber ich weiß nicht, wann ich dazu kommen werde.»

Klick.

Es war eine Erleichterung, dass er die folgende Woche über allein schlief. Dass er sich in einem Zimmer aufhielt, das noch immer voll von Pattys Kleidern, Büchern und Fotos war, dass er lernte, sich gegen sie zu wappnen. Tagsüber wartete jede Menge liegengebliebene Büroarbeit auf ihn: Verwaltungsstrukturen für die Areale in Kolumbien und West Virginia organisieren, eine Gegenoffensive in den Medien starten, neue Spender auftreiben. Walter hatte sogar gedacht, es könnte möglich sein, eine Pause vom Sex mit Lalitha einzulegen, aber die tägliche Nähe machte das unmöglich – sie brauchten und brauchten. Zum Schlafen zog er sich jedoch in sein Bett zurück.

Am Abend bevor sie nach West Virginia flogen, packte er gerade seine Reisetasche, als er einen Anruf von Joey bekam, der berichtete, er habe sich entschieden, nicht gegen LBI und Kenny Bartles auszupacken. «Die sind widerlich», sagte er. «Aber mein Freund Jonathan sagt immer wieder, ich würde mir nur selber schaden, wenn ich damit an die Öffentlichkeit gehe. Also denke ich, dass ich das dazuverdiente Geld einfach weggebe. Wenigstens spare ich damit eine Menge Steuern. Aber ich möchte gern wissen, ob du das immer noch in Ordnung findest.»

«Es ist richtig, Joey», sagte Walter. «In meinen Augen ist es richtig. Ich weiß, wie ehrgeizig du bist, ich weiß, wie schwer es fallen muss, das ganze Geld wegzugeben. Da kommt einiges zusammen.»

«Also, es ist ja nicht so, dass ich dadurch ins Minus komme. Ich mache nur kein Plus. Und Connie kann jetzt wieder ans College, das ist auch gut. Ich überlege, ob ich ein Jahr aussetze und arbeite, damit sie aufholen kann.»

«Toll. Es ist toll zu sehen, wie ihr beide füreinander da seid. War noch was anderes?»

«Ach, bloß dass ich mich mit Mom getroffen habe.»

Walter hielt noch immer zwei Krawatten in der Hand, eine rote und eine grüne, von denen er eine hatte auswählen wollen. Die Wahl war, wie er nun merkte, nicht sonderlich bedeutsam. «Tatsächlich?», sagte er und wählte die grüne. «Wo? In Alexandria?»

«Nein, in New York.»

«Dann ist sie also in New York.»

«Na ja, eigentlich in Jersey City», sagte Joey.

Walters Brust spannte sich und blieb gespannt.

«Also, Connie und ich wollten es ihr persönlich sagen. Ich meine, dass wir geheiratet haben. Und es war gar nicht so schlimm. Sie war sogar ganz nett zu Connie. Schon noch von oben herab und irgendwie unecht, die Art, wie sie ständig lachte und so, aber nicht gemein. Vermutlich hat sie alles Mögliche andere um die Ohren. Wie auch immer, wir fanden es ziemlich gut. Connie jedenfalls. Ich fand es eher irgendwie na ja. Aber ich wollte, dass du weißt, dass sie es weiß, damit du, ich weiß ja auch nicht, falls du mal mit ihr sprichst, es nicht mehr geheim halten musst.»

Walter schaute auf seine linke Hand, die weiß geworden war und ohne den Ehering sehr nackt aussah. «Sie wohnt bei Richard», brachte er hervor.

«Äh, ja, vorübergehend, glaube ich», sagte Joey. «Hätte ich das nicht sagen sollen?»

«War er da? Als ihr da wart?»

«Ja, doch. Er war da. Und Connie fand es irre, weil sie auf seine Musik steht. Er hat ihr seine Gitarren gezeigt und so. Ich weiß nicht, ob ich dir schon gesagt habe, dass sie überlegt, ob sie Gitarre lernen soll. Sie hat eine ziemlich schöne Singstimme.»

Wo genau er Patty die ganze Zeit über vermutet hatte, hätte Walter gar nicht sagen können. Bei ihrer Freundin Cathy Schmidt, bei einer ihrer anderen ehemaligen Mannschaftskameradinnen, vielleicht bei Jessica, womöglich gar bei ihren Eltern. Aber nachdem er sie so *tugendhaft* hatte verkünden hören, dass zwischen ihr und Richard alles aus sei, hatte er keine Sekunde lang gedacht, sie könnte in Jersey City sein.

«Dad?»

«Was.»

«Also, ich weiß, es ist seltsam, ja? Die ganze Sache ist sehr seltsam. Aber du hast auch eine Freundin, oder? Na ja, ich meine, das ist es dann jetzt, oder? Jetzt ist alles anders, und wir sollten einfach anfangen, damit umzugehen. Meinst du nicht?»

«Doch», sagte Walter. «Du hast recht. Wir müssen damit umgehen.»

Kaum hatte er aufgelegt, zog er eine Kommodenschublade auf, nahm den Ehering aus der Schachtel mit den Manschettenknöpfen, in die er ihn getan hatte, und spülte ihn ins Klo. Mit einem Armschwung fegte er Pattys Bilder von ihrer Kommode – Joey und Jessica als Unschuldsengel, Mannschaftsfotos von Teenie-Basketballerinnen in herzzerreißenden Siebziger-Jahre-Uniformen, ihre liebsten und schmeichelhaftesten Bilder von ihm – und zerstampfte und zermalmte Rahmen und Gläser mit den Füßen, bis er das Interesse daran verlor und den Kopf gegen die Wand schlagen musste. Die Nachricht, dass sie zu Richard zurückgekehrt war, hätte ihn entlasten, hätte ihm die Freiheit geben sollen, sich an Lalitha reinsten Gewissens zu erfreuen. Doch nicht wie eine Befreiung, wie ein Tod kam es ihm vor. Er sah jetzt (was Lalitha schon die ganze Zeit gesehen hatte), dass die letzten drei Wochen lediglich eine Art Rache gewesen waren, ein Genuss, der ihm als Entschädigung für Pattys Betrug zustand. Trotz seiner Erklärungen, dass die Ehe vorbei war, hatte er kein winziges bisschen daran geglaubt. Er warf sich aufs Bett und schluchzte in einem Zustand, dem alle bisherigen Seinszustände unendlich vorzuziehen waren. Die Welt drehte sich weiter, die Welt war voller Sieger, LBI und Kenny Bartles kassierten ab, Connie ging wieder ans College, Joey tat das Richtige, Patty lebte mit einem Rockstar zusammen, Lalitha führte ihren guten Kampf, Richard machte wieder Musik, Richard bekam eine tolle Presse, weil er viel offensiver als Walter war, Richard becircte Connie, Richard schaffte die White Stripes heran … wohingegen Walter bei den Toten, Sterbenden und Vergessenen zurückblieb, bei den gefährdeten Arten der Welt, den nicht Anpassungsfähigen …

Gegen zwei Uhr morgens wankte er ins Badezimmer und fand ein altes Tablettenglas mit Pattys Trazodon, dessen Verfallsdatum schon um achtzehn Monate überschritten war. Er nahm drei, unsicher, ob sie noch wirkten, aber anscheinend taten sie es: Um sieben Uhr wurde er von Lalithas sehr entschiedenem Rütteln geweckt. Er hatte noch seine Sachen vom Vortag an, alle Lichter brannten, das Zimmer war verwüstet, sein Hals war, vermutlich vom heftigen Schnarchen, wund, und der Kopf tat ihm aus allen möglichen guten Gründen weh.

«Wir müssten schon im Taxi sitzen», sagte Lalitha und zog ihn am Arm. «Ich dachte, du bist fertig.»

«Kann nicht fahren», sagte er.

«Komm, wir sind schon spät dran.»

Er richtete sich auf und versuchte, die Augen offen zu halten. «Ich müsste erst mal duschen.»

«Dazu ist keine Zeit.»

Er schlief im Taxi ein, und immer noch im Taxi, wachte er wieder auf, auf der Schnellstraße, auf der sich der Verkehr wegen eines Unfalls staute. Lalitha telefonierte mit der Fluggesellschaft. «Wir müssen jetzt über Cincinnati», sagte sie zu ihm. «Wir haben unseren Flug verpasst.»

«Schmeißen wir doch alles hin», sagte er. «Ich hab's satt, immer der Gute zu sein.»

«Wir lassen das Mittagessen sausen und fahren direkt zu der Fabrik.»

«Und wenn ich der Böse wäre? Würdest du mich dann auch noch mögen?»

Sie runzelte besorgt die Stirn. «Walter, hast du etwa irgendwelche Pillen genommen?»

«Im Ernst. Würdest du mich dann auch noch mögen?»

Ihr Stirnrunzeln verstärkte sich, sie gab keine Antwort. Im Wartebereich am Flugsteig des National Airport schlief er ein; er schlief im Flugzeug nach Cincinnati ein, in Cincinnati, im Flugzeug nach Charleston und in dem Mietwagen, den Lalitha mit Höchstgeschwindigkeit nach Whitmanville lenkte, wo er erwachte und sich besser fühlte, sogar plötzlich Hunger hatte, über sich einen bedeckten Aprilhimmel, um sich herum eine jener biotisch trostlosen Provinzlandschaften, die zu einer Spezialität Amerikas geworden waren. Megakirchen mit Vinylwänden, ein Wal-Mart, ein Wendy's, breite Linksabbiegerspuren, weiße automobile Festungen. Nichts, was ein Wildvogel hier mögen konnte, es sei denn, der Vogel war eine Krähe oder ein Star. Die Schutzwestenfabrik (ARDEE ENTERPRISES, EIN UNTERNEHMEN DER LBI-UNTERNEHMENSFAMILIE) befand sich in einem großen Schlackensteinbau, dessen frischgewalzter Asphaltparkplatz an den Rändern ausfranste, ins Unkraut ausbröckelte. Der Platz füllte sich mit massigen Personenfahrzeugen, darunter ein schwarzer Navigator, dem just in dem Moment, als Lalitha den Mietwagen quietschend zum Stehen brachte, Vin Haven und einige Anzugträger entstiegen.

«Entschuldigen Sie, dass wir das Mittagessen verpasst haben», sagte sie zu Vin.

«Ich glaube, das Abendessen wird die größere Gaumenfreude», sagte Vin. «Das wollen wir zumindest hoffen, nach dem, was sie uns als Mittagessen geboten haben.»

Im Innern der Fabrik roch es angenehm kräftig nach Farbe, Plastik und neuen Maschinen. Walter bemerkte das Fehlen von Fenstern, das Angewiesensein auf elektrische Beleuchtung. Vor einem Hintergrund sich auftürmender eingeschweißter Rohmaterialrechtecke waren Klappstühle und ein Podium aufgestellt. Rund hundert West-Virginier liefen durcheinander, unter ihnen Coyle Mathis, der ein schlabbriges Sweatshirt und eine noch schlabbrigere Jeans trug, die beide so neu aussahen, dass er sie auf dem Herweg bei Wal-Mart gekauft haben mochte. Zwei Teams lokaler TV-Sender hatten ihre Kameras auf das Podium und das darüber hängende Transparent gerichtet: JOBS + NATIONALE SICHERHEIT = JOBSICHERHEIT.

Vin Haven («Sie können die ganze Nacht bei LexisNexis nach mir suchen, und Sie finden kein einziges wörtliches Zitat aus meinen siebenundvierzig Jahren im Geschäft») setzte sich unmittelbar hinter die Kameras, während Walter von Lalitha eine Kopie der Rede entgegennahm, die von ihm geschrieben und von ihr durchgesehen worden war, und bei den anderen Anzugträgern – Jim Elder, Vizepräsident von LBI, und Roy Dennett, Geschäftsführer seiner gleichnamigen Tochtergesellschaft – auf einem Stuhl hinter dem Podium Platz nahm. In der ersten Reihe des Publikums, die Arme hoch über der Brust verschränkt, saß Coyle Mathis. Walter hatte ihn seit ihrer unglückseligen Begegnung im Hof von Mathis' Haus (der jetzt ein ödes Geröllfeld war) nicht mehr gesehen. Der starrende Blick, mit dem er Walter ansah, erinnerte ihn erneut an seinen Vater. Es war der Blick eines Mannes, der mit der Wildheit seiner Verachtung jede Möglichkeit, dass er selbst in Verlegenheit geraten oder Walter Mitleid mit ihm haben könnte, im Keim ersticken wollte. Das machte Walter seinetwegen traurig. Während Jim Elder am Mikro damit begann, die tapferen Soldaten im Irak und in Afghanistan zu rühmen, warf Walter Mathis ein schüchternes Lächeln zu, um ihm zu zeigen, dass er seinetwegen, ihrer beider wegen traurig war. Doch Mathis' Miene blieb unverändert, und er hörte nicht auf, ihn anzustarren.

«Ich glaube, jetzt gibt es erst mal ein paar Bemerkungen von der Waldsängerberg-Stiftung», sagte Jim Elder, «der zu verdanken ist, dass Whitmanville und die hiesige Wirtschaft in den Genuss all dieser wunderbaren, zukunftsträchtigen Arbeitsplätze kommen. Bitte begrüßen Sie mit mir Walter Berglund, den Geschäftsführer der Stiftung. Walter?»

Aus seiner Traurigkeit, die Mathis galt, war eine allgemeinere Traurigkeit geworden, eine Welttraurigkeit, eine Lebenstraurigkeit. Als er auf dem Podium stand, machte er Vin Haven und Lalitha aus, die nebeneinandersaßen, und warf beiden von ihnen ein kleines Lächeln des Bedauerns und der Entschuldigung zu. Dann beugte er sich zum Mikrophon.

«Vielen Dank», sagte er. «Willkommen. Ein besonderes Willkommen für Mr. Coyle Mathis und die anderen Männer und Frauen von Forster Hollow, die in dieser ganz ungeheuer energieineffizienten Fabrik beschäftigt sein werden. Ist einiges passiert seit Forster Hollow, nicht?»

Außer einem tiefen Anlagengesumm war der einzige Laut das Echo seiner verstärkten Stimme. Er sah rasch zu Mathis hin, dessen Miene weiter eine der Verachtung war.

«Ja, also, willkommen», sagte er. «Willkommen in der Mittelschicht! Das ist mir wichtig zu sagen. Obwohl, bevor ich fortfahre, möchte ich noch schnell etwas zu Mr. Mathis hier in der ersten Reihe sagen: Ich weiß, Sie mögen mich nicht. Und ich mag Sie auch nicht. Aber wissen Sie, damals, als Sie mit uns nichts zu tun haben wollten, habe ich das respektiert. Es hat mir nicht gefallen, aber ich hatte Respekt vor Ihrer Haltung. Vor Ihrer Unabhängigkeit. Weil ich nämlich selbst aus einem Ort stamme, der ein bisschen wie Forster Hollow ist, bevor ich mich der Mittelschicht angeschlossen habe. Und nun sind auch Sie in der Mittelschicht, und ich möchte Sie alle willkommen heißen, weil sie etwas Wunderbares ist, unsere amerikanische Mittelschicht. Sie ist die Stütze der Wirtschaft auf dem gesamten Erdball!»

Er sah, dass Lalitha Vin etwas zuflüsterte.

«Und nun, da Sie die Arbeitsplätze in dieser *Schutzwestenfabrik* haben», fuhr er fort, «werden auch Sie an jener Wirtschaft teilhaben können. Auch Sie können nun dazu beitragen, noch das letzte Fleckchen ursprünglichen Lebensraums in Asien, Afrika und Südamerika auszuplündern! Auch Sie können nun einen eins achtzig Meter breiten Plasmafernseher kaufen, der unglaubliche Energiemengen verbraucht, selbst wenn er nicht angeschaltet ist! Aber das geht schon in Ordnung, denn deshalb haben wir Sie ja überhaupt erst aus Ihren Häusern geworfen, damit wir Ihre angestammten Berge abtragen und die kohlebetriebenen Generatoren beschicken können, die die Hauptursache der Erderwärmung und von anderen hervorragenden Dingen wie dem sauren Regen sind. Eine perfekte Welt, nicht wahr? Ein perfektes System, denn solange Sie Ihren eins achtzig Meter breiten Plasmafernseher haben und dazu noch den Strom, um ihn laufenzulassen, müssen Sie sich keine Gedanken über die hässlichen Konsequenzen machen. Sie können sich *Survivor: Indonesien* ansehen, bis es kein Indonesien mehr gibt!»

Coyle Mathis buhte als Erster. Sogleich stimmten viele andere mit ein. Am Rand seines Blickfelds, über der Schulter, sah Walter, dass Elder und Dennett aufstanden.

«Nur noch ganz schnell, hier», fuhr er fort, «weil ich meine Ausführungen kurz halten möchte. Nur noch einige wenige Bemerkungen zu dieser perfekten Welt. Ich möchte diese großen, neuen 30-Liter-Fahrzeuge erwähnen, die Sie nun, da Sie wie ich der Mittelschicht angehören, kaufen und nach Belieben fahren können. Dieses Land braucht deshalb so viele Schutzwesten, weil gewisse Leute in gewissen Teilen der Welt nicht wollen, dass wir ihr ganzes Öl stehlen, damit Sie, die Sie hier sitzen, Ihre Fahrzeuge fahren können. Und je mehr Sie also Ihre Fahrzeuge fahren, desto sicherer sind Ihre Arbeitsplätze in dieser Schutzwestenfabrik! Ist das nicht perfekt?»

Das Publikum war nun aufgestanden und schrie ihn an, er solle den Mund halten.

«Das reicht», sagte Jim Elder und versuchte, ihn vom Mikrophon fortzuziehen.

«Nur noch ein paar Dinge!», rief Walter, wobei er das Mikro aus der Halterung riss und mit ihm wegtanzte. «Ich möchte sagen, wie sehr ich mich freue, dass Sie für eines der korruptesten und barbarischsten Unternehmen der Welt arbeiten! Hören Sie mich? LBI schert sich einen *Dreck* um Ihre Söhne und Töchter, die im Irak bluten, solange es seine tausend Prozent Profit macht! Das weiß ich genau! Ich verfüge über Fakten, die es beweisen! Es ist Teil der perfekten Mittelschichtwelt, in die Sie eintreten! Nun, da Sie für LBI arbeiten, können Sie endlich genug Geld verdienen, um zu verhindern, dass Ihre Kinder zur Army gehen und in den kaputten Lastern und schludrigen Schutzwesten von LBI sterben!»

Unterdessen war das Mikro tot, und Walter schlitterte rückwärts, weg von dem Mob, der sich jetzt bildete. «Und INZWISCHEN», brüllte er, «FÜGEN WIR DER WELTBEVÖLKERUNG JEDEN MONAT DREIZEHN MILLIONEN MENSCHEN HINZU! DREIZEHN MILLIONEN MEHR, DIE EINANDER IM WETTLAUF UM DIE LETZTEN RESSOURCEN UMBRINGEN WERDEN! UND DABEI JEDES ANDERE LEBEN AUSLÖSCHEN! ES IST EINE PERFEKTE SCHEISSWELT, SOLANGE MAN NICHT JEDES ANDERE LEBEWESEN DARIN MITZÄHLT! WIR SIND EIN KREBSGESCHWÜR AUF DEM PLANETEN! EIN KREBSGESCHWÜR AUF DEM PLANETEN!»

In dem Moment kriegte er von Coyle Mathis persönlich einen Kinnhaken. Er taumelte zur Seite, sein Blickfeld mehr und mehr gefüllt mit magnesiumhellen Insekten, seine Brille verloren, und kam zu dem Schluss, dass er wohl genug gesagt hatte. Er war nun von Mathis und einem Dutzend weiterer Männer umringt, und die fügten ihm echte Schmerzen zu. Er fiel hin, versuchte, einem Wald aus Beinen zu entkommen, die ihn mit ihren Sportschuhen made in China traten. Er rollte sich zu einer Kugel zusammen, vorübergehend taub und blind, den Mund voller Blut und mindestens einem abgebrochenen Zahn, und steckte weitere Tritte ein. Dann ließen die Tritte nach, und andere Hände waren auf ihm, darunter Lalithas. Als der Ton wiederkam, hörte er sie toben: *«Weg von ihm! Weg von ihm!»* Er würgte und spuckte Blut auf den Boden. Sie ließ ihre Haare in das Blut fallen, als sie ihm ins Gesicht spähte. «Alles in Ordnung?»

Er lächelte, so gut er konnte. «Allmählich besser.»

«Ach, mein Chef. Mein armer lieber Chef.»

«Eindeutig besser.»

Es war die Zeit des Vogelzugs, von Flug, Gesang und Sex. In der Neotropis, wo die Vielfalt so groß war wie nirgendwo sonst auf der Welt, wurden einige hundert Vogelarten unruhig und ließen die mehreren tausend anderen Arten zurück, viele davon enge taxonomische Verwandte, die es zufrieden waren, zu bleiben und in drangvoller Enge zu koexistieren und sich in aller Tropenmuße fortzupflanzen. Von den Hunderten Tangarenarten Südamerikas hoben genau vier in Richtung der Vereinigten Staaten ab, riskierten die Katastrophen der Reise wegen der zu erwartenden Fülle an Nahrung und Nistplätzen in Wäldern der gemäßigten Zone zur Sommerzeit. Pappelwaldsänger zogen an den Küsten von Mexiko und Texas entlang nordwärts und schwärmten in die Laubwälder der Appalachen und des Ozarkplateaus aus. Rubinkehlkolibris mästeten sich an den Blumen von Veracruz und flogen zwölfhundert Kilometer über den Golf, verbrannten dabei ihr halbes Körpergewicht und landeten in Galveston, um zu verschnaufen. Seeschwalben zogen aus einem Subpolargebiet in das andere, Segler hielten in der Luft kurze Schläfchen, ohne sich je niederzulassen, singfreudige Drosseln warteten auf einen Südwind und flogen dann zwölf Stunden nonstop, überquerten ganze Staaten in einer Nacht. Hochhäuser und Stromleitungen, Windkrafträder, Mobilfunkmasten und Straßenverkehr mähten Millionen Zugvögel nieder, aber noch mehr Millionen kamen durch, von denen viele genau zu demselben Baum zurückkehrten, auf dem sie im Vorjahr genistet hatten, zur selben Hügelkette oder zum selben Feuchtgebiet, wo sie flügge geworden waren, und wenn es sich um Männchen handelte, begannen sie dort zu singen. Jedes Jahr mussten sie bei der Ankunft feststellen, dass wieder einige ihrer früheren Nistgebiete für Parkplätze und Schnellstraßen asphaltiert oder für Palettenholz gefällt oder zu Bauland erschlossen oder für Ölbohrungen oder den Kohlebergbau gerodet oder für Einkaufszentren fragmentiert oder für die Ethanolproduktion untergepflügt oder auf verschiedenartige Weise für Skipisten, Fahrradpfade und Golfplätze denaturiert worden waren. Die Zugvögel, von ihrer achttausend Kilometer langen Reise erschöpft, konkurrierten mit den früher Eingetroffenen um die verbliebenen Reste des Reviers; sie suchten vergebens nach einem Partner, sie gaben das Nisten auf und existierten, ohne zu brüten, sie wurden von herumstreifenden Katzen zum Spaß getötet. Doch die Vereinigten Staaten waren noch immer ein vielfältiges und relativ junges Land, und noch immer fanden sich Nischen mit einem reichen Vogelleben, wenn man danach suchte.

Und um ebendas zu tun, brachen Walter und Lalitha Ende April in einem Transporter voller Campingausrüstung auf. Sie hatten einen Monat frei, bevor sie sich ernsthaft an die Arbeit für FreiRaum machen wollten, und ihre Verpflichtungen gegenüber der Waldsängerberg-Stiftung waren beendet. Was, des Sprit fressenden Transporters wegen, ihren $CO_2$-Fußabdruck betraf, so tröstete sich Walter damit, dass er während der vergangenen fünfundzwanzig Jahre mit dem Fahrrad oder zu Fuß zur Arbeit gependelt war und dass er außer dem kleinen, verrammelten Haus am Namenlosen See keinen Wohnsitz mehr besaß. Er fand, dass ihm nach einem langen tugendhaften Leben ein ordentlicher Schluck aus dem Zapfhahn zustand, ein Sommer in der Natur als Ausgleich für den Sommer, den man ihm als Teenager genommen hatte.

Während er noch im Krankenhaus des Whitman County gelegen hatte, wo sein ausgerenkter Kiefer, sein aufgeplatztes Gesicht und seine gequetschten Rippen versorgt worden waren, hatte Lalitha in ihrer Verzweiflung seinen Ausbruch als einen *durch Trazodon ausgelösten psychotischen Schock* schöngeredet. «Er ist buchstäblich schlafgewandelt», sagte sie entschuldigend zu Vin Haven. «Ich weiß nicht, wie viele Trazodon er genommen hat, aber jedenfalls mehr als eine, und das erst wenige Stunden davor. Er wusste buchstäblich nicht, was er sagte. Es war *mein* Fehler, dass ich ihn die Rede habe halten lassen. Sie sollten *mich* feuern, nicht ihn.»

«Machte mir eher den Eindruck, dass er eine ziemlich genaue Vorstellung davon hatte, was er sagte», entgegnete Vin, verblüffend wenig verärgert. «Schade, dass er das derart überinterpretieren musste. Er hat so gute Arbeit geleistet, und dann musste er da so intellektuell rangehen.»

Vin hatte eine Konferenzschaltung mit seinen Stiftungskuratoren organisiert, die seinen Vorschlag, Walter sofort zu entlassen, abgenickt hatten, und seine Anwälte angewiesen, für den Eigentumsanteil der Berglunds an der Villa in Georgetown sein Rückkaufsrecht geltend zu machen. Lalitha benachrichtigte die Bewerber für die FreiRaum-Praktika, dass ihr die Mittel gestrichen worden seien, dass Richard Katz sich aus dem Projekt zurückziehe (Walter hatte sich, im Krankenbett, dann doch durchgesetzt) und dass das Fortbestehen von FreiRaum überhaupt in Zweifel stehe. Einige Bewerber stornierten in ihrer Antwort-E-Mail die Bewerbung, zwei hofften, sie könnten trotzdem noch unbezahlt mitmachen, die übrigen reagierten gar nicht erst. Da die Räumung der Villa bevorstand und Walter sich weigerte, mit seiner Frau zu sprechen, rief Lalitha sie für ihn an. Ein paar Tage später fuhr Patty, während Walter sich im nächstgelegenen Starbucks versteckte, mit einem Miettransporter vor und packte die Sachen ein, die sie nicht einlagern wollte.

Am Ende dieses sehr unangenehmen Tages, Patty war wieder

abgereist und Walter aus seinem koffeinhaltigen Exil zurück, sah sich Lalitha, als sie ihr Blackberry abfragte, mit achtzig neuen Nachrichten von jungen Leuten aus dem ganzen Land konfrontiert, die sich erkundigten, ob es schon zu spät sei, FreiRaum noch Unterstützung anzubieten. Ihre E-Mail-Adressen hatten pikantere Aromen als die liberalerstudi@teurescollege.edus der früheren Bewerber. Da gab es freganerfreak und usbvzielobjekt, fetalporno und jainistenboy3 und jwlindhjr, @gmail und @cruzio. Bis zum nächsten Morgen waren hundert weitere Nachrichten eingegangen, dazu Angebote von Garagenbands in vier Städten – Seattle, Missoula, Buffalo und Detroit –, bei der Organisation von FreiRaum-Events in ihrer Community mitzuhelfen.

Wie Lalitha bald herausfinden sollte, hatten sich die im Lokalfernsehen ausgestrahlten Mitschnitte von Walters Tirade und dem sich anschließenden Tumult virusartig ausgebreitet. Unlängst waren Videostreams per Internet möglich geworden, und der Whitmanville-Clip (KrebsgeschwueraufdemPlaneten.wmv) war blitzschnell in die radikalen Ausläufer der Blogosphäre und auf die Seiten der 9/11-Verschwörungstheoretiker, der Baumbesetzer, der *Fight Club*-Anhänger und der PETAisten gelangt, von denen einer dann den Link zu FreiRaum auf der Webseite der Waldsängerberg-Stiftung ausfindig gemacht hatte. Und über Nacht war FreiRaum trotz des Verlusts seiner Mittel und seiner musikalischen Hauptattraktion zu einer soliden Fan-Plattform und, in der Person Walters, zu einem Helden gekommen.

Es war lange her, dass er viel gekichert hatte, jetzt aber kicherte er unablässig und stöhnte dann auf, weil ihm die Rippen wehtaten. Eines Nachmittags zog er los und kam mit einem gebrauchten weißen Econoline-Transporter und einer Sprühdose grüner Farbe wieder und schrieb auf Flanken und Rückseite des Wagens in kruden Lettern FREIRAUM. Er wollte die Initiative jetzt mittels seines eigenen Geldes aus dem anstehenden Erlös des Hausverkaufs finanziell über den Sommer bringen, Infomaterial drucken, den Praktikanten wenigstens einen Hungerlohn zahlen und den antretenden

Bands einen Geldpreis bieten, doch Lalitha erwartete potenzielle scheidungsbedingte rechtliche Probleme und wandte sich dagegen. Woraufhin Joey, nachdem er von den Sommerplänen seines Vaters erfahren hatte, FreiRaum vollkommen unerwartet einen Scheck über 100 000 Dollar ausstellte.

«Das ist doch lächerlich, Joey», sagte Walter. «Das kann ich nicht annehmen.»

«Klar kannst du das», sagte Joey. «Der Rest geht an die Veteranen, aber Connie und ich finden deine Sache auch interessant. Du hast dich doch um mich gekümmert, als ich klein war, oder?»

«Ja, weil du mein *Kind* warst. So etwas tun Eltern. Wir erwarten keine Rückzahlung. Dieses Konzept hast du offenbar nie so recht verstanden.»

«Aber ist es nicht komisch, dass ich das machen kann? Ist das nicht ein ziemlich guter Witz? Es ist doch bloß Monopolygeld. Es bedeutet mir nichts.»

«Ich habe eigene Ersparnisse, die ich ausgeben könnte, wenn ich wollte.»

«Na, die kannst du dir fürs Alter aufsparen», sagte Joey. «Es ist ja nicht so, dass ich, wenn ich Geld mal auf richtige Weise verdiene, alles der Wohlfahrt geben werde. Das sind jetzt besondere Umstände.»

Walter war so stolz auf Joey, so dankbar, nicht mehr gegen ihn ankämpfen zu müssen, und daher so geneigt, ihn den starken Max markieren zu lassen, dass er sich auch nicht gegen den Scheck wehrte. Sein einziger echter Fehler war, es Jessica gegenüber zu erwähnen. Sie hatte endlich wieder mit ihm gesprochen, nachdem er im Krankenhaus gelandet war, aber ihr Ton machte deutlich, dass sie es noch nicht über sich brachte, mit Lalitha freundschaftlich zu verkehren. Auch was er in Whitmanville gesagt hatte, beeindruckte sie nicht. «Selbst wenn wir mal außer Acht lassen, dass ‹Krebsgeschwür auf dem Planeten› genau die Art von Spruch ist, die wir alle kontraproduktiv fanden», sagte sie, «hast du dir, glaube ich, nicht den richtigen Feind ausgesucht. Du sendest eine wenig hilfreiche Botschaft aus, wenn du die Umwelt gegen ungebildete Menschen ausspielst, die doch nur ein besseres Leben führen wollen. Ich weiß ja, dass du diese Leute nicht magst. Aber du musst versuchen, es zu verbergen, anstatt es an die große Glocke zu hängen.» In einem späteren Telefonat ließ sie eine schnippische Bemerkung zum Republikanismus ihres Bruders fallen, worauf Walter betonte, dass Joey, seit er Connie geheiratet habe, ein anderer Mensch geworden sei. Außerdem habe Joey, sagte er, einen finanziell bedeutenden Beitrag zu FreiRaum geleistet.

«Und woher hat er das Geld?», sagte Jessica sogleich.

«Ach, so viel ist es gar nicht», ruderte Walter zurück, als er seinen Fehler bemerkt hatte. «Du weißt doch, wir sind eine winzige Initiative, da ist alles relativ. Ich meine bloß, dass er uns, symbolisch sozusagen, überhaupt etwas gibt – das sagt einiges darüber aus, wie sehr er sich verändert hat.»

«Hm.»

«Also, an deinen Beitrag kommt das nicht annähernd ran. Deiner war riesig. Dass du das Wochenende mit uns zusammen gewesen bist und mitgeholfen hast, das Konzept zu erarbeiten. Das war riesig.»

«Und was nun?», sagte sie. «Lässt du dir jetzt die Haare wachsen und läufst mit einem Do-rag rum? Fährst in deinem Transporter durch die Gegend? Machst das ganze Midlife-Ding? Müssen wir uns jetzt auf so was freuen? Weil ich dann nämlich gern die kleine, leise Stimme wäre, die sagt: Ich habe dich gemocht, wie du früher warst.»

«Ich verspreche dir, dass ich mir die Haare nicht wachsen lasse. Ich verspreche, kein Do-rag zu tragen. Ich werde dir nicht peinlich sein.»

«Ich fürchte, das Kind ist vielleicht schon in den Brunnen gefallen.»

Möglicherweise hatte es ja so kommen müssen: Sie klang immer mehr wie Patty. Ihr Zorn hätte ihn mehr bekümmert, hätte er nicht jede Minute eines jeden Tages die Liebe einer Frau genossen, die ihn voll und ganz wollte. Sein Glück erinnerte ihn an die frühen Jahre mit Patty, die Tage, in denen sie als Team die Kinder großgezogen und das Haus renoviert hatten, jetzt aber war er sich selbst viel gegenwärtiger, konnte sein Glück viel intensiver und bis ins kleinste Detail schätzen, und Lalitha war nicht der Kummer, das Rätsel und die sturköpfige Fremde, die Patty auf einer bestimmten Ebene immer für ihn geblieben war. Bei Lalitha sah man, was man hatte. Im Bett mit ihr erlebte er, sobald er von seinen Verletzungen genesen war, das, was er immer vermisst hatte, ohne gewusst zu haben, dass er es vermisste.

Nachdem die Umzugsleute alle Spuren der Berglunds aus der Villa entfernt hatten, fuhren er und Lalitha mit dem Transporter Richtung Florida los, von wo aus sie dann nach Westen weiterwollte, quer über den südlichen Leib des Landes, bevor es zu warm wurde. Er wollte ihr unbedingt eine Rohrdommel zeigen, und ihre erste entdeckten sie im Corkscrew Swamp in Florida, an einem schattigen Teich mit einem Holzsteg, der unter dem Gewicht von Ruheständlern und Touristen knarrte, doch es war eine Rohrdommel ohne Gedommel, wie sie da vor aller Augen stand und die Aufhellblitze der Touristenkameras von ihrer irrelevanten Tarnung abprallen ließ. Walter beharrte darauf, die Deiche des Big-Cypress-Schutzgebietes auf der Suche nach einer echten Rohrdommel, einer scheuen, abzufahren, und hielt Lalitha einen ausgedehnten Vortrag über den ökologischen Schaden, den die Freizeit-Quadfahrer anrichteten, die geistigen Brüder von Coyle Mathis und Mitch Berglund. Aus irgendeinem Grund waren, trotz des Schadens, der Gestrüppdschungel und die Schwarzwassertümpel nach wie vor voller Vögel wie auch zahlloser Alligatoren. Endlich entdeckte Walter eine Rohrdommel in einem Sumpf, der übersät war von Schrothülsen und ausgebleichten Budweiser-Kartons. Lalitha bremste den Transporter in einer Staubwolke ab und bewunderte pflichtschuldig den Vogel durch ihren Feldstecher, bis ein mit drei Quads beladener Sattelschlepper vorbeidonnerte.

Sie hatte noch nie zuvor gecampt, machte aber bei allem bereitwillig mit und war für Walter in ihrem atmungsaktiven Safarianzug unfassbar sexy. Hilfreich war, dass sie keinen Sonnenbrand bekam und Moskitos ebenso abstieß, wie er sie anzog. Er versuchte, ihr einige Grundlagen des Kochens beizubringen, sie aber zog die Aufgaben des Zeltaufbaus und der Streckenplanung vor. Jeden Morgen stand er vor Sonnenaufgang auf, machte in ihrem Sechstassentopf Espresso und brachte ihr einen Soja-Latte ins Zelt. Dann zogen sie im Tau und in dem honigfarbenen Licht los. Seine Empfindungen für die Tierwelt teilte sie nicht, aber sie hatte die Gabe, kleine Vögel im dichten Laub zu erspähen, sie studierte die Naturführer, und sie krähte vor Entzücken, wenn sie ihn bei falschen Bestimmungen erwischt hatte und korrigierte. Am Vormittag dann, wenn das Vogelleben ruhiger geworden war, fuhren sie einige Stunden weiter nach Westen und suchten sich Hotelparkplätze mit unverschlüsseltem kabellosem Internetzugang, damit Lalitha sich per E-Mail mit ihren zukünftigen Praktikanten abstimmen und er Einträge für den Blog schreiben konnte, den sie ihm eingerichtet hatte. Dann wieder ein staatliches Schutzgebiet, wieder ein Abendpicknick, wieder eine ekstatische Balgerei im Zelt.

«Hast du inzwischen nicht genug davon?», sagte er eines Abends auf einem besonders hübschen und leeren Campingplatz im Mesquiteland im Südwesten von Texas. «Wir könnten eine Woche in einem Motel wohnen, im Pool schwimmen, unsere Arbeit machen.»

«Nein, ich finde es wunderbar, dir dabei zuzusehen, wie du nach Tieren Ausschau hältst», sagte sie. «Ich finde es wunderbar, dass du glücklich bist, nach all der Zeit, in der du unglücklich warst. Ich finde es wunderbar, dass ich mit dir unterwegs bin.»

«Aber vielleicht hast du ja jetzt genug davon?»

«Noch nicht», sagte sie, «auch wenn ich glaube, dass ich die Natur nicht so recht begreife. Nicht so wie du. Für mich hat sie so was Gewaltsames. Die Krähe, die die frisch geschlüpften Ammern gefressen hat, diese Fliegenschnäpper, der Waschbär, der über die Eier da hergefallen ist, die Bussarde, die alles töten. Jeder redet von der Friedlichkeit der Natur, aber für mich ist sie das Gegenteil von friedlich. Ein ständiges Töten. Sogar noch schlimmer als beim Menschen.»

«Für mich», sagte Walter, «ist der Unterschied der, dass die Vögel nur töten, weil sie fressen müssen. Sie tun es nicht im Zorn, sie tun es nicht mutwillig. Und es ist nicht *neurotisch*. In meinen Augen macht das die Natur friedlich. Es wird gelebt oder eben nicht gelebt, aber es ist nicht alles vergiftet von Groll, Neurosen und Ideologie. Es ist eine Befreiung von meiner eigenen neurotischen Wut.»

«Aber du wirkst gar nicht mehr wütend.»

«Das kommt daher, dass ich jede Minute des Tages mit dir zusammen bin und nicht so viele Kompromisse machen und mich mit Leuten herumschlagen muss. Ich vermute aber, die Wut kommt wieder.»

«Um meinetwillen ist es mir egal, ob sie wiederkommt», sagte sie. «Ich respektiere deine Gründe für diese Wut. Sie sind ein Teil dessen, warum ich dich liebe. Aber es macht mich einfach glücklich, wenn du glücklich bist.»

«Ich denke immer, du kannst nicht vollkommener werden, als du es ohnehin schon bist», sagte er und fasste sie an den Schultern. «Und dann sagst du etwas noch Vollkommeneres.»

In Wahrheit aber bekümmerte ihn die Ironie seiner Lage. Indem er seiner Wut, erst gegenüber Patty und dann in Whitmanville, endlich Luft gemacht und sich dadurch aus seiner Ehe und aus der Stiftung herausgezogen hatte, waren zwei Hauptgründe für seine Wut weggefallen. Eine Weile hatte er in seinem Blog versucht, sein Krebsgeschwür-auf-dem-Planeten-«Heldentum» herunterzuspielen und zu relativieren sowie zu betonen, dass das Übel das *System* und nicht die ehemalige Bewohnerschaft von Forster Hollow sei. Doch seine Fans hatten ihn dafür so derb und lautstark gescholten («lass dir eier wachsen, mann, deine rede hat total gerockt» usw.), dass er schließlich fand, er schulde es ihnen, jeden giftigen Gedanken, den er auf seinen Fahrten durch West Virginia gehabt hatte, in aller Offenheit mitzuteilen, jede knallharte Wachstumskritik, die er um der Professionalität willen hatte hinunterschlucken müssen. Seit seiner Collegezeit hatte er stichhaltige Argumente und belastende Fakten zusammengetragen; das mindeste, was er nun tun konnte, war, sie mit jungen Leuten zu teilen, denen sie wie durch ein Wunder tatsächlich wichtig zu sein schienen. Der überdrehte Furor seiner Leserschaft war allerdings besorgniserregend und mit seiner friedfertigen Stimmung unvereinbar. Lalitha wiederum hatte alle Hände voll zu tun, Hunderte neue Bewerbungen für ein Praktikum zu sichten und diejenigen anzurufen, die noch am ehesten verantwortungsvoll und gewaltfrei wirkten: Fast alle, die ihr nicht verrückt vorkamen, waren junge Frauen. Lalithas Engagement im Kampf gegen die Überbevölkerung war ebenso praktisch und humanitär, wie Walters abstrakt und misanthropisch war, und wie sehr er sie beneidete und wünschte, mehr wie sie sein zu können, war ein Maßstab für seine immer tiefer werdende Liebe zu ihr.

Einen Tag vor dem letzten Ziel ihrer Vergnügungsreise – Kern County, Kalifornien, Brutgebiet einer beeindruckenden Anzahl von Singvogelarten – besuchten sie noch Walters Bruder Brent in Mojave, einer kleinen Stadt nahe dem Luftwaffenstützpunkt, wo er stationiert war. Brent, der nie geheiratet hatte und dessen persönliches und politisches Idol Senator John McCain war und dessen seelische Entwicklung mit seinem Eintritt in die Air Force geendet zu haben schien, hätte sich für Walters Trennung von Patty oder dessen Beziehung mit Lalitha kaum weniger interessieren können; mehr als einmal redete er sie mit «Lisa» an. Immerhin zahlte er die Lunch-Rechnung, und er hatte Neuigkeiten von ihrem Bruder Mitch. «Ich hab mir gedacht», sagte er, «wenn Moms Haus noch leer steht, dann könntest du Mitch ja 'ne Weile drin wohnen lassen. Er hat weder Telefon noch Adresse, ich weiß, dass er immer noch trinkt, und er ist rund fünf Jahre mit seinen Unterhaltszahlungen im Verzug. Weißt ja, er und Stacy hatten, kurz bevor sie sich getrennt haben, noch ein zweites Kind gekriegt.»

«Wie viele sind das nun?», sagte Walter. «Sechs?»

«Nein, nur fünf. Zwei mit Brenda, eins mit Kelly, zwei mit Stacy. Ich glaub, es bringt nichts, ihm Geld zu schicken, das versäuft er bloß. Aber ich hab mir gedacht, er könnte was zum Wohnen gebrauchen.»

«Sehr aufmerksam von dir, Brent.»

«Ich mein ja nur. Ich weiß, wie dein Verhältnis zu ihm ist. Bloß, na ja, wenn das Haus sowieso leer steht.»

Fünf war eine angemessen große Brut für einen Singvogel, da Vögel von der Menschheit überall gejagt und vertrieben wurden, nicht jedoch für einen Menschen, und die Zahl machte es Walter schwerer, für Mitch Bedauern zu empfinden. Nur mangelhaft in seinem Hinterkopf verborgen war der Wunsch, jeder auf der Welt möge sich ein bisschen weniger fortpflanzen, damit er sich ein bisschen mehr, noch *ein*mal, mit Lalitha fortpflanzen könnte. Dieser Wunsch war allerdings schändlich: Er war der Wortführer einer Anti-Wachstums-Initiative, er hatte schon, in einem demographisch beklagenswert jungen Alter, zwei Kinder bekommen, er war von seinem Sohn nicht länger enttäuscht, er war fast alt genug, um Großvater zu sein. Und dennoch konnte er nicht von der Vorstellung lassen, Lalitha ein Kind zu machen. Es lag ihrem ganzen Gevögel zugrunde, war der verschlüsselte Sinn dessen, wie schön er ihren Körper fand.

«Nein, nein, nein, Schatz», sagte sie lächelnd, ihre Nase an der seinen, als er es im Kern County auf einem Campingplatz in ihrem Zelt zur Sprache brachte. «Mit mir ist das nicht drin. Du hast es gewusst. Ich bin nicht wie andere Frauen. Ich bin ein Freak, so wie du einer bist, nur auf andere Weise. Das hatte ich doch klargestellt, oder?»

«Absolut. Ich wollte nur nochmal fragen.»

«Na ja, fragen kannst du, aber die Antwort wird immer dieselbe sein.»

«Weißt du, warum? Warum du anders bist?»

«Nein, aber ich weiß, was ich bin. Ich bin die Frau, die kein Kind will. Das ist meine Mission auf der Welt. Das ist meine Botschaft.»

«Ich liebe das, was du bist.»

«Dann akzeptier das als etwas, das für dich nicht perfekt ist.»

Sie verbrachten den Juni in Santa Cruz, wo Lalithas beste College-Freundin, Lydia Han, in Literaturwissenschaft promovierte. Sie schlugen ihr Lager bei ihr auf dem Fußboden auf, dann kampierten sie in ihrem Garten, dann in den Redwood-Wäldern. Von Joeys Geld hatte Lalitha für die zwanzig Praktikanten, die sie ausgewählt hatte, Flugtickets gekauft. Lydia Hans Fakultätsbetreuer, Chris Connery, ein löwenmähniger Marxist und Sinologe, gestattete den Praktikanten, ihre Schlafsäcke bei sich zu Hause auf dem Rasen auszurollen und seine Toiletten zu benutzen, und besorgte dem FreiRaum-Kader für drei Tage intensiver Schulung und Planung ein Sitzungszimmer auf dem Campus. Walter war von den achtzehn Mädchen unter ihnen – mit Dreadlocks oder Glatze, grauenhaft gepierct und/oder tätowiert und einer derart intensiven kollektiven Fruchtbarkeit, dass er sie fast riechen konnte – sichtlich fasziniert, was dazu führte, dass er ständig errötete, als er ihnen von den Übeln des ungebremsten Bevölkerungswachstums predigte. Erleichtert ergriff er die Gelegenheit, zu fliehen und mit Professor Connery in den Weiten rings um Santa Cruz über die braunen Hügel und die Redwood-Lichtungen zu wandern, dabei Connerys optimistischen Voraussagen des globalen Wirtschaftskollapses und der Arbeiterrevolution zu lauschen, die ihm unvertrauten Vögel der kalifornischen Küstenregion zu sehen und einige junge Freeganer und radikale Kollektivisten kennenzulernen, die in prinzipientreuem Elend auf öffentlichem Grund und Boden lebten. Ich hätte Professor werden sollen, dachte er.

Erst im Juli, als sie die Geborgenheit von Santa Cruz verließen und sich wieder aufmachten, wurden sie mit der Raserei konfrontiert, die das Land in jenem Sommer gepackt hielt. Warum die Konservativen, die doch immerhin alle drei Gewalten der Bundesregierung dominierten, noch immer so in Rage waren – auf respektvolle Zweifler am Irakkrieg, auf schwule Paare, die heiraten wollten, auf den faden Al Gore und die vorsichtige Hillary Clinton, auf gefährdete Arten und deren Fürsprecher, auf Steuern und Benzinpreise, die so niedrig wie in kaum einem anderen Industrieland waren, auf die Massenmedien, deren Besitzer doch selbst zu den Konservativen gehörten, auf die Mexikaner, die ihnen den Rasen mähten und ihr Geschirr spülten –, war für Walter ein Rätsel. Natürlich, auch sein Vater war in Rage gewesen, aber doch in einer weit liberaleren Zeit. Und die konservative Raserei hatte eine linksgerichtete Gegenraserei erzeugt, die ihm bei den FreiRaum-Veranstaltungen in Los Angeles und San Francisco fast die Augenbrauen wegsengte. Unter den jungen Leuten, mit denen er sprach, war das Allzweck-Epitheton für jeden von George Bush und Tim Russert bis Tony Blair und John Kerry «Scheißkerl» gewesen. Dass die Anschläge vom 11. September von Halliburton und der Saudischen Königsfamilie inszeniert worden waren, war ein nahezu allgemeingültiger Glaubensartikel. Gleich drei Garagenbands trugen Songs vor, in denen sie kunstlos davon phantasierten, den Präsidenten und den Vizepräsidenten zu foltern und zu töten *(I shit in your mouth/Big Dick, it feels pretty nice/Yeah, little Georgie/A gunshot to the temple will suffice)*. Lalitha hatte den Praktikanten und insbesondere Walter eingeschärft, in ihren Botschaften unbedingt diszipliniert zu sein, sich an die Fakten der Überbevölkerung zu halten, das größtmögliche Zelt aufzustellen. Doch ohne die Attraktion berühmter Bands, wie Richard sie hätte vermitteln können, zogen die Veranstaltungen vor allem den ohnehin schon überzeugten Rand an, diejenigen Unzufriedenen, die in Skimasken auf die Straße gingen, um gegen die WHO zu randalieren. Jedes Mal, wenn Walter die Bühne betrat, wurde er für seinen Ausbruch in Whitmanville und seine ausfälligen Blog-Einträge bejubelt, sobald er jedoch davon sprach, dass man klug sein und die Fakten für sich selber sprechen lassen müsse, verstummten die Leute oder skandierten die aufrührerischeren Worte von ihm, die sie lieber hören wollten – «Krebsgeschwür auf dem Planeten!», «Scheiß auf den Papst!». In Seattle, wo die Stimmung besonders übel war, verließ er das Podium unter vereinzelten Buhrufen. Besser wurde er im Mittleren Westen und im Süden aufgenommen, vor allem in den Collegestädten, aber da kamen auch viel weniger Leute. Als er und Lalitha dann Athens, Georgia, erreichten, fiel es ihm schon schwer, morgens aufzustehen. Das viele Fahren hatte ihn zermürbt, und ihn bedrückte der Gedanke, dass die schlimme Raserei im Land nichts als ein verstärktes Echo seiner eigenen Wut war, sein persönlicher Hass auf Richard FreiRaum um eine breitere Unterstützerbasis betrog und das Geld von Joey, das er ausgab, bei Planned Parenthood besser aufgehoben gewesen wäre. Ohne Lalitha, die meistens fuhr und immer für Begeisterung zuständig war, hätte er die Tour womöglich abgebrochen und nur noch Vögel beobachtet.

«Ich weiß, dass du entmutigt bist», sagte Lalitha, als sie aus Athens herausfuhren. «Aber wir kriegen unser Anliegen definitiv vermittelt. Die ganzen kostenlosen Wochenblätter drucken unsere Topthemen wörtlich in ihren Veranstaltungshinweisen ab. Die Blogger und die Online-Besprechungen kreisen alle um Überbevölkerung. Seit den Siebzigern wurde nicht mehr öffentlich über das Thema diskutiert. Und von einem Tag auf den nächsten ist es plötzlich in aller Munde. Plötzlich ist die Idee in der Welt. Neue Ideen greifen immer erst an den Rändern. Nur weil es nicht immer lustig ist, solltest du dich nicht entmutigen lassen.»

«Ich habe zweihundertfünfzig Quadratkilometer in West Virginia gerettet», sagte er. «Und noch mehr in Kolumbien. Das war gute Arbeit mit echten Ergebnissen. Warum habe ich das nicht weitergemacht?»

«Weil du weißt, dass es nicht reicht. Die einzig wirkliche Rettung für uns ist, dass wir die Leute dazu bringen, ihre Denkweise zu ändern.»

Er sah seine Freundin an, deren zupackende Hände auf dem Lenkrad, deren leuchtende Augen auf der Straße ruhten, und dachte, er werde noch platzen von seinem Wunsch, wie sie zu sein, noch platzen vor lauter Dankbarkeit, dass sie sich nicht daran störte, dass er er selber war. «Mein Problem ist, ich mag die Menschen nicht genug», sagte er. «Ich glaube nicht so recht, dass sie sich ändern können.»

«Du magst die Menschen so sehr. Ich habe nie erlebt, dass du gemein zu einem warst. Du lächelst immerzu, wenn du mit Menschen sprichst.»

«In Whitmanville habe ich nicht gelächelt.»

«Doch, das hast du. Sogar dort. Unter anderem deswegen war es so seltsam.»

In den Hundstagen gab es ohnehin nicht viele Vögel zu beobachten. War das Revier erst einmal behauptet und das Brüten vollbracht, war es für keinen kleinen Vogel mehr von Vorteil, auf sich aufmerksam zu machen. Walter unternahm Morgenspaziergänge in Schutzgebieten und Parks, die, wie er wusste, noch voller Leben waren, doch das wuchernde Unkraut und die dichtbelaubten Bäume standen reglos in der Sommerfeuchtigkeit – wie Häuser, die ihm verschlossen waren, wie Paare, die für niemand anders Augen hatten als sich selbst. Die nördliche Hemisphäre sog die Energie der Sonne auf, die Pflanzenwelt verwandelte sie lautlos in Nahrung für die Tiere; das einzige akustische Nebenprodukt war das Summen und Sirren der Insekten. Es war die Zeit des Lohns für die neotropischen Migranten, es waren die Tage, die genutzt werden mussten. Walter beneidete sie darum, dass sie eine Arbeit zu erledigen hatten, und er fragte sich, ob er depressiv wurde, weil dies nach vierzig Jahren der erste Sommer war, in dem keinerlei Arbeit für ihn anstand.

Der landesweite FreiRaum-Bandwettbewerb sollte am letzten Augustwochenende stattfinden, ungünstigerweise in West Virginia. Der Staat lag nicht eben zentral und war mit öffentlichen Verkehrsmitteln schwer zu erreichen, doch als Walter auf seinem Blog einen Ortswechsel vorschlug, saßen seine Fans schon in den Startlöchern, um nach West Virginia zu reisen und den Staat wegen seiner hohen Geburtenrate, seines Ausverkaufs an die Kohleindustrie, seines hohen Anteils an christlichen Fundamentalisten und seiner Verantwortlichkeit dafür, dass die Wahl 2000 am Ende zugunsten von George Bush ausging, an den Pranger zu stellen. Lalitha hatte Vin Haven um Erlaubnis gebeten, die Veranstaltung auf der im Besitz der Stiftung befindlichen ehemaligen Ziegenfarm abhalten zu dürfen, die sie immer dafür vorgesehen hatte, und Haven, verblüfft von ihrer Dreistigkeit und ebenso wie jeder andere außerstande, ihrem samtbehandschuhten Druck zu widerstehen, hatte eingewilligt.

Eine aufreibende Fahrt quer durch den Rostgürtel trieb den Gesamtkilometerstand ihrer Reise auf über fünfzehntausend, ihren Petroleumverbrauch auf über dreißig Barrel. Es traf sich, dass ihre Ankunft in den Twin Cities Mitte August mit der ersten schon herbstlich riechenden Kaltfront des Sommers zusammenfiel. Überall in dem großen borealen Wald Kanadas und des nördlichen Maine und Minnesota, dem noch weitgehend intakten borealen Wald, hatten Waldsänger und Fliegenschnäpper, Enten und Ammern die Arbeit der Jungenaufzucht abgeschlossen und ihr Brutkleid gegen bessere Tarnfarben ausgetauscht, erhielten von der Kühle des Windes und dem Stand der Sonne das Zeichen, wieder in den Süden zu fliegen. Häufig brachen die Eltern zuerst auf und ließen ihre Jungen zurück, damit die beim Fliegen und der Futtersuche Übung bekamen und dann ihren eigenen Weg, ungeschickter und mit höherer Sterblichkeitsrate, in die Überwinterungsgebiete fanden. Weniger als die Hälfte derer, die im Herbst abflogen, kehrten im Frühling wieder zurück.

Die Sick Chelseas, eine Band aus St. Paul, die Walter einmal als Vorgruppe der Traumatics gehört und so eingeschätzt hatte, dass sie es bestimmt kein weiteres Jahr mehr machen würden, existierten noch immer und hatten es geschafft, das FreiRaum-Event mit genügend Fans zu füllen, um sich von ihnen zum Hauptevent in West Virginia voten zu lassen. Die einzigen anderen bekannten Gesichter in der Menge waren Seth und Merrie Paulsen, Walters ehemalige Nachbarn in der Barrier Street, die dreißig Jahre älter aussahen als alle anderen außer Walter. Seth war sehr von Lalitha angetan, musste sie immerzu ansehen; Merries Einwand, dass sie müde sei, ließ er nicht gelten, sondern bestand auf einem späten Abendessen nach dem Bandwettbewerb im Taste of Thailand. Es wurde ein wahres Neugierfest, da Seth aus Walter Insiderinfos über die inzwischen allseits bekannte Ehe von Joey und Connie, über Pattys Verbleib, über die genaue Geschichte von Walters und Lalithas Beziehung und über die Hintergründe der verbalen Prügel herauspulte, die Walter in der *New York Times* bezogen hatte («Mann, da hast du aber schlecht ausgesehen»), während Merrie gähnte und ein resigniertes Gesicht aufsetzte.

Auf ihrer sehr späten Rückfahrt ins Motel hatten Walter und Lalitha etwas, was einem Streit nicht unähnlich war. Sie hatten geplant, sich in Minnesota ein paar Tage freizunehmen, um der Barrier Street, dem Namenlosen See und Hibbing einen Besuch abzustatten und zu klären, ob sie nicht vielleicht Mitch ausfindig machen könnten, doch Lalitha wollte umkehren und jetzt direkt nach West Virginia. «Die Hälfte der Leute, die wir da vor Ort haben, sind selbsternannte Anarchisten», sagte sie. «Und die heißen nicht umsonst so. Wir müssen sofort hin und uns um die Logistik kümmern.»

«Nein», sagte Walter. «St. Paul haben wir doch nur deshalb an den Schluss gelegt, damit wir uns hier ein paar Tage freinehmen und ausruhen können. Willst du denn nicht sehen, wo ich aufgewachsen bin?»

«Doch, natürlich. Das machen wir später. Nächsten Monat.»

«Aber wir *sind* doch schon hier. Es schadet nicht, zwei Tage freizunehmen und erst dann direkt nach Wyoming County zu fahren. Dann müssten wir nicht den ganzen Weg wieder herkommen. Das bringt doch nichts, es sind zusätzliche dreitausend Kilometer.»

«Warum stellst du dich so an?», sagte sie. «Warum willst du dich nicht mit dem befassen, was im Moment ansteht, und mit der Vergangenheit später?»

«Weil wir es so geplant hatten.»

«Es war ein *Plan*, kein Vertrag.»

«Ja, und ich mache mir wohl auch ein bisschen Sorgen um Mitch.»

«Du hasst Mitch doch!»

«Das heißt aber nicht, dass ich meinen Bruder auf der Straße leben lassen will.»

«Schon, aber ein Monat länger bringt ihn nicht um», sagte sie. «Wir können gleich danach zurückfahren.»

Er schüttelte den Kopf. «Ich muss mir auch mal das Haus ansehen. Da war seit einem Jahr keiner mehr.»

«Walter, nein. Es geht hier um dich und mich, es ist unser gemeinsames Ding, und das findet jetzt statt, in diesem Moment.»

«Wir könnten auch den Transporter hierlassen und hinfliegen und einen Mietwagen nehmen. Dann würden wir nur einen Tag verlieren. Und hätten immer noch eine ganze Woche Zeit für die Logistik. Tust du das bitte für mich?»

Sie nahm sein Gesicht zwischen die Hände und sah ihn mit einem Border-Collie-Blick an. «Nein», sagte sie. «Tu du das bitte für *mich.*»

«Dann mach du es», sagte er und entzog sich ihr. «Flieg du hin. Ich komme in ein paar Tagen nach.»

«*Warum stellst du dich so an?* Ist es wegen Seth und Merrie? Liegt es an denen, dass du zu sehr an die Vergangenheit denkst?»

«So ist es, ja.»

«Dann schlag es dir aus dem Kopf und komm mit. Wir müssen zusammenbleiben.»

Wie eine kalte Quelle am Grund eines wärmeren Sees wallte die alte, von schwedischen Genen geförderte Depression in ihm auf: das Gefühl, eine Partnerin wie Lalitha nicht verdient zu haben, das Gefühl, für ein Leben in Freiheit und Outlaw-Heldentum nicht geschaffen zu sein, das Gefühl, einen öderen und dauerhaft unbefriedigenden Zustand zu benötigen, um dagegen ankämpfen und sich in ihm einrichten zu können. Und er erkannte, dass er allein schon dadurch, dass er diese Gefühle hatte, im Begriff war, mit Lalitha einen neuen Zustand der Unzufriedenheit zu schaffen. Und es war besser, dachte er deprimiert, dass sie eher früher als später erfuhr, wie er wirklich war. Und seine Seelenverwandtschaft mit seinem Bruder und Vater und Großvater verstand. Also schüttelte er erneut den Kopf. «Ich halte an dem Plan fest», sagte er. «Ich nehme für zwei Tage den Transporter. Wenn du nicht mitkommen willst, besorgen wir dir ein Flugticket.»

Hätte sie da geweint, wäre womöglich alles anders gekommen. Doch sie war stur und energisch und wütend auf ihn, und am Morgen fuhr er sie zum Flughafen und entschuldigte sich, bis sie ihn bremste. «Schon gut», sagte sie, «ich bin darüber weg. Heute Morgen beschäftigt mich das nicht mehr. Wir tun, was wir tun müssen. Ich rufe dich an, wenn ich dort bin, und bald sehen wir uns wieder.»

Es war ein Sonntagmorgen. Walter rief Carol Monaghan an und fuhr dann auf vertrauten Alleen nach Ramsey Hill. Blake hatte in Carols Garten noch weitere Bäume und Büsche umgehackt, aber sonst hatte sich in der Barrier Street nicht viel verändert. Carol nahm Walter herzlich in die Arme, drückte in einer nicht ganz verwandtschaftskompatiblen Weise die Brüste an ihn, und dann machten der Vater und die Mutter, während die Zwillinge in dem kindersicher umgestalteten Allzweckraum kreischend umherrannten und Blake nervös aufstand und ging und zurückkam und wieder ging, eine Stunde lang das Beste daraus, dass sie jetzt Schwiegerleute waren.

«Ich wollte dich unbedingt gleich anrufen, als ich es erfuhr», sagte Carol. «Ich musste mich buchstäblich auf die Hände setzen, um nicht deine Nummer zu wählen. Ich habe nicht verstanden, warum Joey es euch nicht selber sagen wollte.»

«Ach, weißt du, er hatte gewisse Schwierigkeiten mit seiner Mutter», sagte Walter. «Und auch mit mir.»

«Und wie geht's Patty? Wie ich höre, seid ihr nicht mehr zusammen.»

«Das ist wohl wahr.»

«Ich beiße mir hier jetzt nicht auf die Zunge, Walter. Ich sage, was ich denke, auch wenn ich damit immer Probleme kriege. Ich glaube, diese Trennung hat sich schon lange abgezeichnet. Ich fand es immer schlimm, wie sie dich behandelt hat. Es sah immer so aus, als müsste sich alles um *sie* drehen. Na denn – jetzt hab ich es gesagt.»

«Ach, Carol, solche Dinge sind kompliziert. Und jetzt ist sie auch Connies Schwiegermutter. Ich hoffe nur, ihr beiden kriegt das irgendwie hin.»

«Ha. Wegen mir mach ich mir da keine Sorgen, wir müssen einander ja nicht sehen. Ich hoffe nur, sie erkennt, was für ein goldenes Herz meine Tochter hat.»

«Ich jedenfalls erkenne das. Ich finde, Connie ist ein wunderbares Mädchen, mit einer Menge Potenzial.»

«Tja, du warst auch immer der Nette von euch beiden. Du hattest immer selber ein goldenes Herz. Ich habe es nie bedauert, deine Nachbarin zu sein, Walter.»

Er beschloss, Carol diese Ungerechtigkeit durchgehen zu lassen, beschloss,sie auch nicht an die Großzügigkeit zu erinnern, die Patty ihr und Connie über viele Jahre hin erwiesen hatte, und dennoch war er Pattys wegen traurig. Er wusste, wie bemüht sie gewesen war, sich von ihrer besten Seite zu zeigen, und es bedrückte ihn, jetzt unter die vielen Leute eingereiht zu werden, die nur ihre unglückliche Seite sehen konnten. Der Kloß in seinem Hals war ein Beweis dafür, wie sehr er sie trotz allem noch liebte. Als er höflich auf die Knie sank, um sich ein wenig mit den Zwillingen zu beschäftigen, wurde er daran erinnert, wie viel ungezwungener als er sie immer mit kleinen Kindern gewesen war, wie selbstvergessen mit Jessica und Joey, als die das Alter der Zwillinge gehabt hatten; wie selig und versunken. Es war viel besser, fand er nun, dass Lalitha nach West Virginia weitergefahren war und ihn allein an der Vergangenheit leiden ließ.

Nachdem er Carol entronnen war und Blakes kühlen Abschiedsgruß so gedeutet hatte, dass der ihm sein Liberalsein noch immer nicht verzeihen konnte, fuhr er nach Grand Rapids, kaufte auf dem Weg dorthin ein paar Lebensmittel ein und erreichte am späten Nachmittag den Namenlosen See. Auf dem Nachbargrundstück, dem der Lundners, stand, Unheil verkündend, ein ZU VERKAUFEN-Schild, sein eigenes Haus aber hatte 2004 ebenso mittelprächtig überstanden wie so viele andere Jahre zuvor. Der Ersatzschlüssel hing noch immer an der Unterseite der alten, rustikalen Birkenbank, und sich in den Räumen aufzuhalten, in denen seine Frau und sein bester Freund ihn betrogen hatten, fand er nicht gar zu unerträglich; ausreichend andere Erinnerungen stürzten lebhaft genug auf ihn ein, um sich zu behaupten. Er harkte und fegte, bis es Nacht wurde, froh, zur Abwechslung einmal eine handfeste Arbeit zu verrichten, dann rief er vor dem Schlafengehen noch Lalitha an.

«Es ist der helle *Wahnsinn* hier», sagte sie. «Gut, dass ich hergekommen bin und du nicht, du würdest dich bestimmt aufregen. Das ist hier wie im Fort Apache oder so. Unsere Leute brauchen praktisch Personenschutz, um sich vor den Fans zu retten, die schon früh eingetroffen sind. Anscheinend sind sämtliche Idioten aus Seattle direkt hierhergekommen. Wir haben ein kleines Zeltlager am Brunnen und dazu ein mobiles Klo, aber das wird schon von rund dreihundert anderen belagert. Die sind überall auf dem Gelände, die trinken aus dem Bach, in den sie gleich daneben reinscheißen, und sie bringen die Einheimischen gegen sich auf. Entlang der Straße, die hierher führt, sind überall Graffiti. Ich muss morgen früh Praktikanten losschicken, damit sie sich bei den Leuten, deren Häuser verschandelt sind, entschuldigen und ihnen anbieten, sie zu überstreichen. Ich bin herumgegangen und habe denen gesagt, sie sollen mal ein bisschen runterkommen, aber alle sind bekifft und haben sich auf vier Hektar ausgebreitet, keiner sagt, wo es langgeht, es ist total unorganisiert. Dann ist es dunkel geworden und hat zu regnen angefangen, und ich musste zurück in die Stadt und mir ein Motel suchen.»

«Ich kann morgen hinfliegen», sagte Walter.

«Nein, komm mit dem Transporter. Wir müssen auf dem Gelände kampieren können. Im Moment würdest du nur wütend werden. Ich kann damit umgehen, ohne mich allzu sehr aufzuregen, und bis du hier bist, dürfte es schon besser geworden sein.»

«Na gut, aber fahr dort vorsichtig, ja?»

«Mach ich», sagte sie. «Ich liebe dich, Walter.»

«Ich dich auch.»

Die Frau, die er liebte, liebte ihn. Das wusste er genau, aber es war das Einzige, was er genau wusste, damals wie später; die anderen wesentlichen Dinge blieben im Dunkeln. Ob sie auch wirklich vorsichtig fuhr. Ob sie am nächsten Morgen auf der regenglatten Landstraße zurück zur Ziegenfarm raste oder eben nicht raste, ob sie die unübersichtlichen Bergkurven in gefährlichem Tempo nahm oder eben nicht. Ob ein Kohlelaster um eine dieser Kurven schoss und damit tat, was ein Kohlelaster jede Woche irgendwo in West Virginia tat. Oder ob jemand in einem hochgebockten Geländewagen, vielleicht jemand, dessen Scheune mit den Worten FreiRaum oder Krebsgeschwür auf dem Planeten beschmiert worden war, eine dunkelhäutige junge Frau in einem gemieteten koreanischen Kleinwagen sah und auf ihre Spur schwenkte oder hinter ihr zu dicht auffuhr oder sie beim Überholen schnitt oder sie von der bankettlosen Straße gar vorsätzlich abdrängte.

Was auch genau geschehen sein mochte, gegen 7 Uhr 45 stürzte ihr Wagen acht Kilometer südlich der Farm eine lange und sehr steile Böschung hinab und zerschellte an einem Hickorybaum. Der Polizeibericht enthielt nicht einmal den schwachen Trost, dass sie sofort tot war. Doch das Trauma war schwer – ein Becken gebrochen, eine Oberschenkelarterie durchtrennt –, und in jedem Fall war sie gestorben, bevor Walter um 7 Uhr 30 in Minnesota den Hausschlüssel wieder an seinen Nagel unter der Bank hängte und nach Aitkin County fuhr, um nach seinem Bruder zu suchen.

Aus langer Erfahrung mit seinem Vater wusste er, dass man sich mit Alkoholikern am besten morgens unterhielt. Was Brent über Mitchs neueste Ex, Stacy, hatte sagen können, war lediglich, dass sie in einer Bank in Aitkin arbeitete, dem Sitz des County, also lief er in Aitken von einer Bank zur nächsten und fand Stacy in der dritten. Sie war auf die Weise eines drallen Bauernmädchens hübsch, sah aus wie fünfunddreißig und redete wie ein Teenager. Obwohl sie Walter noch nie begegnet war, schien sie geneigt, ihn dafür, dass Mitch ihre Kinder verlassen hatte, maßgeblich verantwortlich zu machen. «Du könntest es auf der Farm von seinem Freund Bo versuchen», sagte sie muffig und mit einem Achselzucken. «Das Letzte, was ich gehört hab, war, dass Bo ihn in seiner Garagenwohnung hat wohnen lassen, aber das ist schon ein Vierteljahr her.»

Das sumpfige, gletschergeschliffene, erzlose Aitkin County war das ärmste County von Minnesota und daher voller Vögel, doch Walter hielt nicht an, um sie zu beobachten, als er auf der County Road 5 schnurgeradeaus fuhr, bis er Bos Farm gefunden hatte. Auf einem großen Feld standen die gewucherten Reste von abgeerntetem Raps, und auf einem kleineren Maisfeld wuchs weitaus mehr Unkraut, als es hätte sein müssen. Bo kniete auf der Einfahrt unweit des Hauses und reparierte den Ständer eines Mädchenfahrrads, das mit rosa Plastikbändchen geschmückt war, während eine Schar kleiner Kinder ständig durch die offene Haustür hinein und wieder heraus lief. Bos Wangen waren aufgeblüht vom Gin, aber er war jung und hatte Muskeln wie ein Ringer. «Sie sind also der Bruder aus der Großstadt», sagte er und musterte verblüfft Walters Transporter.

«Genau», sagte Walter. «Ich habe gehört, Mitch wohnt bei Ihnen?»

«Jaa, der kommt und geht. Wahrscheinlich finden Sie ihn jetzt oben am Petersee, auf dem County-Campingplatz. Wollen Sie was Bestimmtes von ihm?»

«Nein, ich bin bloß gerade hier in der Gegend.»

«Ja, dem geht's ziemlich dreckig, seit Stacy ihn rausgeschmissen hat. Ich helf ihm halt ein bisschen.»

«Sie hat ihn rausgeschmissen?»

«Ach, na ja. Jede Geschichte hat zwei Seiten, stimmt's?»

Er fuhr fast eine Stunde bis zum Petersee, wieder Richtung Grand Rapids. Auf dem Campingplatz angekommen, der ein wenig wie ein Autofriedhof aussah und in der Mittagssonne besonders reizlos war, sah Walter einen alten Fettwanst vor einem schlammbespritzten roten Zelt sitzen und Fischschuppen auf ein Zeitungsblatt kratzen. Erst als er schon an ihm vorbei war, erkannte er in ihm, an der Ähnlichkeit mit seinem Vater, Mitch. Er parkte den Transporter an einer Pappel, damit er ein wenig Schatten abbekam, und fragte sich, was er hier überhaupt tat. Er war nicht bereit, Mitch das Haus am Namenlosen See anzubieten; er dachte, er und Lalitha würden vielleicht selbst einen Sommer oder zwei darin wohnen und sich dort über ihre Zukunft Gedanken machen. Aber er wollte mehr wie Lalitha sein, furchtloser und menschenfreundlicher, und obwohl er sich vor Augen führte, dass es vielleicht barmherziger wäre, Mitch einfach in Ruhe zu lassen, holte er tief Luft und ging zu dem roten Zelt zurück.

«Mitch», sagte er.

Mitch schuppte einen zwanzig Zentimeter großen Sonnenbarsch und schaute nicht auf. «Ja.»

«Ich bin's, Walter. Dein Bruder.»

Daraufhin schaute er doch auf, und sein reflexhaft höhnisches Grinsen verwandelte sich in ein echtes Lächeln. Er hatte sein gutes Aussehen eingebüßt, genauer gesagt, es war zu einer kleinen Gesichtsoase in einer Wüste sonnenverbrannter Aufgedunsenheit geschrumpft. «Ja, leck mich doch», sagte er. «Der kleine Walter! Was machst du denn hier?»

«Wollte mal nach dir sehen.»

Mitch wischte sich die Hände an seinen sehr schmutzigen Cargoshorts ab und hielt Walter eine hin. Es war eine schwabbelige Hand, und Walter drückte sie fest.

«Jaa, hey, toll», sagte Mitch vage. «Ich wollte mir gerade ein Bier aufmachen. Willst du ein Bier? Oder bist du noch abstinent?»

«Ich nehme eins», sagte Walter. Ihm dämmerte, dass es barmherzig und Lalitha-typisch gewesen wäre, Mitch ein paar Sechserpacks mitzubringen, und dann dachte er, dass es ebenso barmherzig war, Mitch bei irgendetwas großzügig sein zu lassen. Er wusste nicht, was von beidem die größere Barmherzigkeit war. Mitch überquerte seinen unordentlichen Stellplatz zu einer riesigen Kühlbox und kam mit zwei Dosen PBR zurück.

«Jaa», sagte er, «ich hab den Transporter hier vorbeifahren sehen und mich gefragt, was wir da jetzt für Hippies kriegen. Bist du jetzt ein Hippie?»

«Eher nicht.»

Während Fliegen und Wespen sich an den Eingeweiden von Mitchs aufgeschobenem Fischputzprojekt labten, setzten sich die beiden auf zwei uralte Campingstühle aus Holz und schimmelfleckigem Segeltuch, die einmal ihrem Vater gehört hatten. Walter erkannte auf dem Platz weiteres ähnlich altes Zeug. Wie damals ihr Vater redete Mitch gern, und während er Walter über seine gegenwärtige Existenz ins Bild setzte und ihn auch über die lange Liste von Pechsträhnen, Rückenverletzungen, Autounfällen und unversöhnlichen Ehedifferenzen informierte, die zu dieser Existenz geführt hatten, staunte Walter darüber, was für ein anderer Trinker als sein Vater er war. Der Alkohol oder der Lauf der Zeit schien sämtliche Erinnerungen an die Feindschaft zwischen ihm und Walter ausgelöscht zu haben. Er zeigte nicht die Spur von Verantwortungsgefühl, aber auch – deswegen – weder Abwehr noch Groll. Es war ein sonniger Tag, und er machte eben sein Ding. Trank stetig, aber ohne Eile; der Nachmittag war lang.

«Und wo kriegst du dein Geld her?», sagte Walter. «Arbeitest du?»

Mitch beugte sich ein wenig wackelig vor und öffnete einen Werkzeugkasten, in dem ein Häufchen Papiergeld und vielleicht fünfzig Dollar in Münzen lagen. «Meine Bank», sagte er. «Ich hab genug, dass ich's über die warmen Tage schaffe. Letzten Winter hatte ich einen Nachtwächterjob in Aitkin.»

«Und wenn das da ausgeht?»

«Dann find ich schon was. Ich komm ganz gut zurecht.»

«Machst du dir Sorgen wegen deiner Kinder?»

«Jaa, manchmal schon. Aber die haben gute Mütter, die wissen, wie sie mit ihnen klarkommen. Ich bin da keine Hilfe. Das hab ich endlich spitzgekriegt. Ich komm bloß alleine gut zurecht.»

«Du bist ein freier Mann.»

«Allerdings.»

Sie schwiegen. Ein kleiner Wind war aufgekommen und warf Millionen Diamanten über die Wasseroberfläche des Petersees. Am anderen Ende dösten Fischer in Alu-Ruderbooten. Irgendwo, näher, krächzte ein Rabe, ein Camper hackte Holz. Walter hatte den ganzen Sommer im Freien verbracht, viele Tage davon an weitaus abgelegeneren und weniger besiedelten Orten als hier, doch nirgendwo hatte er sich von den Dingen, die sein Leben ausmachten, weiter entfernt gefühlt. Seinen Kindern, seiner Arbeit, seinen Anschauungen, den Frauen, die er liebte. Er wusste, dass sein Bruder sich für dieses Leben nicht interessierte – es hinter sich gelassen hatte, sich überhaupt noch für etwas zu interessieren –, und er hatte auch nicht den Wunsch, darüber zu sprechen. Es ihm aufzudrängen. Doch genau in dem Moment, als sein Handy klingelte und eine ihm unbekannte Nummer aus West Virginia anzeigte, dachte er, wie glücklich und gesegnet sein Leben doch gewesen war.

# ES WURDEN FEHLER GEMACHT (SCHLUSS)

Eine Art Brief an ihren Leser
von Patty Berglund

## Kapitel 4: Sechs Jahre

Die Autobiographin hat sich, aus Rücksicht auf ihren Leser und den von ihm erlittenen Verlust, aber auch weil sie weiß, dass eine gewisse Stimme in Anbetracht der zunehmenden Düsterkeit des Lebens gut daran täte zu verstummen, sehr bemüht, diese Seiten in der ersten und zweiten Person zu schreiben. Aber leider Gottes scheint sie dazu verurteilt, als Schreibende eine jener Sportskanonen zu sein, die von sich selbst in der dritten Person sprechen. Obwohl sie glaubt, dass sie sich entscheidend verändert hat und unendlich viel besser zurechtkommt als früher und es daher verdient, noch einmal angehört zu werden, kann sie sich bis heute nicht dazu überwinden, eine Stimme aufzugeben, die sie gefunden hat, als sie nirgendwo anders mehr Halt hatte, auch wenn das bedeutet, dass ihr Leser dieses Schriftstück direkt in seinen alten Macalester-College-Papierkorb wirft.

Die Autobiographin beginnt mit dem Eingeständnis, dass sechs Jahre ein langes Schweigen sind. Ganz am Anfang, als sie Washington verließ, hatte Patty das Gefühl, den Mund zu halten sei das Barmherzigste, was sie sowohl für sich selbst als auch für Walter tun könnte. Sie wusste, wie aufgebracht er sein würde, wenn er erfuhr, dass sie für eine Weile zu Richard gezogen war. Sie wusste, er würde daraus folgern, dass sie seine Gefühle nicht achtete und gelogen oder sich selbst etwas vorgemacht haben musste, als sie ihm immer wieder versichert hatte, sie liebe ihn und nicht seinen Freund. Aber eins sei festgehalten: Bevor sie nach Jersey City fuhr, verbrachte sie sehr wohl eine Nacht allein in einem Washingtoner Marriott Hotel und zählte dort die extrastarken Schlaftabletten, die sie mitgenommen hatte, und untersuchte die kleine Plastiktüte, mit der man als Hotelgast den Eiskübel auskleiden soll. Natürlich lässt sich leicht sagen: «Gut, aber sie hat sich ja dann doch nicht umgebracht, oder?», und man kann ihr Selbstinszenierung, Selbstmitleid, Selbstbetrug und andere ungesunde Selbstdinge unterstellen. Die Autobiographin bleibt trotzdem dabei, dass Patty in jener Nacht ganz tief am Boden war, so tief unten wie noch nie, und sich zwingen musste, an ihre Kinder zu denken. Ihr Schmerzpegel war, wenn auch vielleicht nicht höher als Walters, so doch wirklich hoch. Und Richard war derjenige, der sie in diese Situation gebracht hatte. Richard war der Einzige, der sie verstehen würde, der Einzige, zu dem sie gehen konnte, ohne sich zu Tode zu schämen, der Einzige, der sie, davon war sie überzeugt, immer noch wollte. Daran, dass sie Walters Leben zerstört hatte, ließ sich im Moment nichts ändern, warum also, dachte sie, sollte sie nicht wenigstens versuchen, ihr eigenes zu retten.

Aber um ehrlich zu sein, ärgerte sie sich auch über Walter. Egal, wie schmerzhaft es für ihn gewesen sein mochte, gewisse Seiten ihrer Autobiographie zu lesen – sie fand noch immer, dass er ihr unrecht damit getan hatte, sie aus dem Haus zu werfen. Ihrer Ansicht nach hatte er überreagiert und sie zu hart bestraft und sich selbst nicht eingestanden, wie sehr ihm daran lag, sie los zu sein und zu seiner Freundin überlaufen zu können. Und zu ihrem Ärger kam noch die Eifersucht hinzu, weil dieses Mädchen Walter wirklich liebte, während Richard kein Mensch ist, der irgendjemanden wirklich lieben kann (außer, in einem rührenden Ausmaß, Walter). Obwohl Walter die Dinge ganz sicher anders sah, fühlte Patty sich im Recht, als sie beschloss, nach Jersey City zu fahren, um so viel Trost zu finden und Rache zu üben und Selbstbewusstsein zu tanken, wie es der Sex mit einem ichbezogenen Musiker hergab.

Die Autobiographin wird über die Einzelheiten von Pattys Monaten in Jersey City schnell hinweggehen und nur so viel sagen, dass das Ausreizen des alten Reizes nicht ohne seine intensiven, wenn auch kurzlebigen Freuden war, und hinzufügen, dass sie wünschte, sie hätte ihn schon ausgereizt, als sie einundzwanzig war und Richard nach New York zog, und wäre dann zum Ende des Sommers nach Minnesota zurückgekehrt, um herauszufinden, ob Walter sie immer noch wollte. Denn auch das sei festgehalten: Sie hatte in Jersey City kein einziges Mal Sex, ohne daran zu denken, wie sie und ihr Mann es, auf dem Fußboden ihres Zimmers in Georgetown, zum letzten Mal getan hatten. Obwohl Patty und Richard in Walters Vorstellung bestimmt Monster waren, die sich einen Dreck um seine Gefühle scherten, konnten sie seiner Gegenwart de facto nie entfliehen. Zum Beispiel war es für sie überhaupt keine Frage, dass Richard sein Versprechen, Walter bei dessen Anti-Bevölkerungs-Initiative zu helfen, auf jeden Fall einlösen musste. Und zwar nicht aus schlechtem Gewissen, sondern aus Liebe und Bewunderung. Was Walter, wenn er sich klargemacht hätte, wie viel es Richard abverlangte, berühmteren Musikern vorheucheln zu müssen, dass ihm die Überbevölkerung der Welt Sorgen bereite, hätte zu denken geben sollen. Die Wahrheit ist, dass nichts zwischen Patty und Richard je von Dauer sein konnte, denn sie waren zwangsläufig eine Enttäuschung füreinander, weil keiner von ihnen für den anderen so liebenswert war wie Walter für sie beide. Jedes Mal, wenn Patty nach dem Sex allein dalag, versank sie in Kummer und Einsamkeit, weil Richard immer Richard bleiben würde, während es mit Walter immer die Möglichkeit der Veränderung und Vertiefung ihrer Beziehung gegeben hatte, wie vage sie auch sein und wie lange es auch dauern mochte, bis sie sich realisierte. Als Patty über ihre Kinder von der irrwitzigen Rede hörte, die er in West Virginia gehalten hatte, verzweifelte sie erst recht. Es schien, als hätte Walter sich nur von ihr trennen müssen, um ein freierer Mensch zu werden. Die alte Theorie, der sie beide angehangen hatten – dass er sie mehr liebte und brauchte als sie ihn –, war falsch gewesen, es verhielt sich genau umgekehrt. Und nun hatte sie die Liebe ihres Lebens verloren.

Dann kam die furchtbare Nachricht von Lalithas Tod, und Patty verspürte vieles gleichzeitig: große Trauer und Mitleid mit Walter, heftige Schuldgefühle, weil sie sich so oft gewünscht hatte, Lalitha wäre tot, plötzliche Angst vor ihrem eigenen Tod, die kurz aufflackernde egoistische Hoffnung, Walter werde sie nun vielleicht zurücknehmen, und dann schreckliche, krankmachende Reue, weil sie, indem sie zu Richard gegangen war, die beste Voraussetzung dafür geschaffen hatte, dass Walter sie niemals zurücknehmen würde. Solange Lalitha lebte, hatte immerhin noch die Chance bestanden, dass er irgendwann genug von ihr haben würde, aber seit sie tot war, gab es für Patty überhaupt keine Hoffnung mehr. Da sie das Mädchen gehasst und kein Hehl daraus gemacht hatte, stand es ihr jetzt auch nicht zu, Walter zu trösten, und sie wusste, dass es sie nur wie ein Monster aussehen lassen konnte, wenn sie ein so trauriges Ereignis dazu nutzte, sich wieder in sein Leben zurückzumogeln. Sie versuchte sich viele Tage lang an einem Kondolenzbrief, der Walters Schmerz angemessen gewesen wäre, aber der Graben zwischen der Reinheit seiner Gefühle und der Unreinheit der ihren war unüberbrückbar. Sie konnte ihm ihr Beileid bestenfalls indirekt, durch Jessica, übermitteln und hoffen, er würde wissen, dass die Sehnsucht, ihm Trost zu spenden, in ihr war, und verstehen, warum sie, nachdem sie ihm keinen Kondolenzbrief geschickt hatte, über nichts anderes mehr mit ihm kommunizieren konnte. Daher, auf ihrer Seite, die sechs Jahre Schweigen.

Die Autobiographin würde ja gern berichten, dass Patty Richard unmittelbar nach Lalithas Tod verließ, aber tatsächlich blieb sie noch drei Monate bei ihm. (Für einen Ausbund an Entschlusskraft und menschlicher Größe wird sie wohl ohnehin niemand je halten.) Zum einen wusste sie, dass es lange, womöglich ewig dauern würde, bis noch einmal jemand, den sie wirklich mochte, mit ihr würde schlafen wollen. Und zum anderen tat Richard, seitdem sie Walter verloren hatte, auf seine unerschütterliche, wenngleich wenig überzeugende Weise sein Möglichstes, ein *guter Mensch* zu sein. Sie liebte Richard nicht sehr, aber für seine Bemühungen in dieser Richtung liebte sie ihn doch ein bisschen (obwohl sie auch darin, wie hier deutlich geworden sein dürfte, eigentlich Walter liebte, denn er war es, der Richard die Idee, ein *guter Mensch* zu sein, in den Kopf gepflanzt hatte). Er setzte sich mannhaft an den Tisch und aß, was sie für ihn gekocht hatte, er zwang sich, zu Hause zu bleiben und Videos mit ihr anzuschauen, er wetterte ihre häufigen emotionalen Regenstürme ab, und dennoch war sie sich permanent bewusst, wie unglücklich ihr Auftauchen mit seiner neuerwachenden Hingabe an die Musik zusammengefallen war – dem Bedürfnis, die ganze Nacht mit seinen Bandkollegen unterwegs oder allein in seinem Zimmer oder in den Schlafzimmern zahlreicher anderer Frauen zu sein –, und obwohl sie diese Bedürfnisse theoretisch respektierte, konnte sie doch ihre eigenen nicht ganz verleugnen, etwa das Bedürfnis, keine andere Frau an ihm zu riechen. Um sich rar zu machen und ein bisschen Geld zu verdienen, arbeitete sie abends als Barista, bereitete also ausgerechnet Kaffeemixgetränke zu, wo sie doch die Idee, solche Kaffeemixgetränke zuzubereiten, einst bespöttelt hatte. Zu Hause gab sie sich alle Mühe, amüsant und umgänglich zu sein und Richard nicht auf den Wecker zu fallen, aber schon bald wurde ihre Lage ziemlich gruselig, und die Autobiographin, die vermutlich schon weit mehr über diese Dinge gesagt hat, als ihr Leser wissen möchte, wird ihm die Szenen kleinlicher Eifersucht und gegenseitiger Schuldzuweisungen und unverhohlener Enttäuschung ersparen, die dazu führten, dass sie sich im nicht allzu Guten von Richard trennte. Die Autobiographin erinnert das an die Versuche ihres Landes, sich aus Vietnam zurückzuziehen, die damit endeten, dass die vietnamesischen Freunde vom Dach der Botschaft geworfen, aus den abfliegenden Hubschraubern gestoßen und in einem Land zurückgelassen wurden, wo sie Massaker und brutale Internierungslager erwarteten. Aber das ist nun wirklich alles, was sie von Richard erzählen wird, abgesehen von einer weiteren, kleinen Episode gegen Ende dieses Schriftstücks.

Seit fünf Jahren lebt Patty nun in Brooklyn und arbeitet als Zweitlehrerin an einer Privatschule, an der sie Erstklässlern beim Schreiben- und Lesenlernen hilft und mit den fünften bis achten Klassen Soft- und Basketball trainiert. Wie sie zu diesem erbärmlich bezahlten, ansonsten aber nahezu idealen Job kam, begab sich folgendermaßen.

Nachdem sie Richard verlassen hatte, zog sie zu ihrer Freundin Cathy nach Wisconsin, und der Zufall wollte es, dass Cathys Lebenspartnerin Donna zwei Jahre zuvor Mutter von Zwillingsmädchen geworden war. Cathy war Strafverteidigerin, Donna arbeitete in einem Heim für obdachlose Frauen, und zusammen verdienten sie *ein* annehmbares Gehalt und fanden in der Nacht eine für *eine* Person annehmbare Menge Schlaf. Also bot Patty ihnen ihre Dienste als Vollzeit-Babysitterin an und schloss ihre Schützlinge sofort ins Herz. Sie heißen Natasha und Selena und sind famose, ungewöhnliche Mädchen. Sie schienen mit einem viktorianischen Gespür für gutes Kinderbenehmen auf die Welt gekommen zu sein – selbst ihrem Geschrei, wenn sie sich denn je dazu genötigt sahen, gingen ein, zwei Momente besonnenen Nachdenkens voraus. Die Mädchen waren natürlich vorwiegend miteinander beschäftigt, beobachteten einander, befragten einander, lernten voneinander, verglichen ihre Spielsachen oder das Essen auf ihren Tellern mit lebhaftem Interesse, selten Konkurrenzdrang oder Neid; sie wirkten gemeinschaftlich *vernünftig*. Wenn Patty mit einem der Mädchen redete, hörte auch das andere zu, mit einer Aufmerksamkeit, die Respekt, aber keine Schüchternheit erkennen ließ. Da sie zwei Jahre alt waren, durften sie keine Sekunde aus den Augen gelassen werden, doch Patty wurde es buchstäblich nie müde. Die Wahrheit war – und es ging ihr besser, wenn sie sich das ins Gedächtnis rief –, dass sie mit kleinen Kindern so gut zurechtkam wie mit Erwachsenen schlecht. Sie zog eine tiefgehende, anhaltende Freude aus den Wundern des Erlernens motorischer Fertigkeiten, der Sprachentwicklung, der Sozialisation, der Persönlichkeitsentfaltung – zumal der Fortschritt, den die Zwillinge machten, mitunter von einem Tag auf den anderen sichtbar wurde –, aus der Unschuld der Kinder, die gar nicht wussten, wie lustig sie waren, aus ihrer klar zum Ausdruck gebrachten Bedürftigkeit und ihrem grenzenlosen Vertrauen zu ihr. Der Autobiographin fehlen die Worte, um zu beschreiben, wie konkret diese Freude war, aber immerhin konnte sie jetzt sehen, dass sie wenigstens mit ihrem Wunsch, Mutter zu sein, keinen Fehler gemacht hatte.

Vielleicht wäre sie noch viel länger in Wisconsin geblieben, wenn nicht ihr Vater krank geworden wäre. Ihr Leser hat bestimmt von Rays Krebsleiden gehört, von dessen aggressivem, jähem Ausbruch und rasantem Fortschreiten. Cathy, die selbst sehr vernünftig ist, drängte Patty, nach Westchester zu fahren, bevor es zu spät sei. Patty machte sich mit viel Zittern und Zagen auf den Weg und stellte dann fest, dass das Haus ihrer Kindheit sich, seit sie zuletzt dort gewesen war, kaum verändert hatte. Die Kisten mit altem Wahlkampfmaterial waren noch zahlreicher geworden, die Schimmelflecken im Keller noch dunkler, Rays aus *Times*-Empfehlungen bestehende Büchertürme noch höher und wackliger, Joyces Ordner mit nie ausprobierten Rezepten aus dem Ernährungsteil der *Times* noch dicker, die Stapel ungelesener *Times*-Sonntagsausgaben noch vergilbter, die Wertstofftonnen noch überfüllter, die Ergebnisse von Joyces Möchtegernversuchen als Blumengärtnerin noch mehr von Wildwuchs und Zufall geprägt, ihre reflexhaft liberalen Weltanschauungen noch wirklichkeitsresistenter, ihre Unruhe und Anspannung in Gegenwart ihrer ältesten Tochter noch deutlicher und Rays spöttische Frotzeleien noch verstörender. Die ernste Angelegenheit, über die Ray nun verächtlich lachte, war sein eigener drohender Tod. Sein Körper hatte sich, im Unterschied zu allem anderen, stark verändert. Er war ausgezehrt und hohläugig und bleich. Zu Beginn von Pattys Besuch ging Ray noch jeden Morgen für ein paar Stunden ins Büro, aber auch damit war es nach einer Woche vorbei. Als sie ihn so krank sah, hasste sie sich dafür, dass sie ihm lange mit solcher Kälte begegnet war, hasste sich für ihre kindische Weigerung, ihm zu vergeben.

Nicht dass Ray nicht immer noch Ray gewesen wäre. Sooft sie ihn in den Arm nahm, tätschelte er sie ganz kurz und zog dann seine Arme zurück und wedelte damit in der Luft herum, als könnte er Patty weder zurückumarmen noch wegstoßen. Um die Aufmerksamkeit von sich abzulenken, suchte er nach anderen Dingen, über die man lachen konnte – Abigails Karriere als darstellende Künstlerin, die Religiosität seiner Schwiegertochter (davon später mehr), die Beteiligung seiner Frau an dem «Witz» der Parlamentsgeschäfte und Walters berufliche Maleschen, von denen er in der *Times* gelesen hatte. «Klingt, als hätte dein Gatte sich mit einem Haufen *Gauner* eingelassen», sagte er eines Tages. «Als wäre er womöglich selbst ein kleiner Gauner.»

«Er ist kein Gauner», sagte Patty, «wie du weißt.»

«Das hat Nixon auch gesagt. Ich erinnere mich an seine Rede, als wäre es gestern gewesen. Der Präsident der Vereinigten Staaten, der seiner Nation versichert, dass er kein Gauner ist. Allein dieses Wort, *Gauner*. Ich konnte gar nicht mehr aufhören zu lachen. ‹Ich bin kein Gauner.› Zum Schreien.»

«Ich habe den Artikel über Walter nicht gelesen, aber Joey meint, er ist absolut unfair.»

«Joey ist doch dein republikanisches Kind, oder?»

«Er ist jedenfalls konservativer als wir.»

«Abigail hat uns erzählt, sie musste praktisch die Bettwäsche verbrennen, nachdem er mit seiner Freundin in ihrer Wohnung gewohnt hatte. Offenbar überall Flecken. Auch auf den Polstern.»

«Ray, Ray, ich möchte das nicht hören! Merk dir bitte mal, dass ich nicht wie Abigail bin.»

«Ha. Als ich den Artikel gelesen habe, musste ich an den Abend denken, an dem Walter sich so wegen seines Rom-Clubs echauffiert hat. Er war immer irgendwie ein Kauz. Das war von Anfang an mein Eindruck. Jetzt darf ich das doch sagen, oder?»

«Warum, weil wir getrennt sind?»

«Ja, das auch. Aber eigentlich, weil ich nicht mehr lange leben werde, da kann ich doch ruhig sagen, was ich denke.»

«Das hast du *immer* getan. Viel zu oft.»

Ray lächelte über irgendeinen Aspekt davon. «Nicht immer, Patty. Seltener sogar, als du vielleicht glaubst.»

«Nenn mir eine Sache, die du sagen wolltest, aber nicht gesagt hast.»

«Ich war nie gut darin, Zuneigung auszudrücken. Ich weiß, wie schwer das für dich war. Für dich wahrscheinlich am schwersten.

Verglichen mit den anderen, hast du immer alles so ernst genommen. Und dann hattest du dieses schreckliche Pech in der Highschool.»

«Ich hatte schreckliches Pech damit, wie ihr euch verhalten habt!»

Darauf hob Ray warnend die Hand, als wollte er weiterer Unvernunft vorbeugen. «Patty», sagte er.

«Stimmt doch!»

«Patty, es ist ... es ist ... Wir machen alle Fehler. Was ich sagen will, ist, ich empfinde viel, hm. Ich empfinde viel Zuneigung zu dir. Sehr viel Liebe. Es fällt mir nur schwer, das zu zeigen.»

«Tja, da habe ich wohl Pech gehabt.»

«Ich meine es ernst, Patty. Ich versuche gerade, dir etwas zu sagen.»

«Das weiß ich doch, Daddy», sagte sie und brach in einigermaßen bittere Tränen aus. Da fing er wieder mit dem Getätschel an, legte ihr eine Hand auf die Schulter, zog sie unentschlossen weg und ließ sie in der Luft hängen; und sie begriff, ein für alle Mal, dass er nicht anders sein konnte.

Solange er im Sterben lag und eine private Krankenschwester kam und ging und Joyce sich unter beträchtlichen verbalen Verrenkungen wegen «wichtiger» Abstimmungen wiederholt nach Albany verdrückte, schlief Patty in ihrem Kindheitsbett und las ihre Lieblingskinderbücher noch einmal und bekämpfte das Haushaltschaos, ohne lange um Erlaubnis zu fragen, ob sie Zeitschriften aus den 1990er Jahren und Kisten voller Druckerzeugnisse aus dem Dukakis-Wahlkampf wegwerfen dürfe. Es war die Saison der Samenkataloge, und dankbar griffen Joyce und sie Joyces sporadische Gärtnerleidenschaft auf, sodass sie wenigstens ein gemeinsames Gesprächsthema hatten anstatt gar keins. Aber sooft es ging, saß Patty bei ihrem Vater, hielt seine Hand und gestattete sich, ihn zu lieben. Beinahe körperlich spürte sie, wie ihre emotionalen Organe sich neu ordneten, bis ihr Selbstmitleid am Ende klar zutage trat, in seiner ganzen Obszönität, eine eklige, purpurrote Geschwulst in ihr, die herausgeschnitten werden musste. Und während sie so viel Zeit damit verbrachte, ihrem Vater zuzuhören, der sich über alles lustig machte, wenn auch jeden Tag mit etwas weniger Kraft, erkannte sie, wie beunruhigend ähnlich sie ihm war, und begann zu begreifen, warum ihre Kinder an ihrer Fähigkeit, sich einen Spaß aus etwas zu machen, keinen größeren Spaß fanden und warum sie sich vielleicht hätte zwingen sollen, ihre Eltern in den kritischen Jahren ihrer eigenen Elternschaft häufiger zu sehen, um Joeys und Jessicas Reaktionen auf sie selber besser nachvollziehen zu können. Ihr Traum, sich ein neues Leben aufzubauen, ganz von vorne und ganz und gar unabhängig, war eben das gewesen: ein Traum. Sie war die Tochter ihres Vaters. Weder er noch sie hatten je wirklich erwachsen werden wollen, und nun arbeiteten sie gemeinsam daran. Es ist sinnlos zu leugnen, dass Patty, die immer unter Konkurrenzdruck stehen wird, Genugtuung empfand, weil seine Krankheit ihr weniger zusetzte, ihr weniger Angst machte als ihren Geschwistern. Als Mädchen hatte sie glauben wollen, dass er sie über alles liebte, und jetzt, als sie seine Hand umklammert hielt und versuchte, ihm über Schmerzdistanzen hinwegzuhelfen, die selbst Morphium nur verkürzen, nicht zum Verschwinden bringen konnte, wurde es wahr, sie machten es wahr, und es veränderte Patty.

Bei der Trauerfeier, die in der Unitarierkirche in Hastings stattfand, fühlte sie sich an die Beerdigung von Walters Vater erinnert. Auch hier war die Anteilnahme enorm – gut und gern fünfhundert Gäste waren gekommen. Anscheinend war jeder Jurist, Richter und gegenwärtige oder frühere Staatsanwalt von Westchester anwesend, und diejenigen, die Grabreden auf Ray hielten, sagten alle das Gleiche: dass er nicht nur der fähigste, sondern auch der freundlichste und fleißigste und ehrlichste Anwalt gewesen sei, den sie je gekannt hätten. Die Dimensionen seiner beruflichen Reputation waren schwindelerregend für Patty und eine Offenbarung für Jessica, die neben ihr saß; Patty sah (zutreffenderweise, wie sich zeigen sollte) schon die Vorwürfe voraus, die Jessica ihr, durchaus zu Recht, machen würde, weil sie sie um eine bedeutungsvolle Beziehung zu ihrem Großvater betrogen hatte. Abigail ging auf die Kanzel und sagte etwas im Namen der Familie, was witzig sein sollte, jedoch unpassend und selbstbezogen war, und machte es dann zum Teil wieder wett, indem sie sich in Tränen auflöste.

Erst als die Familie am Ende des Gottesdienstes die Kirche verließ, sah Patty die Ansammlung nicht privilegierter Menschen in den hinteren Bänken, insgesamt mehr als einhundert, die meisten davon schwarz, hispanoamerikanisch oder einer anderen ethnischen Minderheit angehörend, Menschen in allen Gestalten und Größen, die offensichtlich die besten Kleider trugen, die sie besaßen, Anzüge und Kostüme, und die würdevolle Geduld derer an den Tag legten, die mehr Erfahrung mit Beerdigungen hatten als sie; es waren Rays frühere Pro-bono-Mandanten oder deren Familien. Beim Empfang kamen sie einer nach dem anderen auf die diversen Emersons, einschließlich Patty, zu, ergriffen deren Hände, sahen ihnen in die Augen und legten kurz Zeugnis ab, was Ray für sie geleistet, wie viele Leben er gerettet, wie viel Unrecht er abgewendet, was für gute Werke er getan hatte. Patty war davon zwar nicht *vollkommen* überwältigt (dafür wusste sie zu genau um den Preis, der zu Hause gezahlt wird, wenn einer Gutes in der Welt tut), aber doch ziemlich überwältigt, und sie konnte nicht aufhören, an Walter zu denken. Jetzt bereute sie es schmerzlich, ihm wegen seiner Kreuzzüge für andere Lebewesen die Hölle heiß gemacht zu haben; sie begriff, dass sie es aus Neid getan hatte – Neid auf seine Vögel, die so uneingeschränkt liebenswert für ihn waren, und Neid auf Walter selbst, weil er die Gabe hatte, sie zu lieben. Sie wünschte, sie könnte jetzt, solange er noch lebte, zu ihm gehen und ihm das ganz einfach sagen: Ich bewundere dich dafür, dass du so gut bist.

Eine Eigenschaft, die sie an Walter bald besonders zu schätzen lernte, war seine Gleichgültigkeit gegenüber Geld. Sie hatte als Kind das Glück gehabt, selbst eine solche Gleichgültigkeit entwickeln zu können, und dann, wie es mit Glückskindern so ist, noch mehr Glück gehabt, indem sie Walters Frau geworden war, über dessen Nicht-Habgierigkeit sie sich gefreut hatte, ohne groß darüber nachzudenken oder dankbar dafür zu sein, bis Ray starb und sie wieder in den Albtraum der Geldproblematik ihrer Familie hineingestoßen wurde. Die Emersons repräsentierten, wie Walter so oft zu Patty gesagt hatte, eine Mangelgesellschaft. Soweit das metaphorisch gemeint war (also emotional), konnte sie manchmal erkennen, dass er recht hatte, aber da sie als die Außenseiterin aufgewachsen war und sich aus dem Wettstreit ihrer Familie um alles Materielle herausgehalten hatte, brauchte sie sehr lange, um zu begreifen, dass das im Hintergrund permanent gegenwärtige und doch immer unanzapfbare Vermögen von Rays Eltern – die *Künstlichkeit* des Mangels – allen Schwierigkeiten ihrer Familie zugrunde lag. Vollends begriff sie das erst, als sie Joyce in den Tagen nach Rays Trauerfeier zur Rede stellte und sie zwang, ihr die Geschichte des Emerson'schen Familienanwesens in New Jersey zu erzählen, worauf sie von der Zwickmühle erfuhr, in der Joyce sich jetzt befand.

Die Situation war die: Als Rays Witwe war nunmehr Joyce die Besitzerin des Landguts, das nach Augusts Tod sechs Jahre zuvor auf Ray übergegangen war. Ray war von seinem Naturell her gut gerüstet gewesen, die inständigen Bitten von Pattys Schwestern Abigail und Veronica, «die Sache anzugehen» (das heißt, das Gut zu verkaufen und ihnen ihren Anteil auszuzahlen), mit einem Lachen abzutun und zu ignorieren, aber jetzt, da er tot war, bekam Joyce von ihren jüngeren Töchtern täglich Druck, Trommelschlägen gleich, und Joyce war von ihrem Naturell her *nicht* gut gerüstet, solchem Druck standzuhalten. Dummerweise hatte sie jedoch dafür, dass es ihr nicht möglich war, «die Sache anzugehen», noch dieselben Gründe, die auch Ray gehabt hatte, abzüglich dessen sentimentaler Bindung an das Gut. Wenn sie es auf den Markt brachte, würden Rays zwei Brüder einen beträchtlichen moralischen Anspruch auf große Anteile am Verkaufserlös erheben können. Außerdem wurde das alte Steinhaus gerade von Pattys Bruder Edgar, seiner Frau Galina und ihren bald vier Kindern bewohnt und war durch Edgars eigenhändige «Instandsetzungen» auf wenig hilfreiche Weise verunstaltet, denn da er keine Anstellung und keine Ersparnisse und viele Mäuler zu stopfen hatte, war er über einige willkürliche Abrissarbeiten bisher nicht hinausgekommen. Noch dazu drohten Edgar und Galina für den Fall, dass Joyce sie hinauswerfen sollte, in eine israelische Siedlung im Westjordanland zu ziehen, die einzigen Enkelkinder in Joyces Leben dorthin mitzunehmen und von den Almosen einer in Miami ansässigen Stiftung zu leben, deren aggressiver Zionismus Joyce äußerstes Unbehagen bereitete.

Sicher, sie hatte sich freiwillig für diesen Albtraum entschieden. Rays vornehm-protestantische Herkunft, der Reichtum seiner Familie und sein sozialer Idealismus waren für sie als Stipendiatin damals sehr anziehend gewesen. Sie hatte ja keine Ahnung gehabt, in was sie da hineingesogen werden würde, welchen Preis sie letztlich bezahlen musste, all die von grässlicher Exzentrik und kindischen Geldspielereien und Augusts gebieterischer Unhöflichkeit geprägten Jahrzehnte. Sie, das mittellose jüdische Mädchen aus Brooklyn, reiste schon bald auf Emerson-Kosten nach Ägypten, Tibet und Machu Picchu, aß mit Dag Hammarskjöld und Adam Clayton Powell zu Abend. Wie so viele Menschen, die Politiker werden, war Joyce keine intakte Persönlichkeit; sie war es sogar noch weniger als Patty. Sie brauchte das Gefühl, *außergewöhnlich* zu sein, und indem sie eine Emerson wurde, fühlte sie sich darin bestätigt, dass sie es war, und als sie dann Kinder bekam, brauchte sie das Gefühl, dass auch sie außergewöhnlich waren, um wettzumachen, was ihr im Innersten fehlte. Daher der Refrain von Pattys Kindheit: Wir sind nicht wie andere Familien. Andere Familien sind versichert, aber Daddy hält nichts von Versicherungen. Anderer Leute Kinder haben Nachmittagsjobs, aber wir möchten lieber, dass ihr eure außergewöhnlichen Talente erkundet und eure Träume zu verwirklichen versucht. Andere Familien müssen sich darum kümmern, Geld für den Notfall zurückzulegen, aber dank Großvaters Geld brauchen wir das nicht zu tun. Andere Leute müssen realistisch sein und sich eine berufliche Laufbahn zimmern und für die Zukunft sparen, aber selbst bei Großvaters Spendenfreudigkeit wartet da immer noch ein riesiger Goldschatz auf euch.

Nachdem sie diese Botschaften über Jahre hinweg weitergegeben und zugelassen hatte, dass sie das Leben ihrer Kinder vermurksten, fühlte Joyce sich nun, angesichts von Abigails und Veronicas Forderung, das Gut zu veräußern, «zermürbt» und «ein kleines bisschen schuldig», wie sie Patty mit ihrer zittrigen Stimme gestand. In der Vergangenheit hatten sich ihre Schuldgefühle unterschwellig manifestiert, in unregelmäßigen, aber substanziellen Bargeldtransfers an ihre Töchter oder darin, dass sie sich jedes Urteils enthielt, beispielsweise als Abigail eines späten Abends an Augusts Krankenhausbett eilte und ihm in letzter Minute einen Scheck über 10 000 Dollar abpresste (Patty hörte von diesem Trick durch Galina und Edgar, die ihn extrem unfair fanden, wobei ihnen, wie ihr schien, vor allem Verdruss bereitete, dass sie nicht selbst darauf gekommen waren), doch nun wurde Patty die interessante Genugtuung zuteil, miterleben zu dürfen, wie die Schuldgefühle ihrer Mutter, die in ihrer liberalen Politik stets implizit gewesen waren, plötzlich klar zutage traten. «Ich weiß nicht, was Daddy und ich gemacht haben», sagte sie. «Irgendwas müssen wir wohl gemacht haben. Dass drei von unseren vier Kindern nicht recht in der Lage sind ... nicht recht in der Lage sind, nun ja. Sich selbst zu ernähren. Ich nehme an, ich – ach, ich weiß auch nicht. Aber wenn Abigail mich noch ein einziges Mal auf den Verkauf von Großvaters Haus anspricht ... Na, ich denke, also, ich nehme an, dass ich das irgendwie verdient habe. Ich nehme an, dass ich, auf meine Art, wohl ein bisschen dafür verantwortlich bin.»

«Du musst ihr die Stirn bieten», sagte Patty. «Du hast das Recht, dich nicht so von ihr quälen zu lassen.»

«Was ich nicht verstehe, ist, warum *du* so anders geworden bist, so eigenständig», sagte Joyce. «Du scheinst solche Probleme jedenfalls nicht zu haben. Ich meine, ich weiß, dass du Probleme hast. Aber du wirkst ... irgendwie stärker.»

Ohne Übertreibung: Dies gehört zu den zehn Momenten in Pattys Leben, die ihr die größte Befriedigung verschafft haben.

«Walter hat sehr gut für uns gesorgt», wandte sie ein. «Er war überhaupt ein toller Mann. Das hat viel ausgemacht.»

«Und deine Kinder ...? Sind sie ...?»

«Sie sind wie Walter. Sie wissen, wie man arbeitet. Und Joey ist so ungefähr der eigenständigste junge Mann in ganz Nordamerika. Kann schon sein, dass er das zum Teil von mir hat.»

«Ich würde … Joey so gern öfter sehen», sagte Joyce. «Ich hoffe … jetzt, wo alles anders ist … wo uns …» Sie gab ein sonderbares Lachen von sich, hart und ganz und gar gewollt. «Jetzt, wo uns *vergeben* worden ist, hoffe ich, dass ich ihn ein bisschen kennenlernen kann.»

«Das würde ihn bestimmt auch freuen. Er hat angefangen, sich für seine jüdischen Wurzeln zu interessieren.»

«Oh, na ja, ich bin mir alles andere als sicher, ob ich *dafür* die richtige Gesprächspartnerin bin. Da wendet er sich vielleicht besser an – Edgar.» Und wieder lachte Joyce auf diese sonderbar gewollte Art.

Es stimmte gar nicht, dass Edgar jüdischer geworden war, außer im denkbar passivsten Sinn. In den frühen Neunzigern hatte er getan, was damals jeder Inhaber eines Doktortitels in Linguistik hätte tun können: Er war Börsenhändler geworden. Als er aufhörte, ostasiatische Grammatikstrukturen zu untersuchen, und sich mit Wertpapieren zu beschäftigen begann, verdiente er kurzfristig genügend Geld, um die Aufmerksamkeit einer hübschen, jungen russischen Jüdin, Galina, auf sich zu ziehen und auch zu halten. Sobald sie verheiratet waren, kam Galinas materialistische russische Seite zum Tragen. Sie stachelte Edgar dazu an, immer mehr Geld zu verdienen und es für eine Villa in Short Hills, New Jersey, und für Pelzmäntel, schwere Klunker und andere Auffälligkeiten auszugeben. Während er seine eigene Firma hatte, war Edgar eine Zeitlang so erfolgreich, dass er auf dem Radarschirm seines für gewöhnlich distanzierten und gebieterischen Großvaters auftauchte, der ihm, in einem Moment möglicher früher Altersdemenz kurz nach dem Tod seiner Frau, aus Gewinnsucht erlaubte, sein Aktienportfolio instand zu setzen, indem er ihn seine amerikanischen Blue Chips verkaufen und stattliche Summen in Südostasien investieren ließ. August änderte sein Testament zuletzt auf dem Höhepunkt der asiatischen

Börsenblase, als es absolut gerecht erschien, die Kapitalanlagen den jüngeren Söhnen zu vermachen und das Gut in New Jersey dafür Ray. Doch was das Instandsetzen anging, war auf Edgar eben kein Verlass. Die asiatische Blase platzte prompt, August starb kurz darauf, und Pattys zwei Onkel erbten praktisch nichts, während das Gut sich dank neugebauter Highways und der rasanten Erschließung von New Jerseys Nordwesten im Wert verdoppelte. Um die moralischen Ansprüche seiner Brüder abzuwehren, blieb Ray nichts anderes übrig, als am Besitz des Gutes festzuhalten und Edgar und Galina dort wohnen zu lassen, was diese mit Freuden taten, da sie, nachdem auch Edgars eigene Investitionen gefloppt hatten, bankrottgegangen waren. Das war der Moment, in dem Galinas jüdische Seite zur Geltung kam. Sie machte sich die orthodoxen Traditionen zu eigen, warf ihre Verhütungsmittel weg und verschlimmerte ihre und Edgars finanzielle Not, indem sie einen Haufen Kinder in die Welt setzte. Edgar begeisterte sich nicht stärker für das Judentum als irgendwer sonst in der Familie, aber er war Galinas Geschöpf, seit ihrem Bankrott noch mehr als zuvor, und machte um des lieben Friedens willen mit. Und, oh, wie sehr Abigail und Veronica Galina hassten.

Das war die Situation, die Patty für ihre Mutter klären wollte. Sie schien dafür in besonderer Weise geeignet, weil sie als einziges von Joyces Kindern bereit war, sich ihren Lebensunterhalt selbst zu verdienen, und es bescherte ihr ein ganz wunderbares und willkommenes Gefühl: dass Joyce sich glücklich schätzen durfte, eine Tochter wie sie zu haben. Patty konnte dieses Gefühl ein paar Tage lang genießen, bevor es zu der Einsicht gerann, dass sie im Grunde wieder in ungute familiäre Muster hineingesogen wurde und einmal mehr mit ihren Geschwistern konkurrierte. Schon als sie geholfen hatte, Ray zu pflegen, war sie ein wenig unter Konkurrenzdruck geraten; aber niemand hatte ihr Recht in Frage gestellt, bei ihm zu sein, und ihr Gewissen hinsichtlich ihrer Motive war rein gewesen. Ein Abend mit Abigail allerdings reichte aus, um die Säfte des Konkurrierens wieder ungehindert zum Fließen zu bringen.

Während der Zeit, in der sie mit einem großgewachsenen Mann in Jersey City zusammengelebt hatte und nicht ganz so sehr wie eine mittelalte Hausfrau aussehen wollte, die die falsche Ausfahrt von der Schnellstraße genommen hat, war Patty losgegangen und hatte sich ein Paar ziemlich schicker hochhackiger Stiefel gekauft, und es war womöglich die am wenigsten nette Seite von ihr, die sie dazu veranlasste, ausgerechnet diese Stiefel zu tragen, als sie sich mit ihrer kleinsten Schwester traf. Sie überragte Abigail, überragte sie wie ein Erwachsener ein Kind, als sie von Abigails Wohnung in das Café um die Ecke gingen, in dem ihre Schwester Stammgast war. Wie zum Ausgleich für ihre kleine Statur fasste Abigail sich in ihrer Eröffnungsrede lang – zwei Stunden lang – und erlaubte Patty, sich ein einigermaßen vollständiges Bild von ihrem Leben zusammenzusetzen: der verheiratete Mann, jetzt nur noch «Arschloch» genannt, auf den sie ihre zwölf besten Jahre der Heiratsfähigkeit verschwendet hatte, indem sie darauf wartete, dass Arschlochs Kinder mit der Schule fertig würden und er seine Frau verlassen könnte, was er dann auch tat, aber für eine Jüngere als Abigail; die gewissen, heterosexuelle Männer verachtenden Schwulen, an die sie sich gewandt hatte, weil sie bei ihnen angenehmere männliche Gesellschaft zu finden hoffte; die beeindruckend große Gruppe unterbeschäftigter Schauspieler, Dramatiker, Komiker und darstellender Künstler, in der sie ein offenkundig gern gesehenes und freigebiges Mitglied war; der Kreis von Freunden, die reihum Eintrittskarten zu den Auftritten und Spendenaktionen der jeweils anderen kauften, wobei letztlich viel von dem Geld aus Quellen wie Joyces Scheckheft floss; das weder glamouröse noch großartige, dennoch bewundernswerte und für das Funktionieren New Yorks maßgebliche Leben des Bohemiens. Patty freute sich aufrichtig zu sehen, dass Abigail einen Platz in der Welt gefunden hatte. Erst als sie auf einen «Digestif» in Abigails Wohnung zurückkehrten und Patty die Sprache auf Edgar und Galina brachte, nahmen die Dinge einen hässlichen Verlauf.

«Warst du schon im Kibbuz von New Jersey?», sagte Abigail. «Hast du die *Milchkuh* gesehen?»

«Nein, ich fahre erst morgen hin», sagte Patty.

«Wenn du Glück hast, vergisst Galina, Edgar Halsband und Leine abzunehmen, bevor du kommst, das ist so ein reizender Anblick. Sehrrrr männlich und fromm. Auf jeden Fall kannst du sicher sein, dass sie sich nicht die Mühe machen wird, die Kuhscheiße vom Küchenboden aufzuwischen.»

Hierauf erklärte Patty ihren Vorschlag, der darauf hinauslief, dass Joyce das Landgut verkaufen, die Hälfte des Erlöses Rays Brüdern geben und den Rest unter Abigail, Veronica, Edgar und ihr selbst (d. h. Joyce, nicht Patty, deren finanzielles Interesse gleich null war) aufteilen würde. Während Patty sprach, schüttelte Abigail ununterbrochen den Kopf. «Zunächst einmal», sagte sie dann, «hat Mommy dir nichts von Galinas Unfall erzählt? Sie hat einen alten Mann angefahren, der als *Schülerlotse* auf einem Zebrastreifen stand. Gott sei Dank keine Kinder, nur den Mann in seiner orangefarbenen Weste. Sie war von ihrer *Brut* abgelenkt, auf dem Rücksitz, und ist direkt in ihn reingepflügt. Das ist erst ungefähr zwei Jahre her, und natürlich hatten sie und Edgar ihre Autoversicherung auslaufen lassen, denn so sind sie und Edgar eben. Ist doch egal, was die Gesetze in New Jersey verlangen, ist doch egal, dass sogar *Daddy* eine Autoversicherung hatte. Edgar sah die Notwendigkeit nicht ein, und Galina, die nun schon seit fünfzehn Jahren hier lebt, sagte, in Rrrrussland sei das alles anders, sie habe ja *keine Ahnung* gehabt. Die Versicherung der Schule ist für den Schülerlotsen aufgekommen, der jetzt quasi nicht mehr laufen kann, aber die Versicherungsgesellschaft hat seitdem Anspruch auf alle ihre Vermögenswerte, bis rauf zu einer unmenschlich hohen Summe. Alles Geld, das sie ranschaffen, geht nun direkt an die Versicherung.»

Davon hatte Joyce ihr interessanterweise nichts erzählt.

«Na gut, so sollte es ja wohl auch sein», sagte sie. «Wenn der Mann ein Krüppel ist, sollte das Geld an die Versicherung gehen. Oder?»

«Es bedeutet trotzdem, dass sie nach Israel abhauen, schließlich haben sie keinen Penny. Mir soll's recht sein – *sayonara!* Aber versuch das mal Mom beizubringen. Sie hat mehr für die Brut übrig als ich.»

«Und warum ist dann der Vorschlag für dich ein Problem?»

«Weil ich finde, dass Edgar und Galina überhaupt keinen Anteil kriegen sollten», sagte Abigail, «schließlich durften sie das Gut sechs Jahre lang bewohnen und haben es mehr oder weniger demoliert, und das Geld würde sowieso verschwinden. Findest du nicht, dass es Menschen bekommen sollten, die es wirklich gebrauchen können?»

«Mir scheint, der Schülerlotse kann es gut gebrauchen.»

«Der ist ausgezahlt worden. Jetzt ist nur noch das Versicherungsunternehmen im Spiel, und Unternehmen sind gegen solche Sachen selbst versichert.»

Patty runzelte die Stirn.

«Und was die Onkel betrifft», fuhr Abigail fort, «da kann ich nur sagen: selber schuld. Die haben es so ähnlich gemacht wie du – sie sind abgehauen. Sie mussten sich nicht von Granddaddy sämtliche Feiertage vollfurzen lassen wie wir. Daddy ist praktisch jede Woche hingefahren, sein Leben lang, und hat Grandmommys furchtbare, staubtrockene Pekannusskekse gegessen. Ich kann mich nicht erinnern, dass seine Brüder das getan hätten.»

«Du meinst also, wir haben es verdient, dafür bezahlt zu werden.»

«Warum nicht? Ist doch besser, als nicht bezahlt zu werden. Die Onkel brauchen das Geld doch ohnehin nicht. Sie kommen auch so sehrrrrr gut zurecht. Für mich und Ronnie dagegen wäre es wirklich wichtig.»

«Ach, Abigail!», brach es aus Patty hervor. «Wir werden uns nie verstehen, oder?»

Vielleicht weil sie einen Hauch von Mitleid in Pattys Stimme wahrgenommen hatte, machte Abigail ein Schafskopfgesicht, ein gemeines Gesicht. «*Ich* bin nicht diejenige, die abgehauen ist», sagte sie. «*Ich* bin nicht diejenige, die immer die Nase gerümpft und nie Spaß verstanden und Herrn Rechtschaffener-Supergutmensch-

Spinner-Naturfreak aus Minnesota geheiratet und sich nicht mal die Mühe gemacht hat, auch nur so zu tun, als hasste sie uns nicht. Du hast geglaubt, es geht dir ja so großartig, du hast geglaubt, du bist uns ja so überlegen, und dann setzt Herr Supergutmensch dich aus irgendeinem unerklärbaren Grund, der selbstverständlich nichts mit deinen hervorragenden Eigenschaften zu tun hat, vor die Tür, und jetzt meinst du, du kannst zurückkommen und hier das Fräulein Liebenswert-sympathische-Botschafterin-des-guten-Willens-Florence-Nightingale spielen. Das ist alles sehrrrr interessant.»

Patty zwang sich, ein paarmal tief Luft zu holen, bevor sie darauf antwortete. «Wie gesagt», sagte sie dann, «wir beide werden uns wohl nie verstehen.»

«Der einzige Grund, warum ich Mommy jeden Tag anrufen muss», sagte Abigail, «ist der, dass du da bist und alles kaputt machen willst. Sobald du verschwindest und dich um deine eigenen Angelegenheiten kümmerst, höre ich damit auf. Einverstanden?»

«In welcher Hinsicht ist es nicht meine Angelegenheit?»

«Du hast selbst gesagt, dass dir das Geld gleichgültig ist. Wenn du deinen Anteil nehmen und ihn den Onkeln geben willst, prima. Wenn dir das hilft, dich überlegen und rechtschaffen zu fühlen, prima. Aber bitte sag *uns* nicht, was wir tun sollen.»

«Na schön», sagte Patty, «ich denke, wir sind hier fast fertig. Also – nur damit ich sicher sein kann, dass ich dich auch wirklich verstanden habe –, du meinst, du hast Ray und Joyce dein Leben lang einen Gefallen getan, indem du etwas von ihnen *angenommen* hast? Du meinst, Ray hat etwas von seinen Eltern *angenommen*, um ihnen einen Gefallen zu tun? Und dass ihr es verdient, für all diese großen Gefälligkeiten bezahlt zu werden?»

Abigail machte erneut ein eigenartiges Gesicht und schien nachzudenken. «Ja, ganz genau!», sagte sie dann. «Das hast du ziemlich gut ausgedrückt. Genau das glaube ich. Und die Tatsache, dass du das offenbar merkwürdig findest, ist der Grund, warum es dir nicht zusteht, dich da einzumischen. Du gehörst inzwischen keinen Deut mehr zur Familie als Galina. Das scheinst du allerdings immer noch nicht begriffen zu haben. Also lass Mommy einfach in Ruhe, lass sie ihre eigenen Entscheidungen treffen. Und ich möchte auch nicht, dass du mit Ronnie redest.»

«Es geht dich, offen gesagt, nichts an, ob ich mit ihr rede oder nicht.»

«Es geht mich so dermaßen was an, und ich sage dir, lass sie in Ruhe. Du würdest sie nur durcheinanderbringen.»

«Du meinst die Frau, die einen IQ von, na, einhundertachtzig hat?»

«Es geht ihr nicht gut, seit Daddy gestorben ist, und du hast keinen Grund, ihr das Leben schwerzumachen. Ich bezweifle zwar, dass du auf mich hören wirst, aber da ich ungefähr tausendmal so viel Zeit mit Ronnie verbracht habe wie du, weiß ich, wovon ich rede. Versuch, ein bisschen Rücksicht zu nehmen.»

Das einst so gepflegte alte Emerson'sche Landgut wirkte, als Patty am nächsten Vormittag dort eintraf, wie ein Mittelding zwischen Walker Evans und Russland im neunzehnten Jahrhundert. Mitten auf dem Tennisplatz, jetzt ohne Netz, die Kunststofflinien zerrissen und verdreht, stand eine Kuh. Edgar pflügte gerade mit einem kleinen Traktor die alte Pferdeweide um, wobei er etwa alle zwanzig Meter langsamer und dann gestoppt wurde, wenn sich die Reifen in der regennassen Frühlingserde festfuhren. Er trug ein schlammbespritztes weißes Hemd und schlammbedeckte Gummistiefel, hatte ordentlich Fett und Muskeln angesetzt und erinnerte Patty irgendwie an Pierre aus *Krieg und Frieden*. Als er sie sah, ließ er den Traktor gefährlich schief auf dem Feld stehen und kam durch den Schlamm zur Einfahrt gewatet, wo sie geparkt hatte. Er pflanze Kartoffeln an, erklärte er ihr, viele Kartoffeln, damit seine Familie sich im kommenden Jahr noch besser selbst versorgen könne. Jetzt, im Frühling, da sich die Ernte- und Wildfleischvorräte des vergangenen Jahres erschöpft hätten, sei die Familie in hohem Maß auf Lebensmittelgaben von der Beit-Midrash-Gemeinde angewiesen: Auf dem Boden vor dem Scheunentor standen Konservenkisten, Großhandelsmengen Cornflakes und dergleichen sowie eingeschweißte Paletten Babynahrung. Ein paar von den Paletten waren geöffnet und zum Teil geplündert worden, sodass Patty den Eindruck hatte, die Lebensmittel seien eine geraume Zeit den Elementen ausgesetzt gewesen, ohne in die Scheune getragen worden zu sein.

Im Haus herrschte ein Chaos aus herumliegenden Spielsachen und ungespültem Geschirr, und es roch tatsächlich ein wenig nach Kuhdung, aber das Renoir-Pastell, die Degas-Skizze und die Monet-Leinwand hingen alle noch an ihren angestammten Plätzen. Galina, die hochschwanger war und mit glanzlosen Farmpächteraugen über alles wachte, setzte Patty sofort ein liebes, warmes, süßes, nicht allzu sauberes einjähriges Kind auf den Arm. Patty hatte Galina am Tag von Rays Trauergottesdienst kennengelernt, aber kaum mit ihr gesprochen. Sie war eine dieser überforderten Mütter, die ganz vom Kleinkinderalltag aufgefressen werden, mit ungekämmtem Haar, hektisch geröteten Wangen und unordentlicher Kleidung, aus der hier und da das nackte Fleisch entwischte, aber sie hätte durchaus noch hübsch sein können, wenn sie dafür ein paar Minuten Zeit erübrigt hätte. «Danke, dass du hergekommen bist», sagte sie. «Für uns ist es jetzt immer eine *Tortur*, irgendwohin zu reisen, Mitfahrgelegenheiten zu finden und so weiter.»

Bevor Patty über ihr Anliegen sprechen konnte, musste sie sich erst einmal an dem kleinen Jungen auf ihrem Arm erfreuen, die Nase an der seinen reiben, ihn zum Lachen bringen. Ihr kam die verrückte Idee, dass sie ihn adoptieren könnte, um Galina und Edgar zu entlasten und ihrem eigenen Leben eine neue Wendung zu geben. Als hätte er das gemerkt, patschte er mit seinen Händen in ihrem Gesicht herum und zog begeistert an allem, woran man ziehen konnte.

«Er mag seine Tante», sagte Galina. «Seine verlorengeglaubte Tante Patty.»

Edgar kam ohne seine Stiefel durch die Hintertür herein, in dicken grauen Socken, die ebenfalls schlammbedeckt waren und Löcher hatten. «Möchtest du Cornflakes mit Rosinen oder so was?», sagte er. «Wir haben auch Chex.»

Patty lehnte ab und setzte sich mit ihrem Neffen auf dem Schoß an den Küchentisch. Die anderen Kinder waren nicht weniger niedlich – dunkeläugig, neugierig, frech, ohne ungezogen zu sein –, und sie konnte verstehen, warum Joyce so an ihnen hing und nicht wollte, dass sie in ein anderes Land zogen. Alles in allem fiel es Patty, nach ihrem unschönen Gespräch mit Abigail, schwer, in dieser Familie die Bösewichter auszumachen; sie wirkten vielmehr wie Hänsel und Gretel im Wald. «Also, sagt mir doch mal, wie es eurer Meinung nach jetzt weitergehen soll», begann sie.

Edgar, der es offenbar gewohnt war, Galina für sich sprechen zu lassen, saß da und zupfte sich getrockneten Schlamm von den Socken, während sie erklärte, dass sie in der Bewirtschaftung der Farm immer besser würden, dass ihr Rabbi und die Synagoge ihnen wunderbar zur Seite stünden, dass Edgar bald die offizielle Erlaubnis bekommen werde, aus den großväterlichen Trauben koscheren Wein herzustellen, und dass sie fette Beute machten.

«Fette Beute?», sagte Patty.

«Rotwild», sagte Galina. «Unglaublich viel Rotwild. Edgar, wie viele Tiere hast du letzten Herbst geschossen?»

«Vierzehn», sagte Edgar.

«Vierzehn auf unserem Grund und Boden! Und es kommen immer wieder welche, absolut phänomenal.»

«Aber seht mal, es ist doch so», sagte Patty, während sie sich zu erinnern versuchte, ob Wild überhaupt koscher war, «es ist ja nicht wirklich euer Grund und Boden. Das Anwesen gehört jetzt eigentlich Joyce. Und deshalb frage ich mich, weil Edgar doch so viel von Wirtschaft versteht, ob es nicht vielleicht sinnvoller wäre, wenn er sich wieder eine Arbeit sucht, damit er ein richtiges Einkommen hat und Joyce frei entscheiden kann, was sie mit dem Gut machen will.»

Galina schüttelte unnachgiebig den Kopf. «Da sind die Versicherungen. Die Versicherungen wollen alles haben, was er verdient, bis rauf zu ich weiß nicht wie vielen Hunderttausenden.»

«Ja, schon, aber wenn Joyce das Gut verkaufen würde, könntet ihr die Versicherungen auszahlen, die Versicherungsgesellschaften, meine ich, und dann nochmal ganz von vorn anfangen.»

«Der Mann ist ein Betrüger!», sagte Galina mit funkelnden Augen. «Du hast die Geschichte doch gehört, oder? Dieser Schülerlotse ist hundertprozentig ein Betrüger. Ich habe ihn kaum angestupst, kaum *berührt*, und jetzt kann er nicht mehr laufen?»

«Patty», sagte Edgar und klang dabei bemerkenswert wie Ray, wenn der sie bevormundet hatte, «du verstehst einfach die Lage nicht.»

«Entschuldige – was ist daran nicht zu verstehen?»

«Dein Vater wollte, dass die Farm in der Familie bleibt», sagte Galina. «Er wollte nicht, dass sie in den Taschen irgendwelcher widerwärtigen, obszönen Theaterproduzenten verschwindet, die sogenannte Kunst machen, oder irgendwelcher Fünfhundertdollar-Psychiater, die das Geld deiner kleinen Schwester einstecken, ohne ihr je nennenswert zu helfen. So bleibt uns immer die Farm, deine beiden Onkel werden bald nicht mehr daran denken, und wenn jemals *wirklich* Geld gebraucht wird, und zwar nicht bloß für widerwärtige sogenannte Kunst oder betrügerischere Psychiater, dann kann Joyce jederzeit einen Teil davon verkaufen.»

«Edgar?», sagte Patty. «Ist das auch deine Meinung?»

«Ja. Im Wesentlichen schon.»

«Na, das ist ja ausgesprochen selbstlos von euch. Dass ihr die Flamme von Daddys Wünschen hütet.»

Galina kam mit dem Gesicht ganz nah an Pattys heran, wie um ihrem Verständnis auf die Sprünge zu helfen. *«Wir haben die Kinder»*, sagte sie. «Bald werden wir sechs Mäuler zu stopfen haben. Deine Schwestern denken, ich will nach Israel gehen – das will ich gar nicht. Wir haben es gut hier. Und findest du nicht, wir hätten Anerkennung dafür verdient, dass wir die Kinder bekommen haben, die deine Schwestern nicht bekommen werden?»

«Es scheinen wirklich tolle Kinder zu sein», gab Patty zu. Ihr Neffe schlummerte in ihren Armen.

«Also lass es gut sein», sagte Galina. «Komm und besuch die Kinder, wann immer du willst. Wir sind keine schlechten Menschen, wir sind keine Spinner, und wir haben gern Besuch.»

Patty kehrte traurig und entmutigt nach Westchester zurück und tröstete sich mit einer Basketballübertragung im Fernsehen (Joyce war in Albany). Am folgenden Nachmittag fuhr sie erneut nach New York und traf sich mit dem Nesthäkchen der Familie, Veronica, die von ihnen allen am meisten gestört war. Veronica hatte schon immer etwas Jenseitiges gehabt. Lange war das ihrem dunkeläugigen, schlanken, waldgeisthaften Aussehen geschuldet gewesen, dem sie mit diversen selbstzerstörerischen Methoden, darunter Magersucht, Promiskuität und starkem Alkoholkonsum, nachgeholfen hatte. Nun hatte sie dieses Aussehen weitgehend verloren – sie war schwerer geworden, aber nicht schwer im Sinne von dick; irgendwie erinnerte sie Patty an ihre frühere Freundin Eliza, die sie einmal etliche Jahre nach dem College in einer überfüllten Kfz-Zulassungsstelle gesehen hatte –, und ihre Jenseitigkeit war eher spirituell: ein Nichtverbundensein mit herkömmlicher Logik, eine Art abgemeldeter Freude an der Existenz einer Welt außerhalb ihrer selbst. Früher hatte sie (zumindest in Joyces Augen) sowohl als Malerin wie als Ballerina Anlass zu großen Hoffnungen gegeben und war von einer Menge respektabler junger Männer umschwärmt worden, aber seitdem hatten sie Phasen schwerer Depressionen niedergeknüppelt, neben denen Pattys eigene Depressionen anscheinend Herbstspaziergänge in einem Apfelgarten waren. Joyce zufolge arbeitete sie gegenwärtig als Verwaltungsassistentin in einer Tanzkompanie. Sie wohnte in einer kärglich möblierten Zweizimmerwohnung an der Ludlow Street, in der Patty sie, obwohl sie vorher angerufen hatte, bei irgendeiner intensiven Meditationsübung zu stören schien. Sie betätigte den Summer und ließ ihre Wohnungstür offen stehen, sodass Patty sie erst in ihrem Schlafzimmer aufspüren musste, wo sie in ausgewaschener Sarah-Lawrence-Sportbekleidung auf einer Yogamatte lag; die Biegsamkeit der jugendlichen Tänzerin, die sie einmal gewesen war, hatte sich in eine erstaunliche yogische Gelenkigkeit verwandelt. Ganz offensichtlich wäre sie froh gewesen, wenn Patty nicht gekommen wäre, und Patty musste eine halbe Stunde lang auf ihrem Bett sitzen und Ewigkeiten auf die Beantwortung ihrer allgemeinen Artigkeiten warten, bis Veronica sich endlich mit der Anwesenheit ihrer Schwester abgefunden hatte. «Du hast tolle Stiefel an», sagte sie.

«Oh, danke.»

«Ich trage kein Leder mehr, aber wenn ich schöne Stiefel sehe, vermisse ich es manchmal noch.»

«M-hm», sagte Patty ermunternd.

«Darf ich mal daran riechen?»

«An meinen Stiefeln?»

Veronica nickte und kroch auf allen vieren zu ihr, um den Geruch des Rindsoberleders zu inhalieren. «Ich bin sehr geruchsempfindlich», sagte sie mit verzückt geschlossenen Augen. «Bei Speck ist es genauso – den Geruch mag ich immer noch, auch wenn ich keinen Speck mehr esse. Er ist für mich so intensiv, dass es mir fast vorkommt, als äße ich ihn.»

«M-hm», ermunterte sie Patty.

«Was im Grunde heißt, dass ich den Hals nicht vollkriegen kann und trotzdem nicht esse.»

«Ja, ich verstehe, was du meinst. Das ist interessant. Obwohl du *Leder* vermutlich nie gegessen hast.»

Veronica lachte schallend und wurde für eine Weile ganz schwesterlich. Anders als die anderen in der Familie, abgesehen von Ray, wollte sie alles Mögliche über Pattys Leben und die Wendungen, die es in letzter Zeit genommen hatte, wissen. Gerade die schmerzhaftesten Teile von Pattys Geschichte fand sie unendlich komisch, und als Patty sich erst einmal daran gewöhnt hatte, dass sie über den Schiffbruch ihrer Ehe lachte, wurde ihr klar, dass es Veronica guttat, von ihren Problemen zu erfahren. Es schien für sie eine Art Familienwahrheit zu bestätigen und sie zu beruhigen. Aber dann, beim grünen Tee, von dem Veronica mindestens vier Liter am Tag zu trinken behauptete, kam Patty auf das Landgut zu sprechen, und das Gelächter ihrer Schwester wurde diffuser und ausweichender.

«Im Ernst», sagte Patty. «Warum liegst du Joyce andauernd mit Geld in den Ohren? Ich glaube, wenn nur Abigail das täte, würde sie schon damit fertigwerden, aber seit auch du noch damit angefangen hast, fühlt sie sich überhaupt nicht mehr wohl in ihrer Haut.»

«Ich glaube nicht, dass Mommy meine Hilfe braucht, um sich in ihrer Haut nicht wohl zu fühlen», sagte Veronica amüsiert. «Das kriegt sie ganz gut alleine hin.»

«Na schön, dann sorgst du eben dafür, dass sie sich *noch* schlechter fühlt.»

«Das glaube ich nicht. Jeder schafft sich seinen Himmel und seine Hölle selbst. Wenn sie sich besser fühlen möchte, kann sie das Gut ja verkaufen. Alles, was ich will, ist genügend Geld, um nicht mehr arbeiten zu müssen.»

«Was ist denn so schlimm am Arbeiten?», fragte Patty und hörte darin das Echo einer ähnlichen Frage, die Walter ihr einmal gestellt hatte. «Arbeiten ist gut für das Selbstwertgefühl.»

«Ich kann arbeiten», sagte Veronica. «Im Augenblick tue ich das ja auch. Aber lieber würde ich nicht arbeiten. Es ist langweilig, und ich werde wie eine Sekretärin behandelt.»

«Du *bist* eine Sekretärin. Wahrscheinlich die Sekretärin mit dem höchsten IQ in ganz New York.»

«Ich freue mich einfach darauf zu kündigen, das ist alles.»

«Ich bin sicher, dass Joyce dir Geld geben würde, damit du nochmal umschulen und eine Arbeit finden könntest, die deinen Talenten besser entspricht.»

Veronica lachte. «Die Talente, die ich habe, sind in dieser Welt offenbar nicht gefragt. Deshalb ist es besser, wenn ich sie für mich selbst nutzen kann. Ich möchte wirklich einfach nur in Ruhe gelassen werden, Patty. Mehr verlange ich inzwischen gar nicht mehr. Nur, dass man mich in Ruhe lässt. Abigail ist diejenige, die nicht will, dass Onkel Jim und Onkel Dudley irgendetwas abkriegen. Mir ist das im Grunde egal, solange ich meine Miete bezahlen kann.»

«Das stellt Joyce aber anders dar. Sie sagt, du willst auch nicht, dass sie etwas abkriegen.»

«Ich versuche nur, Abigail zu helfen. Sie möchte eine eigene Komödiantinnentruppe gründen und damit nach Europa gehen, wo die Menschen so etwas zu schätzen wissen. Sie möchte in Rom leben und *verehrt* werden.» Erneut dieses Lachen. «Und ich hätte, offen gesagt, nichts dagegen. Ich brauche sie nicht so oft zu sehen. Sie ist nett zu mir, aber du weißt ja, wie sie redet. Letztlich denke ich nach einem Abend mit ihr immer, dass es besser gewesen wäre, ihn allein verbracht zu haben. Ich bin gern allein. Ich möchte lieber meinen Gedanken nachhängen, ohne dabei gestört zu werden.»

«Das heißt, du drangsalierst Joyce, damit du dich nicht so oft mit Abigail treffen musst? Warum triffst du dich nicht einfach nicht so oft mit Abigail?»

«Weil man mir gesagt hat, dass es nicht gut ist, sich nie mit jemandem zu treffen. Sie ist so was wie im Hintergrund laufendes Fernsehen. Sie leistet mir Gesellschaft.»

«Aber du hast doch eben noch gesagt, dass du es gar nicht schön findest, dich mit ihr zu treffen!»

«Ich weiß. Ist schwer zu erklären. Ich habe eine Freundin in Brooklyn, mit der ich mich wohl häufiger verabreden würde, wenn Abigail nicht mehr da wäre. Ich glaube, das wäre auch akzeptabel. Also, wenn ich darüber nachdenke, bin ich mir sogar ziemlich sicher, dass es akzeptabel wäre.» Und bei dem Gedanken an diese Freundin lachte Veronica.

«Aber warum sollte es Edgar nicht genauso gehen wie dir?», sagte Patty. «Aus welchem Grund sollten er und Galina nicht auf der Farm wohnen bleiben dürfen?»

«Wahrscheinlich gibt es keinen. Du hast wahrscheinlich recht. Galina ist ohne Zweifel grässlich, und ich glaube, das weiß Edgar auch; ich glaube, deshalb hat er sie überhaupt nur geheiratet – um sie uns zuzumuten. Sie ist seine Rache dafür, dass er der einzige Sohn in der Familie ist. Mir persönlich ist es ja egal, solange ich ihr nicht begegnen muss, aber Abigail kommt nicht darüber hinweg.»

«Du machst das also eigentlich alles für Abigail.»

«Sie hat Wünsche. Ich selber habe keine, aber ich helfe ihr gern dabei, dass sie sich ihre erfüllen kann.»

«Außer dass du dir genug Geld wünschst, um nicht mehr arbeiten zu müssen.»

«Ja, das wäre wirklich schön. Ich bin nicht gern die Sekretärin von irgendwem. Vor allem hasse ich es, ans Telefon zu gehen.» Sie lachte. «Ich finde, dass die Leute generell zu viel reden.»

Patty war, als kämpfte sie mit einem riesengroßen Bazooka-Kaugummibatzen, den sie nicht von den Fingern abbekam; Veronicas Logik zog unendlich lange Fäden, die nicht nur an Patty, sondern auch aneinander kleben blieben.

Später, als sie mit dem Zug wieder aus New York hinausfuhr, sah sie plötzlich klarer denn je, wie viel besser situiert und auch erfolgreicher ihre Eltern waren als sie und ihre Geschwister und wie merkwürdig es schien, dass keins der Kinder auch nur eine Spur jenes sozialen Verantwortungsbewusstseins geerbt hatte, das für Joyce und Ray ein Leben lang der Motor ihres Tuns gewesen war. Sie wusste, dass Joyce deshalb ein schlechtes Gewissen plagte, vor allem der armen Veronica wegen, aber sie wusste auch, dass es für ihr Ego ein furchtbarer Schlag gewesen sein musste, so wenig schmeichelhafte Kinder zu haben, und dass sie vermutlich Rays Genen, dem Fluch des alten August Emerson, die Schuld an der Seltsamkeit und Lebensuntauglichkeit ihrer Kinder gab. Und da ging Patty auf, dass Joyces politische Karriere die Probleme ihrer Familie nicht nur verursacht oder verschlimmert hatte: Sie war für sie auch ein *Flucht*weg aus diesen Problemen gewesen. Im Rückblick lag für Patty etwas Schmerzliches oder sogar Bewundernswertes in Joyces Entschlossenheit, sich zu absentieren, um Politikerin zu werden und Gutes in der Welt zu tun und sich damit selbst zu retten. Und da Patty ebenfalls jemand war, der extreme Maßnahmen ergriffen hatte, um sich selbst zu retten, erkannte sie, dass nicht nur Joyce sich glücklich schätzen konnte, eine Tochter zu haben wie sie: Auch Patty konnte sich glücklich schätzen, eine Mutter zu haben wie Joyce.

Aber es gab immer noch einen wichtigen Punkt, den sie nicht verstand, und als Joyce am Nachmittag darauf aus Albany zurückkehrte, voller Wut auf die Republikaner im Senat, die die Regierung des Staates lähmten (leider Gottes war seit Rays Tod niemand mehr da, der sie wegen der Mitschuld der Demokraten an dieser Lähmung auf die Schippe nahm), erwartete Patty sie in der Küche mit einer Frage. Sie stellte sie, sobald Joyce ihren Regenmantel abgelegt hatte: «Warum bist du nie zu meinen Basketballspielen gekommen?»

«Du hast recht», sagte Joyce augenblicklich, als hätte sie mit der Frage seit dreißig Jahren gerechnet. «Du hast recht, du hast recht, du hast recht. Ich hätte öfter zu deinen Spielen kommen sollen.»

«Und warum hast du es nicht getan?»

Joyce überlegte einen Moment. «Ich kann es nicht richtig erklären», sagte sie. «Außer damit, dass wir so viel um die Ohren hatten, wir konnten eben nicht überall hin. Wir haben Fehler gemacht als Eltern. Inzwischen wirst du sicher auch ein paar gemacht haben. Du weißt doch sicher, wie kompliziert alles wird und wie viel immer zu tun ist. Was für ein Kampf es ist, allem gerecht zu werden.»

«Aber die Sache ist doch die», sagte Patty. «Für andere Dinge hattest du durchaus Zeit. Es waren ganz speziell *meine* Spiele, zu denen du nicht gekommen bist. Und ich rede nicht von allen Spielen – du bist zu *gar keinem* Spiel gekommen.»

«Ach, warum musst du jetzt davon anfangen? Ich habe doch schon gesagt, dass es mir leidtut und dass ich einen Fehler gemacht habe.»

«Ich werfe es dir ja gar nicht vor», sagte Patty. «Ich frage nur deshalb, weil ich *richtig gut* im Basketball war. Ich war wirklich richtig gut. Wahrscheinlich habe ich als Mutter mehr Fehler gemacht als du, es ist also keine Kritik. Ich glaube bloß, dass es dich *glücklich* gemacht hätte zu sehen, wie gut ich war. Wie talentiert. Es hätte dir selbst gutgetan.»

Joyce wandte den Blick ab. «Ich habe mich wohl nie so für Sport interessiert.»

«Aber Edgars Fechtwettkämpfe hast du dir angeschaut.»

«Selten.»

«Häufiger als meine Spiele. Und es ist ja nun nicht so, dass du Fechten so spannend fändest. Oder Edgar besonders gut darin gewesen wäre.»

Joyce, deren Selbstbeherrschung normalerweise perfekt war, ging an den Kühlschrank und nahm eine Flasche Weißwein heraus, die Patty am Abend zuvor fast leer gemacht hatte. Sie goss den Rest in ein Saftglas, trank die Hälfte davon, lachte über sich selbst und trank das Glas aus.

«Ich weiß nicht, warum deine Schwestern nicht besser zurechtkommen», sagte sie, anscheinend ohne Bezug. «Aber Abigail hat einmal etwas Denkwürdiges zu mir gesagt. Etwas Schreckliches, das mich noch heute quält. Ich sollte es dir wahrscheinlich nicht erzählen, aber irgendwie vertraue ich darauf, dass du es für dich behältst. Abigail war sehr ... angeheitert. Das war noch zu der Zeit, als sie versuchte, Theaterschauspielerin zu werden. Es gab da eine grandiose Rolle, von der sie gedacht hatte, sie werde sie bekommen, aber dann bekam sie sie doch nicht. Und ich wollte ihr Mut machen, indem ich ihr sagte, dass ich an ihr Talent glaube und dass sie es weiter versuchen soll. Und da hat sie etwas ganz Schreckliches zu mir gesagt. Sie hat gesagt, *ich* sei der Grund, warum sie es nicht geschafft hat. Ich, die ich nie, nie, nie etwas anderes getan habe, als sie zu unterstützen. Aber das hat sie gesagt.»

«Hat sie es dir erklärt?»

«Sie sagte ...» Joyce blickte traurig in ihren Blumengarten hinaus. «Sie sagte, der Grund, warum sie nicht erfolgreich sein könne, sei der, dass ich ihr jeden Erfolg wegnähme. Es sei dann jedes Mal *mein* Erfolg, nicht ihrer. Was gar nicht stimmt! Aber so hat sie es empfunden. Und um mir zu zeigen, wie sie sich fühlte, und mich weiterhin leiden zu lassen, damit ich bloß nicht auf die Idee kam, dass alles in Ordnung war, blieb ihr nichts anderes übrig, als auch weiterhin nicht erfolgreich zu sein. Ach, der Gedanke daran macht mich heute noch krank! Ich habe ihr gesagt, dass es nicht stimmt, und ich hoffe, sie hat es mir geglaubt, denn *es stimmt wirklich nicht.*»

«Na gut», sagte Patty, «das ist hart. Aber was hat das mit meinen Basketballspielen zu tun?»

Joyce schüttelte den Kopf. «Ich weiß es nicht. Es kam mir nur plötzlich in den Sinn.»

«Ich hatte ja Erfolg, Mommy. Das ist doch das Seltsame. Ich hatte auf ganzer Linie Erfolg.»

Da, auf einmal, zog sich Joyces Gesicht ganz furchtbar zusammen. Sie schüttelte erneut den Kopf, wie vor Widerwillen, und versuchte, ihre Tränen zurückzuhalten. «Ich weiß», sagte sie. «Ich hätte da sein sollen. Ich mache mir selber Vorwürfe.»

«Ist schon in Ordnung, dass du nicht da warst. Langfristig gesehen vielleicht sogar besser. Ich habe nur interessehalber gefragt.»

Joyces Schlusswort, nach langem Schweigen, lautete: «Mein Leben ist wohl nicht immer glücklich oder einfach gewesen oder so verlaufen, wie ich es wollte. Ab einem bestimmten Punkt muss ich mich bemühen, über manches nicht zu viel nachzudenken, denn sonst bricht es mir das Herz.»

Und damit musste Patty sich begnügen, damals wie später. Es war nicht viel, es löste keine Rätsel, aber es würde reichen müssen. Am Abend präsentierte Patty ihr die Ergebnisse ihrer Nachforschungen und schlug einen Aktionsplan vor, dem Joyce, mit viel lammfrommem Nicken, in allen Einzelheiten zustimmte. Das Gut würde verkauft werden, und Joyce würde die Hälfte des Erlöses Rays Brüdern geben, Edgars Anteil am verbleibenden Rest in einem Fonds anlegen, von dem er und Galina (vorausgesetzt, sie emigrierten nicht) zehren konnten, und Abigail und Veronica substanzielle Summen auszahlen. Patty, die sich am Ende einverstanden erklärte, 75 000 $ als Starthilfe für ein neues Leben ohne Walters Unterstützung anzunehmen, verspürte einen Anflug von schlechtem Gewissen gegenüber Walter, wenn sie an die unberührten Wälder und unbebauten Felder dachte, die durch ihr Zutun jetzt dazu verdammt waren, parzelliert und erschlossen zu werden. Sie hoffte, Walter werde vielleicht verstehen, dass das kollektive Unglück der Reisstärlinge, Spechte und Trupiale, deren Heimat sie zerstört hatte, in diesem speziellen Fall nicht größer war als das der Familie, die das Land verkaufte.

Und das immerhin kann die Autobiographin über ihre Angehörigen sagen: Das Geld, auf das sie so lange gewartet und dessentwegen sie sich derart ungehobelt benommen hatten, war nicht völlig an sie verschwendet. Insbesondere Abigail blühte auf, sobald sie sich in ihrer Bohème finanziell ein wenig wichtig machen konnte. Jetzt ruft Joyce bei Patty an, wann immer Abigails Name wieder in der *Times* steht; sie und ihre Truppe sind in Italien, Slowenien und anderen europäischen Ländern offenbar die Stars. Veronica darf sowohl in ihrer Wohnung als auch in einem Ashram nördlich von New York und in ihrem Atelier allein sein, und vielleicht werden ja spätere Generationen ihre Bilder, egal wie hermetisch und nie ganz vollendet sie für Patty auch aussehen, als die Werke eines Genies feiern. Edgar und Galina sind in die ultraorthodoxe Gemeinde Kiryas Joel im Bundesstaat New York umgezogen, wo sie ein letztes (fünftes) Kind bekommen haben und anscheinend niemandem aktiv schaden. Außer Abigail sieht Patty sie alle ein paarmal im Jahr. Ihre Neffen und Nichten sind natürlich das Beste daran, aber kürzlich hat sie Joyce auf eine Gartenreise durch England begleitet, die ihr mehr Spaß gemacht hat, als sie gedacht hätte, und sie und Veronica finden immer etwas, worüber sich gemeinsam lachen lässt.

In erster Linie führt sie jedoch ihr eigenes kleines Leben. Nach wie vor joggt sie jeden Tag, im Prospect Park, aber sie ist nicht mehr süchtig nach Sport und auch sonst eigentlich nach nichts. Eine Flasche Wein reicht jetzt für zwei, manchmal drei Tage. An ihrer Schule ist sie in der glücklichen Lage, nicht unmittelbar mit den Eltern von heute zu tun zu haben, die *um einiges* verrückter und stärker unter Druck sind, als selbst sie es war. Sie scheinen zu glauben, dass die Schule ihren Erstklässlern schon mal zehn Jahre im Voraus dabei helfen sollte, die Essays für ihre College-Bewerbungen zu schreiben und ihren Wortschatz für den College-Eignungstest aufzubauen. Aber Patty hat ausschließlich mit den Kindern als Kindern zu tun – interessanten und größtenteils noch unverdorbenen kleinen

Individuen, die unbedingt schreiben lernen möchten, damit sie ihre Geschichten erzählen können. Patty unterrichtet sie in überschaubaren Gruppen und ermuntert sie, genau das zu tun, und sie sind alt genug, dass sich einige von ihnen vielleicht noch an Mrs. Berglund erinnern werden, wenn sie erwachsen sind. Die Mittelstufenschüler müssten sich auf jeden Fall an sie erinnern, denn dieser Teil ihrer Arbeit bedeutet ihr am meisten: als Trainerin den grenzenlosen Einsatz, die liebevolle Strenge und die Erziehung zum Mannschaftsgeist weiterzugeben, die ihr früher von ihren eigenen Trainerinnen zuteil wurden. An fast jedem Tag des Schuljahrs darf sie nach dem Unterricht für ein paar Stunden abtauchen, sich vergessen und wieder zu den Mädchen gehören, darf sich mit aller Hingabe dem Ziel verschreiben, zu gewinnen, und reinen Herzens hoffen, dass ihre Spielerinnen erfolgreich sind. Ein Universum, das ihr das zu einem relativ späten Zeitpunkt in ihrem Leben ermöglicht, obwohl sie nicht der beste Mensch gewesen ist, kann kein gänzlich grausames sein.

Die Sommer sind schwieriger, keine Frage. Im Sommer steigen das alte Selbstmitleid und der alte Konkurrenzdrang wieder in ihr auf. Zweimal hat Patty sich gezwungen, ehrenamtlich für das städtische Gartenamt mit Kindern im Freien zu arbeiten, aber dabei hat sich gezeigt, dass sie erschreckend schlecht mit Jungen umgehen kann, die älter als sechs oder sieben sind, und dass sie sich enorm schwer damit tut, allein der Aktivität halber Interesse für eine Aktivität aufzubringen; sie braucht ein richtiges Team, ihr eigenes Team, um sich zu disziplinieren und auf den Erfolg zu konzentrieren. Von den jüngeren, unverheirateten Lehrerinnen an ihrer Schule, die lächerlich gern (zum Auf-dem-Klo-Kotzen gern, zum Um-drei-Uhr-nachmittags-im-Lehrerzimmer-Tequilas-Trinken gern) einen draufmachen, bleibt im Sommer kaum eine da, und man kann nur soundso viele Stunden am Tag für sich allein ein Buch lesen oder seine kleine, bereits saubere Wohnung putzen und dabei Countrymusik hören, ohne selbst Lust zu bekommen, mal ein bisschen einen draufzumachen. Die zwei Quasi-Beziehungen, die sie mit bedeutend jüngeren Männern von ihrer Schule hatte, zwei semi-nachhaltige Affären, von denen der Leser ganz sicher nichts wissen möchte, zumal sie sowieso vorwiegend aus Peinlichkeit und gequälten Diskussionen bestanden, fingen beide in den Sommermonaten an. In den letzten drei Jahren haben Cathy und Donna sie netterweise immer für den ganzen Juli zu sich nach Wisconsin eingeladen.

Ihre Hauptstütze ist natürlich Jessica. In einem solchen Maße sogar, dass Patty sich strengstens hütet, es zu weit zu treiben und sie etwa mit Bedürftigkeit zu überschwemmen. Jessica ist ein Arbeitstier, kein Showtier wie Joey, und sobald Patty Richard verlassen hatte und in moralischer Hinsicht wieder einigermaßen achtbar geworden war, hatte Jessica es sich zur Aufgabe gemacht, das Leben ihrer Mutter in Ordnung zu bringen. Viele ihrer Vorschläge lagen ziemlich auf der Hand, aber Patty, in ihrer Dankbarkeit und Zerknirschung, erstattete bei ihren regelmäßigen Montagabendessen kleinlaut über ihre Fortschritte Bericht. Obwohl sie viel mehr über das Leben wusste als Jessica, hatte sie auch viel mehr Fehler gemacht. Es kostete sie sehr wenig, ihrer Tochter das Gefühl zu geben, wichtig und eine Hilfe zu sein, und ihre Gespräche hatten immerhin unmittelbar zu ihrer gegenwärtigen Anstellung geführt. Kaum stand sie wieder auf eigenen Füßen, konnte sie Jessica ihrerseits Unterstützung anbieten, aber auch dabei musste sie sich hüten. Als sie einen von Jessicas übermäßig poetischen Blog-Einträgen las, gespickt mit Sätzen, die sich leicht hätten verbessern lassen, erlaubte sie sich lediglich, «Tolles Posting!!» zu sagen. Und als Jessica ihr Herz an einen Musiker verlor, einen jungenhaften kleinen Schlagzeuger, der sein Studium an der NYU abgebrochen hatte, musste Patty alles vergessen, was sie über Musiker wusste, und zumindest durch Stillschweigen Jessicas Überzeugung bestätigen, dass die menschliche Natur in letzter Zeit einen grundlegenden Wandel vollzogen habe: dass Leute ihres Alters, sogar Musiker, *vollkommen anders* seien als Leute in Pattys Alter. Und als Jessicas Herz dann langsam, aber gründlich gebrochen wurde, musste Patty sich künstlich darüber aufregen, was für eine einzigartige, unvorhersehbare Gemeinheit das sei. Wenngleich das schwierig war, machte sie sich die Mühe gern, einerseits, weil Jessica und ihre Freunde wirklich ein bisschen anders waren als Patty und ihre Generation – sie fanden die Welt beängstigender, das Erwachsenwerden härter und weniger erstrebenswert –, vor allem aber, weil sie jetzt auf Jessicas Zuneigung angewiesen ist und so gut wie alles tun würde, damit ihre Tochter ihr erhalten bleibt.

Ein unbestreitbarer Segen ihrer und Walters Trennung ist es, dass sie ihre Kinder näher zusammengebracht hat. In den Monaten nachdem Patty aus Washington weggezogen war, müssen sie regelmäßig miteinander in Verbindung gestanden haben, denn oft wussten sie beide von Dingen, die Patty nur einem von ihnen erzählt hatte, und es war nicht schwer zu erraten, dass ihre Kommunikation im Wesentlichen darum kreiste, wie destruktiv, egoistisch und beschämend ihre Eltern sich benahmen. Selbst als Jessica Walter und Patty verziehen hatte, blieb sie in engem Kontakt mit ihrem Kriegskameraden, der im Schützengraben zu ihrem Verbündeten geworden war.

Wie die Geschwister es geschafft haben, den starken Gegensatz zwischen ihren Persönlichkeiten zu überwinden, war für Patty, die ja in dieser Hinsicht versagt hat, interessant zu beobachten. Joey hat anscheinend besonders kluge Einsichten gehabt, was das doppelte Spiel des kleinen Schlagzeugers betrifft, und ihr gewisse Dinge erklären können, über die Patty aus diplomatischen Gründen lieber geschwiegen hatte. Außerdem ist es sicher hilfreich, dass Joey, der ja zwangsläufig auf irgendeinem Feld brillieren musste, in einem Wirtschaftszweig erfolgreich ist, den Jessica gutheißt. Nicht dass es für Jessica nicht immer noch Gründe gäbe, mit den Augen zu rollen und sich unter Konkurrenzdruck zu fühlen. Es wurmt sie, dass Walter mit seinen südamerikanischen Verbindungen Joey just in dem Moment einen Weg in das Geschäft mit Schattenkaffee bahnen konnte, als sich damit ein Vermögen machen ließ, während es nichts gibt, was Walter oder Patty tun könnten, um ihr auf ihrem selbstgewählten Feld des Literaturverlagswesens behilflich zu sein. Und dass sie sich, wie Walter, einer an Boden verlierenden, gefährdeten und kaum profitablen Branche verschrieben hat, während Joey fast mühelos reich wird, ist frustrierend für sie. Auch kann sie ihren Neid auf Connie nicht verhehlen, die mit Joey die Welt bereisen und ausgerechnet jene feuchtwarmen Länder kennenlernen darf, für die sie selbst die größte multikulturelle Begeisterung hegt. Andererseits bewundert sie, wenn auch widerwillig, die Bauernschläue, mit der Connie das Kinderkriegen hinauszögert; sie soll wohl auch schon einmal zugegeben haben, dass Connie sich, «für jemanden aus dem Mittelwesten», ziemlich gut kleide. Überhaupt lässt es sich nicht leugnen, dass Schattenkaffee besser für die Umwelt ist als herkömmlicher Kaffee, vor allem für die Vögel, und dass Joey Anerkennung dafür gebührt, diese Tatsache laut hinauszuposaunen und sie clever zu vermarkten. Joey hat Jessica, mit anderen Worten, weitgehend ausgestochen, und das ist noch ein Grund, warum Patty sich so bemüht, ihr eine Freundin zu sein.

Die Autobiographin würde ja gern berichten, dass zwischen ihr und Joey ebenfalls alles zum Besten stehe. Das tut es, leider Gottes, nicht. Joey präsentiert Patty immer noch eine Stahltür, kühler und härter denn je, eine Tür, die, das weiß sie, so lange geschlossen bleiben wird, bis sie ihm beweisen kann, dass sie Connie akzeptiert. Und auch wenn Patty auf vielen Gebieten große Fortschritte gemacht hat – Connie lieben zu lernen gehört, leider Gottes, nicht dazu. Connies bienenfleißiges Bemühen, in jede Kiste der guten Schwiegertöchterlichkeit zu greifen, verschlimmert die Sache nur. Patty spürt instinktiv, dass Connie sie im Grunde kein bisschen lieber mag als sie Connie. Ihr Verhalten gegenüber Joey hat etwas gnadenlos Besitzergreifendes, Konkurrierendes und *Ausschließliches* an sich, etwas irgendwie *nicht Richtiges*, das Patty die Haare zu Berge stehen lässt. Obwohl sie gern in jeder Hinsicht ein besserer Mensch werden möchte, beginnt sie voll Bedauern zu realisieren, dass dieses Ideal höchstwahrscheinlich unerreichbar ist und dass ihr Scheitern immer zwischen ihr und Joey stehen und die bleibende Strafe für die Fehler sein wird, die sie im Umgang mit ihm gemacht hat. Unnötig zu sagen, dass Joey Patty gegenüber tadellos höflich ist. Er ruft sie einmal in der Woche an und merkt sich die Namen ihrer

Kollegen und ihrer Lieblingsschüler; hin und wieder lädt er sie ein, und gelegentlich nimmt er auch Einladungen von ihr an; er wirft ihr so viele Bröckchen Aufmerksamkeit hin, wie seine Loyalität gegenüber Connie es zulässt. In den letzten zwei Jahren ist er sogar so weit gegangen, ihr das Geld, das sie ihm in der Collegezeit zugeschickt hatte, inklusive Zinsen zurückzuzahlen – Geld, das sie sowohl faktisch als auch emotional zu sehr braucht, um es ablehnen zu können. Aber seine innere Tür bleibt für sie verschlossen, und sie sieht keine Möglichkeit, wie sie sich jemals wieder öffnen sollte.

Oder besser gesagt, eine einzige Möglichkeit sieht sie doch, von der ihr Leser, befürchtet die Autobiographin, nichts wissen will, die sie aber trotzdem erwähnen möchte. Und diese Möglichkeit liegt darin, dass es ihr, wenn sie irgendwie wieder mit Walter zusammenkommen und sich in seiner Liebe geborgen fühlen und am Morgen aus ihrem gemeinsamen warmen Bett aufstehen und sich am Abend, in dem Wissen, dass sie wieder sein ist, zu ihm legen könnte, vielleicht endlich gelingen würde, Connie zu vergeben und ein Gespür für die Qualitäten zu entwickeln, die alle Welt an ihr so einnehmend findet. Dann würde sie vielleicht gern bei Connie zu Abend essen und sich von Joeys treuer, hingebungsvoller Liebe zu seiner Frau das Herz erwärmen lassen, und Joey wiederum würde ihr seine Tür vielleicht einen Spaltbreit öffnen, solange sie nur hinterher, nach dem Abendessen, mit Walter nach Hause fahren und ihren Kopf an seine Schulter legen und spüren könnte, dass ihr vergeben wurde. Aber das ist natürlich ein grotesk unwahrscheinliches Szenario und auch bei weitester Auslegung des Gerechtigkeitsbegriffs keines, das sie verdient hat.

Die Autobiographin ist jetzt zweiundfünfzig und sieht auch so aus. Ihre Periode ist neuerdings sonderbar und unregelmäßig. Jedes Jahr zur Zeit der Steuererklärung hat sie den Eindruck, als wäre das zurückliegende Jahr wieder kürzer gewesen als das zuvor; so sehr gleichen sich die Jahre mittlerweile. Sie kann sich verschiedene entmutigende Gründe dafür vorstellen, dass Walter sich bisher nicht von ihr hat scheiden lassen – vielleicht hasst er sie zum Beispiel noch zu sehr, um auch nur minimalen Kontakt mit ihr aufnehmen zu wollen –, aber da er es nicht getan hat, schöpft ihr Herz weiterhin Mut. Sie hat, peinlich genug, ihre Kinder gefragt, ob es eine Frau in seinem Leben gebe, und sich gefreut, als sie hörte, das sei nicht der Fall. Nicht weil sie nicht möchte, dass er glücklich ist, nicht weil sie noch irgendein Recht oder auch nur die Neigung hätte, eifersüchtig zu sein, sondern weil dadurch wenigstens die winzige Chance besteht, er könnte immer noch glauben, so, wie sie es in zunehmendem Maße tut, dass sie füreinander nicht nur das Schlimmste waren, das ihnen je widerfahren ist, sondern auch das Beste. Nachdem sie in ihrem Leben so viele Fehler gemacht hat, spricht alles dafür, dass sie auch hierin unrealistisch ist: nicht in der Lage, das eine offensichtliche, entscheidende Hindernis zu sehen, dessentwegen sie nie wieder zusammenkommen können. Aber der Gedanke lässt sie nicht los. Tag für Tag, Jahr für immergleiches Jahr meldet sie sich in ihr, diese Sehnsucht nach seinem Gesicht und seiner Stimme und seiner Wut und seiner Freundlichkeit, diese Sehnsucht nach ihrem Gefährten.

Und das ist eigentlich alles, was die Autobiographin ihrem Leser sagen will, außer dass sie, zum Abschluss, noch erwähnen möchte, was sie zum Schreiben dieser Seiten veranlasst hat. Ein paar Wochen zuvor, als sie aus einer Buchhandlung kam, in der ein ernster junger Autor aus seinem Roman gelesen hatte, dessen stolze Verlegerin Jessica ist, sah Patty auf der Spring Street in Manhattan einen großgewachsenen Mann mittleren Alters auf sich zukommen und erkannte in ihm Richard Katz. Sein Haar ist jetzt kurz und grau, und er trägt eine Brille, die ihm etwas seltsam *Distinguiertes* verleiht, obwohl er sich immer noch kleidet wie ein Zwanzigjähriger in den späten siebziger Jahren. Während er da im Süden Manhattans, wo man nicht so unsichtbar sein kann wie im tiefsten Brooklyn, näher kam, wurde Patty bewusst, wie alt sie selbst inzwischen aussehen musste, ganz die unmaßgebliche Mutter von irgendwem. Wenn es möglich gewesen wäre, sich zu verstecken, hätte sie es getan, damit ihnen Peinlichkeiten erspart blieben, Richard die Peinlichkeit, ihr zu begegnen, und ihr selbst die Peinlichkeit, als sein ausrangiertes Sexobjekt dazustehen. Aber sie konnte sich nicht verstecken, und mit einem vertrauten Bemühen um Anstand, nach einigen verlegenen Hallos, fragte Richard sie, ob er sie zu einem Glas Wein einladen dürfe.

In der Bar, in der sie landeten, hörte Richard sich mit der halbierten Aufmerksamkeit eines vielbeschäftigten und erfolgreichen Mannes an, was Patty von sich zu erzählen hatte. Er selber schien endlich seinen Frieden mit dem Erfolg geschlossen zu haben – unbefangen und ohne Rechtfertigungen erwähnte er, er habe so eine avantgardistische Orchestersache für die Brooklyn Academy of Music gemacht, und seine derzeitige Freundin, die offenbar eine bedeutende Dokumentarfilmerin ist, habe ihn mit verschiedenen jungen Regisseuren jener Art von Programmkinofilmen zusammengebracht, die Walter immer so gut gefallen hätten, und gerade sitze er an ein paar Vertonungsprojekten. Patty erlaubte sich, einen kleinen Stich zu verspüren, weil er so vergleichsweise zufrieden wirkte, und einen weiteren kleinen Stich, als sie sich seine hochenergetische Freundin vorstellte, bevor sie das Gespräch, wie immer, auf Walter lenkte.

«Du hast also überhaupt keinen Kontakt zu ihm», sagte Richard.

«Nein», sagte sie. «Es ist wie in einem Märchen. Seit dem Tag, als ich aus Washington weggegangen bin, haben wir nicht mehr miteinander gesprochen. Sechs Jahre, und kein einziges Wort. Ich höre nur über die Kinder von ihm.»

«Vielleicht solltest du ihn mal anrufen.»

«Das kann ich nicht, Richard. Ich habe meine Chance vor sechs Jahren vertan, und ich glaube, jetzt möchte er einfach nur in Ruhe gelassen werden. Er wohnt im Haus am See und arbeitet da oben für die Nature Conservancy. Wenn er Kontakt zu mir aufnehmen wollte, könnte er mich jederzeit anrufen.»

«Vielleicht denkt er in Bezug auf dich dasselbe.»

Sie schüttelte den Kopf. «Ich glaube, jeder würde zugeben, dass er mehr gelitten hat als ich. Keiner kann so grausam sein zu meinen, es sei an ihm, mich anzurufen. Außerdem habe ich Jessie oft genug gesagt, dass ich ihn gern wiedersehen würde. Sie hat ihm diese Information unter Garantie übermittelt – schließlich hätte sie so gern wieder alles im Lot. Also ist er doch offenbar immer noch verletzt und wütend und hasst uns beide. Und wer könnte es ihm verdenken?»

«Ich, jedenfalls ein bisschen», sagte Richard. «Weißt du noch, wie er damals im College diese Schweigenummer mit mir durchgezogen hat? Das war doch bescheuert. Es schadet seiner Seele. Das ist die Seite an ihm, die ich nie ausstehen konnte.»

«Na, dann solltest *du* ihn vielleicht mal anrufen.»

«Nein.» Er lachte. «Ich habe endlich die Zeit gefunden, ihm ein kleines Geschenk zu machen – wenn du die Augen offen hältst, wirst du es in ein paar Monaten sehen. Ein kleiner freundschaftlicher Gruß über die Zeitzonen. Aber für Entschuldigungen hat mir schon immer der Mumm gefehlt. Wohingegen du.»

«Wohingegen ich?»

Er winkte der Kellnerin bereits wegen der Rechnung. «Du weißt doch, wie man Geschichten erzählt», sagte er. «Warum erzählst du ihm nicht eine Geschichte?»

# DER CANTERBRIDGE-SEE

Es gibt viele Möglichkeiten, wie eine Hauskatze in freier Natur zu Tode kommen kann, darunter die Zerstümmelung durch Kojoten und das Plattgefahrenwerden von einem Auto, aber als Bobby, der heißgeliebte Kater der Familie Hoffbauer, eines Abends Anfang Juni nicht nach Hause kam und spurlos verschwunden blieb, egal, wie unermüdlich man seinen Namen rief und die Umgebung der Canterbridge-Siedlung nach ihm absuchte und auf der Landstraße hin und her ging und Fotokopien eines Bilds von ihm an die Bäume heftete, wurde am Canterbridge Court weithin vermutet, dass Bobby von Walter Berglund getötet worden war.

Die Canterbridge-Siedlung war ein Neubaugebiet, bestehend aus zwölf geräumigen Häusern im modernen, vielbädrigen Stil auf der südwestlichen Seite eines kleinen Gewässers, das nun offiziell Canterbridge-See hieß. Der See lag eigentlich denkbar weitab vom Schuss, aber das nationale Bankensystem verlieh in letzter Zeit so gut wie kostenlos Geld, und durch den Bau der Siedlung, ebenso wie durch die Erweiterung und Asphaltierung der Straße, die zu ihr hinführte, war die stagnierende Wirtschaft im Itasca County zumindest momentan belebt worden. Die niedrigen Zinssätze waren es dann auch gewesen, die es einigen Twin-Cities-Pensionären und jungen Familien aus der Gegend, unter anderen den Hoffbauers, ermöglicht hatten, sich ein Traumhaus zu kaufen. Als die Ersten im Herbst 2007 einzuziehen begannen, sah es in der Straße noch wüst aus. Die Gärten vor und hinter den Häusern, buckelig und von ungedeihlichem Gras verstachelt, waren mit störrischen Findlingen übersät, zwischen denen ein paar Birken wuchsen, die dem Abholzen entgangen waren, und ähnelten alles in allem einem hastig fertiggestellten schulischen Terrarienprojekt. Die Katzen der neuen Wohngegend zogen es verständlicherweise vor, in den Wäldchen und Dickichten des angrenzenden Berglund'schen Grundstücks herumzustrolchen, wo es Vögel gab. Und noch bevor das letzte Canterbridge-Haus bezogen war, hatte Walter an jeder Tür geklingelt, um sich vorzustellen und seine neuen Nachbarn aufzufordern, sie möchten ihre Katzen doch bitte drinnen lassen.

Walter war ein unbescholtener Einwohner Minnesotas und einigermaßen freundlich, aber irgendetwas an ihm, ein missionarisches Zittern in der Stimme, ein fanatischer grauer Stoppelbart auf den Wangen, ging den Familien am Canterbridge Court gegen den Strich. Er wohnte allein in einem schäbigen, abseits gelegenen alten Ferienhaus, und obwohl die Aussicht auf sein malerisches Grundstück am anderen Seeufer für die Familien zweifellos schöner war als der Anblick ihrer kahlen Gärten für ihn und obwohl einigen von ihnen durchaus klar war, wie viel Lärm der Bau ihrer Häuser verursacht haben musste, hat doch niemand gern das Gefühl, dass er in die Idylle eines anderen eingedrungen ist. Schließlich hatten sie ihr Geld bezahlt; sie hatten ein Recht, dort zu sein. Ihre Grundsteuern waren allesamt immens viel höher als Walters, und die meisten von ihnen hatten mit stark ansteigenden Tilgungsbeträgen ihrer Hypotheken zu rechnen, lebten von ihren Rentenfonds oder sparten für die Ausbildung ihrer Kinder. Als Walter, von derlei Sorgen offenbar frei, zu ihnen kam, um sich über ihre *Katzen* zu beschweren, war ihnen, als könnten sie seine Sorge um die Vögel weit besser verstehen, als er verstehen konnte, was für ein Luxusproblem es war, sich um die Vögel zu sorgen. Linda Hoffbauer, Protestantin und die Politischste in der Straße, fühlte sich besonders angegriffen. «Aha, Bobby tötet also Vögel», sagte sie zu Walter. «Na und?»

«Die Sache ist doch die», sagte Walter, «kleine Katzen kamen in Nordamerika ursprünglich nicht vor, deshalb haben unsere Singvögel nie Schutzmechanismen gegen sie entwickelt. Es ist kein wirklich fairer Kampf.»

«Katzen töten Vögel», sagte Linda. «Das tun sie nun mal, es ist Teil der Natur.»

«Schon richtig, aber Katzen sind eine Tierart der Alten Welt», sagte Walter. «Sie sind kein Teil unserer Natur. Es gäbe sie hier gar nicht, wenn wir sie nicht mitgebracht hätten. Das ist das ganze Problem.»

«Um ehrlich zu sein», sagte Linda, «geht es mir allein darum, dass meine Kinder lernen, sich um ein Haustier zu kümmern und Verantwortung dafür zu übernehmen. Wollen Sie mir etwa erzählen, dass ich das nicht darf?»

«Nein, natürlich nicht», sagte Walter. «Aber Sie lassen Bobby doch auch im Winter drinnen. Ich bitte Sie nur, im Sommer unserem hiesigen Ökosystem zuliebe das Gleiche zu tun. Wir leben in einer Gegend, die ein wichtiges Brutgebiet für zahlreiche, in Nordamerika immer seltener werdende Vogelarten ist. Und diese Vögel haben ebenfalls Nachwuchs. Wenn Bobby im Juni oder Juli einen Vogel tötet, hinterlässt er ein Nest voller Jungvögel, die nicht überleben werden.»

«Dann müssen die Vögel sich eben einen anderen Ort für ihre Nester suchen. Bobby liebt es, draußen frei herumzulaufen. Es wäre gemein, ihn im Haus zu lassen, wenn das Wetter schön ist.»

«Sicher. Ja. Ich weiß, dass Sie Ihren Kater lieben. Und wenn er nur in Ihrem Garten bleiben würde, wäre das ja in Ordnung. Aber dieses Land gehörte den Vögeln, bevor es uns gehörte. Und es gibt nun mal keine Möglichkeit, den Vögeln verständlich zu machen, dass es ungünstig für sie ist, hier zu nisten. Also kommen sie immer wieder her und werden immer wieder getötet. Und das größere Problem ist, dass ihr Lebensraum generell knapp wird, weil die Menschen immer mehr Land erschließen. Deshalb ist es entscheidend, dass wir uns bemühen, verantwortungsvolle Verwalter dieses wunderschönen Stücks Erde zu sein, das wir übernommen haben.»

«Tja, tut mir leid», sagte Linda, «aber mein Nachwuchs ist mir wichtiger als der Nachwuchs irgendeines Vogels. Ich glaube nicht, dass das eine extreme Haltung ist, wenn ich sie mit Ihrer vergleiche.

Gott hat diese Welt den Menschen gegeben, und damit ist die Sache für mich erledigt.»

«Ich habe selbst Kinder, und ich verstehe das gut», sagte Walter. «Aber es geht hier doch nur darum, Bobby im Haus zu lassen. Ich begreife nicht, woher Sie wissen wollen, dass es ihm etwas ausmacht, drinnen zu bleiben – es sei denn, Sie können mit ihm sprechen.»

«Meine Katze ist ein Tier. Den Tieren dieser Erde wurde die Gabe der Sprache nicht zuteil. Nur den Menschen. Unter anderem daher wissen wir ja, dass wir nach Seinem Bild geschaffen sind.»

«Genau, und deshalb frage ich Sie, wie Sie darauf kommen, dass Bobby gern frei herumläuft.»

«Katzen sind nun mal gern draußen. Jeder ist gern draußen. Wenn es warm wird, steht Bobby an der Tür und möchte raus. Ich muss nicht mit ihm *sprechen*, um das zu begreifen.»

«Aber wenn Bobby nur ein Tier ist und kein Mensch, warum soll dann seine leichte Vorliebe fürs Draußensein über dem Recht der Singvögel stehen, ihren Nachwuchs aufzuziehen?»

«Weil Bobby ein Mitglied unserer Familie ist. Meine Kinder lieben ihn, und wir wollen sein Bestes. Wenn wir einen Vogel als Haustier hätten, würden wir auch für ihn das Beste wollen. Aber wir haben nun mal keinen Vogel als Haustier, sondern einen Kater.»

«Na schön, trotzdem danke, dass Sie mir zugehört haben», sagte Walter. «Ich hoffe, Sie denken noch einmal darüber nach und ändern Ihre Meinung vielleicht.»

Linda fühlte sich durch dieses Gespräch heftig angegriffen. Walter war noch nicht einmal ihr richtiger Nachbar, er gehörte nicht der Vereinigung der Hauseigentümer an, und die Tatsache, dass er ein japanisches Hybridauto fuhr, an dem er kürzlich einen Obama-Aufkleber angebracht hatte, ließ in ihren Augen auf Gottlosigkeit und Gleichgültigkeit gegenüber der Lage hart arbeitender Familien wie der ihren schließen, die sich krummlegten, um über die Runden zu kommen und ihre Kinder zu anständigen, empathischen Menschen in einer gefahrvollen Welt zu erziehen. Linda war nicht besonders beliebt am Canterbridge Court, dafür aber gefürchtet als diejenige, die bei einem an die Tür klopfen würde, falls man sein Boot über Nacht in der Einfahrt hatte stehenlassen, was gegen die Vereinbarung der Hauseigentümer verstieß, oder falls das eigene Kind von einem ihrer Kinder dabei gesehen worden war, wie es sich hinter dem Schulgebäude eine Zigarette anzündete, oder falls sie einen kleinen Fehler in der Bauweise ihres Hauses entdeckt hatte und wissen wollte, ob in den anderen Häusern der gleiche kleine Fehler aufgetreten sei. Nach Walters Besuch bei ihr wurde er, in ihren unaufhörlichen Erzählungen davon, zu dem Tierfreak, der sie gefragt hatte, ob sie mit ihrer Katze *sprechen* könne.

Quer über den See machten die Bewohner der Canterbridge-Siedlung an ein paar Wochenenden jenes Sommers Besucher auf Walters Grundstück aus, ein attraktives junges Paar, das einen neuen schwarzen Volvo fuhr. Der junge Mann war blond und durchtrainiert, seine Frau oder Freundin auf eine kinderlose, großstädtische Weise gertenschlank. Linda Hoffbauer erklärte, das Paar wirke «arrogant», aber die meisten anderen Nachbarn waren erleichtert, diese respektablen Besucher zu sehen, war Walter ihnen doch vorher bei all seiner Höflichkeit wie ein latent abweichlerischer Eremit vorgekommen. Ein paar von den älteren Canterbridgeanern, die ausgedehnte morgendliche Gesundheitsspaziergänge machten, hatten nun den Mut, Walter anzusprechen, wenn sie ihm auf der Straße begegneten. Sie erfuhren, dass es sich bei dem jungen Paar um seinen Sohn und seine Schwiegertochter handelte, die irgendein florierendes Unternehmen in St. Paul führten, und dass es außerdem noch eine unverheiratete Tochter in New York gab. Sie stellten ihm Suggestivfragen über seinen Familienstand, um zu erkunden, ob er geschieden oder nur verwitwet war, doch Walter erwies sich als äußerst geschickt darin, diese Fragen zu umschiffen, und so ging einer der technologisch Beschlageneren unter ihnen online und fand heraus, dass Linda Hoffbauer doch recht damit gehabt hatte, Walter zu verdächtigen, ein Tierfreak und damit eine Bedrohung zu sein. Offenbar hatte er eine radikale Umweltorganisation gegründet, die sich nach dem Tod der Mitbegründerin, einer jungen Frau mit einem merkwürdigen Namen, die ganz bestimmt nicht die Mutter seiner Kinder gewesen war, aufgelöst hatte. Kaum war diese interessante Neuigkeit in der Nachbarschaft durchgesickert, ließen die Morgenspaziergänger Walter wieder in Ruhe – verunsichert vielleicht weniger von seinem Extremismus als davon, dass sein eremitenhaftes Dasein nun einen starken Beigeschmack von Trauer hatte, jener furchtbaren Art von Trauer, um die man am besten einen großen Bogen macht; jener lang anhaltenden Art von Trauer, die einem, wie jede Form von Irrsinn, beängstigend, womöglich sogar ansteckend erscheint.

Gegen Ende des folgenden Winters, als der Schnee zu schmelzen begann, tauchte Walter erneut am Canterbridge Court auf, dieses Mal mit einem Karton grellleuchtender Neoprenlätze für Katzen. Er behauptete, eine Katze, die einen solchen Latz trage, könne sich nach Herzenslust im Freien aufhalten und so viel auf Bäume klettern oder nach Faltern schlagen, wie sie wolle, sich eben nur nicht mehr wirkungsvoll auf Vögel stürzen. Katzen zur Warnung der Vögel eine Glocke ans Halsband zu binden habe sich als zwecklos erwiesen. Er fügte hinzu, in den Vereinigten Staaten würden nach der niedrigsten Schätzung täglich eine Million Singvögel von Katzen ums Leben gebracht, also 365 Millionen pro Jahr (und das, so betonte er, sei eine konservative Schätzung, die die verhungernden Jungtiere der getöteten Vögel nicht berücksichtige). Obwohl Walter nicht zu begreifen schien, wie lästig es gewesen wäre, einer Katze jedes Mal, wenn sie nach draußen wollte, einen Latz umzubinden, und wie albern eine Katze in leuchtend blauem oder grünem Neopren aussähe, nahmen die älteren Katzenbesitzer in der Straße die Lätze höflich von ihm entgegen und versprachen, sie auszuprobieren, damit Walter sie in Ruhe ließ und sie die Dinger wegwerfen konnten. Nur Linda Hoffbauer lehnte den Latz schlichtweg ab. Walter kam ihr wie einer dieser Lenkungsstaat-Liberalen vor, die in den Schulen Kondome verteilen und den Leuten die Waffen wegnehmen und alle zwingen wollten, einen Personalausweis mit sich zu führen. Sie sah sich zu der Frage veranlasst, ob die Vögel auf seinem Grundstück denn sein *Eigentum* seien, und falls nicht, was es ihn dann eigentlich angehe, dass ihr Bobby sie gern jage. Walter antwortete mit irgendeinem Bürokratengeschwätz über das Nordamerikanische Zugvögelgesetz, dem zufolge nicht zur Jagd freigegebenen Vögeln, die die kanadische oder mexikanische Grenze überquerten, nichts zuleide getan werden dürfe. Linda fühlte sich unangenehm an den neuen Präsidenten des Landes erinnert, der ihre nationale Souveränität an die Vereinten Nationen abtreten wollte, und so höflich es irgend ging, sagte sie Walter, dass sie sehr damit beschäftigt sei, ihre Kinder großzuziehen, und ihm dankbar wäre, wenn er nicht noch einmal an ihre Tür klopfen würde.

Aus diplomatischer Sicht hatte Walter einen ungünstigen Zeitpunkt gewählt, um mit seinen Lätzen anzurücken. Das Land war in eine tiefe Rezession hineingestolpert, der Aktienmarkt war baden gegangen, und es schien geradezu unanständig von ihm, dass er weiterhin von Singvögeln besessen war. Selbst die pensionierten Paare am Canterbridge Court hatten zu leiden – die Entwertung ihrer Kapitalanlagen zwang einige von ihnen, ihre jährlichen Winteraufenthalte in Florida oder Arizona abzusagen –, und zwei von den jüngeren Familien in der Straße, die Dents und die Dolbergs, waren mit ihrer Hypothekentilgung in Verzug geraten (deren abzuzahlende Beträge genau im falschen Moment stark angestiegen waren) und drohten, ihre Häuser zu verlieren. Während Teagan Dolberg auf Antworten von Kreditkonsolidierungsunternehmen wartete, die ihre Telefonnummern und Mailadressen offenbar wöchentlich änderten, und Kontakt mit kostengünstigen staatlichen Schuldenberatern aufnahm, die sich als weder staatlich noch kostengünstig entpuppten, wuchsen die Außenstände auf ihren Visa- und MasterCard-Konten in monatlichen Sprüngen à drei- und viertausend Dollar, und die Freundinnen und Nachbarinnen, denen sie Maniküretermine im Zehnerpack verkauft hatte, kamen weiterhin zu ihr, damit sie ihnen in ihrem Maniküresalon im Keller ihres Hauses die Nägel machte, ohne dass es ihr noch etwas einbrachte. Selbst Linda Hoffbauer, deren Mann bombensichere Straßeninstandhaltungsverträge mit dem Itasca County abgeschlossen hatte, war dazu übergegangen, den Thermostat herunterzudrehen und ihre Kinder mit dem Schulbus fahren zu lassen, anstatt sie mit ihrem Suburban hinzubringen und wieder abzuholen. Ängste hingen wie eine Wolke Sandfliegen über dem Canterbridge Court; sie drangen via Nachrichtensendungen, Talkradio und Internet in jedes Haus. Viel Gezwitscher gab es auf Twitter, aber die tschirpende und flatternde Welt der Natur, die Walter beschworen hatte, als müsste sie den Menschen auch in dieser Situation etwas bedeuten, war eine Angst zu viel.

Das nächste Mal ließ Walter im September wieder von sich hören, als er im Schutz der Nacht Flugblätter in der Nachbarschaft verteilte. Die Häuser der Dents und Dolbergs standen jetzt leer – ihre Fenster waren dunkel geworden wie die Signallämpchen von Anrufern, die in einer Notrufzentrale in der Warteschleife gehangen und irgendwann still und leise aufgelegt hatten –, aber alle verbliebenen Bewohner der Canterbridge-Siedlung fanden auf dem Boden vor ihrer Haustür eines Morgens nach dem Aufwachen einen höflich formulierten «Liebe Nachbarn»-Brief liegen, in dem Walter die schon zweimal dargelegten Anti-Katzen-Argumente wiederkäute, ergänzt durch einen aus vier Seiten bestehenden Anhang mit Fotografien, die das Gegenteil von höflich waren. Anscheinend hatte Walter den gesamten Sommer damit zugebracht, das Vogelsterben auf seinem Grundstück zu dokumentieren. Jedes Bild (und es gab mehr als vierzig davon) war mit einem Datum und dem Namen einer Spezies versehen. Die Canterbridge-Familien, die keine Katzen besaßen, fühlten sich angegriffen, weil sie in die Flugblattaktion mit einbezogen worden waren, und die Familien, die welche besaßen, fühlten sich angegriffen, weil Walter mit solcher Sicherheit davon auszugehen schien, dass jeder tote Vogel auf seinem Grundstück auf das Konto speziell ihrer Haustiere ging. Linda Hoffbauer erzürnte sich noch zusätzlich darüber, dass ein Flugblatt dort gelegen hatte, wo eines ihrer Kinder es leicht hätte finden und mit traumatisierenden Bildern von Ammern mit abgetrenntem Kopf und blutigen Eingeweiden hätte konfrontiert werden können. Sie rief den County-Sheriff an, mit dem sie und ihr Mann gesellschaftlich verkehrten, und erkundigte sich, ob Walter sich eventuell der illegalen Belästigung schuldig gemacht habe. Der Sheriff sagte, das habe er nicht, erklärte sich aber bereit, bei ihm vorbeizufahren und ein Wort der Warnung auszusprechen – ein Besuch, der die unerwartete Neuigkeit ans Licht brachte, dass Walter Jura studiert hatte und nicht nur den Ersten Verfassungszusatz, der die Redefreiheit garantiert, sehr genau kannte, sondern auch die Vereinbarung der Canterbridge-Hauseigentümer mit der Klausel, nach der Haustiere zu allen Zeiten von ihren Besitzern zu beaufsichtigen seien; der Sheriff riet Linda, das Flugblatt zu zerreißen und die Sache auf sich beruhen zu lassen.

Und dann kam der weiße Winter, und die Katzen der Nachbarschaft zogen sich nach drinnen zurück (wo sie, wie sogar Linda zugeben musste, vollkommen zufrieden wirkten), und Lindas Ehemann höchstpersönlich nahm es auf sich, die Landstraße nach jedem Schneefall so zu räumen, dass Walter eine Stunde lang schippen musste, bis die Einfahrt zu seinem Grundstück wieder frei war. Jetzt, ohne das Laub an den Bäumen, hatte die ganze Nachbarschaft einen unverstellten Blick über den gefrorenen See hinweg auf das kleine Berglund'sche Haus, in dessen Fenstern man nie einen Fernseher flimmern sah. Es war schwer vorstellbar, was Walter dort drüben, ganz allein in der tiefen Winternacht, treiben mochte, außer voller Feindseligkeit und Missbilligung vor sich hin zu brüten. Über Weihnachten wurde es in seinem Haus für eine Woche dunkel, was auf einen Besuch bei seiner Familie in St. Paul schließen ließ, auch das schwer vorstellbar – dass ein solcher Miesepeter dennoch von jemandem geliebt wurde. Insbesondere Linda war erleichtert, als die Feiertage vorüber waren und der Miesepeter sein Eremitendasein wiederaufnahm und sie zu einem Hass zurückkehren konnte, der von dem Gedanken ungetrübt war, dass es Menschen gab, die Walter mochten. Eines Abends im Februar berichtete ihr Ehemann, Walter habe beim County Klage wegen mutwilligen Blockierens seiner Einfahrt eingereicht, und das zu hören tat ihr irgendwie sehr wohl. Es war gut zu wissen, dass er wusste, sie hassten ihn.

Ähnlich widersinnig war es, dass Linda, als der Schnee wieder schmolz und die Wälder wieder grünten und Bobby wieder nach draußen gelassen wurde und verschwand, das Gefühl hatte, als kratzte sie an einer heftig juckenden Stelle, einer Stelle, die auf so elementare Weise juckt, dass es vom Kratzen nur noch schlimmer wird. Für Bobbys Verschwinden konnte nur Walter verantwortlich sein, das war ihr sofort klar, und sie empfand tiefe Genugtuung darüber, dass er sich ihrem Hass gewachsen zeigte, ihm neuen Grund und neue Nahrung gab: dass er bereit war, das Hass-Spiel mit ihr zu spielen und der örtliche Repräsentant all dessen zu sein, was mit ihrer Welt nicht stimmte. Selbst als sie die Suche nach dem vermissten Haustier organisierte und den Kummer ihrer Kinder in der Nachbarschaft publik machte, kostete sie deren Kummer insgeheim aus und fand ihren Spaß daran, sie zum Hass auf Walter anzustacheln. Auch sie hatte Bobby ganz gern gehabt, aber sie wusste, dass es eine Sünde war, Tiere zu falschen Götzen zu erheben. Die Sünde, die sie hasste, verkörperte sich in ihrem sogenannten Nachbarn. Sobald deutlich wurde, dass Bobby nie mehr zurückkommen würde, fuhr sie mit ihren Kindern zu einem nahe gelegenen Tierheim, wo sie sich drei neue Katzen aussuchen durften, die Linda, kaum waren sie wieder zu Hause, aus ihren Pappkartons befreite und in die Richtung von Walters Wäldchen scheuchte.

Walter hatte Katzen nie gemocht. Sie kamen ihm wie die Soziopathen der Haustierwelt vor, eine Spezies, die als ein zur Dezimierung von Nagetieren notwendiges Übel gezähmt und in der Folge so fetischisiert worden war, wie glücklose Länder ihr Militär fetischisieren, indem sie den Uniformen von Mördern auf eine ähnliche Weise Ehre bezeigen, wie Katzenbesitzer das schöne Fell ihrer Tiere streicheln und ihnen die Krallen und Zähne nachsehen. Er hatte in einem Katzengesicht noch nie etwas anderes als einfältiges Desinteresse und Selbstbezogenheit entdeckt; man brauchte ja nur einmal eine mit einer Spielzeugmaus zu necken, um zu erkennen, wofür ihr

Herz in Wahrheit schlug. Bis er in das Haus seiner Mutter einzog, hatte er allerdings etliche schlimmere Übel zu bekämpfen gehabt. Erst jetzt, da er für die Populationen verwilderter Katzen verantwortlich war, die auf den von ihm verwalteten Schutzgebieten der Nature Conservancy Verheerungen anrichteten, und zu der Wunde, die die Canterbridge-Siedlung seinem See zugefügt hatte, noch der Affront durch die frei herumlaufenden Haustiere ihrer Bewohner hinzukam, schwoll Walters alte Voreingenommenheit gegen Katzen zu der Art von niederdrückendem täglichem Groll und Elend an, die depressive männliche Berglunds offenbar nötig hatten, um ihrem Leben Sinn und Substanz zu verleihen. Der Missstand, der seinem Groll und Elend in den vergangenen zwei Jahren dienlich gewesen war – die Kettensägen und Planierraupen und kleinen Baugrubensprengungen und Erdabtragungen, die Hämmer und Fliesenschneider, der aus Ghettoblastern dröhnende Classic Rock –, war jetzt beendet, und er brauchte etwas Neues.

Manche Katzen sind beim Töten faul oder ungeschickt, aber der schwarze Bobby mit den weißen Pfoten gehörte nicht dazu. Bobby war schlau genug, sich bei Abenddämmerung, wenn Waschbären und Kojoten zur Gefahr werden, ins Haus der Hoffbauers zurückzuziehen, aber jeden Morgen, in den schneelosen Monaten, sah man ihn entlang dem freigelegten südlichen Seeufer frisch und fröhlich drauflosspazieren und Walters Grundstück betreten, um zu töten. Ammern, Drosseln, Gelbkehlchen, Hüttensänger, Goldzeisige, Zaunkönige. Bobbys Geschmack war allumfassend, seine Aufmerksamkeitsspanne grenzenlos. Er wurde des Tötens nie überdrüssig, und dazu kam der Charakterfehler der Illoyalität oder Undankbarkeit, jedenfalls machte er sich selten die Mühe, die Beute zum Haus der Hoffbauers zu bringen. Er fing und spielte und schlachtete und gönnte sich dann gelegentlich einen kleinen Snack, doch meistens ließ er den Kadaver einfach liegen. Die lichten grasreichen Wäldchen unterhalb von Walters Haus und das sie umgebende Saumbiotop waren für Vögel genau wie für Bobby besonders attraktiv. Walter hatte immer ein Häufchen Steine parat, mit denen er nach Bobby werfen konnte, und einmal hatte er mit der Druckdüse seines Gartenschlauchs einen Wasservolltreffer gelandet, aber Bobby lernte bald, am frühen Morgen im Wäldchen zu bleiben und abzuwarten, bis Walter zur Arbeit gefahren war. Manche Naturschutzgebiete, die Walter verwaltete, lagen so weit entfernt, dass er oft mehrere Nächte fortblieb, und fast jedes Mal fand er bei seiner Rückkehr auf dem Abhang hinter seinem Haus die Spuren eines neuen Massakers vor. Wenn das nur an diesem einen Ort geschehen wäre, hätte er es vielleicht noch ertragen, aber zu wissen, dass es überall geschah, machte ihn verrückt.

Und doch war er zu weichherzig und zu gesetzestreu, um jemandes Haustier zu töten. Er erwog, diesen Job seinem Bruder Mitch zu übertragen, aber dagegen sprach Mitchs bereits existierendes Strafregister, und außerdem war sich Walter darüber im Klaren, dass Linda Hoffbauer vermutlich einfach eine andere Katze anschaffen würde. Erst nachdem ein zweiter Sommer der Diplomatie und pädagogischen Bemühungen ergebnislos geblieben war und Linda Hoffbauers Ehemann seine Einfahrt einmal zu oft mit Schnee blockiert hatte, beschloss er, dass Bobby, auch wenn er nur eine von fünfundsiebzig Millionen Katzen in Amerika war, nun persönlich für seine Soziopathie haften musste. Walter besorgte sich eine Falle und detaillierte Anweisungen von einer der Firmen, die auf den Gebieten der Nature Conservancy den nahezu hoffnungslosen Krieg gegen verwilderte Katzen führten, und eines frühen Morgens im Mai, noch bevor es dämmerte, platzierte er die mit Hühnerleber und Speck bestückte Falle an dem Pfad, auf dem Bobby sein Grundstück zu betreten pflegte. Er wusste, dass man bei einer klugen Katze mit einer Falle nur eine einzige Chance hatte. Süß klangen ihm die Katzenschreie, die zwei Stunden später den Hügel heraufdrangen, in den Ohren. Er schleppte die ruckende, nach Scheiße stinkende Falle schnell zu seinem Prius und sperrte sie in den Kofferraum. Dass Linda Hoffbauer Bobby nie ein Halsband umgelegt hatte – eine allzu große Einschränkung der kostbaren Freiheit ihres Katers, wie sich denken ließ –, machte es für Walter, nach dreistündiger Fahrt, umso leichter, ihn in einem Tierheim in Minneapolis abzugeben, wo man ihn entweder töten oder einer Familie in der Stadt andrehen würde, die ihn im Haus behielt.

Auf die schwere Niedergeschlagenheit, die ihn befiel, als er aus Minneapolis herausfuhr, war er nicht gefasst gewesen. Das Empfinden von Verlust, Vergeudung und Trauer: das Gefühl, dass er und Bobby auf gewisse Weise miteinander verheiratet gewesen waren und dass man selbst in einer fürchterlichen Ehe weniger einsam war als in gar keiner. Unwillkürlich malte er sich den garstigen Käfig aus, in dem Bobby jetzt vorübergehend hauste. Natürlich wusste er, dass Bobby die Hoffbauers nicht persönlich vermissen würde – Katzen benutzten Menschen nur –, aber sein Eingesperrtsein hatte trotzdem etwas Erbarmungswürdiges an sich.

Seit fast sechs Jahren lebte Walter nun allein und fand Wege, damit zurechtzukommen. Das für Minnesota zuständige Nature-Conservancy-Büro, das er einmal geleitet hatte und dessen Schmusekurs mit Konzernen und Millionären ihm heute Unwohlsein bereitete, hatte seinem Wunsch entsprochen, ihn auf einer niedrigeren Ebene als Gebietsverwalter und, in den Monaten, wenn alles gefror, als Mitarbeiter für besonders mühsame und zeitraubende bürokratische Aufgaben wieder einzustellen. Er tat in den Schutzgebieten, die unter seiner Aufsicht standen, nichts umwerfend Gutes, aber er richtete auch keinen Schaden an, und die Tage, die er allein inmitten von Nadelbäumen, Eistauchern, Seggen und Spechten verbringen durfte, ermöglichten ihm ein gnädiges Vergessen. Gegen den anderen Teil seiner Arbeit – Förderanträge schreiben, Literatur zum Bestand wildlebender Tiere sichten, Kaltanrufe wegen einer neuen Umsatzsteuer zugunsten jener staatlichen Stiftung zur Landschaftserhaltung tätigen, die bei den Wahlen von 2008 letztlich mehr Stimmen bekommen hatte als selbst Obama – war ebenso wenig zu sagen. Spätabends machte er sich eine der fünf schlichten Mahlzeiten, mit denen er sich noch abgab, und da er nicht mehr imstande war, Romane zu lesen, Musik zu hören oder sonst irgendetwas zu tun, das mit Gefühlen einherging, gönnte er sich danach eine Partie Computerschach oder Computerpoker und manchmal auch die Art von primitiver Pornographie, die mit menschlichem Empfinden nichts zu schaffen hat.

In Stunden wie diesen kam er sich wie ein kranker, alter Widerling vor, der in den Wäldern lebt, und er achtete tunlichst darauf, sein Telefon abzuschalten, für den Fall, dass Jessica anrief, um sich nach ihm zu erkundigen. Bei Joey konnte er trotz allem noch er selbst sein, weil Joey nicht nur ein Mann, sondern ein Berglund war, zu distanziert und zu taktvoll, um sich einzumischen, und obwohl die Sache bei Connie kniffliger war, weil in ihrer Stimme immer Erotik mitschwang, Erotik und ein argloser Hang zum Flirten, fiel es ihm doch nie schwer, sie dazu zu bringen, von sich selbst und Joey zu erzählen, so glücklich war sie. Die eigentliche Tortur waren die Anrufe von Jessica. Ihre Stimme klang mehr denn je wie Pattys, und oft war Walter am Ende ihrer Telefonate schweißgebadet, weil er sich so anstrengen musste, die Gesprächsthemen auf ihr Leben oder, wenn das nicht klappte, auf seine Arbeit einzugrenzen. Vor geraumer Zeit, nach dem Autounfall, der effektiv sein Leben beendet hatte, war Jessica einfach bei ihm hereingeplatzt, um ihn in seiner Trauer zu umsorgen. Unter anderem hatte sie das in der Erwartung getan, er werde es bald verwunden haben, und als sie dann merkte, dass er es nicht verwinden würde, gar keine Lust hatte, es zu verwinden, es nie würde verwinden wollen, war sie sehr wütend auf ihn geworden. Er hatte mehrere harte Jahre gebraucht, um ihr, mit Frostigkeit und Strenge, klarzumachen, dass sie ihn in Ruhe lassen und sich ihrem eigenen Leben widmen solle. Jedes Mal, wenn jetzt Schweigen zwischen ihnen aufkam, konnte er regelrecht spüren, wie sie überlegte, ob es nicht angebracht wäre, an ihren therapeutischen Vorstoß anzuknüpfen, und er fand es zutiefst zermürbend, sich Woche für Woche neue Gesprächsschachzüge auszudenken, um sie davon abzuhalten, das zu tun.

Als er schließlich von seiner Mission in Minneapolis zurückkehrte, nach einem ergebnisreichen dreitägigen Aufenthalt im Beltrami County auf einem Flurstück der Conservancy, hing an der Birke ganz vorne an seiner Einfahrt ein Blatt Papier. HAST DU MICH GESEHEN? stand darauf. ICH HEISSE BOBBY UND MEINE FAMILIE VERMISST MICH. Bobbys schwarzes Gesicht kam auf der Kopie nicht gut heraus – seine bleichen, frei schwebenden Augen wirkten geisterhaft und verloren –, aber auf einmal, anders als je zuvor, begriff Walter, warum jemand so ein Gesicht schützens- und liebenswert finden konnte. Zwar bereute er es nicht, eine Bedrohung des Ökosystems aus der Welt geschafft und damit viele Vogelleben gerettet zu haben, doch die Kleintier-Verletzlichkeit in Bobbys Gesicht machte ihm einen fatalen Defekt seiner eigenen Veranlagung bewusst: nämlich den, dass er sogar mit den Geschöpfen, die er am meisten verabscheute, Mitleid empfand. Er fuhr die Einfahrt entlang und versuchte, den momentanen Frieden zu genießen, der sich auf sein Grundstück herabgesenkt hatte, das Freisein von jeder Angst wegen Bobby, das Frühlingsabendlicht, die Weißkehlammern mit ihrem *Grüß mir Kanada Kanada Kanada*-Gesang, aber er hatte das Gefühl, in den vier Nächten seiner Abwesenheit um Jahre gealtert zu sein.

Ausgerechnet an diesem Abend, während er sich Eier briet und Brot toastete, rief Jessica an. Und vielleicht hatte sie schon mit einer bestimmten Absicht angerufen, oder vielleicht nahm sie jetzt etwas in seiner Stimme wahr, eine Art verminderter Entschlossenheit, jedenfalls verfiel er, sobald die spärlichen Neuigkeiten, die ihre zurückliegende Woche hervorgebracht hatte, erschöpft waren, in ein so langes Schweigen, dass sie sich ermutigt fühlte, an ihren alten Vorstoß anzuknüpfen.

«Also, ich habe mich neulich Abend mit Mom getroffen», sagte sie. «Sie hat mir etwas erzählt, das dich vielleicht interessieren wird. Möchtest du es hören?»

«Nein», sagte er streng.

«Und darf ich dich fragen, warum nicht?»

Von draußen, wo jetzt blaues Zwielicht herrschte, drang durch die offene Küchentür die Stimme eines fernen, *Bobby!* rufenden Kindes zu ihm herein.

«Jessica», sagte Walter. «Ich weiß, dass ihr euch nahesteht, und das ist gut so. Es täte mir leid, wenn es anders wäre. Ich möchte ja, dass du zwei Elternteile hast. Aber wenn ich daran interessiert wäre, von ihr zu hören, könnte ich sie selbst anrufen. Ich möchte nicht, dass du Nachrichten zwischen uns hin- und herträgst.»

«Das macht mir gar nichts aus.»

«*Mir* aber. Ich bin an keinerlei Nachricht interessiert.»

«Ich glaube nicht, dass es eine schlechte Nachricht ist, die sie dir übermitteln möchte.»

«Ist mir egal, was für eine Nachricht es ist.»

«Darf ich dich dann mal fragen, warum du dich nicht einfach von ihr scheiden lässt? Wenn du nichts mit ihr zu tun haben willst? Solange du dich nicht scheiden lässt, machst du ihr nämlich in gewisser Weise Hoffnung.»

Eine zweite Kinderstimme war zu der ersten hinzugekommen, gemeinsam riefen sie jetzt: *Bohhhhby! Bohhhhby!* Walter schloss die Tür und sagte zu Jessica: «Ich möchte nichts davon hören.»

«Na schön, Dad, aber könntest du wenigstens meine Frage beantworten? Warum du dich nicht scheiden lässt?»

«Weil ich darüber im Moment einfach nicht nachdenken möchte.»

«Es sind sechs Jahre vergangen! Ist es nicht an der Zeit, dass du mal anfängst, darüber nachzudenken? Und sei es aus simpler Fairness?»

«Wenn sie die Scheidung will, kann sie mir einen Brief schreiben. Sie kann ihren Anwalt bitten, mir einen Brief zu schreiben.»

«Aber ich will wissen, warum *du* nicht die Scheidung willst.»

«Ich will einfach nicht mit den Dingen konfrontiert werden, die dadurch aufgewirbelt würden. Ich habe ein Recht darauf, etwas nicht zu tun, was ich nicht tun will.»

«Was würde denn dadurch aufgewirbelt?»

«Schmerz. Ich habe genug gelitten. Ich leide immer noch.»

«Das weiß ich, Dad. Aber Lalitha ist tot. Sie ist seit sechs Jahren tot.»

Walter schüttelte heftig den Kopf, als hätte ihm jemand Säure ins Gesicht geschüttet. «Ich möchte nicht darüber nachdenken. Ich möchte einfach nur jeden Morgen nach draußen gehen und Vögel beobachten, die mit alldem nichts zu tun haben. Vögel, die ihr eigenes Leben führen, mit ihren eigenen Sorgen. Und ich möchte versuchen, etwas für sie zu tun. Sie sind das Einzige, was mir noch liebenswert erscheint. Abgesehen von dir und Joey, meine ich. Und das ist alles, was ich dazu sagen möchte. Bitte, stell mir keine weiteren Fragen mehr.»

«Hm, hast du mal überlegt, zu einem Therapeuten zu gehen? Damit du anfangen kannst, nach vorn zu schauen? Ich meine, so alt bist du doch noch nicht.»

«Ich möchte mich nicht ändern», sagte er. «Jeden Morgen habe ich ein paar schlimme Minuten, und dann lege ich los und arbeite bis zum Umfallen, und wenn ich am Abend lange genug aufbleibe, gelingt es mir auch einzuschlafen. Man geht nur zum Therapeuten, wenn man etwas ändern will. Ich hätte einem Therapeuten nichts zu sagen.»

«Du hast Mom doch mal geliebt, oder?»

«Keine Ahnung. Ich weiß es nicht mehr. Ich weiß nur noch, was passiert ist, nachdem sie mich verlassen hat.»

«Sie ist jedenfalls auch ziemlich liebenswert. Sie hat sich gegenüber früher sehr verändert. Es mag unglaublich klingen, aber sie ist so etwas wie die perfekte Mutter geworden.»

«Wie gesagt, das freut mich für dich. Ich bin froh, dass sie ein Teil deines Lebens ist.»

«Aber ein Teil deines Lebens soll sie nicht sein.»

«Jessica, ich weiß, dass es das ist, was du willst. Ich weiß, dass du dir ein Happy End wünschst. Aber ich kann doch meine Gefühle nicht ändern, nur weil du es so willst.»

«Und was sind deine Gefühle? Hasst du sie?»

«Sie hat sich entschieden. Das ist alles, was ich dazu zu sagen habe.»

«Tut mir leid, Dad, aber das ist einfach grotesk unfair. Du bist derjenige, der sich entschieden hat. Sie wollte dich nicht verlassen.»

«Ja, so erzählt sie es dir natürlich. Du siehst sie jede Woche, natürlich hat sie dir ihre Version der Dinge verkauft, die bestimmt voller Nachsicht ihr selbst gegenüber ist. Aber du hast in den letzten fünf Jahren, bevor sie ging, nicht mit ihr zusammengelebt. Es war ein Albtraum, und dann habe ich mich neu verliebt. Ich hatte nie die Absicht, mich neu zu verlieben. Und ich weiß, dass du sehr unglücklich darüber bist. Aber es ist nur passiert, weil es unmöglich war, mit deiner Mutter zusammenzuleben.»

«Dann solltest du dich von ihr scheiden lassen. Ist das nicht das mindeste, was du ihr nach all den Ehejahren schuldig bist? Wenn dir genügend an ihr gelegen hat, um in all den guten Jahren bei ihr zu bleiben, schuldest du ihr dann nicht wenigstens den Respekt, dich in aller Ehrlichkeit von ihr scheiden zu lassen?»

«Das waren keine so guten Jahre, Jessica. Sie hat mich die ganze Zeit belogen – ich glaube nicht, dass ich ihr dafür so übermäßig viel schuldig bin. Und wie gesagt, wenn sie die Scheidung will, kann sie sie haben.»

«Sie will keine Scheidung! Sie will wieder mit dir zusammenkommen!»

«Ich kann mir nicht vorstellen, sie auch nur eine Minute lang zu sehen. Das Einzige, was ich mir vorstellen kann, ist unerträglicher Schmerz, sobald ich sie vor mir habe.»

«Wäre es nicht möglich, Dad, dass es deshalb so schmerzhaft ist, weil du sie noch liebst?»

«Wir müssen jetzt über etwas anderes reden, Jessica. Wenn meine Gefühle dir am Herzen liegen, dann fang nicht wieder davon an. Ich möchte keine Angst haben müssen, ans Telefon zu gehen, wenn du anrufst.»

Das Gesicht in den Händen, saß er, ohne sein Essen anzurühren, lange Zeit da, während es im Haus ganz allmählich dunkler wurde und die irdische Frühlingswelt der weniger greifbaren Himmelswelt wich: pinkfarbene stratosphärische Streifen, die kosmische Kälte des Alls, die ersten Sterne. Genauso funktionierte im Moment sein Leben: Er stieß Jessica von sich, und schon in der nächsten Sekunde vermisste er sie. Er erwog, am nächsten Morgen noch einmal nach Minneapolis zu fahren, den Kater zu holen und ihn den Kindern zurückzugeben, die ihn vermissten, aber das konnte er genauso wenig tun, wie er Jessica anrufen und sich bei ihr entschuldigen konnte. Was geschehen war, war geschehen. Was vorbei war, war vorbei. Im Mingo County in West Virginia, an dem grässlichsten bewölkten Morgen seines Lebens, hatte er Lalithas Eltern gefragt, ob er den Leichnam ihrer Tochter sehen dürfe. Ihre Eltern waren unterkühlte, verschrobene Leute, Ingenieure, mit starkem Akzent. Der Vater vergoss keine Träne, aber die Mutter brach, einfach so, immer wieder laut in eine fremdländische, beinahe liedhafte Totenklage aus, die merkwürdig zeremoniell und unpersönlich klang, wie ein Lamento über eine Idee. Walter ging allein zur Leichenhalle, ohne die leiseste Idee. Seine Liebe lag unter einem Laken auf einer Bahre, die unpassend hoch war, zu hoch, um davor zu knien. Lalithas Haar war wie immer, seidig, schwarz und dick, ganz wie immer, aber irgendetwas stimmte mit ihrem Kiefer nicht, er war auf eine himmelschreiend grausame, unverzeihliche Art verletzt, und ihre Stirn, die er dann küsste, war kälter, als ein gerechtes Universum die Stirn eines so jungen Menschen je hätte sein lassen dürfen. Die Kälte drang über seine Lippen in ihn ein und verließ ihn nicht mehr. Was vorbei war, war vorbei. Seine Freude an der Welt war erloschen, nichts hatte noch irgendeinen Sinn. Mit seiner Frau in Kontakt zu treten, wie Jessica es so unbedingt wollte, hätte bedeutet, seine letzten Augenblicke mit Lalitha herzugeben, und er hatte ein Recht darauf, das nicht zu tun. In einem derart ungerechten Universum hatte er ein Recht darauf, unfair zu seiner Frau zu sein, und ein Recht darauf, die kleinen Hoffbauers vergebens nach ihrem Bobby rufen zu lassen, denn nichts hatte irgendeinen Sinn.

Indem er Kraft aus seiner Verweigerungshaltung schöpfte – genügend Kraft jedenfalls, um morgens aus dem Bett zu kommen und die langen Tage im Freien und die langen Fahrten auf den von Urlaubern und Exstädtern verstopften Straßen durchzustehen –, brachte er einen weiteren Sommer hinter sich, den bisher einsamsten seines

Lebens. Er sagte Joey und Connie, was in gewissem (aber nicht sehr hohem) Maß der Wahrheit entsprach, dass er für einen Besuch von ihnen zu beschäftigt sei, und er gab den Kampf gegen die Katzen, die weiterhin sein Wäldchen belagerten, auf; noch so einem Drama, wie er es mit Bobby durchgemacht hatte, fühlte er sich nicht gewachsen. Im August kam ein dicker Briefumschlag von seiner Frau, eine Art Manuskript vermutlich, das im Zusammenhang mit der «Nachricht» stand, von der Jessica gesprochen hatte, und er verstaute ihn, ungeöffnet, in der Dokumentenschublade, in der er die alten gemeinsamen Steuererklärungen, die alten gemeinsamen Kontoauszüge und sein nie geändertes Testament aufbewahrte. Keine drei Wochen später kam ein luftgepolsterter Umschlag im CD-Format, als dessen Absender KATZ und eine Adresse in Jersey City angegeben waren, und auch den steckte er ungeöffnet in die Schublade. Mit diesen beiden Sendungen, aber auch durch die Zeitungsschlagzeilen, an denen er nicht vorbeisehen konnte, wenn er in Fen City einkaufen ging – neue Desaster im In- und Ausland, neue, Lügen verbreitende rechte Spinner, neue ökologische Katastrophen, die im globalen Endspiel ihren Lauf nahmen –, rückte ihm die Außenwelt immer mehr auf den Leib und forderte seine Aufmerksamkeit, aber solange er draußen in der Natur für sich blieb, konnte er seiner Verweigerungshaltung treu bleiben. Er stammte von einer langen Reihe von Verweigerern ab, das Zeug dazu hatte er. Von Lalitha schien fast nichts mehr übrig zu sein; sie zerfiel in ihm, wie tote Singvögel in der Wildnis zerfallen – ohnehin unfassbar leicht, waren sie, sobald ihre kleinen Herzen aufhörten zu schlagen, kaum mehr als winzige Häufchen Flaum und hohle Knochen, die der Wind mir nichts, dir nichts verstreut –, doch das führte nur dazu, dass Walter mit noch größerer Entschlossenheit an dem wenigen festhielt, was ihm von ihr geblieben war.

Weshalb er auch an dem Oktobermorgen, als die Außenwelt am Ende wirklich zu ihm kam, und zwar in Gestalt einer neuen Hyundai-Limousine, die in der zugewucherten Ausbuchtung, in der Mitch und Brenda früher ihr Boot abgestellt hatten, auf halber

Strecke zwischen Straße und Haus auf seiner Einfahrt stand, nicht anhielt und nachsah, wer darin saß. Er hatte es eilig, weil er zu einer Sitzung der Nature Conservancy in Duluth musste, und bremste nur gerade stark genug ab, um erkennen zu können, dass die Lehne des Fahrersitzes zurückgeklappt war; vielleicht schlief der Fahrer ja. Er hatte Grund zu der Hoffnung, dass das Auto bei seiner Rückkehr fort sein würde, denn warum hatte sein Insasse, wer auch immer es sein mochte, sonst nicht an seine Tür geklopft? Aber als Walter abends um acht von der Landstraße auf sein Grundstück einbog, leuchteten im Licht seiner Scheinwerfer die Plastikreflektoren an den Rücklichtern des fremden Wagens auf, er stand also noch da.

Walter stieg aus, spähte durch die Fenster und sah, dass der Wagen leer war, die Lehne des Fahrersitzes befand sich wieder in einer aufrechten Position. Es war kalt unter den Bäumen; kein Luftzug ging, es roch nach Schnee; das einzige Geräusch war ein leises menschliches Gemurmel aus der Richtung der Canterbridge-Siedlung. Er stieg wieder in sein Auto und fuhr weiter bis zum Haus, wo eine Frau, Patty, im Dunkeln auf der Stufe vor der Eingangstür saß. Sie trug Jeans und eine dünne Cordjacke. Um sich warm zu halten, hatte sie die Beine an die Brust gezogen, das Kinn lag auf den Knien.

Er schaltete den Motor ab, und eine ziemlich lange Weile, vielleicht zwanzig oder dreißig Minuten, wartete er darauf, dass sie aufstehen und etwas zu ihm sagen würde, falls das der Grund sein sollte, warum sie hergekommen war. Aber sie rührte sich nicht, und schließlich nahm er all seinen Mut zusammen und ging zum Haus. Vor der Türschwelle hielt er kurz inne, nicht mehr als dreißig Zentimeter von ihr entfernt, um ihr die Chance zu geben, etwas zu sagen. Doch ihr Kopf blieb vorgebeugt. Seine eigene Weigerung, sie anzusprechen, war derart kindisch, dass er lächeln musste. Aber dieses Lächeln kam einem gefährlichen Eingeständnis gleich, also erstickte er es mit Gewalt, stählte sich und betrat dann das Haus und schloss hinter sich die Tür.

Seine Kraft war allerdings nicht grenzenlos. Er konnte nicht anders, als im Dunkeln, nahe der Tür, noch einmal eine lange Weile zu warten, vielleicht eine Stunde, und genauestens darauf zu horchen, ob sie sich bewegte, genauestens aufzupassen, dass er nicht das leiseste Klopfen an der Tür überhörte. Was er stattdessen, in seiner Einbildung, vernahm, war Jessicas Stimme, die ihm sagte, er müsse fair sein: Er schulde seiner Frau zumindest die Freundlichkeit, ihr zu sagen, dass sie verschwinden solle. Aber nach sechs Jahren Schweigen schien ihm, als würde ein einziges Wort von ihm alles zurücknehmen – seine ganze Verweigerung ungeschehen machen und alles widerlegen, was er damit hatte zum Ausdruck bringen wollen.

Schließlich, als erwachte er aus einem im Halbschlaf geträumten Traum, knipste er ein Licht an, trank ein Glas Wasser und merkte, wie es ihn, kompromisshalber, zu dem Aktenschrank zog; er konnte sich ja wenigstens einmal ansehen, was die Außenwelt ihm zu sagen hatte. Zuerst öffnete er die Versandtasche aus Jersey City. Sie enthielt keine Nachricht, nur eine CD in undurchdringlicher Plastikfolie. Anscheinend handelte es sich um ein von einem kleinen Label herausgebrachtes Solo-Werk von Richard Katz, auf dem Cover eine boreale Landschaft, darüber geblendet der Titel *Songs for Walter*.

Er hörte einen spitzen Schmerzensschrei, seinen eigenen, als wäre es der einer anderen Person. Dieser *Scheißkerl*, dieser *Scheißkerl*, das war nicht fair. Mit zitternden Händen drehte er die CD um und las die Titelliste. Der erste Song hieß: «Two Kids Good, No Kids Better.»

«Mann, was bist du für ein Arschloch», sagte er, lächelnd und weinend. «Das ist so unfair, du Arschloch.»

Nachdem er eine Zeitlang geweint hatte, weil er das so unfair fand und weil es möglich schien, dass Richard doch nicht ganz und gar herzlos war, steckte er die CD wieder in die Versandtasche und öffnete den Umschlag von Patty. Er enthielt ein Manuskript, von dem er nur einen kurzen Abschnitt las, bevor er zur Haustür rannte, sie aufriss und mit den Seiten vor Pattys Gesicht herumfuchtelte.

«Ich will das nicht haben!», schrie er sie an. «Ich will nichts von dir lesen! Nimm das gefälligst und setz dich in dein Auto und wärm dich auf, hier draußen ist es nämlich scheißkalt!»

In der Tat schlotterte sie vor Kälte, aber sie schien in ihrer kauernden Haltung wie festgefroren zu sein und blickte nicht auf, um zu sehen, was er da in der Hand hielt. Eher senkte sie den Kopf noch mehr, als schlüge Walter auf ihn ein.

«Setz dich in dein Auto! Wärm dich auf! Ich habe dich nicht gebeten herzukommen!»

Vielleicht war es bloß ein besonders heftiges Schlottern, aber sie schien als Reaktion darauf den Kopf zu schütteln, ganz minimal.

«Ich verspreche, dich anzurufen», sagte er. «Ich verspreche, am Telefon mit dir zu reden, wenn du jetzt weggehst und dich aufwärmst.»

«Nein», sagte sie sehr leise.

«Na schön! Dann erfrier eben!»

Er knallte die Tür zu und rannte durch das Haus und zur Hintertür wieder nach draußen, bis ganz hinunter zum See. Er war entschlossen, seinerseits zu gefrieren, wenn sie so versessen darauf war, draußen in der Kälte zu bleiben. Aus irgendeinem Grund hielt er ihr Manuskript noch in der Faust. Auf der anderen Seite des Sees waren die taghellen, verschwenderischen Lichter der Canterbridge-Siedlung, die Großbildschirme, die von all dem erflackerten, was der Außenwelt nach ihrem eigenen Dafürhalten an diesem Abend widerfuhr. Und alle hatten es warm in ihren Höhlen, jagten doch die kohlebetriebenen Elektrizitätswerke der Iron-Range-Region Strom durchs Netz, solange die Arktis noch arktisch genug war, um Frost durch die Oktoberwälder der gemäßigten Zone herabzuschicken. Sowenig er je gewusst hatte, wie man lebt, nie hatte er es weniger gewusst als jetzt. Doch als die Kälte, bis dahin frisch und belebend, allmählich etwas Schneidendes bekam, etwas Eisiges, das er bis in die Knochen spürte, begann er sich Sorgen um Patty zu machen. Mit klappernden Zähnen ging er den Hügel hinauf und um das Haus herum zum Eingang. Sie lag, weniger stark zusammengekrümmt als zuvor, auf der Seite, den Kopf im Gras, und hatte aufgehört zu zittern, was gar kein gutes Zeichen war.

«Also, ehrlich, Patty», sagte er und kniete sich hin. «Das ist doch Mist. Ich bringe dich jetzt rein.»

Sie regte sich ein wenig, sehr steif. Ihre Muskeln wirkten starr, und durch den Cordstoff ihrer Jacke drang keine Wärme. Er versuchte, ihr beim Aufstehen zu helfen, aber das ging nicht, also trug er sie hinein, legte sie auf das Sofa und häufte Decken über sie.

«Wie bescheuert bist du eigentlich?», sagte er, während er Teewasser aufsetzte. «So was ist lebensgefährlich. Patty? Es müssen keine Minusgrade herrschen, man kann auch sterben, wenn es um null herum ist. So lange da draußen zu sitzen ist doch einfach bescheuert. Ich meine, wie lange hast du in Minnesota gelebt? Hast du *überhaupt nichts* gelernt? Das ist so dermaßen bescheuert von dir.»

Er drehte den Heizofen höher und brachte ihr einen Becher heißes Wasser und half ihr, sich aufzurichten, damit sie einen Schluck trinken konnte, aber sie prustete das Wasser direkt auf das Polster. Als er versuchte, ihr mehr davon zu geben, schüttelte sie den Kopf und machte unbestimmt abwehrende Geräusche. Ihre Finger waren eisig, Arme und Schultern dumpfkalt.

«Scheiße, Patty, so was Bescheuertes. Was hast du dir bloß dabei *gedacht*? Das ist das Bescheuertste, was du mir je angetan hast.»

Sie schlief ein, während er sich auszog, und wachte nur ein kleines bisschen auf, als er die Decken zurückschlug und ihr die Jacke auszog und sich mit ihrer Hose abmühte, um sich dann, nur in seiner Unterhose, zu ihr zu legen und sie beide zuzudecken.

«Also, du bleibst jetzt schön wach, verstanden?», sagte er und presste so viel wie irgend möglich von seiner Körperoberfläche an ihre marmorkalte Haut. «Das Allerbescheuertste wäre, wenn du jetzt das Bewusstsein verlieren würdest. Verstanden?»

«Mhm-m», sagte sie.

Er legte einen Arm um sie und rieb sie ein wenig, wobei er sie ununterbrochen verwünschte, die Lage verwünschte, in die sie ihn gebracht hatte. Lange Zeit wurde und wurde sie nicht wärmer, schlief immer wieder ein und wachte kaum auf, aber zuletzt sprang irgendetwas in ihr an, und sie begann zu zittern und sich an ihn zu klammern. Er hielt und rieb sie weiter, und dann, mit einem Schlag, waren ihre Augen weit geöffnet, und sie sah in ihn hinein.

Sie blinzelte kein einziges Mal. Ihre Augen hatten immer noch etwas beinahe Totes an sich, etwas sehr weit Entferntes. Ganz durch ihn hindurch und noch viel weiter schienen sie zu sehen, bis in den kalten Raum der Zukunft hinein, in dem sie beide bald tot sein würden, bis in das Nichts, in das Lalitha und seine Mutter und sein Vater schon hinübergewechselt waren, und doch sah sie ihm direkt in die Augen, und er spürte, wie sie von Minute zu Minute wärmer wurde. Und so hörte er auf, ihre Augen anzusehen, und sah stattdessen in sie hinein, erwiderte ihren Blick, bevor es zu spät war, bevor diese Verbindung zwischen dem Leben und dem, was danach kommen mochte, abbrach, und ließ sie all die Widerwärtigkeit in ihm sehen, all den Hass von zweitausend einsamen Nächten, solange sie beide noch mit jenem Vakuum in Berührung standen, in dem die Summe all dessen, was sie je gesagt oder getan hatten, jeder Schmerz, den sie sich zugefügt, jede Freude, die sie geteilt hatten, weniger wiegen würde als die kleinste Feder im Wind.

«Ich bin's», sagte sie. «Nur ich.»

«Ich weiß», sagte er und küsste sie.

Ganz weit unten auf der Liste denkbarer Szenarien, wie die Sache mit Walter einmal ausgehen würde, hatte für die Bewohner der Canterbridge-Siedlung die Möglichkeit gestanden, dass sie Walters Wegzug bedauerlich fänden. Niemand, am wenigsten Linda Hoffbauer, hätte den Sonntagnachmittag Anfang Dezember vorhersehen können, an dem Walters Frau Patty seinen Prius am Canterbridge Court parkte und von Tür zu Tür ging, um sich kurz und unaufdringlich vorzustellen und ihnen mit Frischhaltefolie abgedeckte Teller selbst gebackener Weihnachtskekse zu überreichen. Linda kam in eine missliche Lage, als sie Patty kennenlernte, weil nichts an ihr auf Anhieb unsympathisch wirkte und weil es sich von selbst verbot, ein Weihnachtsgeschenk nicht anzunehmen. Neugier, mehr als alles andere, bewog sie dazu, Patty hereinzubitten, und ehe sie sich's versah, kniete Patty auf dem Boden ihres Wohnzimmers und lockte ihre Katzen herbei, um sie zu streicheln, und wollte wissen, wie sie hießen. Sie schien ein so warmherziger Mensch zu sein, wie ihr Mann kaltherzig war. Als Linda sie fragte, warum sie sich bisher noch nicht begegnet seien, lachte Patty trällernd und sagte: «Ach, Walter und ich haben uns eine kleine Verschnaufpause voneinander gegönnt.» Das war eine merkwürdige und ziemlich clevere Formulierung, an der sich moralisch nichts Eindeutiges aussetzen ließ. Patty blieb jedenfalls lange genug, um das Haus und den Blick auf den schneebedeckten See zu bewundern, und im Gehen lud sie Linda und deren Familie zu dem kleinen Nachbarschaftsempfang ein, den sie und Walter am Neujahrstag geben würden.

Linda war nicht sonderlich geneigt, das Haus von Bobbys Mörder zu betreten, doch als sie mitbekam, dass alle anderen Familien vom Canterbridge Court (mit Ausnahme der beiden, die schon in Florida waren) zu dem Empfang hingehen wollten, erlag sie einer Mischung aus Neugier und christlicher Duldsamkeit. Die Sache war die, dass Linda in der Nachbarschaft neuerdings gewisse Popularitätsprobleme hatte. Obwohl sie in ihrer Kirchengemeinde über einen eigenen Kader von Freunden und Verbündeten verfügte, hing sie auch dem Glauben an gutnachbarschaftliches Verhalten an, aber durch die Anschaffung dreier neuer Katzen als Ersatz für ihren Bobby hatte sie ihr Blatt womöglich überreizt, zumal einige unentschiedene Nachbarn meinten, er sei vielleicht doch eines natürlichen Todes gestorben; es war der Eindruck entstanden, dass sie ein wenig rachsüchtig gewesen war. Und so fuhr sie am Neujahrstag, wenn auch ohne ihren Mann und ihre Kinder, mit ihrem Suburban zum Berglund'schen Haus hinüber und war über die Gastfreundschaft, die Patty speziell ihr gegenüber an den Tag legte, geziemend verblüfft. Patty machte sie mit ihrer Tochter und ihrem Sohn bekannt, um dann, nicht von ihrer Seite weichend, mit ihr in den Garten und zum See hinunterzugehen und ihr den Blick auf ihr eigenes Haus zu zeigen. Linda schwante, dass sie es hier mit einer Expertin zu tun hatte, die sie um den Finger wickelte, ja dass sie von Patty einiges darüber lernen konnte, wie man die Menschen für sich gewann; schon jetzt, nach weniger als einem Monat, hatte Patty es geschafft, sich selbst diejenigen Nachbarn gewogen zu machen, die ihre Türen nicht mehr ganz öffneten, wenn Linda zu ihnen kam und sich beschwerte: die sie draußen in der Kälte stehen ließen. Sie unternahm ein paar kühne Vorstöße, mit denen sie Patty dazu verleiten wollte, einmal nicht so umgänglich zu sein, sondern ihre liberalen Einstellungen preiszugeben – fragte sie etwa, ob auch sie so ein Vogelfan sei («Nein, aber ich bin ein Walter-Fan, insofern verstehe ich es irgendwie», sagte Patty) und ob sie vielleicht vorhabe, einer der örtlichen Kirchengemeinden beizutreten («Ich finde es großartig, dass hier so viele zur Auswahl stehen», sagte Patty), bevor sie zu dem Schluss gelangte, dass ihre Nachbarin für einen Frontalangriff eine zu gefährliche Gegnerin war. Wie um Lindas Misserfolg die Krone aufzusetzen, hatte Patty ein aufwendiges, absolut köstlich aussehendes Mahl zubereitet, von dem Linda sich, mit einem beinahe angenehmen Gefühl der Niederlage, einen großen Teller vollhäufte.

«Linda», sagte Walter, der zu ihr getreten war, während sie sich noch etwas nachnahm. «Vielen Dank, dass Sie gekommen sind.»

«Es war nett von Ihrer Frau, mich einzuladen», sagte Linda.

Walter hatte nach der Rückkehr seiner Frau anscheinend wieder angefangen, sich regelmäßig zu rasieren – er war ganz rosig im Gesicht. «Wissen Sie», sagte er, «es tat mir furchtbar leid, als ich hörte, dass Ihre Katze verschwunden war.»

«Wirklich?», sagte sie. «Ich dachte, Sie mochten Bobby nicht.»

«Das stimmt. Er war eine Vögeltötungsmaschine. Aber ich weiß, dass Sie ihn geliebt haben, und es ist schlimm, wenn man ein Haustier verliert.»

«Na ja, wir haben ja jetzt drei neue.»

Er nickte bedächtig. «Sie sollten allerdings versuchen, sie nach Möglichkeit drinnen zu lassen. Da sind sie sicherer.»

«Mit Verlaub – ist das eine Drohung?»

«Nein, keine Drohung», sagte er. «Schlichtweg eine Tatsache. Kleine Tiere leben gefährlich. Darf ich Ihnen noch etwas zu trinken bringen?»

An diesem Tag, wie auch in den Monaten, die darauf folgten, war für alle offensichtlich, dass Pattys wärmender Einfluss in allererster Linie Walter selbst zugutekam. Anstatt mit seinem wütenden Prius an den Nachbarn vorbeizurasen, hielt er jetzt an, ließ sein Fenster herunter und grüßte. An den Wochenenden fand er sich mit Patty an der spiegelglatten Eisfläche ein, auf der die Kinder der Nachbarschaft Eishockey spielten, und brachte ihr Schlittschuhlaufen bei, was sie in bemerkenswert kurzer Zeit ziemlich gut beherrschte. Wenn es zwischendurch mal taute, konnte man die beiden Berglunds lange, gemeinsame Spaziergänge machen sehen, mitunter fast bis nach Fen City, und als im April das große Tauwetter einsetzte und Walter erneut am Canterbridge Court von Tür zu Tür ging, tat er das nicht, um die Menschen ihrer Katzen wegen zu beschimpfen, sondern um sie einzuladen, ihn und einen befreundeten Wissenschaftler im Mai und Juni auf einer Reihe von Wanderungen zu begleiten, auf denen sie das Naturerbe ihrer Gegend kennenlernen und die eine oder andere der phantastischen Lebensformen, von denen die Wälder voll seien, aus allernächster Nähe betrachten könnten. Linda Hoffbauer gab daraufhin auch die letzten Reste ihres Widerstands gegen Patty auf, indem sie freimütig einräumte, diese Frau wisse, wie man mit einem Ehemann umgehen müsse, und den Nachbarn gefiel dieser neue Ton von Linda so gut, dass sie ihr die Türen wieder einen Spaltbreit weiter öffneten.

Und so war es alles in allem unerwartet traurig, als sich nach der Hälfte eines Sommers, in dem die Berglunds verschiedentlich zum Grillen zu sich eingeladen hatten und ihrerseits viel umworbene Gäste gewesen waren, herumsprach, dass sie Ende August nach New York ziehen würden. Patty erklärte, dass sie dort eine gute Anstellung an einer Schule habe, die sie gern behalten wolle, und dass ihre Mutter, ihre Geschwister, ihre Tochter und Walters bester Freund allesamt in oder bei New York lebten und dass, auch wenn das Haus am See über die Jahre für Walter und sie von großer Bedeutung gewesen sei, doch nichts ewig währen könne. Als sie gefragt wurde, ob sie vielleicht manchmal zurückkehren würden, um ihren Urlaub am See zu verbringen, umwölkte sich ihre Stirn, und sie sagte, das wolle Walter nicht. Er lasse sein Grundstück vielmehr von einer örtlichen Stiftung für Naturschutz verwalten, die ein Vogelreservat daraus machen werde.

Nur wenige Tage nachdem die Berglunds in einem großen Miettransporter davongefahren waren, Walter hupend, während Patty zum Abschied winkte, kam eine Spezialfirma und errichtete rings um das gesamte Grundstück einen hohen, Katzen abhaltenden Zaun (den Linda Hoffbauer, jetzt, da Patty nicht mehr da war, als einigermaßen hässlich zu bezeichnen wagte), und schon bald kamen andere Arbeiter, um das kleine Berglund'sche Haus zu entkernen, sodass nur die Grundmauern stehen blieben, als Zufluchtsort für Eulen oder Schwalben. Freien Zugang zu dem Reservat haben bis auf den heutigen Tag, außer den Vögeln, nur die Bewohner der Canterbridge-Siedlung, und zwar durch ein Tor mit Zahlenschloss, dessen Code sie kennen, unterhalb eines kleinen Keramikschilds mit einem Bild der hübschen, jungen, dunkelhäutigen Frau, nach der das Reservat benannt ist.

## Danksagung

Besonders dankbar für ihre Hilfe an diesem Buch ist der Autor Kathy Chetkovich und Elisabeth Robinson, außerdem Joel Baker, Bonnie und Cam Blodgett, Scott Cheshire, Rolland Comstock, Nick Fowler, Sarah Graham, Charlie Herlovic, Tom Hjelm, Lisa Leonard, David Means, George Packer, Deanna Shemek, Brian Smith und David Wallace und auch der American Academy in Berlin und dem Cowell College of the University of California in Santa Cruz.